Isidor Silbernagl

Verfassung und gegenwärtiger Bestand sämmtlicher Kirchen des Orients

SALZWASSER
VERLAG

Isidor Silbernagl

Verfassung und gegenwärtiger Bestand sämmtlicher Kirchen des Orients

Unveränderter Nachdruck der Originalausgabe von 1865.

1. Auflage 2022 | ISBN: 978-3-37501-187-1

Verlag: Salzwasser Verlag GmbH, Zeilweg 44, 60439 Frankfurt, Deutschland
Vertretungsberechtigt: E. Roepke, Zeilweg 44, 60439 Frankfurt, Deutschland
Druck: Books on Demand GmbH, In de Tarpen 42, 22848 Norderstedt, Deutschland

Verfassung

und

gegenwärtiger Bestand

sämmtlicher

Kirchen des Orients.

Eine canonistisch-statistische Abhandlung

von

Dr. Isidor Silbernagl,

Professor des Kirchenrechts.

Landshut 1865.

Verlag von J. G. Wölfle.

(Krüll'sche Universitäts-Buchhandlung.)

Druck von J. F. Rietsch.

Vorwort.

Nicht blos in politischer, sondern auch in kirchlicher Beziehung zieht gegenwärtig der Orient die Blicke der abendländischen Welt auf sich. Katholicismus, Protestantismus und russische Orthodoxie beeifern sich, dortselbst so viel als möglich Boden zu gewinnen, und namentlich sind es die christlichen, starr abgeschlossenen Religionsgenossenschaften des Orients, denen die Bekehrungsversuche sich zunächst zugewendet haben. Beweis hiefür sind die gerade jetzt wieder eifrig betriebenen Unionsversuche der römischen Curie, die sich stets vermehrenden protestantischen Missionsanstalten in den türkischen Staaten und die neuliche Gründung eines russischen Bisthums zu Jerusalem. Sogar auf die Literatur hat diese Bewegung einen Einfluß geübt; denn mehr als je beschäftigt man sich gegenwärtig mit dem Studium der Geschichte der orientalischen Kirche und besonders mit dem orientalischen Kirchenrechte. Bei dieser Sachlage konnte es dem Verfasser vorliegender Abhandlung nicht entgehen, daß nicht nur dem Fachmanne, sondern jedem wissenschaftlich Gebildeten eine kurze und getreue Darstellung des gegenwärtigen Bestandes sowohl der griechisch-schismatischen als auch der übrigen orientalischen Kirchen höchst erwünscht sein müsse. Dieß war nun die Veranlassung zu dieser Schrift, welche ihrem Zwecke gemäß zunächst nur die schismatischen Kirchen des Orients behandeln sollte. Allein da wäre ein Völklein unberücksichtigt geblieben, welches vielleicht einstens eine große Rolle im Orient zu spielen berufen ist, nämlich die durch ihre Anhänglichkeit an die römisch-katholische Kirche berühmten Maroniten. Und so entschlossen wir uns, in einer zweiten Abtheilung auch noch kurz den Zustand der unirten orientalischen Kirchen darzustellen.

Was die Quellen betrifft, aus denen wir unsern Stoff entlehnten, so haben wir, der Sitte der Alten getreu, für jede aufgestellte Behauptung zugleich die entsprechende Quelle citirt, und es so dem Kritiker leicht gemacht, die Wahrheit unserer Darstellung zu verfolgen. Daß wir dabei objectiv und vorurtheilsfrei zu Werke gegangen sind, wird jedem Kenner orientalischer Zustände und Verhältnisse in die Augen springen.

Wegen Entfernung des Druckortes konnte die Correctur nicht so genau, als wünschenswerth, besorgt werden, und es sind daher mehrere Druckfehler stehen geblieben, welche der Leser nach dem am Ende beigefügten Druckfehler-Verzeichnisse gütigst verbessern wolle.

München, am Feste der unbefleckten Empfängniß Mariä, den 8. Dez. 1864.

Der Verfasser.

Inhalt.

Erste Abtheilung.

Verfassung und Bestand der schismatischen Kirchen des Orients.

I. Kapitel.

Die griechisch-schismatische Kirche in den türkischen Staaten und in Aegypten.

II. Kapitel.

Die griechische Kirche im Königreiche Griechenland und auf den jonischen Inseln.

III. Kapitel.

Die griechisch-russische Kirche.

IV. Kapitel.

Die griechisch-schismatische Kirche in den Donaufürstenthümern.

V. Kapitel.

Die griechische Kirche in Serbien.

VI. Kapitel.

Die griechische Kirche in Montenegro.

VII. Kapitel.

Die griechisch-schismatische Kirche in den österreichischen Staaten.

VIII. Kapitel.

Die armenische Kirche.

IX. Kapitel.

Die nestorianische Kirche.

X. Kapitel.

Die koptische Kirche in Aegypten.

XI. Kapitel.

Die monophysitische Kirche in Abyssinien.

XII. Kapitel.

Die jakobitische Kirche.

XIII. Kapitel.

Die Thomas-Christen in Malabar.

Zweite Abtheilung.

Verfassung und Bestand der unirten orientalischen Kirchen.

I. Kapitel.

Die unirte griechische Kirche.

II. Kapitel.

Die melchitische oder griechisch-katholische Kirche des Orients.

III. Kapitel.

Die unirte koptische und abyssinische Kirche.

IV. Kapitel.

Die unirte armenische Kirche.

V. Kapitel.

Die chaldäische Kirche.

VI. Kapitel.

Die syrisch-katholische Kirche.

VII. Kapitel.

Die maronitische Kirche.

Erste Abtheilung.

Verfassung und Bestand der schismatischen Kirchen des Orients.

I. Kapitel.

Die griechisch-schismatische Kirche in den türkischen Staaten und in Egypten.

§. 1. Geschichtliche Einleitung.[1])

Allerdings hatte der Titel „ökumenischer Patriarch", welchen zuerst der Patriarch Johannes IV., der Faster, im Jahre 588 sich beigelegt hatte, zu vielen Streitigkeiten zwischen dem römischen Stuhle und den Patriarchen von Konstantinopel geführt; allein die Veranlassung zum Schisma lag weniger in der Annahme dieses Titels[2]), als vielmehr in der dahinter versteckten Herrschsucht und in dem Unabhängigkeitsstreben der genannten Patriarchen, unter denen sich besonders der Patriarch Photius, gestorben um das Jahr 891, auszeichnete. Dieser legte den Samen zur Trennung zwischen der griechischen und römischen Kirche, welche unter dem Patriarchen Michael Cerularius (1043—1059) ihre Vollendung fand.

Die Päpste versuchten zwar von Zeit zu Zeit eine Vereinigung der beiden Kirchen herzustellen; aber alle ihre Versuche blieben fruchtlos. Wohl hatte sich auf dem Concil zu Lyon im Jahre 1274 die Abgeordneten des Kaisers Michael Paläologos und des griechischen Episcopats mit der römischen Kirche vereinigt; allein der Kaiser

---

[1]) Le Quien: Oriens christ. T. I. pag. 226, 249, 260, 285, 313; sq.; J. M. Heineccii Abbildung der alten und neuen griechischen Kirche (Leipzig 1711) Th. I. S. 46. 137 ff.

[2]) Wie irrig Le Quien (l. c. p. 89) annimmt.

konnte die Union nicht zur Ausführung bringen, und so kehrte mit seinem Tode im Jahre 1282 die Trennung wieder zurück. Besser ließ sich diese Sache im fünfzehnten Jahrhundert an, als die siegreich vordringenden Schaaren der Türken die Griechen nöthigten, bei den Lateinern Hilfe zu suchen. Auf dem Concil zu Florenz wurde am 5. Juli 1439 das Unionsdecret von dem Kaiser Johann Paläologos, dem Patriarchen Joseph und mehreren anderen griechischen Bischöfen unterschrieben; aber die ganze Vereinigung scheiterte an dem Widerstande des griechischen Volkes und Klerus, an dessen Spitze der Bischof Markus von Ephesus stand. Mit der Eroberung Konstantinopels durch Muhamed II. im Jahre 1453 und der Erwählung des Georgius Scholarius zum Patriarchen, der den Namen Gennadius annahm und sich vom Sultan investiren ließ, hatte die Union ihr Ende erreicht, und die griechische Kirche blieb bis auf den heutigen Tag von der römischen getrennt. Ihre Verfassung und ihr Bestand soll nun der Gegenstand unserer Darstellung sein.

§. 2. Der griechische Klerus im Allgemeinen.

a) Stufen der Hierarchie.

[1] Das Priesterthum, eines der sieben Sakramente, begreift in sich zwei höhere Weihen, das Diakonat und Presbyterat, und zwei niedere, das Lectorat und das Subdiakonat. Dessenungeachtet kennt die griechische Kirche vier niedere Stufen des Clerikats, welche sämmtlich im Subdiakonat enthalten sind, nämlich den Lampadarios oder Fackelträger, welcher das Amt eines Küsters versieht, den Anagnostes oder Vorleser, den Psaltisten oder Sänger, und den Subdiakon, dem zunächst die Aufsicht über die geweihten Gefäße obliegt. Die griechischen Kanonisten unterscheiden daher drei Klassen von Klerikern, nämlich solche, welche ordinirt werden (χειροτονονται d. h. durch Handauflegung geweiht werden), wie die Bischöfe, Priester, Diakonen und Subdiakonen; solche, welche nur bezeichnet werden (σφραγιζονται), wie die Cantoren, Lektoren und diesen ähnliche, und endlich solche, welche blos zu einer kirchlichen Stelle befördert werden (προβαλλονται), wie die Oekonomen, Anwälte, Sekretäre u. dgl.

[1]) Zonaras et Balsamon ad can. 2. Conc. Chalced. ap. Bevereg. T. I.

Die Tonsur geht der Ordination des Lektors unmittelbar vorher, wird also nicht getrennt ertheilt.

Den höchsten Rang in der griechischen Kirche hat der Patriarch, unter dem die Exarchen, Metropoliten und Bischöfe stehen. Solche Patriarchen zählt die griechische Orthodoxie im Ganzen vier, nämlich die Patriarchen von Konstantinopel, Alexandrien, Antiochien und Jerusalem.[1])

b) Erforderniße zur Ordination.

Als Seminarien zur Erziehung der Kleriker dienen die Klöster, wo die künftigen Geistlichen im Lesen und Schreiben und in den kirchlichen Funktionen unterrichtet werden. Auf den Prinzeninseln besteht ein gemeinsames Priesterseminar, das auf Kosten der Bischöfe erhalten wird, und wohin jeder Diöcesanbischof zwei Candidaten zu schicken berechtigt ist.[2]) Wissenschaftliche theologische Bildung wird von den Adspiranten des geistlichen Standes nicht gefordert, sondern nur darauf gesehen, daß der Ordinand einen guten Namen ob seiner Frömmigkeit, Neigung zu geistlichen Dingen und Kenntniß der unumgänglichen Pflichten seines Berufes hat.

Ein körperlicher Defect ist nur dann ein Hinderniß zur Weihe, wenn er zur Verrichtung der klerikalen Funktionen unfähig macht; denn sagen die Canonisten,[3]) eine reine und fleckenlose Seele ist zum Priesterthum erforderlich, nicht aber auch ein solcher Körper. Ein Einäugiger oder Hinkender kann also Kleriker werden, ein Tauber und Blinder dagegen nicht. Ein Besessener kann, wenn er geheilt ist, ordinirt werden; ebenso ein Eunuch,[4]) wenn er sich nicht selber verschnitten hat. Für das Lectorat ist kein bestimmtes Alter festgesetzt[5]); wohl aber muß der Subdiakon zwanzig, der Diakon fünfundzwanzig und der Presbyter dreißig Jahre zählen.[6]) Neophyten oder

[1]) Heineccius a. a. O. Thl. II. S. 299. Papp-Szilágyi: Enchir. jur. eccl. orient. (M. Varad. 1862) p. 37. 405.

[2]) Michon: Voyage relig. en Orient (Par. 1853) T. I. pag. 246.

[3]) Balsamon, Zonaras ad Can. 78. ss. apost. (Bevereg. T. I. p. 51.)

[4]) SS. Apost. can. 21. 22. 77. 78. 79.

[5]) Die Verordnung Justinians (Nov. 123. c. 13), daß der Lector 18 Jahre alt sein soll, scheint nicht practisch geworden zu sein.

[6]) Delectus leg. compend. per Jmpp. Basilium, Leonem, Alexandrum et Constantinum tit. 8, nr. 7—11 ap. Leunclav. T. II. pag. 94.

solche, welche in ihrer Krankheit sich taufen ließen, sollen nur dann ordinirt werden, wenn sie bereits Proben ihres Glaubens abgelegt haben, oder Mangel an Klerikern vorhanden ist.[1]) Wer im Militär- oder Civildienst angestellt war, soll erst, wenn er 15 Jahre tadellos in einem Kloster zugebracht, in den Klerikalstand aufgenommen werden.[2]) Illegitime Geburt bildet kein Weihhinderniß; irregulär aber ist, der sich zum zweiten Male verehelicht, oder eine Wittwe, eine Geschiedene, eine Hure, eine Sklavin, eine Schauspielerin geehlicht oder eine verbotene Ehe geschlossen hat.[3]) Ferner ist irregulär, der seinem ehebrecherischen Weibe beigewohnt, oder dessen Hausgenossen noch nicht alle zur orthodoxen Kirche gehören.[4]) Ordinirt kann auch derjenige nicht werden, gegen welche eine Klage wegen Unzucht, Ehebruch oder einer andern verbotenen Handlung erhoben worden, und er dessen für schuldig befunden wurde. Sollte Einer, der sich bereits fleischlich versündigt hatte, zum Diakon oder Priester ordinirt worden sein, so darf er, wenn er dieß freiwillig bekennt, zwar in seinem Ordo verbleiben, aber die heiligen Funktionen nicht mehr ausüben; wird er jedoch dessen angeklagt und überführt, dann soll er zu einem Minister der Kirche degradirt werden.[5]) Der Ordinand hat sich daher durch ein Beichtzeugniß auszuweisen, daß er von dergleichen Irregularitäten frei sei.[6])

Kein Ordo darf mit Ueberspringung eines andern ertheilt werden, sondern Jeder hat in der erlangten Weihe die vorgeschriebene Zeit hindurch zu verweilen. Doch scheinen die zwischen den einzelnen Weihen liegenden Interstitien unbedeutend zu sein, da die Canonisten auf Gregor, den großen Theologen, verweisen, welcher in seiner Rede über das Priesterthum sagt, daß der Priester in sieben Tagen vollendet werde.[7])

---

[1]) Can. 80. ss. Apostol.; can. 12. Syn. Neocaes.

[2]) Nov. 137. cap. 1.

[3]) SS. Apost. can. 17—19. Cf. Photii Nomocanon. tit. 1. c. 28. Schol.

[4]) c. 8. Syn. Neocaes.; c. 36. Syn. Carthag.

[5]) c. 61. ss. Apost., c. 9. 10. Syn. Neocaes. Alle andern Sünden tilgt die Ordination.

[6]) Tournefort: Reise nach der Levante (Nürnb. 1776) Bd. I. S. 148. — Wengers Beitr. zur Kenntniß des gegenwärtigen Zustandes der griechischen Kirche S. 103.

[7]) Balsamon ad c. 17. Conc. Const. (I. et II. in templo ss. Apostol.) ap. Bevereg. T. I. pag. 358.

Absolute Ordinationen sind verboten.[1])

c) Pflichten der Kleriker.[2])

Kleriker sollen sich weltlichen Beschäftigungen unter der Strafe der Deposition nicht hingeben. Sie sollen nicht Bürgen, Vormünder, Curatoren oder Procuratoren sein, ausgenommen für fromme Zwecke, oder wenn sie nach dem Gesetze zu einer solchen Stelle berufen werden. Sie sollen Würfelspiel, Trunkenheit und Wirthshäuser meiden, und nicht Wucher treiben. Wenn ein Kleriker seinen Stand verläßt und einen Civil- oder Militärdienst übernimmt, so soll er, wenn er auf Ermahnung nicht zurückkehrt, excommunicirt werden. Ohne Erlaubniß des Bischofs darf kein Kleriker reisen, und es ist ihm nicht gestattet, auf der Reise eine andere als die klerikale Kleidung zu tragen. Nur die Lectoren und Cantoren[4]) dürfen nach der Ordination heirathen. Ist der Lector oder Cantor vor der Ehe mit seiner Verlobten fleischlich zusammengekommen, so wird er auf ein Jahr suspendirt, und kann ebenso, wie wenn er eine zweite Ehe geschlossen, nicht mehr höher ordinirt werden, wohl aber können ihm andere kirchliche Officia übertragen werden. Versündigt sich dagegen der Lector mit einer andern Person oder schließt er eine dritte Ehe, so wird er deponirt. Dieselbe Strafe soll den Hypodiakon,[5]) den Diakon und Presbyter treffen, wenn sie nach der Ordination sich verehlichen oder eine zweite Ehe schließen. Hat ein Priester vor seiner Ordination unwissentlich eine unerlaubte Ehe geschlossen, so soll dieselbe getrennt werden, und er keine priesterlichen Funktionen mehr ausüben dürfen. Zur Zeit des Altardienstes sollen sich die Presbyter und Diakonen des ehelichen Umganges enthalten.

---

[1]) C. 6. Syn. Chalced.

[2]) Harmenopuli epitome s. canon. (ap. Leuncl. T. I. pag. 1 sq.) Sect. II. tit. 3., Sect. III. tit. 2.

[3]) Das Lectorat und Cantorat sind zwar an und für sich verschieden, aber ganz gleiche Weihegrade, so daß der Empfang des einen nicht mehr den des andern fordert. Cf. Assemani Bibl. orient. T. III. P. II. p 795.

[4]) Nach der gegenwärtigen Praxis verliert der Hypodiakon bei einer zweiten Ehe seine Stelle nicht mehr (S. Heineccius a. a. O. Th. II. S. 389); ja nach Maurer (Das griechische Volk Bd. I. S. 406) und Boué (La Turquie d'Europe T. III. pag. 403) soll auch der Diakon bei einer zweiten Ehe sein Amt nicht verlieren, sondern nur nicht mehr Priester werden können.

d) **Kleidung der Kleriker.**[1])

Das kirchliche Kleid des Lectors ist das Phänolion oder Kamision, ähnlich dem Chorrock der Lateiner. Der Subdiakon trägt das Stoicharion oder Sticharion, eine Art Albe, welche mit einem Gürtel geschürzt wird. Der Diakon hat als Auszeichnung noch das Orarion, die Stola, welche über die linke Schulter hinten und vorn herabhängt, und drei Mal mit dem Worte ἅγιος (heilig) bezeichnet ist. Die liturgische Kleidung des Priesters besteht in einem Stoicharion und Cingulum, in Handärmeln (ἐπιμανίκια), entsprechend den Manipeln in der römischen Kirche, in dem Epitrachelion oder der Stola, welche an den Enden mit Franzen versehen ist und vorn bis auf die Füße herabhängt, und in dem Phenolion, einem rundum zugenähten und bis auf die Waden reichenden Mantel, dessen Stelle bei den Lateinern die Casula vertritt.

Außer der Kirche trägt der Priester einen langen, schwarzen Rock, über den ein langer Oberrock (καβάδιον) angezogen oder wie ein Mantel blos umgehängt wird. Die Kopfbedeckung ist ein schmaler, violbrauner Hut, mit einer linnenen Binde eingefaßt, woran ein anderes, violetfarbenes Tuch (περιστερά) in Gestalt eines Taubenschwanzes über die Schultern herabhängt. Der niedere Klerus trägt außer der Kirche einen kürzeren schwarzen oder violbraunen Rock, als der des Priesters ist. Die Tonsur wird von den griechischen Klerikern in der Weise getragen, daß sie den ganzen Scheitel von Haaren entblößen, während sie die übrigen Haare lang wachsen lassen. Die Tonsur führt den Namen σφραγίς d. h. Siegel.[2])

§. 3. Der Patriarch von Konstantinopel.

Der Patriarch von Konstantinopel ist das geistliche Oberhaupt der griechisch-schismatischen Kirche in den türkischen Staaten. Unter ihm steht demnach der gesammte griechisch-orthodoxe Klerus, und die Zahl der ihm unterworfenen Gläubigen beläuft sich wenigstens auf zwölf Millionen.

---

[1]) Heineccius a. a. O. Th. III. Kap. 1. §. 38. Cf. Neale: A History of the holy Eastern Church (Lond. 1850) P. I. p. 306 sq.

[2]) Heineccius a. a. O. §. 39.

Er ist aber auch zugleich das weltliche Haupt der griechischen Nation (roum milleti). Das Wort „Nation" darf jedoch hier nicht im Sinne von Nationalität schlechthin genommen werden, sondern hat in der Türkei eine staatsrechtliche, technische Bedeutung. Wie nämlich ursprünglich das gemeinsame religiöse Bewußtsein die Völker constituirte und zusammenhielt, so bildet auch hier der gemeinsame religiöse Glaube das Bindemittel für eine politische Corporation, und es begreift folglich der Ausdruck „griechische Nation" alle diejenigen in sich, welche durch das gemeinsame Bekenntniß der griechisch-orthodoxen Religion mit einander verbunden sind, obschon sie verschiedenen Nationalitäten, der griechischen, slavischen, bulgarischen, wallachischen und zingarischen angehören.[1]) Ueber alle diese herrscht zunächst der Patriarch und durch ihn erst die Pforte. Seine Stellung ist daher von größtem Einflusse auf die Administration des türkischen Reiches, und darin liegt wohl auch der Hauptgrund, warum die Pforte den Patriarchen so viel als möglich von ihr abhängig zu machen gesucht hat.

Das Amt des Patriarchen soll zwar lebenslänglich sein; derselbe also eigentlich nicht abgesetzt werden können. Allein mit Ausnahme des Verbrechens des Hochverraths, wo die Pforte den Patriarchen in Anklagestand versetzen kann, ist doch auch die hl. Synode, von der wir gleich nachher reden werden, berechtigt, in zwei Fällen die Absetzung des Patriarchen bei der Pforte zu beantragen, nämlich, wenn er die Verwaltung der Kirche schlecht geführt oder gegen das Dogma der orthodoxen Kirche gefehlt hat. Der erstere Punkt ist sehr weit gefaßt und er ist es daher meistens, der von der Intrigue benützt wird, um den Patriarchen zu stürzen und einen neuen an dessen Stelle zu setzen.[2])

---

§. 4. Die hl. Synode und ihre Rechte.

Mit dem Patriarchate von Konstantinopel steht in innigster Verbindung die heilige Synode (djemaat), eine Versammlung von zehn oder zwölf Metropoliten mit dem Patriarchen an der Spitze. Diese

---

1) Ubicini: La Turquie actuelle (Par. 1855) Introd. p. 9 sq. — Eichmann: Die Reformen des osmanischen Reiches (Berl. 1858) S. 15 f.

2) Wenger: Beitr. zur Kenntniß des gegenw. Zustandes der griech. Kirche S. 81. Eichmann a. a. O. S. 22.

Metropoliten werden vom Patriarchen frei gewählt mit Ausnahme der Metropoliten von Heraclea, Cyzikus, Nikomedien und Chalcedon,[1]) unter welche, weil sie der Hauptstadt zunächst gelegen sind, das aus vier Stücken bestehende Patriarchatssiegel vertheilt ist. Da die Inhaber dieses Siegels stets in Konstantinopel anwesend sein müssen, so nehmen diese Metropoliten, als besonders zur stetigen Mitverwaltung der Synodalgeschäfte geeignet, eine eigenthümliche Stellung ein, welche von der Pforte durch eine spezielle Aufzählung derselben in dem Berat des Patriarchen ausdrücklich anerkannt wird.[2]) Die genannten Prälaten haben daher das Recht, immer in der Hauptstadt zu residiren, und dem Patriarchen steht die Befugniß nicht zu, sie in ihre Diöcesen zu relegiren.

Der Patriarch kann zwar die Zahl der Mitglieder der Synode vermehren, nie aber unter die Zahl „zehn" reduciren.[3]) Ueberhaupt pflegen sich von den Metropoliten der Synode immer acht in Konstantinopel aufzuhalten, welche dann insgemein die Vornehmsten (ἔγκριτοι) genannt, mit dem Prädikate „Ehrwürden" ausgezeichnet, und als heilige Alten (ἅγιοι γέροντες) angeredet werden.[4])

Im Jahre 1847 wollte die Pforte der Synode drei weltliche Mitglieder, nämlich den Großlogotheten Aristarchi, den Exfürsten von Samos Vagorides und einen reichen chiotischen Kaufmann Psychari, gewöhnlich Messeyani genannt, für alle nicht auf das Dogma bezügliche und die Disciplin der Kirche betreffenden Angelegenheiten beigesellen; allein der Versuch dieser Modification der Synode scheiterte an dem kräftigen Widerstande derselben[5]). Durch Gewohnheit, welche von der türkischen Regierung ausdrücklich anerkannt ist, haben indeß alle in Konstantinopel

---

[1]) Eichmann a. a. O. S. 19. Rizo (Histoire moderne de la Grèce p. 31) setzt statt des Metropoliten von Nikomedien den von Derkos oder Derkai. Cf. Muradgea d'Ohsson: Tableau général de l'empire Othoman T. III. p. 50.

[2]) D'Ohsson l. c. p. 50.

[3]) Rizo l. c. Die zwölf Metropoliten der Synode sind nach Maurer (Das griech. Volk Bd. I. S. 391) und Boué (La Turquie d'Europe T. III. p. 422) gewöhnlich folgende: Die Metropoliten von Heraklea, Nikomedien, Cyzikus, Chalcedon, Nicäa, Cäsarea, Larissa, Thessalonika, Adrianopel, Smyrna, Ephesus und Derkus. Eichmann (a. a. O.) hat statt der Metropoliten von Larissa und Smyrna die von Tornova und Amasia.

[4]) Maurer a. a. O. S. 392, Boué l. c.

[5]) Eichmann a. a. O. S. 21.

anwesenden Patriarchen und Metropoliten der griechisch-schismatischen Kirche das Recht an den Berathungen und Beschlüssen der hl. Synode Theil zu nehmen. Es pflegt dieß auch bei allen wichtigen Angelegenheiten der Fall zu sein; bei den minder wichtigen dagegen, namentlich bei denjenigen, welche sich auf die Verwaltung der Kirche beziehen, genügt die Entscheidung des Patriarchen und jener vier Metropoliten, die das Patriarchatssiegel führen.[1])

Die hl. Synode ist nun das oberste Tribunal für den griechisch-orthodoxen Klerus, die Appellations-Instanz gegen die richterlichen Erkenntnisse der Bischöfe. Ihre Mitglieder bilden den Rath des Patriarchen, der ohne ihre Zustimmung keine allgemeinen kirchlichen oder weltlichen Angelegenheiten entscheiden, keinen Bischof ernennen kann. Der Synode allein steht die richterliche und die Strafgewalt über den Patriarchen zu. Sie allein entscheidet, den Fall des Hochverraths ausgenommen, über die Schuld oder Unschuld des Patriarchen, und erst, wenn diese Entscheidung gefällt und durch einen officiellen Bericht zur Kenntniß der Pforte gebracht ist, erst dann schreitet diese auf ausdrücklichen Antrag der Synode ein und spricht die Absetzung des Patriarchen aus, worauf die Synode zur Wahl eines neuen Patriarchen schreitet, welche Befugniß das vornehmste Recht der Synode bildet.[2])

Die Synode regelt und vertheilt auch die kirchlichen Abgaben; in ihren Händen befinden sich die Siegel aller Klöster des türkischen Reiches. Sie selbst führt ein eigenes Siegel, das aus vier Stücken besteht, wovon eines der jeweilige Patriarch besitzt, die andern drei dagegen den von der Synode hiezu erwählten Metropoliten übergeben werden. Dasselbe ist rund und hat die Inschrift: „Die Diener: Der griechische Patriarch von Konstantinopel und die Metropoliten der in der Hauptstadt residirenden Synode.“[3])

Die Sitzungen der Synode finden gewöhnlich an Sonn- und Feiertagen nach dem Gottesdienste statt. Uebrigens bedürfen die Sy-

---

[1]) Eichmann a. a. O. S. 19.

[2]) D'Ohsson l. c. p. 50; Rizo l. c. p. 32; Boué l. c. p. 422; Eichmann a. a. O. S. 8. 22. 393.

[3]) Türkisch: Bendekian Patrik Istambol Roum vé assitané dé moukim Djemaat Metropolitan.

nodal-Dekrete bezüglich ihrer Ausführung größtentheils eines Firman des Sultans.[1])

§. 5. Wahl und Investitur des Patriarchen.

Ist der Patriarchenstuhl in Erledigung gekommen, so versammeln sich die Mitglieder der hl. Synode und die in Konstantinopel anwesenden Erzbischöfe und Bischöfe im Synodikon, d. i. im Patriarchatsgebäude, welches im Fanar, dem Quartier der Griechen, liegt, und schreiten in Gegenwart eines Kommissärs der türkischen Regierung zur Wahl von drei Candidaten durch Abstimmung.[2])

Die Candidaten müssen Metropoliten sein, da nur ein solcher zum Patriarchen gewählt werden kann.[3])

Ist diese Wahl erfolgt, so wird ihr Resultat der im Vorhofe des Synodikons versammelten Nation, d. h. den Mitgliedern der beiden Pentas des weltlichen Klerus oder den Laien, welche Inhaber gewisser, der griechischen Kirche eigenthümlicher Ehrenämter sind, wie dem Großlogotheten, Chartophylax, Skevophylax u. a., ferner den von den Kaufleuten und Bürgern ernannten Notabeln und den Häuptern der Gewerke (Esnafs) verkündigt. Die Versammlung bezeichnet alsdann durch Acclamation und den Zuruf ἄξιος (würdig) denjenigen aus den drei von der Synode vorgeschlagenen Candidaten, welchem sie den Vorzug gibt.[4]) Dieß soll dem Anscheine nach eine Erinnerung an das uralte Recht der christlichen Gemeinde, sich bei der Wahl ihrer Bischöfe betheiligen zu dürfen, sein, ist aber in der That nur eine leere Form, da die Wahl selbst das Ergebniß einer vorangegangenen, geheimen Berathung zwischen den einflußreichsten Mitgliedern der Synode und den hervorragendsten

---

[1]) D'Ohsson l. c. p. 51; Wenger a. a. O. S. 86; Eichmann a. a. O. S. 23; Boué l. c. p. 423; Madden: The Turkish Empire (Lond. 1862) V. II. p. 77.

[2]) Ehemals wurde die Synode zur Wahl des Patriarchen vom Kaiser berufen. Die versammelten Bischöfe hatten drei Candidaten vorzuschlagen, aus denen dann der Kaiser den Patriarchen ernannte. Le Quien l. c. p. 163 sq.

[3]) D'Ohsson l. c. p. 50. Zur Zeit der griechischen Kaiser konnte auch ein niederer Kleriker gewählt werden. Le Quien l. c p. 169. 177.

[4]) Zur Würdigkeit eines Patriarchen gehören fünf Erfordernisse: Erfahrung, Klugheit, Fähigkeit, Gelehrsamkeit und vor Allem Anhänglichkeit an die türkische Regierung. Wenger a. a. O. S. 82.

Notabeln ist. Nach erfolgter Zustimmung der versammelten Nation wird von allen Anwesenden das Protokoll unterzeichnet und hierauf von der Synode ein officieller Bericht über den Wahlakt an die Pforte erstattet, welche demgemäß das Berat oder Investitur-Dekret ausfertigen läßt.[1]) In diesem Berat, welches durch Erlegung einer bestimmten Geldsumme, Charatzion oder Peskesion genannt, erkauft werden muß,[2]) sind alle dem Patriarchen und der Synode, sowie der griechisch-orthodoxen Kirche überhaupt zustehenden Befugnisse und Rechte im Einzelnen angegeben.

Am anderen Tage nach der Wahl macht der neue Patriarch dem Großvezier einen officiellen Besuch, bei welchem ihm das Berat ausgehändigt wird. Zugleich empfängt er hier, einer uralten Gewohnheit gemäß, eine prachtvolle Kleidung, bestehend aus einem Caftan (ein langes Kleid von Seide oder Brocatelle), einem Mantel, einer schwarzen Kapuze und dem Patriarchenhute, ferner einen schön gearbeiteten Patriarchenstab und ein weißes Pferd zum Geschenke.[3])

Vom Amtslokale des Großveziers begibt sich alsdann der Patriarch zu den übrigen Ministern der Pforte, um ihnen gleichfalls einen officiellen Besuch abzustatten. Hierauf folgt die Inthronisation des Patriarchen.

Unter Vorantritt eines Kapigi (Trabanten der Pforte), zweier Tzaus (Gefreite) von der Leibwache des Sultans, eines Sekretärs des Großvezirs oder des Kaimakams der Stadt und einiger Leibgard-Milizen wird der neue Patriarch, von einer zahlreichen Klerisei und großen Menge Volkes umgeben, in den Patriarchenhof, der sich im Kloster zur allerseligsten Jungfrau befindet, geführt. Dortselbst empfangen ihn die versammelten Metropoliten und Bischöfe mit brennenden Kerzen, um ihn in seine Kathedrale zu geleiten. Vor der Kirchenthüre wird vom Sekretär das Berat verlesen und dann begibt sich der ganze Zug in die Kirche, wo der Ritus der Inthronisation beginnt, welche Hand-

1) Eichmann a. a. O. S. 20 f.; D'Oschhon l c. p. 49 sq.

2) Der Erste, der das Charatzion oder Peskesion zahlte, war der Patriarch Simeon in der zweiten Hälfte des 15. Jahrhunderts, der dem Sultan 1000 Dukaten für das Patriarchat bieten ließ. Später wurde diese Summe immer mehr erhöht, so daß eben der Meistbietende das Patriarchat erhielt. Le Quien l. c. p. 149. Heiniccius a. a. O. Th. I. S. 47 f.

3) Heineccius a. a. O. Th. II. S. 386. Th. III. S. 50. Cf. Le Quien l. c. p. 125. 147. 313; Tournefort a. a. O. S. 143.

lung vom Metropoliten von Heraklea, dem vor Alters her das Recht der Consecration und Inthronisation des Patriarchen zusteht[1]), vorgenommen wird. Dieser Akt ist ganz einfach. Der Metropolit von Heraklea führt nämlich den neuen Patriarchen zu seinem Throne, setzt ihn drei Mal unter dem Rufe ἄξιος, welchen der Klerus und das Volk erwiedert, auf den Patriarchenstuhl nieder und überreicht ihm Hut und Stab. Hieran schließt sich eine feierliche Liturgie und zuletzt wird das Volk mit dem Segen des neuen Patriarchen entlassen.[2])

---

§. 6. Jurisdiction des Patriarchen.

Die geistliche Jurisdictionsgewalt des Patriarchen von Konstantinopel erstreckt sich über sämmtliche Diöcesen in der europäischen Türkei, in gewisser Beziehung wenigstens selbst mit Einschluß der Donaufürstenthümer, sowie über die Diöcesen Asiens, in so weit dieselben nicht den Patriarchen von Antiochien und Jerusalem unterworfen sind. Die Erzbisthümer Okhrida und Ipek behaupteten zwar früher eine unabhängige Stellung, wurden jedoch in neuerer Zeit durch einen Hattischeriff der türkischen Regierung mit dem Patriarchate von Konstantinopel vereinigt; dagegen sind auch jetzt noch der Erzbischof von Cypern als αὐτοκέφαλος und der Vladika von Montenegro exemt.[3])

Als geistliches Oberhaupt gebührt dem Patriarchen das oberste kirchliche Gesetzgebungs-, Regierungs- und Verwaltungsrecht. Ihm steht es zu, die verschiedenen speciellen oder universellen kirchlichen Bestimmungen zu interpretiren und zu beurtheilen, an ihn gehen alle Controversen in den Diöcesen, wie überhaupt alle wichtigen kirchlichen Angelegenheiten.[4]) Was die einzelnen geistlichen Befugnisse des Patriarchen betrifft, so stehen ihm nach dem von der türkischen Regierung ausgestellten Berat[5]) folgende besonders zu:

---

[1]) Weil der Bischof von Konstantinopel früher dem Metropoliten von Heraklea untergeben war. Le Quien l. c. p. 124. 180.

[2]) Heineccius a. a. O. Th. III. S. 50. f. Tournefort a. a. O. S. 144. Wenger a. a. O. S. 83. Cf. Le Quien l. c. p. 176.

[3]) Eichmann a. a. O. S. 14. Cf. Madden l. c. p. 78.

[4]) Delectus leg. compend. per Impp. Basilium, Leonem, Alexandrum et Constantinum tit. III ap. Leunclav. P. II. p. 84. 85.

[5]) D'Ohsson l. c. p. 51 sq. Eichmann a. a. O. S. 23 f.

„Der Patriarch hat die Direction sämmtlicher Kirchen und Klöster der griechisch-orthodoxen Confession, sowie die Aufsicht über ihre ökonomischen Verhältnisse.“

„Er kann nach Belieben sämmtliche Metropoliten und Bischöfe ein- und absetzen. Auf seinen Antrag hin erläßt die Pforte die erforderlichen Berats für die neu ernannten Prälaten.“

„Er hat das Recht, sämmtliche Metropoliten und Bischöfe in ihre Diöcesen zu relegiren, mit Ausnahme der vier genannten Metropoliten, welche das Patriarchatssiegel führen, sowie derjenigen, welche mit dem Patriarchen im Besitze des Synodalsiegels sind. Ja selbst die Patriarchen von Alexandrien, Antiochien und Jerusalem dürfen nicht ohne seine und der Synode Zustimmung nach Konstantinopel kommen.“

„Der Patriarch und seine Vikare haben in Ehe- und Testamentssachen unbeschränkte Jurisdiction.“

„Dem Patriarchen steht das Strafrecht über den gesammten Klerus nach den Gesetzen der Kirche zu.“

„Werden seitens der türkischen Verwaltungs- oder richterlichen Behörden Klagen über Bischöfe erhoben, so darf darüber nur mit Zuziehung des Patriarchen von der Pforte entschieden werden. Ebenso darf die Verhaftung eines Prälaten nur mit Bewilligung des Patriarchen und mit Zuziehung seiner Beamten vorgenommen werden.“

„Alle Anhänger der griechisch-orthodoxen Kirche sind dem Patriarchen zum strictesten Gehorsam verpflichtet und es steht daher demselben gegen Widerspenstige das Correctionsrecht zu. Er kann sie ungehindert excommuniciren, ihnen das kirchliche Begräbniß versagen u. dgl.“ [1])

Ferner genießt der Patriarch das Privilegium, ausschließlich das hl. Chrisma zu weihen, und das Recht des Stauropegions in allen Diöcesen. [2])

---

[1]) Obwohl der Patriarch von den kirchlichen Censuren gerade keinen sparsamen Gebrauch macht, so sind dieselben doch noch immer sehr gefürchtet.

[2]) Le Quien l. c. p. 116 sq. Unter Stauropegion versteht man den Ritus, wornach bei Gründung einer Kirche oder eines Klosters vom Bischofe oder Patriarchen an der Stelle, wo der Altar zu stehen kömmt, ein Kreuz errichtet werden soll. Wer das Recht hat, diesen Ritus vorzunehmen, dem ist auch die Kirche oder das Kloster unterworfen.

Da aber der Patriarch von Konstantinopel zugleich das Haupt der griechischen Nation ist, so kommen ihm auch gewisse weltliche Befugnisse zu, und in dieser Beziehung erstreckt sich seine Jurisdiction selbst über die Sprengel der übrigen Patriarchen, weil über alle griechisch-schismatischen Unterthanen der Pforte. Nur in den Donaufürstenthümern und in Montenegro, die eine von der türkischen Verwaltung getrennte christliche Regierung besitzen, ebenso in Aegypten, wo der Vicekönig sich von der Pforte unabhängig gemacht hat, kann der Patriarch selbstverständlich keine weltlichen Befugnisse haben. [1])

Dahin gehört vor Allem eine gewisse Polizeigewalt des Patriarchen bezüglich geringerer Vergehen, Diebstähle u. s. w. Zu diesem Behufe hat der Patriarch seinen eigenen Gerichtshof (*κριτήριον*), der aus seinen Officialen (*κληρικοί*) zusammengesetzt ist und unter seinem Vorsitze oder dem seines Protosynkellos wöchentlich zwei öffentliche Gerichtssitzungen, nämlich am Mittwoch und Freitag, hält. Der Patriarch besitzt daher auch eigene Kavassen (Polizeisoldaten) und ein eigenes Gefängniß. Er kann Jeden seiner Gläubigen, wenn er es verdient, zu den Galeeren verurtheilen, ohne hiezu erst eigens die Erlaubniß der Pforte nöthig zu haben. Ebenso können alle Civilstreitigkeiten nicht nur zwischen Griechen unter einander, sondern auch zwischen Armeniern und Griechen und sogar zwischen Griechen und Türken mit Zustimmung der Partheien vor das Gericht des Patriarchen gebracht werden, und das hier gefällte Urtheil wird auch von der Pforte als giltig anerkannt. Jedoch bleibt den Partheien der Rekurs an die türkischen Gerichte unbenommen. [2])

Die Gesetze, nach welchen das geistliche Gericht des Patriarchen verfährt, sind eben die Byzantinischen, besonders ist der Hexabiblos des Harmenopoulos und das Pidalion (*πηδάλιον* d. h. Steuerbuch) im Gebrauche. [3])

Schließlich bemerken wir, daß der Patriarch alle diese geistlichen und weltlichen Rechte nur in Gemeinschaft mit der Synode ausüben kann. Deßhalb muß nach einer Verordnung des Piscopos-Calemy

[1]) Eichmann a. a. O. S. 15.

[2]) Rizo l. c. p. 33 sq.; Maurer a. a. O. S. 95, 393; Zachariä's Reise in den Orient. S. 292; Boué l. c. p. 423.

[3]) Maurer a. a. O. S. 104 ff.; Wenger a. a. O. S. 85; Zachariä a. a. O. S. 292.

(Bureau der Bischöfe) den Befehlen des Patriarchen das Synodalsiegel beigedruckt sein, und die Pforte ist verpflichtet, nur die unter dem Synodalsiegel ihr unterbreiteten Vorstellungen in Erwägung zu ziehen. [1])

§. 7. Ehrenrechte des Patriarchen.

Der Patriarch genießt einen privilegirten Gerichtsstand, indem er nur vor dem kaiserlichen Divan in Konstantinopel verklagt werden kann.

Er hat das Recht, zu Pferde zu reiten, ein Gefolge zu haben und dieses nach Belieben zu kleiden, sich das Kreuz, den Patriarchenstab und zwei Fackeln vortragen zu lassen, und darf hierin von Niemanden gehindert werden. [2])

Er wird mit „Euere Ganzheiligkeit" (*παναγιότητα σου καὶ παναγιώτατος*) angeredet und nennt sich selbst in seinen Schreiben einen Erzbischof von Konstantinopel, Neu=Rom und ökumenischen Patriarchen. [3])

Jeder Priester hat unter der Strafe der Suspension den Namen des Patriarchen in der Liturgie zu commemoriren. [4])

Die gewöhnliche Kleidung des Patriarchen besteht aus einem langen, cameelfarbenen Tuchrocke, dem gemeinen Habit der Mönche, ferner aus einem braunen Atlasmantel (*μανδύας*), auf dessen vier Ecken ebenso viele lichtblaue, viereckigte Flecken zu sehen sind, *πόματα* (Becher) genannt; unten herum gehen zwei weiße und ein rother Streifen (*πόταμοι*, Flüsse). Das Haupt bedeckt der Patriarch mit einer doppelten Kapuze, ähnlich der Mönchskappe, deren Zipfel hinten und vorn über die Achsel herabhängen; die untere heißt *κατωκαμηλαύχιον*, die obere *ἀνωκαμηλαύχιον*. Auf diese setzt er einen breiten violetten Hut (*καπάσιον, κάπελλος*) ohne Krämpe mit einem hellblauen Kreuze, von welchen aus zwei breite Bänder (*καμιλαβα*) auf beiden Seiten über die Schultern herabhängen. In der Rechten hält er dann einen hölzernen, mit Perlmutter ausgelegten oder elfenbeinernen Stab (*δικανίκιον*), fast einer Krücke ähnlich, indem er sich oben am Griffe

[1]) D'Ohsson l. c. p. 51; Eichmann a. a. O S. 25.

[2]) Eichmann a. a. O. S. 25. 388. Cf. Le Quien l. c. p. 126.

[3]) Tournefort a. a. O. S. 145; Wenger a. a. O. S. 123.

[4]) Cf. Papp-Szilágyi l. c. p. 71.

in ein Querholz endigt oder in ein paar elfenbeinerne Schlangenköpfe, die sich kampflustig gegenüber stehen.[1])

Die liturgische Kleidung des Patriarchen ist dieselbe, wie bei den Metropoliten.

---

§. 8. Revenüen des Patriarchen.

Das Einkommen des Patriarchen von Konstantinopel ist sehr bedeutend.[2])

Es besteht vor Allem in den Erbschaften von Metropoliten, Bischöfen, unverheiratheten Priestern, Mönchen und Nonnen, wenn sie ohne gesetzliche Erben sterben. Haben sie aber Erben hinterlassen, so darf der Patriarch nichts vom Eigenthume in Beschlag nehmen, außer die kirchlichen Gewänder, welche in der Sakristei deponirt werden. Uebrigens können Metropoliten, Bischöfe, Priester, Mönche und andere Gläubige bis zu einem Drittheile ihr Eigenthum dem Patriarchen vermachen.

Ein ferneres Einkommen des Patriarchen bilden die Ordinationsgebühren (ἐμβατικόν),[3]) die Installationstaxen der Metropoliten und Bischöfe[4]), die jährlichen Contributionen der Bischöfe und der dem Patriarchen unmittelbar unterworfenen Klöster. Außerdem erhält er unter dem Titel „κανονικόν" von jedem Priester seiner Provinz jährlich eine Zechine oder einen Dukaten und von jedem Laien 10 bis 12 Aspern.[5]) Dazu kommen die Taxen für die Verleihung von Curatien, die Kanzleigebühren und Prozeßkosten, endlich die Gebühren für Hochzeiten und Begräbnisse in seiner Diöcese und die Beisteuern, welche die Gläubigen unter den Benennungen von Weinberg-Ertrag und frommer Spende für den Patriarchen bestimmen und in Syrup, Oel, Honig, Seide, Getreide u. dgl. bestehen. Alle diese herkömmlichen

---

[1]) Heineccius a. a. O. Th. III. S. 59 f.

[2]) Madden l. c. V. II p. 78 schätzt dasselbe auf 3—4000 Pfund Sterling.

[3]) Dieses Embatikon hatte der Patriarch Jeremias II. nach dem Jahre 1572 durch eine Constitution abgeschafft, jedoch ohne Erfolg. V. Le Quien l. c. p. 150.

[4]) Diese Taxen schwanken nach Madden (l. c. p. 77) zwischen 150 und 750 Pf. Sterling.

[5]) Der Asper ist heut zu Tage eine rein imaginäre Münze. Drei Asper gehen auf einen Para, 40 Para auf einen Piaster, der gegenwärtig 16¾ Centimes gilt.

Abgaben werden dem Patriarchen in seinem Berat ausdrücklich garantirt und sind, sie mögen in Geld oder Waaren an das Patriarchat eingeschickt werden, von jeder Zollabgabe befreit, ja der Patriarch ist sogar berechtigt, diese Abgaben nöthigenfalls durch eigene Commissäre eintreiben zu lassen, welchen Commissären die türkischen Behörden bei ihrem Geschäfte nicht nur kein Hinderniß im Wege legen dürfen, sondern sie vielmehr zu unterstützen haben.[1])

Alle Einkünfte des Patriarchen fließen in eine gemeinsame Kasse, welche von ihm und einigen von der griechischen Nation hiefür gewählten Notabeln verwaltet wird. Diese Kasse genießt einen so hohen Credit, daß sogar die Türken ihre Kapitalien bei derselben anzulegen pflegen.[2])

Der Patriarch, sein Kapukehaya (Agent bei der Pforte) und fünfzehn Personen seines Gefolges sind zwar frei vom Haradsch (Kopfsteuer) und von allen andern Regierungs-Auflagen oder sonstigen Forderungen,[3]) allein statt dessen muß der Patriarch eine große Summe Geldes jährlich als Abgabe zahlen, nämlich 20,000 Piaster mit der gewöhnlichen Abgabe des Kalemiye, d. i. zehn Procent, an den Staats-Schatz; ferner 105 Okken[4]) Schöpsenfleisch täglich für die Bostandjis (kaiserliche Leibwache), was jährlich beiläufig 10,000 Piaster ausmacht; dann 750 Piaster, wovon 65,940 Asper zum Solde für die Azebs zu Derbend-Khan, die übrigen 24,060 Aspern an den Staats-Schatz kommen, und zwar gleichfalls mit dem gebräuchlichen Zins von zehn Procent; endlich 1,358 Piaster mit der Abgabe des Kalemiye für die mit dem Patriarchate unirten Erzbisthümer von Ipek und Okhrida. Außerdem bringt es die Gewohnheit mit sich, daß der Patriarch nicht blos bei seiner Investitur, sondern auch bei verschiedenen anderen Gelegenheiten den Ministern der Pforte Geschenke macht.[5])

---

[1]) D'Ohsson l. c. p. 53 sq.; Boué l. c p. 423; Eichmann a. a. O. S. 25.

[2]) Rizo l. c. p. 33. – Guys: Le guide de la Macédoine (Par. 1857.) p. 207.

[3]) S. Memorandum über die von der Pforte ihren christlichen Unterthanen ab antiquo in geistlichen Dingen verliehenen Privilegien von Lord Stratford de Redcliffe bei Eichmann a. a. O. S. 388.

[4]) 1 Okka enthält 266⅔ Drachmen, also ungefähr 2 Pf. 2 Lth. Griesebach's Reise durch Rumelien. (Götting. 1841). Bd. I. S. 184.

[5]) D'Ohsson l. c. p. 47, 55; Boué l. c. p. 423 sq.

§. 9. Die Officialen des Patriarchen.[1])

Der Patriarch hat ein sehr zahlreiches Personal, von dem er in der kirchlichen Verwaltung und bei seinen geistlichen Functionen unterstützt und bedient wird.

Dasselbe theilt sich in einen Chor zur Rechten und in einen Chor zur Linken. Der Chor zur Rechten zerfällt wieder in drei Abtheilungen, deren jede aus fünf Personen besteht, daher der Ausdruck *Πέντας*. Zur ersten Pentas gehören:

Der Großökonom (*μέγας ὀκονόμος*), seiner Weihe nach ein Diakon. Er präsentirt die Personen, welche ordinirt werden sollen, verwaltet das vacante Patriarchat und sitzt im geistlichen Gericht zur Rechten des Patriarchen. Er hat die Aufsicht über die Kirchengüter, nimmt die Zehnten und Zinsen ein und legt hierüber alle Quartal Rechnung ab. Beim Gottesdienste hält er den Fächer.

Der Oberaufseher über die Mönchsklöster (*μέγας σακελλάριος*). Er hat die Mönchsklöster zu visitiren und sie bei ihren Gerechtsamen zu schützen, worüber er alle Jahre zwei Mal dem Patriarchen Bericht erstattet. Er sitzt auch im geistlichen Gerichte.

Der Oberaufseher über die Sakristei (*μέγας σκευοφύλαξ*), der die Verwaltung der Kirchengeräthe hat und hierüber jährlich zwei Mal Rechnung ablegt. Er sitzt gleichfalls im geistlichen Gerichte.

Der Großkanzler (*μέγας χαρτοφύλαξ*), vor dessen Jurisdiction alle kirchlichen Streithändel gehören, wie er denn überhaupt die Stelle eines Archidiakons einnimmt.

Der Oberaufseher über die Nonnenklöster (*σακελλίου*), welcher zugleich über das Gefängnißwesen gesetzt ist.[2])

Zur zweiten Pentas gehören:

Der Protonotar (*πρωτονοτάριος*), welcher die Correspondenz des Patriarchen führt und bei allen Contracten, Testamenten und Freilassungen von Sklaven zugezogen werden muß, worüber er an den

---

[1]) Le Quien l. c. p. 130 sq.; Heineccius a. a. O. Th. III. S. 54 ff.

[2]) Diese fünf Würdenträger bilden mit dem Richter (*πρωτέκδικος*) die s. g. Exocatacölen, auf welche die sonst in der Person des Archidiakons vereinigte Jurisdiction übergegangen ist. Und wie die Cardinaldiakonen allen Bischöfen in der abendländischen Kirche vorgehen, so erhielten auch diese sechs Diakonen nach dem Jahre 1071 in der griechischen Kirche den Vorrang vor allen übrigen Bischöfen. Assemani Bibl. orient. T. III. P. II. p. 840.

Patriarchen Bericht erstattet. Beim Gottesdienste reicht er dem Patriarchen das Handwasser und hält den zweiarmigen Leuchter (*δικήριον*).

Der Aufseher über die Kleider (*καστρήνσιος*), welcher den Patriarchen beim Ankleiden bedient, beim Gottesdienste das Rauchfaß trägt und einen Sitz im geistlichen Gerichte hat.

Der Referendar (*ῥεφερενδάριος*), welcher bei Gesandtschaften gebraucht wird und gleichfalls im geistlichen Gerichte sitzt.

Der Groß-Siegelbewahrer (*μέγας λογοθέτης*), der auch einen Sitz im geistlichen Gerichte hat.

Der Protokollführer (*ὑπομνηματογράφος*), der bei der Patriarchenwahl die Stimmen notirt und sonst dem Patriarchen als Schreiber dient.

Zur dritten Pentas gehören:

Der Richter (*πρωτέκδικος*), der mit noch zwölf Beisitzern einen eigenen Gerichtshof für alle geringeren Streitsachen, die vor dem Patriarchen gebracht werden, bildet und dem Patriarchen hierüber Bericht erstattet.

Der Bewahrer des kirchlichen Rituals (*ἱερομνήμων*).

Der Hypogonaton [1]), der dem Patriarchen das Epigonation an den Gürtel knüpft und bei Austheilung der Communion die Patene trägt.

Der Hypomimneskon, welcher die Memoralien annimmt, die an das geistliche Gericht eingegeben werden.

Der Lehrer (*διδάσκαλος*), der das Evangelium und den Psalter erklärt.

Der Chor zur Linken besteht aus 17 Personen, welche also aufeinander folgen: Der Protopapas; der zweite Priester (*δευτερεύων*); der Exarch, welcher die Proceßsachen der Kirche und die streitigen Ehefälle untersucht; der Kirchenvorsteher (*ὁ ἄρχων τῶν ἐκκλησιῶν*), der das Register über die Einweihung der neuen Kirchen führt und das hl. Chrisma bewahrt; der Katechet; der Periodeutes, welcher die Landkirchen visitirt; der Täufer (*βαπτιστής*), welcher den Täufling drei Mal unter das Wasser taucht; der Vorsänger (*πρωτοψάλτης*); die zwei Domestiken und die zwei Primicerii, welche beim Singen gebraucht werden; der Chordirector (*πρώξιμος*); der Ceremonienmeister (*ὁ ἐπὶ*

---

[1]) *ὑπο γονάτων*, d. h. von den Knieen.

εὐταξίας); der Katagoriares, welcher die Reinigung der Kirche über sich hat; die Thürhüter (ὀστιάριοι); die Lampenwärter (λαμπαδάριοι); der Dekanus, welcher die Streitigkeiten der Priester wegen des Anschlages bei der Contribution zu schlichten hat, und endlich der Deputatus, der vor dem Patriarchen hergeht und ihm Platz macht.

Alle diese Aemter waren früher von großer Bedeutung und befanden sich, mit Ausnahme derer, welche eine geistliche Weihe erfordern oder Klosteraufsicht haben, in den Händen der vornehmen griechischen Familien, der s. g. Fanarioten. Die Besitzer derselben erfreuten sich eines Stimmrechtes bei der Wahl oder Absetzung des Patriarchen. Heut zu Tage aber sind die meisten von ihnen nur mehr bloße Titulaturen, und diejenigen, welche vom Patriarchen zu solchen Ehrenämtern befördert werden, beziehen eine geringe Pension aus der gemeinsamen Patriarchatskasse und gewisse Gebühren, welche noch einige Inseln, Städtegemeinden und Klöster unter dem Namen Exarchat- oder Präfectur-Steuer jährlich bezahlen. [1])

§. 10. Der Großlogothet. [2])

Wenn wir die Würde des Großlogotheten eigens hervorheben, so geschieht es deshalb, weil der Großlogothet der einzige Official des Patriarchen ist, der noch einen Einfluß besitzt, und besonders durch seine politische Stellung, indem er zugleich Beamter der Pforte ist, eine bedeutende Macht und ein großes Ansehen erlangt hat. Der Großlogothet wird vom Patriarchen und von der hl. Synode aus der Zahl der griechischen Notabeln gewählt und zwar auf Lebenszeit. Er muß hierauf von der Pforte als solcher bestätigt werden, und kann daher nur durch einen übereinstimmenden Beschluß beider Gewalten abgesetzt werden. Er ist das Organ, durch welches das Patriarchat alle auf seine weltlichen Privilegien bezüglichen Angelegenheiten mit der Pforte verhandeln muß; alle officiellen Mittheilungen des Patriarchats an die Pforte müssen durch seine Hände gehen, sind folglich seiner Sanction unterworfen. In der kirchlichen Verwaltung steht ihm das Recht zu, sämmtliche Synodalbeschlüsse, welche auf die Ernennung

---

[1]) Rizo l. c. p. 46; Maurer a. a. O. S. 390 f.

[2]) Eichmann a. a. O. S. 30.

der Metropoliten und Bischöfe Bezug haben, zu contrasigniren und für die Ausfertigung der betreffenden Diplome gewisse Gebühren zu erheben. Ohne seine Contrasignation würden solche Synodalbeschlüsse durchaus keine rechtliche Giltigkeit haben. Aus dieser Stellung des Großlogotheten kann man leicht abnehmen, daß derselbe bei der Wahl oder Absetzung des Patriarchen und den hiebei vorkommenden Intriguen eine wichtige Rolle spielen muß.

§. 11. Die Stellung der übrigen Patriarchen.

Unabhängig vom Patriarchen von Konstantinopel in kirchlicher Beziehung stehen die drei Patriarchen von Alexandrien, Antiochien und Jerusalem. Diese erhalten auch in ihren Berats dieselben Rechte, dieselben Privilegien, genießen denselben privilegirten Gerichtsstand, dieselbe Abgabenfreiheit für sich und ihr Gefolge, wie der Patriarch von Konstantinopel. Jeder von ihnen hat seine eigene Synode,[1] der gleichfalls das Recht zusteht, den Patriarchen zu wählen.

Der Patriarch von Konstantinopel wollte nun diese Patriarchate dadurch mehr von sich abhängig machen, daß er sich das Besetzungsrecht anzueignen suchte, und es entstand im Jahre 1843 ein großer Streit, der bis zum Jahre 1845 dauerte, zwischen dem Patriarchen von Konstantinopel und der Synode des Patriarchen von Jerusalem, welche das Recht der Patriarchenwahl, ohne Rücksicht auf den Patriarchen von Konstantinopel, für sich in Anspruch nahm,[2] und in diesem Processe zuletzt auch Sieger blieb.

[1]) In der Encyclica des Patriarchen Anthimus vom Jahre 1848 unterzeichneten sich als hl. Synode von Antiochien die Metropoliten von Arkadia, Emesa, Tripolis und Laodicea, und als hl. Synode in Jerusalem die Metropoliten von Petra, Bethlehem, Gaza, Neapolis, Sebaste, Philadelphia und Tabor. V. Neale l. c. p. 11?8.

[2]) Nach Tobler (Topographie von Jerusalem, Bd. I. S. 276) sollen sämmtliche Mönche des großen griechischen Klosters zu Jerusalem, des s. g. Patriarcheion, gleichfalls zur Patriarchenwahl berechtigt sein. Nach Neale (l. c. p. 160) würde auch der Patriarch selber seinen Nachfolger bestimmen können. Vgl. auch Ritter's Erdkunde. Thl. XVI. S. 491.

Die drei genannten Patriarchen stehen demnach nur in sofern unter dem Patriarchen von Konstantinopel, als sie eben durchaus keine Civil-Auctorität besitzen. Sie können nur durch den Patriarchen von Konstantinopel mit der Pforte verkehren und erhalten durch seine Vermittlung die erforderlichen Berats, wie sie denn auch ohne seine und seiner Synode Zustimmung nicht nach der Hauptstadt kommen dürfen. [1])

§. 12. Der Patriarch von Alexandrien.

Den nächsten Rang nach dem Patriarchen von Konstantinopel nimmt der Patriarch von Alexandrien ein. Seine Jurisdiction erstreckt sich über die Kirchen Egyptens, Libyens, Arabiens und Nubiens, in soweit sie nicht zur koptischen Confession gehören. Er hat seine Residenz jetzt wieder zu Alexandrien; im 17. und 18. Jahrhunderte residirte er gewöhnlich zu Altcairo. Er nennt sich Patriarch von Alexandrien und Richter des Weltalls. Die Zahl der ihm unterworfenen Gläubigen beläuft sich jedoch nur auf 5000 Seelen. [2])

§. 13. Der Patriarch von Antiochien.

Die dritte Stelle unter den griechischen Patriarchen gebührt dem Patriarchen von Antiochien. Seiner Jurisdiction unterstehen die griechisch-orthodoxen Kirchen in Syrien, Cilicien, Mesopotamien, Isaurien und andern asiatischen Provinzen. Er residirt zu Damascus und führt den Titel: Patriarch der großen Stadt Gottes zu Antiochien und des ganzen Orients. Seine gläubige Heerde besteht aus 28,836 Familien. [3])

§. 14. Der Patriarch von Jerusalem.

Der ärmste von allen Patriarchen ist der von Jerusalem, dem die griechisch-schismatischen Kirchen Palästina's unterworfen sind. So

[1]) Guys l. c. p. 206; Madden l. c. p. 78, 79.

[2]) Heineccius a. a. O. Th. I. S. 31; Neale l. c. p. 162. Volger's Handb. der Geographie. Th. II. S. 276.

[3]) Heineccius a. a. O.; Neale l. c. p. 137. Mit Einschluß des exemten Erzbisthums Cypern würde dieses Patriarchat 150,000 Seelen zählen. Neale l. c. p. 162.

wenig, wie die meisten der unter ihm stehenden Metropoliten und Bischöfe,[1]) residirt auch er nicht in seiner Diöcese, sondern hält sich zu Konstantinopel und zwar in der an den Fanar grenzenden Vorstadt Balata auf. Im Sommer nimmt er dann gewöhnlich seinen Aufenthalt auf den Prinzeninseln. Er führt den Titel: Patriarch der hl. Stadt Jerusalem und des ganzen gelobten Landes.[2]) Zu Jerusalem im großen griechischen Kloster hat er drei Metropoliten oder Bischöfe als Stellvertreter oder Vikare (arabisch (Wakîls), welche mit den übrigen Bischöfen und Metropoliten, die daselbst residiren, und den Archimandriten ein Concilium bilden und die Geschäfte des Patriarchats versehen. Unter ihrer Leitung stehen alle Klöster in und um Jerusalem und sie ernennen mit Beistimmung des Concils die Vorsteher dieser Klöster.[3]) Das Patriarchat von Jerusalem zählt 15000 Seelen.[4])

§. 15. Die Metropoliten und Bischöfe.

Metropoliten mit Suffraganbischöfen gibt es im türkischen Reiche sehr wenig. Der Name Metropolit oder Erzbischof ist daher meistens ein bloßer Titel, verbunden mit einem Vorrange vor dem Bischofe, aber ohne größere Jurisdiction.[5]) Ebenso ist der Name Exarch, den einige Metropoliten führen, nur eine Ehren-Titulatur. Die Metropoliten findet man gewöhnlich in den Provinzial-Hauptstädten, und unter ihnen zeichnen sich wieder diejenigen aus, welche Mitglieder der hl. Synode sind.

Die Metropoliten wie die Bischöfe werden vom Patriarchen gemeinsam mit der Synode ernannt und hierauf von der Pforte bestätigt, welche ihnen in ihrem Berat oder Bestätigungsdekrete die hergebrachten Rechte und Privilegien garantirt.[6]) Sie können daher auch nur mit Anwendung des Synodalsiegels abgesetzt werden.

---

[1]) Der einzige Bischof von Akka soll in seiner Diöcese wohnen. Robinson's Palästina. Bd. II. S. 299. Bd. III Abth. 2. S. 741.

[2]) Heineccius a. a. O.; Eichmann a. a. O. S. 20; Madden l. c. p. 79.

[3]) Robinson a. a. O. Bd. II. S. 298. Bd. III. Abth. 2. S. 742.

[4]) Neale l. c. p. 162.

[5]) Der bei Beginn des griechischen Freiheitskampfes hingerichtete Patriarch Gregorius von Konstantinopel ging bereits mit dem Plane um, alle Prälaten einander völlig gleichzustellen. S. Maurer a. a. O. S. 397.

[6]) Heineccius a. a. O. Th. II. S. 387. Th. III. S. 52.

Da sie ferner unverheirathet sein müssen, so können sie zunächst nur aus dem Mönchsstande genommen werden. Soll nun ein Laie zum Bischofe geweiht werden, so muß er zuvor sämmtliche Weihen bis zum Priesterthume empfangen und kann erst nach Ablauf von drei Monaten die bischöfliche Consecration erhalten.[1]) Die Zeitfrist von drei Monaten ist für die Besetzung eines Bisthums überhaupt vorgeschrieben.[2]) Der zu weihende Bischof soll 30 Jahre alt, untadelhaften Lebenswandels und in der hl. Schrift und im canonischen Rechte wohl bewandert sein.[3])

Wird gegen den zum Bischofe Erwählten eine Klage wegen Untauglichkeit erhoben, so soll die anzustellende Untersuchung innerhalb dreier Monate vollendet sein. Wird er für schuldig befunden, dann darf er unter der Strafe der Deposition für den Ordinator sowohl, als für den Ordinirten, nicht geweiht werden; im entgegengesetzten Falle unterliegt der Ankläger, wenn er Kleriker ist, derselben Strafe, ist er aber Laie, einer entsprechenden Züchtigung.[4])

Zur bischöflichen Consecration gehört die Gegenwart dreier Bischöfe,[5]) und da die Metropoliten ihre frühere Bedeutung verloren haben, so hat zunächst der Patriarch das Recht, die Bischöfe zu ordiniren.

§. 16. Die Jurisdiktion der Bischöfe.

Die Erzbischöfe und Bischöfe verwalten nach den ihnen von der Pforte ertheilten Berats ihre Diöcesen so frei und unabhängig, wie der Patriarch die seinige. Der Bischof hat für das Seelenheil der ihm anvertrauten Gläubigen zu sorgen, er besitzt eine absolute Gewalt über den Klerus seiner Diöcese.[6]) Er hat daher das Recht, seine Diöcesanen in den Religionswahrheiten zu unterrichten,[7]) ferner das

[1]) Matthaei Monachi sive Blastaris syntagma alphabet. cap. 1. Lit. A. ap. Bevereg. T. II. b. p. 170.

[2]) Blastaris synt. alph. c. 3. lit. X ap. Bev. l. c p. 260.

[3]) Photii Nomocanon tit. 1. cap 23. Schol.; Blastaris synt. alph. c. 4 lit. X. ap Bev. l. c. p. 261.

[4]) Photii Nomocanon tit 1. c. 8.

[5]) Blastar. synt. alph. c. 4. lit. X ap. Bevereg. l. c.

[6]) Delectus legum compendiarius tit. 8. ap. Leuncl. T. II. p. 92.

[7]) C. 19. Syn. Trullan.

Recht, die ihm unterstehenden Candidaten des geistlichen Standes zu ordiniren und die kirchlichen Stellen in seiner Diöcese zu verleihen. Einem fremden Diöcesanen oder Kleriker darf er dagegen unter der Strafe der Deposition keine Weihe ertheilen.[1]) Ihm steht es zu, die von den Canones auf gewisse Vergehen gesetzten Strafen zu verhängen, wobei er jedoch die Qualität des Vergehens sowohl, als die Persönlichkeit des Sünders zu berücksichtigen hat.[2]) Um seinen seelsorglichen Pflichten nachkommen zu können, soll der Bischof in seinem Sprengel stets gegenwärtig sein; nur wenn er außerhalb seiner Diöcese Güter besitzt, soll es ihm erlaubt sein, zur Einsammlung der Früchte drei Wochen daselbst zu verweilen. Ist er dagegen sechs Monate von seiner Diöcese abwesend, außer auf Befehl des Patriarchen oder wegen schwerer Krankheit, so soll er seines Bisthums entsetzt werden.[3]) Excommunicirt aber soll derjenige Bischof werden, der eigenmächtig von einer fremden, verwaisten Diöcese Besitz ergreift. Doch kann ein Bischof, dessen Kirche in die Hände Ungläubiger gefallen ist, mit Zustimmung der Bischöfe jener Gegend an eine andere vacante Kirche sich zurückziehen.[4])

Wie dem Bischofe nun die Administration seiner Kirche in spiritueller Hinsicht gebührt, so auch rücksichtlich des Temporellen. Seiner Aufsicht und Verwaltung unterliegt das gesammte Kirchenvermögen, jedoch so, daß er von den Gütern, namentlich von den unbeweglichen, nichts veräußern solle. Hat er Ländereien, welche der Kirche eher

[1]) C. 16. Conc. Nicaen.; c. 17. Syn. Trullan. Aus diesen Canones scheint hervorzugehen, daß die Competenz des Bischofes zur Ordination durch das Domicilium des Ordinanden bestimmt wird.

[2]) C. 102. Syn. Trull.

[3]) C. 16. Syn. Constantinop. I. et II., c. 11, 12. Sardicens. Syn.; Blast. synt. alph. lit. A. c. 9. ap Bev. l. c. p. 20.

[4]) C. 14. SS. Apost.; c. 1. Syn. Sard.; c. 21. Conc. Antioch.; Blast. synt. alph. lit. A. c. 9. ap. Bev. l. c. p. 22. Die Kanonisten (Balsamon ad c. 14. SS. Apost., Blastares l. c.) unterscheiden daher zwischen dem Versetzen (μετάθεσις) eines Bischofes, was aus einem guten Grunde erlaubt ist, dem Eindringen (ἐπίβασις) eines Bischofes in eine fremde Diöcese und dem bloßen Weggehen (μετάβασις) desselben, weil seine Kirche zerstört oder seine Diöcese verödet ist. Dieses Letztere kömmt im Orient häufig vor; man darf daher solche Bischöfe, welche aus den genannten Gründen nicht in ihrer Diöcese, sondern anderswo, etwa in einem Kloster, sich aufhalten, nicht für Titularbischöfe ansehen, wie es vielfach geschieht.

Schaden als Nutzen bringen, so soll er dieselben an Kleriker oder Landbewohner vermiethen, nicht aber an die Ortsobrigkeiten. [1])

Der bischöflichen Aufsicht unterstehen auch die Klöster, wenn sie nicht dem Patriarchen unmittelbar unterworfen sind. Ohne Erlaubniß des Bischofes darf kein Kloster erbaut werden. Die Untersuchung der Delicte der Ordenspersonen, die Ueberwachung der Administration der Klostergüter und die Ordination des Klostervorstehers gehören zu den bischöflichen Rechten. [2])

Endlich hat der Bischof das Recht, seine Diöcesanen zu besteuern, und die ihm zu zahlenden Abgaben und gemachten Geschenke genießen gleichfalls Zollfreiheit. [3])

§. 17. Revenüen und Ehrenrechte der Metropoliten und Bischöfe.

Das Einkommen der Metropoliten und Bischöfe fließt aus denselben Quellen, wie das des Patriarchen. Jede Pfarrei hat eine jährliche Collection für den Bischof. Vier oder fünf Männer aus dem Laienstande bilden eine Commission und nehmen die Gaben in Empfang, indem sie mit einem Verzeichnisse von Haus zu Haus gehen. Diese Gaben bestehen in Geschenken von Korn, Oel, Wein, Seide u. dgl. Außerdem zahlt jede Familie 10 bis 12 Aspern jährlich. [4]) Was in den Kirchen am Charfreitag gesammelt wird, gehört gleichfalls dem Bischofe. Von jedem Priester der Diöcese hat der Bischof jährlich

[1]) C. 12. Conc. VII. oecumen.

[2]) Balsamon ad c. 1. Syn. Constant. I. et II. ap. Bevereg. T. I. p. 333.

[3]) D'Ohsson l. c. p. 51 sq.; Eichmann a. a. O. S. 388.

[4]) Im Kirchenrechte kömmt diese Abgabe unter dem Namen „κανονικόν“ vor, und die Constitution des Kaisers Isaak Komnenus (1057—1059) bestimmte, daß der Bischof von einem Dorfe mit 30 Feuerherd eine Gold- und zwei Silbermünzen, einen Widder, sechs Schäffel Gerste, sechs Maß Wein, sechs Schäffel Waizen und dreißig Hühner erhalten solle; von einem Dorfe mit 20 Feuerherd aber 10 Silbermünzen (oder nach einer andern Lesart ½ einer Gold- und eine Silbermünze), ein halbes Lamm, 4 Schäffel Gerste, 4 Maß Wein, 4 Schäffel Waizen und 20 Hühner; von einem Dorfe mit 10 Feuerherd endlich 5 Silbermünzen, ein Lamm, 2 Schäffel Gerste, 2 Maß Wein, 2 Schäffel Weizen und 10 Hühner. V. Leunclav. Jus Graeco-Rom. T. I. p. 121.

einen Dukaten, und ein neuer Bischof erhält von jedem Priester ein Geschenk, Philotimon genannt, welches wenigstens fünf Franken beträgt. Von jedem Pfarrer aber bezieht der Bischof jährlich das Vatiki, d. h. 20 Para für jede Familie in der Pfarrei,[1]) außer die Pfarrkirche wäre Privateigenthum, wo diese Abgabe dann wegfällt. Weitere Einkünfte des Bischofs bilden die Erbschaften von den ohne Erben verstorbenen Priestern und Mönchen, die ihm gemachten Legate, welche ein Drittheil des vom Verstorbenen hinterlassenen Vermögens betragen dürfen, die Ordinationsgebühren, die sich auf 100 bis 300 Piaster belaufen,[2]) die Dispensationstaxen, die Stipendien für die in jeder Gemeinde von Rechtswegen zu haltende Messe und für Seelenmessen,[3]) die Gebühren für Hochzeiten, Beerdigungen, für die Wasserweihe an Epiphanie u. s. w. Auch die dem Bischofe untergebenen Klöster sind besteuert; die exemten Klöster dagegen geben nur dem neuen Bischofe ein Philotimon. Dazu kömmt noch das Einkommen aus den Gütern der Kathedrale. Auf solche Weise erhalten manche Bischöfe bedeutende Summen, wie sich denn z. B. die Revenüen des Metropoliten von Smyrna auf $1^1/_2$ Millionen Piaster jährlich belaufen sollen.[4])

Wie der Patriarch, so haben auch die Bischöfe einen privilegirten Gerichtsstand vor dem kaiserlichen Divan und das Privilegium, zu Pferde zu reiten und Gefolge zu haben.[5]) In allen Kirchen der Diöcese, selbst in den Klosterkirchen, muß bei der Liturgie ihr Name erwähnt werden.[6])

---

[1]) Diese Steuer muß der Pfarrer für das Recht der Cura oder Seelsorge zahlen.

[2]) Nach der oben citirten Constitution des Kaisers Isaak Komnenus sollte der Bischof vom Priester für die Ordination 7 Goldmünzen erhalten, und zwar so, daß er eine Goldmünze empfängt, wenn er ihn zum Lector, drei, wenn er ihn zum Diakon, und drei Goldmünzen, wenn er ihn zum Presbyter weiht.

[3]) Das Stipendium für die Seelenmesse wird Prothesis genannt. Die Seelenmessen bilden überhaupt eine ergiebige Quelle des Einkommens für den griechischen Klerus, da selbst, wenn Jemand ohne Testament stirbt, die Erben verbunden sind, eine entsprechende Summe für das Seelenheil des Verstorbenen zu verwenden, wovon dann gewöhnlich ein Theil den Armen und ein Theil dem Klerus für Seelenmessen gegeben wird. Maurer: Das griech. Volk. Bd. I. S. 138.

[4]) D'Ohsson l. c. p. 53 sq.; Maurer a. a. O. S. 399 f.; Boué l. c. p 427 sq.; Madden l. c. p. 67.

[5]) Eichmann a. a. O. S. 388.

[6]) Balsamon ad can. 1. Syn. Constant. I. et II. ap. Bever. T. I. p. 333.

Sie führen den Titel „Despotes," eine Benennung, welche nach dem byzantinischen Staatsceremoniel den zweiten Grad souveräner Fürstenwürde bildet und den Königen von Serbien, Bosnien und Bulgarien amtlich zugestanden ward, also soviel wie königliche Hoheit bezeichnet. In der Anrede aber spricht man zu ihnen „Euere Heiligkeit", wie auch der Patriarch sie in seinen Schreiben als heiligste Bischöfe oder Metropoliten anredet.[1])

Die liturgische Kleidung des Bischofs unterscheidet sich von der des Priesters dadurch, daß der Bischof ein Phänolion oder Phelonion trägt, welches wegen der vielen Kreuze, womit es bezeichnet ist, Polystaurion genannt wird, ferner ein Omophorion, ähnlich dem Pallium in der römischen Kirche, und ein Epigonation[2]) oder Hypogonation, einen Zierrath von einem Fuße in's Gevierte, aus Tuch oder einem andern Stoffe verfertigt und mit einem Kreuze oder dem Bildnisse Christi geschmückt, welches rechts am Cingulum befestigt wird und den Sieg Christi über den Tod symbolisiren soll. Zum Unterschied vom Bischofe trägt der Metropolit statt des Polystaurion den Sakkos, entsprechend der Dalmatik der abendländischen Kirche. Als Kopfbedeckung tragen die Bischöfe eine Haube (χαμαλαύχιον), auf welche sie eine hohe runde Mütze (ἐξωχαμαλαύχη) setzen. Diese Mütze ist bei den Bischöfen schwarz, bei den Metropoliten aber weiß mit einem schwarzen Kreuze auf der Vorderseite. Die Mitra der Lateiner kennt man nicht; nur der Patriarch von Konstantinopel trägt ein kaiserliches Diadem, und der Patriarch von Alexandrien eine mit einer Krone versehene Mütze. Einen Ring haben die Bischöfe der griechischen Kirche nicht, wohl aber ein Brustkreuz (ἐγκόλπιον). Der Bischofsstab ist wie der des Patriarchen. Außer der Kirche tragen die Metropoliten und Bischöfe ihre gewöhnliche Mönchskleidung.[3])

---

[1]) Tournefort a. a. O. S. 146; Wenger a. a. O. S. 102; Fallmerayer's Fragmente aus dem Orient. Bd. II. S. 289; Madden l. c. p. 77.

[2]) Dieses Epigonation dürfen als Auszeichnung hie und da auch Presbyter, namentlich Archimandriten oder Protopresbyter, tragen. So hat es der Protosynkellos des Patriarchen von Konstantinopel und andere Würdenträger der großen Kirche.

[3]) Heineccius a. a. O. Th. III. S. 61; Le Quien l. c. T. I. p. 125; Neale l. c. p. 311 sq.

§. 18. Die politische Stellung der Metropoliten und Bischöfe.

Die Stellung der Metropoliten und Bischöfe ist in politischer Beziehung eine höchst wichtige und einflußreiche, insoferne sie Antheil an der Administration der türkischen Provinzen und Bezirke haben. In jedem Eyalet (Gouvernement) nämlich steht dem Vali (Gouverneur) mit dem Sitze in der Hauptstadt der Provinz ein Verwaltungsrath (Medjilis) zur Seite, welcher aus drei von der Pforte speciell ernannten Beamten, ferner dem Defterdar (General-Steuereinnehmer), dem griechischen (oder auch armenischen) Metropoliten und einer Anzahl von Abgeordneten der türkischen und christlichen Municipalität zusammengesetzt ist. Es fällt also hier dem Metropoliten eine ähnliche Rolle zu, wie dem Patriarchen von Konstantinopel, nur mit dem Unterschiede, daß er selbst Mitglied des Provinzialrathes und dadurch sein Zusammenhang mit der Staatsbehörde wesentlich vereinfacht ist. In diesem Provincialrathe, vor welchem die sämmtlichen Verwaltungs-Angelegenheiten der Eyalets, insofern sie zur Competenz des Staates gehören und nicht innere Sachen der verschiedenen Religionsgenossenschaften betreffen, verhandelt werden, hat der Metropolit die Interessen seiner Kirche und Glaubensgenossen zu vertreten. Sollte man seinen gerechten Anforderungen nicht nachkommen, dann steht es ihm frei, darüber an das Patriarchat zu berichten, welches sich seiner Seits wieder bei der Pforte beschweren kann. Wie nun der Metropolit im Eyalet dem Vali gegenübersteht, so in dem Liva (Bezirk) der Bischof dem Kaimakam. Jedoch betreffen die geschäftlichen Beziehungen beider kirchlichen Behörden mit denjenigen des Staates nur solche Angelegenheiten, bei denen die christliche Bevölkerung entweder mit der muselmanischen in Berührung gekommen ist oder gegen den Staat Pflichten zu erfüllen, besonders also Steuern zu zahlen hat. [1])

---

[1]) Eichmann a. a. O. S. 31 ff.

§. 19. Die Diöcesen der griechisch-schismatischen Kirche in den türkischen Staaten und in Egypten.

A.

Die dem Patriarchen von Konstantinopel unterworfenen Diöcesen.[1])

1. In der europäischen Türkei.

Die Metropole Adrianopel [2])
Suffraganbisth.: Agathopolis [3])
" Trabizya [4])
Erzbisthum Mesembria [5])
" Auchialo [6])
" Philippopolis [7])
" Eskisagra [8])
" Lititza [9])
" Sozopolis [10])
Metropole Erekli (Heraklea) [11])

---

[1]) Neale l. c. p. 75—98.

[2]) Adrianopel war um das Jahr 330 bereits ein Bisthum und erscheint im Jahre 452 als Metropole. Le Quien l. c. T. I. p. 1171 sq.

[3]) Das Bisthnm Agathopolis ist erst seit dem sechzehnten Jahrhunderte bekannt. Le Quien l. c.

[4]) Dieses Bisthum wird zur Zeit des Patriarchen Photius († 891) erwähnt. Le Quien l. c. p. 1189.

[5]) Der erste Bischof von Mesembria ist Petrus im J. 680; der erste Erzbischof ist Timotheus im J. 879. Le Quien p. 1181.

[6]) Auchialo war um die Mitte des zweiten Jahrhunderts schon ein Bisthum und im Jahre 1166 ein Erzbisthum. Le Quien p. 1189.

[7]) Philipoppel war um die Mitte des 4. Jahrhunderts ein Bisthum und erscheint im J. 451 als Erzbisthum. Der Erzbischof führt den Titel „Exarch von Europa und Dragobintia." Le Quien p. 1155; Neale l. c. p. 43.

[8]) V. Boué l. c. p. 425.

[9]) Das Erzbisthum Lititza findet man im J. 1351 erwähnt. Le Quien l. c. p. 1167.

[10]) Sozopolis wird als Bisthum im J. 431 erwähnt und stand unter der Metropole von Adrianopel. Der erste bekannte Metropolit von Sozopolis ist Theodosius im J. 1357. Le Quien l. c. p. 1181 sq.

[11]) Heraklea hatte schon vor dem Concil von Nicäa Bischöfe; der Erste aber, der sich als Metropolit von Heraklea unterschrieb, ist Fritiles im J. 431.

Suffraganbisth.: Gallipoli [1])
" Rodosto (Rhädestum)[2])
" Tzorlu (Tzyrolloe)[3])
" Metra [4])
" Myriophytum [5])
Erzbisthum Silivri (Selymbria)[6])
" Midieh (Media)[7])
" Wisa (Bizya)[8])
" Ganus und Khora[9])
" Derkus und Kila (Panium)[10])
" Trajanopolis und Maronea [11])

Der Metropolit führt den Titel: „Exarch von ganz Thracien und Macedonien.“ Le Quien p. 1101; Mansi Conc. Coll. T. IV. p. 1368; Neale l. c. p. 42.

1) Der erste Bischof von Gallipoli ist Cyrillus um das Jahr 431. Le Quien p. 1123.

2) Der erste bekannte Bischof von Rodosto ist Johann im J. 787. Gegenwärtig führt der Bischof von Rodosto den Titel: „Metropolit.“ Le Quien p. 1129; Neale p. 89.

3) Der erste Bischof von Tzorlu ist Sisinnius im J. 787. Le Quien l. c.

4) Der erste Bischof von Metra ist Constantin im J. 787. Le Quien p. 1149.

5) Das Bisthum Myriophytum wird erst zur Zeit des Patriarchen Jeremias II. (1572—1594) erwähnt. Le Quien p. 1151.

6) Der erste Bischof von Silivri ist Romanus im J. 451; der erste Erzbischof ist Symeon im J. 879. Le Quien p. 1137 sq.

7) Media war zur Zeit Kaisers Leo d. W. (886—908) ein Bisthum; der erste Erzbischof von Media ist Euthymius im J. 1351. Le Quien p. 1145.

8) Der erste Bischof von Bizya ist Euprepius im J. 431; der erste Erzbischof aber Michael im J. 869. Le Quien p. 1145, 1147.

9) Der erste Metropolit von Ganus ist Joseph im J. 1347. Seit dem 16. Jahrhunderte ist mit Ganus das Bisthum Khora unirt. Le Quien p. 1151.

10) Der erste Bischof von Derkus ist Gregor im J. 787; der erste Erzbischof aber ist Neophytus im J. 879. Eigentlich sollte man Derkai sagen; denn der Name dieser Diöcese leitet sich von zwei schmalen Inseln im schwarzen Meere, Derkai genannt, ab. Der Metropolit von Derkus führt den Titel: „Exarch des ganzen Thracischen Bosporus.“ Der erste Bischof von Panium oder Kila, das nun mit Derkus unirt worden, ist Andreas im J. 536. Le Quien p. 1119, 1163. Badger: The Nestorians. V. I. p. 5.

11) Der erste Bischof von Trajanopolis ist Theodulus um das Jahr 340; der erste Erzbischof ist Syncletius um das Jahr 400. Im Jahre 1564 findet man dieses Erzbisthum mit dem Bisthum Maronea unirt oder vielmehr dahin verlegt. Le Quien p. 1193 sq.

Erzbisthum Enos (Aenus)[1])
„ Xanthia und Peritheorium[2])
„ Dimotika (Didyenotichus)[3])
„ Schumla (Marcianopolis)[4])
„ Nikopolis[5])
„ Ruschtschuk[6])
„ Silistria (Dorostolum)[7])
„ Vare oder Lenano (Odyssus)[8])
„ Varna[9])
„ Tirnova[10])
„ Gotthia und Capha[11])

---

[1]) Der erste Bischof von Enos ist Olympius um das Jahr 340; der erste Metropolit aber ist Michael um das Jahr 1084. Le Quien p. 1201 sq.

[2]) Der erste Bischof von Xanthia ist Georg im J. 879. Der erste Bischof von Peritheorium ist Jakob im J. 879. Im Jahre 1580 finden wir einen Metropoliten von Xanthia und Peritheorium. Le Quien p. 1205 sp.

[3]) Der erste Bischof von Dimotika ist Nicephorus im J. 879. Im 13. Jahrhunderte wurde er zum Metropoliten erhoben. Le Quien p. 1207.

[4]) Der erste Bischof von Marcianopolis ist Pistus im J. 235; der erste Metropolit ist Dorotheus im J. 431. Le Quien p. 1217.

[5]) Der erste Bischof von Nikopolis ist Marcellius um die Mitte des 5. Jahrhunderts; im 15. Jahrhunderte wurde Nikopolis ein Erzbisthum. Le Quien p. 1228.

[6]) Wahrscheinlich das alte Rhussium. Der erste Bischof von Rhussium oder Toperus ist Lucian im J. 431. Als Erzbisthum erscheint Rhusium um das Jahr 1084. Le Quien p. 1199.

[7]) Der erste Bischof von Dorostolum ist Jakob im J. 431; der erste Metropolit von Silistria ist Leo im J. 1147. Le Quien p. 1227.

[8]) Der erste Bischof von Odyssus ist Dittas um die Mitte des 5. Jahrhunderts. Le Quien p. 1225.

[9]) Der erste Metropolit von Varna ist Methodius im J. 1347. Er führt den Titel eines „Exarchen vom ganzen schwarzen Meere." Le Quien p. 1239. Papadopoulo Vretos: La Bulgarie ancienne et mod. p. 216

[10]) Tirnova wurde um das Jahr 1204 vom Papste Innocenz III. zu einer Metropole und zugleich zur Primatialkirche Bulgariens erhoben. Allein der Metropolit Germanus († 1245) trennte sich von der römischen Kirche und erhielt vom Patriarchen von Konstantinopel das Recht, αὐτοκέφαλος zu sein, welche Unabhängigkeit im Jahre 1463 wieder erlosch. Le Quien p. 1233. Ungewitter: Die Türkei in der Gegenw., Zuk. und Verg. S. 175.

[11]) Der erste Bischof von Gothia ist Theophilus oder Ulfilas im J. 325. Im neunten Jahrhunderte wurde Gothia ein Erzbisthum, dessen Sitz sich im Anfange des 13. Jahrhunderts zu Capha befand. Le Quien p. 1241 sq.

Erzbisthum Sophia (Sardika)[1]
Bisthum Lophitzus[2]
" Samokowo[3]
Erzbisthum Okhri (Achrida)[4]
" Castorea[5]
" Monastir (Pelagonia oder Bitalia)[6]
" Widdin (Edessa oder Bodena)[7]
" Corytza[8]
" Grebeno[9]
Bisthum Sisannio[10]
" Mogleni und Moleschi[11]

---

1) Der erste Bischof von Sardika ist Protogenes im J. 325; der erste Metropolit ist Julian im J. 431. Le Quien T. II. p. 301 sq.

2) Lophitzus war im sechzehnten Jahrhunderte ein Suffraganbisthum von Tirnova. Le Quien T. I p. 1233.

3) Der Bischof von Samokowo führte im Anfange des 18. Jahrhunderts den Titel eines Erzbischofs und stand unter dem Metropoliten von Jpek. Le Quien T. II. p. 319.

4) Der erste Bischof von Achrida ist Dionys im J. 347. P. Hadrian II (867—872) erhob Achrida zu einem Erzbisthum, das bald darauf zum griechischen Ritus überging und sich im 11. Jahrhunderte völlig unabhängig vom Patriarchen zu Konstantinopel machte, bis es im 18. Jahrhunderte mit dem Patriarchate von Konstantinopel unirt wurde. Der Prälat von Okhri führt den Titel „Erzbischof von Prima Justiniana, Achrida und ganz Bulgarien." Le Quien T. II. p. 281 sq.; D'Ohsson l. c. p. 55; Neale p. 51.

5) Der erste Metropolit von Castorea und Protothronus von Bulgarien ist Joasaph im J. 1564. Le Quien p. 315.

6) Der erste Bischof von Pelagonia oder Heraklea Sintica ist Evagrius im J. 347. Le Quien p. 81, 283.

7) Der erste Bischof von Edessa ist Jsidor im J. 692. Der erste Metropolit von Bodena ist Sophronius um das Jahr 1642. Le Quien p. 79 sq.

8) Der Metropolit von Corytza und Selasphor stand im Anfange des 18. Jahrhunderts unter dem Primas von Okhri. Le Quien p. 283.

9) Eines Bischofs von Grebeno geschieht im zwölften Jahrhunderte Erwähnung. Le Quien p. 323.

10) Das Bisthum Sisannio wird um das Jahr 1576 erwähnt. Le Quien p. 323.

11) Das Bisthum Mogleni findet man in der ersten Hälfte des 14. Jahrhunderts erwähnt und ist seit dem 18. Jahrhunderte mit Moleschi unirt. Le Quien p. 317.

Bisthum Presper und Debri[1])
„ Citzaba[2])
„ Cora und Macra[3])
Erzbisthum Prisren[4])
„ Sarajewo (Bosna Serai)[5])
„ Berat (Belgrad)[6])
Bisthum Mostar[7])
„ Klissura[8])
Metropole Joannina[9])
Suffraganbisthümer: Bella (Photice)[10])
Butrinto[11])
Chimara[12])
Argyro-Castro (Drynopolis)[13])
Delvino[14])

---

[1]) Der erste Bischof von Debri ist Gerontius im J. 347. Le Quien p. 77.

[2]) Das Bisthum Citzaba wird erst im Anfange des 18. Jahrhunderts erwähnt. Le Quien p. 285.

[3]) Dieses Bisthum findet man gleichfalls erst im Anfange des 18. Jahrhunderts erwähnt. Le Quien l. c.

[4]) Das Bisthum Prisren wurde vom Metropoliten Sabbas von Ipek nach dem J. 1218 errichtet. Im achtzehnten Jahrhunderte führte der Bischof von Prisren bereits den Titel eines Metropoliten. Le Quien p. 319 sq.

[5]) Um die Mitte des 15. Jahrhunderts wird ein Bischof von Bosnien erwähnt. Im Anfange des 18. Jahrhundertes stand der Metropolit von Bosna Serai unter dem Patriarchen von Ipek in Serbien. Le Quien p. 319—324.

[6]) Der Metropolit von Berat stand im Anfange des 18. Jahrhunderts unter dem Primas v. Okhri. Le Quien p. 283 sq.

[7]) V. Boué l. c.

[8]) S. Ungewitter a. a. O. S. 185.

[9]) Der erste Bischof von Joannina ist Zacharias im J. 879; als Metropole erscheint Joannina im Anfange des 16. Jahrhunderts. Le Quien p. 151.

[10]) Der erste Bischof von Photice ist Johann im J. 451. Le Quien p. 143.

[11]) Ist fast ganz latinisirt. Der erste Bischof von Butrinto lebte zur Zeit Leo's d. Gr. (440—461). Le Quien p. 141.

[12]) Dieses Bisthum wird im 9. Jahrhundert erwähnt. Le Quien p. 197.

[13]) Der erste Bischof von Drynopolis ist Eutychius im J. 449. Le Quien p. 141.

[14]) Dieses Bisthum wird erst im Anfange des 18. Jahrhunderts erwähnt. Le Quien p. 151.

Bisthum Paramithia [1])
„ Kavaja oder Kavalia [2])
Erzbisthum Durazzo (Dyrrhachium) [3])
Bisthum Aulona [4])
Metropole Arta [5])
Suffraganbisthümer: Aetus [6])
„ Achelous [7])
Metropole Larissa [8])
Suffraganbisthümer: Dimitriato (Demetrias) [9])
Zeituni (Zetunium) [10])
Stagon (Stagä) [11])
Taumako (Thaumacus) [12])
Litza [13])
Elasson [14])
Trikala [15])

---

1) Neu errichtet. V. Neale p. 94.

2) S. Ungewitter a. a. O. S. 336.

3) Der erste Bischof von Durazzo ist Eucharius im J. 431; der erste Metropolit ist Lukas im J. 451. Le Quien p. 242.

4) Der erste Bischof von Aulona ist Nazarius um die Mitte des 5. Jahrhunderts. Le Quien p. 252.

5) Der erste Bischof von Arta ist Basilius im J. 1156. Im 16. Jahrhunderte wurde hieher der Metropolitansitz von Naupactus (Lepanto) verlegt. Le Quien p. 201.

6) Der erste Bischof von Aetus ist Nikodemus unter dem Patriarchen Germanus II. (1222—1240). Le Quien p. 149.

7) Dieses Bisthum existirte bereits im 9. Jahrhunderte. Le Quien p. 153.

8) Der erste Bischof von Larissa ist Alexander im J. 347; der erste Metropolit ist Basilius im J. 431. Der Metropolit ist gewöhnlich auch Patriarch-Vikar für die Illyrische Diöcese. Le Quien p. 103 sq. Neale p. 49.

9) Der erste Bischof von Demetrias ist Maximus im J. 431. Le Quien p. 111.

10) Der erste Bischof von Zeituni ist Georg im J. 869. Le Quien p. 113.

11) Dieses Bisthum findet man im 9. Jahrhunderte erwähnt. Le Quien p. 127.

12) Wird erst im J. 1564 erwähnt. Le Quien l. c.

13) Das Bisthum Litza bestand bereits im 9. Jahrhunderte. Le Quien p. 129.

14) Der erste Bischof von Elasson ist Simeon im J. 879. Le Quien p. 127.

15) Das Bisthum Trikala existirte bereits im 9. Jahrhunderte und ward später einige Zeit mit Larissa unirt. Le Quien p. 103, 117. Curzon's Besuche in den Klöstern der Levante. S. 165.

Bisthum La Prevesa (Nikopolis) [1])
Erzbisthum Pharsalus [2])
Metropole Saloniki (Thessalonika) [3])
Suffraganbisthümer Citros [4])
Serbia [5])
Campania [6])
Petra [7])
Ardamerium [8])
Hierissus [9])
Poliana [10])
Platamon [11])
Erzbisthum Philippi und Drama [12])
" Berrhäa [13])
" Cassandria [14])

[1]) Der erste Bischof von La Prevesa ist Heliodorus im J. 347. Le Quien p. 133.

[2]) Der erste Bischof von Pharsala ist Perrebius im J. 431. Im 9. Jahrhunderte wurde Pharsala ein Erzbisthum. Le Quien p 115.

[3]) Der erste Metropolit von Thessalonika ist Alexander im J. 325. Er nennt sich „Exarch von ganz Thessalien.“ Le Quien p. 27 sq. Neale p. 49.

[4]) Der erste Bischof von Citros ist Germanus im J. 869. Le Quien p. 79.

[5]) Das Bisthum Serbia wird im 9. Jahrhunderte erwähnt. Le Quien p. 101.

[6]) Wird gleichfalls im 9. Jahrhunderte erwähnt. Le Quien p. 19.

[7]) Petra war im 9. Jahrhunderte bereits ein Bisthum. Leunclav. Jus. Graec-Rom. T. I. p. 93.

[8]) Wird gleichfalls im 9. Jahrhunderte erwähnt. Le Quien p. 97.

[9]) Das Bisthum Hierissus bestand bereits im 9. Jahrhunderte. Der Bischof von Hierissus residirt zu Nizvoro und nennt sich „Bischof des heil. Berges Athos.“ Le Quien p. 99. Fallmerayer's Fragmente aus dem Orient. Bd. II. S. 39, 169.

[10]) Das Bisthum wird im 9. Jahrhunderte erwähnt. Le Quien p. 91.

[11]) Dieses Bisthum findet man erst im 17. Jahrhundert erwähnt. Heineccius a. a. O. Th. I. S. 33.

[12]) Der erste Metropolit von Philippi ist Nikolaus im J. 879. Der erste Metropolit von Drama ist Dositheus um das Jahr 1438. Seit dem Anfange des 18. Jahrhunderts ist Drama mit Philippi unirt. Le Quien p. 69, 97.

[13]) Einen Bischof von Berrhäa findet man im J. 347. Der erste Metropolit von Berrhäa ist Leo um das Jahr 1274. Le Quien p. 71.

[14]) Der erste Bischof von Cassandria ist Hermogenes im J. 449; der erste Erzbischof ist Laurentius im J. 1639. Le Quien p. 77.

Erzbisthum Serrä [1])
" Pogoïana oder Poiana [2])
" Zychnä [3])
" Melenikus [4])
" Uskub [5])
Bisthum Rhendina und Aribli [6])

2. In Kleinasien.

Erzbisthum Kesarieh (Cäsarea) [7])
" Koniah (Iconium) [8])
" Nisi (Nyssa) [9])
" Anguri (Ancyra) [10])
" Sarilar? (Juliopolis oder Heliopolis) [11])

---

1) Der erste Bischof von Serrä ist Maximianus im J. 449; im neunten Jahrhunderte wurde der Bischof von Serrä zur Würde eines Metropoliten erhoben. Le Quien p. 87.

2) Dieses Erzbisthum wird erst im sechzehnten Jahrhunderte erwähnt. Le Quien p. 93.

3) Der erste Metropolit von Zychnä ist Pachomius vor dem Jahre 1500. Le Quien l. c.

4) Eines Metropoliten von Melenikus geschieht um das Jahr 1274 Erwähnung. Le Quien p. 95.

5) Der erste Bischof von Uskub ist Paregorius um das Jahr 347; der erste Metropolit ist Johann um das Jahr 492. Le Quien p. 309.

6) Das Bisthum Rhendina wird, mit Lete unirt, im neunten Jahrhunderte erwähnt. Im Jahre 1564 führte der Bischof von Rhendina den Titel eines Metropoliten. Le Quien p. 97.

7) Der erste Metropolit von Cäsarea in Cappadocien ist Leontius im Anfange des 4. Jahrhunderts. Le Quien T. I. p. 370.

8) Der erste bekannte Bischof von Iconium ist Celsus im Anfange des 3. Jahrhunderts. Der erste Metropolit ist Coesiphorus im J. 451. Le Quien l. c. p. 1068. Mansi l. c. T. VI. p. 567.

9) Der erste Bischof von Nyssa in Cappadocien ist Gregor um das J. 376. Im 17. Jahrhunderte scheint dieser Bischof den Titel Metropolit erhalten zu haben. Le Quien p. 391 sq.

10) Der erste historisch bekannte Bischof von Ancyra ist Marcellus vor dem Jahre 325; der erste Metropolit ist Dorotheus im J. 553. Le Quien p. 458, 467.

11) Der erste Bischof von Juliopolis, später Basileion genannt, ist Philadelphius im J. 314. Kaiser Konstantin Dukas (1074—1081) gab dem Bischofe von Basileion den Titel eines Metropoliten. Le Quien p. 475 sq.

Erzbisthum Niksar (Neu-Cäsarea)[1])
" Tarabosan (Trapezunt)[2])
" Amasia[3])
" Sinob (Sinope)[4])
" Myra, Pisidia, Attalia und Side[5])
" Isnikmid (Nikomedia)[6])
" Kadi-Kioy (Chalcedon)[7])
" Brussa oder Bursa[8])
" Isnik (Nicäa)[9])
Metropole Ephesus[10])

---

[1]) Der erste Bischof von Neucäsarea ist Gregor der Wunderthäter um das Jahr 264. Der erste Metropolit ist Bosporius im J. 553. Le Quien p. 501 sq.

[2]) Der erste Bischof von Trapezunt ist Domnus im J. 325. Um das Jahr 787 war nach Trapezunt der Metropolitansitz von Phasis oder der Provinz Lazika verlegt worden. Le Quien p. 509 sq. 1341.

[3]) Der erste Bischof von Amasia ist Athenodorus um das Jahr 264; der erste Metropolit ist Seleucus um das Jahr 458. Le Quien p. 523 sq.

[4]) Der erste Bischof von Sinope ist Prohäresius um das Jahr 347. Gegenwärtig soll Sinope der Sitz eines Erzbischofes sein. Le Quien p. 538. Ungewitter a. a. O. S. 214.

[5]) Die drei Metropolen Myra, Attalia und Side sind seit dem 16. Jahrhunderte unter dem Metropoliten von Pisidien vereinigt, der den Titel eines Exarchen führt. Der erste Bischof von Pisidien, der zu Antiochia in derselben Provinz residirte, ist Sergianus im J. 314. Der erste Metropolit von Pisidien ist Johann im J. 536. Diese Provinzen waren im 16. Jahrhunderte von den Christen beinahe ganz verlassen. Der Metropolit residirt zu Konstantinopel. Le Quien p. 995, 1035 sq. Neale l. c. p. 1198.

[6]) Nikomedia war schon im zweiten Jahrhundert ein Bisthum. Der erste Metropolit von Nikomedia ist Eunomius im J. 451. Le Quien p. 582 sq.

[7]) Chalcedon war bereits im zweiten Jahrhundert ein bischöflicher Sitz. Der erste Metropolit von Chalcedon ist Eleutherius im J. 451. Le Quien p. 599 sq.

[8]) Der erste Bischof von Brussa ist Georg im J. 325. Der erste Metropolit ist Leo im J. 1232. Le Quien p. 615 sq.

[9]) Der erste Bischof von Nicäa ist Theognius im J. 325. Der erste Metropolit ist Anastasius im J. 451. Le Quien p. 639 sq.

[10]) Der erste Bischof von Ephesus ist Timotheus, der Schüler des hl. Apostel Paulus. Der Bischof von Ephesus hatte die Rechte eines Metropoliten über die Diöcese Asiens, bis diese Diöcese durch den 28. Canon der Synode von Chalcedon dem Patriarchen von Konstantinopel unterworfen wurde,

Suffraganbisthümer: Aidene (Heliopolis)
Chisme oder Tschesme [1])

Erzbisthum Smyrna [2])
" Artaki (Cyzicus) [3])
" Marmora (Pröconnesus) [4])
" Allahshehr (Philadelphia) [5])

3) Auf den Inseln:

Metropole Metropoli (Gortyna) [6])
Suffraganbisthümer: Arkadia [7])
Girapetro (Hierapetra) [8])
Mirabello

---

wofür dann um das Jahr 680 der Bischof von Ephesus den Titel eines Exarchen der Diöcese Asiens erhielt. Der Metropolit von Ephesus residirt gegenwärtig zu Konstantinopel und läßt seine Diöcese durch einen Vikar-Bischof verwalten. Seine Kathedrale befindet sich zu Magnesia. Le Quien p. 663 sq. Neale l. c. p. 36 sq.

1) Dieses Bisthum wurde vom Metropoliten Dionysius Calliarchas im J. 1818 errichtet. Neale l. c. p. 79.

2) Der erste bekannte Bischof von Smyrna ist der hl. Polycarpus um die Mitte des zweiten Jahrhunderts. Der erste Metropolit von Smyrna ist Metrophanes im J. 869. Le Quien p. 739 sq.

3) Der erste Bischof von Cyzicus ist Theonas im J. 325. Der erste Metropolit ist Dalmatius im J. 431. Le Quien p. 749 sq.

4) Der erste Bischof von Pröconnesus ist Johann im J. 431. Der erste Erzbischof ist Ignatius im J. 879. Le Quien p. 785.

5) Der erste Bischof von Philadelphia ist Hetämasius im J. 325. Der erste Metropolit von Philadelphia ist Michael im ersten Decennium des 9. Jahrhunderts. Le Quien p. 867 sq.

6) Die alte Metropole Gortyna auf der Insel Creta oder Candia führt jetzt den Namen Metropoli. Als erster Bischof von Creta wurde bekanntlich Titus vom hl. Apostel Paulus eingesetzt. Der erste Metropolit von Gortyna ist Martyrius im J. 451. Der Metropolit residirt gegenwärtig zu Candia und führt den Titel Primas von Europa. Le Quien T. II. p. 256 sq. Volger's Handb. der Geogr. Th. II. S. 104.

7) Der erste Bischof von Arkadia ist Johann im J. 787. Le Quien l. c. p. 266

8) Der erste Bischof von Hierapetra ist Euphronius um das Jahr 458. Le Quien l. c.

Suffraganbisthümer: Haghio Basili oder Lampe [1])
Rhithymne
Cydonia [2])
Aulopotamos

Erzbisthum Rhodos [3])
" Samos und Nikaria [4])
" Skio (Chios) [5])
" Stanchio (Kos) [6])
" Skarpanto und Karo [7])
" Imbro [8])
" Lemnos [9])
" Molivo (Methymne) [10])

Metropole Metelino (Lesbos) [11])
Suffraganbisthum Lero [12])

---

[1]) Der erste Bischof von Lampe ist Petrus im J. 431. Le Quien p. 268.

[2]) Der erste Bischof von Cydonia ist Nicetas im Jahre 692. Le Quien p. 271.

[3]) Der erste bekannte Bischof von Rhodos ist Euphrosinus im J. 325. Der erste Metropolit ist Agapet im J. 452. Le Quien T. I. p. 923 sq.

[4]) Der erste bekannte Bischof von der Insel Samos ist Isidor im J. 692. Im 18. Jahrhunderte wurde Samos ein Erzbisthum und mit ihm die Insel Nikaria unirt. Der Erzbischof residirt zu Chora. Le Quien p. 929 sq.

[5]) Der erste Bischof der Insel Chios im Archipelagus ist Tryphon im J. 451. Der erste Metropolit ist Gabriel im J. 1575. Le Quien p. 961.

[6]) Der erste Bischof der Insel Kos ist Meliphron im J. 325. Der erste Erzbischof ist Neophytus im J. 1721. Le Quien p. 935.

[7]) Der erste Bischof der Insel Skarpanto (Carpathus) ist Olympius im J. 431. Seit dem 18. Jahrhunderte ist Skarpanto ein Erzbisthum und mit der Insel Karo (Casus) unirt. Le Quien p. 947.

[8]) Der erste bekannte Metropolit der Insel Imbro ist Joachim um das Jahr 1575. Le Quien p 951.

[9]) Der erste Bischof der Insel Lemnos ist Strategius im J. 325. Der erste Erzbischof von Lemnos ist Paulus im J. 1054. Le Quien p. 953.

[10]) Der erste Bischof von Methymne, einer Stadt auf der Insel Lesbos, jetzt Molivo genannt, ist Christodorus um das Jahr 520. Der erste Erzbischof ist Jakob im J. 869. Le Quien p. 961.

[11]) Der erste Bischof von Mitylene, der ehemaligen Hauptstadt der Insel Lesbos, ist Evagrius im J. 359. Zur Zeit des Patriarchen Photius von Konstantinopel erhielt er die Würde eines Metropoliten. Der Metropolit residirt jetzt zu Castro, der Hauptstadt der Insel. Le Quien p. 955.

[12]) Der erste Bischof der Insel Lero ist Johann im J. 553. Le Quien p. 945.

B.

Die dem Patriarchen von Alexandrien untergebenen Diöcesen sind seit dem Jahre 1672 auf vier reducirt, deren Bischöfe den Titel Metropoliten führen und in ihren Diöcesen nicht residiren, sondern den Hofstaat oder die Synode des Patriarchen bilden. Die Namen der Diöcesen lauten:[1])

Aethiopia (ein reiner Titel)
Kairo)[2])
Damietta oder Damiat[3])
Rosette oder Reschid.[4])

C.

Der Patriarch von Antiochien hat folgende Diöcesen unter sich:[5])

Erzbisthum Antakia (Antiochien)[6])
" Aleppo (Berrhöa)[7])
" Ladikiyeh (Laodicea)[8])
" Sur und Saida (Tyrus und Sidon)[9])

---

¹) Le Quien T. II. p. 375: Neale l. c. p. 116 sq.

²) Hieher wurde der bischöfliche Sitz von Memphis verlegt. Der erste Bischof von Memphis ist Antiochus im J. 325. Le Quien. T II. p. 375, 585.

³) Hieher wurde der bischöfliche Sitz vom alten Pelusium verlegt. Der erste Bischof von Pelusium ist Dorotheus im J. 325. Le Quien l. c. p. 375, 531.

⁴) Hieher wurde der bischöfliche Sitz von Metelis verlegt. Der erste Bischof von Metelis ist Gronius um das Jahr 325. Le Quien l. c. p. 375, 517.

⁵) Neale l. c. p. 131 135.

⁶) Die Kirche von Antiochien wurde bekanntlich vom hl. Apostel Petrus gestiftet. Dem hl. Petrus folgte als erster Bischof der hl. Ignatius der Martyrer. Durch den 6. Canon des Concils von Nicäa erhielt Antiochien den dritten Rang nach Rom und Alexandrien. Da der Patriarch von Antiochien schon seit dem 16. Jahrhundert zu Damaskus residirt, so steht Antiochien unter einem eigenen Metropoliten. Le Quien. T. II. p. 675 sq.

⁷) Der erste Bischof von Berrhöa in Syrien ist Eustathius vor dem Jahre 325. Seit dem Anfange des 17. Jahrhunderts residiren daselbst Metropoliten. Le Quien p. 781 sq.

⁸) Der erste Bischof von Laodicea ist Thelymidres um die Mitte des 3. Jahrhunderts. Der erste Metropolit ist Stephan II im J. 553. Le Quien p. 791 sq.

⁹) Der erste Bischof von Tyrus ist Cassius gegen Ende des 2. Jahrhunderts. Der erste Metropolit ist Eutherius im J. 431. Seit dem 17. Jahrhundert

Erzbisthum Arcadia [1])
" Beirut (Berytus) [2])
" Tarabulus (Tripolis) [3])
" Hems oder Homs (Emesa) [4])
" Baalbeck und Berg Libanon (Heliopolis und Laodicea Libani [5])
" Adana [6])
" Aman (Epiphania) [7])
" Selefkieh (Seleucia) [8])

Zum Patriarchate von Antiochien gehört auch das exemte Erzbisthum Cypern. [9])

---

ist mit Tyrus das Bisthum Sidon unirt. Eines Bischofes von Sidon geschieht auf dem ersten Concil von Nicäa Erwähnung. Der Metropolit von Tyrus und Sidon residirt gegenwärtig zu Hasbeiya. Le Quien p. 801—811. Mansii T. IV. p. 1368. Robinson's Palästina. Bd. III. Abth. 2. S. 676.

¹) Ist vielleicht das alte Bisthum Arkai in Phönizien, dessen erster Bischof Lucian ist um das Jahr 363. Le Quien p. 823. Robinson (a. a. O. S. 741) nennt diese Diöcese Akkar.

²) Der erste Bischof von Berytus ist Eusebius, um das Jahr 314. Seit dem 17. Jahrhundert ist Beirut ein Erzbisthum, und der Erzbischof führt auch den Titel: Bischof von Phönicien an der Küste. Le Quien p. 817 sq. Robinson a. a. O. S. 741.

³) Der erste Bischof von Tripolis ist Hellanicus im J. 325. Tripolis scheint erst in neuerer Zeit ein Erzbisthum geworden zu sein. Le Quien p. 823.

⁴) Der erste Bischof von Emesa ist Silvanus im Anfange des 4. Jahrhunderts. Im 9. Jahrhunderte ward Emesa ein Erzbisthum. Le Quien p. 839.

⁵) Eines Bischofs von Heliopolis geschieht schon zur Zeit Konstantin's d. Gr. Erwähnung. Der erste Bischof von Laodicea am Libanon ist Plakon im J. 431. Diese beiden Bisthümer scheinen erst im 18. Jahrhundert unirt und zu einem Erzbisthum erhoben worden zu sein. Le Quien p. 481 sq.

⁶) Der erste Bischof von Adana ist Paulinus im J. 325. Adana am Sihan in der Provinz Itschil war ein Suffraganbisthum von Tarsus. Le Quien p. 881.

⁷) Der erste Bischof von Epiphania in Syrien ist Mauricius im J. 325. Epiphania war ein Suffraganbisthum von Apamea oder Hamah. Le Quien p. 915.

⁸) Der erste Bischof von Seleucia in Isaurien ist Agapet im J. 325. Der erste Metropolit von Seleucia ist Dexian im J. 431. Le Quien p. 1011 sq.

⁹) Neale l. c. p. 136 sq.

Metropole Famagusta (Constantia)[1])
Suffraganbisthümer: Piscopia (Curium)[2])
Baffo (Paphus)[3])
Neapolis[4])
Limasol (Amathus)[5])
Nikosia (Ledra)[6])

D.

Unter dem Patriarchen von Jerusalem stehen folgende Diöcesen:[7])

Erzbisthum Kaisarieh (Cäsarea)[8])

---

[1]) Auf der Insel Cypern wurde das Christenthum vom Apostel Barnabas gepflanzt. Der erste bekannte Bischof von Salamis, später Constantia genannt, ist Gelasius im J. 325. Salamis oder Constantia wurde hierauf die Metropole der Insel Cypern und der erste Metropolit ist Epiphanius um das Jahr 368. Die Patriarchen von Antiochien wollten nun Cypern ihrer Jurisdiction unterwerfen, allein das Concil von Ephesus im J. 431 bestätigte die Selbstständigkeit der Kirche von Cypern, und so blieb der Erzbischof von Constantia oder Cypern αὐτοκέφαλος, ist also keinem Patriarchen unterworfen. Als Constantia in der zweiten Hälfte des 7. Jahrhunderts von den Saracenen zerstört worden war, verlegte der Erzbischof um die Mitte des 8. Jahrhunderts seinen Sitz nach Famagusta, von den Griechen Hammochostos genannt, indem er jedoch den Titel von Constantia beibehielt. Als Auszeichnung trägt der Erzbischof den Purpur und statt des Hirtenstabes hat er einen Scepter. Gegenwärtig residirt er zu Nikosia. Le Quien p. 1037 sq. Neale l. c. p. 128. Volger's Handb. der Geogr. Bd. II. S. 189.

[2]) Der erste Bischof von Curium ist Zeno im J. 431. Le Quien p. 1057.

[3]) Der erste Bischof von Paphus ist Cyrillus im J. 325. Le Quien p. 1059.

[4]) Der erste Bischof von Neapolis ist Tychicus im Anfange des 7. Jahrhunderts. Le Quien p. 1061.

[5]) Der erste Bischof von Amathus, später Lemissus genannt, ist Heliodor im J. 451. Als im Jahre 1190 Amathus zerstört wurde, ward der bischöfliche Sitz nach Neapolis verlegt, worauf der Bischof von Neapolis den Titel von Lemissus oder Nemosia führte, bis im 17. Jahrhunderte beide Bisthümer wieder getrennt wurden. Le Quien p. 1063 sq.

[6]) Der erste Bischof von Ledra ist Triphyllus um die Mitte des 4. Jahrhunderts. Le Quien p. 1075.

[7]) Neale l. c. p. 161 sq.

[8]) Der erste bekannte Bischof von Cäsarea in Palästina ist Theophilus um das Jahr 198. Als Jerusalem zerstört worden war, wurde nun das Bisthum Cäsarea die Metropole Palästina's, bis nach der Errichtung des

Erzbisthum Bethsan (Scythopolis) [1])
" Kerak (Petra) [2])
" Akka (Ptolemais) [3])
" Bethlehem [4])
" Nazareth [5])
" Lydda (Diospolis) [6])
" Gaza [7])
" Sinai (Pharan) [8])
" Jaffa (Joppe) [9])

Patriarchats von Jerusalem um die Mitte des 5. Jahrhunderts Cäsarea nur mehr die Metropole von Palästina Prima bildete. Der Metropolit von Cäsarea führt den Titel Protothromus und Primas von Palästina. Le Quien T. III. p. 529 sq.

1) Der erste Bischof von Scythopolis ist Patrophilus im J. 318. Der erste Metropolit ist Olympius um das Jahr 457. Le Quien p 600 sq.

2) Der erste Bischof von Petra in Arabien ist Asterius um das Jahr 347. Der erste Metropolit ist Johann um das Jahr 457. Le Quien p. 723 sq.

3) Der erste Bischof von Ptolemais ist Clarus im J. 198. Der erste Metropolit ist Joasaph im J. 1672. Ptolemais stand vor dem 17. Jahrhundert unter dem Patriarchen von Antiochien. Der Metropolit führt den Titel Exarch. Le Quien T II. p. 813 sq.

4) Der erste Bischof von Bethlehem ist Raguel im J. 1169. Der erste Metropolit ist Athanasius vor dem J. 1646. Le Quien T III. p. 643.

5) Das Erzbisthum Nazareth wird im zwölften Jahrhundert erwähnt. Le Quien l. c. p. 749 sq.

6) Der erste Bischof von Lydda ist Aetius um das J. 319. Im 12. Jahrhunderte war Lydda ein Erzbisthum. Le Quien p. 583 sq. et l. c.

7) Der erste Bischof von Gaza ist Silvanus im Anfange des 4. Jahrhunderts. Um die Mitte des 12. Jahrhunderts wird Gaza als Erzbisthum aufgeführt. Le Quien p. 603 sq. et l. c.

8) Der erste Bischof von Pharan ist Makarius um das J. 451. Der bischöfliche Sitz von Pharan wurde nach Zerstörung dieser Stadt im siebenten Jahrhundert in das Kloster auf dem Berge Sinai verlegt. Um die Mitte des 12. Jahrhunderts wird Berg Sinai als Erzbisthum erwähnt. Der Erzbischof von Sinai wird von einem Collegium Deputirter vom Berge Sinai und aus dem Filialkloster zu Kairo erwählt und vom Patriarchen zu Jerusalem bestätigt. Seit dem Jahre 1760 residirt der Erzbischof nicht mehr im Kloster, sondern hält sich zu Konstantinopel auf. Die Priester und Diakonen auf dem Berge Sinai werden aber vom Patriarchen ordinirt. Le Quien p. 749 sq. Ritter's Erdk. von Asien. Bd. VIII. Abth. 2. S. 626 f. Tischendorf's Reise in den Orient. Bd. II S. 290.

9) Der erste Bischof von Joppe ist Fidus im J. 415. Im 12. Jahrhundert war Joppe ein Erzbisthum. Le Quien p. 627, 749.

Erzbisthum Nabulus (Neapolis)[1])
" Samaria (Sebaste)[2])
" Berg Tabor[3])
" Philadelphia oder Rabbath Amman[4])

§. 20. Die Officialen und Synode des Bischofes.

Gleich dem Patriarchen können sich auch die Bischöfe und Erzbischöfe mit denselben Officialen umgeben; allein nur wenige bischöfliche Kirchen sind im Stande, einen so zahlreichen Klerus zu unterhalten. Zu den gewöhnlichen Officialen des Bischofes gehören der Protosynkellos und die Protopresbyter. Der Erstere ist der bischöfliche Sekretär und vertritt, wenn der Bischof abwesend ist, dessen Stelle. Er entspricht also dem Generalvikar in der lateinischen Kirche. Die Protopapas dagegen sind an die Stelle der ehemaligen Chor- oder Landbischöfe getreten. Ihnen obliegt die Aufsicht über den Klerus, die Visitationen der Kirche ihres Bezirkes, die Installation der vom Bischofe ernannten Pfarrer und die Execution der bischöflichen Verordnungen; sie haben also dieselbe Aufgabe, wie die Dekane oder Bezirksvikare der abendländischen Kirche.[5])

---

[1]) Der erste Bischof von Neapolis oder Sichem ist Germanus im J. 314. Um die Mitte des 12. Jahrhunderts war Neapolis ein Erzbisthum und im 17. Jahrhunderte finden wir mit ihm das Erzbisthum Sebaste unirt. Le Quien p. 647 sq. 749.

[2]) Der erste Bischof von Sebaste, wie seit Herodes, des Antipaters Sohn, Samaria genannt wurde —, ist Marius oder Marinus im J. 325. Um die Mitte des 12. Jahrhunderts war Sebaste ein Erzbisthum. Im 17. Jahrhunderte war es mit Neapolis unirt; doch sehen wir es schon im Anfange des 18. Jahrhunderts wieder als eine eigene Diöcese. Le Quien p. 651 sq. 749.

[3]) Im einem Verzeichniß vom J. 1151 wird Berg Tabor, auf dem ein Mönchskloster sich befindet, als Erzbisthum aufgeführt. Le Quien p. 749.

[4]) Der erste Bischof von Philadelphia in Arabien ist Kyrion im J. 325. Der erste Metropolit ist Eulogius im J. 451. Vor der Mitte des 7. Jahrhunderts gehörte diese Diöcese noch zum Patriarchate von Antiochien. Robinson nennt Philadelphia auch es-Salt. Le Quien T. II p. 861. Robinson a. a. O. S. 741.

[5]) Maurer a. a. O. S. 398; Papp-Szilágyi Enchir. jur. eccl or. §§. 139–141.

Jeder Bischof muß ferner einen Oikonomos aus dem Diöcesanklerus sich erwählen, um einen Zeugen bei der Verwaltung der Kirchengüter zu haben. Unterläßt er dieses, so soll ihm vom Patriarchen oder Metropoliten ein Oekonom aufgestellt werden. [1])

Das wichtigste Amt beim Bischofe aber verwaltet der Chartophylax oder Kanzler, welcher außer der Führung der Protokolle es auch mit der Aufnahme von Testamenten und den Schreibereien der weltlichen Administration zu thun hat.

Befinden sich Klöster in der Diöcese, dann hat der Bischof auch noch einen Aufseher über die Mönchs- oder Nonnenklöster (*σακελλάριος ἢ σακελλίον*).

Diese Würdenträger des Bischofes bilden nun mit den Vornehmen der Gemeinde zugleich die Synode desselben, bei der entweder der Bischof selbst oder sein Stellvertreter, der Protosynkellos, den Vorsitz führt. [2])

Die bischöfliche Synode hat aber nicht blos die geistlichen Angelegenheiten der Diöcese zu besorgen, sondern auch die an sie gebrachten Civilstreitigkeiten zu entscheiden. Denn wie der Patriarch, so sind auch die Metropoliten und Bischöfe berechtigt, Streitsachen zwischen Bekennern der griechisch-orthodoxen Kirche zu schlichten, so daß man auf diese Weise kirchliche Gerichte mit einem Instanzenzuge vom Bischofe bis zum Patriarchen von Konstantinopel erhält. Nur wenn die gegnerische Parthei eine muselmänische ist, sind die Christen genöthigt, ihre Rechtsansprüche vor dem türkischen Gerichte, dem Mevleviet (Oberappellgericht) oder dem Kaza (Gericht des Kadi) zu verfolgen, sowie die Criminaljustiz ausschließlich vor den Kadi gehört. [3])

Die Rechtsquellen, welche die Bischöfe bei ihrem Gerichte gebrauchen, sind das Pidalion, eine Sammlung der von der griechischen Kirche anerkannten Kanones mit Erklärungen und Anmerkungen in neugriechischer Sprache, gedruckt zu Leipzig im Jahre 1800 auf Befehl des Patriarchen von Konstantinopel; ferner ein Auszug aus den Kanones mit erklärenden Anmerkungen, erschienen im Jahre 1800 in der Druckerei des Patriarchen von Konstantinopel; ein Handbuch des geistlichen und weltlichen Rechtes vom Bischofe Theophilos von Kam-

---

[1]) C. 26 Conc. IV., c. 11. Conc. VII. oecum.

[2]) Maurer a. a. O.; Boué l. c. p. 426.

[3]) Eichmann a. a. O. S. 33 f.

pania (1749—1795); zuweilen auch die in Venedig erschienene neugriechische Uebersetzung des Harmenopoulos, oder als Quelle des bürgerlichen Rechtes das Civilgesetzbuch für die Moldau, der *Κῶδιξ πολιτικὸς τῆς Μολδαβίας*, gedruckt zu Jassy im Jahre 1816.[1])

§. 21. Die Kirchen-Commission.

Im Jahre 1836 erließ der Patriarch Georg VI. und die hl. Synode ein Circular-Schreiben, worin sämmtliche Prälaten angewiesen werden, in ihren Diöcesen eine kirchlich-geistliche Commission zu errichten, nach dem Muster der in der Diöcese von Konstantinopel bestehenden, zur Ueberwachung der Angelegenheiten der Gläubigen und zur Berathung für die den Prälaten obliegenden geistlichen Geschäfte. Alle diese Commissionen sollen mit der zu Konstantinopel im Verkehr stehen, dadurch, daß sie an dieselbe Berichte über den geistlichen Zustand der Gemeinden abgeben, und hinwieder Anweisungen hierüber erhalten.[2]) Die Mitglieder der Commission sind aus den gebildeten, tugendhaften und eifrigen Geistlichen zu nehmen, welche sich an bestimmten Tagen unter dem Vorsitze ihres Prälaten versammeln, um über die geistlichen Angelegenheiten gemeinschaftlich berathen zu können. Die Zahl derselben soll zunächst drei betragen, und jedes von ihnen soll eine bestimmte Geschäftssparte erhalten.

Einem Mitgliede soll die Prüfung der zu Ordinirenden und die Leitung der Beichtväter übergeben werden. Dasselbe hat Acht zu haben, daß die, welche zum Diakon oder Priester ordinirt werden wollen, die in den Canones vorgeschriebenen Eigenschaften besitzen, namentlich das erforderliche Alter, das Zeugniß des Beichtvaters, das Zeugniß der Gemeinde für ihr untadelhaftes Leben, Neigung zu geistlichen Dingen und Kenntniß der unumgänglichen Pflichten ihres Berufes. Wer nach vorgenommener Prüfung für würdig befunden, dem soll eine schriftliche Erlaubniß zur Ordination ausgestellt werden, womit er sich gehörigen Orts auszuweisen hat, um zum Diakon oder Priester geweiht zu werden. Stößt aber das Mitglied bei der Prüfung

---

[1]) Zachariä a. a. O. S. 205, 313.

[2]) Wenger: Beiträge zur Kenntniß des gegenwärtigen Zustandes der griechischen Kirche. S. 141 f.

auf Hindernisse, so soll es dieselben dem Urtheile der Commission unterbreiten, welche darüber entscheiden wird. Die Beichtväter dagegen sollen an bestimmten Tagen von diesem Mitgliede versammelt und von ihm in ihrem Berufe unterrichtet werden.

Ein anderes Mitglied soll dann die Aufsicht über den Druck und Verkauf von Büchern, über die kirchliche Ordnung und den Lebenswandel der Kirchendiener führen. Ohne dessen Erlaubniß darf kein Buch gedruckt werden. Jeder, der ein Buch drucken lassen will, hat daher demselben zwei gleiche Abschriften zu überreichen, und wenn sich nichts Anstößiges darin findet, wird ihm eines von diesen mit der Unterschrift des Censors zugestellt, um es drucken zu lassen. Nach dem Drucke hat ein gedrucktes Exemplar dem Censor zur Vergleichung mit der Abschrift übergeben zu werden. Findet das Mitglied beim Lesen des Manuscripts Schwierigkeiten, so wird es sie der Commission zur Entscheidung vorlegen, welche nöthigenfalls auch andere gelehrte Personen zu Rathe ziehen wird. Ein jeder Buchhändler hat ferner ein Verzeichniß der bei ihm zum Verkaufe befindlichen Bücher dem Mitgliede einzusenden, welches dasselbe der Commission zur Beurtheilung vorlegen wird. Nur die in dem von diesem Mitgliede unterschriebenen Verzeichnisse enthaltenen Bücher dürfen verkauft werden. Das Mitglied wird ferner über die Abhaltung des Gottesdienstes, die priesterlichen Verrichtungen und Verwaltung der Sakramente wachen, und wenn es etwas findet, was der Würde und Heiligkeit derselben zuwider läuft, es dem betreffenden Geistlichen zur Verbesserung kund thun. Unterbleibt diese, so wird die Sache der Commission vorgelegt. Wenn sich endlich ein Pfarrer, Kirchendiener oder Vorsteher wider einen tugendhaften Wandel, wider die Rechtgläubigkeit, wider die gehörige Gesellschaft und andere dergleichen Dinge vergeht, so wird das Mitglied einen solchen ein oder zwei Mal vor sich kommen lassen und ihn über seine Pflichten belehren. Sollte er diesen Ermahnungen nicht Folge leisten, so wird die Sache vor die Commission gebracht.

Das dritte Mitglied hat die Aufsicht über die Erziehung und die Predigt des göttlichen Wortes. Es wird daher von Zeit zu Zeit die Schulen visitiren und einen unwürdigen Lehrer oder einen unverbesserlichen Schüler der Commission anzeigen. Ohne seine Erlaubniß darf kein Lehrer angestellt oder abgesetzt werden. Keine Unterrichts-Anstalt darf errichtet werden, ohne daß nicht zuvor der Schulplan derselben diesem Mitgliede übergeben worden, welches denselben zur Begutachtung der Commission unterbreiten wird. Ebenso soll ohne schriftliche Erlaubniß dieses Mitglieds kein Priester oder Diakon predigen dürfen. Laien soll die Erlaubniß hiezu nicht gegeben werden.

Diese Mitglieder haben volle Erlaubniß und Freiheit, nicht nur sich in der Erfüllung ihrer Geschäfte durch gegenseitige Berathung zu unterstützen, sondern auch sich so viele Gehilfen beizugesellen, als sie zur Ausübung ihrer Pflichten für gut finden. Und wenn sie zur Ausübung ihrer Verrichtungen herumgehen, so sollen die Priester und Vorsteher der Gemeinden sie wohlwollend aufnehmen, ihnen gehorchen und die zur Erfüllung ihrer hl. Pflichten erforderlichen Mittel an die Hand geben. [1])

§. 22. Pfarrklerus und Pfarrkirchen.

Der Klerus an einer Pfarrkirche (*ἐφημερία*) besteht aus einem Prosstos, dem Kirchenvorstand oder Pfarrer, der also die Taufen, Copulationen, Beerdigungen u. dgl. vornimmt, aus einem Pneumatikos oder Beichtvater, der wenigstens 40 Jahre alt sein und vom Bischofe schriftliche Erlaubniß zum Beichthören haben muß, und aus einem Papas Ephemerios, welcher die Liturgie feiert und Matutin und Vesper hält. An diese reihen sich dann der Diakon und die übrigen Kleriker. An den ärmeren Pfarrkirchen aber findet man nur einen Priester mit einem Diakon oder Lector.

Die Pfarrstellen werden vom Bischofe frei vergeben oder vielmehr bei der herrschenden Simonie an die Geistlichen verkauft. [2])

Die Revenüen des Pfarrklerus fließen aus einem geringen Jahrgeld von den Pfarrkindern und aus den Stolgebühren (*τυχηρόν*), [3]) welche sich jedoch nicht hoch belaufen. So wird z. B. für eine Trauung 5 bis 10 Piaster, für eine Taufe 1 bis 3 Piaster, für eine Beerdigung 3 bis 5 Piaster, für eine Seelenmesse 5 Piaster be-

---

1) Wenger a. a. O. S. 103—109.

2) Boué l. c. p. 429; Madden l. c. p. 75; Ungewitter's Türkei in der Gegenwart (Erlangen 1854) S. 175.

3) Türkisch Pravilo genannt.

zahlt.[1]) Da nun die Papas in der Regel verheirathet sind, so sehen sie sich bei diesem kärglichen Einkommen genöthigt, gegen die kanonischen Bestimmungen allerlei Handwerk zu treiben, oder man sieht sie wie gemeine Bauern ihr Feld bearbeiten, weshalb sie auch von den Türken wenig geachtet werden. Von einer wissenschaftlichen Bildung kann bei ihnen keine Rede sein, da sie im Kloster, wo sie für den geistlichen Stand erzogen wurden, nur nothdürftig lesen und schreiben gelernt haben, und sie sich zu einer weiteren Ausbildung auch nicht veranlaßt sehen, indem ihnen jede weitere Carrière abgeschnitten ist; denn höchstens können sie es noch zu einem Protopapas bringen.

Die Papas sind zwar frei von der Kopfsteuer, aber nicht von Frohndiensten (Angari) und Einquartirung, wie die Bischöfe.[2])

Die Pfarrkirchen werden von der Gemeinde unterhalten, und es wird hiefür an jedem Sonn- und Festtage in der Kirche eine Collecte vorgenommen. Die Sorge aber für die Erhaltung der Kirchengebäude und den Unterhalt des Klerus hat der Kodja-Bachi oder Gemeindevorsteher, dem die Verwaltung des Budgets der Gemeinde in Bezug auf deren Schulden, Aufbringung der Kosten für die Schule, für Kirchen-Bauten oder Reparaturen, für Bezahlung der Geistlichen, sowie in Bezug auf den der Gemeinde zufallenden Beitrag zu den Steuern der Kirche überhaupt obliegt.[3])

§. 23. Das Mönchthum.

a) Aufnahme in's Kloster und Noviziat.

Jeder, auch wenn er sich schwer verfehlt hat, kann in den Ordensstand treten, nur darf Niemanden ohne Examen und ohne das gehörige Alter von zehn Jahren der Eintritt in's Kloster gestattet werden.[4])

---

[1]) Auch das bei den Seelengottesdiensten übliche Colyva-Opfer (κόλυβων προσφορὰ) d. i. eine große Schüssel mit gekochten Weizenkörnern, mit geschälten Mandeln, Rosinen, Granatäpfeln, Sesamun besteckt und mit Basilienkraut oder anderen wohlriechenden Pflanzen eingefaßt, bildet ein nicht unbedeutendes Einkommen der Papas. Tournefort a. a. O. Bd. I. S. 193.

[2]) Boué l. c. p. 429 sq.

[3]) Maurer a. a. O. S. 408; Eichmann a. a. O. S. 36.

[4]) C. 40. 43. Syn. VI. in Trullo. Da der 40. Canon das Alter von 10 Jahren

Ein Sklave darf ohne Einwilligung seines Herrn nicht in's Kloster aufgenommen werden. Ein dagegen handelnder Klostervorsteher soll excommunicirt werden. Ist ein entflohener Sklave übrigens in ein Kloster aufgenommen worden, so muß ihn der Herr innerhalb drei Jahren zurückfordern, sonst wird der Sklave durch die Ordensprofeß frei.[1])

Die Ordensstifter Pachomius und Basilius hatten keine Probezeit für die Ablegung der Ordensprofeß vorgeschrieben, sondern es dem Klosterobern überlassen, ob Jemand mit Rücksicht auf sein vergangenes Leben in den Orden aufgenommen werden konnte oder nicht.[2]) Aber die Constantinopolitanische Synode unter Photius verordnete, daß Jeder drei Jahre in weltlicher Kleidung im Kloster zur Probe verbleibe, und nur ein frommer Mann, dessen Würdigkeit aus seinem frühern Leben erhellt, soll nach einem halbjährigen Noviziat eingekleidet werden dürfen. Ebenso soll, wenn der Tod droht, die Profeß nicht aufgeschoben werden. Handelt ein Klostervorsteher dieser Vorschrift zuwider, so soll er abgesetzt, der Ordenscandidat aber in ein anderes Kloster gebracht werden, wo man nach der Strenge verfährt.[3])

b) Die Einkleidung und ihre Wirkung.

Hat die Person, welche sich dem Klosterleben weihen will, die Probezeit bestanden, dann kann sie eingekleidet werden. Die Einkleidung wird vom Klosterobern mit Genehmigung des Bischofs in der Kirche vorgenommen. Nonnen werden aber nicht von ihrer Vorsteherin, sondern vom Bischofe, oder mit dessen Erlaubniß vom Priester des Klosters eingekleidet.[4]) Der Ritus der Einkleidung ist folgender. Nach einigen Fragen an den Novizen, ob er nur aus guter Absicht in's Kloster tritt und der Welt ganz entsagen will, wird ihm das Ordenskleid unter Gebet angezogen, und hierauf werden ihm die Haare kreuzweis abgeschnitten.[5]) Durch diese Einkleidung, welche noch keine

für beide Geschlechter festgesetzt, so ist dadurch der 18. Canon des hl. Basilius, welcher für das weibliche Geschlecht ein Alter von 16 oder 17 Jahren forderte, abrogirt.

[1]) C. 4. Syn. IV.; Photii Nomocan. Tit. XI. cap. 3.

[2]) Assemani Bibl. orient. T. III. P. 2. p. 904.

[3]) C. 5. Syn. Const. I. et II.

[4]) Assemani l. c. p. 911.

[5]) Heineccius a. a. O. Th. III. S. 398.

Profeß im Sinne der abendländischen Kirche ist, wird man dem Mönchsstande einverleibt. Der Eingekleidete gehört ganz dem Kloster an, alle seine Güter gehören dem Kloster, da Mönche kein Eigenthum besitzen sollen. [1]) Vor der Einkleidung kann er noch über sein Vermögen disponiren. Ist aber Jemand schon mit 10 Jahren eingekleidet worden, dann kann er nach der 6. Novelle des Kaisers Leo erst nach erreichtem fünfzehntem Lebensjahre über sein Vermögen verfügen. Stirbt er vorher, so soll das Kloster von seinen Gütern zwei Theile, seine Verwandtschaft aber den dritten Theil erhalten. [2]) Was der Mönch hinterläßt, gehört allerdings dem Kloster. Hat er aber Kinder und hat er diesen nichts ausgemacht, so kann er auch nach der Einkleidung noch sein Vermögen den Kindern geben und nur einen Theil davon soll er dem Kloster zu geben verpflichtet sein. Stirbt er, ohne seinen Kindern etwas vermacht zu haben, dann muß das Kloster selbst diesen den Pflichttheil geben. Denselben Anspruch sollen auch Eltern und Geschwisterte haben. Hat sich Einer erst im Kloster etwas erworben, dann gehört, wenn er dem Kloster zuvor nichts gegeben, der dritte Theil davon dem Kloster, sonst kann er darüber frei verfügen. [3])

Wenn ein Bischof oder Ordensoberer für die Einkleidung Geld nimmt, soll er deponirt werden. Thut das die Vorsteherin eines Nonnenklosters, so soll sie in ein anderes Kloster zur Buße versetzt werden. Dieselbe Strafe soll auch einen solchen Ordensobern treffen, der nicht Priester ist. [4])

c) Die Grade und Kleidung der Mönche.

Die Eingekleideten bilden den ersten Mönchsgrad, den der Anfänger (*ἀρχάριοι*). Sie tragen einen dunklen engen Rock von grobem Tuche (*ῥάσος*, daher auch *ῥασοφοροῦντες* genannt), einen ledernen Gürtel

[1]) Can 6. Syn. Constantinop. I. et II. cum Coment. Balsamonis ap. Bevereg. Pand. canon. T. I. p. 341 sq.

[2]) Balsamon ad can. 40 Syn. Trull. ap. Bevereg. T. I. p. 204.

[3]) cap. 58. Novell. 123. Justin.; Nov. V. Leonis Sap. et Balsam. ad can. 6. Const. Syn. I. et II. ap. Bever. l. c. p. 342 sq. Diese kaiserlichen Verordnungen haben aber den Unterschied, der zwischen den Cönobien und freien Klöstern herrscht, im Auge.

[4]) Can. 19. Concil. VII. oecumen.

um die Lenden und eine Haube (*καμηλαύχιον*), welche über die Ohren und Schultern herabhängt, worauf sie einen Hut setzen. Haben sie nun eine Zeitlang in diesem Grade gelebt — in den strengen Klöstern, z. B. auf dem Berge Athos, müssen sie bei zwei Jahre in diesem Grade bleiben — dann erhalten sie den s. g. kleinen Ordenshabit (*μανδύας, παλλίον*), werden *μικρόσχημοι*. Dieß sind Professen im eigentlichen Sinne, da sie beim Empfange des kleinen Ordenshabits oder Mantels die drei Gelübde der Keuschheit, Armuth und des Gehorsames ablegen. Nehmen die Mönche dieses Grades in der Vollkommenheit des geistlichen Lebens zu, dann werden sie in die höchste Klasse versetzt, d. h. sie empfangen nun den großen und englischen Habit, werden *μεγαλόσχημοι*. [1]) Diese Mönche erhalten die Mönchskapuze (*κουκούλιον*), welche mit fünf Kreuzen bezeichnet ist und in Kreuzesform über die Schultern herabhängt, sowie das Scapulier (*ἀνάλαβος*). Sie werden mit dieser Kleidung begraben, welche sie in ihrem Leben jedoch nur sieben Tage lang tragen. Uebrigens sind sämmtliche Mönche beschuht. [2])

Die meisten Mönche sind Laien, *μόναχοι* schlechthin genannt. Diejenigen, welche Diakonen sind, heißen *ἱεροδιάκονοι*, und die, welche die Priesterweihe haben, werden *ἱερομόναχοι* oder *καλόγεροι* (Kalugers) genannt. Außerdem findet man in den Klöstern auch bloße Laien (*κοσμικοί*), die nachher oft Mönche werden. Sie haben das Vieh, die Ländereien des Klosters zu besorgen oder die Mönche bei verschiedenen häuslichen Verrichtungen zu unterstützen. Manchmal sind diese Laien sogar Leibeigene des Convents. [3])

d) Ordensregel und Disciplin.

Alle griechischen Mönche gehören je nach der Regel, die sie befolgen, entweder dem Orden des hl. Antonius oder dem des hl. Basilius an. Die Basilianer-Mönche sind am weitesten verbreitet; denn

---

¹) Bei der Einweihung in jedem der drei Grade kömmt immer die Tonsur vor. Die griechischen Mönche tragen eine runde, sehr große Tonsur auf der Mitte des Hauptes, unten aber lange Haare. Assemani l. c. p. 899.

²) Heineccius a. a. O. S. 399—404. Tournefort a. a. O. S. 151—154.

³) Heineccius a. a. O. S. 397. Zachariä's Reise in den Orient. S. 328; Tischendorf's Reise in den Orient. Bd. I. S. 250.

Mönche vom Orden des hl. Antonius findet man nur auf dem Berge Sinai, am Libanon und am Ufer des rothen Meeres.[1])

Was die klösterliche Disciplin betrifft, so ist sie nach der Einrichtung des Klosters und der vom Mönche gewählten Lebensweise verschieden. In letzterer Beziehung unterscheidet man nämlich Mönche, welche in Klöstern leben, ferner Anachoreten und Kellioten oder Eremiten (ἄσκηται).

Eremiten kommen nur noch auf dem Berge Athos vor. Hat Jemand in einem Kloster den Sinn, abgeschlossen zu leben, drei Jahre hindurch gezeigt und hierauf ein Jahr wirklich abgeschlossen gelebt, dann soll er mit Genehmigung des Bischofes abgesondert bleiben. Der also Eremit werden will, hat eine vierjährige Probezeit zu bestehen und muß zuvor in ein Kloster treten. Der Eremit darf seinen Aufenthalt nie verlassen, außer in äußerster Nothwendigkeit, um des gemeinen Wohles willen oder um zu sterben, und selbst in diesen Fällen nicht ohne Erlaubniß des Diöcesanbischofs.[2])

Die Eremiten, Kellioten genannt, leben nur von ihrer Hände Arbeit. Sie flechten, schnitzen, weben, stricken, machen Kräuteressenz u. s. w. Ein kleines Bohnenfeld, Feigen, Kirschen, Birnen und Kastanien mit Zwiebeln sind für ihren Bedarf genügend. An Sonn- und Festtagen steigen sie zur Klosterkirche hinab oder wandern zur nächsten Anachoretenkapelle. Wohnen nun viele Kellioten an einem Orte beisammen, so bilden sie s. g. Skitä (ἀσκητήρια) oder Eremitendörfer, welche in der Regel ein eigenes Gotteshaus besitzen und einen Mönch des Klosters, zu dem die Skiti gehört, als Oberaufseher (δικαῖος) haben.[3])

Anachoreten findet man blos in Macedonien. Ein Anachoret läßt sich mit noch Einem oder Zwei gegen Erlegung einer bestimmten Summe in einem zum Kloster gehörigen, 1—3 Meilen entlegenen Hause nieder. Zu einer solchen Anachoretenwohnung gehören eine am Hause an- oder nahe hingebaute Kapelle, Gemüsegarten, Weinberg, Oeltrift, Wallnuß-, Mandel- und Kirschbäume, hinlänglich für Be-

---

1) Heineccius a. a. O. S. 396; Boué l c. p. 440.

2) Can. 41. Syn. Trull.; Blastari syntagma alphab. Lit. M. cap. 15. ap. Bev. T. II. p. 189.

3) Fallmerayer's Fragmente aus dem Orient. Bd. II. S. 120 f.; Zachariä's Reise in den Orient. S. 237.

schäftigung und Lebensnothdurft der Anachoreten. Sie dürfen die selbstgezogenen Trauben keltern, frisches Brod backen, alle im Kloster erlaubte Kost genießen. An Sonn- und Festtagen wohnen sie dem Gottesdienste im Kloster bei und führen sonst ein regelmäßiges Leben. [1])

Auch die Lebensweise der Klosterbewohner ist verschieden, je nachdem sie in Cönobien (κοινόβια) oder in freien Klöstern (μοναστήρια ἰδιόρυθμα), von denen die größern Lauren (λαῦραι) [2]) genannt werden, leben. In den Cönobien führen die Mönche unter einem Klostervorstande ein gemeinschaftliches Leben, haben also durchaus kein eigenes Vermögen, sondern ihr Einbringen, sowie die Frucht ihrer Arbeit verfällt dem Kloster, das daher auch für ihre Lebensbedürfnisse sorgt. Sie führen einen gemeinschaftlichen Tisch, schlafen aber besonders. [3]) Außer dem Chorgebete hat jeder Mönch seine ihm vom Klostervorstande bestimmte Tagesarbeit, [4]) und man findet in einem solchen Kloster alle nothwendigen Handwerke vertreten. Die freien Klöster dagegen haben mehr eine republikanische Einrichtung. Hier sind die Mönche im Ganzen ihre eigenen Herrn, haben ihr eigenes Vermögen, wohnen und essen getrennt; nur an Festtagen speisen sie zusammen im Refectorium (ἑστιατόριον). Die Mönche müssen sich nämlich hier durch Erlegung einer gewissen Summe in's Kloster einkaufen, worauf sie aus dem Klostermagazin ihr Bestimmtes an Naturalien erhalten, [5]) auf gemeinsamen Corridor eine abgeschlossene Wohnung, eigene Küche und selbstgewählte Bedienung haben. Sie kleiden sich nach Belieben, die mörserartige, schwarze Mönchskappe ausgenommen. Sie können ihr Vermögen ihrem Aufwärter vermachen, außerdem, sowie wenn dieser stirbt, fällt es dem Kloster anheim. Sie arbeiten, was ihnen gefällt, und haben mit ihren Mitbrüdern nichts gemein, als den Gottesdienst und das Grab. [6])

---

[1]) Fallmerayer a. a. O. S. 109 f.

[2]) Laura bezeichnet eben eine Anzahl getrennter Zellen im Gegensatze zum Cönobium oder Kloster.

[3]) Nov. 123 Justiniani ap. Bever. T. II. p. 194.

[4]) Zachariä's Reise in den Orient. S. 235.

[5]) Jeder Mönch erhält außer Brod und Käse wöchentlich 2 Okken Wein d. i. 3½ Flaschen, ein höher gestellter 3, ein mit einem Amte bekleideter Mönch 4 Okken.

[6]) Heineccius a. a. O. S. 407 f.; Zachariä a. a. O. S. 235; Beilage zur Allgem. Ztg. vom J. 1840 Nro. 120. Nach der Beschreibung der

Nach der Ordensregel dürfen die Mönche das ganze Jahr hindurch kein Fleisch genießen und an Fasttagen auch nichts von Fischen, Eiern, Oel und Milch. Außer den gewöhnlichen Fasten haben sie noch drei eigene, nämlich vom 1. September bis zum Feste Kreuzerhöhung, vom 1. bis 26. Oktober zu Ehren des hl. Demetrius und vom 1. bis 8. November zu Ehren des hl. Michael. Sie haben ferner Nachts, Morgens und bei Tage die kanonischen Gebetsstunden zu halten. Die Nächte vor Christi Himmelfahrt, Pfingsten, den Festen St. Johann des Täufers, Petri und Pauli, Verklärung Christi und den verschiedenen Marienfesten werden ganz mit Gebet zugebracht (*ὁλονύκτικον καὶ πολυελαῖον*).[1] Da das Geschäft des Mönches ein doppeltes ist, hl. Schrift zu lesen und zu meditiren und zu arbeiten, wie Mönchen geziemt, so findet man die gemeinen Mönche in den Cönobien mit den verschiedensten Handwerken nach Bedürfniß des Klosters beschäftigt. Kuratoren oder Tutoren können aber Mönche nicht sein, noch Processe führen, außer mit Genehmigung des Obern für ihr Kloster.[2])

Kein Mönch darf sein Kloster verlassen und in ein anderes sich begeben, wohl aber können Mönche mit Erlaubniß ihres Obern allein ausgehen.[3]) Unter der Strafe der Excommunication ist es einem Weibe verboten, in einem Mönchskloster zu schlafen, ebenso einem Manne in einem Nonnenkloster; allein dessen ungeachtet findet man in manchen Mönchsklöstern Weibspersonen, die zum Waschen und Reinigen gehalten werden.[4]) Auch die Clausur hinsichtlich der Nonnen ist nicht gar strenge. Wohl wohnen sie zu je zwei beisammen und dürfen sie nur, wenn eine unverschuldete Nothwendigkeit vorhanden ist, mit Erlaubniß der Oberin und in Begleitung einer älteren Nonne aus dem Kloster gehen und nie über Nacht ausbleiben; aber das gilt

---

Einrichtung, die Tournefort (a. a. O. Bd. II. S. 82) vom Kloster Neamoni gibt, muß jeder Mönch für seine Aufnahme 100 Thaler zahlen, seine Verlassenschaft fällt dem Kloster anheim, nur ein Anverwandter kann den dritten Theil erben unter der Bedingung, daß er selbst in's Kloster geht.

[1]) Heineccius a. a. O. S. 404; Tournefort a. a. O. S. 156.

[2]) Blastaris Synt. alph Lit. M. cap. 15. ap. Bevereg. T. II. p. 194, 195.

[3]) Can. 46. Syn. Trull, can. 21. Conc. VII. oecum.

[4]) Can. 47. Syn. Trull.; Tournefort a. a. O. S. 167; Curzon's Besuche in den Klöstern der Levante. S. 158, 159.

zunächst blos von solchen Nonnen, welche noch zarten Alters sind, nicht von bejahrten und unverdächtigen. [1])

Im Uebrigen gilt von den Nonnen alles, was wir von den Mönchen gesagt haben, da sie dieselbe Regel des hl. Basilius befolgen. Die Regel des hl. Antonius aber unterscheidet sich von der genannten nur durch größere Strenge. [2])

e) Die Klostervorsteher und übrigen Klosterwürden.

Die Cönobien stehen gewöhnlich unter einem Igumen (ἡγούμενος), die größeren von ihnen aber unter einem Archimandriten.

Zum Igumen oder Archimandriten soll vom Bischofe nur derjenige ernannt werden, den entweder die Mönche insgesammt oder der bessere Theil erwählt hat. Derselbe muß jedoch orthodoxen Glaubens und keuschen Wandels sein, Kenntniß der Ordensdisciplin und Fähigkeit zur Administration des Klosters besitzen. Dasselbe gilt von der Vorsteherin eines Nonnenklosters oder der Aebtissin (ἡγουμένισσα). Auf die Wahl des Igumen üben auch die Vornehmsten der umliegenden Gemeinden, von deren Unterstützung das Kloster größtentheils lebt, einen bedeutenden Einfluß aus. [3])

Der gewählte Igumen wird vom Bischofe benedicirt und dann inthronisirt. Bei der Inthronisation setzt ihn der Bischof auf den Stuhl in der Mitte der Kirche, gibt ihm ein neues Pallium (Mantel) und spricht: „Es wird gesetzt auf den Thron der Diener N. als Igumen des Klosters N.“ Die anwesenden Mönche aber heben ihn unter dem Rufe ἄξιος (würdig) dreimal empor. Hierauf küßt ihn der Bischof und die Mönche, und zum Schluße überreicht ihm der Bischof den Stab, das Zeichen seiner Würde. [4])

Sollte unter den Mönchen des Klosters Keiner zur Vorstandschaft geeignet sein, dann kann der Bischof auch einen Mönch aus einem andern Kloster, das ihm untersteht, zum Obern machen, denn der Bischof hat das Recht, Mönche von einem Kloster in's andere zu versetzen. [5])

---

[1]) C. 46. Syn. Trull.; Blast. synt. alph. l. c. p. 191.

[2]) Heineccius a. a. O. S. 397.

[3]) Blastar. synt. alph. l. c. p. 193; Boué l. c. p. 440 sq.

[4]) Assemani l. c. p. 915.

[5]) Balsamon ad can. 4. Conc. Constantinop. I. et II. ap. Bevereg. T. I. p. 338.

In jenen Klöstern, welche dem Patriarchen unmittelbar unterworfen sind, oder in den s. g. Stauropigien[1]) ernennt der Patriarch den Archimandriten auf Lebenszeit. Auch bedürfen die Archimandriten und Igumenen der Bestätigung Seitens der türkischen Regierung.[2])

Der Igumen oder Archimandrit ist unumschränkter Herr des Klosters, nur darf er nichts vom Klosterbesitzthum ohne Genehmigung des Bischofes oder Patriarchen veräußern.[3]) Trägt ein Acker nichts, so soll er an Kleriker oder Landleute verpachtet werden, nicht aber an Magistrate oder Fürsten. Handelt ein Klosteroberer oder Bischof dolose dawider, so soll er abgesetzt werden.[4])

Der Klosterobere darf beim Chorgebete nie fehlen und unterscheidet sich bezüglich der strengen Lebensweise durchaus nicht von den Uebrigen.[5]) Wenn der Obere Presbyter ist und vom Bischofe die Benediction erhalten hat, kann er Lectoren ordiniren.[6]) Einen entflohenen Mönch hat er unter der Strafe der Excommunication aufzusuchen.[7])

In den freien Klöstern dagegen werden die Vorsteher alljährlich aus der Mitte der Mönche gewählt. Jeder Igumen hat nämlich hier einen Verweser oder Verwalter (*προηγούμενος, ἐπίτροπος*) zur Seite, der in Abwesenheit des Igumen dessen Stelle vertritt.[8]) Die Wahl der zwei jährlichen Vorstände geschieht nun auf folgende Weise: Im Mai versammeln sich die angesehensten Väter in einem Gebäude (*συνάκτικον*) und wählen durch Zuruf oder Kugeln (*ψήφους*) die Klostervorstände und die Mehrheit entscheidet. Die zwei Erwählten haben die Sorge für die Einkünfte und Ausgaben des Klosters und für die Beschäftigung jedes Mönchs. Bei wichtigeren Angelegenheiten des Klosters haben sie jedoch auch die übrigen Aeltesten (*γέροντες*) zuzuziehen. Nach Ablauf des Jahres haben sie Rechnung abzulegen.[9])

---

[1]) Zum Unterschied von den Stauropigien heißen die Klöster, welche unter dem Diöcesanbischofe stehen, Evoriaka. Maurer: Das griech. Volk. Bd. I. S. 413.

[2]) Boué l. c.

[3]) Zachariä a. a. O. S. 235; Curzon a. a. O. S. 165.

[4]) Can. 12. Conc. VII. oecumen.

[5]) Fallmerayer a. a. O. S. 104 f.

[6]) C. 14. Conc. VII. oecum.

[7]) C. 3. Syn. Constantinop. I. et II.

[8]) Boué l. c.; Madden l. c. p. 80.

[9]) Beil. zur Allg. Ztg. v. J. 1840. Nro. 120.

Eines der wichtigsten Aemter im Kloster außer der Vorstandschaft ist das des Secretärs (*γραμμαιτκός* oder *λογιότατος*), welcher immer auf lebenslänglich ernannt ist. Er hat die Beschlüsse, welche von den Klosterbeamten oder von den sämmtlichen im Gemeindesaale versammelten Mönchen gefaßt worden sind, zu Papier zu bringen und auszufertigen, ferner die Correspondenz des Klosters zu führen. Andere Aemter sind das des Oekonomen, des Schatzmeisters (*σκευόφυλαξ*), des Schaffners (*διανομεύς*) u. s. w.[1]) Als Almosensammler (*ἀναδοχοί*) werden nur Hieromonachen oder Hierodiakonen ausgesendet.[2])

§. 24. Die Klöster.

Kein Kloster darf ohne Genehmigung des Diöcesanbischofs, dem die Aufsicht über jedes Kloster seiner Diöcese, sofern es nicht exemt ist, zusteht, errichtet werden.[3]) Doppelte Klöster, in denen Mönche und Nonnen zugleich wohnen, zu bauen, verbot der 20. Canon des 7. ökumenischen Concils zu Nicäa; ließ aber die bereits existirenden bestehen, nur sollte nach der Institution des hl. Basilius kein gemeinschaftlicher Verkehr zwischen den Mönchen und Nonnen stattfinden.[4])

Die Klostergebäude sind sämmtlich nach einem und demselben Muster, nämlich in Kreuzesform, gebaut. Die Klosterkirche steht allezeit mitten im Hofe, so daß die übrigen Gebäude rings um die Kirche herumliegen. Außer der Kirche mit dem Glockenthurm und den Zellen für die Mönche hat jedes Kloster noch ein Gebäude für das Refectorium und die Küche und einen Konak, d. i. eine Halle für durchziehende Truppen, Wallfahrer u. s. w. Alle diese Gebäude werden von hohen Mauern eingeschlossen.[5])

Die vorzüglichsten und bekanntesten Klöster der griechisch-schismatischen Kirche in den türkischen Staaten sind folgende:

---

[1]) Zachariä a. a. O.; Fallmerayer a. a. O. S. 38.
[2]) Heineccius a. a. O. S. 407.
[3]) C. 4. Conc. VII. oecum., c. 1. Syn. Const. I. et II.
[4]) Cf. Blastaris synt. alph. Lit. M. cap. 15. ap. Bever. T. II. p. 192.
[5]) Tournefort a. a. O. Bd. I. S. 168: Dr. J. Müller: Albanien, Rumelien 2c. (Prag 1844). S. 38; Boué l. c. p. 453.

A) In der europäischen Türkei.

I. Die Klöster auf dem Berge Athos, einer durch eine Erdzunge mit dem Festlande verknüpften Halbinsel des ägäischen Meeres, sind 20 an der Zahl und liegen zu beiden Seiten des Bergrückens, der den Athos oder heiligen Berg mit der großen Warte (μεγάλη Βίγλα) verbindet. Auf der östlichen Seite liegen:

1. Esphigmenu
2. Chilantari [1])
3. Batopedion (d. h. Dornenfeld) [2])
4. Pantokratoros [3])
5. Stavronikita [4])
6. Ibiron [5])
7. Kutlumusi [6])
8. Philotheos [7])
9. Karakalla [8])
10. St. Laura [9])

---

[1]) Ist ein freies Kloster, welches vom serbischen Fürsten Stephan **Nemanja I**, der daselbst im J. 1200 als Mönch Simeon starb, gegründet wurde. **Curzon** a. a. O. S. 208; Geschichte Montenegro's v. Andric. S. 3.

[2]) Ist ein freies und zugleich das größte und reichste Kloster. Es erscheint schon um die Mitte des 11. Jahrhunderts und wurde im J. 1300 von reichen Leuten aus Adrianopel restaurirt. Fallmerayer a. a. O. Bd. II. S. 32; Curzon S. 205.

[3]) Ist ein freies Kloster, erbaut von Manuel und Alexius Comnenus und Johannes Pumicerius, ihrem Bruder, in der zweiten Hälfte des 12. Jahrhunderts und im 16. Jahrhunderte von zwei wallachischen Edelleuten restaurirt. Curzon S. 203.

[4]) Das Cönobium Stauronikita wurde vom Patriarchen Jeremias I. von Konstantinopel um das Jahr 1522 restaurirt. Le Quien l. c. T. I. p. 320.

[5]) Ist ein freies Kloster, welches von einem vornehmen Herrn aus Georgien, Namens Johannes Turnicius, wahrscheinlich im 15. Jahrhunderte gegründet wurde. Curzon S. 199.

[6]) Ein freies, aber armes Kloster, im 16. Jahrhundert durch die Pietät verschiedener Hospodare und Woiwoden von Bessarabien restaurirt. Curzon S. 220.

[7]) Ein freies Kloster, von den grusinischen Fürsten Leontius und Alexander um das Jahr 1492 restaurirt. Curzon S. 198.

[8]) Das Cönobium Karakalla wurde in den ersten Decennien des 16. Jahrhunderts von Petrus, Hospodar der Moldau, restaurirt. Curzon S. 196.

[9]) Ein freies und zugleich das älteste Kloster. Der Stifter der Laura, der

Auf der westlichen Seite liegen:

1. St. Paul [1])
2. St. Dionys [2])
3. St. Gregor [3])
4. Simopetra [4])
5. Xeropotamos [5])
6. Russiko [6])
7. Xenophu [7])
8. Dochiarion [8])
9. Kastamonitu [9])

---

ersten Klostergemeinde auf Athos, ist der Mönch Athanasius, der unter den griechischen Kaisern Flavius Romanus und Nicephorus Phokas (959—969) auftrat. Fallmerayer a. a. O. Bd. II. S. 26.

[1]) Ein freies Kloster, gegründet von Konstantin Brankoban, Hospodar der Walachei, im Anfange des 18. Jahrhunderts. Curzon S. 216.

[2]) Das Cönobium St. Dionys wurde von Alexius III. Comnenus, Kaiser von Trapezunt (1350—1390), gegründet. Fallmerayer a. a. O. S. 48.

[3]) Das freie Kloster St. Gregor hat zum Patron den hl. Nikolaus, daher auch St. Nikolaus genannt. Es ist das kleinste dieser Klöster und wurde um das Jahr 1522 vom Patriarchen Jeremias von Konstantinopel restaurirt. Curzon S. 214. Le Quien l. c. T. I. p. 320.

[4]) Das Cönobium Simopetra wurde im 15. Jahrhunderte von einem serbischen Fürsten Namens Johann restaurirt. Im 17. Jahrhunderte brannte es gänzlich ab und wurde hierauf vom gesammelten Almosen wieder aufgebaut. Curzon S. 218. Heineccius a. a. O. Th. III. S. 414.

[5]) Das freie Kloster Xeropotamos erscheint schon um die Mitte des 11. Jahrhunderts, wurde vom Kaiser Andronikus II. im J. 1320 restaurirt und, nachdem es durch ein Erdbeben zerstört worden war, um das Jahr 1515 abermals hergestellt. Fallmerayer S. 32. Curzon S. 213.

[6]) Das Cönobium Russiko wurde vom Knes Lazar von Serbien um 1380 gegründet und von der Kaiserin Katharina I. von Rußland (1725—1727) restaurirt. Curzon S. 213.

[7]) Das Cönobium Xenophu wurde im J. 1545 von ungarischen Edelleuten restaurirt und um das Jahr 1630 von Matthias, Woiwoden von Bessarabien, verschönert. Curzon S. 210.

[8]) Ein freies Kloster, erbaut unter der Regierung des Kaisers Nicephorus Botoniates (1078—1081) und im Jahre 1578 von Alexander, Woiwoden der Moldau, restaurirt. Curzon S. 210.

[9]) Das Cönobium Kastamonitu existirte bereits zur Zeit des Kaisers Manuel Paläologos (1384—1418). Curzon S. 209.

10. Zographu[1])

Sämmtliche Klöster des hl. Berges sind schon seit ihrer ersten Gründung an vom bischöflichen Verbande befreit gewesen und bildeten eine selbstständige Gemeinde, an deren Spitze der Protos im Kloster zu Karä,[2]) welcher Ort in der Mitte des Berges Athos liegt, stand. Dieser erhielt gleichsam als Mönchspatriarch vom Patriarchen zu Konstantinopel auf Fürsprache des Kaisers Andronikus Paläologos (1283—1322) das Recht, ein Polystaurion zu tragen, bei den Synoden der Patriarchen gegenwärtig zu sein, mit einem Epigonation Messe zu lesen, die niedern Weihen zu ertheilen und Igumenen und Beichtväter für die Klöster des Berges zu bestellen. Allein im Anfange des 17. Jahrhunderts machten sich die Klöster von der Jurisdiction des Abtes vom Kloster Protaton zu Karä frei, und es verblieben dem Protos nur die Ehrenrechte, nämlich bischöfliche Kleider zu tragen und die niedern Weihen zu ertheilen. Die Regierung sämmtlicher Klöster dagegen führen vier, von den Klöstern gewählte Abgeordnete, welche Vorsteher der Gemeinde des hl. Berges[3]) genannt werden und zu Karä residiren. Diese Vorsteher werden alljährlich gewechselt. Die einzelnen Klöster schicken nämlich der Reihe nach abwechselnd einen Vertreter und zwar so, daß einer von diesen vier aus einem der fünf Hauptklöster, St. Laura, Iberon, Batopedhion, Chilantari und St. Dionys, gewählt sein muß.[4]) Die Vorsteher vertreten die Gemeinde des hl. Berges gegenüber den weltlichen und geistlichen Behörden, denen der Athos unterworfen ist, nämlich dem Patriarchen von Konstantinopel und dem türkischen Aga, der aus den Bostandschi, den Garden des Sultans, ernannt und zunächst nur ein Steuer-Einnehmer ist.

---

[1]) Ein freies Kloster, im J. 1502 von Stephan, Woiwoden der Moldau, restaurirt. Curzon S. 209.

[2]) Einige schreiben Karyes und leiten es von den Nüssen ab, die auf Athos sein sollen. Allein Griesebach (Reise durch Rumelien. Bd. I. S. 249) fand nichts von solchen. Andere dagegen schreiben Karai d. i. Schädelstätte, weil hier Michael Paläologos im J. 1285 viele Mönche niedermetzeln ließ. Das Kloster zu Karä wird Protaton genannt, welcher Name vom Titel „Protos“ seines Vorstandes hergeleitet wird.

[3]) Ἄρχοντες oder ἐπιστάται τῆς κοινότητος τοῦ ἁγίου ὄρους.

[4]) Die Wahl findet im Mai statt.

Sie haben ein eigenes Siegel,[1]) das aus vier Theilen besteht, von denen jeder Vorsteher einen im Besitze hat. Sie schlichten auch die Streitigkeiten der Mönche und der nach Karä kommenden Kaufleute; nur wenn die Streitenden sich nicht vergleichen, werden sie dem Aga, der im Gemeindehaus (Synodikon) zu Karä wohnt, übergeben. Ferner haben sie die aufzubringenden Abgaben auf die einzelnen Klöster zu vertheilen. Zu ihren Diensten steht ein Schreiber und ein Zahlmeister (ἐξοδευτής). Der Einfluß des Patriarchen ist bedeutend, und es pflegt daher ein eigener Bevollmächtigter (ἀντιπρόσωπος oder ἐπίτροπος) in Konstantinopel zu verweilen. Einen andern Agenten hat die Gemeinde des hl. Berges in Saloniki wegen der häufigen Beziehungen zu dem dortigen Metropoliten und Pascha, und noch einen zu Athen. Die Klöster besitzen viele Metochien (Meierhöfe) in Macedonien (bei 50), auf Thasos, auf dem Chersonnes von Cassandra und Sithonia, welche von ihnen selbst verwaltet werden. Dazu kommen die Filialklöster zu Monastir, in den Donaufürstenthümern, zu Moskau und Tiflis, wo Iviron begütert ist und die Verwalter (Epitropen) wegen der weiten Entfernung nur alle 15 Jahre gewechselt werden. Von Moskau kommen die dahin gesandten Mönche nach 4 Jahren, von den Donaufürstenthümern nach 2 Jahren wieder in's Kloster zurück.

Außer den genannten Klöstern gibt es noch bei 290 Klausen (κέλλια) und 11 Skitä auf Athos. Die Skitä sind folgende: Hagia Anna und Kapsokalyvia, zur Laura gehörig; die neue Skiti und Lakkos, zu St. Paul gehörig; die Skiti des Prodromos (des hl. Joh. d. T.), zu Ibiron gehörig; die Skiti des Panteleïmon, zu Kutlumusi gehörig; die Skiti des Propheten Elias und die τῶν Εἰςοδίων, zu Pantokratoros gehörig; die Skiti des hl. Dimitrios, zu Batopedion gehörig; die Skiti Xenophon, zu Xenophu gehörig; die Skiti der russischen Mönche, zu Zographu gehörig. Die Zahl der Mönche auf dem hl. Berge beträgt ungefähr 1000, wozu eben so viele Laien kommen. Jeder Mönch zahlt durchschnittlich 200 Piaster Abgaben jährlich, wovon der jährliche Tribut an die Pforte im Betrage von 100,000 Piaster, die Gratificationen an die Regierungsmitglieder, die Geschenke an den Patriarchen, an die Synode, an den Vezir zu

[1]) Auf dem Siegel befindet sich eine Madonna mit der Umschrift: „Siegel der Vorstandschaft der Gemeinde des hl. Berges."

Saloniki, an den Bostandschi und seinen Schreiber in Karä und an die auswärtigen Agenten bestritten werden. In Karä ist jeden Samstag Markt, wohin die Mönche von den Klöstern und Klausen kommen und die Erzeugnisse ihrer Arbeit verkaufen. Keinem weiblichen Wesen ist der Zutritt auf Athos gestattet; und dieses Verbot wird strenge aufrecht erhalten. [1])

II. Die Klöster von Meteora in Thessalien. Von den 24 Klöstern, die hier standen, sind nur mehr 6 oder 7 übrig. Das bedeutendste davon ist Meteoron [2]) mit ungefähr 20 Mönchen, dann folgt St. Barlaam [3]) mit einem Igumen und 14 Mönchen, St. Stephan mit 13—14 Mönchen, St. Nikolaus und Hagia Mone (hl. Einsamkeit), welche von Mönchen verlassen sind, Hagia Triada mit 10—12 Mönchen und endlich Hagia Roserea, welches eigentlich nur eine Einsiedelei ist. [4])

III. Das Kloster der hl. Jungfrau bei Alassona. [5])

IV. Kloster Dussiko, drei Stunden südwestlich von Trikala. [6])

V. Kloster zum großen Erlöser, eine Stunde von dem vorigen auf dem Gebirge. [7])

VI. Kloster Spermos zwischen Alassona und dem Olymp.

VII. St. Dionys am Olymp, westlich von Katrin.

VIII. St. Lorenz unweit Volo.

IX. St. Anastasius am See Daukli.

X. St. Georg, südlich von Velestina.

XI. St. Paul zwischen Galatzista und Vasilika. [8])

XII. St. Anastasia bei Galatista.

XIII. Das Kloster der Tschaussen in Saloniki. [9])

---

[1]) Zachariä a. a. O. S. 226—264; Fallmerayer a. a. O. S. 38—50, 124—129; Beil. zur Allg. Ztg. vom J. 1840. Nro. 120; Boué l. c. p. 456 sq. Griesebach a. a. O. Bd. I. S. 230 ff.

[2]) Es wurde von Joasaph, einem Prinzen des Hauses der Paläologen, im 14. Jahrhundert gestiftet, und von Johann Paläologos im J. 1371 vollendet.

[3]) Es wurde im J. 1536 gegründet.

[4]) Curzon a. a. O. S. 152—160; Boué l c. p. 459 sq.

[5]) Busch: Reisehandbuch für Griechenland. S. 177.

[6]) Busch a. a. O. S. 181.

[7]) Es wurde vom Kaiser Andronikus in der ersten Hälfte des 14. Jahrhunderts gestiftet. Busch a. a. O.

[8]) V. Boué l. c. p. 448.

[9]) Zachariä a. a. O. S. 207 f.

XIV. St. Johann bei Seres.

XV. Die Klöster Dietschan (Decan)[1]) unweit Ipek und Bukovizza bei Toli-Monastir.

XVI. Die Klöster Schir-Naum im Südwesten des Ochri-Sees[2]) und Sweta Petka auf der östlichen Seite desselben See's.

XVII. Bogoroditza (Mutter Gottes) beim See Castorea.[3])

XVIII. St. Nikolaus bei Parga.

XIX. Nechana, nordöstlich von Suli.

XX. Paraskeve bei Serviana.

XXI. Die Klöster St. Demetrius, St. Elias, St. Theodor, St. Nikolaus, St. Anaïs, St. Athanasius, St. Georg und Hellopi, südlich von Janina.

XXII. Die Klöster St. Johann von Lykotrichi, Phaneromeni, Mauros-Angelos, St. Nikolaus und zu den hl. Evangelisten, nördlich von Janina.

XXIII. Die Klöster Gramenos, St. Elias, Pateres und Jacovo zwischen Janina und Muchari.

XXIV. Hl. Dreifaltigkeit bei Sarachovitza.

XXV. Kloster Butza bei Utschhan zwischen Mezzovo und Janina.

XXVI. Kloster Pollina beim Zusammenfluß des Bojutza.

XXVII. Kloster Kutscha, zwei Meilen nordwestlich von Elbassan.

XXVIII. Kloster Djurdjovi Stupovi, südöstlich von Bielopoli in Bosnien.

XXIX. Die Klöster Piva, Dobrilovina und Kosierevo in der Herzegovina.

XXX. Die Klöster Stanimak und Karlova unweit Philippopolis.[4])

XXXI. Die Klöster Akimiti und Mauromolo am Bosporus.[5])

B. In der asiatischen Türkei:

I. Kloster Lembos bei Smyrna.[6])

---

[1]) Das Kloster Dietschan (Decan) wurde im Jahre 1334 gegründet. Müller: Albanien, Rumelien 2c. S. 76.

[2]) Dieses Kloster wurde vom Kaiser Justinian erbaut und ist zugleich ein Spital für Sieche aller Confessionen. Müller a. a. O. S. 68.

[3]) Boué l. c. p 444.

[4]) V. Boué l. c. p. 448 sq.

[5]) Tournefort a. a. O. Bd. III. S. 31, 54.

[6]) Zachariä a. a. O. S. 208.

II. Das Nonnenkloster zur gottverhüllten Panagia zu Trapezunt.[2])

III. Kloster St. Johannes unweit Trapezunt.[3])

IV. Kloster Sumelas, zwölf Stunden von Trapezunt.[3])

V. Kloster St. Georg, acht Stunden östlich von dem vorigen.[4])

VI. Die Klöster en = Nathur, Belmend, Mar Jakub und Mar Dimitri am Libanon im Distrikte Kurah, südlich von Tripolis.[5])

VII. Das Nonnenkloster Saidanaya mit dem Mönchskloster St. Sergius auf der Ostseite des Antilibanon, nördlich von Tripolis.[6])

VIII. Deir Kestin, ein Kloster bei Tripolis.[7])

IX. Die Klöster Mar Elias und St. Maria Nuriyeh (Lichtgeberin) am Vorgebirge Ras esch=Schak'ah bei Tripolis.[8])

X. In Jerusalem haben die Griechen folgende Klöster:

1. Das Patriarcheion (Dêr er Rum el Kabir) mit fünf Kirchen, darunter drei Pfarrkirchen. In diesem Convente wohnen fünf Bischöfe, 10 Archimandriten, 30 Kalogers und 10 Diakone.[9])

2. Das St. Demetriuskloster.

3. Kloster St. Nikolaus.

4. Georgskloster am Frankenkloster.

5. Engels= oder Michaelskloster.

6. Basiliuskloster.

7. Kloster des Prodromos.[10])

8. Das Theodorskloster.[11])

---

[1]) Das Nonnenkloster Παναγία Θεοσκέπαστος wurde vom Kaiser Alexius III. (1350—1390) restaurirt. Fallmerayer a. a. O. Bd. I. S. 117.

[2]) Zachariä S. 313.

[3]) Ist ein freies Kloster mit ungefähr 30 Mönchen. Fallmerayer S. 190.

[4]) Zachariä S. 319.

[5]) Ritter's Erdk. Thl. 17. Abth. 1. S. 751 f. Das Kloster Belmend ist erst unlängst abgebrannt.

[6]) Ritter a. a. O. S. 255 ff. Beide Klöster sollen schon vom Kaiser Justinian erbaut worden sein.

[7]) Ritter a. a. O. S. 593.

[8]) Ritter a. a. O. S. 589.

[9]) Sepp: Jerusalem und das hl. Land. Bd. I. S. 712. Es soll dieses Kloster unter dem Namen der hl. Thekla schon um das Jahr 1400 erwähnt werden. Tobler's Topogr. von Jerusalem Bch. I. S. 277.

[10]) Sämmtliche 6 Klöster werden erst um das Jahr 1400 erwähnt. Tobler a. a. O. S. 278 f.

[11]) Erwähnt in der ersten Hälfte des 17. Jahrhunderts. Tobler a. a. O. S. 284.

9. Das Nonnenkloster St. Georg, nördlich vom Hause des Annas.
10. Das russische St. Katharina-Kloster.
11. Das Euthymiuskloster, bewohnt von 15 Nonnen.[1])
12. Seetnagiakloster (Dêr es-Sitti), bewohnt von 30 Nonnen.[2])
13. Das Kloster der hl. Jungfrau oder Melaniakloster.[3])

XI. Das Kreuzkloster (Deir el Masallabeh) drei Viertel-Stunden von Jerusalem mit 4 georgianischen Mönchen.[4])

XII. Mar Elyâs gegen Bethlehem zu.[5])

XIII. St. Georg, westlich von Bethlehem.[6])

XIV. Das Kloster bei der Grotte der Geburt Christi zu Bethlehem.[7])

XV. Kloster St. Sabbas im Thale Kidron am todten Meere.[8])

C. Auf den türkischen Inseln:

I. Die Klöster auf den Prinzeninseln im Marmora-Meere sind beinahe ganz verlassen. Auf der Insel Prinkipo befinden sich das Christuskloster und die Klöster St. Georg und St. Nikolaus mit je einem Mönche. Auf der Insel Chalki sind die Klöster zur hl. Dreifaltigkeit und zur allerheiligsten Jungfrau und St. Georg mit je einem Mönche. Auf den Inseln Antigoni und Proti befindet sich gleichfalls je ein Kloster mit einem Mönche, und auf der Insel Kalolimni sind das Kloster zur allerheiligsten Jungfrau und das Christuskloster. Die leeren Klöster dienen theils den abgesetzten Patriarchen und Bischöfen zum Aufenthaltsorte, theils sind sie in den Sommermonaten ein Vergnügungs- und Erholungsplatz.[9])

---

[1]) Sämmtliche drei Nonnenklöster werden um das Jahr 1400 erwähnt. Tobler a. a. O. S. 281, 288, 290.

[2]) Wird im Jahre 1620 erwähnt. Tobler S. 290.

[3]) Die Stifterin Melania lebte in der letzten Hälfte des 5. Jahrhunderts. Tobler S. 286.

[4]) Tischendorf a. a. O. Bd. II. S. 68. Es soll vom König Tatian von Georgien im 5. Jahrhundert erbaut worden sein. Ritter a. a. O. Th. 16. Abth. 1. S. 494.

[5]) Robinson a. a. O. Bd. 2. S. 298.

[6]) Robinson a. a. O. Bd. 3. Abth. 2. S. 1116.

[7]) Robinson Bd. 2. S. 298.

[8]) Dieses Kloster wurde vom hl. Sabbas im Anfange des 6. Jahrhunderts gegründet. Robinson a. a. O.

[9]) Zachariä a. a. O. S. 301 ff.; Tischendorf's Reise in den Orient Bd. II S. 291. 297 f. Madden l. c. p. 82.

II. Auf der Insel Skio sind die Klöster St. Minas und St. Georg, und fünf Meilen von der Stadt Skio das Kloster Neamoni (neue Einsamkeit), welches ein freies Kloster ist und bedeutende Einkünfte besitzt.[1])

III. Auf der Insel Samos findet man die Klöster St. Elias, St. Georg, St. Johann, das Kreuzkloster und 3 Klöster zur allerheiligsten Jungfrau mit verschiedenen Beinamen.[2])

IV. Auf der Insel Patmos ist das Kloster St. Johann Theologos mit 50 Kaloyers [3]), außerdem ein Nonnenkloster mit 40 Nonnen.[4])

V. Auf der Insel Kandia (Kreta) sind die Klöster Hagia Triada und Hagiantis bei Kanea, die Klöster Asomatos oder Engelskloster und Arkadi am Ida, das Kloster von Gonia am Cap Spada, das Kloster St. Nikolaus bei Samaria im Thale von St. Rumeli.[5])

VI. Kloster Kykky oder Kykkos auf der Insel Cypern.[6])

D. In Aegypten und Arabien:

I. Kloster St. Georg zu Altkairo.[7])

II. Das St. Katharinakloster auf dem Berge Sinai mit ungefähr 20 Mönchen.[8])

---

[1]) Tournefort a. a. O. Bd. II. S. 81.

[2]) Tournefort a. a. O. S. 150.

[3]) Es soll vom griechischen Kaiser Alexius III. Comnenus (1180—1183) gestiftet sein. Tournefort S. 199 f. Busch a. a. O. S. 198.

[4]) Tischendorf a. a. O. S. 261.

[5]) Busch a. a. O. S. 201 f.

[6]) Fallmerayer a. a. O. Bd. II. S. 84.

[7]) Neale l c. p. 119.

[8]) Dieses Kloster wurde vom Kaiser Justinian um das Jahr 527 gegründet und hat Leibeigene, Dschebelijeh genannt, unter sich, welche eine besondere Klasse von Bewohnern der sinaitischen Halbinsel ausmachen und bei 1000 Seelen zählen. Ihren Ursprung leitet man von den 200 Wallachen und 200 Aegyptiern ab, die Kaiser Justinian dem Kloster bei der Stiftung geschenkt haben soll. Sie sind die Gärtner und Handlanger des Klosters, die Wärter der Oliven und Palmpflanzungen. Das Kloster besitzt viele Güter und Metochien, namentlich im Archipel, auf Kreta und Cypern. Ritter's Erdkunde Thl. 14. Bch. 3. S. 617 ff. Tischendorf a. a. O. Bd. I. S. 221, 250.

§. 25. Verhältniß der griechischen Kirche zur türkischen Staatsregierung.

Die innere Verwaltung der Kirche ist absolut frei von aller staatlichen Einmischung. Um die Kirchen, das Schulwesen, die Rechtspflege, die Administration des Kirchen- und Gemeindevermögens, ja selbst um die Repartition des Haradsch (Kopfsteuer)[1]) bekümmert sich die türkische Regierung nicht. Alles dieses bleibt den Gemeinde-Vorstehern, den Bischöfen und Metropoliten und dem Patriarchate von Konstantinopel überlassen. Die griechische Nation hat für ihre Gemeinden freie Wahl ihrer Häupter und kann nach Belieben im Patriarchate für die Erledigung eigener nationaler Angelegenheiten, die sich auf Beaufsichtigung von Spitälern, Schulen u. dgl. beziehen, Versammlungen abhalten.[2])

Niemand darf sich um das Eigenthum und lebende Kapital, welches zu Kirchen oder Klöstern gehört, bekümmern, noch um die Pertinenzien, welche auf den zum Patriarchate oder zu andern Kirchen gehörigen Ländereien liegen; sondern derartiges Eigenthum wird nach dem durch alte Zeiten geheiligten Gebrauche besessen und benützt. Dem Patriarchen und der Kirche ist der Besitz aller der griechischen Religion im Reiche von Alters her geweihten Gebäude garantirt. Kein türkischer Beamter darf über diese Gebäude verfügen oder sie durchsuchen lassen. Desgleichen ist dem Patriarchen alles der Kirche gehörige Eigenthum garantirt. Kirchengebäude dürfen nicht nur nach dem alten Plane mit Erlaubniß der Ortsbehörde restaurirt, sondern auch erweitert, oder

---

[1]) Der Heradsch wurde nach dem Vermögen in drei Klassen von je 15, 30 und 60 Piastern durch den Kodja-Bachi (Gemeindevorsteher) erhoben und von diesem durch den Bischof an das Patriarchat von Konstantinopel eingeschickt. Ein Gesetz des Tanzimat vom 10. Mai 1855 hob nun den Haradsch auf und sprach nach der Bestimmung des Hattihoumayoum die Fähigkeit der Rayahs zum Kriegsdienste aus. Allein dieses Gesetz kam nicht zur Vollziehung, da die Christen keine Lust hatten, Kriegsdienste zu leisten, und so wurde hierauf der Haradsch durch eine höhere, auf den Kopf eines jeden dienstfähigen Individuums durchschnittlich zu 40 Piastern berechnete Militär-Contributions-Steuer ersetzt. Eichmann a. a. O. S. 225, 227, 232, 283.

[2]) Eichmann S. 35 f. 391.

neu aufgebaut werden. Kein Anspruch darf auf das Eigenthum einer Kirche oder eines Klosters wegen der Schulden einer andern Person erhoben werden, noch dürfen damit Geschäfte gemacht oder es in Pfand genommen werden, und wenn irgendwie Jemand dasselbe sich angeeignet haben sollte, so wird man ihn auf gesetzlichem Wege zwingen, es wieder herauszugeben. Wenn die Agenten der Kirchen oder Klöster sich irgend etwas vom Schatze oder dem Einkommen des Patriarchen aneignen, so sollen ihre Rechnungen revidirt und sie zur Erstattung gezwungen werden, ohne daß sich Jemand darein mischen darf.[1])

Schulen können überall errichtet werden, und dem Staate steht keinerlei Aufsichtsrecht über die darin befolgte Lehrmethode zu. Ebenso steht es dem Patriarchen frei, die Publikation oder das Lesen von Büchern unter seiner Nation zu verbieten und Contravenienten zu bestrafen.[2])

In den Wohnungen des Patriarchen, sowie des Klerus überhaupt ist die Ausübung sämmtlicher religiöser Gebräuche und Ceremonien, nach dem kirchlichen Ritus gestattet. Wird Jemand vom Patriarchen mit der Excommunication bestraft, so dürfen sich diesem die türkischen Behörden nicht widersetzen, und kein Priester kann gezwungen werden, Einen, der im Banne gestorben, zu beerdigen. Verlangt der Patriarch oder ein Bischof die Exilirung eines Individums wegen Verletzung der religiösen Vorschriften, so geschieht solchem Verlangen ohne eine Untersuchung Genüge. Ist die Gefangensetzung eines Priesters gesetzlich nothwendig, so kann er nur im Patriarchate in Verwahrung genommen werden. Die Bischöfe und Metropoliten können nach Belieben von ihren Gläubigen Steuern erheben, und es steht weder bezüglich deren Betrag noch Erhebungsart der Staatsbehörde ein Einmischungsrecht zu. Ebenso können sie nicht genöthigt werden, ihre Wohnung zum Konak (Einquartierung) herzugeben.[3])

Will ein Grieche zum Muhamedanismus übertreten, so muß zur Versicherung, daß keine Art von Zwang oder Gewaltthätigkeit ange-

---

[1]) S. Memorandum über die von der Pforte ihren christlichen Unterthanen ab antiquo in geistlichen Dingen verliehenen Privilegien, vom Lord Stratford de Redcliffe unter dem 16. Jänner 1856 der englischen Regierung übersandt, bei Eichmann a. a. O. S. 382—389.

[2]) Eichmann S. 389.

[3]) Siehe das citirte Memorandum.

wandt worden, vor der Pforte in der Hauptstadt und vor den Medjilis in den Provinzen in Gegenwart der Verwandten und Freunde der betreffenden Person eine Untersuchung angestellt werden. Stellt sich heraus, daß er freiwillig seinen Glauben gewechselt hat, so wird er angenommen und darf deßhalb nicht beunruhigt werden. Unerwachsenen und noch nicht im Besitze ihres Unterscheidungs-Vermögens befindlichen Kindern dagegen wird der Religionswechsel nicht gestattet.[1])

---

[1]) Eichmann S. 389.

II. Kapitel.

Die griechische Kirche im Königreiche Griechenland und auf den jonischen Inseln.

§. 26. Einleitung.

Schon der Präsident Kapodistria hatte die orthodoxe Kirche Griechenlands vom Patriarchate zu Konstantinopel loszureißen gesucht, indem er im Jahre 1828 eine provisorische, aus drei Bischöfen bestehende geistliche Commission zur Besorgung der geistlichen Angelegenheiten niedersetzte.[1]) Die während der Minderjährigkeit des Königs Otto eingesetzte Regentschaft arbeitete in diesem Sinne fort und gab der Kirche Griechenlands eine der Einrichtung der russischen Kirche ähnliche Verfassung. Nach dem einstimmigen Beschlusse von 36 zu Nauplia am 27. (15.) Juli 1833 versammelten Bischöfen wurde durch eine Verordnung vom 4. Aug. (23. Juli) 1833 die orthodoxe Kirche des Königreiches Griechenland für unabhängig vom Konstantinopolitanischen Patriarchen erklärt und die höchste geistliche Gewalt einer geistlichen Synode unter der Oberhoheit des Königs übertragen. Erst durch einen Synodalbeschluß vom $\frac{\text{29. Juni}}{\text{11. Juli}}$ 1850 erhielt die permanente heilige Synode Griechenlands auch vom Patriarchate zu Konstantinopel ihre Anerkennung und Bestätigung.[2])

Seit dem Jahre 1863 sind nun auch die jonischen Inseln mit Griechenland vereinigt, nachdem sich nämlich das jonische Parlament

---

[1]) Maurer: Das griech. Volk. Bd. I. S. 476.

[2]) Maurer a. a. O. Bd. II. S. 159 f. Eichmann a. a. O. S. 13.

am 5. Oktober 1863 für die Union erklärt hatte. Die griechische Kirche dieser Inseln hatte bisher eine eigene selbstständige Regierung, jedoch unter Anerkennung der Oberhoheit des Patriarchen von Konstantinopel. Bei der Union soll nun zwar die Bedingung gemacht worden sein, daß die griechische Kirche auf den jonischen Inseln in Verbindung mit dem Patriarchen von Konstantinopel bleiben dürfe; allein im August 1864 stimmten auch die jonischen Abgeordneten in der griechischen Nationalversammlung für den Artikel der Constitution, welcher die Unabhängigkeit der orthodoxen Kirche Griechenlands festsetzt, und es ward von der Nationalversammlung der Wunsch ausgesprochen, die Regierung möge sich mit dem Patriarchen von Konstantinopel in's Benehmen setzen, um bezüglich der griechischen Kirche auf den jonischen Inseln ein billiges Abkommen zu treffen.[1]) Wir fügen daher die bisherige Verfassung der jonisch-griechischen Kirche ganz kurz bei.

---

§. 27. Die permanente hl. Synode.[2])

Die Zahl der Mitglieder der hl. Synode ist fünf. Dieselben werden vom König ernannt und sollten der Regel nach Bischöfe sein; allein da Griechenland künftighin nur 10 Bisthümer zählen sollte, so behielt sich die Regierung vor, damit nicht die Hälfte der Bischofssitze vicarirt werden müßte, zwei Mitglieder aus den Presbytern und Hieromonachen ernennen zu dürfen. Somit sollte die Synode aus einem Präsidenten und zwei Räthen, welche Bischöfe sind, und aus zwei Beisitzern bestehen. Außerdem können noch ein oder zwei Beisitzer ernannt werden, die im Verhinderungsfalle eines aktiven Mitgliedes Zutritt haben.

Die Mitglieder der Synode sollen zwar jedes Jahr erneuert werden, jedoch hat der König das Recht, auch die alten Mitglieder wieder zu ernennen. Sie legen vor ihrem Eintritte in die Hände des Königs einen Eid ab, worin sie geloben, die Unabhängigkeit der orthodoxen Kirche Griechenlands aufrecht zu erhalten und das Wohl derselben zu fördern.

Der Synode sind ferner zwei königliche Beamte beigegeben, nämlich ein Staatsprokurator und ein Sekretär, welche aber nur den

---

[1]) Allgem. Ztg. vom 29. Aug. 1864.

[2]) Maurer a. a. O. Bd. II. S. 164 f. Bd. III. S. 249 f.

gewöhnlichen Beamteneid leisten. Der Staatsprocurator hat allen Sitzungen der Synode beizuwohnen, so daß jeder in seiner Abwesenheit gefaßte Beschluß ungiltig ist. Er hat das Recht, aus Auftrag einer königlichen Behörde oder auch von Amtswegen Anträge an die Synode zu stellen, worüber diese unverzüglich berathen und Beschluß fassen muß. Der Sekretär dagegen hat die Synodal-Kanzlei über sich und nimmt auch an den Berathungen Antheil, ohne jedoch eine entscheidende Stimme zu haben.

Die Synode hat ihren Sitz an jenem der Staatsregierung und führt ein eigenes Siegel, bestehend in dem aus dem Staatssiegel zu entnehmenden griechischen Kreuze mit der Umschrift: „Heilige Synode des Königreichs Griechenland.“ Ihre Mitglieder und der Staatsprocurator haben den Rang der Staatsräthe, die Beisitzer und der Sekretär dagegen den der Ministerialräthe. Jeder active Rath oder Beisitzer erhält außer dem ihm von seinem Kirchenamte ohnehin schon zukommenden Gehalte noch eine Zulage für die Dauer dieser Funktion.

§. 28. Rechte der hl. Synode.[1])

Die Synode, über welche nur ein vom Könige berufenes allgemeines Reichsconcil steht, hat in allen inneren Angelegenheiten der Kirche völlig freie Herrschaft. Dahin gehören nun:

1) Die Glaubenslehre, 2) die Form und Feier des Gottesdienstes, 3) die geistliche Amtsführung, 4) der religiöse Unterricht, 5) die Kirchendisciplin, 6) die Prüfung und Ordination der Kleriker, 7) die Einweihung der zum Gottesdienste gehörenden Gebäude und Geräthschaften, endlich 8) die Ausübung der Gerichtsbarkeit in rein geistlichen Sachen, nämlich in Sachen des Gewissens oder der Erfüllung der Religions- und Kirchenpflichten nach den kirchlichen Dogmen, dogmatischen Büchern und der darauf gegründeten Verfassung. In Gegenständen gemischter Natur aber ist sie an die Mitwirkung der Staatsregierung gebunden. Zu diesen werden gerechnet:

1) Anordnungen über den äußern Gottesdienst, dessen Zeit, Ort, Anzahl, 2) Errichtung und Abschaffung oder Beschränkung klösterlicher Einrichtungen, 3) Anordnung, Beschränkung oder Abschaffung der

---

[1]) Maurer a. a. O. Bd. III. S. 250 f.

nicht zu den wesentlichsten Theilen des Cultus gehörigen Feierlichkeiten, Ceremonien, Processionen, Feiertage u. dgl., 4) Besetzung der Kirchenämter und Erlaubniß = Ertheilung zu Priester- und Diakonen-Weihen, 5) Eintheilung der Sprengel der verschiedenen kirchlichen Behörden, 6) Anordnungen über geistliche Bildungs-, Verpflegungs- und Straf-Anstalten, 7) Gegenstände der Gesundheitspolizei, insoferne sie zugleich auf kirchliche Anstalten Bezug haben; 8) außerordentliche kirchliche Feierlichkeiten, zumal wenn dieselben an Werktagen oder außerhalb der Kirche statthaben sollen, endlich 9) Ehegesetze, insoferne sie den bürgerlichen Vertrag nicht berühren. Für weltliche Gegenstände dagegen, worüber der Synode kein Recht zusteht, sind erklärt:

1) Verträge, testamentarische Dispositionen und andere bürgerliche Handlungen der Geistlichen, 2) Bestimmungen über bewegliche und unbewegliche Güter, Renten, Nutzungen und sonstigen Rechte der Kirchen, Klöster und geistlichen Personen, 3) Verordnungen und Erkenntnisse über alle bürgerlichen und als gemeine Polizei-Uebertretungen, Vergehen oder Verbrechen zu betrachtende Handlungen der Geistlichen, 4) Ehegesetze, insofern sie den bürgerlichen Vertrag und dessen Wirkungen betreffen; 5) Anordnungen über die Einrichtung der Geburts-, Sterbe- und Trauungsbücher als Register des Civilstandes, ferner über die Einrichtung und Beweiskraft der Kirchenbücher und anderer pfarramtlichen Dokumente, endlich 6) allgemeine Normen über die Verbindlichkeit zur Erbauung und Erhaltung der Kirchen und geistlichen Gebäude.

Die Synode übt die Oberaufsicht über die Bischöfe des Reiches und hat auf die vacanten Bisthümer das Präsentationsrecht. In Beziehung auf Gegenstände der Kirchenhoheit ist sie jedoch dem Ministerium des Cultus untergeordnet, und ihre Beschlüsse bedürfen des königlichen Placet.

---

§. 29. Geschäftsgang der Synode.[1])

Der Geschäftsgang der Synode ist collegialisch. Bei Berathungen entscheidet die Majorität und bei Gleichheit der Stimmen hat der Präsident eine entscheidende Stimme. Das Placet der Staatsregierung ist nur dann einzuholen, wenn neue Gesetze oder neue Verordnungen erlassen

---

[1]) Maurer a. a. O. Bd. III. S. 250, 259 f.

oder sonstige allgemeine, nicht auf bestehende Gesetze oder Verordnungen gegründete Vorschriften über innere Angelegenheiten der Kirche ertheilt werden sollen. In jedem andern Falle vertritt das Vidit des Staatsprocurators die Stelle des Placet. Bei Anordnungen über den äußern Gottesdienst und von kirchlichen Feierlichkeiten, sowie zur Erlaubnißertheilung zu Priester- und Diakonen-Weihen genügt schon die Genehmigung des Staatsprocurators.

In Bezug auf die Execution der richterlichen Erkenntnisse der Synode wird die Bestätigung durch den Staatsprocurator ertheilt, wenn von geringen Disciplinarstrafen, namentlich von bloßen Verweisen, Geldstrafen von weniger als 50 Drachmen oder von Arrest von weniger als drei Tagen die Rede ist; durch das Cultus-Ministerium bei höheren Disciplinarstrafen, nämlich bei Geldstrafen von 50 — 500 Drachmen, bei Arrest von drei Tagen bis sechs Wochen, bei Amtssuspensionen bis sechs Wochen, bei nicht öffentlichen Kirchenbußen; endlich durch den König selbst bei Suspensionen über sechs Wochen, bei Degradationen, Amtsentsetzungen, öffentlichen Kirchenbußen, Excommunication, Geldstrafen über 500 Drachmen, Arrest über sechs Wochen. Die Execution selbst geschieht bei allen blos kirchlichen Strafen und bei Verweisen durch die geistlichen Behörden, bei allen übrigen aber durch den zuständigen Nomarchen. Die Geldstrafen fallen in die Kasse für das Kirchen- und Schulwesen. Alle Verfügungen und Requisitionen der Synode an weltliche Behörden haben stets durch das Cultus-Ministerium an dieselben zu ergehen.

§. 30. Die Bischöfe und Diöcesen.

Nach der Unabhängigkeitserkärung der griechischen Kirche v. J. 1833 sollten alle Bischöfe einander gleichgestellt werden; nur denjenigen Bischöfen, welche früher schon den Titel eines Metropoliten oder Erzbischofs hatten, wurde er gelassen. Allein diese Anordnung scheint nicht stricte durchgeführt worden zu sein, da bis jetzt die beiden vorzüglichsten Städte Griechenlands, Athen und Korinth, noch immer Metropoliten haben, deren Würde freilich blos ein Titel verbunden mit einem Vorrange vor den übrigen Bischöfen ist. Die Bischöfe werden von der Synode präsentirt und ordinirt, vom Könige aber bestätigt und investirt. Sie haben daher einen doppelten Eid zu leisten. Den Eid der Treue gegen den König legen sie in die Hände des Staatssekretärs des Kirchen- und Schulwesens oder eines von ihm delegirten Nomarchen, den der Kirche zu schwörenden Eid aber in die Hände der Synode oder eines von ihr dazu delegirten Prälaten ab.[1])

Die Bischöfe stehen ganz unter der Synode, erhalten von ihr Befehle und berichten ihr Alles, was auf die Wirksamkeit der Synode Bezug hat. Sie können nur nach Vernehmung der Synode und in den canonischen Fällen von der Staatsregierung versetzt, quiescirt oder zur Strafe abgesetzt werden.[2])

Das Königreich Griechenland wurde von der Regentschaft in 10 Diöcesen eingetheilt. Da aber 53 Bischöfe zu versorgen waren, so schuf man für die noch rüstigen derselben 40 provisorische Bisthümer mit der Bedingung, daß im Falle der Erledigung eines der provisorischen Bisthümer dasselbe nicht wieder besetzt, sondern mit dem definitiven Bisthume des Kreises, dessen Bischof in der Kreishauptstadt residirt, vereinigt werden sollte. Die zehn Diöcesen Griechenlands sind nun:

1) Korinth und Argolis mit dem Sitze des Bischofs zu Korinth.
2) Achaja und Elis mit dem Bischofssitze zu Patras.
3) Messenien mit dem Bischofssitze zu Kyparissia.
4) Arkadien mit der Residenz des Bischofs zu Mantinea.
5) Lakonien mit der bischöflichen Residenz zu Altmistra.[3])
6) Akarnanien und Aetolien mit dem Bischofssitze zu Missolunghi.
7) Phokis und Lokris mit dem bischöflichen Sitze zu Amphissa.
8) Attika und Böotien mit der bischöflichen Residenz zu Athen.
9) Euböa mit dem Sitze des Bischofes zu Chalkis.
10) Die Diöcese der Kykladen mit dem Bischofssitze zu Hermopolis auf der Insel Syros.[4])

---

§. 31. Die bischöflichen Officialen.

Jedem Bischofe der genannten 10 Diözesen wurden zwei Gehilfen beigegeben, nämlich ein Protosynkellos und ein Archidiakon. Die-

[1]) Maurer Bd. II. S. 174 f.
[2]) Maurer Bd. III. S. 252.
[3]) S. Volger's Handb. der Geogr. Th. II. S. 113.
[4]) Maurer Bd. II. S. 170 f.

selben werden von der Synode aus den fähigsten Geistlichen in Vorschlag gebracht und vom Könige ernannt. Auch sie leisten, wie die Bischöfe, einen Eid der Treue in die Hände des Staatssekretärs des Kirchen- und Schulwesens oder eines von ihm dazu delegirten Nomarchen, und einen Obedienzeid in die Hände der Synode oder eines von ihr dazu delegirten Bischofes.[1])

Der Protosynkellos hat als bischöflicher Rath Theil an den Berathschlagungen über die geistlichen Angelegenheiten zu nehmen. Ihm gebührt jedoch keine entscheidende, sondern eine blos berathende Stimme.

Derselbe hat ferner in Abwesenheit des Bischofes dessen Stelle zu vertreten und in seinem Namen und nach seinen Befehlen zu handeln. Als Gehalt erhält er monatlich 160 Drachmen.

Der Archidiakon soll als erster Secretär des Bisthums die Oberleitung der Kanzlei, die Bücher und das Siegel führen, alle öffentlichen Akten des Bisthums contrasigniren und die Archive desselben unter eigener Verantwortlichkeit bewahren. Sein monatlicher Gehalt beträgt 120 Drachmen. In Abwesenheit des Archidiakons hat der Protosynkellos dessen Funktionen zu übernehmen.

Bei großen Festen und besonderen Feierlichkeiten sollen beide, wenn sie am Sitze des Bisthums anwesend sind, an den gottesdienstlichen Verrichtungen Theil nehmen und den Vortritt vor den übrigen Geistlichen haben.[2])

§. 32. Die niedere Geistlichkeit.

Für die Bildung der Geistlichkeit ist noch immer sehr wenig gesorgt, da mit Ausnahme der theologischen Fakultät an der Universität zu Athen keine andere griechische Schule existirt und die meisten Candidaten des Priesterstandes nicht die nöthigen Mittel haben, um ihre Studien bei der genannten Fakultät zu machen, die ohnedieß der schwächste und geringste Theil der Universität ist. Die Erziehung der künftigen Kleriker besteht daher auch jetzt noch zunächst in einer Art Dressur, welche der Aufenthalt und Dienst in dem Hause des Bischofes ihnen verschaffen. Wer sollte sich auch wissenschaftlich auf einen

[1]) Maurer Bd. II. S. 176.

[2]) Maurer Bd. III. S. 261 f.

Beruf vorbereiten, der ihn nicht über den gemeinen Mann erhebt? Der Landgeistliche würde, selbst wenn er die Nothwendigkeit einer höhern Bildung fühlte, doch weder Mittel noch Muße dazu haben, sich den Studien hinzugeben; denn da er verheirathet ist, liegt ihm nichts näher am Herzen, als seine Familie durch ein Handwerk oder Feldarbeit zu ernähren. Der 16. Artikel der Unabhängigkeits-Erklärung der Kirche Griechenlands versprach zwar, wie die zehn Bisthümer, so auch die Pfarreien zu bestimmen und zu dotiren;[1]) allein davon konnte vorläufig in einem so herabgekommenen Lande keine Rede sein. Die freiwilligen Opfer der Leute an Festtagen, besonders zu Ostern, die Gebühren, welche bei Taufen, Hochzeiten, Begräbnissen und andern Funktionen bezahlt werden, und etwa ein Sack Getreide, den jede Familie der Geistlichkeit schenkt, bilden die Quellen des pfarrlichen Einkommens, das aber selbst in unbedeutenden Dörfern wieder unter Mehrere vertheilt werden muß, da eben der griechische Gottesdienst mehrere Kleriker, wenigstens einen Diakon oder Lector, erfordert. Die Wohnungen der Priester, wo sie nicht mit der des Bischofs vereint sind, unterscheiden sich von den Hütten ihrer Nachbarn nicht, und wie bei diesen, umfassen die vier Wände wohl meistens Menschen, Geräthschaften, Vieh und Geflügel, alles in großer Vertraulichkeit bei einander. Die Lage der niedern Geistlichkeit ist daher gewiß eine höchst dürftige, und in Folge dieser Dürftigkeit geschieht es sogar, daß Geistliche, die in Unglück gerathen sind, sich genöthigt sehen, das Mitleiden Anderer anzusprechen, um nur ihr Leben fristen zu können.[2])

§. 33. Das Klosterwesen.

Die Regentschaft verordnete im September 1833, daß die Güter der Klöster, in denen sich entweder gar keine Mönche oder nicht mehr als fünf vorfänden, verpachtet und der Pachtschilling in die für das Kirchen- und Schulwesen errichtete Kasse gelegt werden solle. Die Mönche der auf diese Weise verpachteten Klöster sollten sich in ein anderes beliebiges Kloster begeben; wollten aber die Mönche selbst den Pacht übernehmen, dann sollten sie vor jedem andern Pächter den

[1]) Maurer Bd. III. S. 252.

[2]) Wenger a. a. O. S. 4—8.

Vorzug haben und selbst dann im Kloster bleiben dürfen, wenn ihrer auch nicht fünf sein sollten. Die übrigen beibehaltenen Klöster sollten 10 Procent von ihren jährlichen Einkünften in die genannte Kasse einliefern. Auf diese Weise wurden die vorhandenen 400 Mannsklöster auf 82 reducirt und der Betrag der Verpachtungen des ersten Jahres belief sich schon auf 400,000 Drachmen.

Privatklöster, an denen der Besitzer das Eigenthum nachzuweisen vermochte, wurden zwar dieser Maßregel nicht unterworfen; allein sie durften nicht mehr den Namen Klöster führen und keinen Mönchen mehr zur Wohnung dienen. Daher findet man in Griechenland wohl noch Eremiten oder Einsiedler, aber keine Anachoreten. Die Mönche befolgen sämmtlich die Regel des hl. Basilius.[1])

Eine durchgreifende Reform erfuhren die Nonnenklöster, da dieselben arm und in einem sehr zerrütteten Zustande waren. Nach einer Verordnung vom 25. Februar (9. März) 1833 wurden alle Nonnenklöster bis auf drei aufgehoben und ihr gesammtes bewegliches und unbewegliches Vermögen eingezogen. Nur wenn die drei Klöster zur Aufnahme der vorhandenen Nonnen nicht hinreichen würden, sollte noch ein viertes, jedoch nur provisorisch, beibehalten werden. Jedes von diesen drei oder vier Klöstern hat wenigstens aus 30 Nonnen zu bestehen. Findet sich diese Anzahl nicht vor, so ist das Kloster aufzuheben, und die Nonnen haben sich in ein anderes der beibehaltenen Klöster zu begeben. In die beibehaltenen Klöster wurden nur jene Nonnen, welche das 40. Lebensjahr zurückgelegt hatten und Nonnen bleiben wollten, aufgenommen; alle übrigen mußten wieder in die Welt zurückkehren!

An der Spitze eines jeden Frauenklosters steht ein Oikonomos, der aus dem geistlichen Stande und über 60 Jahre alt sein muß. Er wird von der Synode ernannt und vom Könige bestätigt, und hat einen Eid der Treue in die Hände des Nomarchen und einen Obedienzeid in die Hände des Diöcesanbischofs zu schwören. Er führt die unmittelbare Aufsicht über das Kloster und leitet alle Angelegenheiten desselben. Insbesonders obliegt ihm, die Aufführung der Nonnen und die Klosterdisciplin überhaupt zu überwachen, die Schlüssel des Klosters zu bewahren und für die Nahrung, Kleidung und Verpflegung der Klosterangehörigen zu sorgen.

[1]) Maurer Bd. I. S. 410, 414. Bd. II. S. 181, 182, 186.

Wie das Kloster, so steht auch der Oikonomos hinsichtlich der rein geistlichen Angelegenheiten unter dem Diöcesanbischofe und der Oberaufsicht der Synode, in Bezug auf die weltlichen Angelegenheiten aber unter dem Nomarchen und der Oberaufsicht des Cultusministeriums.

Unter dem Vorsitze des Oikonomos haben die Nonnen durch Stimmenmehrheit aus ihrer Mitte drei Candidatinen zur Aebtissin zu wählen. Die getroffene Wahl ist vom Oikonomos dem Bischofe und von diesem der Synode und zwar mit Bericht vorzulegen. Die Synode ernennt hierauf aus den drei Candidatinen die Aebtissin, welche jedoch erst nach der vom Cultusministerium erhaltenen Bestätigung ihr Amt antreten darf. Die Nonnen haben sich mit weiblichen Arbeiten, mit der Pflege der Armen, Kranken und Blödsinnigen oder Irren, mit der Erziehung armer und verwaister Mädchen zu beschäftigen.

Für die Ausgaben des Klosters besteht eine eigene, aus den Kloster-Einkünften und dem Ertrage der Arbeiten der Nonnen gebildete Kasse. Ein etwaiges Deficit soll aus der Kasse für das Kirchen- und Schulwesen auf Anweisung des Cultusministeriums gedeckt werden. Aus dieser Kloster-Kasse erhält der Oikonomos einen monatlichen Gehalt von 100 Drachmen, da er freie Kost und Wohnung im Kloster selbst hat. Im Einverständniß mit dem Diöcesanbischofe wird vom Oikonomos ein Geistlicher, der bereits das sechzigste Jahr zurückgelegt hat, zum Klosterbeichtvater ernannt und vom Cultusministerium bestätigt. Dieser empfängt vom Tage der erlangten Bestätigung an aus der Kloster-Kasse einen monatlichen Gehalt von 30 Drachmen. Derselbe hat auch im Verhinderungsfalle des Oikonomos dessen Stelle zu versehen, jedoch erst nach Ableistung der vorgeschriebenen Eide.[1])

Demnach existiren in Griechenland gegenwärtig vier Nonnenklöster, nämlich das gewesene Mönchskloster Luku im Bezirke Kynuria im Peloponnes, das ehemalige Mönchskloster Käsariani auf dem Hymettus in Attika, St. Nikolaus auf der Insel Thira (Santorin) und eines auf der Insel Tine.[2])

Unter den Mönchsklöstern sind die bekanntesten:

1. Das Daphnikloster auf der Höhe vor Athen.[3])

---

[1]) Maurer Bd. III. S. 262 f.

[2]) Maurer Bd. II. S. 184.

[3]) Zachariä a. a. O. S. 167.

2. Das Penteli-Kloster am Pentelikon-Gebirge.[1])

3. Kloster Phaneromeni auf der Insel Salamis.[2])

4. Kloster Burkano, eine Stunde von Mauromati am Abhange des Evas.[3])

5. Kloster Megaspiläon, $2^1/_2$ Stunden von Kalabryta.[4])

6. Kloster zu Skripu, dessen Kirche aus dem neunten Jahrhunderte stammt.[5])

7. Kloster St. Lukas, 2 Stunden östlich von Distomo in Böotien.[6])

8. Kloster von Jerusalem, 2 Stunden von Daulia in Phokis.[7])

9. Kloster St. Konstantin, $5^1/_2$ Stunden von Talanti in Lokris.[8])

10) Kloster St. Ilias zwischen Tragamesti und Luziana in Aetolien.[9])

11. Die Klöster St. Nikolaus von Asto zwischen Katuna und Porta und St. Panagia bei Porta.[10])

12. Kloster St. Georg auf der Insel Syros, eine Metochie von St. Laura auf dem Athos.[11])

13. Kloster Archantos auf der Insel Andros.[12])

14. Kloster Trulliani auf der Insel Mykoni.[13])

15. Kloster St. Michael auf der Insel Serpho.[14])

---

1) Busch's Reisehandbuch für Griechenland. S. 97.

2) Busch S. 101.

3) Busch S. 125.

4) Ist ein freies Kloster mit 300 Mönchen, von denen sich ungefähr die Hälfte in den Metochien, die das Kloster in der Ebene von Elis hat, aufhält. Seinen Ursprung verdankt es dem Kaiser Johann Kantakuzenos um die Mitte des 14. Jahrhunderts, vollendet aber wurde es erst unter dem Kaiser Constantin Paläologos (1445—1452). Busch S. 131 f.

5) Busch S. 151.

6) Busch S. 154.

7) Busch a. a. O.

8) Busch S. 160.

9) Busch S. 171.

10) Busch a. a O.

11) Tournefort a. a. O. Bd. II. S. 220, 223.

12) Zachariä a. a. O. S. 122.

13) Tournefort S. 441.

14) Tournefort S. 276.

16. Die Klöster St. Elias und St. Marini auf der Insel Milo.[1])
17. Kloster St. Panagia Chozobiotissa auf der Insel Amorgos.[2])

---

§. 34. Bestand und Verfassung der griechisch-orthodoxen Kirche auf den jonischen Inseln.

Obwohl die griechisch-schismatische Kirche auf den jonischen Inseln unter der Oberhoheit des Patriarchen von Konstantinopel stand, so hatte sie doch ihre eigene oberste Autorität in der Person eines Exarchen, dessen Amt im Turnus von einem der Metropoliten der Inseln ausgeübt wurde, der dann am Sitze des Gouvernements residiren mußte. Die Periode dieses Turnus war auf $2^1/_2$ Jahre begrenzt. Die Bischöfe und Metropoliten werden vom Klerus ihrer Diöcese durch geheimes Skrutinium und Stimmenmehrheit gewählt nach den Kanones und der alten Gewohnheit der Inseln. Die Wahl unterlag jedoch dem Veto der executiven Gewalt. Die Dignitäre der griechisch-orthodoxen Kirche auf den jonischen Inseln sind nun folgende:

1. Der Metropolit von Korfu, dessen Suffragan
2. der Bischof von Paxos ist, der zu Papandi residirt.
3. Der Metropolit von Kephalonia, dessen Suffragan
4. der Bischof von Ithaka ist.
5. Der Metropolit von Zante.
6. Der Metropolit von St. Maura.
7. Der Erzbischof von Cerigo.

Sie wurden nach einem Gesetze v. J. 1833 vom Gouvernement bezahlt, und zwar erhielten die Metropoliten von Korfu, Kephalonia und Zante jährlich je 312 Pf. Sterling, der Metropolit von St. Maura 234 Pf. Sterl., die Bischöfe von Paxos und Ithaka und der Erzbischof von Cerigo je 156 Pf. Sterl.[3])

---

[1]) Tournefort S. 233.

[2]) Es ist vom Kaiser Alexis Komnenus (1081—1118) gestiftet. Busch a. a. O. S. 193.

[3]) Davy: Notes and observations on the Jonian Islands (Lond. 1842). V. II. p. 9 sq.

Die gewöhnlichen Seelsorgspriester leben theils von ihrer Hände Arbeit, theils von den Stolgebühren und Opfergaben der Gläubigen. [1])

Auch Klöster findet man auf den jonischen Inseln, unter denen die Klöster St. Maria Speliotissa, St. Georg, St. Madonna Annafonitra und St. Madonna Paragato auf der Insel Zante und das Kloster von Taffeo auf der Insel Kephalonia die berühmtesten sind. [2])

[1]) Davy l. c. p. 10.

[2]) Davy l. c. p. 67, 159, 161, 179, 195.

III. Kapitel.

Die griechisch-russische Kirche.

§ 35 Historische Einleitung.

Das Christenthum wurde in Rußland durch den Großfürsten Wladimir eingeführt, der auf Zureden seiner Gemahlin Anna, einer Schwester der griechischen Kaiser Basilius und Konstantin, im Jahre 988 die Taufe empfing.[1]) Zu Kiew wurde die erste Metropole errichtet, und der russische Metropolit stand unter dem Patriarchen von Konstantinopel, von welchem er seine Investitur erhielt. Um das Jahr 1320 ward dann die Metropole der russischen Kirche nach Moskau verlegt.[2])

Die Abhängigkeit der Metropoliten Rußlands vom Patriarchen zu Konstantinopel war jedoch den Czaren vielfach unangenehm, zumal da die Patriarchen oft Personen ihrer eigenen Nation gegen den Willen des Czars als Metropoliten nach Rußland sandten. Allein die Versuche, welche von einzelnen Großfürsten gemacht wurden, um die Ernennung der Metropoliten sich zu verschaffen, scheiterten an dem Widerstande der Geistlichkeit, und so beschloß der Czar Feodor Iwanowitsch die russische Kirche durch Errichtung eines Patriarchats von der Konstantinopolitanischen unabhängig zu machen. Er trat in Unter-

---

[1]) Historische Aufschlüsse über Religion und Kirchenwesen in Rußland. Landshut 1814. H. I S. 9, ebend. 1815. H. II. S. 13. — André Papadopoulo Vretos: La Bulgarie ancienne et moderne. Petersb. 1856. p. 153. Not. 1.

[2]) Neale: A History of the Holy Eastern Church, P. I General Introduction, p. 55

handlung mit dem Patriarchen Jeremias von Konstantinopel, und dieser kam im Jahre 1589 selbst nach Moskau und weihte den Metropoliten Hiob zum ersten Patriarchen Rußlands. Der Czar Feodor Iwanowitsch traf vorläufig mit dem Patriarchen Jeremias eine Uebereinkunft darüber, daß die Patriarchen von Moskau von einer Versammlung ihrer Bischöfe eingesetzt werden sollen mit bloßer Benachrichtigung des Stuhles von Konstantinopel, welche Notification übrigens bei jeder Veränderung in der Person eines der ökumenischen Patriarchen eine wechselseitige sein sollte. Zugleich wurde bezüglich der durch eine Synode auszuübenden Patriarchenwahl bestimmt, daß die Zahl der Metropolen in der russischen Kirche bis zu vier vermehrt und sechs Bisthümer zu Erzbisthümern erhoben werden sollten.[1])

Es fehlte nur noch die Anerkennung des russischen Patriarchats von Seite der übrigen Patriarchen der orientalischen Kirche. Sie erfolgte im nächsten Jahre darauf, und der Metropolit Dionys von Tirnow und ganz Bulgarien überbrachte dem Czaren und dem Patriarchen in Moskau eine gemeinsame Bestätigungs-Urkunde der allgemeinen Patriarchen, worin sie den Patriarchen von Moskau liebevoll als ihren Mitbruder anerkannten, ihm in der Stufenleiter der Hierarchie die fünfte Stelle und in ihren Gebeten die Reihenfolge unmittelbar nach dem Patriarchen von Jerusalem gaben. Diese Urkunde unterschrieben wegen des Todes des Patriarchen von Alexandrien nur die drei Patriarchen Jeremias von Konstantinopel, Joachim von Antiochien und Sophronius von Jerusalem, außerdem 42 Metropoliten, 19 Erzbischöfe und 20 Bischöfe der griechischen Kirche. Allein der Czar wünschte, daß der Patriarch von Moskau schon als dritter erwähnt werden und nur dem Patriarchen von Alexandrien wegen seines Titels als Richter des Weltalls nachstehen sollte. Der Czar, sowie der Patriarch, bestand auch auf der Forderung der dritten Rangstufe, und der Patriarch Hiob lehnte deshalb den Vorschlag des Metropoliten Dionys von Tirnow, einen griechischen Metropoliten nach dem Beispiele der übrigen orientalischen Patriarchen als seinen Repräsentanten beim Stuhle von Konstantinopel zu erwählen, einfach ab.[2])

---

[1]) King: Die Gebräuche und Ceremonien der griech. Kirche in Rußland, Riga 1773, S. 401 ff. Murawijew's Geschichte der russischen Kirche, übers. von J. König, Karlsruh 1857, S. 114 f.

[2]) Murawijew a. a. O. S. 116.

Die Veränderung der äußern Stellung des moskowitischen Kirchenobern zu dem von Konstantinopel brachte indeß keine Aenderung im Verhältnisse zu seiner eigenen Kirche hervor. Es war nur der Titel erhöht worden; der zum Patriarch erhobene Metropolit aber erwarb keine neuen Rechte über seine Bischöfe. Seine Jurisdiktion über die untergeordnete Geistlichkeit und die ihr gehörigen Besitzungen blieb hiedurch unberührt; ausgeschlossen waren jedoch die Klöster, denen durch die Exemtionsprivilegien der Großfürsten eigene Gerichtsbarkeit vorbehalten war. Ebenso blieben die Sporteln in den vor dem Richterstuhl des Metropoliten gehörigen Streitigkeiten in Ehesachen, gesetzlicher und testamentarischer Erbfolge, Vergehen gegen das Kirchengut u. s. w., ferner die gesetzliche Abgabe, welche die Metropoliten von jedem Sprengel ihres Bezirkes erhoben, die für die Ordination der Priester und Diakonen festgesetzten Gebühren und die Geschenke bei der Einsetzung der Bischöfe, bestehen. Selbst der Hof des Metropoliten, nunmehr Patriarchen, der aus eigenen Bojaren, Höflingen und den Kindern der Bojaren und einem Kanzlei-Personal, nach Analogie des Großfürstlichen, bestand, nahm keine andere Physiognomie an.[1])

Die russischen Patriarchen waren bei dem Großfürsten und dem Volke in großer Hochachtung. Sie setzten sich gleich neben dem Czaren und wurden in den wichtigsten Angelegenheiten des Reiches um Rath gefragt, und ohne ihren Rath wurde weder Friede noch Krieg beschlossen. Allein dieses große Ansehen des Patriarchen, verbunden mit seiner unumschränkten geistlichen Gewalt, hatte auch seine nachtheiligen Folgen. Durch ihre Einmischung in die Staats-Angelegenheiten geriethen die Patriarchen in häufige Collisionen mit dem Czaren und den Großen des Reiches, und unter dem Patriarchen Nikon kam es zum völligen Bruche. Dieser Patriarch unterließ es zum ersten Male, seine Erwählung dem Patriarchen von Konstantinopel zu notificiren. Er war zwar ein frommer, eifriger und gelehrter Mann, aber auch von ehrgeizigem und sehr leidenschaftlichem Charakter. Als er im Jahre 1658 bei einer großen kirchlichen Feier den Czaren Alexei Michaelowiz zwei Mal zum Gottesdienste einladen ließ, und der Czar auch zum zweiten Male nicht erschien, so sah er hierin ein deutliches Zeichen der fürstlichen Ungnade und verließ zum größten Erstaunen

---

[1]) Murawijew a. a. O.

der versammelten Volksmenge nach beendigter Liturgie seinen Patriarchenstuhl, zog ein Mönchskleid an und begab sich in das von ihm selbst erbaute Woskresenskische Kloster. Da sich nun Nikon standhaft weigerte, sowohl zurückzukehren, als seiner Würde zu entsagen, so entspann sich zwischen ihm und dem Czaren ein förmlicher Proceß, der endlich damit endigte, daß der Patriarch auf einem vom Czaren berufenen Concilium zu Moskau im Jahre 1667 abgesetzt wurde.[1])

Die Erinnerung an den gewaltigen Kampf, welchen der Czar Alexei Michaelowiz mit dem Patriarchen Nikon zu führen hatte, und die schon längst gewünschte Gelegenheit, sich vom Einflusse der gesammten Geistlichkeit völlig frei zu machen, bewogen den Czar Peter den Großen auf die gänzliche Aufhebung des Patriarchenstuhles zu denken und dieselbe auch auszuführen. Als daher der Patriarch Hadrian am 16. November 1700 gestorben war, unterließ Peter der Große unter dem Vorwande, daß ihn die gegenwärtigen Kriegsunruhen daran hinderten, die Wahl eines neuen Patriarchen zu veranstalten; er ernannte den Rjasanischen Metropoliten Stephan Javorski zum einstweiligen Exarchen oder Verweser des Patriarchats und ordnete diesem ein Collegium deputirter Bischöfe bei.[2]) Die Patriarchenkanzlei ward geschlossen. Dieselbe bildete in allen kirchlichen Angelegenheiten, nicht blos für die rein geistlichen, sondern auch für die Privatrechtsstreitigkeiten die zuständige Behörde; denn nach Aufhebung der Klosterkanzlei unter dem Czaren Feodor wurden alle Klagen gegen Personen geistlichen Standes nur vor der Patriarchen-Kanzlei verhandelt, und blos in dem Falle der Verdächtigkeit der Richter wegen ihrer Verwandtschaft mit den Parteien kamen sie hie und da vor die Kanzlei des großen Hofes, d. h. vor die Entscheidung des Czaren selbst. Peter der Große ließ nun alle Retardate zu ihrer völligen Erledigung, je nach ihrem Inhalte und nach der bürgerlichen Proceß-Ordnung, an die verschiedenen Staatsgerichtshöfe vertheilen, und auf diese Weise kamen die Erbschaftsstreitigkeiten und die Vergehen gegen das Eigenthum der Kirche, die bis dahin der geistlichen Gerichtsbarkeit unterlagen, vor die weltlichen Gerichte. Mit Aufhebung des Patriarchen-

---

[1]) Histor. Aufschlüsse rc. H. III. Landshut 1816, S. 32 ff.; King a. a. O. S. 405.

[2]) Diese Versammlung des Exarchen und seiner Bischöfe ist unter dem Namen des hl. Conciliums (Oswaischennoy Sobor) bekannt. King a. a. O. S. 408.

gerichtes stellte dann der Czar die Kloster-Kanzlei, welche durch die Gesetzgebung seines Vaters schon bestätigt worden war, in ihrer früheren Bedeutung wieder her, trennte dieselbe vollständig von der Kanzlei für rein geistliche Sachen ab und übertrug ihre Leitung dem Bojaren Musin-Puschkin. Ihrem Ressort und ihrer Gerichtsbarkeit unterlagen alle Kanzlei-Beamten und Besitzungen des Patriarchen und der Bischöfe, wie auch die reichen Klostergüter, die umgeschrieben worden waren. Als Entschädigung für die Besitzungen der Hierarchie, welche nunmehr der Kloster-Kanzlei zugeschrieben wurden, und anstatt der Kirchengebühren, welche die Bischöfe von jeher aus allen Sprengeln ihrer Exarchien bezogen hatten, bekamen die Prälaten, je nach ihrer Rangstufe, Gehälte und Besoldungen. Doch erhielt der Exarch oder Verweser Stephan wieder eine Kirchen-Kanzlei zur Handhabung der Ordnung unter den Geistlichen.[1]) Erst nachdem die Nation durch eine zwanzigjährige Vacatur des Patriarchats dasselbe so zu sagen vergessen und entbehren gelernt hatte, erklärte Peter der Große, daß er gesonnen sei, das Patriarchat für immer aufzuheben und eine solche Form des Kirchenregiments einzuführen, welches zwischen der patriarchalischen und synodalischen Regierung gleichsam die Mitte hielte, nämlich die Regierung durch ein permanentes geistliches Collegium.

§. 36. Der hl. dirigirende Sinod.

a) Errichtung desselben.[2])

Die Abfassung des geistlichen Reglements, d. h. der Richtschnur für das verwaltende geistliche Collegium, wurde von Peter dem Großen dem gelehrten Bischofe Theophanes von Pskow übertragen, der auch diesen Auftrag zur vollsten Zufriedenheit desselben erledigte. Nachdem der Czar dieses geistliche Reglement gelesen und an verschiedenen Stellen eigenhändig verbessert hatte, berief er eine Kirchenversammlung nach Moskau, wo das geistliche Reglement sowohl vom Czaren selbst und den Senatoren, als auch von 19 Prälaten, 52 Archimandriten und 16 Hegumenen am 23. Februar 1720 unterschrieben wurde.

[1]) Murawijew a. a. O. S. 231 f. King a. a. O. S. 408.

[2]) King a. a. O. S. 409 f. — Murawijew a. a. O. S. 248 ff. — Consett: The present state and regulations of the church of Russia, Lond. 1729, p. 3, 113.

Am 25. Jänner 1721 befahl dann der Czar durch ein besonderes Edikt, dieses Reglement im ganzen Reiche zu publiciren, und an demselben Tage trat auch das geistliche Collegium selbst sein Amt an. Nach einem feierlichen Gottesdienste in der Dreifaltigkeitskirche zu Petersburg wurde nämlich in Allerhöchster Anwesenheit des Czaren die permanente geistliche Versammlung, welche nun für immer die russische Kirche leiten sollte, eröffnet, und zwar unter dem Namen des heiligen verwaltenden Sinods, und es sollte dieser Titel bei allen Ektenien, wobei der Patriarchen Erwähnung geschieht, ebenfalls genannt werden. Von dieser neuen Einrichtung des Kirchenregiments setzte der Czar hierauf den Patriarchen Jeremias von Konstantinopel in Kenntniß, mit der Bitte, sie zu genehmigen und den übrigen Patriarchen bekannt zu geben. Am 23. Sept. 1723 erließ nun der Patriarch von Konstantinopel ein Schreiben, worin der heilige Sinod anerkannt wurde. „Er ist und heißt", schreibt der Patriarch, „unser Bruder in Christo, heiliges und geheiligtes Concil. Derselbe hat die Gewalt zu verhandeln und zu beschließen gleich den vier apostolischen, heiligen Patriarchenstühlen. Wir erinnern und ermahnen ihn und weisen ihn an, die Gebräuche und Gesetze der hl. allgemeinen sieben Concilien und das Uebrige, was die orientalische Kirche unerschütterlich bewahrt, gleichfalls zu bewahren und zu erhalten." Von dieser Zeit an haben alle Patriarchen den hl. verwaltenden Sinod mit dem Titel des patriarchalischen beehrt.

b) Einrichtung des Sinods.

Die Mitglieder des Sinods sind theils aus dem geistlichen, theils aus dem weltlichen Stande. Sie werden sämmtlich vom Czaren ernannt, der sie auch nach seinem Belieben wieder daraus entfernen kann, so daß er in der That als das Oberhaupt der russischen Kirche erscheint. Sie halten ihre Zusammenkunft zu Petersburg in einem besonderen Theile des für die hohen Reichs=Collegien auf Wasiliostrow erbauten großen Hauses. Nach der ursprünglichen Einrichtung betrug die Zahl der geistlichen Mitglieder zwölf von verschiedenem Range, nämlich einen Präsidenten, zwei Vicepräsidenten, vier Räthe und vier Beisitzer. Das zwölfte Mitglied war für das Sinodal=Comptoir in Moskau bestimmt. Unter diesen zwölf Personen sollten drei Bischöfe sein, die übrigen aber aus andern hierarchischen Graden genommen erden; jedoch ward verboten, einen Archimandriten oder Protopresster dahin zu ziehen, dessen Diöcesanbischof bereits daselbst Sitz hatte, mit jener nicht etwa diesem zu Gefallen seine Stimme wider bessere Überzeugung geben möchte. Allein diese Zahl war nach der Willkühr s jeweiligen Czaren bald größer, bald kleiner.[1]) Gegenwärtig haben e Metropoliten von Petersburg, Moskau, Kiew und Grusien Anartschaft, Mitglieder des Sinods zu sein;[2]) ferner ein Titularmetrolit, ein oder zwei Erzbischöfe, der Beichtvater des Czaren, der Oberiester der Armee und der Flotte. Da die Mitglieder des Sinods, elche dem hohen Klerus angehören, wie Metropoliten und Erzbischöfe, wechselnd, sechs Monate ein jeder, functioniren, damit nicht die Anlegenheiten ihrer Eparchien darunter leiden, so hat man auch anfende und abwesende Mitglieder, welch letztere nur erscheinen, wenn ie äußerst wichtige Sache die Zusammenkunft aller Mitglieder erdert.[3]) Der älteste Metropolit führt immer den Vorsitz. Unter n weltlichen Mitgliedern ist die wichtigste Person der Oberprocuror s Sinods. Derselbe sitzt von Seite der Krone im Sinod, ist also rgan des Czaren und hat das Privilegium, mit diesem zu arbeiten.[4])

[1]) Im Jahre 1722 zählte der Sinod 14 geistliche Mitglieder, im Jahre 1770 blos zehn. King a. a. O. S. 411. Hupel: Nordische Miscellanien 11. und 12. Stück. Riga 1786. S. 81.

[2]) Uebrigens ist mit keiner Diöces oder Eparchie das Recht, im Sinod zu sitzen, für immer verbunden. So waren im Jahre 1786 die Metropoliten von Petersburg, Moskau und Pskow beständige Mitglieder des Sinods, während die Prälaten von Kiew, Twer, Mohilew, Smolensk und Krutiski, wenn sie nach St. Petersburg kommen, Sitz und Stimme im Sinod haben sollten (Hupel S. 88, 89). Nur der Metropolit von Tiflis und Grusien ist ex officio Mitglied des Sinods. V. Neale: A History of the holy eastern church, P. I. Gen. Introd. p. 103.

[3]) Im Jahre 1770 waren von den 10 Mitgliedern ein Erzbischof, zwei Bischöfe, ein Archimandrit und ein Protopresbyter anwesend, dagegen ein Erzbischof, drei Bischöfe und ein Archimandrit abwesend. Im Jahre 1839 gehörten die Metropoliten von Petersburg, Kiew und Moskau, ein Titular-Metropolit, der Erzbischof von Kasan und die zwei Obergeistlichen, von denen der eine zugleich Beichtvater des Czaren war, zu den anwesenden Mitgliedern, die Erzbischöfe von Grusien und Twer zu den abwesenden. S. Hupel a. a. O. S. 81. — Die Staatskirche Rußlands, dargestellt von einem Oratorianer (Theiner), 2. Aufl. Schaffh. 1853. S. 73 f.

[4]) Der Oberprocuror ist immer mit einem hohen Staatsrange bekleidet. Im Jahre 1770 war er ein Brigadier! Hupel a. a. O. — Persecution et

Er leitet die Berathungen des Sinods, ihm obliegen die vorbereitenden und auszuführenden Arbeiten hinsichtlich der Entscheidungen desselben, er hat endlich bei allen Beschlüssen eine verneinende Stimme, bis die verhandelte Sache von ihm dem Czaren unterbreitet worden ist. Seine Kanzlei besteht aus einem Obersecretär, einem Executor, zwei Secretären und vielen andern Bediensteten, welche sämmtlich Laien sind und darunter sich auch Militärpersonen befinden.

Jedes Mitglied muß, bevor es Sitz und Stimme im Sinod erhält, einen besonderen, vorgeschriebenen Eid der Treue ablegen, welcher ungefähr also lautet: „Ich schwöre bei dem Allmächtigen und seinem hl. Evangelium, daß ich meiner Pflicht gemäß bei allen Berathungen, Urtheilen und Verhandlungen des geistlichen, gesetzgebenden Sinods nur Wahrheit und Recht suchen und nach den Bestimmungen des geistlichen Reglements, sowie nach den vom Sinod mit Genehmigung Sr. kaiserl. Majestät erlassenen Gesetzen und ohne Rücksicht auf Person nach meinem Gewissen handeln werde. Ich schwöre beim lebendigen Gott, daß ich mich jedem Geschäfte des gesetzgebenden Sinods mit Eifer und Fleiß unterziehen werde. Ich schwöre als ein Diener und Unterthan Treue und Gehorsam meinem natürlichen und wahren Herrn, dem Kaiser und Herrscher von ganz Rußland, und seinen erhabenen Nachfolgern, welche ihm vermöge des unstreitigen Rechtes, das ihm in dieser Absicht zukömmt, zu ernennen gefällig sein wird. Ich erkenne ihn für den höchsten Richter in dieser geistlichen Versammlung. Ich schwöre bei dem allwissenden Gott, daß ich diesen Eid nach der völligen Kraft und Bedeutung verstehe, welche die Worte denjenigen, die ihn lesen oder hören, zu erkennen geben.“ [1])

Die Mitglieder des Sinods erhoben anfangs ihren Gehalt aus den früheren Patriarchal-Gütern, die nun Sinodal-Güter hießen. Im Jahre 1742 machte der Sinod selbst eine Verordnung, wie seine Mitglieder nebst den unter ihm stehenden Kanzleien und Bedienten besoldet werden sollten, welche Verordnung auch die kaiserliche Bestätigung erhielt. Aber bei der großen Veränderung mit den Kloster- und Kirchengütern im Jahre 1764 ward dieß Alles ganz anders eingerichtet. Inzwischen hatte vorher der Czar Peter III. verordnet, daß

souffrances de l'église catholique en Russie par un ancien conseiller d'état de Russie, Paris 1842, p. 14 sq.

[1]) V. Consett l. c. p. 6 sq.

die Mitglieder des Sinods außer ihrem bestimmten Eparchialgehalt eine Zulage bekommen sollten, nämlich ein Prälat jährlich 2000, ein Archimandrit 1000 und ein Protopresbyter 600 Rubel. [1])

---

§. 37. Geschäftskreis des Sinods.

a) Dessen Jurisdiction. [2])

Der Sinod steht unter dem Monarchen und empfängt von ihm Befehle, dagegen stehen alle Prälaten und Geistliche unter dem Sinod. Als seine Hauptaufgabe wird nach dem geistlichen Reglement die Sorge für die Reinerhaltung der Lehre, für den Unterricht des Volkes und die Ordnung beim öffentlichen Gottesdienste bezeichnet. Ihm obliegt daher, den Ketzereien kräftigst entgegen zu arbeiten, die theologischen Schriften zu censuriren, die Legenden der Heiligen zu prüfen und von Ungereimtheiten zu reinigen, die vorgeblichen Wunder von den wahren zu unterscheiden, alle abergläubischen Ceremonien abzustellen und die Reliquien der Heiligen zu untersuchen. Er ist befugt, Kirchengebräuche anzuordnen und auf deren Beobachtung ein wachsames Auge zu haben. Er hat die Oberaufsicht über alle Kirchen und Klöster zu führen, für die Wiederbesetzung der erledigten Prälaten- und Archimandritenstellen durch Präsentation tauglicher Individuen an den Czaren zu sorgen und die Bisthums-Candidaten zu examiniren. Er kann Bischöfe versetzen oder sie absetzen und in ein Kloster verweisen. Er bildet die Appellationsinstanz gegen die bischöflichen Urtheile, sowie jeder untergeordnete Cleriker gegen seinen Vorgesetzten daselbst Klage erheben kann. Er hat das Recht, wichtige Kirchenangelegenheiten zu entscheiden, und in zweifelhaften Fällen den Prälaten Anweisungen zu geben und deren Befolgung zu fordern; neue Gesetze aber kann er nur mit Genehmigung des Czaren erlassen. Er kann endlich in vorfallenden Umständen nach Befinden allerlei Dispensationen und Erlaubnisse ertheilen, z. B. von der strengen Beobachtung der Fasten entbinden, und überhaupt Winke geben, daß die Geistlichen auf diese oder jene blos kirchliche Verordnung nicht allzueifrig dringen.

---

[1]) Hupel a. a. O. S. 82.

[2]) Consett l. c. p. 102 sq., 105 sq.; Hupel a. a. O. S. 83 ff.

Zur Gerichtsbarkeit des Sinods gehören die Prozesse wegen Häresie (gegen Raskolniken), wegen Gotteslästerung, Wahrsagerei, zweifelhaften, unrechtmäßigen oder erzwungenen Ehen, wegen Ehebruch, gewaltsame Verstoßung in's Kloster und Zwang zum Klosterleben, die Ehescheidungsprozesse, kurz Alles, was früher vor das Patriarchalgericht gezogen worden war. Hurerei und Entführung aber werden vom weltlichen Gerichte abgeurtheilt. Bei Heirathen in verbotenen Graden leiblicher oder geistlicher Verwandtschaft, bei gewaltsamer Schändung und Zeugnissen der Beichttöchter soll der Sinod mit dem weltlichen Richter gemeinsam handeln. Vornehmer Leute Testamente sollen, wenn sie zweifelhaft scheinen, zugleich beim Sinod und bei dem Justizcollegium exhibirt werden. Ebenso soll in den übrigen gemischten Sachen, die theils einen weltlichen, theils einen geistlichen Gegenstand betreffen, der Sinod gemeinschaftlich mit dem Senate berathschlagen und das Urtheil dem Monarchen unterbreiten. Ueberhaupt war der Sinod mit dem Senate auf gleichen Fuß gesetzt worden. Er sollte in geistlichen Angelegenheiten dieselbe Macht, wie der Senat in den weltlichen, haben, dieselbe Achtung, denselben Gehorsam und dasselbe Recht, die Widerspenstigen zu bestrafen, genießen, und es ward deshalb verordnet, daß er bei allen Berathschlagungen mit dem Senate durch ein Promemoria, bei allen andern Collegien aber durch ein Edict verfahren sollte.[1])

b) Administrationswesen des Sinods.

Der Sinod erstreckt seine Thätigkeit auch auf alle kirchlichen Angelegenheiten, deren Ausführung oder Bestellung Geld erheischt, sowie auf alle Zweige der kirchlichen Administration, welche Gelder einbringen. Das Verwaltungswesen des Sinods zerfällt nun in zwei Sectionen, die aber doch nur ein Ganzes bilden, nämlich in die wirthschaftliche Abtheilung oder das Oekonomie-Collegium[2]) und in die Kontrolle.

[1]) King a. a. O. S. 413.

[2]) Dieses Oekonomie-Collegium wurde im Jahre 1764 errichtet und hatte seinen Sitz in Moskau, während zu Petersburg nur ein ihm untergeordnetes Comptoir bestand. Es hatte einen Präsidenten, Vicepräsidenten, 2 Räthe, einen Prokuror, 2 Beisitzer, 6 Sekretäre, 2 Protokollisten, einen Registrator, 20 Kanzelisten und eben so viel Unterkanzelisten, 30 Kopisten 2 Zahlmeister und bei 100 andere Bediente. Für den Kirchenbau wurden

An das Oekonomie-Collegium müssen alle Angelegenheiten, zu deren Ausführung Geld erforderlich ist, eingereicht werden, wie z. B. Bauten von Kirchen, Klöstern, Schulen, Besoldungen, Unterstützungen für Geistliche u. dgl. Die Abtheilung der Kontrolle sieht dann die für diese Geschäfte ausgesetzten Gelder durch und prüft, ob sie ihrer Bestimmung gemäß verwendet worden, indem sie die deshalb aus den Eparchien empfangenen Quittungen revidirt.

Seit dem Jahre 1809 müssen auch alle aus den Erwerbsquellen der Kirche jährlich eingehenden Summen von den Bischöfen an den Sinod eingeschickt werden, welcher für die Vertheilung dieser Gelder an die einzelnen Eparchien nach deren Bedürfnissen zu sorgen hat. Zu diesen Erwerbszweigen der Kirche gehören der Verkauf der Kerzen, sowohl für den Gebrauch der Kirchen beim Gottesdienste als für die Andacht der Gläubigen; der Verkauf der Trauungskränze bei Hochzeiten; der Verkauf der sogenannten Lossprechungsgebete für die Verstorbenen, welche diesem in's Grab mitgegeben werden und gleichsam Pässe für die andere Welt sind; ferner die von den Gläubigen zum Besten der Kirchen und des Klerus freiwillig gespendeten, oder die in Opferstöcken und mit den Klingbeuteln in der Kirche selbst eingesammelten Gelder. Die Kontrolle revidirt nun die Richtigkeit der von den Eparchialbehörden angegebenen und an den Sinod eingesandten Summen. Alle aus den erwähnten Quellen zusammenströmenden Gelder aber werden beim Sinod in einer Kasse aufbewahrt, welche früher sämmtliche Mitglieder des Sinods alle Monate in corpore zu kontrolliren hatten, seit dem Jahre 1836 aber nur mehr der Kontrolle der zwei jüngsten Mitglieder und eines vom Oberprocuror ernannten Civilbeamten unterliegt.

Eine andere Erweiterung erhielt das Gebiet der Kontrolle im Jahre 1839, in welchem die Kommission der geistlichen Schulen [1]) vom Czaren aufgelöst d. h. dem Klerus entzogen, die Leitung der geistlichen Unterrichtsanstalten mit dem Sinod vereinigt und die Aufsicht über

---

2 Architekten, 2 Architektgesellen und 8 Architektlehrlinge besoldet. Beim Comptoir in Petersburg waren ein Rath, ein Assessor, 2 Sekretäre, ein Protokollist, ein Registrator, 7 Kanzelisten, 24 Kopisten, 2 Zahlmeister und mehrere andere Bediente, und für den Kirchenbau ein Architekt, ein Architektgeselle und zwei Architektlehrlinge angestellt. Hupel. S. 124 f.

[1]) Sie wurde im J. 1808 errichtet.

die Vollziehung dieser Verordnungen dem Oberprocuror anvertraut wurde.[1]) Die Kontrolle hat nun auch alle Auslagen, welche in diesem Zweige gemacht werden, oder das Einkommen, welches durch den Verkauf von Schulbüchern, Katechismen und andern geistlichen Erbauungsschriften gewonnen wird, zu revidiren.[2])

c) Die Synodalcomptoire, die Druckereien und Censurcomité's des Sinods.

Unter dem heiligen Sinod stehen drei verschiedene Comptoire, nämlich 1) das Sinodalcomptoir in Moskau, dessen Vorsitz der Metropolit dieses Ortes führt, der zugleich für die Leitung der Geschäfte seinen Generalvikar, einen Archimandriten und einen Protopresbyter zu Gehilfen hat.[3])

2) Das Sinodalcomptoir von Grusien-Imeretien, in welchem gleichfalls der Metropolit von Tiflis und Grusien den Vorsitz führt und zu seiner Seite zwei Archimandriten und einen Protopresbyter hat.

3) Im Jahre 1839[4]) wurde auch das weiß-russisch-litthauische geistliche Collegium der ehemaligen griechisch-unirten Kirche dem Sinod unterworfen und den beiden vorerwähnten Sinodalcomptoiren gleichgestellt. Den Vorsitz führt der jeweilige Erzbischof von Litthauen, der drei Mitglieder aus dem Weltklerus unter sich hat.[5])

Der Sinod besorgt auf eigene Kosten den Druck nicht blos aller gottesdienstlicher Bücher und geistlicher Schriften, sondern auch sämmtlicher kaiserlicher und Sinodal-Erlasse, welche kirchliche Angelegenheiten betreffen, und überhaupt aller Gegenstände, welche nur immer zum

[1]) Alle in die eben genannten drei Abtheilungen fallenden Geschäfte finden daher in der Kanzlei des Oberprocurors erst ihre letzte Erledigung.

[2]) Die Staatskirche Rußlands von Theiner S. 77 f.

[3]) Im Jahre 1770 bestand dieses Sinodalkomptoir aus einem Metropoliten, einem Archimandriten, einem Protopresbyter, einem Prokuror und einem Sekretär. Und nach der Verordnung Peters III. sollte der Prälat eine jährliche Zulage von 700, der Archimandrit von 500 und der Protopresbyter von 300 Rubel erhalten. Hupel a. a. O. S. 81, 82.

[4]) Ein Doklad (welches Wort einen Rapport und einen Vorschlag zugleich bedeutet) des Sinods an den Kaiser vom 23. März 1839 machte diesen Vorschlag, der auch genehmigt wurde. V Persecution et souffrances de l'Église catholique en Russie p. 123.

[5]) Staatskirche Rußlands S. 74.

kirchlichen Gebrauche, sei es für die Geistlichen oder für die Laien dienen, wie die für die Pfarreien und Eparchien erforderlichen Register, die Antimensen, Weihattestate, Trauungskränze oder Ehepatente, die Indulgenzgebete oder Todtenpässe, Beicht- und Kommunionsscheine, religiöse Bilder und Handzeichnungen u. s. w.

Zu diesem Behufe hat er zwei Druckereien zu St. Petersburg und Moskau, welche mit den genannten Gegenständen die sämmtlichen Eparchien des Reiches versehen. Die Zusendung erfolgt an den Bischof, der dann die erhaltenen Gegenstände an seine Priester vertheilt, für welche die Geistlichen ebensowohl als die Laien bezahlen müssen. Jeder Pfarrer oder fungirende Geistliche hat am Ende des Jahres dem Bischofe über die verkauften Sachen Rechnung abzulegen und das gelöste Geld einzusenden. Der Bischof liefert hierauf die aus allen Pfarreien seiner Eparchie eingegangenen Summen mit einer Generalrechnung an den Sinod ein. Aus dem nicht unbedeutenden Gewinn, der dem Sinod hieraus verbleibt, werden den ärmeren Eparchien und Pfarreien die für den Gottesdienst nothwendigen Bücher und anderen Gegenstände umsonst verabreicht.

Alle geistlichen Bücher und Schriften müssen nun in der Sinodaldruckerei zu Petersburg oder in der Druckerei des Sinodalkomptoirs zu Moskau gedruckt werden und zwar darf dieß nicht eher geschehen, als bis sie die Approbation des Sinods erhalten haben. Aber auch die approbirten Bücher und Gegenstände müssen noch zu einer letzten Bestätigung dem Sinod vorgelegt werden, ohne welche sie sonst nicht erscheinen dürfen. Zur Vollziehung dieser Vorschrift stehen dem Sinod drei Censurcomité's zur Seite, welche in St. Petersburg, Moskau und Kiew ihren Sitz haben.[1])

§. 38. Die Archijereien oder Prälaten.

Unter dem allgemeinen russischen Ausdrucke Archijereien[2]) begreift man den hohen Klerus oder den Prälatenstand. Derselbe besteht aus den Metropoliten, Erzbischöfen und Bischöfen des Reiches, von denen wir nun handeln wollen.

[1]) Die Staatskirche Rußlands. S. 299, 300.

[2]) Jerei bedeutet im Russischen einen Mönchspriester, folglich Archijerei einen obersten Mönchspriester. Da nun die höhere Geistlichkeit dem Mönchsstande entnommen wird, so erklärt sich dieser Ausdruck hiefür.

a) Die Metropoliten und Erzbischöfe.

Anfangs hatte Rußland nur einen Metropoliten, den zu Kiew; als aber das Patriarchat errichtet wurde, erhob man die Erzbischöfe von Nowgorod, Kasan, Astrakan, Rostow und Krutizk zu Metropoliten. Im Jahre 1667 wurden vom Czaren Alexis Michaelowitsch die Erzbischöfe von Rjasan und Sibirien zu Metropoliten erhoben und ein besonderer Metropolit von Astrakan ernannt. Theodor Alexiewitsch ernannte noch weitere fünf Erzbischöfe zu Metropoliten, so daß Peter der Große bei seinem Regierungsantritte 12 Metropoliten vorfand. Diese hatten auch ihre Suffragane. Peter d. Gr. ließ nun, um eine größere Gleichheit unter den Prälaten einzuführen, an die Stelle eines verstorbenen Metropoliten oder Erzbischofs nur mehr einen Bischof setzen, dem er dann in der Folge nach Wohlverhalten den Titel eines Metropoliten oder Erzbischofes gab; die Eparchien Nowgorod und Kiew jedoch sollten wegen ihres hohen Alters beständig einen Erzbischof haben und Sibirien einen Metropoliten. Auf diese Weise wurde in Rußland die Metropolitenwürde ein bloßer Titel ohne irgend eine größere Jurisdiction, welcher an keine Eparchie strenge geknüpft ist, sondern nach Belieben vom Czaren jedem Bischofe ertheilt werden kann, ja selbst solchen, welche keine Eparchien haben, und die man nicht für Bischöfe in partibus ansehen darf[1]).

Die Metropoliten (russisch Mitropolit) haben also blos den Vorrang vor den Erzbischöfen und Bischöfen und tragen als Auszeichnung eine weiße Mitra (Klobuk). Der Patriarch Philotheus von Konstantinopel (1354—1376) schickte nämlich dem Wladika Basil von Nowgorod[2]) eine weiße Erzbischofsmütze, weil er aus der weißen (Welt-) Geistlichkeit zur Bischofswürde gelangt war, und von da kam diese Kopfbedeckung bei den Metropoliten in Gebrauch, wahrscheinlich seit einige aus der Zahl der Erzbischöfe von Nowgorod nach Moskau versetzt worden waren. Was die politische Stellung des Metropoliten betrifft, so hat er den Rang eines Obergenerals (general en chef) und

---

[1]) King a. a. O. S. 415 f.; Hupel a. a. O. S. 37 f., 129 f.

[2]) Der Bischof von Nowgorod führte seit der zweiten Hälfte des eilften Jahrhunderts den ausschließlichen Titel eines Wladika wegen seines Antheils

eines wirklichen geheimen Rathes. Er ist fähig, den St. Andreas-Orden, den ersten des Reiches, zu erhalten.[1])

Wie mit den Metropoliten, so verhält es sich auch mit den Erzbischöfen (Archijepiskop); ihre Würde ist gleichfalls ein bloßer Titel, der vom Czaren beliebig ertheilt wird und mit einem Vorrange vor den Bischöfen verbunden ist. Als Auszeichnung haben die Erzbischöfe ein Kreuz auf ihrer schwarzen Bischofsmütze. Sie stehen im Range eines General-Lieutenant und eines Geheimrathes und können den St. Alexanders- oder Wladimirs- oder den polnischen weißen Adler-Orden erhalten.[2])

b) Die Bischöfe.

1. Einsetzung und Consecration derselben.[3])

Wenn ein bischöflicher Sitz erledigt ist, so sollte nach der Verordnung Peters d. Gr. der hl. Sinod dem Czaren zwei Candidaten vorschlagen, aus welchen dann dieser einen erwählt. Oft aber bezeichnet der Czar selber einen Candidaten, welchen der Sinod zu erwählen hat. Da der Bischof unverheirathet sein soll, die Weltgeistlichkeit aber insgesammt verheirathet ist, so können die Bisthums-Candidaten nur aus dem Ordens-Clerus genommen werden, und zwar haben hierauf zunächst jene Archimandriten Anspruch, welche zum Sinod gehören, oder andere Archimandriten und Igumenen, denen Angelegenheiten des Sinods anvertraut waren und in Führung von Kirchensachen Beweise ihrer Geschicklichkeit gegeben haben.[4])

Hat nun der Sinod den Willen des Czaren erfahren, so folgt hierauf die Einsetzung des erwählten Bischofes in nachstehender Weise:

Sämmtliche Erzbischöfe und Bischöfe der Hauptstadt versammeln sich des Morgens vor der Liturgie im Sitzungssaale des Sinods. Der älteste und erste Erzbischof legt das Epitrachelion an und pro-

---

an der Regierung jener unabhängigen Stadt, und wenn er trotzdem unter dem Metropoliten von Kiew stand, so beweist dieß die große Gewalt des Metropoliten über die ihm untergeordneten Bischöfe von ganz Rußland. Murawijew's Gesch. der russ. Kirche. S. 25, 51.

[1]) V. Persecution et souffrances de l'égl se catholique en Russie p. 22, 23.

[2]) Hupel a. a. O. S. 40. Persecution et souffrances etc. l. c.

[3]) King a. a. O. S. 272 ff.

[4]) King a. a. O. S. 420.

clamirt nach Vorausschickung einiger Gebete den neugewählten Bischof, indem er spricht: „Ehrwürdiger Vater, Archimandrit oder Hieromonach N. Der durchlauchtigste und großmächtigste (Name des Monarchen) hat durch sein besonderes und eigenes Edikt befohlen und der hl. gesetzgebende Sinod aller Reußen gibt seinen Segen dazu, daß ihr, heiliger Herr, Bischof seid der Städte N. N., welchen Gott erhalte!"

Der Erwählte antwortet hierauf: „Da der durchlauchtigste und großmächtigste (Name des Czaren) befohlen, und der hl. gesetzgebende Sinod mich für würdig geachtet hat, dieses Amt zu übernehmen, so danke ich daher und übernehme es und widerspreche auf keine Weise." Alsdann gibt ihm der fungirende Erzbischof den Segen mit dem Kreuze, das er in der Hand hält, und besprengt ihn mit Weihwasser, womit diese Ceremonie schließt.

Die Consecration des neugewählten Bischofes findet stets in der Kathedrale statt, wozu sich gleichfalls alle Bischöfe der Hauptstadt versammeln. Der neue Bischof liest zuerst ein mit eigener Hand geschriebenes Glaubensbekenntniß vor und legt den vorgeschriebenen Unterthanen-Eid ab. Nun folgt die Consecration. Der älteste Bischof bezeichnet ihn drei Mal mit dem Kreuzeszeichen, während die übrigen Bischöfe das Evangelium über sein Haupt halten; hierauf legen ihm sämmtliche Bischöfe ihre Hand auf's Haupt, indeß der älteste aus ihnen ein Gebet um die Gnade des hl. Geistes für den Erwählten spricht. Alsdann bekleidet der Consecrator den Ordinanden mit den Pontificalgewändern, dem Sakkos, der Panagia (ein auf der Brust zu tragendes Bild der hl. Jungfrau) und dem Omophorion oder Pallium, und ruft drei Mal „er ist würdig," was der versammelte Klerus drei Mal wiederholt. Nachdem der Neugewählte auch die Bischofsmütze empfangen, geben ihm sämmtliche Bischöfe den Friedenskuß und nun beginnt die Liturgie, wobei der älteste Bischof celebrirt. Am Schluße erhält der neue Bischof vom ältesten den Mandyas oder Bischofsmantel und zuletzt mit einer Ermahnung den Hirtenstab. [1])

---

[1]) Mouravieff: Lettres a un ami sur l'office divin de l'église catholique orthodoxe d'Orient, trad. par le Prince Nic. Galitzin, Petersb. 1858. P. II. p. 72 sq.

2. Rechte und Pflichten der Bischöfe.

Die Rechte und Pflichten, welche dem Bischofe bezüglich der Regierung seiner Diöcese, Eparchie (Jeparchija), genannt, zukommen, findet man theils in dem geistlichen Reglement, theils in dem Eide, welchen die Bischöfe nach einer Verordnung Peters d. Gr. vom 22. Jänner 1716 bei ihrer Consecration ablegen, aufgezählt.[1])

Der Bischof hat die Ordination der Kleriker seiner Eparchie, doch soll er nicht mehr Priester, Diakonen und andere Kleriker ordiniren, als zur Verrichtung des Gottesdienstes ausdrücklich nothwendig sind.

Er hat ferner die Mönche, welche seiner Jurisdiction unterstehen, zu überwachen, auf daß sie nach ihrer Ordensregel leben und nicht von einem Kloster in's andere, oder gar in Privathäuser gehen, außer in dringender Noth und göttlicher Absicht, und dann nicht ohne seine Einwilligung und schriftliche Erlaubniß. Strafen kann er jedoch pflichtvergessene Mönche erst, wenn er hiefür die Entscheidung des Sinods eingeholt hat. Die Weltgeistlichkeit dagegen unterliegt der Strafgewalt des Bischofes; gegen Laien aber darf der Bischof nur wegen öffentlicher Uebertretung göttlicher Gesetze oder wegen Häresie die Excommunication verhängen und zwar nach vorhergegangener dreimaliger Ermahnung und ohne die ganze Familie des Straffälligen darein zu verwickeln.

Besonders wird den Bischöfen die Errichtung von Schulen und Seminarien an's Herz gelegt und von ihnen verlangt, daß sie selbst ihren Haushalt beschränken sollen, um Schulen und Seminarien unterhalten zu können.

Um seine Eparchie kennen zu lernen, soll der Bischof dieselbe wenigstens ein Mal in einem Zeitraum von 2 oder 3 Jahren visitiren, sowie er von dem Zustande derselben jährlich zwei Mal an den Sinod Bericht zu erstatten hat. Er soll auch stets in seiner Eparchie anwesend sein und dieselbe nur auf ausdrücklichen Befehl oder aus einem rechtmäßigen Grunde, in keinem Falle jedoch ohne Erlaubniß des Sinods verlassen.

Im Uebrigen steht der Bischof ganz unter den Befehlen des hl. Sinods, an den er sich auch in allen zweifelhaften Fällen und wichtigen Angelegenheiten zu wenden hat.

In seiner politischen Stellung nimmt der Bischof den Rang eines Generalmajors und eines wirklichen Staatsrathes ein und ist

[1]) King a. a. O. S. 417 ff.; Consett l. c. p. 35 sq.

fähig, den St. Anna-Orden oder den Orden des hl. Stanislaus von Polen zu erhalten.[1])

§. 39. Die Revenüen der Prälaten und deren Haushalt.

Nach einem von der Kaiserin Katharina II. am 26. Februar 1764 erlassenen Ukas wurden alle Bisthümer, Klöster und Kirchen in Großrußland[2]) ihrer liegenden Güter und Erbleute beraubt und dieselben einem Oekonomie-Collegium unterworfen, welches jetzt den Prälaten ihren fixirten Geldgehalt ausbezahlt. Neu errichteten Eparchien bestimmt gleichfalls der Czar ihren Gehalt aus dem Oekonomie-Collegium, sowie es auch von ihm abhängt, ob der Prälat, wenn zwei Eparchien vereinigt werden, nur von einer oder von beiden den fixirten Gehalt genießen soll. Sämmtliche Eparchien sind bezüglich der Größe des Gehaltes in drei Klassen eingetheilt; denn nicht auf den Rang des Prälaten, sondern auf die Klasse, in welcher die Eparchie steht, kömmt es beim Gehalte an. Der Prälat, er mag Bischof oder Erzbischof sein, erhält stets das mit seinem Sitz verbundene Einkommen; seine etwaige Erhebung zum Metropoliten macht darin keine Aenderung, außer der Czar würde aus besonderer Gnade ihm eine Zulage durch einen Ukas bewilligen. Eben wegen des größeren Gehaltes findet eine Versetzung der Bischöfe statt.

Nach der Verordnung der Kaiserin Katharina II. erhält ein Prälat der ersten Klasse jährlich 1500, der zweiten Klasse 1200, und der dritten Klasse 1000 Rubel[3]) Gehalt; außerdem empfängt jeder Prälat bestimmte Tafel-, Fourage- und Holzgelder, zur Bestreitung seiner Haushaltung und allen für seine Leute erforderlichen Lohn. Die Prälaten haben ihren Sitz in der Regel in ansehnlichen Klöstern, welche man nach der im Jahre 1764 getroffenen neuen Einrichtung zwar noch so nennt, aber nicht eigentlich als solche, sondern als bischöfliche Palläste, Archijereien-Häuser genannt, behandelt. Der Bischof ist in gewisser Beziehung der Archimandrit seines Klosters. Er setzt seine frühere Lebensweise als Mönch fort, nur führt er einen

---

[1]) Persecution et souffrances de l'église catholique en Russie p. 23.

[2]) Später geschah dieß auch in Klein-Rußland und im Jahre 1839 bei den früheren griechisch-unirten Bisthümern.

[3]) Ein Rubel Papier = 1 Franc.

besseren Tisch und speiset abgesondert von den übrigen Mitgliedern seines Hauses, die als Mönche ein gesellschaftliches Leben unter sich führen.

Der Etat der bischöflichen Häuser ist nun für alle drei Klassen der Eparchien festgesetzt. Die Prälaten der ersten Klasse sind nicht durchweg gleichgestellt, sondern es ist bei ihnen auf die daselbst herrschende Wohlfeilheit oder Theuerung der Lebensmittel Rücksicht genommen worden. So hat der Metropolit von Nowgorod 3923 Rubel als Tafelgelder, wovon er auch die dreizehn Personen seines Hauses beköstigen muß. Sein Hauspersonal besteht aus einem Oekonomen mit 50 Rubeln, einem Beichtvater mit 20, zwei Hauspriestern (Krestowii Jeromonach) mit je 8, einem Küster, der zugleich Kassenverwalter ist, mit 15, dessen Kopisten mit 50, drei Jerodiakonen mit je 8, einem Proviantmeister mit 8, einem Kellermeister (Tschaschnik) mit 8 und zwei Zellendienern mit je 15 Rubeln jährlichen Gehalt. Da die Prälaten auch noch Gärten, Landhäuser, Viehweiden, Fischereien u. dgl. besitzen, welche ihnen von ihren ehemaligen Klosterländereien gelassen wurden, so haben sie viele Bedienstete nothwendig. Dem Prälaten von Nowgorod sind 74 Bedienstete zugestanden, nämlich 6 Aufwärter mit je 20 Rubeln und für jeden 6 Rubel zur Livré, ein Uhr-Aufseher, welcher die Stunden zum Gebete anschlägt, mit 21, ein Quartiermeister bei des Prälaten Wasserfahrzeugen mit 20, zehn Ruderknechte mit je 17, zwei Ofenheitzer mit je 15, zwei Brodbäcker mit je 16, ein Bierbrauer mit 16, vier Köche mit je 16, zwei Pastetenbäcker mit je 17, vier Handlanger bei der Bierbrauerei mit je 12, ein Gärtner mit 25, vier Gärtnergehilfen mit je 15, ein Tafeldecker mit 15, zwei Schneider mit je 15, zwei Binder mit je 16, ein Stallmeister mit 45, zwei Kutscher mit je 25 und je 5 Rubel zur Livré, zwei Vorreiter mit je 23, vier Stallknechte mit je 16,[1]) zwei Wasserführer mit je 12, ein Stellmacher mit 16, ein Riemer mit 16, zwei Schmiede mit je 16, drei Zimmerleute mit je 12, vier Hofwächter mit je 12, zwei Tischler mit je 17, ein Drechsler mit 17, zwei Maurer mit je 12, ein Kupferschmid mit 16 und ein Glaser mit 16 Rubel jährlichen Gehalts. Diese Personen haben einen höheren Gehalt, weil sie ihre Kost selbst besorgen müssen. Für sie muß auch

[1]) Die Prälaten fahren sechsspännig. Hupel a. a. O. S. 63.

Kopfgeld und Obrok bezahlt werden, und dafür erhält der Prälat 167 Rubel 20 Kopeken.

Der Metropolit von Moskau erhält, weil bei ihm Alles wohlfeiler ist, nur 2244 Rubel 40 Kopeken Tafelgelder. Die bei seinem Hause befindlichen 13 Personen, die von ihm verköstigt werden, bekommen überhaupt 191 Rubel Gehalt, und die zu seinen Diensten ihm zugewiesenen Leute, 62 an der Zahl[1]), erhalten insgesammt 580 Rubel 35 Kopeken.

Den größten Etat hat der Metropolit von St. Petersburg. Er bekömmt 3923 Rubel Tafelgelder; die bei seinem Haus befindlichen 13 Ordenspersonen erhalten jährlich 241 Rubel, und seine übrigen Dienst- und Arbeitsleute, 88 an der Zahl, jährlich 1492 Rubel.

Bei der zweiten Klasse sind die Etats alle gleich. Der Prälat bekömmt 1000 Rubel Tafelgelder. Die zu seinem Hause gehörigen Personen, die von ihm freie Beköstigung erhalten, sind: ein Oekonom mit 40, ein Beichtvater mit 15, 2 Hauspriester mit je 8, ein Küster und Schatzmeister mit 15, dessen Kopist mit 25, zwei Jerodiakonen mit je 8, ein Proviantmeister mit 8, ein Kellermeister mit 8 und 2 Zellendiener mit je 12 Rubel jährlichen Gehalts. An anderm Dienstpersonal sind ihm zugestanden vier Lakaien mit je 10 Rubel und je 3 Rubel zur Livré, ferner 54 Professionisten und Arbeitsleute mit je 9 Rubel Gehalt, und zur Bezahlung des Kopfgeldes und Obroks für dieselben jährlich 132 Rubel.

Von den Prälaten der dritten Klasse bekömmt ein jeder 800 Rubel Tafelgelder. Für die zu seinem Hause gehörenden 12 Personen, die von ihm verköstigt werden, sind überhaupt 148 Rubel Gehalt ausgesetzt. Für seine Bedienten und Arbeitsleute, im Ganzen 44 Personen, erhebt er jährlich, weil jedem nur 8 Rubel bestimmt wurden, 380 Rubel und zur Bezahlung des Kopfgeldes und Obroks für dieselben 101 Rubel 20 Kopeken.[2])

Was die Zahl der jedem Prälaten zugewiesenen Hausgenossen, Dienst- und Arbeitsleute betrifft, so kann er dieselbe vermehren oder vermindern; im letztern Falle fließt der ihnen ausgemachte Gehalt in seine Kasse, oder er kann davon den übrigen eine Zulage geben.[3])

[1]) Ruderknechte hat er nicht.

[2]) Hupel a. a. O. S. 157 ff.

[3]) Hupel a. a. O. S. 144.

Außerdem haben die Prälaten gewisse Nebeneinkünfte aus ihren Eparchien, z. B. für Einweihung von Kirchen, für die Ordination von Weltgeistlichen, wofür wenigstens ihre Kanzlei oder ihr Kasseverwalter (Kasnatschei) etwas empfängt, für Todtenmessen u. dgl.[1]) So soll ein Metropolit für eine Todtenmesse 1000 Rubel erhalten.[2])

§. 40. Die Eparchien oder Diöcesen.

Die Eparchien haben ihren Namen von dem Orte, wo der Prälat seine Residenz hat, selten von einer Provinz. Zwar haben einige Prälaten ganze Provinzen oder Gouvernements unter sich; aber mancher Sprengel liegt wieder in mehreren Provinzen zerstreut, sowie in manchen Gouvernements mehrere Prälaten gewisse Districte haben, wobei hie und da auch Abänderungen vorkommen. Die Eparchien werden stets als Beiwörter angeführt. Man sagt daher z. B. nicht der Metropolit von Nowgorod, sondern der Nowgorodische Metropolit. Ferners haben die Eparchien meistens zwei Haupt- oder angesehene Städte, von denen der Prälat den Titel führt, z. B. Philaret, Metropolit von Kiew und Halicz.[3])

Sämmtliche Eparchien sind durch einen Ukas der Kaiserin Katharina II. v. J. 1764 in drei Klassen eingetheilt, und obwohl nach diesem Ukas in den zwei ersten Klassen die Erzbischöfe, in der dritten dagegen die Bischöfe sein sollten, so kann doch der Czar eine beliebige Aenderung treffen und ohne vorhergehende Versetzung einen Prälaten der dritten Klasse zum Erzbischofe oder Metropoliten ernennen oder seine Eparchie in die zweite oder erste Klasse erheben.[4])

Zur ersten Klasse gehören gegenwärtig folgende Prälaten:[5])

1. Der Metropolit von Kiew und Halicz, Ehrenprimas von ganz Rußland und Archimandrit der Petscherskischen Laura zu Kiew;

---

[1]) Hupel a. a. O. S. 143.

[2]) Persecution et souffrances etc. p. 294.

[3]) Vor ihrem Taufnamen setzen die Prälaten gewöhnlich das Beiwort „demüthig;" angeredet aber werden die Prälaten mit dem Prädikate „hochgeweiht." Hupel a. a. O. S. 63. Persecut. et souffr. p. 120.

[4]) Hupel a. a. O. S. 131 f.

[5]) Neale: A History of the holy eastern church. P. I. (General Introd.) p. 100 sq.

2. Der Metropolit von Nowgorod und St. Petersburg,[1]) Archimandrit der Alexander-Newski Laura bei St. Petersburg;

3. Der Metropolit von Moskau und Kolomna,[2]) Archimandrit der Troitsko-Sergijewski Laura bei Moskau.

Die Prälaten der zweiten Klasse sind:

1. Der Erzbischof von Kasan[3]) und Swiäsk
2. " " " Astrakhan[4]) und Enotajewsk
3. " " " Tobolsk[5]) und Westsibirien
4. " " " Irkutsk und Ostsibirien
5. " " " Jaroslaw und Rostow[6])
6. " " " Pskow,[7]) Livland und Kurland
7. " " " Rjäsan[8]) und Saraisk
8. " " " Twer[9]) und Kaschin
9. " " " Cherson und Taurien[10])

---

[1]) Diese beiden Eparchien sind seit dem Jahre 1762 unirt. Der Metropolit residirt zu Petersburg, das erst unter der Kaiserin Elisabeth (1741—1762) eine Eparchie geworden war. Nowgorod dagegen war schon unter dem Metropoliten Leontius von Kiew (992—1008) ein Eparchialsitz und wird jetzt von einem Vikar administrirt. Hupel S. 152. Murawijew S. 14. Staatsk. Rußl. S. 95.

[2]) Kolomna wurde als besondere Eparchie im Anfange des 14. Jahrhunderts errichtet und erst im 19. Jahrhundert mit Moskau unirt. Murawijew S. 52. Hupel S. 149.

[3]) Der Metropolit Makarius von Kiew (1542—1564) weihte den Abt Gurij von Selischarowsk zum ersten Erzbischof von Kasan. Murawijew S. 94.

[4]) Astrakhan wurde im Jahre 1667 zu einem Erzbisthum erhoben. Murawijew S. 206.

[5]) Um das Jahr 1697 wurde Tobolsk ein Erzbisthum. Murawijew a. a. O.

[6]) Die Eparchie Rostow wurde vom Metropoliten Leontius von Kiew errichtet und um das Jahr 1390 zu einem Erzbisthum erhoben. Murawijew S. 14, 58.

[7]) Pskow wurde um das Jahr 1667 ein Erzbisthum. Murawijew S. 206.

[8]) Um das Jahr 1667 wurde die Eparchie Rjäsan ein Erzbisthum. Murawijew a. a. O.

[9]) Die Eparchie Twer wurde im Jahre 1271 errichtet. Moroni: Dizion. di erud stor.-eccl. V. 81. p. 488.

[10]) Der Erzbischof residirt zu Novo Mirgorod. Der erste Bischof von Cherson war Longinus im Jahre 448. Le Quien l. c. T. I. p. 1329 sq. Uebrigens soll in Taurien oder der Krim auch zu Sebastopol ein Erzbischof sein. Volger's Handb. der Geogr. Th. II. S. 39, 41.

10. Der Bischof von Mohilew und Mstislaw
11. Der Erzbischof von Tschernigow[1]) und Neschin
12. " " " Minsk[2]) und Bobruisk
13. " " " Podolien und Brjatslaw[3])
14. " " " Kischenew und Chotim
15. " " " Weißrußland und Litthauen[4])
16. Der Bischof von Olonetz und Petersawodsk[5])
17. " " " Nowo-Tscherkask und Georgiewski

Die Prälaten der dritten Klasse sind:

1. Der Erzbischof von Jekaterinoslaw[6])
2. Der Bischof von Kaluga und Borowsk
3. " " " Smolensk[7]) und Dorogobusch
4. " " " Nischnij Nowgorod und Arsamas
5. " " " Kursk und Bjelgorod[8])
6. " " " Wladimir und Susdal[9])
7. " " " Polotsk[10])

---

[1]) Die Eparchie Tschernigow wurde vom Metropoliten Leontius von Kiew errichtet und um das Jahr 1667 zu einem Erzbisthum erhoben. Murawijew S. 14, 206.

[2]) Die Eparchie Minsk existirte bereits im Anfange des 13. Jahrhunderts. Murawijew S. 35.

[3]) Der Erzbischof residirte zu Kaminiec.

[4]) Dieses Erzbisthum wurde im Jahre 1839 aus dem früheren griechisch-unirten Bisthum Litthauen errichtet. Persecut. et souffr. etc. p. 123.

[5]) Diese Eparchie war im Jahre 1764 ein Vikariat von Nowgorod. Hupel S. 151.

[6]) Diese Eparchie wurde durch einen Ukas der Kaiserin Katharina II. vom 21. Mai 1779 errichtet und befand sich nach dem Synodalrapport vom Jahre 1839 in der zweiten Klasse. Hupel S. 154. Staatskirche Rußl. S. 87.

[7]) Die Eparchie Smolensk wurde im Jahre 1128 errichtet. Moroni l. c. V. 67. p. 129.

[8]) Die Eparchie Bjelgorod errichtete schon der Metropolit Leontius von Kiew. Murawijew S. 14.

[9]) Nachdem um das Jahr 1299 der Metropolitansitz von Kiew nach Wladimir, wo schon der Metropolit Leontius von Kiew einen bischöflichen Sitz errichtet hatte, verlegt worden war, wurde Susdal mit Nischnij Nowgorod eine eigene Eparchie, die jetzt wieder mit Wladimir unirt ist. Murawijew S. 14, 43.

[10]) Zu Polotsk ist jetzt die Residenz des vormaligen griechisch-unirten, nun aber schismatischen Bischofes von Weißrußland. Staatsk. Rußl. S. 432.

8. Der Bischof von Wologda und Ustjug
9. " " " Tula und Bjelew
10. " " " Wjätka und Slobodskoi
11. " " " Archangel [1]) und Cholmogori
12. " " " Woronesch und Zadonski
13. " " " Kostroma und Galitsch
14. " " " Tambow und Schatsk
15. " " " Orel und Siewsk
16. " " " Pultawa und Perejaslawl [2])
17. " " " Wolhynien [3]) und Schitomir
18. " " " Perm [4]) und Katharinenburg
19. " " " Sitka, Kamtschatka, den Aleutischen Inseln und Russisch-Amerika [5])
20. " " " Pensa und Saransk
21. " " " Saratow und Tsaritsia
22. " " " Charkow und der Ukraine
23. " " " Orenburg und Ufa
24. " " " Simbirsk
25. " " " Ostrog [6])
26. " " " Pinsk [7])
27. " " " Tomsk [8])
28. " " " Wilna

---

[1]) Die Eparchie Archangelsk wurde um das Jahr 1667 errichtet. Murawijew S. 206.

[2]) Die Eparchie Perejaslawl bestand bereits unter dem Metropoliten Georg von Kiew (1072—1080). Murawijew S. 23.

[3]) Die Eparchie Wolhynien wird im Anfange des 14. Jahrhunderts erwähnt. Der Bischof residirt seit dem Jahre 1833 in der Lawra von Poczajew, deren Archimandrit er ist. Murawijew S. 52. Staatsk. Rußl. S. 110.

[4]) Eines Bischofs vom Perm geschieht um die Mitte des 15. Jahrhunderts Erwähnung. Murawijew S. 70.

[5]) Er residirt zu Neu-Archangel.

[6]) Die Eparchie Ostrog wird im Anfange des 18. Jahrhunderts erwähnt. Murawijew S. 35. Bolger a. a. O. S. 43.

[7]) Pinsk war vor dem Jahre 1839 ein griechisch-unirtes Bisthum. Staatsk. Rußl. S. 433.

[8]) Die Eparchie Tomsk wurde nach dem Jahre 1667 errichtet. Murawijew S. 206.

29. Der Bischof von Witebsk[1])

30. „ „ „ Warschau[2])

Am 18. Januar 1801 wurden die Bewohner Georgiens oder Grusiens dem russischen Reiche einverleibt, und so gehören denn auch die Eparchien dieses Landes, welche übrigens nicht in Klassen eingetheilt sind, zur russischen Kirche. Nach Georgien (Iberia) wurde schon im vierten Jahrhundert das Christenthum verpflanzt, und im sechsten Jahrhundert finden wir daselbst einen Erzbischof von Mzcheti oder Samtawrosk, der unter dem Patriarchen von Antiochien stand. Um die Mitte des eilften Jahrhunderts wurde die Kirche Georgiens unabhängig von der Antiochenischen, indem sie einen Katholikos erhielt, und als im dreizehnten Jahrhunderte Georgien in zwei Reiche getheilt wurde, entstanden auch zwei Katholikos, von denen der eine für das östliche Grusien in Tiflis, der andere für das westliche zu Kutais in Imeritien residirte. Die Stelle des letztern blieb seit dem Jahre 1794 unbesetzt, und so war nur mehr der Katholikos von Kartalinien und Kachetien übrig, unter dem 12 Bischöfe standen.[3]) Gegenwärtig sind nun in Grusien folgende Prälaten:[4])

1. Der Metropolit von Tiflis, Exarch von ganz Georgien, ex officio Mitglied des hl. Sinods und Präsident des Sinodal-Comptoirs oder der Nationalsynode;[5])

2. Der Bischof von Gori, zugleich Vikar des Exarchen;

3. „ „ „ Kutais und Imeretien;

4. „ „ „ Martwili und Mingrelien;

5. „ „ „ Guriel (Guria).[6])

---

[1]) Nach Witebsk wurde im Jahre 1839 das Bisthum Polotsk, errichtet im Anfange des 12. Jahrhunderts, verlegt. Murawijew S. 27. Staatsk. Rußl. S. 432.

[2]) Warschau war seit dem Jahre 1832 ein Vikariat und wurde im J. 1839 ein Bisthum. Staatsk. Rußl. S. 87, 434.

[3]) Le Quien l. c. T. I. p. 1333 sq.; Fr. Schmidt: Georgien (Rig. und Leipzig 1804). S. 69, 80 ff.

[4]) Neale l. c. p. 103.

[5]) Der Katholikos oder Metropolit von Georgien erhielt vom Kaiser Paul I. am 10. März 1801 einen weißen Klobuck (Mitra der Metropoliten) mit Seraphinen als Auszeichnung. Schmidt a. a. O. S. 85.

[6]) Diese Eparchie wurde auf einen Rapport des Sinods hin durch einen Ukas vom 1. April 1844 wieder hergestellt. Der Bischof residirt zu Tschamkmodi. Neale l. c. p. 262.

Zu den genannten Eparchien Rußlands und Georgiens kömmt endlich noch das erst im Jahre 1858 errichtete Bisthum Jerusalem.

§. 41. Die Vikariate.

Außer den Bischöfen, Erzbischöfen und Metropoliten kennt man in Rußland auch Vikare mit bischöflicher Würde. Solche wurden Anfangs da aufgestellt, wo wegen der großen Ausdehnung der Eparchie die Kräfte eines Prälaten zur Regierung nicht hinreichten. So hatte der Metropolit von Nowgorod schon seit langer Zeit einen Vikar zu Olonez, und im Jahre 1764 errichtete die Kaiserin Katharina II. für das Erzbisthum Moskau ein Vikariat zu Sjewsk. Diese Vikare haben ihren eigenen abgegrenzten Sprengel und die volle bischöfliche Jurisdiction in demselben. Sie besitzen eine Consistorial-Kanzlei, wie die übrigen Prälaten; jedoch kann von ihrem Urtheile an den Erzbischof oder Metropoliten, in dessen Eparchie ihr Sprengel liegt, appellirt werden. In ihrem Gehalte stehen sie den Prälaten der dritten Klasse gleich, indem jeder Vikar jährlich 1000 Rubel und 800 Rubel als Tafelgelder erhält; da ihnen aber kein Beichtvater besoldet wird, so haben sie blos eilf Personen bei ihrem Hause, welche eine jährliche Besoldung von 133 Rubel erhalten. Für ihre Bedienten und Arbeitsleute, welche im Ganzen 42 Personen ausmachen, bekommen sie jährlich 350 Rubel Gehalt und 96 Rubel 80 Kopeken als Kopfgeld und Obrok für dieselben. [1])

Im Jahre 1832 wurden für jene Provinzen, in denen die Einwohner größten Theils der katholischen oder protestantischen Confession angehören, griechisch-schismatische Vikariate errichtet, nämlich Warschau für Polen, Riga für Livland, Pleskow für Kurland und Poczajew für Litthauen. [2]) Gegenwärtig aber bestehen folgende Vikariate: [3])

1. Chigirin
2. Dmitrow in der Eparchie Moskau
3. Staraja Russa in der Eparchie Nowgorod
4. Reval
5. Riga

---

[1]) King a. a. O. S. 258 f.; Hupel a. a. O. S. 135, 178.

[2]) Die Staatskirche Rußlands. S. 87.

[3]) Neale l. c. p. 101.

6. Podolien
7. Kowno oder Kauen
8. Woronesch
9. Katharinenburg
10. Winnitza.

§. 42. Geistliche Eparchialbehörden.

a) Die Consistorien.

Ein jeder Prälat hat bei seinem bischöflichen Sitze einen Gerichtshof, geistliches Consistorium genannt, dem unter seinem unmittelbaren Vorsitze die Regierung der Eparchie anvertraut ist. Dasselbe besteht aus fünf bis sieben Mitglieder, welche aus den Archimandriten, Igumenen, Jeromonachen, Protojereien und Priestern, welche das meiste Vertrauen besitzen, genommen werden. [1]) Der Prälat präsentirt sie dem hl. Sinod, und wenn sie dieser bestätigt hat, so können sie ohne seine Erlaubniß nicht mehr aus ihrem Amte scheiden; denn wie der Bischof, so steht auch das Consistorium unter der unmittelbaren Direction des Sinods. [2])

Jedes Consistorium hat seine eigene Kanzlei. Das Kanzlei-Personal, welches vom Oekonomiecollegium besoldet wird, ist für jede Eparchie bestimmt und besteht je nach der Klasse, zu der die Eparchie gehört, aus mehr oder weniger Personen. So befinden sich in der Consistorial-Kanzlei einer Eparchie erster Klasse durchschnittlich 28 Personen, nämlich 2 Secretäre, jeder mit einem jährlichen Gehalt von 200 Rubel; 4 Kanzlisten, jeder mit 100 Rubel Gehalt; 8 Kopisten, jeder mit 50 Rubel Gehalt; ein Advokat mit 60 Rubel Gehalt; 10 Amtsdiener und 3 Wächter, jeder mit 12 Rubel Gehalt. Außerdem werden dem Prälaten für die Kanzlei-Ausgaben jährlich 100 Rubel ausbezahlt. [3])

[1]) Nicht alle Consistorien haben einerlei Mitglieder. So findet man bald zwei Igumenen und drei Protojereien, bald zwei Archimandrite, bald einen Archimandrit, einen Jeromonach und einen Protojerei darin. Auch gibt es Consistorien, die blos aus einem Jeromonach, einem Protojerei und einem Priester bestehen. Hupel a. a. O. S. 137.

[2]) Neale l. c. p. 1184, 1191.

[3]) Das ist der Etat für die Kanzlei des Nowgorod'schen Consistoriums. Für das Kanzleipersonal des Moskauer Consistoriums sind schon kleinere Gehalte

Bei den Consistorial-Kanzleien zweiter Klasse sind durchgehends 21 Personen angestellt, nämlich: ein Secretär mit 100 Rubel; drei Kanzlisten, jeder mit 50 Rubel; sechs Kopisten, jeder mit 25 Rubel; ein Advokat mit 40 Rubel; acht Gerichtsdiener und zwei Wächter, jeder mit 8 Rubel Gehalt. Für die Regie sind 50 Rubel ausgesetzt.

Bei den Eparchien der dritten Klasse wird für die Consistorial-Kanzlei, in der sich 19 Personen befinden, die Summe von 448 Rubel, und bei den Vikariaten, bei denen die Consistorial-Kanzlei aus 16 Personen besteht, die Summe von 368 Rubel dem Prälaten ausbezahlt. [1])

Vor das Forum dieser Consistorien gehören nun alle geistlichen und kirchlichen Sachen. Die Hauptaufgabe des Consistoriums ist, für die Reinbewahrung der Orthodoxie und daher besonders für die Verwaltung des Predigtamtes zu sorgen. Ihm obliegt die Führung der Clerical-Register (Klerowie Vedomosde), welche einerseits über die Zahl der Kirchen und deren Zustand, andrerseits über den Clerus und dessen Verhältnisse Notizen geben. Es hat zu wachen, daß die geistlichen Listen und Matrikeln in jeder Pfarrei genau geführt werden, um über den Zustand der Eparchie an den Sinod die jährlichen Berichte erstatten zu können.

Die Ehesachen und die Klagen der Geistlichen und Laien gegen einander sind vor ihm zu verhandeln, sowie es auch hinsichtlich der Laien die gehörigen Mittheilungen an die gewöhnlichen Richterstühle zu machen hat. Will ein Welt- oder Klostergeistlicher sich laisiren, so hat das Consistorium den erstern einer drei-, den andern einer sechsmonatlichen Belehrung über diesen Schritt zu unterwerfen; ebenso hat es die Geistlichen wegen bedeutender oder Schande bringender Vergehen zu verurtheilen. Die gegen solche Geistlichen verhängten Strafen sind 1) Suspension, 2) Degradation zu einer niedrigen Stufe des Klerus, oder 3) völlige Degradation oder Absetzung. Mit dieser letzten Strafe ist dann immer entweder die Abgabe des Verurtheilten an den Soldatenstand oder an die Kronfabriken, oder bei einem Criminalfalle die Ueberweisung an die weltliche Behörde verbunden.

---

ausgesetzt. Dort bekömmt ein Sekretär nur 120 Rubel, für die Regie sind blos 80 Rubel bestimmt, so daß der ganze Etat nur 932 Rubel 90 Kopeken beträgt. S. Hupel a. a. O. S. 167, 169.

[1]) Hupel a. a. O. S. 175 ff.

Vom Urtheile des Consistoriums kann an den Prälaten und von diesem an den Sinod appellirt werden.[1])

b) Die geistlichen Directorien und Dekanate.

In jeder größern Stadt der Eparchie sind kleine Comptoirs, geistliche Directorien genannt, errichtet, welche gewöhnlich nur aus zwei Mitgliedern bestehen und dem Consistorium untergeordnet sind. Ihre Function ist, Bittschriften an das Consistorium in Empfang zu nehmen, sowie Berichte an das Consistorium zu erstatten.[2])

Zur Aufsicht über die Kirchen und zur Ueberwachung der Geistlichkeit sind vom Bischofe mit Genehmigung des Sinods Dekane eingesetzt, deren Districte zehn bis dreißig Pfarrkirchen umfassen. Es sind dies gewöhnlich Protopresbyter oder Protojerei (Oberpriester).[3]) Sie bilden die erste Instanz, wenn man über einen Kleriker oder Kirchendiener etwas zu klagen hat. Sie haben die Kirche ihres Districts zu visitiren und alle sechs Monate die Kirchen-, Tauf-, Traunngs- und Sterbbücher zu revidiren.[4]) Unter ihrer Leitung wird von der Pfarrgemeinde der Kirchenpfleger gewählt. In den Städten obliegt die Aufsicht über die gesammte Geistlichkeit dem Protojerei der Hauptkirche oder Kathedrale.[5])

---

§. 43. Der Weltklerus.

a) Die Erziehung zum geistlichen Stande.

Wer zum geistlichen Stande aspiriren wollte, der nahm früher bei einer Pfarrkirche Dienste, um allmählig von der untersten Stufe

[1]) Hupel a. a. O. S. 137. — Neale l. c. p. 1184 sq. Vergl. die Staatsl. Rußl. S. 162.

[2]) Neale l. c. p. 1184. Hupel a. a. O. S. 138.

[3]) Der Ausdruck Protopop ist nicht mehr gebräuchlich. S. Histor. Aufschlüsse 2c. H. I. S. 70.

[4]) In jeder Pfarrei muß außer den Tauf-, Traunngs- und Sterbbüchern, welche nach einer Verordnung Peters d. Gr. alle vier Monate dem Bischofe eingeschickt werden sollten (King S. 434), auch noch eine geistliche Liste (Duchownaia Rospiess) über die zu Ostern verrichteten Beichten und Communionen und ein Matrikelbuch über die im Jahre vorgekommenen Conversionen geführt werden. V. Neale l. c. p. 1185, 1186.

[5]) Hupel a. a. O. S. 48, 206; die Staatsl. Rußl. S. 158, 159; Neale l. c. p. 1186 sq.

zu den höhern des Clericats emporzusteigen, indem eben von ihm nichts weiter gefordert wurde, als daß er lesen und ein wenig schreiben und die kirchlichen Handlungen vornehmen konnte. Erst Peter der Große befahl den Prälaten, an ihren Sitzen Seminarien zu errichten, wo Knaben, besonders die Priestersöhne, zu künftigen Geistlichen erzogen werden sollten, und verordnete, daß von den Hauptklöstern der 20. und von den Hauptkirchen der 30. Theil des Getreides als ein Zuschuß zu den erforderlichen Kosten dahin sollte abgeliefert werden, damit die Zöglinge freie Kost, Kleidung und Unterricht daselbst genießen könnten. Als die Kirchen- und Klostergüter im Jahre 1764 eingezogen wurden, fiel die Erhaltung der Seminarien dem Oekonomie-Collegium, beziehungsweise dem hl. Sinod anheim.[1])

Der gegenwärtige geistliche Schulressort begreift vier Schulkreise in sich, die nach den ihnen vorstehenden vier geistlichen Akademien von St. Petersburg, Kiew, Moskau und Kasan genannt werden. Der letztere ist jedoch erst jüngst mit dem von Moskau vereinigt worden. Bei jeder dieser Akademien besteht eine Conferenz, zusammengesetzt aus dem Rector der Akademie, einem Archimandriten, einem Jeromonach, zwei Weltgeistlichen und den ausgezeichnetern Professoren unter der Vorstandschaft des Metropoliten oder Erzbischofes, welche über die Ausführung aller vom Sinod in Betreff der religiösen Bildung des Clerus und Volkes erlassenen Verfügungen zu wachen hat. Die Conferenz der St. Petersburger-Akademie bildet dann gleichsam den Mittelpunkt des wissenschaftlichen Lebens, indem die Conferenzen der übrigen Schulkreise von ihr die Aufträge des Sinods empfangen. Unter diesen vier Schulkreisen stehen nun sämmtliche Eparchialseminarien und die in den Eparchien befindlichen Pfarr- und Kreisschulen. Jeder Zögling muß zuerst in die Pfarrschule eintreten und hier zwei Jahre verbleiben; alsdann geht er stufenweise in die Kreisschule, in's Seminar und endlich in die Akademie über, indem er in jeder der genannten Anstalten bald drei bald vier Jahre verweilt. Wie schlecht es aber mit dem Unterrichte in den philosophischen und theologischen Lehrgegenständen an diesen Seminarien und Akademien beschaffen ist, kann man aus den Sinodalberichten von den Jahren 1838 und 1839 ersehen.[2]) So wurde erst im Jahre 1839 zur Erleichterung des Er-

[1]) S. Hupel a. a. O. S. 138, 201. — Consett l. c. p. 60 sq.

[2]) Die Staatskirche Rußlands (von Theiner). S. 286 ff.

lernens der alten klassischen Sprachen die Herausgabe des griechisch-lateinischen Lexicons von Hedderich mit russischer Uebersetzung beschlossen. Profan- und Kircheugeschichte wurde nach den Werken von Ausländern, die nicht selten Irrthümer gegen die Orthodoxie enthielten, vorgetragen. Ja nicht einmal das Studium der hl. Schrift wurde in allen Klassen betrieben, und vom Studium der Kirchenväter wußte man gar nichts. Für die Theologie besaß man nur das rechtgläubige Bekenntniß des Metropoliten Peter Mogila und für die kirchlichen Alterthümer das Werk „die neue Gesetztafel" (**Nowaia skrishal**).

b) Ordination der Kleriker.

In die Weltgeistlichkeit, im Gegensatze zum Klosterklerus oder der schwarzen Geistlichkeit die weiße Geistlichkeit [1]) genannt, können zwar Personen jeden Standes eintreten, ausgenommen Leibeigene, so lange sie nicht gesetzlich freigelassen sind. Allein Leute, die zu einem Stande gehören, der Steuern zu bezahlen hat, dürfen vom Bischofe erst dann, wenn Priestermangel ist, und nachdem sie die Entlassung aus ihrem bisherigen Stande erhalten haben, ordinirt werden. Diese Entlassung wird aber höchst selten gegeben, weil die Gemeinde für den Entlassenen sofort die Steuern tragen muß, und wenn sie auch ertheilt worden, so muß hierauf die Sache dem Gouverneur vorgelegt und mit dessen Gutachten an den Senat zur Bestätigung eingeschickt werden. Daher kömmt es, daß sich die Geistlichkeit nur wieder aus den Söhnen der Geistlichen und übrigen Kirchenbedienern rekrutirt. Ferner soll der Bischof keinen Geistlichen über die nothwendige Anzahl, ohne die gehörigen Kenntnisse, ohne das erforderliche Alter und ohne Zeugniß von den Pfarrkindern ordiniren. Endlich darf Keiner zum Priester geweiht werden, der sich nicht zuvor mit einer Jungfrau verehlicht hat. [2])

Im Uebrigen stimmt bezüglich der Ordination die russische Kirche ganz mit der griechischen überein. Auch sie kennt nur zwei niedere Weihen, den Lector (Djatschek) und den Subdiakon (Ipodjakon).

---

[1]) **Beloje swjaschtschenstwo.** Sie wird wahrscheinlich deshalb so genannt, weil sie mehr im Verkehr mit den Freuden der Welt lebt.

[2]) Hupel a. a. O. S. 202. — Die Staatsl. Rußl. S. 123, 442, 443. **Neale l. c. p. 1188.**

Dem Lectorat voraus geht die Tonsur. Der Diakon (Djakon) wird nach der Consecration ordinirt, der Priester (Jerei oder Swajaschtchennik) dagegen gleich nach der großen Procession oder dem Introitus mit den hl. Opfergaben, und zwar beide durch Auflegung der Hände. Bei ein und derselben Messe kann blos ein Diakon und ein Presbyter die Ordination empfangen. [1])

Zum Klerus wird auch das übrige Dienstpersonal, das zum kirchlichen Gottesdienste nothwendig ist, Zerkownik genannt, gezählt, obschon diese Personen keine Weihe erhalten. Dahin gehören: der Küster oder Sakristan (Ponamar), der Sänger (Psalomschtschik, die Chorknaben (Pewtschei), die gewöhnlich Ukrainer sind und nur an den Haupt- und Cathedralkirchen vorkommen, wo sie in drei Klassen (stanizii) zerfallen und unter einem Chordirector (Ustawschtschik) stehen, endlich der Glöckner (Swonar), dessen Geschäft übrigens an den kleinern oder Dorfkirchen der Küster zu versehen hat. [2])

a) Kirchliche und politische Stellung des Weltklerus.

Der Weltpriester kann, da er verheirathet sein muß, zu keiner höhern geistlichen Stellung, als der eines Protojerei gelangen. Stirbt ihm seine Frau, so sollte er nach dem Canon des Theodosius, Metropoliten von Moskau (1462—1467), sein Amt niederlegen und sich in ein Kloster zurückziehen, um da ein dem Laien ähnliches, jedoch tugendhaftes Leben zu führen. Verwittibten Priestern und Diakonen sollte es nach der Verordnung des Concils von Moskau im J. 1503, nur wenn sie einen ordentlichen Lebenswandel führen, erlaubt sein, im Chor zu singen und am Altare das hl. Abendmahl zu empfangen, und zwar die Priester im Epitrachelion, die Diakonen im Sticharion; sind sie aber ausschweifend, so sollen sie aus dem geistlichen Stande ausgeschlossen werden. Aber schon das Concil von Moskau im Jahre 1667 ging von dieser Strenge ab, und es konnte dem verwittibten Priester, der im Kloster ein tugendhaftes Leben führte, erlaubt werden, seine priesterlichen Functionen als Hieromonach fortzusetzen. Peter d. Gr. verbot hierauf den Bischöfen, die Priester beim Tode ihrer Weiber zu zwingen, in ein Kloster zu gehen. Wollten sie es freiwillig

---

[1]) Mouravieff: Lettres à un ami sur l'office divin (trad. par le Prince Nicol. Galitzin). P. II. p. 65 sq.

[2]) Hupel a. a. O. S. 54 ff.

thun, so sollten sie mit Genehmigung des Sinods das Noviziat durchmachen, wodurch es dann ihnen sogar möglich würde, zu den höheren geistlichen Würden zu gelangen.

Ferner erließ er am 20. April 1724 ein Edikt, wornach verwittibte Priester, welche sich fleißig auf das Studium, namentlich auf das Predigen verlegt haben, wenn sie sich zum zweiten Male verheirathen, entweder als Rectoren in den Seminarien angestellt oder vom Bischofe in der Kanzlei verwendet werden sollen. Will sich sonst ein Priester oder Diakon zum zweiten Male verehlichen, so muß er in den Laienstand zurücktreten, welche Laisirung übrigens dem Priester und Diakon jeder Zeit freisteht, nur ist in diesem Falle der Priester für zehn, der Diakon für sechs Jahre vom Staatsdienste ausgeschlossen. Da man es nun für unanständig hält, daß ein Priester sich laisirt und zur zweiten Ehe schreitet, so kann er vom Sinod jetzt auch die Erlaubniß erhalten, sein Amt im Wittwerstande wie vorher verwalten zu dürfen.[1]) Reelle Rechte besitzt überhaupt der russische Priester nicht. Er ist ganz der Willkühr seines Prälaten anheimgegeben, der ihn nach Belieben versetzen, ja selbst degradiren und unter das Militär stecken lassen kann.[2])

Was die politische Stellung des Weltklerus betrifft, so ist er von allen persönlichen Abgaben und von der Aushebung der Rekruten frei. Die Geistlichen unterliegen in gewöhnlichen Fällen d. h. wegen Disciplinarvergehen, nur dem Gerichte geistlicher Behörden, in andern Fällen (Criminalfällen) werden sie vom bürgerlichen Tribunale gerichtet, aber nicht anders als in Gegenwart von Deputirten des geistlichen Ressorts. Auch unterliegen Priester und Diakonen keiner körperlichen Strafe. Das ist jedoch nur in so weit der Fall, als sie sich keines Vergehens, worauf diese Strafe gesetzt ist, schuldig machen; denn begehen sie Verbrechen, welche dem Criminalgerichte anheimfallen, so werden sie von der geistlichen Behörde degradirt und hierauf dem weltlichen Gerichte überantwortet, das mit ihnen wie mit andern Verbrechern verfährt. Nur wegen Disciplinar-Vergehen werden die Geist-

[1]) King a. a. O. S. 434; Hupel a. a. S. 46 f.; Staatsk. Rußl. S. 124; Neale l. c. p. 1188.

[2]) So kann man finden, daß Bischöfe ihre Priester zur Cultivirung ihrer Gärten verwenden und zwar für eine beliebige Zeit. V. Persecution et souffr. etc. p. 25.

lichen in's Kloster gesperrt, wo sie die Strafzeit mit strengen Bußübungen und körperlichen Arbeiten zubringen.

Die Häuser von Personen der Weltgeistlichkeit, in denen sie selbst wohnen, sind von der Einquartierung, von der Grundsteuer und den andern städtischen Lasten befreit, ausgenommen die Unterhaltung des Pflasters und der äußern Reinlichkeit. In dergleichen Häusern sollen keine Wirthschaften noch Schenken angelegt werden. Auch sollen Geistliche, sowie ihre Weiber, keinen Handel und andere unanständige Gewerbe treiben. Sie können Ländereien und Häuser in den Burgen und Städten erwerben, nicht aber Leibeigene, außer Geistliche, welche geborne Edelleute sind, oder russische Orden mit adelichen Rechten besitzen. Ferner kann kein Weltgeistlicher für Jemand andern gut stehen.[1])

Geistliche und Kirchendiener theilen die Rechte ihres Standes ihren Weibern mit, welche auch als Wittwen derselben theilhaftig bleiben, so lange sie sich nicht wieder verehlichen. Auch die Kinder der Weltgeistlichen werden zum geistlichen Ressort gerechnet,[2]) mit Ausnahme derjenigen, welche vor dem Eintritte ihrer Väter in diesen Stand geboren wurden. Bleiben die Söhne aber länger, als bis zu ihrem fünfzehnten Jahre, ohne in die Schule abgegeben oder im väterlichen Hause gehörig unterrichtet zu werden, oder werden sie wegen Unfähigkeit oder Nachlässigkeit aus den Schulen ausgestoßen, so werden sie als Untaugliche aus dem geistlichen Ressort ausgeschlossen und entweder in den Militärdienst abgegeben oder der bürgerlichen Behörde zur Anweisnng einer Lebensart überantwortet. Dasselbe ist der Fall mit denjenigen Söhnen der Geistlichen, welche nicht in die Klerikal-Register eingetragen wurden, weil sie eben untauglich zum geistlichen Stande sind. Auch ist es der geistlichen Behörde erlaubt, Kinder der Geistlichen und Kirchendiener auf deren Bitte aus dem geistlichen Ressort zu entlassen. Sie haben sich alsdann binnen sechs Monaten zu einem Stande zu entschließen, wo nicht, so wird ihnen noch eine weitere

---

[1]) Nach dem Ukas vom 1. Jänner 1864 sind die Geistlichen mit 33 Dessjätinen Land activ und passiv wahlfähig zu den eingeführten Districts-Landversammlungen. Beil. zur Allg. Zeit. vom 27. Jänner 1864.

[2]) Sie sind deshalb frei von der Rekrutirung. Allein als Schadenersatz für den Ausfall an Soldaten, den die Regierung dadurch erleidet, macht der Sinod dem Kaiser nicht selten ein Geschenk von mehreren tausend Priestersöhnen So erhielt im Jahre 1812 der Kaiser vom Sinod das patriotische Geschenk von 30,000 Seminaristen. V. Persecution et souffr. etc. p. 26.

Frist von sechs Monaten gegeben, nach deren Abfluß sie, wenn sie keine Wahl getroffen, ohne weiters der kaiserlichen Rentkammer zur Einschreibung in eine kopfsteuerpflichtige Klasse übergeben werden. Treten sie freiwillig oder ausgehoben in den Militärstand, so werden sie, wenn sie auch nur den halben Kurs im Seminar vollendet haben, nicht wegen übler Aufführung aus der Schule ausgeschlossen wurden, Zeugnisse darüber und über ihre geistliche Abstammung beibringen und nicht vor dem Eintritte ihres Vaters in den Klerus geboren sind, als Volontäre angenommen, und können demnach Unterofficiere werden. Nur die Söhne jener Priester, welche durch Ertheilung von Dekorationen mit erblichem Adel im Besitze adelicher Rechte sind,[1]) können in die Kadettenkorps aufgenommen werden. Auch in den Staatsdienst werden die Kinder der wirklichen Priester und Diakonen aufgenommen, wenn die geistliche Behörde sie entläßt. Dieß geschieht jedoch nur, wenn die Regierung einige Jünglinge nöthig hat, um sie zu Schulmännern oder Professoren oder Feldärzten heranbilden zu lassen, und dann treten die zu diesem Zwecke vom Sinod entlassenen Jünglinge blos temporär aus dem geistlichen Ressort und werden, wenn sie sich während ihrer Bildungszeit für ihre künftige Bestimmung als untauglich erweisen, von der Regierung der geistlichen Behörde wieder zurückgegeben.[2])

---

§. 44. Die kirchlichen Pfründen.

a) Die Stellen bei den bischöflichen Kathedralen.

In den Jahren 1722 und 1723 ward unter kaiserlicher Genehmigung vom Sinod gemeinschaftlich mit dem Senat verordnet, wie viel Geistliche bei jeder Kirche eine Anstellung erhalten sollten.[3]) An denjenigen Kirchen nun, welche früher eigene Güter besassen, die im Jahre 1764 eingezogen wurden, erhalten die Geistlichen und Kirchendiener bestimmte Gehalte aus dem Oekonomie-Collegium. Gegenwärtig

---

[1]) Diese Ehre wird jedoch nur sehr wenigen Priestern zu Theil.

[2]) S. Auszüge aus dem neuesten Gesetzbuche Rußlands über die bürgerlichen Rechte des Klerus in dem Werke: Die Staatskirche Rußlands. S. 443 ff. Vgl. S. 130 ff.

[3]) Der an einer Kirche angestellte Klerus wird mit dem gemeinsamen Ausdrucke „Prichod“ bezeichnet.

besteht der Klerus bei einer Kathedrale erster Klasse [1]) aus folgenden Stellen:

Aus einem Protojerei [2]) mit 100 Rubel, einem Schlüsselbewahrer oder Schatzmeister (Klijutschar) mit 80 Rubel, vier Priestern mit je 60 Rubel, einem Protodiakon mit 60 Rubel, drei Diakonen mit je 40 Rubel, zwei Ipodiakonen mit je 40 Rubel jährlichen Gehalts. Die Kirchendiener sind: ein Vorsänger mit 40 Rubel, acht Sänger der ersten Klasse mit je 30 Rubel, acht Sänger der zweiten Klasse mit je 24 Rubel und acht Sänger der dritten Klasse mit je 15 Rubel, zwei Psalmisten mit je 15 Rubel, zwei Sakristane mit je 15 Rubel, fünf Glöckner mit je 12 Rubel, vier Kirchenhüter mit je 12 Rubel und eine Oblatenbäckerin (Proswernitza) [3]) mit 12 Rubel Gehalt.

Die Kathedralkirchen der Eparchien zweiter und dritter Klasse haben folgendes Kirchenpersonal:

Einen Protojerei mit 80 Rubel, einen Schlüsselbewahrer mit 60 Rubel, drei Priester mit je 40 Rubel, einen Protodiakon mit 40 Rubel, zwei Diakonen und zwei Ipodiakonen mit je 30 Rubel, acht Sänger von der ersten Klasse mit je 24 Rubel, acht Sänger von der zweiten Klasse mit je 18 Rubel, acht Sänger der dritten Klasse mit je 12 Rubel, zwei Psalmisten mit je 12 Rubel, zwei Sakristane mit je 12 Rubel, vier Glöckner und drei Kirchenwächter mit je 10 Rubel und eine Oblatenbäckerin mit 10 Rubel Gehalt. [4])

Hie und da hat der Prälat neben seiner eigenen Kathedrale noch eine zweite, [5]) welcher, wenn sie mehr als 20 Erbleute oder Bauern besessen hatte, vom Oekonomie-Collegium folgender Etat zugestanden ist:

Ein Protojerei mit 30 Rubel, zwei Priester mit je 20 Rubel, ein Diakon mit 15 Rubel, ein Lector und ein Sakristan mit je 10 Rubel Gehalt. [6])

---

[1]) Ist aber der Prälat zugleich Archimandrit eines Klosters, wie die Metropoliten von Kiew, Moskau und Petersburg, dann bildet die Klosterkirche seine Kathedrale, wo alle Stellen von den Mönchen versehen werden.

[2]) Als Auszeichnung trägt er in der Kirche das Epigonation, russisch Nakolennik.

[3]) Sie muß Wittwe und 50 Jahre alt sein.

[4]) S. Hupel S. 164 ff.

[5]) Eine Kathedralkirche heißt russisch Sobor.

[6]) Hupel S. 195.

b) Stadt- und Landpfarreien.

Denjenigen Stadtkirchen, welche mehr als 20 Erbleute gehabt haben, werden vom Oekonomie-Collegium folgende kirchliche Personen zugestanden:

Ein Priester mit 20 Rubel jährlich, ein Diakon und ein Sakristan mit je 10 Rubel.

Will die Gemeinde mehrere Kleriker halten, so muß sie dieselben gehörig besolden. Ebenso müssen die Kleriker an jenen Pfarrkirchen, welche keine 20 Erbleute besassen, von der Gemeinde unterhalten werden. Das Einkommen solcher Kleriker besteht theils aus gewissen Reichnissen an Korn, wofür die Stadtgeistlichen gewöhnlich das Geld nach dem marktgängigen Preise erhalten, theils aus den Casualien, wobei es viel auf den Wohlstand der Gemeinde ankömmt.[1])

Den Dorfpfarrern sind seit langer Zeit zehn oder noch mehr Dessiatinen[2]) Land zugewiesen, welche sie und ihre Kinder eigenhändig bebauen. Außerdem bekommen sie von jedem Bauer nach Verhältniß seines Landes jährlich etwas Getreide, ungefähr ein Tschetwerik[3]) von Roggen und Gerste. Die Erträgnisse aus dem Felde und dem Kirchspielskorn muß nun der Priester mit dem übrigen Kirchenpersonal theilen, und zwar so, daß er davon die Hälfte, der Diakon ein Viertel, der Sakristan ein Achtel erhält. Wegen dieser Vertheilung weigert sich mancher Pfarrer so lange als möglich, einen Diakon anzunehmen, dem zuweilen selbst ein Dritttheil von der Korn-Einnahme gegeben werden muß.[4])

c) Die Militärseelsorgsstellen.

Jedes Regiment hat seinen eigenen Geistlichen, der stets unter dem Prälaten, in dessen Eparchie sich das Regiment befindet, steht, nur wenn die Armee in's Feld zieht, hat sie einen höhern Geistlichen, der über alle Regimentspriester die Aufsicht führt. Bei jeder Regimentskirche ist ein Priester, ein Lector, ein Küster und ein Kirchenwächter angestellt, zuweilen auch ein Diakon, wenn das Regiment ihn besolden will. Ein Regimentspriester bekömmt jährlich 66 Rubel Ge-

---

[1]) So werden von gemeinen Leuten für eine Taufe 3—5 Kopeken, für eine Trauung 10, für die Beicht 1 oder mehrere Kopeken bezahlt.

[2]) Ein Dessjätin = 4½ Morgen.

[3]) Ein Tschetwerik ist etwa ein Pfund.

[4]) Hupel S. 197 f.

halt nebst drei Rationen und hat einen Bedienten (Denschtschik), dem die Krone Kost und Lohn gibt. Mit Einschluß seiner Nebeneinkünfte möchte sich sein jährliches Einkommen auf 150 Rubel belaufen. Es muß ihm mit Officiers-Achtung begegnet werden. [1])

§. 45. Verleihung der Pfründen.

Alle diese genannten Stellen werden, mit Ausnahme der an den Patronatskirchen, vom Bischofe in seiner Eparchie frei vergeben, wie denn Peter d. Gr. eigens verordnete, daß kein Priester ohne Genehmigung des Bischofs bei der Armee angenommen werden sollte. An ganz kleinen Kirchen nahe bei der Stadt, oder bei Filialkirchen, oder an Kirchen, wo es dem Priester nicht mehr als 10 Rubel und sonst keine Accidenzien trägt, soll der Bischof keine eigenen Priester anstellen. Ebenso sollen die Kinder und Anverwandten eines Priesters nicht zum Dienste in seiner Kirche zugelassen werden. Nur mit Erlaubniß der Gemeinde kann der Bischof dem Pfarrer gestatten, einen von seinen Söhnen als Diakon oder Sakristan zu haben; die andern Söhne sollen in einer andern Kirche dienen oder in einen Civildienst treten. [2])

§. 46. Das Patronat.

Der Edelmann, auf dessen Grund und Boden die Kirche erbaut ist, hat in Bezug auf dieselbe das Patronatsrecht. Es darf daher der Bischof bei einer solchen Kirche keinen Priester, von dem der Patron nicht schriftlich bezeugt, daß er ihm angenehm ist, anstellen, [3]) vielmehr kann der Patron selbst den Priester, welchen er zu haben wünscht, vorschlagen; eigentliche förmlich abgefaßte Präsentationen aber werden vom Patron in Rußland nicht ertheilt. Wenn sich der Geistliche der Patronatskirche nicht ordentlich aufführt, so kann der Patron ihn beim Dekan oder Prälaten verklagen und, wenn Gründe vorhanden sind,

---

[1]) Hupel S. 183, 184, 199.

[2]) King a. a. O. S. 433. Hupel S. 191, 203.

[3]) Dieses Recht hat auch zuweilen der Oberst hinsichtlich des Geistlichen bei seinem Regimente.

darauf dringen, daß er an eine andere Stelle versetzt und ein würdigerer an seine Stelle komme. [1])

Wo die Einkünfte hinreichen, kann der Patron einen Diakon verlangen, wenn noch keiner an der Kirche ist, und dieser darf ihm eben so wenig aufgedrungen, sondern muß von ihm als tüchtig und der Gemeinde genehm bezeugt werden, wobei jedoch auch der Priester der Kirche seine Stimme hat. Verringern sich die Kirchen-Einkünfte, so kann der Patron in Einverständniß mit dem Priester verlangen, daß die Stelle des Diakons unbesetzt bleibe. In den Dörfern steht sowohl der Kirchenpfleger als auch die Kirchenkasse unter dem Patron, der die Schlüssel dazu in Verwahrung hat.

Da nach russischen Rechten sich immer Mutter, Söhne und Töchter in die vom Vater nachgelassenen liegenden Gründe theilen, so kömmt es, daß bei vielen Dorfkirchen mehrere Edelleute am Patronatsrechte Antheil haben. Bei manchen russischen Kirchen in Ingermanland üben selbst Protestanten die genannten Patronatsrechte aus. In Kronsdörfern könnte wohl das Patronat von der Krone ausgeübt werden; allein man pflegt da blos die Bauern zu fragen, ob sie mit dem vom Prälaten ernannten Priester zufrieden sind. Letzterer schlägt dann auch wohl schon bei seinen Lebzeiten einen zu seinem Nachfolger oder zum Diakon vor und attestirt mit Zuziehung der Gemeinde über dessen Fähigkeit. [2])

§. 47. Die Kirchenfabriken.

Alle Kathedralkirchen, sowie diejenigen Hauptkirchen, welche mehr als 20 Leibeigene hatten, werden vom Oekonomie-Collegium unterhalten. Von diesem erhalten die Prälaten der ersten und zweiten Klasse für Kirchenbedürfnisse 105—200 Rubel, zur Reparatur der Kathedrale, sowie ihrer eigenen und der übrigen kirchlichen Gebäude 500 Rubel und zur Unterhaltung der Sakristei und für die Paramente 300 Rubel jährlich.

Die Prälaten der dritten Klasse bekommen für die Kirchenbedürfnisse 100 Rubel, zur Unterhaltung der Gebäude 400 und für

[1]) Im Gefühle dieses Rechtes droht manchmal der Edelmann dem Priester, ihn fortzujagen, wenn er ihm nicht zu Willen sein wolle!

[2]) Hupel a. a. O. S. 204 f.

die Paramente 99 Rubel. Den übrigen Kathedralkirchen, sowie den Haupt- und Stadtkirchen, die mehr als 20 Leibeigene besassen, werden jährlich für die Kirchenbedürfnisse 10 Rubel ausbezahlt. Alle übrigen Kirchen müssen ihre Bedürfnisse aus den Sammlungen mit dem Klingbeutel und in Opferstöcken und aus den freiwilligen Gaben der Gläubigen bestreiten. Besonders bildet der Erlös aus den Wachskerzen eine reiche Erwerbsquelle. [1])

Die einfließenden Gelder werden in die Kirchenkasse gelegt, welche an den Kathedralkirchen der Schlüsselbewahrer unter sich hat. Bei den Regimentskirchen wird das, was die Soldaten selbst beliebig an die Kirche abgeben, in die Regimentskassa verwahrt. [2]) Bei den andern Stadt- und Dorfkirchen, wenn sie keine Patronatskirchen sind, hat die Kirchenkasse der Kirchenpfleger (Storosch), der hie und da auch die Sammlungen für die Kirche vornimmt. Er ist gewöhnlich ein angesehener Mann in der Pfarrei, und wird von der Gemeinde mit der Genehmigung der Geistlichkeit auf drei Jahre gewählt und vom Bischofe bestätigt. [3])

Früher konnten die Bischöfe über diese Kirchengelder frei verfügen, seit dem Jahre 1809 aber müssen alle von den Kirchen gesammelten und erworbenen Gelder an den Sinod eingeschickt werden, der nun für die Vertheilung in den einzelnen Eparchien nach deren Bedürfnissen zu sorgen hat. [4])

Ebenso konnten früher die Bischöfe die Erlaubniß zur Erbauung neuer Kirchen geben, seit Peter dem Großen aber darf ohne Erlaubniß des Sinods, jetzt des Oekonomie-Colleginms, kein Kirchenbau geführt werden, [5]) und diese Erlaubniß zu bekommen, hält ziemlich schwer, selbst auf dem Lande, zumal wenn der Edelmann, der das Patronatsrecht bei der Pfarrkirche hat, dagegen protestirt. Wer ohne Erlaubniß eine neue Kirche erbaut, verfällt sammt seiner Kirche dem Banne.

Bei jenen Kirchen und kirchlichen Gebäuden, wozu natürlich die Wohnungen der Kleriker gehören, welche nicht vom Oekonomie-Colle-

---

[1]) Hupel S. 166, 169, 177, 195.

[2]) Hupel S. 207.

[3]) Neale l. c. p. 1191.

[4]) Die Staatskirche Rußl. S. 78.

[5]) Nur die Bischöfe in Sibirien und in Grusien-Imeretien oder der transkaukasischen Provinz bedürfen einer solchen Erlaubniß nicht. V. Neale l. c. p. 1187.

gium, sondern von der Gemeinde unterhalten werden müssen, hat dieselbe auch die Baulast. Ist die Gemeinde arm und nicht im Stande, ihre verfallene Kirche aus eigenen Mitteln herzustellen, dann erhält sie wohl auf gehörige Unterbreitung des Sachverhältnisses eine Beisteuer von dem Oekonomie-Collegium oder aus der kaiserlichen Kassa. Eigentliche Collectensammlungen kennt man nicht. Die Baukosten werden auf die sämmtlichen Parochianen vertheilt. Auf dem Lande macht der Edelmann, welcher das Patronatsrecht hat, die Repartitionen.[1])

§. 48. Das Mönchswesen.

a) Aufnahme in den Orden.

Niemand kann Mönch werden, als durch Entscheidung des heil. Sinods und in dem gesetzlichen Alter, welches für das männliche Geschlecht das vierzigste[2]), für das weibliche wenigstens das fünfzigste Lebensjahr ist. Bezüglich des Alters kann der Sinod dispensiren.[3])

Kinder bedürfen zum Eintritt in's Kloster der Erlaubniß ihrer Eltern. Ebenso müssen Soldaten und Beamte ihre Entlassung aus dem Dienste, Leute eines Standes, der Abgaben unterliegt, die Entlassung aus diesem Stande und überdieß die Einwilligung der kaiserlichen Finanzkammer und des Statthalters der Provinz, Leibeigene die Freisprechung von Seite ihres Herrn beibringen.

Ferner ist verboten, in das Kloster aufzunehmen:

1. den Mann eines noch lebenden Weibes, das von ihm nicht gesetzlich getrennt ist; wenn beide Gatten einstimmig wünschen, in den Orden zu treten, so ist zu beachten, ob das Weib dazu das gesetzliche Alter, 50—60 Jahre, habe, ob die Gatten Kinder haben, und in welchem Zustande sie sich befinden.

---

[1]) Hupel S. 186, 189.

[2]) Nach dem geistlichen Reglement war das 30. Jahr festgesetzt. Nach dem Ukas vom J. 1831 aber wird das 40. Jahr gefordert. V. Neale l. c. p. 56.

[3]) Das findet z. B. statt bei jenen Jünglingen, welche auf Anregung des Sinods nach vollendeten Studien an den geistlichen Akademien in den Mönchsstand treten, um bei der nächsten Gelegenheit als Prälaten, Archimandriten oder Professoren angestellt zu werden. S. Staatsk. Rußl. S. 115.

2. Weiber, die wegen ihrer Vergehungen von ihren Männern getrennt sind.

3. Die in der Jugend von ihren Eltern dem religiösen Stande geweiht, bei vorgerücktem Alter vermöge dieses Gelübdes gegen ihren Willen dazu gezwungen werden.

4. Fremde aus einer andern Eparchie, und die rechtlichen Leuten unbekannt sind.

5. Mit Schulden belastete und unter Gericht sich befindliche Personen.

Endlich darf bei den etatsmäßigen Klöstern auch die vorgeschriebene Mönchszahl nicht überschritten werden. Die Nonnenklöster können zwar Kandidatinen, Belitzen genannt, in beliebiger Anzahl aufnehmen, müssen aber diese auf eigene Kosten erhalten. Auch dürfen dieselben nicht eher zur Ablegung der Gelübde zugelassen werden, als bis sie das fünfzigste Jahr überschritten haben.[1])

b) Noviziat.

Wer in den Orden aufgenommen werden will, hat ein dreijähriges Noviziat zu bestehen. Während dieser Zeit hat der Ordensobere dem Novizen alle Arten des Dienstes verrichten zu lassen, um dadurch seinen Gehorsam zu prüfen. Nach diesem dreijährigen Noviziat ist es immer noch nothwendig, die Erlaubniß des Diöcesanbischofs zu haben, ehe er eingekleidet wird, welches der Bischof nicht gestatten soll, wenn nicht der Obere und die Mönche des Klosters dem Novizen zuerst ein Zeugniß geben. Aendert nach Verlauf der drei Jahre der Novize seinen Sinn, so steht es ihm frei, wegzugehen; sollte er aber nachher ein Verlangen tragen, in's Kloster zurückzukehren, so muß er das Noviziat noch einmal durchmachen.[2]) Auch wird nach Ablauf der Noviziatzeit der Novize nicht sogleich zur Ablegung der Gelübde zugelassen, sondern hat zuvor noch in einen Vorbereitungsgrad, wo er sich für die Uebernahme der Ordensgelübde gehörig prüfen soll, zu treten, was mit einem gewissen Ritus verbunden ist.[3]) Nach einigen Gebeten nämlich werden dem Novizen von seinem Obern die Haare kreuzweis abgeschnitten und hierauf der schwarze Habit (Rhaesa) angelegt und

---

[1]) King a. a. O. S. 422, 423. — Consett l. c. p. 159 sq. — Die Staatsk. Rußl. S. 118, 439, 440.

[2]) King a. a. O. S. 423.

[3]) Mouravieff: Lettres à un ami sur l'office divin etc. l. c. p. 83.

die Mönchskappe (Kamelauch oder Klobuk) aufgesetzt. Die Novizin erhält statt der Kappe den Schleier. Diese Einkleidung wird auch als der erste Mönchsgrad bezeichnet. [1])

c) Die Ordensprofeß.

Ist der Tag zur feierlichen Ablegung der Gelübde gekommen, dann wird diese Ceremonie auf folgende Weise vorgenommen. Nach dem Introitus, wenn die Liturgie gefeiert wird, was aber nicht nothwendig ist, wird der Novize, welcher im Bußkleide mit bloßen Füßen und unbedecktem Haupte bei der Kirchenthüre steht, von den Mitgliedern des Klosters vor dem Obern geführt, der ihn ermahnt, auf die vorgelegten Fragen aufrichtig zu antworten. Nachdem der Klosterobere den Novizen gefragt, ob er verlange, in den Orden aufgenommen zu werden, und ob er die Gelübde der Keuschheit, des Gehorsams und der Armuth auf sich nehmen wolle, und dieser es betheuert hat, gibt er ihm eine Ermahnung, worin er ihm die Pflichten eines Mönches vorhält und zugleich auch den Lohn, der seiner im Jenseits wartet. Hierauf legt ihm der Obere das Schimatologion (das Buch, welches die Klosterregeln enthält) unter Gebet auf sein Haupt, und nun folgt die Tonsur. Der Obere schneidet dem neuen Mönche das Haar kreuzweis ab, indem er spricht: „Unserm Bruder N. (er wird mit dem Klosternamen, den er bekömmt, bezeichnet) wird das Haar seines Hauptes abgeschnitten im Namen des Vaters und des Sohnes und hl. Geistes." Alsdann legt sich der neue Mönch seine Kleidung an, deren symbolische Bedeutung der Obere ihm erklärt, nämlich den Habit, das Skapulir (Paramandyas), den Gürtel, die Mönchskutte, den Mantel (Mandyas) und die Sandalen.

Wird die Liturgie gefeiert, so folgen jetzt die Ektenien, Epistel und Evangelium, dann gibt der Obere dem neuen Mönche ein Kreuz, eine angezündete Kerze, und zum Schlusse wird ihm von allen Brüdern der Kuß gegeben. Fünf Tage lang hat der neue Mönch beständig in der Kirche zu bleiben, nur mit Betrachtung und Gebet beschäftigt. [2])

Dieß ist der zweite Mönchsgrad, da man noch einen höhern, den des großen oder englischen Habits (Skimia) kennt; allein solche Mönche,

---

[1]) King a. a. O. S. 346 f.

[2]) Mouravieff l. c. p. 83 sq. King a. a. O. S. 348 f.

Skimniks genannt, gibt es nur wenige. Einige Verschiedenheit in den Gebeten abgerechnet, ist der Ritus bei dieser Einkleidung derselbe, wie der beim zweiten Grade, und es unterscheidet sich ein solcher Mönch von den andern außer durch die gänzliche Abgeschlossenheit des Lebens auch noch äußerlich dadurch, daß er statt der Mönchskappe (Klobuk) die Kapuze der Süßigkeit (Kukolh Nezlobia) und ein Analaw, ein mit einem Kreuze bezeichnetes Skapulir, ähnlich der priesterlichen Stola, trägt. [1])

d) Die Ordensdisciplin.

Jedes Mönchskloster steht entweder unter einem Archimandriten oder Igumen, die kleinern Klöster unter einem Predstojatel (Vorsteher), [2]) die Nonnenklöster unter einer Igumenija. Die Klostervorsteher wurden früher von den Mönchen selber gewählt, jetzt werden sie vom Sinod ernannt. [3])

Die Mönche theilen sich in zwei Klassen, in solche, welche eine höhere Weihe haben, Priester oder Diakonen sind, Jeromonachen und Jerodiakonen genannt, deren es im Kloster jedoch nur wenige gibt, und in gemeine Mönche, russisch Monach oder Tschernez (der schwarz geht) oder Starez (der alt ist). Die Regel, die sie befolgen, ist die des hl. Basilius. Die Klöster stehen unter der Aufsicht des Bischofs, in dessen Eparchie sie sich befinden, nur die Lawren und Stauropigien stehen als exemte Klöster unmittelbar unter dem Sinod.

Die jetzige Einrichtung der russischen Klöster rührt von Peter dem Großen her. Er hob durch einen Ukas vom 31. Jänner 1701 das Institut der Laienbrüder auf; denn die jetzt in den Klöstern die Geschäfte der Laienbrüder verrichten, sind keine Ordensleute, sondern Erbunterthanen der Krone oder eines Edelmanns, und müssen, sobald es verlangt wird, das Kloster verlassen. Sie werden von den Mönchen auf eigene Kosten verpflegt, und es muß für sie auch die Kopfsteuer entrichtet werden. Außerdem gab Peter der Große viele Verordnungen über die Lebensweise der Mönche und Nonnen. Die Mönche

---

[1]) Mouravieff l. c. p. 88.

[2]) Das ist nur ein gemeiner Mönch, da gewöhnlich die kleinern Klöster von einem größern Kloster abhängig sind.

[3]) Die Staatsk. Rußl. S. 111. Vgl. King a. a. O. S. 426. Hupel a. a. O. S. 258.

sollen in ihre Klöster untauglich gewordene Soldaten oder andere arbeitsunfähige und dürftige Männer aufnehmen und sich mit der Pflege derselben beschäftigen. Dasselbe sollen die Nonnen bei Personen ihres Geschlechtes thun, außerdem sollen sie sich mit Erziehung von Waisen und verschiedenen Handarbeiten beschäftigen.[1])

Den Mönchen ist es nicht gestattet, aus dem Kloster zu gehen, nur dem Obern, dem Oekonom und dem Schatzmeister steht es frei, der Geschäfte des Klosters wegen auszugehen. Die Mönche dürfen nicht ohne Erlaubniß des Obern Gäste einladen, noch Gesellschaft annehmen, außer in Gegenwart eines andern Mönches; ebenso dürfen sie ohne Erlaubniß und ohne Begleitung eines andern keine Besuche abstatten, und auch letzteres nur vier Mal im Jahre. Unter schweren Strafen ist es ihnen verboten, die Häuser der Weltlichen ohne eine rechtmäßige Ursache zu besuchen. Weder der Obere, noch die Mönche sollen Frauenspersonen in ihren Zellen den Zugang gestatten. Dieselben müssen im Sprechsaale angenommen werden, und stets muß mehr als ein Mönch zugegen sein. Die Mönche sollen gemeinschaftlich im Refectorium essen, und keiner darf davon etwas in seine Zelle nehmen, sowie es auch verboten ist, unter irgend einem Vorwande etwas, was zum Kloster gehört, seien es Lebensmittel oder andere Vorräthe, zu verkaufen. Die Mönche sollen keinen Handel treiben, ausgenommen mit Gegenständen eigener Handarbeit, und dieß nur mit Erlaubniß der Obern und durch die dazu bestimmten Ordensbrüder. Sie sollen fleißig die Bibel lesen und studiren, und jährlich vier Mal die Sakramente der Buße und des Altars empfangen. Der Obere aber soll die Mönche nicht nöthigen, bei ihm zu beichten, sondern einen würdigen Priester dazu annehmen, der vom Bischofe approbirt ist. Und dieser Priester soll es anzeigen, wenn sich eine ärgerliche und gottlose Gewohnheit in's Kloster einschleichet, ohne jedoch die Namen der Personen zu nennen.[2])

---

[1]) Schon der geringe Gehalt, der jetzt den Mönchen und Nonnen ausgeworfen ist, treibt sie an, ihre Mußestunden zu Handarbeiten zu benützen, um sich einige Rubel und Kopeken zu verdienen.

[2]) Das Beichtgeheimniß darf nach den Verordnungen Peters d. Gr. der Priester direct nur brechen bei Hochverrath, wenn der Hochverräther von seinem Vorhaben nicht abstehen will, und bei solchen Vergehen, die allgemeines Aergerniß geben, wie Erdichtung falscher Wunder 2c.

Die Klosteroberen sollen in der hl. Schrift und den Ordensregeln erfahren sein, und ihr Amt nach dem Inhalte des bei ihrer Einsetzung geleisteten Eides verwalten. Verletzen sie diesen, so sollen sie bis zum niedrigsten Grad deponirt werden. Sie sollen ein Verzeichniß von ihren Mönchen halten, und darin den Namen eines Jeden, seinen vorigen Stand und die Zeit seiner Aufnahme anmerken. Wenn sie von dem, der Mönch werden will, Geld nehmen für das bezüglich seiner Tüchtigkeit zum Klosterleben an den Bischof auszustellende Zeugniß, so sollen sie deponirt und den gemeinen Mönchen gleichgestellt werden. Sie sollen ferner keine Mönche beherbergen, die aus andern Klöstern entlaufen sind, unter der Strafe, Zeitlebens im Kloster zur Arbeit verurtheilt zu werden; solche flüchtige Mönche sollen gefesselt und in den Klöstern zu den härtesten Arbeiten gebraucht werden.[1])

Die Nonnen[2]) sollen die strengste Klausur halten. Niemand darf ihre Klöster betreten, ausgenommen ihr Beichtvater. In Klöstern, wo die Kirche nicht anstößt, müssen bedeckte Wege zum Durchgang für die Nonnen sein, und der Weg aus der Kirche in die Zellen soll nur durch die Zelle der Igumenija führen. Ebenso sollen sie in der Kirche ihren Platz auf den Gallerien hinter dichten Gittern haben. Wenn die Nonnenklöster einen Proceß oder ein Ansuchen in der Hauptstadt haben, so sollen sie im erstern Falle den Bischof ersuchen, daß er ihnen einen Sachwalter bestimme, im letztern aber sollen sie sich an den Sinod wenden und sich auf keine Weise vom Kloster entfernen.[3])

e) Kirchliche und politische Stellung der Mönche.

Die Mönchsgeistlichkeit, wegen ihrer schwarzen Kleidung im Gegensatze zur Weltgeistlichkeit die schwarze Geistlichkeit genannt, ist von der Seelsorge ausgeschlossen, mit Ausnahme des Seelsorgsdienstes bei der Flotte. Zu diesem Zwecke hat nämlich die russische Regierung im Kloster St. Georg bei Balaklawa in der Krimm unweit Sewastopol ein eigenes Collegium errichtet, wohin Mönche aus Klöstern der verschiedenen Eparchien berufen werden. Auf erhaltene Weisung von Seite der Regierung versieht dann der Archimandrit dieses Klosters die unter Segel laufenden Kriegsschiffe mit diesen Mönchen als Seelsorger. Das

[1]) Consett l. c. p. 167 sq, 180 sq.; King a. a. O. S. 424—427.

[2]) Russisch Monachinja, Stariza oder Tscherniza.

[3]) Consett l. c. p. 174 sq.; King a. a. O. S. 425 f.

Ansehen, das die Mönche noch genießen, verdanken sie blos ihrer Ehelosigkeit, weshalb auch aus ihnen die Prälaten und die Beichtväter genommen werden. Da sie auch mehr Bildung als die Weltgeistlichen besitzen, was namentlich bei den Mönchen in den Lawren und Stauropigien der Fall ist, so werden sie zu Professoren in den Seminarien und geistlichen Akademien und zu Predigern in den Hauptstädten verwendet. Außerdem werden sie als Gefängnißwärter für die zu Kirchenbußen verurtheilten Gläubigen, Priester und Sektirer gebraucht.[1])

Mönche sind von Abgaben und von der Conscription befreit. Sie unterliegen nur dem geistlichen Gerichte, und wo sie vor dem weltlichen Gerichte zu erscheinen haben, werden sie durch Deputirte von geistlicher Seite vertreten. Ebenso unterliegen sie keiner leiblichen Strafe, außer bei solchen Verbrechen, wo sie nach Verstoßung aus dem Mönchsstande dem weltlichen Gerichte übergeben werden. Da der in den Mönchsstand Eintretende ein für alle Mal seinem Eigenthum entsagt, so erhält er, wenn er wieder aus demselben tritt, davon nichts mehr zurück; ebensowenig tritt er in seinen früheren Rang und seine früheren Auszeichnungen wieder ein. Kein Mönch kann daher auch Bürge in weltlichen Sachen sein, unbewegliches Eigenthum erwerben oder Leibeigene mit oder ohne Land; desgleichen ist es den Mönchen verboten, solches Eigenthum zu behalten, sondern sie haben vor dem Eintritt in den Orden das erbliche Eigenthum den gesetzlichen Erben, das erworbene aber, wem sie wollen, abzutreten, sonst bestimmt darüber die Regierung auf unwiderrufliche Weise. Weder Gelder, noch andere Gegenstände sollen sie zu sich in Verwahrung nehmen, Bücher ausgenommen; das Verwahrte wird Eigenthum des Klosters. Es ist übrigens ihnen erlaubt, Gelder in den öffentlichen Creditanstalten anzulegen, auch innerhalb des Klostergebietes auf eigene Kosten Gebäude aufzuführen oder Zellen zu bauen, unter der Bedingung jedoch, daß nach ihrem Tode oder nach ihrer Entfernung davon diese Gebäude Eigenthum des Klosters seien. Sie können keine Testamente machen, nur den Bischöfen und Archimandriten ist es gestattet, über ihr bewegliches Vermögen mit Ausnahme der geistlichen Kleinodien zu testiren; sterben sie dagegen ohne Testament, so gehört ihr Eigenthum dem Kloster.[2])

---

[1]) Die Staatskirche Rußlands S. 113, 114.

[2]) Auszüge aus dem neuesten Gesetzbuche Rußlands über die bürgerlichen Rechte des Klerus §. 179—191 in dem Werke: Die Staatsk. Rußl. S. 440 ff.

§. 49. Zahl und Etat der Klöster.

Schon unter Wladimir dem Großen gegen Ende des zehnten Jahrhunderts wurden in Rußland Klöster gegründet; doch die Wiege aller russischen Klöster ward die Petscherskische Laura zu Kiew, welche ein Mönch vom Berge Athos, Namens Antonius, gebürtig aus Ljubetsch, unter der Regierung des Großfürsten Jaroslaw (1036—1054) gegründet hatte. [1]) Von da an vermehrten sich die Klöster in außerordentlicher Weise, so daß der Czar Iwan Wasiljewitsch II. auf dem Concil zu Moskau im Jahre 1542 verbot, ohne Erlaubniß des Monarchen und des Diöcesanbischofs ein Kloster zu errichten. Mehr aber in den Bestand der Klöster griffen die Reformen Peters d. Gr. ein. Er verbot nicht nur den Bischöfen und andern Personen, Klöster oder Einsiedeleien zu bauen, sondern befahl auch, daß die kleinern Klöster, wo nur wenige Mönche, sowie alle Einsiedeleien (Pustünja) sollten eingezogen und die Anachoreten gänzlich abgeschafft werden. [2]) Zwar hatte schon Peter d. Gr. im Sinne, die Klöster ihres Güterbesitzes zu berauben; aber dieser Hauptschlag konnte erst von der Kaiserin Katharina II. im J. 1764 gegen die Klöster geführt werden. Bei dieser Gelegenheit wurden zugleich viele Klöster aufgehoben, denn nur die bedeutendsten, welche sich in großen Städten befanden, oder sonst berühmt waren, sollten erhalten bleiben. Allein von Seite des Volkes liefen bei der Kaiserin viele Bittschriften um Erhaltung dieser oder jener Klöster ein, und die Kaiserin bewilligte diese Gesuche unter der Bedingung, daß die Mitglieder solcher Klöster sich aus eigenen Mitteln oder den Gaben der Gläubigen ernähren sollten, welche Gaben jedoch nicht von ihnen eingesammelt werden dürfen, sondern ihnen von den Gläubigen selbst unmittelbar und freiwillig zufließen müssen. Und so unterscheidet man in Rußland jetzt zweierlei Arten von Klöster: etatsmäßige (Satniije), welche vom Oekonomie-Collegium besoldet werden, und nicht etatsmäßige (Sastatniije) oder unsalarirte Klöster. Nach dem Sinodal-Rapport vom Jahre 1838 zählt die russische Kirche mit Einschluß der den ehemaligen unirten Griechen gehörigen Klöster 225 etatsmäßige und 161 nicht etatsmäßige Mönchsklöster (**Muscheskii**),

---

[1]) Murawijew's Geschichte der russ. Kirche S. 18 f.

[2]) King a. a. O. S. 422, 427.

ferner 100 etatsmäßige und 13 nicht etatsmäßige Nonnenklöster (Dewitschii).[1])

In den etatsmäßigen Mönchsklöstern befanden sich 3338 Mönche, um 1609 weniger, als etatsmäßig vorhanden sein sollten, und 1615 Laien als Diener; in den unsalarirten Klöstern dagegen waren 3386 Mönche. In den besoldeten Nonnenklöstern zählte man 1993 Nonnen, um 662 weniger, als nach dem Etat sich darin befinden sollten, und 4033 Kandidatinen; die 13 unbesoldeten Klöster aber hatten 359 Nonnen.[2])

Die etatsmäßigen Klöster sind, wie die Eparchien, in drei Klassen abgetheilt, welche sich durch die Anzahl der dem Kloster zugestandenen Personen und die Größe des für dieselben ausgesetzten Gehaltes von einander unterscheiden.

In einem Mönchskloster erster Klasse befinden sich: Ein Archimandrit mit 500 Rubel jährlich; ein Verweser oder Statthalter (Namestnik) mit 50 Rubel, ein Schatzmeister (Kasnatschei) mit 25 Rubel; acht Jeromonachen mit je 13 Rubel; vier Jerodiakonen mit je 13 Rubel; zwei Küster mit je 10 Rubel; ein Oblatenbäcker, ein Oekonom, ein Kellermeister und acht Mönche mit je 9 Rubel; fünf Mönche als Krankenwärter (Bolnitschlije) mit je 8 Rubel. Von Laien sind daselbst ein Kanzleischreiber (Podjatschei) mit 19 Rubel und 24 Bedienten mit je 9 Rubel; da diese der Kopfsteuer unterliegen, so erhält das Kloster zur Bezahlung derselben 55 Rubel. Für Kirchenbedürfnisse und Reparaturen sind 400 Rubel, für Unterhaltung der Pferde, zu Kohlen und Eisen $62\frac{1}{2}$ Rubel, zu Holz 150 Rubel, für Bewirthung der Fremden 100 Rubel und zu Branntwein und Bier 125 Rubel bewilligt.[3])

In einem Mönchskloster zweiter Klasse sind: Ein Archimandrit mit 300 Rubel Gehalt, ferner 17 Ordensgeistliche (also kein Ver-

[1]) Die Staatskirche Rußl. S. 108, 119; Neale (l. c. p. 58) zählt mit Ausschluß Georgiens 435 Klöster und 113 Convente.

[2]) S. Beilage XI. zu dem Werke: Die Staatskirche Rußlands.

[3]) Dem Archimandriten, sowie dem Igumen, steht es frei, das fixirte Klosterpersonal zu vermindern, wenn das bewilligte Geld zum Unterhalt nicht ausreicht, oder auch mehrere Personen aufzunehmen, nur darf er dann nicht mehr fordern, als ihm eben bestimmt ist. Das Letztere kömmt bei den Beschränkungen, denen der Eintritt in's Kloster unterworfen ist, ohnehin nicht vor; wie wir denn gesehen, daß die etatsmäßige Zahl von Mönchen sowohl als von Nonnen nicht vorhanden ist.

weser und keine gemeinen Mönche nnd. Krankenpfleger), ein Kanzleischreiber und 16 Bediente. Für diese, sowie für alle Klosterbedürfnisse sind 1311 Rubel 90 Kopeken bewilligt.

Ein Mönchskloster dritter Klasse besteht aus einem Igumen mit 150 Rubel, einem Schatzmeister mit 22 Rubel, vier Jeromonachen und vier Jerodiakonen mit je 13 Rubel, einem Küster mit 10 Rubel, einem Oblatenbäcker, Oekonomen und Kellermeister mit je 8 Rubel, einem Kanzleischreiber mit 19 Rubel und acht Bedienten mit je 8 Rubel Gehalt. Als Kopfgeld für diese letztern sind 19 Rubel 80 Kopeken zugestanden. Für Kirchenbedürfnisse und Reparaturen erhält das Kloster 240 Rubel, für die übrigen Bedürfnisse aber 17 Rubel 50 Kopeken.

Der Etat eines Nonnenklosters erster Klasse ist folgender: Die Vorsteherin bekömmt jährlich 100 Rubel, und eben so viel als Tafelgeld; die Schatzmeisterin (Kasnatscheja) 50 Rubel; jede Nonne, deren Zahl zwischen 50 und 100 schwankt, 15 Rubel; der Beichtvater 30 Rubel; jeder von den vier Priestern 30 Rubel; von den zwei Diakonen jeder 20 Rubel; jeder von den 6 Kirchendienern 15 Rubel; der Kanzleischreiber 19 Rubel, und jeder von den 13 Klosterbedienten 8 Rubel. Für dieselben sind zur Kopfsteuer 30 Rubel 80 Kopeken bewilligt. Für Kirchenbedürfnisse und zum Unterhalt der Kirche und des Klosters werden 306 Rubel ausbezahlt.

In einem Nonnenkloster zweiter Klasse befinden sich: Eine Igumenija mit 60 Rubel; eine Schatzmeisterin mit 20 Rubel; 15 Nonnen mit je 12 Rubel; zwei Priester mit je 20 Rubel; ein Diakon mit 15 Rubel; zwei Kirchendiener mit je 10 und vier Bediente mit je 8 Rubel. Als Kopfgeld für diese letztern wird die Summe von 8 Rubel 80 Kopeken bezahlt. Zur Bestreitung der Kirchenbedürfnisse und Unterhaltung der Klostergebäude sind 100 Rubel ausgesetzt.

Einem Nonnenkloster dritter Klasse ist folgender Etat bestimmt: Eine Vorsteherin mit 40 Rubel; eine Schatzmeisterin mit 15 Rubel; 15 Nonnen mit je 10 Rubel; ferner 2 Priester mit je 20 Rubel; 2 Kirchendiener mit je 10 Rubel und 3 Bediente mit je 8 Rubel. Zu Kopfgeld für die letztern sind 6 Rubel 60 Kopeken, und zu den Kloster- und Kirchenbedürfnissen 80 Rubel zugestanden. [1])

---

[1]) Hupel a. a. O. S. 266 ff.

Außerdem besitzen diese Klöster für ihren Unterhalt hie und da Fischereien, Mühlen, Gärten und auch einiges Land, indem jedem Kloster der ersten Klasse 9, jedem der zweiten Klasse 8 und jedem der dritten Klasse 6 Dessiatinen Land bewilligt wurden.[1]) Doch werden den Klöstern ihre Fischereien und Mühlen öfters abgenommen und ihnen dafür eine jährliche Entschädigung gegeben.[2])

Zu den etatsmäßigen Klöstern müssen auch die Lawren, obschon sie unter keiner Klasse stehen, gerechnet werden, weil ihnen gleichfalls ein Etat bestimmt ist. So sind der Petscherskischen Laura[3]) zu Kiew 100, der Alexander-Newskischen Laura[4]) zu Petersburg 110, der Troitsko-Sergijewskischen Laura[5]) bei Moskau 116 und der Lawra zu Poczajew[6]) 90 Mönche bewilligt. Zu den Lawren haben überhaupt nur Mönche von Verdienst oder Professoren der bischöflichen Seminarien, wenn sie dem Mönchsstande angehören, Zutritt. Sie dienen den Prälaten, in deren Eparchien sie sich befinden, zur Residenz und zur Commende, und eben so sind mit den drei ersteren die geistlichen Akademien, mit dem letzteren das Diöcesanseminar verbunden.[7])

Stauropigien oder exemte Klöster, welche unmittelbar unter dem hl. Sinod stehen, gibt es jetzt nur mehr sieben,[8]) nämlich:

1. Nowospaskoi in Moskau
2. Simonow " "

---

[1]) Hupel S. 258, 259.

[2]) Die Staatskirche Rußl. S. 81.

[3]) Der Metropolit Feodor von Kiew (1182—1186) soll hier den ersten Archimandriten eingesetzt haben. S. Murawijew's Gesch. der russ. Kirche. S. 33.

[4]) Sie wurde vom Peter d. Gr. im J. 1712 zu Ehren des berühmten und unter die Heiligen versetzten Großfürsten Alexander Newski gestiftet. S. Hupel a. a. O. S. 298.

[5]) Sie wurde von einem Priester Namens Sergius in der ersten Hälfte des vierzehnten Jahrhunderts gegründet. S. Murawijew a. a. O. S. 55.

[6]) Dieses Kloster gehörte vorher den griechisch-unirten Basilianern und wurde im Jahre 1833 der katholisch-ruthenischen Kirche entrissen, zu einer Lawra erhoben und zur Residenz des Bischofs von Wolhynien bestimmt. Siehe Staatsk. Rußl. S. 109.

[7]) Die Staatsk. Rußl. S. 109, 110.

[8]) Die Staatsk. Rußl. S. 110.

3. Donskoi in Moskau [1])
4. Saikonospaskoi „ „ [2])
5. Woskresenskoi bei Moskau [3])
6. Solowezkoi bei Archangel
7. Swäto Jaroslawskoi zu Rostow. [4])

[1]) Die Mönchsklöster Nowospaskoi, Simonow und Donskoi werden bei Hupel (a. a. O. S. 268) als Mönchsklöster erster Klasse aufgezählt.

[2]) Dieses Kloster wird von Hupel (S. 269) in die zweite Klasse der Mönchsklöster gesetzt.

[3]) Das Woskresenskoische oder Auferstehungskloster wird auch Neu-Jerusalemskloster genannt, welchen Namen ihm der Patriarch Nikon (1653—1667), sein Erbauer, gegeben hat. Murawijew a. a. O. S. 200. Es befindet sich bei Hupel (S. 268) in der ersten Klasse der Mönchsklöster.

[4]) Die Klöster Solowezkoi und Swäto Jaroslawskoi, welche von Hupel in der ersten Klasse der Mönchsklöster aufgeführt werden, waren im Jahre 1764 noch nicht exemt. Hupel S. 268.

IV. Kapitel.

Die griechisch-schismatische Kirche in den Donaufürstenthümern (Moldau und Walachei).

§ 50 Geschichtliche Einleitung.[1])

Die Bewohner des römischen Daciens, der Moldau und Walachei, standen vom siebenten bis neunten Jahrhundert unter der Herrschaft der Bulgaren, welche bekanntlich im Jahre 861 zum Christenthum bekehrt wurden. Da sie der geistlichen Jurisdiction des Patriarchen von Konstantinopel unterworfen waren, so wurden sie auch in das griechische Schisma hineingezogen. Als nun im Jahre 1014 Bulgarien eine byzantinische Provinz geworden war, traten die Daco-Romunen unter der Verwaltung eingeborner Bane wieder auf, und im Anfange des 13. Jahrhunderts sehen wir im aurelianischen Dacien einen König der Walachen, Namens Johann, an den im Jahre 1204 Papst Innocenz III. einen Legaten sandte, um seinen Kampf gegen die Griechen zur Vereinigung mit der römischen Kirche zu benützen. Bald darauf fielen die Tartaren in die Ebene Daciens ein, vor denen sich die Rumänen (Rumunji) größtentheils nach Ungarn und Siebenbürgen flüchteten, wo sie ihre Hauptsitze zu Fagarosch und Marmarosch hatten. Hier standen sie unter der Herrschaft der Ungarn, und sie würden sich ohne Zweifel mehr mit denselben vermischt haben, ja vielleicht ganz in dieselben aufgegangen sein, wenn nicht die Verschiedenheit des kirchlichen Ritus eine Schranke zwischen beiden Völkern gezogen hätte. Die

---

[1]) Neigebaur: Beschreibung der Moldau und Walachei (Leipzig 1848). S. 50 ff.

Ungarn nämlich gehörten der lateinischen, die Rumänen der griechischen Kirche an, und dieser Umstand war es hauptsächlich, daß die Letzteren ihre Nationalität bewahrten.

Im Jahre 1290 zog nun ein Hauptling von Fagarosch, Radu Negru Bessaraba, über die Karpathen nach den Ebenen der Walachei zurück und gründete dort den Walachischen Staat. Er nannte sich Woiwode von Gottes Gnaden, Fürst alles rümänischen Landes und Herzog von Amlosch und Fagarosch, führte als Wappen den römischen Adler mit dem christlichen Kreuze und nahm seine Residenz zu Argisch. Im Jahre 1359 überstieg dann ein rumänischer Häuptling von Marmarosch, Bogdan Dragosch, die Karpathen und gründete in dem bisher Kumanien genannten Lande einen neuen Staat, der zuerst nach ihm Bogdania, später aber nach dem Flusse Moldava die Moldau genannt wurde.

Diese beiden Staaten behaupteten ihre Unabhängigkeit in fortwährenden Kriegen gegen Griechen, Bulgaren, Ungarn und Polen, bis im Jahre 1460 die Walachei, im Jahre 1529 aber die Moldau der türkischen Herrschaft unterworfen ward. Von jetzt an ist die Geschichte dieser türkischen Vasallenstaaten blos eine Reihe von Verräthereien der Bojaren gegen ihre Fürsten, welche zu Folge hatten, daß ihnen die Türken keine Einheimischen mehr zu Hospodaren wählen ließen, sondern diese einträglichen Stellen seit dem Jahre 1712 an die Phanarioten verkauften. Die verschiedenen Türkenkriege, welche hierauf statthatten, waren auch für die Rumänen eine Veranlassung, nach ihrer früheren Unabhängigkeit zu trachten, welche ihnen jedoch erst der Friede zu Adrianopel vom 2. Sept. 1829 brachte. Die Fürstenthümer Moldau und Walachei wurden unter das Protectorat des Kaisers von Rußland gestellt und erhielten das Recht, ihre Fürsten auf Lebenszeit zu wählen und die Verwaltung des Landes unabhängig von der Pforte zu führen. Die Verfassung beider Länder wurde durch das Reglement organique vom Jahre 1831 geordnet. Im Jahre 1858 aber wurden die Donaufürstenthümer unter der Benennung „Vereinigte Fürstenthümer der Moldau und Walachei“ unter der Suzeränität des Sultans constituirt, welche Vereinigung durch eine permanente Central-Commission zu Fokschan, aus 8 Moldauern und 8 Walachen bestehend, Ausdruck erhielt. [1]) Diese Union führte nothwendiger Weise

[1]) Staatsvertrag zwischen Oesterreich, Frankreich, Großbritanien, Preußen,

auch zur Vereinigung beider Fürstenthümer unter einem einzigen Hospodaren, dem jetzigen Fürsten Cusa, der sich durch den Staatsstreich vom 4. Mai 1864 zum unumschränkten Gebieter der Donaufürstenthümer gemacht hat. Ihre bisherige kirchliche Verfassung war folgende.

§. 51. Die Metropoliten.

Sowohl die Moldau als die Walachei hat einen Metropoliten, welcher die Oberaufsicht über die Landeskirche führt. Der Metropolit wird aus der Geistlichkeit des Landes gewählt und zwar zunächst aus den Bischöfen. Das Wahlrecht haben die Landstände mit Zuziehung der Bojaren der ersten Klasse, welche deshalb zu einer außerordentlichen Versammlung zusammentreten. Sobald diese Wahl vom Fürsten bestätigt ist, wird er in sein Amt eingesetzt. Außerdem bedarf der Metropolit auch der Anerkennung von Seite des Patriarchen von Konstantinopel, obwohl er im Uebrigen von demselben gänzlich unabhängig ist. Doch ist in geistlichen Angelegenheiten noch immer die s. g. große Kirche, d. i. die Synode in Konstantinopel, die höchste Instanz. Ebenso hängt die Ertheilung der höheren geistlichen Würden zwar vom Metropoliten ab, aber die Ernennungen selbst zu Titularbischöfen werden dem Patriarchen von Konstantinopel zur Bestätigung unterbreitet. [1]) Der Metropolit hat bedeutende politische Rechte und übt daher einen großen Einfluß auf die Angelegenheiten des Landes. Er ist von Rechtswegen Mitglied der Nationalversammlung, wo er den Vorsitz führt, und bei erledigtem Fürstenstuhle gebornes Mitglied der provisorischen Verwaltung. Nur schwerer Vergehen wegen kann er von der Ständeversammlung nach gepflogener Untersuchung abgesetzt werden. [2])

Der Metropolit der Walachei residirt zu Bukarest und ist zugleich Bischof über 7 Kreise. Der Metropolit der Moldau residirt zu Jassy, und unter ihm stehen die Kreise Jassy, Botuschan, Niamzu, Fokschan

Rußland, Sardinien und Türkei vom 19. August 1858. S. Derblich: Land und Leute der Moldau und Walachei (Prag 1859) S. 284 ff.

[1]) Neigebaur a. a. O. S. 203, 213, 319.

[2]) Neigebaur: Die Donaufürstenthümer (Breslau 1854). H. I. S. 22, 38. H. II. S. 24. Derblich a. a. O. S. 291. (Art. 18 des Staatsvertrags vom 19. August 1858).

und Dorochoi. Ihre Einkünfte erhalten sie aus liegenden Gütern, die sehr bedeutend sind, so daß der Metropolit von Jassy ein Einkommen von 514,951 Piaster hat. [1]) Man dachte bereits daran, die Kirchengüter einzuziehen und den Metropoliten bestimmte Gehalte auszuwerfen.

---

§. 52. Die Bischöfe.

Die Bischöfe werden vom Metropoliten ernannt und vom Patriarchen zu Konstantinopel bestätigt. Sie werden aus dem Klosterklerus genommen. Nach den Kanones [2]) gebührt ihnen die geistliche und weltliche Kirchenadministration; allein die Kirchengüter unterstehen seit dem Jahre 1844 einer weltlichen Verwaltung, womit eine besondere Abtheilung des Cultusministeriums betraut ist. [3])

Kein Bischof soll über drei Wochen von seiner Diöcese entfernt sein, außer seiner Gesundheit wegen; ist er sechs Monate abwesend, so soll er amovirt werden. Was ein Bischof sich in seinem Amte erwirbt, das gehört der Kirche. [4]) Er darf die Ordination keines Klerikers vornehmen ohne vorhergängigen Bericht des Kultusministers an den Fürsten und ohne vorhergängige Verständigung darüber mit dem Metropoliten. [5]) Jeder Bischof ist beständiges Mitglied der Landesversammlung. [6]).

---

[1]) Neigebaur: Beschreibung der Moldau und Walachei. S. 203 ff.

[2]) Cap. seu glava 12. Codicis Pravila. — In den Donaufürstenthümern kennt man außer dem Pidalion auch noch eine andere Canones-Sammlung, Pravila genannt, welche im Jahre 1652 zu Tergovist in der Landessprache gedruckt erschien und aus 2 Theilen besteht, wovon der erste den Nomocanon des Manuel Malaxus vom J. 1561, der zweite die Canones der Apostel, Concilien und hl. Väter enthält. V. Papp-Szilágyi: Enchir. jur. eccl. orient. cath. p. 70 sq.

[3]) Neigebaur a. a. O. S. 204.

[4]) Cap. 14. 57. Cod. Prav.

[5]) Neigebaur a. a. O. S. 204. — Dieß wurde deshalb verordnet, weil nicht selten viele blos aus dem Grunde sich weihen ließen, um von den Steuern frei zu werden, so daß manchmal beinahe die Hälfte der Dorfbewohner aus lauter Popen bestand. Derblich a. a. O. S. 32.

[6]) Neigebaur: Die Donaufürstenthümer. H. I. S. 24 f.

Unter dem Metropoliten von Bukarest stehen nun folgende Bischöfe:

Der Bischof von Neu-Severin, welcher zu Rimnik am Altflusse residirt und fünf Kreise unter sich hat.

Der Bischof von Buseo, unter dessen Jurisdiction vier Kreise stehen.

Der Bischof von Argisch, der im Kloster Kurtea de Argisch [1]) residirt und zwei Kreise unter sich hat.

Unter dem Metropoliten von Jassy stehen:

Der Bischof von Roman, welcher die Districte Roman, Bakau, Foltischeny, Galatz und Berlad unter sich hat, und dessen Einkünfte sich auf 436,543 Piaster belaufen.

Der Bischof von Husch, unter dessen Jurisdiction die Districte Waßlui und Faltschu stehen, und dessen Kathedrale ein Einkommen von 159,574 Piaster besitzt. [2])

§. 53. Die Officialen der Bischöfe.

Jeder Bischof hat ein Priestercollegium als geistlichen Rath zur Ausübung der kirchlichen Gerichtsbarkeit. Zu diesem gehört ein Archimandrit und ein Protosynkellos, welche Jeromonachen, und ein Synkellos, welcher Jerodiakon ist. [3]) Der Protopapas der Diöcese hat die Aufsicht über die Weltgeistlichkeit und der Archimandrit über die Klöster. [4])

§. 54. Der Weltklerus.

a) Bildungsanstalten desselben.

Die angehenden Geistlichen werden zunächst in den Seminarien der Bischöfe erzogen; denn nur solche, welche in diesen Anstalten ihre Bildung erhalten haben, sollen zu Priestern geweiht werden, nachdem sie eine Prüfung durch die Curatel des öffentlichen Unterrichts bestanden haben. In der Walachei hat jeder Bischof ein solches Seminar

[1]) Das Kloster Kurtea de Argisch (Kurte d'Argik) wurde nicht von Radu Negru (Rudolph dem Schwarzen) gestiftet, wie man behauptete, sondern erst im Jahre 1517 vom Fürsten Neagoe IV. Derblich a. a. O. S. 6 ff.

[2]) Neigebaur: Beschreibung der Moldau und Walachei. S. 203, 205.

[3]) Cap. 394. Cod. Prav.

[4]) Neigebaur a. a. O. S. 204.

in irgend einem Kloster seiner Residenz. Das Seminar des Metropoliten von Bukarest hat 40, das des Bischofs von Neu-Severin zu Rimnik 30, das des Bischofs von Buseo, sowie das des Bischofs von Argisch 20 Freistellen. In der Moldau aber hat der Metropolit von Jassy allein ein Seminar für 80 Zöglinge im Kloster Sokala, obschon der jährliche Bedarf an Geistlichen die Zahl 200 übersteigt. Zu diesem Seminar haben die Bischöfe der Moldau jährlich 60,000 Piaster beizusteuern.

In's Seminar werden besonders die Priestersöhne, aber auch die Söhne anderer Leute, namentlich der Landbewohner, aufgenommen, wenn sie etwas lesen und schreiben gelernt haben. Die Zöglinge bleiben vier Jahre im Seminar, wo sie in der Landessprache, im Kirchengesange und im Rituale ausgebildet werden, denn der übrige theologische Unterricht heißt nicht viel und besteht blos in einem Auszuge aus der Geschichte der Kirchenväter und im neuen Testamente.[1])

Erst unlängst hat Fürst Cusa ein Dekret erlassen, nach welchem Keiner zum Perot (Diakon) ordinirt werden solle, der nicht sämmtliche Klassen eines auf Staatskosten zu unterhaltenden Seminars absolvirt hat. Allein, da eine solche Abneigung gegen das Studiren herrscht, daß die Seminaristen gleichsam zwangsweise in's Seminar gebracht werden müssen, so ist an ein Aufheben der s. g. Externisten oder Cerkownitze noch nicht zu denken. Dieß sind nämlich verheirathete bejahrte Männer, die vordem irgend einen niederen Kirchendienst verrichteten, die Stelle eines Meßners oder Küsters oder Tokkaschlägers[2]) bekleideten, und nun, nachdem sie ungefähr sechs Monate das Seminar frequentirt und ein Examen aus den bescheidensten Lehren des Buchstabirens und des Kirchengesanges bestanden haben, die Würde eines Popen erhalten haben.[3])

b) Erfordernisse zur Ordination.

Nicht eine Wunde des Körpers, sondern der Seele ist ein Hinderniß für's Clericat, wenn nur der körperliche Defect nicht der Art

[1]) Neigebaur: Beschreibung der Moldau und Walachei. S. 213; Neigebaur: Donaufürstenthümer. H. I. S. 28; Derblich a. a. O. S. 144.

[2]) Die Tokka ist ein Schuh langes Brett, worauf mit einem Hammer gegeschlagen und so das Zeichen zum Gebete gegeben wird.

[3]) Derblich a. a. O. S. 31 f.

ist, daß er zur Verrichtung der kirchlichen Functionen unfähig macht. Ein Einäugiger mit dem canonischen oder linken Auge, ein Hinkender kann daher Priester werden. Ebenso ist Illegitimität kein Hinderniß, wohl aber die Bigamie, und nicht blos die eigentliche successive, sondern auch die uneigentliche, so daß der, welcher eine Wittwe geheirathet oder seinem ehebrecherischen Weibe beigewohnt hat, nicht ordinirt werden kann. Ausgeschlossen von der Ordination ist auch der, welcher in einer ungiltigen Ehe gelebt, oder sich in Untersuchung befindet oder besessen ist. Ein Priester soll 30, ein Diakon 25, ein Subdiakon 20 und ein Lector 18 Jahre alt sein. Daß der Ordinand frei ist von Irregularität, hat er durch ein Beichtzeugniß zu beweisen. Wer sich als irregulär ordiniren läßt, wird, wenn die Irregularität offenkundig ist, deponirt. [1]) Die Ordinationsgebühren betragen 20 bis 30 Dukaten. [2])

c) Pflichten der Geistlichen.

Vor der Ordination kann der Diakon und Presbyter sich mit einer Jungfrau verheirathen, nach derselben aber sich nicht mehr verehelichen. Thun sie letzteres, so werden sie deponirt, aber nicht excommunirt. Der Lector dagegen bleibt, wenn er zur zweiten Ehe schreitet, in seinem Ordo. Hat ein Geistlicher vor seiner Ordination unwissentlich eine verbotene Ehe geschlossen, so darf er, wenn er davon absteht, seine Würde zwar behalten, aber nicht mehr fungiren; steht er davon nicht ab, so soll er deponirt und excommunicirt werden. Wohnt ein Kleriker seinem ehebrecherischen Weibe bei, so wird er deponirt. Die Priester sollen sich nicht weltlichen Beschäftigungen hingeben, nicht Wucher treiben, noch Gewinnes wegen ihr Amt vernachlässigen; die hierin sich verfehlen, sollen deponirt werden. Sie sollen fleißig ihr canonisches Pensum, die Tag- und Nachtsgebetstunden halten. Beichtet ein Priester, daß er vor der Ordination ein Delict begangen, so soll er nicht mehr celebriren; dasselbe soll er nicht thun, wenn er ein Bad nimmt oder aus den Zähnen blutet. [3])

d) Sociale und politische Stellung der Geistlichen.

In den Städten sind die Geistlichen wohl besser versorgt, aber die Dorfgeistlichen stehen sich schlecht, indem sie nur ein Stück Acker

---

[1]) Cap. 8, 58, 75, 77, 82, 84, 92—94 Cod. Prav.

[2]) Neigebaur: Beschreibung ꝛc. S. 213.

[3]) Cap. 61, 71, 72, 76, 79, 84, 86, 96, 124 Cod. Prav.

vom Gutsherrn angewiesen erhalten und für ihre geistlichen Verrichtungen von den armen Bauern natürlich nicht viel bekommen können. Man sieht sie daher fast in demselben Anzuge, wie die Bauern, auf den Markt fahren; doch haben sie meistens Stiefeln an und die Popenmütze auf dem Kopfe, das unterscheidende Kleidungsstück der Priester (Popen), sonst würde man sie nur an ihrem Barte erkennen können. Sie sind zwar frei von allen öffentlichen Abgaben, haben aber gewöhnlich einen halben Dukaten jährlich an den Bischof zu entrichten. Der Dorfgeistliche bildet mit drei jährlich gewählten Geschwornen das Bauerngericht, welches in jedem Kirchspiele (Mahala) besteht und die Streitigkeiten unter den Mitgliedern der Gemeinde zu schlichten hat. [1])

§. 55. Die Mönche und Nonnen.

Die Mönche in den Donaufürstenthümern befolgen die Regel des hl. Basilius. Ohne Consens des Bischofes kann Niemand Mönch werden, und nach einem neuesten Ministerialrescript darf ohne Erlaubniß des Cultusministers kein Novize aufgenommen werden. [2]) Der Profeß geht ein dreijähriges Noviziat voraus; doch kann der Novize, wenn er auf den Tod erkrankt, vor Ablauf dieser Zeit Profeß ablegen. Eltern können ihrem Sohne, wenn er Mönch wird, den Erbtheil nicht verweigern, und wenn der Mönch stirbt, so gehört Alles dem Kloster. Mönche, wie Nonnen, können nicht Pathen, noch überhaupt Zeugen sein. Wenn sie heirathen, werden sie wie Ehebrecher bestraft. Der Priester-Mönch geht vor dem Weltpriester, nicht wegen des Sacerdotiums, sondern wegen der vorzüglicheren Lebensweise. Uebrigens dürfen die Klostergeistlichen keine Seelsorge ausüben, außer im Nothfalle und wenn der Bischof sie dazu beruft. [3])

---

[1]) Neigebaur: Beschreibung 2c. S. 317 f.; Neigebaur's Donaufürstenthümer. H. I. S. 34; Derblich a. a. O. S. 32.

[2]) Allg. Zeit. vom 7. Sept. 1864. Schon im März 1864 hatte der Cultusminister der Kammer der Rumänen eine Vorlage gemacht, dahin gehend, daß nur Priester, welche ein theologisches Seminar absolvirt haben und Wittwer geworden sind und nun zu den Stellen eines Archimandriten oder Bischofs adspiriren wollen, in's Kloster aufgenommen werden sollen; ebenso sollen die Nonnenklöster nur solche Novizinen, die sich der Erziehung und Krankenpflege widmen, aufnehmen dürfen.

[3]) Cap. 118, 119, 121, 123, 132—135 Cod. Prav.

Was die Klausur bei den Nonnen betrifft, so ist diese durchaus nicht strenge, wie denn auch die öffentliche Meinung mit den Nonnen eine ziemlich große Nachsicht hat, da dieselben gewöhnlich gegen ihren Willen von den Eltern für das Kloster bestimmt werden. Die vornehmen Familien des Landes sehen nämlich eine große Schmach darin, wenn sie ihre Töchter nicht verheirathen können, und suchen dieses Unglück im Dunkel der Klöster zu verbergen. Weil eben nur des Heirathsgutes wegen eine Frau genommen wird, so muß immer zuerst an die Aussteuer gedacht werden, und manche Eltern bringen daher oft Alles zum Opfer, um ihre Töchter ausstatten zu können. Hat nun ein Vater mehrere Töchter und fürchtet, sie nicht standesmäßig ausstatten zu können, so schickt er sie, oft ehe sie das Kindesalter verlassen haben, kaum 9—10 Jahre alt, in's Kloster und sichert ihnen eine Ausstattung, von der sie als Nonnen ziemlich anständig leben können. Aus diesen Verhältnissen erklärt es sich, daß die Anforderungen an solche mehr oder weniger gezwungene Nonnen in Ansehung ihrer Aufführung im Kloster nicht sehr strenge zu sein pflegen. [1])

§. 56. Die Klöster.

Die Klöster theilen sich in Cönobien und in freie Klöster. In den ersteren führen die Klosterbewohner ein gemeinschaftliches Leben; in den andern hat Jeder für sich selbst als Einsiedler zu sorgen. Doch kann auch in den ersteren Jeder, der Vermögen hat, nach Belieben seine eigene Haushaltung führen. Dieß ist hauptsächlich in Ansehung der Nonnenklöster der Fall. Nur die Armen sind dem gemeinschaftlichen Zusammenleben unterworfen, die Wohlhabenden dagegen leben für sich in Häusern, die sie innerhalb des Klosterrayons kaufen oder bauen lassen; jedoch müssen sie eine arme Nonne zu sich nehmen, da es keiner Nonne erlaubt werden kann, ganz allein zu wohnen. Da aber diese nur eine abhängige Dienerin ist, so wird ihre Gebieterin durch diese Maßregel nicht eben sehr beschränkt. [2])

Die Verwaltung der Klöstergüter wurde in der Moldau von einigen Klöstern selbst geführt, wie vom Kloster Niamzu, St. Spiridion zu Jassy und von dem zu Sokala; die Güter der übrigen einheimischen

[1]) Neigebaur: Beschreibung 2c. S. 211 f.

[2]) Neigebaur a. a. O. S. 206 f.

Klöster aber wurden seit dem Jahre 1844 von einer eigenen Behörde administrirt, die mit der Verwaltung des öffentlichen Unterrichts unter einem Chef, dem Vornik der Kirchenverwaltung, verbunden war. Die Ländereien der Klöster wurden durch öffentliche Versteigerung auf drei Jahre verpachtet. Der vierte Theil der Einnahmen floß in die Staatskassa; vom Ueberreste erhielt ein Drittheil das betreffende Kloster zu seiner Verwendung, die übrigen zwei Drittel wurden zu Kirchen- und Klosterbauten, zur Dotation von Schulen und Wohlthätigkeitsanstalten und zur Tilgung der Klosterschulden verwendet. Alle neuen Schulden der Klöster waren vom Reglement organique für ungiltig erklärt worden, und Klostergüter konnten nur zum Vortheil der Klöster und mit Genehmigung der Ständeversammlung verkauft werden. In der Walachei standen die Güter der einheimischen Klöster unter der Verwaltung des Cultusministers, und die Ländereien wurden auf drei Jahre in Gegenwart des Metropoliten und des Ministers verpachtet. Im Uebrigen galten dieselben Bestimmungen, wie in der Moldau. [1])

Der ungeheuere Länderbesitz der Klöster zog die Aufmerksamkeit der National-Oekonomen auf sich, und es entstand die s. g. Klosterfrage, welche bis jetzt noch nicht definitiv entschieden ist. Die Schwierigkeit ihrer Lösung bildeten die den heiligen Orten gewidmeten Klöster, die Inkinate. Ursprünglich waren sie nicht gewidmet, sondern erst Anfangs des 17. Jahrhunderts wurde durch den Einfluß der Fanarioten der größte Theil der einheimischen Klöster unter den Schutz der Klöster zu Jerusalem, auf dem Berge Athos und Sinai, in Epirus u. s. w. gestellt. Das war nichts als ein Akt der Pietät. Die rechtmäßigen Besitzer der Klostergüter blieben die Donaufürstenthümer. Man verwendete jährlich sämmtliche Einkünfte nach dem Sinne der ursprünglichen Stifter und schickte blos eine kleine Summe als Almosen an die erwähnten Patronatsklöster. Als aber die Fanarioten sich in den Donaufürstenthümern festgesetzt hatten, cedirten sie alle Einkünfte den gedachten Klöstern des Auslandes. [2]) Die Verwaltung der gewidmeten Klöster wurde nun von Igumenen, die von Jerusalem, dem Berge Athos u. s. w. hieher gesandt wurden, besorgt, und zwar auf eine für die fremden Klöster durchaus nicht vortheilhafte Weise. Denn die

---

[1]) Neigebaur: Beschreibung ꝛc. S. 204; Derselbe: Die Donaufürstenthümer. H. I. S. 38.

[2]) Derblich a. a. O. S. 109 ff.

Igumenen waren nicht selten mit den Pächtern einverstanden, so daß nur ein kleiner Theil der Einkünfte nach den betreffenden hl. Orten gelangte; wenigstens ist bekannt, daß die Pächter dieser Klostergüter sich in der Regel bereicherten. Die Regierung der Donaufürstenthümer durfte sich aber in die Verwaltung der Inkinate durchaus nicht mischen. Jede Einmischung wäre vom Patriarchen von Konstantinopel als eine Verletzung des status quo angefochten und von Rußland als Protector der griechischen Kirche unterstützt worden.

Zwar wurden diese Cessionen von mehreren regierenden Fürsten in den Jahren 1654, 1780 und 1806 widerrufen, und im Jahre 1822 erhielt die Regierung der Donaufürstenthümer einen Firman, welcher die exorbitanten Prätensionen der griechischen Mönche annullirte und die überflüssigen Revenüen von der Hauptsumme ihren legitimen Eigenthümern zurückgab. Allein im Jahre 1831 wurde wieder Alles zu Gunsten der fremden Klöster arrangirt. [1])

Nachdem schon im Jahre 1848 die Revolutionspartei die Aufhebung der den hl. Orten gewidmeten Klöster beantragt hatte, wurde die Klosterfrage in jüngster Zeit wieder neuerdings aufgenommen, und Fürst Cusa bestätigte am 5. Jänner 1864 das von der Kammer der Rumänen am 24. Dez. 1863 votirte Gesetz betreffs der Säkularisation der Klöster in den Donaufürstenthümern. Für die hl. Orte, zu deren Erhaltung ein Theil der Klostergüter bestimmt war, wurde die Maximalsumme von 82 Millionen türkischer Piaster ausgeworfen, in der die 31 Millionen, welche die hl. Orte den Donaufürstenthümern schulden, mit einbegriffen sind. [2]) Gegen dieses Gesetz hat sowohl die Pforte und der Patriarch von Konstantinopel, als auch Rußland protestirt, und die Sache sieht nun ihrer weiteren Regelung entgegen. Alle Mönche und Nonnen sollten jetzt in bestimmten Klöstern concentrirt werden; doch gestattet eine neueste Verordnung des Cultusministers, daß diejenigen Mönche und Nonnen, welche in eigenen, auf ihre Kosten erbauten Häusern innerhalb der Klostermauern wohnen, was in den Donaufürstenthümern fast allgemein der Fall ist, daselbst bis zu ihrem Lebensende bleiben dürfen. [3])

[1]) Die Einkünfte der Inkinate schätzt man auf 18 Millionen Piaster oder 3 Millionen Gulden C.-M.

[2]) Beil. zur Allg. Zeit. vom 6. und 15. Jänner 1864.

[3]) Allg. Zeit. vom 7. Sept. 1864.

Wir geben zum Schlusse eine Uebersicht über die in den Donaufürstenthümern bisher bestandenen Klöster.[1]) Die Moldau zählte ohne die vielen Nebenklöster 56 Hauptklöster. Davon gehören zu den einheimischen Klöstern die Mönchsklöster:

1. Niamtzu
2. Sekul
3. Dureo auf dem Tschachlou im Gebirge Piou
4. Adamu
5. Worona
6. St. Spiridion[2]) in Jassy mit einem Hospital
7. Slatina
8. Reska
9. Bissericani
10. Pangarutza
11. Bogdana
12. Cachrula
13. Zagovia
14. Mauramula
15. Mogoscheschti
16. Sokala
17. Dolscheschti.

Ferner die zwei Nonnenklöster[3]) Agapia und Waratikul nebst dem Kloster Hangul. Die übrigen sind gewidmete Klöster. Von diesen gehören dem hl. Grabe:

1. Galata
2. Czetutzina
3. Barnova
4. St. Sava
5. Bornoski
6. Nicoritza
7. Pobrota
8. Bistriza

---

[1]) Neigebaur: Beschreibung der Moldau und Walachei. S. 206—211.

[2]) Dieses Kloster wurde im 17. Jahrhunderte von einem Mönche für Aufnahme von Kranken gestiftet. Neigebaur a. a. O. S. 303.

[3]) Diese beiden Klöster zählen beinahe 1000 Nonnen. Neigebaur: Die Donaufürstenthümer. H. II. S. 28.

9. Taslau
10. Cachinule
11. Soveca
12. St. Maria in Galatz
13. Nebenkloster Formosa, zu Skital gehörig.

Zum Berge Athos und andern hl. Orten gehören:

1. Golia
2. Barboju
3. Mira
4. Rakitosa

(1.–4.) gehören dem Kloster Batopedhion auf Athos

5. Formosa
6. Fustitschi
7. Sfenta Veneri

(5.–7.) gehören dem Kloster auf dem Sinai

8. Sfenzi tri Erarchi in Jassy
9. Scodoreni oder Burduscheni
10. Buhalnitza, dem Patriarchate von Alexandrien gehörig
11. Floreschti, zum Kloster Esphigmenu auf Athos gehörig
12. Danko
13. Aron Woda, zu Halkiß gehörig
14. Sfentul Joan gura de auro, nach Janina gehörig
15. Popoutzi, zum Patriarchate von Antiochien gehörig
16. Dobrowetzul
17. Lipowetzul
18. Pretschista (hl. Jungfrau) in Okna
19. Radukanul in Okna
20. Berzontzu
21. Pretschista in Fokscheni
22. Wizantia
23. Skitul Graschdeni
24. St. Demetrius in Galatz.

In der Walachei befanden sich bisher folgende Landesklöster:

1. Tismana[1]) im Kreise Gorsch
2. Kozia „ „ Wültschea
3. Bistritza „ „ „
4. Motru „ „ Mehedinz

---

[1]) Tismana wurde im Jahre 1366 vollendet. Derblich a. a. O. S. 113.

5. Huresco im Kreise Wültschea
6. Brancovan " " Romanatz
7. Sadowa " " Dolsch
8. Strehaja[1]) " " Mehedinz
9. Aspota " " Wültschea
10. Gabora. " " "
11. Glavacioku " " Wlaschka
12. Rincociovul " " Mustelu
13. Bierochu " " "
14. Kimpolung " " "
15. Dealul " " Dumbovitza
16. Zuagoru " " Ilfow

Von den gewidmeten Klöstern in der Walachei gehören dem hl. Grabe:

1. Bakaresti[2]) im Kreise Ilfow
2. Graiu " " "
3. Plataresti " " "
4. Negoesti " " "
5. St. Georg zu Bukarest
6. St. Sava " "
7. Komana im Kreise Wlaschka
8. Kalujou " " Romanatz
9. Renzvanul (Razvano) zu Bukarest.

Dem Kloster auf Sinai gehören:

1. Marschineni im Kreise Prachova
2. Rimnik " " Rimnikserat
3. Varjeina " " Sekuseni
4. St. Katharina zu Bukarest.

Zu St. Angora oder zum Berge Athos gehören:

1. Radu Voda[3]) zu Bukarest

---

[1]) Dieses Kloster wurde vom Prinzen Michael dem Tapfern (1593—1601) erbaut. Derblich a. a. O. S. 117.

[2]) In diesen Klöstern mußten alle in Konstantinopel investirten Hospodaren verweilen, bis sie von den Behörden zum feierlichen Einzug in Bukarest empfangen wurden. Neigebaur: Beschreibung ꝛc. S. 300.

[3]) Dieses Kloster wurde vom Fürsten Alexander II. im J. 1575 gegründet und im J. 1614 restaurirt. Neugebaur a. a. O. S. 295.

2. Michui Voda zu Bukarest
3. Die hl. Apostel „ „
4. Kotraceni im Kreise Ilfow
5. Slobozia „ „ Jalonnitza
6. Kascioarele „ „ Wlaschka
7. Plumbuitza „ „ Ilfow
8. Clococivul „ „ Oltu
9. Slatina „ „ „
10. Jitia (Gitia) „ „ Dolsch
11. Buca de Arama „ „ Gorsch
12. Hotarani „ „ Romanatz
13. Roaba „ „ Dolsch
14. Spirea diu deal „ „ Mehedinz.

Klöstern in Rumelien gehören:

1. Slutari zu Bukarest
2. St. Spiridion „ „
3. Serindar „ „
4. St. Johann „ „
5. Stavropolevs „ „
6. Havro Greci „ „
7. Mislea im Kreise Prachova
8. Valea „ „ Mustelu
9. Golgatha „ „ Dumbovitza
10. Mutschel „ „ „
11. Busk „ „ „
12. Dedulesti „ „ Rimnikserat
13. St. Johann „ „ „
14. Waleni „ „ „
15. Bradul „ „ Sekujeni
16. Bonul „ „ Buseo
17. Bucovetzu „ „ Dolsch
18. Kodreni „ „ Ilfow

In der Walachei gibt es allein noch s. g. gemeinschaftliche Klöster oder Cönobien, nämlich die Mönchsklöster:

Kalderuchau im Kreise Ilfow
Tschernika „ „ „
Poiana Merului „ „ Buseo

Delhantzu	im Kreise	Buseo
Ghighial	„ „	Prachova.

Die Nonnenklöster:

Ziganescht	im Kreise	Ilfow
Paserea	„ „	„
Samurkachesti	„ „	„
Retescht	„ „	Buseo
Dintr' Unlemne	„ „	Wültschea
Bisorita	„ „	Mustelu.

V. Kapitel.

Die griechische Kirche in Serbien.

§. 57. Geschichtliche Einleitung.[1])

Die Serben wurden im neunten Jahrhundert, als sie unter der Herrschaft der Bulgaren standen, zum Christenthume bekehrt. Im Jahre 924 warfen sie das Joch der Bulgaren ab, und auch die griechischen Kaiser konnten sie nicht mehr ihrer Herrschaft unterjochen. Seine Blüthezeit aber erreichte Serbien unter dem Könige (**Kral**) Stephan **II.**, dem Sohne des Königs Stephan Nemanja. Dieser erhielt im Jahre 1221 vom Patriarchen zu Konstantinopel die Erlaubniß, daß die Prälaten Serbiens ihren Metropoliten selbst wählen durften, vorbehaltlich der patriarchalischen Confirmation. Zu dieser Concession hatte sich der Patriarch herbeigelassen, um die serbische Kirche von der römischen abzuziehen. Der Bruder des Königs, der hl. Sabbas, wurde der erste Erzbischof von Uschitze und ganz Serbien.

Im Jahre 1351 hielt der serbische Kaiser Stephan Duschan eine Synode zu Seres, welche den Metropoliten Serbiens zur Würde eines Patriarchen erhob und ihn für unabhängig vom Patriarchen zu Konstantinopel erklärte. Die Jurisdiction des serbischen Patriarchen erstreckte sich nicht blos über Serbien und Bulgarien, sondern selbst über einen großen Theil Macedoniens. Er hatte seine Residenz hinter Ipek am Ausgange des Gebirges Streta Gora in Hochalbanien. Der Patriarch von Konstantinopel belegte zwar den serbischen Patriarchen

1) **Le Quien T. II. p. 319 sq.; Boné l. c. T. III. p. 434 sq.; Neale: A History of the holy eastern church. P. I. p. 69 sq.**

mit dem Anathem; allein dasselbe ward schon im Jahre 1376 wieder aufgehoben. Im Jahre 1389 wurde hierauf Serbien den Türken unterworfen; das Patriarchat dauerte jedoch fort. Auch als im Jahre 1690 der Patriarch Arsenius III., nachdem die von Oesterreich angestiftete Erhebung der Serben gegen die türkische Herrschaft mißglückt war, mit 37000 Familien nach Ungarn auswanderte, ließen die Türken zu Ipek ein serbisches Patriarchat bestehen, aber dasselbe erhielt von nun an immer ein Grieche, der diese Stelle vom Divan zu Konstantinopel erkaufte. Erst im Jahre 1765 [1]) wurde dieses Patriarchat gänzlich aufgehoben und mit dem von Konstantinopel vereinigt. Die Serben aber erhielten griechische Metropoliten, so daß um diese Zeit das alte Serbien unter vier Metropoliten, dem von Belgrad, Nisch, Uschitze und Novibazar-Prisren, stand, die jedoch keine Suffragane hatten. Als im Jahre 1810 Serbien in der Person des Czerni Georg wieder einen eigenen Fürsten erhielt, wurde der Metropolit von Karlowitz als das Oberhaupt der serbischen Kirche anerkannt, bis endlich im Jahre 1830 durch den Fürsten Milosch wieder ein selbstständiger Metropolit für Serbien ernannt wurde.

Die gegenwärtige Verfassung der Kirche Serbiens ist nun nachstehende.

---

§. 58. Der Metropolit und dessen Suffragane. [2])

Die Hierarchie der Kirche Serbiens besteht gegenwärtig aus einem Metropoliten und drei Bischöfen.

Der Metropolit wird vom Fürsten und den serbischen Bischöfen gewählt und vom Patriarchen zu Konstantinopel, dem er unterworfen ist, bestätigt. Er residirt zu Belgrad und hat nach dem Reglement vom Jahre 1839 einen Titularbischof und einige Protopresbyter und Presbyter als seine Gehilfen in der kirchlichen Regierung um sich. Der Titularbischof und die übrigen Diöcesanbischöfe bilden zugleich die Synode des Metropoliten, vor welcher alle Ehesachen, sowie alle Be-

---

[1]) Nach der Antwort, welche die Montenegriner unter dem 4. Juli 1804 auf ein vom russischen Sinod erhaltenes Schreiben gaben, existirte das serbische Patriarchat bis zum Jahre 1769, in welchem Jahre sich der Patriarch Basil nach Rußland flüchtete, wo er zu St. Petersburg starb. Andric: Geschichte von Montenegro. S. 85.

[2]) Boué l. c. p. 482 sq.

schwerden gegen die Verwaltung und die Regierung des Metropoliten verhandelt werden, wenn nicht etwa die Sache durch fürstliches Eingreifen ihre Erledigung findet. Der Metropolit hat außer den Gebühren für die Ordinationen; Weihpatente, Antimensien, Kirchen-Einweihungen u. s. w. ein jährliches fixes Einkommen von 6000 fl. (15,000 Francs.) Auch besitzt er einige Ländereien, namentlich Weinberge bei Semendria. [1])

Die Bischöfe werden vom Volke unter der Aufsicht und Leitung des Justizministers gewählt, vom Metropoliten ordinirt und vom Patriarchen von Konstantinopel bestätigt. Sie haben das Recht der ungehinderten Administration in allen rein geistlichen Sachen. Alle Kirchen und kirchlichen Anstalten aber stehen unter der Aufsicht des Justizministers, der mit den Kirchen-Aeltesten hiefür die geeignetesten Anordnungen trifft. [2]) Die drei Diöcesanbischöfe Serbiens sind der Bischof von Schabatsch, der von Czaczak, welcher an die Stelle des Bischofes von Uschitze trat, und der von Timok, welcher seinen Sitz zu Beldschterin hat. Jeder von ihnen hat ein fixes Einkommen von 4000 fl. (10000 Frcs.) [3]) Außerdem erhält der Bischof für die Ordination eines Priesters 50 Piaster, für das Weihpatent ebensoviel, für ein Antimension 12 Piaster, für die Consecration einer Kirche 100 Piaster und bezüglich der Gebühren bei Beerdigungen hat er sich mit den Angehörigen des Verstorbenen zu verständigen. Alle andern Gebühren sind seit dem Jahre 1822 aufgehoben; freiwillige Gaben jedoch sind dadurch keineswegs ausgeschlossen. Von ihrem Einkommen haben die Bischöfe ihre Protosynkellen, Archidiakonen und Sekretäre zu unterhalten.

---

[1]) Nach dem Reglement vom J. 1839. Nach einem früheren vom 14. Dez. 1822 sollte er nur 20,000 Piaster, also 3000 fl. ungefähr, erhalten. Durch dieses fixe Einkommen wurde die s. g. Häuser- oder Kaminsteuer (Dimnitza) aufgehoben. Jeder Bischof erhielt nämlich von jedem Hause 6 Paras und von jedem Feuerherd 1 Piaster 4 Paras, so daß diese Steuer jedem Bischofe bei 30,000 Piaster eintrug.

[2]) Art. 22, 57 der Constitution, bestätigt durch Hattischerif vom $\frac{12}{24}$ Dez. 1838, Boué l. c. p. 294, 297.

[3]) Nach dem Reglement vom J. 1822 sollte jeder Bischof 18,000 Piaster erhalten.

§. 59. Die niedere Geistlichkeit.

Die Weltkleriker in Serbien belaufen sich auf ungefähr 900. Die Geistlichen in den Städten haben einen fixen Gehalt, während die auf dem Lande nur von der Stola leben. Nach einem Reglement vom Jahre 1825 erhält der Priester für eine Taufe einen Piaster und vom Pathen 20 Paras; für die Trauung bei einer ersten Ehe 3 Piaster, bei einer zweiten 6 Piaster und bei einer dritten Ehe 8 Piaster; für die letzte Oelung bei einer Person von Distinktion 6 Piaster und bei jedwelcher andern 3 Piaster; für die Beerdigung einer reichen Person 10 Piaster, einer nicht ganz armen 5 Piaster, eines Kindes 2 Piaster; für eine Hervorsegnung 10 Paras; für vierzigtägige Todtengebete 20 Paras, für solche auf ein ganzes Jahr 1 Piaster 20 Paras und für die gleich nach der Beerdigung auf ein ganzes Jahr 1 Piaster; für Weihwasser auf ein Monat 12 Paras und ebensoviel für Weihrauch; für ein langes Gebet 2 Piaster und für ein kurzes Gebet 20 Paras.[1]) Außerdem bekommen die Pfarrer auf dem Lande von jeder Familie ihrer Pfarrei 12 Okken Korn; die in den Städten erhalten dafür 1 Piaster 20 Paras.[2])

Jeder Pfarrer ist verpflichtet, genaue Geburts-, Trauungs- und Sterberegister zu führen.[3])

---

§. 60. Die Klöster.

Serbien hat viele Klöster, die jedoch nicht sehr bevölkert sind, so daß man im Ganzen kaum mehr als 100 Mönche in denselben findet. Manche von den Klöstern sind ganz verlassen oder verödet, manche sind nur Eremitagen, bei denen man zur Wallfahrtszeit Herbergsstellen errichtet. So sieht man z. B. das Kloster Dratscha ganz von hölzernen Hütten umgeben. Folgende Klöster Serbiens sind erwähnungswerth: Die Klöster Lukova, Seratschia und Vratna bei Negotin; Duman bei Golubatz; Vitovnitza unweit Kotschania; Gorniak; Ravanitza bei Tschupria, einst die Residenz des Knes Lazar; Sweta

---

[1]) Dieses Stol-Reglement allein gibt ein deutliches Bild von dem religiösen Mechanismus und Aberglauben, der beim Volke Serbiens herrschen muß.

[2]) Boué l. c. p. 431, 433.

[3]) Boué l. c. p. 438.

Petka am Mutnischkarieka: Nemenikuski=Monastir zwischen Rabotschewo und Koratschitze; Joanitza, nordöstlich von Kragujewatz; Blagovesti (Mariä Verkündigung); Volgascha und St. Nikolaus von Dratscha, nordwestlich von Kragujewatz; Bratschewschnitza am östlichen Fuße des Schturatz im Rudnikergebirge; Kalenitch an der Kalenska rieka; Ljubostina, nördlich von Trstenik; Sweti Kral (hl. König) zu Studenitza;[1]) Kolilewo an den Quellen der serbischen Marava; Godawik bei der südlichen Mündung des Djetinie, des Stromes von Uschitze.

Von den Klöstern auf dem Gebirge von Utschar und Kablar an der serbischen Moldau sind die vorzüglichsten das Dreifaltigkeitskloster oder Troitza, Swetenie (hl. Reliquien), Vavedenie (Mariä Reinigung) am Utschar, Blagovestie, Preobrajenie (Verklärung Christi) und Jellenda am Kablar, Jovanja St. Johann) am linken Ufer der Morawa, St. Nikolaus, Bujan[2]) und Savinatz am linken Ufer der Ditschina im Distrikte Rudnik, Morawatz und Bogovadja im Thale Ljig, Lukaritch, Tschellie und Petnitza im Bassin der Kolubara bei Baliewo, Tronoscha und Jarebitze in Jadar, Kaona an der Dubrava, Kriraira im Distrikte Schabatz, Radowaschnitza, Petkowitza und Tschokeschina am Abhange des Czer.[3])

---

[1]) Dieses Kloster wurde vom Könige Stephan Nemanja I. gegründet, der um das Jahr 1200 als Mönch des Klosters Chilendar auf dem Berge Athos starb. Sein Sohn Rastka, bekannt als Erzbischof Sabbas, brachte im Jahre 1203 die Gebeine seines Vaters hieher, von wo an dieses Kloster auch Laura von St. Simon, dem Klosternamen des Königs, genannt wurde. Boué l. c. p. 465.

[2]) Dieses Kloster wurde im Jahre 1808 von Milan Obrenowitsch, Halbbruder des Fürsten Milosch, restaurirt.

[3]) Boué l. c. p. 450 sq.

VI. Kapitel.

Die griechische Kirche in Montenegro.

§. 61. Geschichtliche Einleitung.

Im vierzehnten Jahrhundert war das Fürstenthum Zetta, jetzt Montenegro genannt, eine Provinz des serbischen Reiches, aber regiert von eigenen Erbfürsten. Die Schlacht von Kossowa im Jahre 1839, welche Serbien der türkischen Herrschaft unterwarf, löste dieses Vasallenverhältniß, und die Montenegriner vertheidigten tapfer, wenn auch nicht immer glücklich, ihre Freiheit gegen die Einfälle der Türken. Der Fürst Gjuragj V. übertrug nun im Jahre 1516 im Beisein des versammelten Volkes die weltliche Regierung Montenegro's und das Wappen seiner Ahnen dem damaligen Metropoliten Wawil, durch welchen Akt also die weltliche Macht mit der geistlichen vereinigt ward und zwar auf legale Weise, durch die Uebertragung und Sanction des Volkes selber. Der Metropolit, Vladika [1]) genannt, pflegte jedoch die weltliche Regierung durch einen von ihm ernannten Civilgouverneur auszuüben. Diese geistlichen Beherrscher Montenegro's wurden stets von der Nationalversammlung gewählt, bis der Vladika Daniel Petrović (1697—1737) die Regentenwürde in seiner Familie erblich

[1]) Das slavische Wort Vladika bezeichnet dasselbe, was Despotes im Griechischen.

machte in der Art, daß immer ein jeweiliger Neffe des Vladika nach dessen Tode die Regierung übernahm. [1])

Im Jahre 1711 wurden die Montenegriner vom Czaren Peter d. Gr. zur Erhebung gegen die Türken aufgefordert, und von dieser Zeit an waren die Montenegriner die treuen Bundesgenossen der Russen in ihren Türkenkriegen, sowie sie auch von der russischen Regierung vielfache Geldunterstützungen erhielten. [2])

Die Blüthezeit Montenegro's beginnt erst mit dem Vladika Peter I. (1782—1830), der wegen seiner ruhmvollen Regierung vom Volke im Jahre 1834 unter die Zahl der Heiligen versetzt wurde. Mit seinem Neffen und Nachfolger Peter II. aber nimmt die Periode der Cultur für Montenegro ihren Anfang. Dieser geistliche Fürst hob das Gubernium auf, da er die weltliche Macht selber ausüben wollte, regelte die Staatswirthschaft und suchte überhaupt die Montenegriner der europäischen Gesittung näher zu bringen. Peter II. starb im Jahre 1851 und nach seinem hinterlassenen Testamente sollte sein Neffe Daniel ihm in der Regierung folgen, der denn auch wirklich von der Nationalversammlung als Vladika anerkannt wurde. Um sich zum Bischofe weihen zu lassen, begab sich Daniel, dem Wunsche seines Onkels gemäß, nach Rußland. Dort aber änderte er seinen Sinn und zog es vor, da die Thronfolge ohnehin in seiner Familie erblich war und die Installation eines Vladika immer mit verschiedenen Streitigkeiten und Rivalitäten verbunden zu sein pflegte, als weltlicher Fürst die Regierung zu übernehmen, wozu auch der russische Kaiser Nikolaus seine Einwilligung gab und ihn im Jahre 1852 als Fürsten von

---

[1]) Andrić: Geschichte des Fürstenthums Montenegro (Wien 1853) S. 3, 17 18, 23, 36; Delarue: Le Montenegro (Paris 1862) p. 33 sq.

[2]) So gab Peter d. Gr. dem Vladika im Jahre 1714 zur Aufbauung des zerstörten Klosters von Cetinje und der übrigen Kirchen 5000 Rubel und weitere 5000 Rubel für die andern Abgebrannten, und im Jahre 1715 vermachte er dem Kloster zu Cetinje eine jährliche Rente von 500 Rubel und Geschenke an Kirchengefäßen und Paramenten. Die Kaiserin Elisabeth gab dem Vladika im Jahre 1744 zu Aufbauung der zerstörten Kirchen und Klöster 3000 Rubel und ihm selber 3500 Rubel. Im Jahre 1799 sandte Kaiser Paul 1000 Dukaten für öffentliche Zwecke nach Montenegro mit dem Beifügen, daß dieser Betrag jährlich erhoben werden dürfe. Kaiser Nikolaus endlich bestimmte im Jahre 1837 einen fixen Jahresgehalt von 9000 Dukaten für den Vladika und schenkte dem Volke Getreide im Werthe von 60,000 fl. C.-M. S. Andrić a. a. O. S. 34, 40, 74, 132.

Montenegro anerkannte.[1]) So wurde in Montenegro die weltliche Gewalt wieder von der geistlichen getrennt. Die kirchliche Verfassung dieses Landes ist nun folgende.

---

§. 62. Der Vladika.

Das geistliche Oberhaupt Montenegro's ist der Vladika, welcher von der Nationalversammlung aus den einheimischen unverheiratheten Klerikern oder den Mönchen gewählt wird. Die Consecration erhielt der Vladika früher vom Metropoliten und nachherigen Patriarchen Serbiens, dem er auch unterworfen war; jetzt aber läßt er sich zu St. Petersburg vom russischen Sinod consecriren.[2])

Der Vladika ist unabhängig in seiner geistlichen Regierung, und ein Versuch des russischen Sinods im Jahre 1804, ihn seiner Jurisdiction zu unterstellen, wurde von den Montenegrinern entschieden zurückgewiesen.[3])

Er kann nur von der Nationalversammlung abgesetzt werden. Seine Residenz befindet sich zu Cetinje im Kloster St. Peter,[4]) welches der Fürst Iwan im Jahre 1485 zu Ehren der Geburt Mariens gegründet hatte, zugleich mit der Bestimmung, daß der Bischof künftighin darin wohnen und den Titel Metropolit von Zetta führen sollte. In den kirchlichen Akten führt jetzt der Vladika den Titel: Metropolit von Skutari und der Meeresgegend[5]) und wird mit „heiliger Bischof (Sweti Vladika)“ angeredet. Seine Revenüen bestehen außer dem Klostereinkommen in den Erträgnissen aus seinen Ländereien, Vieh-

---

[1]) Andrić a. a. O. S. 125, 148 f.; Delarue l. c. p. 79 sq.

[2]) Als im Jahre 1765 das serbische Patriarchat aufgehoben worden war, ließ sich der Vladika Peter I. im Jahre 1782 vom Metropoliten von Karlowitz weihen. Andrić a. a. O. S. 37, 47, 48, 56, 89, 125. Delarue p. 51.

[3]) Andrić a. a. O. S. 85 f.

[4]) Dieses Kloster, zu Ehren Mariens ursprünglich erbaut, ward öfters zerstört. Als es nach seiner Verbrennung durch die Türken im Jahre 1785 vom Vladika Peter I. wieder aufgebaut worden war, erhielt es von ihm den Namen St. Peter. Andric a. a. O. S. 12 f.

[5]) Skederski i Pomorski Metropolit. Der weltliche Titel war: „Bischof von Montenegro und der Gebirge.“ (Vladika Tzrnogore i Brda). Boué l. c. p. 312 sq.

heerden, Bienenkörben und Fischereien am Skutari-See,[1]) und belaufen sich jährlich auf 40,000 fl. Ferners bezieht er als Ersatz für den in Folge des Kampfes gegen die Franzosen in Dalmatien eingebüßten Kirchensprengel 30,000 fl. C.-M. aus dem russischen Staatsschatze.[2])

§. 63. Der Weltklerus.

Die Zahl der Weltgeistlichen in Montenegro beträgt ungefähr 200. Im Allgemeinen ist die priesterliche Würde erblich, indem jeder Priester seinen Sohn hiefür erzieht, und selbst die Würde eines Protopresbyters oder Erzpriesters ist immer der Antheil bestimmter Familien. Der zum Priester bestimmte Knabe wird schon in seiner Jugend verheirathet, seine Frau aber bleibt als Tochter bei ihren Eltern, bis der Knabe zum Priester geweiht worden; dann erst führt sie dieser in sein Haus. Stirbt sie, so muß er Wittwer bleiben. Die Priester werden oft ziemlich jung geweiht und machen dann erst nachher ihre Studien. Jedem Priester ist eine gewisse Anzahl von Häusern zur Seelsorge angewiesen, deren Austheilung jährlich an Epiphanie stattfindet. Da die Geistlichen von den Stolgebühren allein nicht leben können, so treiben sie entweder Landbau oder Viehhandel oder halten Herbergen, wo sie selbst die Wirthe machen. Sie sind auch zugleich Serdars und Vorgesetzte, Woiwoden und Knes. Diejenigen, welche nicht mit einer solchen Würde bekleidet sind, werden zu den Glavaris gerechnet.[3]) Der Code von Montenegro (v. J. 1855) befiehlt im Artikel 66 jedem Priester, am Sonntag den Gottesdienst in der Kirche zu besorgen und das Volk so viel als möglich im Guten und in der Religion zu unterweisen, und droht dem pflichtvergessenen mit Absetzung.[4])

[1]) Boué l. c. p. 314. Im Jahre 1839 verkaufte der Vladika Peter II. an die österreichische Regierung zwei Klöster im Districte Budua, nämlich Stanjević, für das er 15,000 Franken erhielt, und das Marienkloster Podmaini. Andrić a. a. O. S. 133.

[2]) Andrić a. a. O. S. 149.

[3]) Boué l. c p. 488 sq

[4]) Delarue l. c. p. 157.

§. 64. Die Klöster.

Mönche gibt es in Montenegro kaum mehr als 15. Die vorzüglichsten Klöster sind das von Ostrog in Bjelopavlitchi und das von Moratscha, welches von einem Archimandriten und zehn Mönchen bewohnt ist. Im Kloster St. Peter zu Cetinje befindet sich nur ein Mönch, ebenso in dem Kloster, das im Nahie (Districte) Rietschka liegt. Das Kloster Segligovo wurde von Helena, der Mutter des serbischen Königs Urosch V. (1356—1367), gegründet. Noch andere Klöster sind Mahina, St. Nikolaus zu Vrčela und Bodiani in der Bačka. [1])

[1]) Boué l. c. p. 452. Andrić a. a. O. S. 6, 19, 36.

VII. Kapitel.

Die griechisch-schismatische Kirche in den österreichischen Staaten.

§. 65. Einleitung.

Im Kaiserthum Oesterreich bildete sich die griechisch-schismatische Kirche theils durch Einwanderung slavischer Völkerschaften, theils durch Erwerbung neuer, von Anhängern der griechischen Kirche bereits bewohnter Gebiete. So floh im Jahre 1690 der serbische Patriarch Arsenius III. mit 37,000 Familien vor der Rache der Türken nach Ungarn, wo er vom Kaiser Leopold I. für sich und seine Gläubigen freie Religionsübung und verschiedene Privilegien erhielt. Aber erst auf dem Reichstage im Jahre 1791 wurden die bürgerlichen und kirchlichen Freiheiten der zur griechischen Kirche sich Bekennenden durch einen feierlichen Reichsartikel auch von Seiten der Reichsstände anerkannt. Von nun an bildeten dieselben eine für sich bestehende Nation in Ungarn, nnd ihr Bürgerrecht ist nicht blos in Ungarn, sondern auch in den Militärgrenzen, in Kroatien und Slavonien giltig.[1])

Seit dem Jahre 1688 gehört auch Siebenbürgen zur österreichischen Monarchie, wo die Wlachen und Zigeuner der griechisch-schismatischen Kirche angehören, aber keine politischen Rechte genießen.[2])

Im Jahre 1775 wurde die Bukowina, wo die meisten Einwohner zur griechischen Kirche gehören, von der Pforte an Oesterreich abgetreten, und im Frieden zu Campo Formio im Jahre 1797 erhielt

---

¹) Schwartner: Statistik des Königreichs Ungarns. Th. II. u. III. S. 109.

²) Neigebaur: Beschreibung der Moldau und Walachei. S. 363. Chownitz: Handbuch zur Kenntniß Ungarns. S. 60.

Oesterreich Dalmatien, wo sich im Kreise Cattaro Anhänger der griechisch-orthodoxen Kirche befinden.[1])

Sämmtliche Bekenner der griechisch-orthodoxen Confession[2]) in den genannten Staaten stehen nun unter einem gemeinsamen Oberhaupte, dem Metropoliten oder Patriarchen von Karlowitz. Zwar war auf dem Landtage Galiziens im Jahre 1863 beantragt, die griechische Kirche der Bukowina selbstständig und unabhängig zu machen, und auf der im August 1864 abgehaltenen Generalsynode der griechich-schismatischen Kirche Oesterreichs beschlossen worden, die Serben und Rumänen auch in hierarchischer Beziehung durch Errichtung eines serbischen und rumänischen Patriarchats zu trennen, wie denn auch der um dieselbe Zeit neugewählte Patriarch von Karlowitz nur mehr als Patriarch der serbischen Nation vom Kaiser bestätigt wurde; allein die praktische Durchführung dieser Maßregel wird noch längere Zeit in Anspruch nehmen und noch harte Kämpfe kosten.[3]) Daher werden wir die bisherige Organisation der griechisch-orthodoxen Kirche Oesterreichs kurz darlegen.

§. 66. Das Patriarchat von Karlowitz.

Der Patriarch von Karlowitz in der Syrmischen Militärgrenze ist eigentlich ein bloßer Metropolit mit dem Titel eines Patriarchen, als Oberhaupt sämmtlicher schismatischer Griechen Oesterreichs.[4]) Er wird von 75 Bevollmächtigten der griechischen Kirche auf einem Congresse, den die Geistlichkeit, die bürgerlichen Gemeinen und der Militärstand aus den Grenzen zu beschicken pflegen, in Gegenwart eines königlichen Kommissärs aus den schismatischen Bischöfen gewählt.[5])

---

[1]) Schmitt: Statistik des österreichischen Kaiserstaats. S. 11.

[2]) Die Zahl der griechischen Orthodoxen beläuft sich in sämmtlichen österreichischen Staaten auf 3,161,000 Seelen. Davon kommen auf ganz Ungarn und Siebenbürgen 2,283,505 Seelen. Schmitt a. a. O. S. 61. Chownitz a. a. O. S. 128.

[3]) Allg. Zeit. vom 4. Sept. 1864.

[4]) Und zwar jetzt nur mehr der, welche der serbischen Nation angehören.

[5]) Jeder von den genannten drei Ständen ist durch 25 Abgeordnete vertreten. Bei der im Jahre 1864 erfolgten Wahl betheiligten sich blos 60 Abgeordnete, da die Rumänen nicht erschienen. Nach dem neuesten Beschlusse soll von je 20,000 Seelen ein Deputirter für den Nationalcongreß gewählt werden. (Allg. Ztg. v. 22. Okt. 1864.)

Der Gewählte wird nach abgelegtem Huldigungseide vom Kaiser bestätigt,[1]) der ihm zugleich nach dem kaiserlichen Manifeste vom 15. Dez. 1848 die Würde eines Patriarchen verleiht, und hierauf vom königlichen Kommissär in die Temporalien eingeführt.[2])

Die Jurisdiction des Patriarchen ist durch den s. g. National- oder Kirchencongreß, sowie durch landesherrliche Rechte beschränkt. An seinem Hofe wird jährlich ein Mal ein Appellatorium gehalten, das außer dem Patriarchen aus 2 Bischöfen, 2 Protopresbytern, 2 Archimandriten und 2 Priestern zusammengesetzt ist, und vor dem alle Processe, die von den bischöflichen Consistorien in Folge der Appellation hieher gebracht wurden, nach Vorschrift der kirchlichen Canones, der Privilegien, der Reichsgesetze und der bestehenden königlichen Verordnungen, namentlich nach dem am 16. Juli 1779 erlassenen Erläuterungsrescript des neuen Regulaments vom Jahre 1777 entschieden werden, jedoch mit Gestattung der Appellation an den Königsthron.[3])

Die Nationalfonds werden vom Patriarchen und den nationalen Assistenten verwaltet. Die jährlichen Einkünfte des Patriarchen belaufen sich ungefähr auf 50,000 fl.[4]) Die Herrschaft Dálya im Werötzer-Comitat, welche die Patriarchen für 38,000 fl. pfandweise besitzen, wird vom Könige jedem Patriarchen, aber nur immer für seine Person, von Neuem ertheilt. Der Patriarch ist gewöhnlich zugleich geheimer Rath und führt den Titel Excellenz.[5])

§. 67. Die Bischöfe und deren Diöcesen.

Die Bischöfe werden aus den unverheiratheten Klostergeistlichen genommen, und zwar wird jeder vacante bischöfliche Sitz durch Stimmenmehrheit der übrigen Bischöfe besetzt. Der Neuerwählte wird vom Kaiser bestätigt,[6]) vom Patriarchen consecrirt und dann von einem

[1]) Die Taxe für das Confirmationsdiplom beträgt nach dem Vorschlage des Congresses vom Jahre 1790 die Summe von 3000 fl.

[2]) Schwartner a. a. O. S. 9 ff.

[3]) Schwartner S. 484.

[4]) Chownitz a. a. O. S. 175.

[5]) Schwartner S. 112.

[6]) Für das Confirmationsdiplom soll nach Vorschlag des Congresses vom Jahre 1790 der Temeswarer Bischof 2000, der Werschetzer 1800, der Neusatzer 1400, der Arader 1000, der Ofner 800, der Pacratzer 800, der Karlstädter 700 fl. als Taxe bezahlen. Schwartner S. 113.

königlichen Bevollmächtigten nach abgelegtem Eide der Treue investirt. Nur das Recht der Translation eines Bischofes von einer Diöcese zur andern hat sich der König (scil. v. Ungarn) vorbehalten, wie sich denn überhaupt das wechselseitige Verhältniß des Königs zum Haupte und den Gliedern der griechisch-orthodoxen Kirche auf jene Privilegien gründet, die dem Patriarchen Arsenius bei seiner Uebersiedlung aus Serbien nach Ungarn ertheilt wurden. [1])

Die Bischöfe haben die freie und ungehinderte Verwaltung ihrer Diöcese und üben ihre geistliche Gerichtsbarkeit durch ein eigenes Consistorium aus. Als Richtschnur zur Entscheidung der Rechtsfälle, die vor das Consistorium gehören, sind nach dem im Jahre 1782 verfaßten bischöflichen Consistorialsystem vorgeschrieben das Alte und Neue Testament, die Kanones der Apostel, die 7 ökumenischen und die 9 topischen von der orientalischen Kirche anerkannten Concilien, die im zweiten Kanon der Trullanischen Synode genannten Kirchenväter, die s. g. Kormchia, nämlich Kniga (Directorium), d. i. ein kurzer Inbegriff des kanonischen Rechts der griechischen Kirche, endlich bezüglich der Klosterdisciplin die von den Diöcesanbischöfen eingeführte und von den Mönchen angenommene Klosterregel. [2])

Die Bischöfe erhalten ihre Einkünfte von den Gemeinden ihrer Diöcesen, denen sie verschiedene Kirchentaxen auflegen; nur der Neusatzer Bischof ist noch im Genusse einer nicht unfruchtbaren Kammeral-Pußte. Sie können, wie auch der Patriarch, die Hälfte ihres erworbenen Vermögens vermachen, wem sie wollen, nur darf ihr Erbe nicht außer den österreichischen Staaten ansässig sein. Die andere Hälfte fällt dann in diesem Falle sowohl als in dem, wenn sie ohne Testament sterben, dem National- oder allgemeinen Kirchenfonde zu. Zum Unterschied vom Metropoliten oder Patriarchen, der ein hellrothes Halsband trägt, sollen die Bischöfe ein grünes Band, woran das Pectorale hängt, tragen. [3])

Bis jetzt standen unter dem Patriarchen von Karlowitz folgende 10 Diöcesen: [4])

---

[1]) Schwartner S. 110.
[2]) Schwartner S. 485.
[3]) Schwartner S. 112, 487. Chownitz S. 175.
[4]) Schmitt a. a. O. S. 244.

1. Temeswar im Temeser Comitat;
2. Versetz in demselben Comitat;
3. Neusatz im Bacser Comitat;
4. Arad im Comitat gleichen Namens;
5. Ofen, dessen Bischof in der s. g. Raitzenstadt, einem untern Stadttheile Ofens, residirt;
6. Pakratz im Comitat Posega in Slavonien;
7. Karlstadt in der kroatischen Militärgrenze, zu welcher Diöcese auch Triest und Fiume gehören;
8. Hermannstadt in Siebenbürgen;
9. Czernowitz in der Bukowina,[1]) und
10. Sebenico in Dalmatien im Kreise Zara.

§. 68. Die Pfarr- und Klostergeistlichkeit.

Für die Erziehung des griechisch-schismatischen Klerus bestehen blos vier bischöfliche Lehranstalten zu Karlowitz, Neusatz, Czernowitz und Hermannstadt, wie denn die Pfarrer der griechisch-orthodoxen Kirche auf einer ziemlich geringen Kulturstufe stehen, woran freilich auch die große Armuth derselben, die sie oft vom Bauer im Dorfe nicht viel unterscheiden läßt, Schuld sein mag.[2])

Die Weltpriester sind sämmtlich verheirathet. Zu einer zweiten Ehe aber dürfen sie nicht schreiten; doch ist seit dem Jahre 1776 der verwittibte Priester nicht mehr gehalten, in ein Kloster zu treten, außer er thut es freiwillig, um etwa Bischof zu werden.[3])

Im Jahre 1851 besaß die griechisch-schismatische Kirche 3955 Seelsorgsstationen, wovon auf Ungarn mit Einschluß von Kroatien und den Militärgrenzen 1590 Pfarreien treffen.[4]) Nach dem neuesten Beschlusse des Nationalcongresses soll künftighin für 2000 Seelen ein Pfarrer mit 1200 fl. Gehalt, und bei 3000 Seelen außerdem noch ein Kaplan mit 600 fl. Einkommen aufgestellt werden.[5]).

[1]) Bis zum Jahre 1786 residirte der Bischof der Bukowina zu Radautz. Neigebaur a. a. O. S. 370.

[2]) Schmitt a. a. O. S. 255; Chownitz a. a. O. S. 269, 270, 298; Schwartner Th. I. S. 184.

[3]) Schwartner Th. II. und III. S. 487.

[4]) Schmitt a. a. O. S. 245. Chownitz a. a. O. S. 173.

[5]) Allg. Ztg. vom 22. Okt. 1864.

Die Pfarreien sind wieder in Dekanate eingetheilt.

Die Mönche gehören dem Orden des hl. Basilius an und leben vom Acker- und Weinbau. Nonnenklöster besitzen die schismatischen Griechen nicht. In Ungarn, Kroatien und den Militärgrenzen zählt man 24 Klöster mit 212 Mönchen. Die Hälfte dieser Klöster befindet sich auf dem Fruska-Gebirge in Syrmien.[1] In der Bukowina haben wir das Kloster Putna, von Stephan d. Gr., Fürsten der Moldau, gegen Ende des 15. Jahrhunderts gestiftet; das Kloster Dragomirna zu Sereth und das Kloster Suczawitza, wo das Grabmal des Fürsten Movila († 1603) ist.[2] In Dalmatien an der österreich-montenegrischen Grenze imponiren durch hohe Lage und soliden Bau die Klöster Praskwica, Rezevich, Dulsevo und Gradista.[3]).

---

¹) Chownitz S. 173, 175, 270.

²) Neigebaur a. a. O. S. 368 f.

³) Müller: Albanien, Rumelien und die österr.-monten. Grenze (Prag 1844) S. 92.

VIII. Kapitel.

Die armenische Kirche.

§. 69. Einleitung.[1])

Armenien verdankt das Licht des Christenthums dem hl. Gregorius mit dem Beinamen „der Erleuchter" (Lusavoritch), welcher den König Tiridates und einen großen Theil des Volkes taufte und, nachdem er um das Jahr 302 vom Bischofe Leontius von Cäsarea in Cappadocien zum Metropoliten Armeniens geweiht worden war, die Bekehrung Armeniens vollendete. Unter vielen Verfolgungen von Seiten der Perser blieben die Armenier dem katholischen Glauben treu, bis im Anfange des sechsten Jahrhunderts, vorzüglich durch die Bemühungen des Bischofes Nersago von Taron und des syrischen Mönchs Abdisu, der Monophysitismus unter ihnen Eingang fand, was um so leichter war, als die unter dem Patriarchen Papgen um das Jahr 491 gehaltene Nationalsynode zu Vagharschabad das Concil von Chalcedon mit Stillschweigen übergangen hatte.[2]) Den Gebrauch der Muhame-

---

[1]) Giovanni de Serpos: Compendio storico de memorie cronologiche concernenti la religione della nazione armena suddita dell' impero ottomano (Venez. 1786) T. I.—III.; Histoire de l'église Armeniène Par. 1855; Le Quien: Oriens christ. T. I. p. 1358 sq.

[2]) Serpos l. c. T. II. p. 24. Nach der Geschichte des Johannes Katholikos (Histoire d'Armenie par le Patr. Jean VI., traduite de l'Armenien en Francais par M. I. Saint-Martin [Par. 1841] p. 53) hätte diese Synode unter Papgen zu Tovin stattgefunden und das Concil von Chalcedon wirklich verworfen.

daner nachahmend und aus Rücksicht auf die Perser erließ der Patriarch Moses II. auf der Synode zu Tevin im Jahre 551 eine Verordnung, daß die neue Zeitrechnung der Armenier vom 11. Juli 552 beginnen sollte.[1]) Doch gab diese Neuerung noch nicht Veranlassung zur Trennung von der griechischen Kirche. Aber als der Patriarch Abraham auf der Synode zu Tevin im Jahre 596 das Concil von Chalcedon ausdrücklich verwerfen ließ, dem Trisagion den Zusatz „der für uns gekreuziget ist worden" hinzuzufügen befahl, den Armeniern die Wallfahrt nach Jerusalem untersagte und über Cyrinus, den Metropoliten von Iberien, und seine Anhänger, welche die Synode von Chalcedon annahmen, das Anathem sprach, wurde die armenische Kirche von der griechischen und somit auch von der gesammten katholischen Kirche losgerissen. Denn nun wurde im griechischen Theile Armeniens vom Kaiser Mauritius um das Jahr 601 ein Gegenpatriarch Namens Johannes aufgestellt, der in der kleinen Stadt Avan residirte, bis er im Jahre 617 den Persern in die Hände fiel. Die verschiedenen Unionsversuche von Seite der römischen Kirche führten zwar viele Armenier wieder der katholischen Kirche zu, aber noch immer verharrt ein großer Theil der armenischen Nation in der Trennung vom apostolischen Stuhle. Viele Schriftsteller haben nun ausführlich darzuthun versucht, daß die Armenier nicht geradezu als Häretiker bezeichnet werden können;[2]) allein offenbar zu weit geht man, wenn man mit Cappelletti[3]) behaupten wollte, die Armenier seien nicht einmal als Schismatiker anzusehen.[4])

§. 70. Hierarchie der Armenier.

Die Hierarchie der Armenier besteht zunächst aus drei Graden, nämlich aus dem Episcopat, dem Presbyterat und Diakonat.

Das Episcopat begreift wieder mehrere Abstufungen in sich, insofern man einfache Bischöfe, Erzbischöfe oder Metropoliten und Patriarchen unterscheidet, von welch' letzteren Einer den Titel Katholikos führt.

---

[1]) Bezüglich dieser Zeitrechnung siehe Du Laurier: Recherches sur la chronolog armén. (Par. 1859) p. 54.

[2]) V. l'histoire dogmes, trad. et lit. de l'église Armen. orient. (Par. 1855) Partie deuxième.

[3]) L'Armenie (Firenze 1841) T. III. p. 102 sq.

[4]) Serpos l. c. T. I. p. 373 sq. 419 sq.

Das Diakonat schließt dann alle übrigen Weihen der Kleriker in sich, und die Armenier unterscheiden sich von den Griechen dadurch, daß sie gleich der römischen Kirche das Subdiakonat zu den höhern Weihen zählen und vier niedere Weihen, Ostiariat, Lectorat, Exorcistat und Akolythat, annehmen. [1])

§. 71. Der Katholikos.

Obwohl die armenische Kirche gegenwärtig fünf Patriarchen zählt, so führt doch nur Einer von ihnen mit Recht den Titel „Katholikos", nämlich der Patriarch von Etchmiadzin. [2])

Der Katholikos war durch die Zeitverhältnisse oft genöthigt worden, seinen Sitz zu verändern. So verlegte im Jahre 441 der Patriarch Kyut seine Residenz von Etchmiadzin nach Tovin. Im achten Jahrhundert nahm der Patriarch David I., von den Türken verfolgt, seinen Sitz zu Aramonk'h und der Patriarch Johann VI. ging im Jahre 934 nach Dsoroï-vank'h (Kloster des Thales) in Vasburagan. Sergius I. verlegte seine Residenz um das Jahr 993 nach Ani. Im eilften Jahrhunderte finden wir den Patriarchen Peter I. zu Sebaste, und Gregor II. nahm im Jahre 1066 seinen Sitz zu Zamendava; Basilius I. aber ging im Jahre 1083 wieder nach Ani. Im Jahre 1125 befand sich der Sitz des Katholikos zu Zovi (Zovca), im Jahre 1147 im Castell von Rom-Claj bei Tarsus, im Jahre 1294 zu Sis, und endlich im Jahre 1441 wurde er bleibend nach Etchmiadzin verlegt, wo früher die Stadt Vagharschabad stand und Gregor der Erleuchter seine Residenz gehabt hatte. [3])

§. 72. Wahl des Katholikos.

a) Frühere Praxis.

In den ersten Jahrhunderten nach der Bekehrung der Armenier zum Christenthume pflegte man den Katholikos aus dem Stamme des

---

[1]) Serpos l. c. T. III. p. 370; Dwight: Le Christianisme en Turquie au 19 siècle, Par. 1855, p. 15.

[2]) Der erste Metropolit von Etchmiadzin, der den Titel Patriarch und Katholikos annahm, war Nierses I. um das Jahr 381. Histoire de l'église Arméniène par Dulaurier (Par. 1859) p. 26.

[3]) Cappelletti l. c. p. 161 sq.

hl. Gregors des Erleuchters zu wählen, so daß diese Würde gleichsam erblich war. Der letzte Katholikos dieses Stammes war Isaak II., gestorben im Jahre 439, der sich das Recht herausnahm, sich selber einen Nachfolger in der Person des Katholikos Joseph zu geben.[1]) Im Jahre 970 wurde nun auf der Nationalsynode zu Ani verordnet, daß ohne die Approbation der vier Erzbischöfe von Pekin, Haghbat, Siunik oder Datév und St. Thaddäus Niemand zur Würde eines Katholikos erwählt werden sollte. Bei der Wahl selbst beobachtete man folgende Ordnung. Es versammelten sich, eingeladen vom Könige, die Erzbischöfe, Bischöfe und Prälaten der Nation; jeder von diesen schrieb auf einen Zettel den Namen eines der Bischöfe oder Vartabeds und übergab denselben versiegelt dem Könige. Waren der Erwählten viele, so befahl der König, daß die Versammlung zwei oder drei Candidaten vorschlage, aus denen er dann einen nach Belieben zum Katholikos ernannte. Später, als das Armenische Königthum erloschen war, ward der Katholikos durch allgemeine Abstimmung des Klerus aus den Bischöfen gewählt und zwar so, daß man hiezu drei Candidaten vorschlug und den würdigsten aus diesen zum Katholikos nahm, dessen Wahl hierauf vom Schah von Persien bestätigt werden mußte.[2]) Diese Bestätigung kostete dem Patriarchen über 20,000 Thaler.[3])

b) Gegenwärtige Praxis.

Seit dem Jahre 1828 gehört die armenische Provinz Eriwan, wo Etchmiadzin gelegen, zum russischen Reiche. Die armenische Kirche wurde nun zwar durch einen kaiserlichen Ukas vom Jahre 1836 als Staatskirche anerkannt, wie denn auch nach einem Ukas vom Jahre 1841 der Sinod zu St. Petersburg darüber zu wachen hat, daß nichts gegen den Glauben der armenischen Kirche, welche der griechischen Kirche conform sei, gedruckt werde, und durch einen andern Ukas vom Jahre 1842 wurde ihr auch die Freiheit der canonischen Wahl ihres Patriarchen gewährleistet; allein das Wahlrecht kömmt jetzt nur der zu Etchmiadzin residirenden Synode des Katholikos zu. Diese wählt unter Zustimmung der armenischen Bischöfe und aller Armenier, welche zur

---

[1]) Histoire d'Arménie par le Patr. Jean VI. p. 49.

[2]) Serpos l. c. T. II p. 128. T III. p 474; Cappelletti l. c. p. 158 sq.

[3]) Tournefort's Reise nach der Levante Bd. III. S. 285.

Wahl kommen, aus der Reihe der Metropoliten den Katholikos, der hierauf vom Kaiser von Rußland bestätigt wird.[1])

§. 73. Consecration des Katholikos.

Die Consecration des neugewählten Katholikos gehörte vor Alters dem Erzbischofe von Cäsarea in Cilicien zu, in den späteren Jahrhunderten aber ging dieses Recht auf den Erzbischof von Siunik über, der diesen Ritus unter Assistenz zweier Erzbischöfe und in Gegenwart aller Metropoliten, Bischöfe, Vartabeds und anderer Prälaten der armenischen Nation in der Kathedrale des Katholikos vornahm.[2]) Da nun gegenwärtig nur mehr ein Metropolit Katholikos werden kann, so fällt der Consecrationsritus weg und findet blos die Inthronisation des neuen Katholikos durch den genannten Erzbischof oder Metropoliten statt.

§. 74. Jurisdiction des Katholikos.

Der Katholikos von Etchmiadzin bildet das Haupt der armenischen Kirche und erhält durch diese Einheit des religiösen Bekenntnisses zugleich auch das armenische Volk noch immer bei seiner Nationalität. Früher übte er eine universelle Jurisdiction über alle Kirchen Armeniens aus, ja sogar über die Georgier und Albanen erstreckte sich seine kirchliche Regierungsgewalt, und noch im Jahre 1563 berief sich der Katholikos Michael auf eine Bulle des Papstes Sylvester, welche den Katholikos der Armenier den drei Patriarchen von Alexandrien, Antiochien und Jerusalem an die Seite stellte. Heut zu Tage aber ist das Gebiet seiner Jurisdiction bedeutend beschränkt, da sich die übrigen Patriarchen der armenischen Nation soviel als möglich unabhängig gemacht haben.

Dem Katholikos obliegt es vor Allem, über die kirchliche Disciplin und die Reinerhaltung des Glaubens zu wachen. Wichtige Geschäfte aber, welche die Religion und Disciplin betreffen, werden von ihm nur durch die Synode erledigt. Der Katholikos hat das Recht, eine

[1]) L'église Arméniène etc. p. 46, 47, 149; Neale. A History of the Holy Eastern Church. P. I. p. 68.

[2]) Cappelletti l. c. p. 155.

Nationalsynode zu versammeln, die gewählten Bischöfe zu consecriren und ausschließlich das Chrisma (*μύρον*) zu weihen,[1]) welche Weihe nur alle sieben Jahre stattfindet.

---

§. 75. Ehrenrechte und Revenüen des Katholikos.

Außer seinem speciellen Titel wird der Katholikos auch Patriarch und Bischof der Armenier, Bischof von Ararat, großer Erzbischof, Haupt der Bischöfe, großes Haupt der Priester genannt. Die Person des Katholikos war früher so sehr geehrt, daß es Niemanden erlaubt war zu sitzen, wo er auch nur ein einziges Mal gesessen war. Im königlichen Palaste konnte sich der Katholikos nach Belieben niedersetzen, nicht so der König im Palaste des Katholikos.

Das auszeichnende Kleid des Katholikos ist ein Velum von farbiger Seide, Kogh genannt, welches das Haupt und die Schultern bedeckt und am Ende mit Goldfranzen versehen ist. Um die Brust und Schultern trägt dann der Katholikos ein fünffach zusammengelegtes Pallium. Alle übrigen Kleidungsstücke dagegen sind wie bei den Erzbischöfen und Metropoliten.

Der Katholikos hat ferner das besondere Ehrenrecht, sich überall den Doctorstab (Stab der Vartabeds), das Patriarchalkreuz und die Fackel (*διβάμπλουλον*) vortragen zu lassen. Sein Bildniß wird in der Kathedrale aufbewahrt.[2])

Im Anfange des eilften Jahrhunderts hatte der Katholikos einen großen Grundbesitz, da bei 500 Villen in den verschiedenen Provinzen Armeniens ihm gehörten. Gegenwärtig aber bildet sein Haupteinkommen eine jährliche Abgabe von 5 Sols, welche jeder über 15 Jahre alte Armenier seines Sprengels zu entrichten hat; Reiche geben oft 3—4 Thaler. Dazu kommen die Revenüen des Klosterbesitzthums von Etchmiadzin, die Consecrationsgebühren und Contributionen der Bischöfe, die Gebühren für das hl. Oel und die Gaben der Pilgrime auf dem Altare des hl. Gregors. Noch im vorigen Jahrhunderte unter der Herrschaft der Perser sollen sich seine Revenüen auf 600,000

---

[1]) Serpos l. c. T. II. p. 142; Cappelletti l. c. p. 156 sq.; can. 5. Sionis Armenorum Catholici ap. Maium (Vet. script. nov. coll.) T. X. P. II. p 307; l'église Armeniène etc. p 46.

[2]) Cappelletti l. c. p. 159 sq.; Serpos l. c. T. III. p. 456.

Thaler jährlich belaufen haben, welche aber fast gänzlich durch den Tribut an den Schah im Betrage von 400 Pf. Sterling, durch die vielen Geschenke an die Mächtigen des persischen Hofes und besonders durch die für die Armen seiner Nation zu zahlende Kopfsteuer wieder darauf gingen. [1])

§. 76. Die Officialen und die Synode des Katholikos.

Zwölf Erzbischöfe und Bischöfe und vier Vartabeds, ferner bei sechzig Priestermönche und fünfhundert Laienmönche wohnen beim Katholikos im Kloster zu Etchmiadzin [2]) und bilden gleichsam seinen Hofstab, wie denn auch viele von ihnen mit besonderen Geschäften betraut sind. Zu den vorzüglichsten Würdenträgern gehören der Oberstkämmerer, der Schatzmeister, der Klosterpfarrer, der Bischof des Hofstabes, der Kanzler, der Ceremonienmeister, der Archidiakon, der Vartabed oder Theologe des Hofstabes. [3])

Diese Erzbischöfe, Bischöfe und Archimandriten des Klosters Etchmiadzin bilden auch zugleich die Synode des Katholikos, welche dieser bei allen wichtigen Angelegenheiten der Kirche zu Rathe zu ziehen hat. Bei Erledigung des Patriarchenstuhles besorgt die Synode die Wahl eines neuen Katholikos, wozu sie Deputirte aus allen armenischen Diöcesen einzuladen pflegt. [4])

---

[1]) Cappelletti l. c. p. 161; Eastern Churches (Lond. 1850) p. 84; Tournefort: Reise nach der Levante Bd. II. S. 407.

[2]) Das Kloster Etchmiadzin (d. h. Herabkunft des einzigen Sohnes, weil Christus hier dem hl. Gregor erschienen sein soll) wurde vom Katholikos Nierses II. im J. 524 gegründet und liegt ungefähr 35 Meilen nördlich vom Berge Ararat. Es wird auch das Kloster der drei Kirchen genannt und besteht aus 4 Gebäuden, die nach Art der Klöster gebaut sind und ein langes Viereck bilden. Die Kathedrale des Katholikos steht in der Mitte und ist dem hl. Gregor dem Erleuchter geweiht. Die beiden andern Kirchen, St. Cajana und St. Regsima, liegen außerhalb des Klosters. Tournefort a. a. O. S. 304 f.; Neale l. c. p. 164, 291.

[3]) Cappelletti l. c. p. 160

[4]) Neale l. c. p. 68.

§. 77. Die übrigen Patriarchen der Armenier.

a) Der Patriarch von Konstantinopel.

Den zweiten Rang in der Hierarchie der Armenier haben die Patriarchen, und unter diesen nimmt der Patriarch von Konstantinopel nach seiner Stellung und Autorität den ersten Platz ein. Seit dem Jahre 1307 hatten die Armenier zu Konstantinopel einen Bischof, welcher nachher unter der türkischen Herrschaft wahrscheinlich deshalb, damit die Armenier den Griechen nicht nachstünden, zur Patriarchenwürde erhoben wurde.[1]) Im Jahre 1461 nämlich erhielt der Erzbischof Joachim von Bursa von Muhamed II. den Titel eines Patriarchen von Konstantinopel und zugleich auch das weltliche Regiment über die armenische Nation.[2])

Der Patriarch wird von den Notabeln und den geistlichen Häuptern der armenischen Gemeinde zu Konstantinopel gewählt und von der Pforte bestätigt. Früher waren es meistens Banquiers, welche die Oberhand hatten, seit dem Jahre 1839 aber haben sich einige Männer aus der Klasse der Ouvriers an die Spitze der Nation geschwungen, nämlich der Architect des Sultans, sein Gehilfe und der Oberaufseher über die Feuerwerke des Staates. Der Patriarch ist daher so ziemlich ein Werkzeug dieser Mächtigen, die ihm auch nach Belieben einen Coadjutor an die Seite setzen oder auch vermittelst der Pforte absetzen.[3]) Der neue Patriarch hat immer ein Glaubensbekenntniß abzulegen, welches aus neun Artikeln besteht, und worin im achten Artikel die Patriarchen als Stellvertreter Christi bezeichnet werden.[4])

Nach dem Berat, welches der Patriarch von der Pforte empfängt, hat derselbe eine direkte Gewalt über die Priester und Gläubigen seiner

---

[1]) Le Quien: Oriens christ. T. I. p. 1419; Cappelletti l. c. T. III. p. 95.

[2]) Der Patriarch von Konstantinopel steht nur dem Range nach unter dem Katholikos, von dem er sonst ganz unabhängig ist. Ja, seitdem der Katholikos unter der russischen Regierung steht, hat die Eifersucht der Pforte bewirkt, daß der Name des Katholikos bei den Kirchengebeten zu Konstantinopel nicht mehr erwähnt wird. Eastern Churches p 84.

[3]) Dwight l. c. p 83 sq.; Voyage religieux en Orient par l'Abbé Michon T. I. p. 249; Eichmann a. a. O. S. 382.

[4]) Dwight l. c. p. 319 sq.

Diöcese.[1]) Wie der Katholikos, dessen Titel er übrigens nie usurpirte, hat auch er das Recht, die Bischöfe zu consecriren und das hl. Oel zu weihen. Mit Ausnahme des Patriarchats von Jerusalem kann er durch ganz Türkisch-Armenien Metropoliten und Bischöfe anstellen, absetzen, exiliren, zurückrufen, nach Belieben ihre Diöcesen theilen und uniren.[2]) Unter ihm steht das gesammte Kirchenvermögen, bezüglich dessen Verwaltung er jedoch durch die weltliche Synode, gebildet aus einer unter Bestätigung der Pforte wählbaren Rathsversammlung von 20 Mitgliedern beschränkt ist.[3]) Außerdem wird er in der Ausübung seiner geistlichen Jurisdiction durch eine aus seinen Officialen zusammengesetzte Synode unterstützt.[4]) Wie der griechische Patriarch hat auch der armenische einen eigenen Gerichtshof und ein Patriarchalgefängniß, da ihm dieselbe weltliche Jurisdiction über die Gläubigen seiner Kirche zukömmt.[5]) Was endlich die politische Stellung des armenischen Patriarchen betrifft, so ist er das verantwortliche Haupt für seine Nation bei der Pforte und zugleich für die syrischen Jakobiten. Alle Communication zwischen den Armeniern und der türkischen Regierung geht durch seine Hände, so daß selbst der armenische Patriarch von Sis, wie die übrigen Bischöfe, nur durch ihn das nöthige Berat erhalten kann.[6]) Ebenso genießt er dieselben Ehrenrechte, wie der griechische Patriarch, und dieselbe Steuerfreiheit für sich, seinen Kapu-kehaya und fünfzehn Personen seines Gefolges, muß aber dafür einen jährlichen Tribut an die Pforte zahlen.[7])

Das Einkommen des Patriarchen besteht vorzüglich aus den Anstellungstaxen und den jährlichen Contributionen der Bischöfe, zu denen auch der Patriarch von Sis verhältnißmäßig beizutragen hat; ferner aus den Gebühren für die Ordination der Kleriker seiner Diöcese, für das hl. Oel, für Ehedispensen u. s. w., aus den Erbschaften von unverehelichten Priestern und Religiosen, aus den ihm gemachten

---

[1]) Zu Konstantinopel allein wohnen bei 200,000 Armenier.

[2]) Eastern Churches p. 36.

[3]) Lejean: Ethnographie der europ. Türkei, im Ergänzungshefte Nro. 4 zu Petermanns Mittheilungen über wichtige neue Erforschungen S. 37.

[4]) Abbé Michon l. c. p. 250; Madden l. c. V. II. p. 122 sq.

[5]) Serpos l. c. T. II. p. 144 sq; Dwight l. c. p. 82; Cappelletti l. c. p. 95.

[6]) Eastern Churches l. c.

[7]) Nach einem Berat vom Jahre 1782 betrug dieser jährliche Tribut 140,000 Aspern. Serpos l. c. T. II. p. 159.

Vermächtnissen und freiwilligen Geschenken, welche zollfrei in's Patriarchat gesendet werden können.[1])

b) Der Patriarch zu Sis.

Da nach dem Tode des Katholikos Joseph III. im Jahre 1440 der Klerus von Sis fürchtete, es möchte der Patriarchalsitz von da nach Etchmiadzin verlegt werden, so wählte er einstimmig mit dem Volk den Katholikos Gregor IX. Allein die Bischöfe und Vartabeds der armenischen Nation versammelten sich im Jahre 1441 in Etchmiadzin und wählten den Mönch Kyriakos zum Katholikos, welcher hierauf allgemein als das Haupt der armenischen Kirche anerkannt wurde, da seine Wahl dem Canon der Sinode von Ani gemäß gewesen. Um nun das Schisma zu heben, ertheilte man dem alten Sis das Privilegium, von einem Patriarchen regiert zu werden unter der Bedingung, daß man sich dem Katholikos von Etchmiadzin nicht entgegenstelle, sondern als Zeichen der Unterwerfung unter diesen Sitz das hl. Oel vom Katholikos beziehe. Die Bedingung ward eingegangen, und so hat von da an Sis seine eigenen Patriarchen.[2])

Die Wahl des Patriarchen von Sis wäre eigentlich ein ausschließliches Recht der zwölf zunächst gelegenen Bischöfe; allein meistens pflegen sie zu der vom Volke unter dem Einfluße der türkischen Regierung getroffenen Wahl einfach ihre Zustimmung zu geben und dann dem neugewählten Patriarchen einen Coadjutor an die Seite zu setzen.[3])

Nach einem zwischen dem Katholikos von Etchmiadzin und dem Patriarchen von Sis abgeschlossenen Concordate erstreckt sich die Jurisdiction des Letzteren über die armenischen Kirchen von Cilicien, Syrien, Aegypten und Palästina, so daß ihm auch der Bischof von Jerusalem unterworfen wäre, wenn sich nicht derselbe seit der Mitte des 17. Jahrhunderts gänzlich unabhängig gemacht hätte. Daher erstreckt sich gegenwärtig die Jurisdiction des Patriarchen von Sis nur mehr auf die Kirchen Klein-Armeniens, Kappadociens und Ciliciens.[4])

Der Patriarch von Sis führt den Titel: Diener Gottes N., Patriarch und Primas von Klein-Armenien und der Armenier, welche

---

[1]) Eastern Churches l. c.; Eichmann a. a. O. S. 386 f.

[2]) Le Quien: Oriens christ. T. I. p. 1415 sq.; Cappelletti l. c. p. 87.

[3]) Serpos l. c. T. II p. 132.

[4]) Serpos l. c. p. 131; Cappelletti l. c. p. 87.

sind in Cilicien, Syrien und Palästina, Minister der Rechten und des Thrones des hl. Gregors des Erleuchters.[1])

c) Der Patriarch zu Jerusalem.

Das Patriarchat von Jerusalem besteht seit der Mitte des 17. Jahrhunderts, als der Katholikos Philippus dem Erzbischofe von Jerusalem das Privilegium ertheilt hatte, das hl. Oel selbst zu weihen, worauf dieser den Titel eines Patriarchen annahm und auch Bischöfe ordinirte.[2]) Doch übt er diese nur dem Katholikos zukommenden Funktionen schon lange nicht mehr aus. Ueberhaupt ist seine Macht ziemlich beschränkt, zumal auch durch den Patriarchen von Konstantinopel, der ihn nach Belieben zur Rechenschaft zu ziehen pflegt. Um jedoch seine Selbstständigkeit zu wahren, nimmt er ein Berat in seinem eigenen Namen, und unterhält zu diesem Zwecke, sowie für seine sonstige Vertretung beim Divan einen Agenten zu Konstantinopel. Er muß aber nicht blos an die Pforte, sondern auch an den Pascha von Damaskus einen jährlichen Tribut zahlen.

Der Patriarch von Jerusalem wird von seinen Suffraganbischöfen mit Zustimmung des Klerus gewählt und hat seine Residenz im Kloster St. Jakob zu Jerusalem.

Die Quelle seines Einkommens bilden die Gaben der Pilger, die Contributionen von seinen Bischöfen, die Geschenke von den reichen Gläubigen und die Revenuen des Klosters.[3])

d) Der Patriarch von Aghtamar.

Der Bischof David von Tornik machte sich im Jahre 1114 mit Hilfe des von ihm bestochenen Kalifen der Agarener zum Patriarchen auf der Insel Aghtamar im Wansee, und nahm hierauf auch den Titel Katholikos an. Dieses Schisma dauert nun bis auf den heutigen Tag fort; doch hat das genannte Patriarchat wenig Bedeutung, da sich seine Jurisdiction kaum über die Grenzen des Wansee's hinaus erstreckt. Der Patriarch wird von den ihm untergebenen Bischöfen

---

[1]) Moroni: Dizionario di erud. Stor.-eccl. V. 67. p. 52.

[2]) Le Quien l. c. p. 1419; Serpos l. c. p. 132. Vgl. Tournefort a. a. O. Bd. III. S. 408.

[3]) Eastern Churches p. 37 sq.

und Klerikern gewählt, und lebt zunächst vom Besitzthume des Klosters auf der Insel Aghtamar.[1])

§. 78. Der armenische Episcopat.

a) Die Metropoliten.

Die Metropoliten oder Erzbischöfe unterscheiden sich jetzt nur dem Range nach und durch gewisse Ehrenrechte von den Bischöfen, nicht aber durch eine größere Jurisdiction. Aus ihnen allein kann gegenwärtig der Katholikos gewählt werden. Nach den Canones würden die Erzbischöfe allerdings ihre Suffraganbischöfe und das hl. Chrisma weihen können, wenn diese Funktionen nicht dem Katholikos oder Patriarchen reservirt worden wären[2]). In der Kleidung unterscheiden sie sich von den Bischöfen durch eine Mitra von Gold und ein dreifaches Pallium. Ebenso ist auch ihr Hirtenstab ein wenig höher, als der der Bischöfe und endigt in einen weiteren Kreis. Am Gürtel tragen sie an einer Schnur den erzbischöflichen Schild (Gonchèr), das Epigonation der Griechen.[3])

b) Die Bischöfe.

Die Bischöfe werden aus den unverheiratheten Vartabeds genommen und nur zuweilen mit Dispensation des Katholikos oder Patriarchen aus den Mönchen, da nach den Canones ein Mönch nicht Bischof sein kann.[4])

Der Bischof wird gewöhnlich vom Klerus und den Famlienhäuptern der Diöcese durch Stimmenmehrheit gewählt, und der Gewählte dann dem Katholikos oder Patriarchen zur Consecration präsentirt.[5])

---

[1]) Le Quien l. c. p. 1417; Cappelletti l. c. T. III. p. 64.

[2]) Cf. can. 4. Macarii Hierosolymitani ap. Maium l. c. p. 271; can. 16. Syn. Armenorum ap. Maium p. 295.

[3]) Cappelletti l. c. T. III. p. 151 sq.

[4]) Can. 1. 2. Isaaci ultimi Armenorum Catholici ap. Maium l. c. p. 300. Cf. Madden l. c. p. 123.

[5]) Doch kann der Patriarch auch selbstständig das Bisthum vergeben. Wie bei den Griechen, so sollen auch bei den Armeniern die Bisthümer vom Katholikos oder Patriarchen gleichsam verkauft werden. V. Madden l. c. p. 122; Michon l. c. p. 250.

Der Katholikos oder Patriarch gibt hierauf mehreren, in der Regel drei Bischöfen, den Auftrag, mit dem Neugewählten ein Examen vorzunehmen, welches sich auf seine intellectuellen und moralischen Eigenschaften erstreckt. Ein Bischof soll nämlich 50 Jahre alt, in den Kanones und der hl. Schrift wohl bewandert und ehelicher Geburt sein; er muß ferner drei ehrenhafte und legitime Generationen sowohl väterlicher als mütterlicher Seits zum Stamme haben, orthodoxen Glaubens und unbescholtener Sitten sein. Ist das Examen zu Gunsten des Gewählten ausgefallen, dann wird er am nächsten Sonntage consecrirt.

Die Consecration besteht außer vielen Ceremonien, die denen der griechischen Kirche ganz ähnlich sind, dem Wesen nach in der Handauflegung und Salbung mit Chrisam. Nachdem nämlich der in der Kirche versammelte Klerus drei Mal gerufen: „Die göttliche und himmlische Gnade, die immer das Bedürfniß des Dienstes der apostolischen Kirche stillt, ruft diesen N. vom Priesterthume zum Episcopat, zum Dienste der hl. Kirche nach seinem und des ganzen Volkes Zeugniß", und das anwesende Volk drei Mal „er ist würdig" geantwortet hat, spricht der Patriarch mit lauter Stimme: „Die göttliche und himmlische Gnade, die immer das Bedürfniß des hl. Dienstes der apostolischen Kirche stillt, ruft diesen N. vom Priesterthume zum Episcopat, zum Dienste der hl. Kirche nach seinem und des Volkes Zeugniß. Ich lege ihm die Hände auf; ihr Alle betet, damit er würdig werde, seinen bischöflichen Grad unbefleckt zu bewahren im Heiligthume Gottes." Hierauf salbt der Patriarch das Haupt und die beiden Daumen des neuen Bischofs mit Chrisam und überreicht ihm die bischöflichen Insignien, Ring und Stab. Den Schluß bildet die Liturgie, worauf der neue Bischof vierzig Tage im Heiligthume bleibt. [1])

Der Bischof als der Vater-Aller hat für den Klerus und die Gläubigen seiner Diöcese zu sorgen, und zur Aufsicht über die ihm anvertraute Heerde eifrige, fromme und gelehrte Männer als Chorbischöfe aufzustellen. [2]) Er soll nur solche, welche die von den Kanones geforderten Eigenschaften haben, zu kirchlichen Ehren befördern [3]), selbst aber ein gesittetes Leben führen. Gibt sich daher ein Bischof sinn-

[1]) Serpos l. c. T. III. p. 455—474.

[2]) Can. 44. Isaaci Armenorum Catholici ap. Maium l. c. p. 277, 285.

[3]) Can. 46. ejusd. Isaaci ap Maium p. 286.

lichen Dingen hin, vernachläßigt er seine bischöflichen Pflichten, so soll er deponirt werden. Dieselbe Strafe soll er erhalten, wenn er sich der Trunkenheit hingibt, oder einer öffentlichen bekannten Fornication schuldig gemacht hat[1]).

Seine Jurisdiction hat der Bischof strenge innerhalb seiner Diöcese auszuüben. Wenn er einen Exdiöcesan ordinirt, soll er und der Ordinirte deponirt werden. Nur wenn eine Diöcese ohne Bischof ist, kann der benachbarte Bischof mit Erlaubniß des Patriarchen daselbst bischöfliche Funktionen vornehmen.[2])

Die Klöster, Schulen und Hospitäler stehen gleichfalls unter der Aufsicht des Bischofes.[3]) Ebenso hat er das Kirchenvermögen zu verwalten, wobei er jedoch unter der Controle der Patriarchalsynode steht.[4]) Ohne seine Erlaubniß dürfen keine Reliquien zur Verehrung aufgestellt und keine Altäre errichtet werden.[5])

Das Einkommen der Bischöfe fließt aus dem Besitzthume der Kathedrale und gewissen Gebühren für bischöfliche Funktionen, ferners aus den Oblationen und Erstlingsfrüchten, welche ihnen von ihren Gläubigen dargebracht und von den Priestern zunächst in Empfang genommen werden.[6])

In der kirchlichen Kleidung unterscheiden sich die Bischöfe von den Priestern dadurch, daß sie statt des Birets eine Mitra, ähnlich der der lateinischen Bischöfe, tragen,[7]) ferner einen Ring und einen Hirtenstab, welcher etwas niedriger ist, als der der lateinischen Bischöfe, und in einen gebogenen Schlangenkopf endigt. Ueber dem Pluviale tragen sie ein weites Pallium, wie die griechischen Bischöfe; den Sakkos der Griechen dagegen haben sie nicht.[8])

---

[1]) C. 1. Syn. Armenor. ap. Maium p. 292; can. 1. Ioannis Arm. Cath. ap. Maium p. 303; can. 1. Sionis Arm. Cath. ap. Maium p. 307; can. 1. Concil. Tevin. ap. Maium p. 310.

[2]) C. 2 Sionis Arm. Cath., c. 2. Conc. Tevin. ap. Maium l. c. p. 307, 310.

[3]) C. 4. Conc. Tevin. ap. Maium p. 310.

[4]) Michon l. c. p. 250; Madden l. c. p. 122.

[5]) Can. 17. Syn. Armenor. ap. Maium l. c. p. 295.

[6]) Isaaci libellus traditionis de ministris s. eccl. et de fructibus a populo domo Dei oblatis ap. Maium l. c. p. 289 sq.

[7]) Die Mitra ist bei den Armeniern erst seit dem Jahre 1084 im Gebrauche. Neale l. c. p. 313.

[8]) Cappelletti l. c. p. 150; L'église Armen. p. 151.

Schließlich bemerken wir, daß viele von den Metropoliten und Bischöfen keine Diöcesen haben, sondern in Klöstern leben und dort die Stelle eines Archimandriten versehen. Manche von ihnen sind dann zugleich Vartabeds. Man hat diese Bischöfe irrthümlich für Chor- oder Landbischöfe gehalten, da sie doch eigentliche Bischöfe sind.[1])

---

§. 79. Diöcesen und Seelenzahl der Armenier.

I.

Die Diöcesen der Armenier in Rußland, welche unmittelbar unter dem Katholikos von Etchmiadzin stehen, wurden durch einen Ukas vom 11. März 1836, bestätigt von der Synode, auf folgende Weise geordnet:[2])

1. Nakschiwan und Bessarabien. Diese Diöcese umfaßt St. Petersburg, Moskau, die Gouvernements von Neu-Rußland und die Provinz Bessarabien. Der Erzbischof dieser Diöcese hat seinen Sitz zu Kischenew in Bessarabien.

2. Astrakhan, Sitz eines Erzbischofes. Diese Diöcese umfaßt den übrigen Theil Rußlands mit Ausschluß der transkaukasischen Provinzen.

3. Eriwan, die Diöcese des Katholikos, welche den ganzen alten armenischen District mit Ordubat, Shuragel und einen Theil von Karabagh umfaßt. Zu dieser Provinz gehören folgende Suffragan-Bisthümer oder Vikariate:

Eriwan[3])
Nakschiwan[4])
Shuragel
Dathev.[5])

---

[1]) Tournefort a. a. O. Bd. III. S. 410; Cappelletti l. c. p. 149.

[2]) Neale l. c p 107.

[3]) Einen armenischen Bischof von Eriwan findet man um das Jahr 1666 erwähnt. Le Quien l. c. T. I. p. 1448 sq.

[4]) Der erste bekannte armenische Bischof von Nakschiwan ist Zacharias im Jahre 1321. Le Quien l c. p 1439.

[5]) Das Kloster Dathev oder St. Eustachius ist der Sitz des Metropoliten von Siunik'h. Eines Bischofs von Siunik'h geschieht zur Zeit des Katholikos Papgen (487—492) Erwähnung. Einen Erzbischof von Siunik'h finden

4. Georgien und Tiflis. Zu dieser Provinz gehören die Vikariate
Elisabethpol
Akhaltsick
Imeretien.

5. Karabagh. Diese Diöcese umfaßt den ganzen District von Karabagh, ausgenommen den Theil, der ehemals die Diöcese Sion bildete und jetzt dem Katholikos gehört. Der Erzbischof von Karabagh residirt zu Shusha. Unter ihm steht das Suffraganbisthum oder Vikariat Shiku.

6. Schirwan mit dem erzbischöflichen Sitze zu Derbent.

II.

In Persien stehen folgende Diöcesen unter dem Katholikos:

1. Ispahan.[1]) Der Erzbischof von Ispahan residirt im Kloster Armenaprgieh in der Vorstadt Neu-Djulfah. Unter ihm steht das Suffraganbisthum Calcutta.

2. Tabriz oder Tebris.[2]) Der Erzbischof von Tabriz residirt im Kloster St. Thaddäus.[3]) Unter ihm stehen die Suffraganbischöfe von Achback, der im Kloster St. Bartholomäus, und von Daraschamb, der im Kloster Surp Nakhavga (St. Stephan Protomart.) residirt.[4])

III.

Der Patriarch von Konstantinopel[5]) hat nach einer vom Provincial-Concil am 20. November 1830 getroffenen Anordnung folgende Diöcesen unter sich:[6])

---

wir zur Zeit des Katholikos Gregor V. (1193—1195) erwähnt. Le Quien T. I. p. 1443 sq.

[1]) Der erste bekannte armenische Erzbischof von Ispahan ist Stephanus im J 1699. Le Quien l. c. p. 1425.

[2]) Der erste bekannte armenische Erzbischof von St. Thaddäus ist Zacharias III. im Jahre 1321. Le Quien l. c. p. 1445.

[3]) Das alte Kloster St. Thaddäus oder Magu wurde im Jahre 1247 restaurirt. Saint-Martin: Memoires sur l'Armenie, T. II. p. 463.

[4]) Neale l. c. p. 106.

[5]) Der erste bekannte armenische Bischof von Konstantinopel ist Hesychius im Jahre 1307. Le Quien l. c. p. 1419.

[6]) Neale l. c. p. 104—106.

1. Taron oder Musha.[1]) Der Erzbischof hat seinen Sitz im Kloster St. Johann d. T. (St. Garabied) zu Musha. Unter ihm stehen die Suffraganbisthümer:

Arakeloto. Der Bischof residirt im Kloster zu den hl. Aposteln.

Surp-Johannes mit der bischöflichen Residenz im Kloster St. Johann Ev.

Amratolo. Der Bischof hat seinen Sitz im Kloster St. Johann d. T.

Kegy[2]) mit der bischöflichen Residenz im Kloster gleichen Namens.

2. Kesarieh oder Gaiseri.[3]) Der Erzbischof hat seinen Sitz im Kloster St. Johann d. T. Unter ihm stehen folgende Suffraganbisthümer:

Surp-Daniel. Der Bischof residirt im Kloster Daniel d. Proph.

Tomarza mit der bischöflichen Residenz im Kloster zur hl. Mutter Gottes.

Tara Vank mit der bischöflichen Residenz im Kloster St. Sergius.

3. Nikomedien. Der Sitz des Erzbischofes ist im Kloster zur hl. Mutter Gottes in Charcapan. Er hat als Suffraganbisthümer:

Adar Bazar und

Bazar Kegy.

4. Brussa.[4]) Der Erzbischof von Brussa hat zu Suffraganen die Bischöfe von

---

[1]) Eines armenischen Bischofs von Taron, Namens Nersapo, geschieht schon in der zweiten Hälfte des 6. Jahrhunderts Erwähnung. Der erste bekannte Erzbischof ist Johann im Jahre 1316. Le Quien l. c. p. 1425, 1426. Das Kloster St. Garabied, auch Klaga-vankh und Innagnean-vankh genannt, soll schon im 4. Jahrhundert gegründet worden sein. Saint-Martin: Memoires sur l'Arménie T. I. p. 101.

[2]) Der erste bekannte armenische Bischof von Kegy ist Philippus im Jahre 1307. Le Quien l. c. p. 1432.

[3]) Der erste bekannte armenische Erzbischof von Kesarieh ist Constantin im Jahre 1307. Le Quien l. c. p. 1423.

[4]) Der erste bekannte armenische Erzbischof von Brussa ist Joakim vor dem Jahre 1461. Cappelletti l. c. T. III. p. 95.

Kotine und
Panterma.

5. Smyrna, Sitz eines Erzbischofes.

6. Kagalai oder Gálata; der Erzbischof residirt im Kloster zur hl. Mutter Gottes. Unter ihm stehen die Bisthümer:

Aphion-Karagisar und
Palu.

7. Tokât. Der Erzbischof residirt im Kloster St. Anna. Er hat zu Suffraganbisthümern:

Schabin-Karagisar; der Bischof residirt im Kloster zu den hl. Aposteln.

Tamzara mit der bischöflichen Residenz im Kloster St. Sergius.

Astbeitur mit dem bischöflichen Sitz im Kloster Surp-Nishan.

8. Amasia.[1]) Der Erzbischof residirt im Kloster zur hl. Mutter Gottes. Unter ihm steht das Bisthum

Sepucha, dessen Bischof im Kloster St. Gregor des Erleuchters residirt.

9. Sebaste.[2]) Der Erzbischof hat seinen Sitz im Kloster zum hl. Kreuz.

10. Erzerum. Der Erzbischof residirt im Kloster Mutruka und hat zu Suffraganbisthümern:

Harmer-Vank mit der bischöflichen Residenz im Kloster gleichen Namens.

Gaze Kale mit dem bischöflichen Sitze im Kloster zur hl. Mutter Gottes.

Khatkha-Vank mit der bischöflichen Residenz im Kloster zum hl. Kreuz.

Sper mit der bischöflichen Residenz im Kloster St Johann des Täufers.

Erzinka mit dem bischöflichen Sitze im Kloster St. Narcissus.

Derjan mit der bischöflichen Residenz im Kloster St. David.

---

[1]) Der erste bekannte armenische Bischof von Amasia ist Bartanus im Jahre 1307. Le Quien l. c. p. 1425.

[2]) Der erste bekannte armenische Erzbischof ist Stephanus im Jahre 1307. Le Quien l. c. p. 1423.

Kars mit dem bischöflichen Sitze im Kloster von Kosha-Vank.

Uch Kilisse[1]) mit der bischöflichen Residenz im Kloster St. Gregor des Erleuchters.

11. Wan. Der Erzbischof von Wan residirt im Kloster Surp-Nishan. Seine Suffragandiöcesen sind:

Narek[2]) mit der bischöflichen Residenz im Kloster St. Gregor.

Ter-uskan- bordy.

Lime mit dem bischöflichen Sitz im Kloster St. Georg des Siegreichen.

Ktuts mit der bischöflichen Residenz im Kloster St. Johann des Täufers.

12. Agn. Der Erzbischof residirt im Kloster Aménap'hergitch oder St. Salvator. Unter ihm stehen die Suffraganbischöfe von:

Ârapker oder Arabkir und

Kuruchai.

13. Trapezunt. Der Erzbischof von Trapezunt hat folgende Suffraganbisthümer:

Gumerskhan[3]) mit dem bischöflichen Sitze im Kloster zur hl. Mutter Gottes.

Babert.[4])

14. Diarbekr.[5]) Der Erzbischof residirt im Kloster zur hl. Mutter Gottes zu Partsragaats. Seine Suffraganbisthümer sind:

Balu und

Kharberd.

15. Orfa oder Edessa, Sitz eines Erzbischofs.

16. Adrianopel. Der Erzbischof von Adrianopel hat als Suffraganbisthum

Schumla.

---

[1]) Uch Kilisse ist Tartarisch für „Kloster von Dreien," im Armenischen 'Yeritz-Vank.

[2]) Eines armenischen Bischofs von Narek, Namens Gregor, geschieht um das Jahr 970 Erwähnung. Le Quien l. c. p 1439.

[3]) Gumerskhan ist wahrscheinlich das alte Pylä.

[4]) Der erste bekannte armenische Bischof von Babert ist Isaak im Jahre 1307. Le Quien l. c. p. 1441.

[5]) Der erste bekannte armenische Erzbischof von Diarbekr ist Johann im Jahre 1640. Le Quien l. c. p. 1425.

17. Tekerdagh oder Thracien. Der Erzbischof hat seinen Sitz zu Rodosto.

18. Egypten. Der Erzbischof residirt zu Alexandria.[1])

IV.

Die Diöcese des Patriarchen von Sis im Ejalet Adana umfaßt drei Städte und 40 Dörfer. Noch gegen Ende des 16. Jahrhunderts hatte der Patriarch von Sis 23 Erzbischöfe und Bischöfe unter sich.[2])

V.

Die Diöcese des Patriarchen von Jerusalem[3]) umfaßt die Paschaliks von Damaskus, Akra und Tripolis und die Insel Cypern. Der Patriarch hat seinen Sitz im Kloster Mar Jakub auf Sion, welches vom georgischen König Georg I. Kuropalata im 11. Jahrhunderte erbaut wurde, um das Jahr 1238 bereits den Armeniern gehörte und seit dem Jahre 1666 unangefochten in ihrem Besitze geblieben ist. Im Kloster wohnen zugleich fünf Bischöfe und über hundert Geistliche. Im Ganzen aber soll der Patriarch 14 Suffraganbischöfe haben.[4])

VI.

Die Diöcese des Patriarchen von Aghtamar umfaßt 2 Städte und 30 Dörfer. In der zweiten Hälfte des 17. Jahrhunderts hatte er 8—9 Bischöfe unter sich, welche in Klöstern um den Wansee herum residirten.[5])

Die Seelenzahl der Armenier im türkischen Reiche beträgt 2,400,000, wovon 400,000 Seelen auf die europäische Türkei kommen.[6])

---

[1]) Nach Kremer (Aegypten Th. I. S. 99) residirt der Bischof der Armenier zu Kairo.

[2]) Neale l. c. p. 104; Le Quien l. c. T. I. p. 1417.

[3]) Die Diöcese Jerusalem wurde im 12. Jahrhundert errichtet und im Jahre 1311 zu einem Erzbisthum erhoben. Le Quien l. c. p. 1419. Dwight l. c. p. 82.

[4]) Eastern Churches p. 88; Neale l. c. p. 106; Tobler's Topographie von Jerusalem Bd. I. S. 361; Sepp's Jerusalem und das hl. Land Bd. I S. 703 ff.

[5]) Neale l. c. p. 104; Le Quien l. c. p. 1417.

[6]) Ubicini: La Turquie actuelle p. X.; Madden l. c. V. II. p. 121; Ungewitter: Die Türkei in der Gegenwart S. 157; Lejean a. a. O. S. 37.

Im russischen Reiche beträgt die Zahl der Armenier bei 500,000 Seelen [1]), so daß, wenn man die noch in andern Ländern, namentlich in Egypten und den Donaufürstenthümern, zerstreut lebenden Armenier in Anschlag bringt, sich eine Gesammtzahl von drei Millionen Armenier ergibt. [2])

---

§. 80. Die Armenier in den Donaufürstenthümern.

Eine Einwanderung der Armenier in die Donaufürstenthümer fand zwei Mal statt, zuerst in der ersten Hälfte des 11. Jahrhunderts; die hauptsächlichste Niederlassung aber erfolgte im Jahre 1342, nachdem Orchon als Padischah den Sitz der ottomanischen Pforte zu Brussa aufgeschlagen und die Perser die Hauptstadt Ani wieder erobert hatten. Die älteste armenische Kirche in der Moldau ist die zu Botuschan, erbaut im Jahre 1350, dann folgt die zu Jassy, erbaut im Jahre 1395. Außerdem befinden sich zu Bukarest, Galatz, Fokschan, Roman, Okna, Krajova und Plojesti armenische Kirchen. Sie stehen unter dem Patriarchen von Konstantinopel, der auch gewöhnlich einen Bischof zur Prüfung und Ordination der geistlichen Amts-Candidaten hiehersendet. Nach der vom Patriarchen und von der Pforte genehmigten Verfassung vom Jahre 1840 sollen die Fonds der armenischen Kirchen erhalten und zur Unterhaltung der Kirchen, zu Schuldotationen, zum Unterhalte der Geistlichen und zur Unterstützung der Armen verwendet werden. Das Gemeindewesen der Armenier besteht aus einer Ephorie, zu der 5 Vorsteher und 10 Räthe in außerordentlicher Versammlung gewählt werden, welche auch die Streitigkeiten unter ihren Glaubensgenossen zu schlichten haben. Die Schulen stehen unter einem armenischen Director, werden aber von der Regierung beaufsichtigt. [3])

---

[1]) Beil. zur Allg. Zeit. vom 3. Sept. 1864. — Dulaurier (Histoire de l'église Arménienne p. 58) gibt im eigentlichen Rußland über 15,000, in Georgien aber bei 500,000 Armenier an.

[2]) Cf. Michon l. c. T I. p. 246.

[3]) Neigebaur: Die Donaufürstenthümer H. I. S. 83 f.; Derblich: Land und Leute der Moldau und Walachei. S. 147.

§. 81. Die armenische Weltgeistlichkeit.

a) Die Vartabed's.

Der untere Klerus der armenischen Kirche zerfällt in Chorpriester oder Vartabeds und in einfache oder Pfarrpriester. Die Vartabeds stehen um eine Stufe höher, weil sie mit der Doctorwürde bekleidet, die Lehrer der Theologie sind. Als Auszeichnung tragen sie einen Stab, der vom reichen Metall gemacht, mit Perlmutter ausgelegt und schön gearbeitet zu sein pflegt, und den sie beim Predigen, welches ihr vorzüglichstes Amt ist, in der Hand halten. Sie zerfallen in zwei Klassen, in niedere und höhere Vartabeds. Der Unterschied zwischen beiden besteht darin, daß der Stab der ersteren blos in einen geschlungenen Schlangenkopf ausläuft, während der der andern in zwei gegenüberstehende Schlangenköpfe endigt.[1]) Die Vartabeds der niedern Klasse haben vier Grade, die jedoch ohne große Feierlichkeit verliehen werden. Die höhere Klasse der Vartabeds besteht dagegen aus zehn Graden, deren Verleihung unter vielen Ceremonien vor sich geht. Den Schluß dieser Feierlichkeit, welche stets in Gegenwart des Bischofes stattfindet, bildet die Ueberreichung des Doctorstabes von Seite des Obersten der Vartabeds, welcher zugleich in einer passenden Ansprache den neuen Vartabed auf die ihm nun obliegenden Pflichten hinweist. Der Vartabed soll nämlich die Betrübten trösten, die Sünder zur Buße rufen, die Unwissenden belehren, die Ungläubigen bekehren, überhaupt das Wort Gottes mit Kraft und unerschrockenem Muthe verkünden.[2])

---

[1]) Serpos l. c. T. III. p. 478.

[2]) So lautet die Ansprache beim ersten Grade: „Nimm hin diesen reinen und heiligen Stab vom hl. Geiste und habe Gewalt, zu trösten die Betrübten und Geängstigten, die von verschiedenen Versuchungen herumgeworfen werden, damit sie reichlicher begnadigt werden gemäß den Worten: „Tröste dich, tröste dich, mein Volk, spricht Euer Gott," und du empfangest nach deinen Verdiensten die Tröstung des hl. Geistes an Seele und Leib. Amen."

Beim zweiten Grade: „Empfange die Gewalt vom hl. Geiste und nimm hin den zweiten Grad des Doctorats, damit du seiest erstens ein Mittler zwischen Gott und den Menschen, zweitens ein Verbesserer der Schlechten, drittens ein Hort für das Volk, viertens ein Fürsprecher bei Gott, fünftens ein Reiniger der Unreinen, sechstens ein Rechtfertiger der Sünder, siebentens ein Bekehrer der Ungläubigen, achtens ein Unterweiser der Unwissenden,

Nach den Kanones soll der Bischof Vartabeds in den Kirchen aufstellen. Um Vartabed zu werden, muß man Priester sein und

---

neuntens ein Treiber der Ungerechten zum Gesetze, zehntens ein Erzeuger von Söhnen und Erben Gottes. Und sei wie ein fruchtbringender Baum, alle fruchtbringend machend, damit sie wandeln nach dem Willen Gottes, und du handelnd und lehrend groß genannt wirst im Reiche unsers Herrn Jesu Christi mit allen Heiligen. Amen."

Beim dritten Grade: „Empfange den dritten Grad des Doctorats mit der Gewalt vom hl. Geiste, damit du die Verbrecher zur Buße rufest, die wissentlich oder unwissentlich in die Fallstricke des Bösen gefallen, und sie allem Bösen entreißest und bekehrest, wie sich der verschwenderische Sohn bekehrte, und ihnen alle ihre Sünden nachlassest und ihnen wiederherstellest das erste Kleid. Und du wirst, wenn der Hirtenfürst erscheint, die unverwelkliche Krone der Herrlichkeit empfangen. Amen."

Beim vierten Grade: „Empfange den vierten Grad des Doctorats und merke, was dich genannt hat der Prophet Isaias, wenn er sprach: „Die Stimme eines Rufenden in der Wüste." Deshalb mußt du erstens den Sündern, Unwissenden und Ungläubigen predigen, zweitens unerschrocken predigen, drittens kühn und ohne Ansehen der Person predigen, viertens offen und klar predigen, fünftens mit Weisheit und Wissenschaft predigen, sechstens rügen, verweisen und trösten, siebentens in wüsten und steilen Orten predigen, d. i. denen, die verlassenen und betrübten Herzens sind. Und unser Herr Jesus Christus erleuchte die Augen deines Geistes, damit glänze in dir das Licht der Wissenschaft, und du vom Herrn genannt wirst ein Licht der Welt, und in dir kein Theil der Finsterniß sei, sondern du ganz licht seiest und wie die Sonne aufgehest im Reiche der Himmel mit allen Heiligen nach der Verheißung unsers Herrn Jesu Christi. Amen."

Beim fünften Grade: „Nimm hin den fünften Grad des Doctorats und höre die Worte desselben heilig redenden Propheten Isaias: „Bereitet den Weg des Herrn, machet eben die Pfade unsers Gottes." Daher bereite auch du gerne den Weg des Herrn mit dem Gesetze und Glauben in den Seelen und Leibern der Gläubigen. Und gemäß der Arbeit und deinen Verdiensten wirst du würdig sein zu besitzen den vom Herrn bereits verheißenen Ort, wenn er spricht: „Wo ich bin, da wird auch mein Diener sein." Deshalb fache fort und fort deinen Geist zur Liebe desselben an. Amen."

Beim sechsten Grade: „Empfange den sechsten Grad des Doctorats und erwäge bei dir, was von diesem Grade derselbe Prophet Isaias vorschreibt, wenn er sagt: „Steige auf einen hohen Berg, frohe Botschaft Sion bringend," d. h. steige auf die Spitze und den Gipfel aller erhabener und schwierigen Tugenden, und so predige das Wort. Und so handelnd, wirst du würdig werden unaussprechlicher himmlischer Güter, die kein Auge gesehen, kein

unverehelicht bleiben. Was aber die wissenschaftlichen Anforderungen betrifft, so genügt es, die armenische Schriftsprache zu verstehen und

---

Ohr gehört hat und in keines Menschen Herz gedrungen sind, und wirst vollen Lohn haben mit allen Heiligen durch die Gnade Christi, unsers Gottes. Amen."

Beim siebenten Grade: „Empfange den siebenten Grad des Doctorats, damit du durch die Gnade des hl. Geistes im Werke erfüllen kannst, was du mit dem Munde gepredigt hast, und das wirksame Wort deiner Predigt Frucht bringe nach den Worten des Propheten: „Erhebe mit Kraft deine Stimme." Und du wirst stets handelnd und lehrend groß genannt werden im Reiche unsers Herrn Jesu Christi. Amen."

Beim achten Grade: „Nimm hin den achten Grad des Doctorats, und es bekleide dich die Kraft Christi, damit du wie ein unbeweglicher Fels gegen die Pforten der Hölle wirst, unerschrocken predigend, nicht fürchtend den Tod. Hasche nicht nach Ruhm von Menschen, noch nimm Geschenk an, noch sehe auf Personen. Sei nicht nachsichtig, noch vernachlässige deinen Dienst, sondern erstarke durch jenes Wort des Propheten: „Frohlocket und fürchtet nicht." Wenn du das thuest, wirst du erfüllen jenes Unaussprechliche des Herrn: „Was ich euch sage, sage ich allen," und dein Name wird unter die Chöre der Apostel im Buche des Lebens geschrieben werden. Amen."

Beim neunten Grade: „Empfange den neunten Grad des Doctorats und habe Gewalt von Christus, zu gehen und zu predigen durch den ganzen Erdkreis und zu verkünden die erste und letzte Ankunft Christi unsers Gottes nach den Worten des Propheten: „Sprich zur Stadt Juda, sieh' da euer Gott, sieh' da der Herr; der Herr kömmt mit Macht, und der Arm mit seiner Herrschaft." Wir aber bitten unsern besten und unbesiegbaren Hirtenfürsten Christus, er möge dein Herz erweitern und dir Kraft geben in Allem, damit du die Heerde des Herrn bewachest und sie leitest im Wohlgefallen Gottes und führest zum vorgerückten Alter der Fülle Christi, und daß du im Angesichte des Herrn befunden werdest als ein Arbeiter ohne Scheu und als treuer Knecht, und von ihm empfangest die Herrschaft über zehn Städte und belohnt werdest von Christus, unserm Gott. Amen."

Beim zehnten Grade: „Empfange diesen Grad der vollkommenen Zehnheit, der die Zahl der vierzehn Grade des Doctorats voll macht, und wenn du erfüllt bist vom hl. Geiste, so übe in der Kirche im Sinne des Apostels die fünf Worte, nämlich lobsingen, lehren, offenbaren die Aussprüche Gottes, in Sprachen reden und erklären zur Erbauung der Brüder und zum Gedeihen der Kirche Gottes. Und auch unser Herr Jesus Christus, der mächtig ist dich zu stärken und zu befestigen in diesem Grade, erhalte und bewahre dich mit seinem Segen, und mache blühen durch den Reichthum seiner Gnade deinen Verstand und deine Sinne, dein Herz und deine Gedanken, deine Worte und Werke, deinen Ein- und Austritt, und stütze dich mit seiner

einige Reden ihres Meisters Gregorius Atanisi [1]) auswendig gelernt zu haben, dessen ganze Beredtsamkeit hauptsächlich in Lästerungen gegen die römische Kirche besteht.[2]) Die Würde eines Vartabeds wird übrigens nicht umsonst ertheilt, sondern es müssen dafür gewisse Taxen bezahlt werden. Die Vartabeds pflegen beim Predigen zu sitzen, im Gegensatze zu den ungelehrten Bischöfen, die stehend predigen. Obwohl sie sich in ihren Predigten halb der gelehrten oder liturgischen, halb der gemeinen Sprache bedienen, so predigen sie doch öfters in der Volkssprache, um besser verstanden zu werden. Ihre Predigten bestehen meistens aus Sprüchen der hl. Schrift, die sie nicht selten falsch auslegen, aus Parabeln und andern wahren und falschen Geschichten, die sie aus der Tradition gelernt haben. Sie wohnen meistens in Klöstern oder in der Nähe der Kirchen, fern von den Familien des Ortes. Die Fasten, welche beinahe drei Viertel des Jahres ausmachen, halten sie sehr strenge, indem sie weder Fische noch etwas von Milch oder Eier genießen. Ihr Einkommen bilden die Gaben, die man für sie nach der Predigt sammelt, und die an solchen Orten, wo Karawanen Halt machen, nicht unbeträchtlich sind.[3])

b) Der Pfarrklerus.

1. Dessen Ordination.

Der armenische Klerus rekrutirt sich zunächst aus dem gemeinen Volke, in der Regel aus den gewöhnlichen Arbeitern, Handwerkern und Krämern. Seine Erziehung für den geistlichen Stand empfängt er entweder vom Ortspfarrer oder in einem Kloster, wo der Bischof eine Art Priesterseminar hat.[4]) Jeder wird nur immer für eine bestimmte

starken Hand und seinem erhabenen Arme, eingießend in dich den Glanz des siebenfältigen Geistes, den er über die Apostel in Feuerzungen ausgegossen, damit du eben so bewaffnet das Feuer der göttlichen Gnade genießest, jubelst, dich freuest und frohlockest aus innerer Ergötzung in unerschöpflichen Freuden, und trinkest vom Strome der Süßigkeiten Gottes durch diese Benedictio: Im Namen des Vaters, des Sohnes und des hl. Geistes. Amen. V. Serpos l. c. T. III. p. 479—484.

[1]) Nicht Gregor Dathevatsi?

[2]) Can. 6. Sionis Arm. Cath. ap. Maium l. c. p. 307; Tournefort a. a. O. Bd. III. S. 410.

[3]) Tournefort a. a. O. S. 410 f.; Dwight l. c. p. 16.

[4]) Der 10. Canon des Katholikos Isaak, genannt der Große, befiehlt den Bi-

Kirche ordinirt, wobei auch der Wunsch der Pfarrgemeinde berücksichtigt wird, deren Zeugniß über den unbescholtenen Charakter des Weihcandidaten zur Ordination unbedingt erforderlich ist. Außerdem hat der Ordinand ein Examen Betreffs seiner Kenntnisse in der hl. Schrift und im kirchlichen Ritus zu bestehen, und wenn er für tauglich befunden worden, legitimer Abstammung [1]) ist und das erforderliche Alter von 18 Jahren hat, erhält er sodann die vier niedern Weihen. Diesen unmittelbar voran geht die Tonsur, womit die Uebergabe des geistlichen Kleides verbunden ist. Die niedern Weihen werden vom Bischofe durch Ueberreichung der zu ihren Functionen nöthigen Instrumente ertheilt. Hier kann sich der Ordinirte noch giltig verehelichen, und es wird das jetzt sogar als Bedingung zur Erlangung der Priesterweihe gefordert. [2]) Für das Presbyterat ist zwar das 25. Lebensjahr festgesetzt, doch kann mit Dispensation auch Jemand früher diese Weihe empfangen. Da keine Interstitien zwischen den einzelnen Weihen vorgeschrieben sind, so geschieht es, daß der Ordinand an einem Tage alle Weihen bis zum Diakonat hinauf erhält und am folgenden Tage, der aber immer ein Sonntag sein muß, das Presbyterat. Der neugeweihte Priester hat 40 Tage lang ununterbrochen im Heiligthum zu verweilen. Die Ordinationsgebühren aber zahlt die Gemeinde, auf deren Vorschlag er geweiht wurde. [3])

2. Pflichten der Priester.

Die Priester (Derder) haben die hl. Sakramente zu spenden, das hl. Meßopfer darzubringen, namentlich das Officium oder die canonischen Gebetsstunden zu halten. [4]) Da sie verheirathet sind, so sollen sie nach Vorschrift der Canones, ehe sie Messe lesen, sich von ihrer Familie trennen und fünfzehn Nächte zuvor in der Kirche schlafen. Sie

schöfen, in den Klöstern Schulen zur Erziehung der Kleriker zu errichten. V. Can. Armenor. ap Maium l. c p. 278.

[1]) Uneheliche und zwei Mal Verheirathete sollen bis zur dritten Generation von der Ordination ausgeschlossen sein. Can. 8. Isaaci Arm. Cath. ap. Maium l. c.

[2]) Serpos l. c. T. III. p. 371, 377; Tournefort a. a. O. S. 427 f.; Eastern Churches p. 38; Madden l. c. V. II. p. 125.

[3]) Eastern Churches l. c.; Madden l. c.

[4]) Can. 6. 13. Nersotis Cath. ap. Maium l. c. p. 273 sq., can. 3. 24. 28. Isaaci Cath. ap. Iund. p. 276 sq.

pflegen dann gewöhnlich fünfzehn Tage fort Messe zu lesen und verweilen auch nachher noch fünfzehn Tage an der Kirche, ehe sie wieder zu ihrer Familie zurückkehren. Während des ersten und letzten Zeitraumes beschäftigen sie sich mit Verfertigen von Oblaten und andern kirchlichen Funktionen. Wo der Priester wenige sind, kann natürlich diese Regel nicht beobachtet werden; aber es wird dann doch vom Priester gefordert, daß er während dieses Zeitraumes wenigstens in einem separirten Lokale seines Hauses schläft.[1]) Für das Meßlesen darf der Priester kein Stipendium nehmen; wie er sich denn überhaupt hüten soll, die hl. Sakramente oder andere Benedictionen nur um des Gewinnes wegen zu spenden.[2])

Ein sechzigjähriger Priester soll vom Meßlesen abstehen, ausgenommen er wäre noch ganz rüstig. Ein aussätziger Priester dagegen darf öffentlich keinen Dienst verrichten.[3])

Priester sollen keinen Handel noch Wucher treiben, keine Pferde halten, keine weltlichen Kleider tragen; auch ist es ihnen nicht gestattet, sich in der Kirche begraben zu lassen. Besonders hat der Priester Acht zu geben, daß er keine ungiltige oder unerlaubte Ehe einsegnet, denn sonst wird er deponirt.[4])

Wenn einem Priester sein Weib stirbt, so kann er sich nicht zum zweiten Male verheirathen, und will er nun eine höhere Würde erlangen, Vartabed oder Bischof werden, so muß er sich sogleich in ein Kloster zurückziehen. Tritt er dagegen zum zweiten Male in die Ehe, so ist er von seinen priesterlichen Verrichtungen für immer suspendirt und wird einem Laien gleichgeachtet.[5])

[1]) Eastern Churches l. c. Nach Tournefort (a. a. O. S. 412) hätte der Priester blos die Nacht vor dem Tage, an welchem er Messe liest, in der Kirche zu schlafen.

[2]) Can 2. 17. Wersetis Cath. l. c., can. 1. Joannis Mantacunensis Cath. ap. Maium p. 314.

[3]) Can. 4. Isaaci ult. Cath. ap. Maium p. 301; can. 1. Joannis Mantac. Cath. l. c.

[4]) Can. 11. 20. 35. Nersetis Cath. l. c.; can. 23. 27. Isaaci M. Cath. ap. Maium p. 280; can 713. Syn. Armenor. ap. eund. p. 294; can. 13. Sionis Cath. ap eund. p. 308.

[5]) Tournefort a. a. O. S. 428; Eastern Churches l. c.; Dwight l. c. p. 16. Der 5. Kanon des Katholikos Nerses (ap. Maium p. 273) sagt: „Bigami autem, sive lectores ipsi sint sive ministri, inter laicos locum habeant.“

Seinen Ordo verliert ferner der Priester, welcher mit seinem ehebrecherischen Weibe noch weiter zusammenlebt, oder einer Unzuchtssünde öffentlich sich schuldig macht, oder eine Concubine hält. Bei Incest und Sodomie aber wird ein Priester ausgestoßen aus seinem Stande und zur Buße in ein Kloster verwiesen.[1])

3. Die priesterliche Kleidung.

Die liturgische Kleidung des Priesters besteht aus einer Albe (Sciabik), welche mit einem Cingulum (Codi), das mit einem silbernen oder goldenen Schließchen versehen ist, befestigt wird; ferner aus Manipeln (Pasban), einer Stola (Urar), deren beide Theile vorn auf der Brust verbunden herabhängen, einem Superhumerale oder einem Halsband von Gold- oder Silberstoff, Vagas genannt, woran ein Amictus[2]) (Varsciamag) geheftet ist, der über den Schultern hängt; endlich aus einer Casula (Sciurciar), ähnlich dem Pluviale der Lateiner, und aus einem Biret (Saghavard), einer hohen runden Mütze mit einem stehenden goldenen oder silbernen Kreuzchen in der Mitte. Bei der Liturgie hat der Priester das Haupt bedeckt bis zum Trisagion, wo er dann auch die Sandalen ablegt und den Amictus.[3])

4. Einkommen der Pfarrpriester und Auszeichnung derselben.

Der armenische Klerus hat keinen fixen Unterhalt, noch fordert er Contributionen von seinen Gläubigen, wie die griechischen Geistlichen, sondern lebt von freiwilligen Gaben. Er hat aber auch an seinen Patriarchen und Bischof keine Contributionen zu entrichten. Jeder Pfarrbezirk ist abgegrenzt. Die Hauptopfergaben werden zwei Mal im Jahre, zu Epiphanie und Ostern, gesammelt. Es sind dieß eine Art Zehent oder Erstlingsfrüchte, welche vom Korn, Wein, Oel, von Baumfrüchten und den Viehheerden gegeben werden. Sie sollen nach den Canones von den Priestern dem Bischofe überbracht werden, der dann ihre Vertheilung besorgt.[4]) Für Taufen, Copulationen, Begräbnisse u. s. w. beziehen die Priester Stolgebühren, für die übrigens in jeder Kirche ein bestimmter Tarif existirt. Auch erhalten sie

---

[1]) C. 2. 14. 19. Syn. Armenor. ap. Maium p. 292 sq.

[2]) Dieser Amictus ist gewöhnlich von Metall und halbrund; auf seiner äußersten Seite sind häufig die Figuren der 12 Apostel dargestellt.

[3]) Serpos l. c. T. III. p. 431; L'église Armen. p. 151 sq.

[4]) V. Isaaci libell. trad. de ministr. eccl., artic. unic., ap. Maium p. 290.

Unterstützungen aus dem Fonde der frommen Stiftungen, der in jedem Distrikt vorhanden ist und Vakuf genannt wird. Trotzdem bleibt aber das Einkommen der armenischen Priester immer ein sehr spärliches, und sie sehen sich deshalb genöthigt, um ihre Familie zu ernähren, zu irgend einem Handwerk zu greifen. [1])

In Rußland erhalten die Weltgeistlichen für ihren Diensteifer gewisse Auszeichnungen. Sie müssen aber hiezu vom Diöcesanbischof mit Genehmigung des Katholikos vorgeschlagen werden. Die erste Auszeichnung besteht in einem violetten Mantel, den der Priester im Chore tragen darf; die zweite ist ein goldenes Kreuz, das mit einer goldenen Kette am Halse getragen wird; endlich die dritte besteht in einem halbkugelförmigen Käppchen von violettem Sammt, Thassag oder besser Skuphia genannt, womit der Scheitel bedeckt wird. [2])

---

§. 82. Kirchenverwaltung und Kirchenpatronat.

In jeder Pfarrei gibt es einen Laien-Administrator für die frommen, zur Kirche gehörigen Stiftungen, der den Namen Mulevelle führt. Wenn die Kirche einen Kleriker nöthig hat, so übt der Mulevelle eine Art Patronat aus, d. h. er erwählt einen, der zum geistlichen Stande brauchbar ist, und empfiehlt ihn der Pfarrgemeinde zur Wahl, die sogleich stattfindet, und ohnehin eine bloße Form ist; denn wer immer der vom Mulevelle Auserlesene sein mag, er wird gewählt. Hierauf wird von den Wählern an den Bischof eine Bittschrift um Bestätigung der Wahl gesendet. Diese Bittschrift ist vom Klerus und den Pfarrkindern sowohl als vom Mulevelle unterzeichnet, und gilt zugleich als Zeugniß für den moralischen Charakter des Candidaten.

Das Kirchenvermögen besteht aus Ländereien und andern Realitäten; auch werden für die Unterhaltung der Kirche und für deren Bedürfnisse an Sonn- und Festtagen und in der Zeit von Ostern bis Pfingsten Sammlungen vorgenommen. [3])

---

[1]) Tournefort a. a. O. S. 412; Madden l. c. p. 125.

[2]) Dulaurier: Histoire de l'égl. Armén. p. 181 sq.

[3]) Madden l. c.

§. 83. Die armenischen Mönche und deren Klöster.

Die Mönche der armenischen Kirche richten sich nach der Regel des hl. Basilius. Ihre Fasten sind viel strenger, als die der Griechen; denn sie dürfen zur Fastenzeit nur Wurzeln essen, und da nicht so viel, als ihnen beliebt. Der Gebrauch der Schnecken, des Oeles und des Weines ist ihnen durchaus verboten, und an den gewöhnlichen Wochenfasttagen, Mittwoch und Freitag, sowie während der großen Fasten, essen sie weder Fische, noch Eier, noch Milchspeisen;[1]) nur am Vorabende vor Ostern genießen sie Butter, Käse und Eier, und am Ostersonntage essen sie Fleisch, aber nur von solchen Thieren, die an diesem Tage geschlachtet worden. Außer den großen Fasten haben sie noch vier andere, deren jede acht Tage währt, als Vorbereitung auf die Feste von Weihnachten, Mariä Verkündigung und Himmelfahrt und des hl. Gregors des Erleuchters.[2])

Wer Mönch werden will, muß sich in ein Kloster (Vank) aufnehmen lassen und hat auch da zu bleiben.

Kein Kloster darf daher einen fremden Ordensprofeßen aufnehmen. Eine Ausnahme findet nur statt, wenn ein Mönch zum Episcopat oder Doctorat berufen wird.[3])

Das Noviziat dauert bei den Armeniern acht Jahre, und bevor der Novize das Ordenskleid erhält, muß er 40 Tage lang ganz einsam, still und abgeschlossen leben.[4])

Jedes Kloster hat seinen Vorstand oder Abt. Manchmal soll es vorkommen, daß der Abt ein verheiratheter Priester ist, wo dann die Klostersuperiorität vom Vater auf den Sohn übergeht, mithin die Einkünfte des Klosters gleichsam als Erbgut angesehen werden.[5])

Das Einkommen der Klöster fließt aus ihren Ländereien, aus

---

[1]) Die Kanones sagen nämlich, daß auch der Fisch Fleisch, und Oel und Butter ein und dasselbe sei nach der hl. Schrift. V. can. 3. Joannis Mantacunens. Cath. ap. Maium l. c. p. 297.

[2]) Tournefort a. a. O. S. 412 ff.

[3]) Can. 15. Syn. Armenor. ap. Maium p. 295; can. 15. Sionis Cathol. ap. eund. p. 308.

[4]) Madden l. c. p. 127.

[5]) Madden l. c. p. 128.

den Opfergaben und dem Almosen der Gläubigen des Ortes, die hiezu von den Canones verpflichtet werden.[1])

Die armenischen Klöster sind mit Ausnahme des von Etchmiadzin und ein paar anderer viel kleinere Gebäude, als die der Griechen, jedoch nach demselben Muster erbaut, da sie mit einer kahlen Mauer umgeben sind. Ihre Kirchen haben selten eine Kuppel, sondern gewöhnlich die Gestalt einer schmalen Scheune mit einem hochgipfelichten Dache, das wie die Mauern aus großen Quadersteinen erbaut ist.[2]) Viele von den Klöstern sind, wie wir gesehen haben, zugleich bischöfliche Residenzen. Das älteste Kloster soll das von Hochiàtzvank'h im Thale von Tarpnàtzk'har an den Ufern des Tigris sein und bis auf die Zeit Gregors des Erleuchters hinaufreichen.[3]) Andere, bekannte und berühmte Klöster sind: Kloster Sanahin und Kloster Haghpad, beide gegründet im Jahre 961 von der Königin Khosrovanoïsh, der Gemahlin des Königs Oschod III. von Armenien;[4]) Kloster Khoranaschad im Gebiete von Davusch, gegründet vom Vartabed Johann Vanagan um das Jahr 1213;[5]) Kloster Maïri oder Maïragoma, welches bereits im Anfange des siebenten Jahrhunderts bestand;[6]) Kloster Kedig im Thale Dandsud, restaurirt im Jahre 1191;[7]) Kloster St. Thathul in der Provinz Ararat, gegründet von einem Schüler des hl. Mesrob in der zweiten Hälfte des fünften Jahrhunderts;[8]) Kloster Vàrtighair in der Provinz Arscharuni, gegründet von seinem ersten Abte Vartig um das Jahr 935;[9]) Kloster Théghénis-anabad in der Provinz Nik;[10]) die Klöster Saghmosavank'h (Kloster der Psalmen), 5 Meilen von Etchmiadzin, Hovhanavank'h, 4 Meilen von Etchmiadzin, Deghera-

---

1) Can. 37. 39—41. Isaaci M. Armenor. Cath. ap. Maium p. 283 sq.; can. 7. Sionis Armenor. Cath ap. eund. p. 308.

2) Curzon's Besuche in den Klöstern der Levante. S. 17.

3) Cappelletti l. c. T. III. p. 44.

4) Cappelletti l. c. T II. p. 173; Saint-Martin: Memoires de l'Armenie. T. II. p. 425.

5) S. Martin l. c. p. 456.

6) Histoire de l'Armenie par le Patr. Jean VI. p. 68.

7) S. Martin l. c. p. 457.

8) S. Martin p 457.

9) S. Martin ibid.

10) S Martin p. 458.

vankh, 3 Meilen von Etchmiadzin, und Khatchivank'h (Kreuzkloster), 4 Meilen nördlich von Etchmiadzin;[1]) Kloster Horhomosivank'h (römisches Kloster) in Schirag, gegründet um das Jahr 934;[2]) Kloster Tbravank'h, gegründet vom Könige Agas der Pagratiden um das Jahr 935;[3]) Aghdchotsvank'h (Kloster der Bären) im Gebirge von Karhni; Dsakavank'h bei Dsak; Thanahadivank'h bei Dathev;[4]) Kloster Horhomairvank'h im Gebiete Daschir, welches schon im Anfange des achten Jahrhunderts bestand;[5]) Kloster Salnabad oder Dsoravank'h im Gebiete von Dosb, gegründet vom Katholikos Nierses III. (640—649);[6]) Kloster Arkak'hialk'h-Meschoï (die Aposteln von Musch) oder Ghazaruvank'h (Lazaruskloster);[7]) Kloster Varak bei Wan, welches schon um das Jahr 953 existirte; Kloster Medzopa (der große Job) bei Ardjisch;[8]) Kloster der Seraphim (Vank'h-Sérovpéits) im Gebirge Sebuh;[9]) Kloster Sevan auf einer Insel des Sevanssee's, das schon im neunten Jahrhundert bestand;[10]) Kloster Gelathi oder Kelath in Imeritien bei Kutais;[11]) Kloster Seav-learhn (zum schwarzen Gebirge) westlich von Samosata;[12]) Garmirvank'h (rothes Kloster) am Aras, welches seit dem Ende des 14. Jahrhunderts besteht;[13]) Kloster zu den sieben Kirchen am Wansee;[14]) Kloster Trazarg im Gebiete von Anazarbe, restaurirt im Jahre 1101; Kloster Ark'haïgaghin bei Sis;[15]) Khathvankh (Kreuzkloster) auf der Insel Aghtamar, gegründet vom Könige

---

[1]) S. Martin p. 458 sq.
[2]) S. Martin p. 459.
[3]) S Martin p. 460.
[4]) S. Martin ibid.
[5]) S. Martin p. 464.
[6]) S. Martin p. 466.
[7]) S. Martin p. 467.
[8]) S. Martin p. 465.
[9]) S. Martin p. 433.
[10]) S. Martin l. c. T I. p. 148.
[11]) S. Martin T. II. p. 238.
[12]) Eastern churches p. 35.
[13]) S. Martin T. I. p. 134.
[14]) Ritter's Erdk. von Asien Bd. VI. Abth. 2. S. 993.
[15]) S. Martin T. II. p. 468.

Kakig (902—937) von Armenien;[1]) Kloster Armash bei Nikomedien;[2]) Dêr Abu Schenud oder (das weiße Kloster) am Rande der libyschen Wüste;[3]) endlich das Nonnenkloster Dêr es-Sêtûneh oder es-Zeitûny (Oelbaumkloster), früher zu den Engeln genannt, auf dem Berge Zion zu Jerusalem, von 100 armenischen Nonnen bewohnt.[4])

---

[1]) S. Martin l. c. p. 429.

[2]) Madden l. c. p. 128.

[3]) Das Aeußere dieses Klosters wurde von der Kaiserin Helena erbaut. Curzon a. a. O. S. 81 f.

[4]) Dieses Kloster wird um das Jahr 1480 erwähnt und war zuvor ein Mönchskloster, das im 17. Jahrhunderte an Nonnen kam. Tobler's Topograph. von Jerus. Bd. I. S. 361 f.

IX. Kapitel.

Die nestorianische Kirche.

§. 84. Einleitung.[1])

Mar Abdai und Mar Mari aus der Zahl der Siebzig waren nach der Tradition die Gründer der christlichen Kirche in Chaldäa und Mesopotamien. Der Letztere, welcher um das Jahr 82 zu Ctesiphon starb, wird auch von den Nestorianern als ihr erster Patriarch angesehen, und von ihm leiten ihre Bischöfe die apostolische Succession her. Der Metropolit von Ctesiphon wurde Anfangs vom Patriarchen von Antiochien ordinirt; erst Sciachlupha, welcher im Jahre 162 gewählt wurde, erhielt von seinen Bischöfen die Ordination und ward auf diese Weise gleichsam mit der Patriarchalwürde bekleidet. Völlig unabhängig aber von Antiochien wurde der Metropolit von Seleucia und Ctesiphon erst nach dem Concil von Nicäa.[2])

Im fünften Jahrhunderte wurde in diesen Ländern vorzüglich durch die berühmte theologische Schule zu Edessa und die Schriften des Theodor von Mopsveste die Lehre des Nestorius verbreitet, und als

[1]) Assemani: Bibl. orient. T. III. P. II. cap. 1—6; Laurie: Dr. Grant and the Mountain Nestorians (Lond. 1853) p. 48 sq.; Neale: A History of the holy eastern church P. I. General-Introduction p. 141—145; Badger: The Nestorians and theire Rituals (Lond. 1852) V. I. p. 135 sq.

[2]) Denn erst die Arabisch-Nicänischen Canones 38, 39, geben der Kirche von Selaucia den Rang einer Patriarchalkirche, und zwar räumen sie ihr die siebente oder letzte Stelle unter den übrigen Patriarchalkirchen ein. V. Assemani l. c. p. 370 sq.

im Jahre 498 Babäus, der vom Metropoliten Barsumas von Nisibis für den Nestorianismus gewonnen worden war, den Stuhl von Ctesiphon bestieg, wurde der Katholicismus fast gänzlich in Persien unterdrückt, da auch die persischen Könige ein Interesse dabei hatten, ihre Unterthanen von der griechischen Kirche abzuziehen. Der Nestorianismus machte nun im Oriente ungeheuere Fortschritte. Er verbreitete sich nicht blos in Syrien, Mesopotamien, Chaldäa und Persien, sondern selbst nach Arabien, Aegypten, Medien, Bactrien, Hyrkanien und Indien, und erreichte seinen Culminationspunkt im eilften Jahrhundert, wo der Patriarch der Nestorianer 25 Metropoliten unter sich hatte, welche er von China bis Aegypten, vom Baikal-See bis zum Cap Comorin aufstellte. Aber gegen das Ende des vierzehnten Jahrhunderts fiel die Herrschaft der Nestorianer rasch, namentlich durch die grausamen Verfolgungen des Mongolenkönigs Timur oder Tamerlan, und dann auch durch innere Zerwürfnisse.

Im Jahre 1551 entstand ein großes Schisma unter den Nestorianern. Die drei Bischöfe von Arbela, Salmas und Adorbigana hatten sich nach dem Tode des Patriarchen mit sehr vielen Priestern und Mönchen aus Bagdad, Charcha, Arbela, Gezira, Taurisium, Nisibis, Mardes, Amida, Hesna und andern Orten zu Mossul versammelt und hier den Priester-Mönch Sulaka oder Siud aus dem Kloster St. Hormisdas zum Patriarchen gewählt. Da außer dem Neffen des verstorbenen Patriarchen, der eigentlich nach dem Gesetze vom Jahre 1450 Anspruch auf das Patriarchat hatte, kein Metropolit vorhanden war, der den Sulaka ordinirte, so sandten ihn die Bischöfe nach Rom zum Papste Julius III., der ihn auch im Jahre 1553 als Patriarchen der Chaldäer proclamirte. Von ihm beginnt die Reihe der Patriarchen der unirten Nestorianer oder der Chaldäer.

Bald darauf entstand ein neues Schisma. Der Erzbischof Simeon von Jelu, Sert und Salmas trennte sich im Jahre 1575 vom Patriarchen Elias V., dem Nachfolger des Simeon Barmama. Er ließ sich zum Patriarchen der Nestorianer von Kurdistan wählen und nahm seinen Sitz zu Urmiah.[1]) Im Jahre 1582 vereinigte er sich

[1]) Nach dem Jesuiten Boré wäre dieses Schisma dadurch entstanden, daß der Patriarch Elias sich nicht herbeiließ, die Ehe des Schatzmeisters des persischen Königs, welcher bei Lebzeiten seiner Frau, die ihm keine Kinder geboren, noch eine andere nahm, anzuerkennen und zu bestätigen. Aus Rache

mit der römischen Kirche und ward nun Patriarch der Chaldäer. Von ihm an führen die nestorianischen Patriarchen in Kurdistan stets den Namen Simeon, wie die Patriarchen der Nestorianer in den Ebenen Mosuls vom Patriarchen Elias V. an sich bis zum Jahre 1842 gleichfalls Elias nannten.

Die Union der Nestorianer mit der römischen Kirche hatte übrigens keinen festen Bestand, und so sah sich Papst Innocenz XI. veranlaßt, im Jahre 1681 zu Diarbekir ein neues chaldäisches Patriarchat zu errichten, welches mit der Unterwerfung des Patriarchen Elias XI. unter Rom im Jahre 1780 ein Ende nahm.

So finden wir denn die Nestorianer nur mehr am Urmiah-See und besonders in den Gebirgen Kurdistans, wo sie, geduldet von den muhamedanischen Kurdenstämmen, nach ihrer eigenen, mehr hierarchischen oder patriarchalischen Verfassung frei und unabhängig leben. Ehe wir aber die kirchliche Verfassung der Nestorianer darstellen, wollen wir zuvor über ihren Namen und ihre politische Stellung eine kurze Bemerkung voranschicken.

---

§. 85. Der Name Nestorianer und deren politische Stellung.

Wenn die Nestorianer sich selbst bezeichnen, so gebrauchen sie häufig den Ausdruck „Meshihayé", d. i. Nachfolger des Messias; aber gewöhnlich fügen sie das Wort „Nestorayá" bei, wenn sie sich von den Chaldäern unterscheiden wollen. Meshihaye ist also ein Appellativum, weniger gebraucht von den Nestorianern, um diejenigen ihrer eigenen Sekte und die Christen im Allgemeinen zu bezeichnen, als das von Surayé. Unter 100 sagen 99: Ich bin ein Suraya. Es ist daher falsch, wenn Reisende, wie Ainsworth und Layard[1]) berichten, daß die Nestorianer Chaldäer genannt werden. Der Name Chaldäer findet sich nicht in den alten Ritualen der Nestorianer, um eine christ-

hiefür soll der Schatzmeister einen Großneffen des vorigen Patriarchen mit der patriarchalischen Würde bekleidet haben. V. Badger l. c. V. I. p. 148.

[1]) So heißt es in Layard's populärem Berichte über die Ausgrabungen zu Ninive S. 95: Die Muselmänner nennen die Nestorianer einfach Nasara (Christen), sie selbst nennen sich Chaldani und Suraijah oder in den Gebirgen nach dem Stammesnamen.

liche Gemeinde zu bezeichnen. Sie selbst nennen sich Surayé, d. h. Syrier. Es ist ferner auch nicht wahr, daß die Nestorianer so abgeneigt sind, den Namen Nestorianer zu führen. So entwirft Mar Ebedjesu ein Symbolum mit dem Titel: „Orthodoxes Credo der Nestorianer", und schließt das Buch der Perle, worin sich dieses Credo findet, also: Dieses Buch ist geschrieben im Monate September im Jahre Alexanders 1609 in der hl. Stadt Khlât in der Kirche der hl. Nestorianer.[1]) Der Ausdruck Chaldäer bezeichnet in den Nestorianischen Ritualen vielmehr eine Sekte, nämlich die Sabäer. Es ist daher ein Irrthum, wenn Dr. Grant schreibt,[2]) daß der Name Chaldäer auch den Nestorianern gegeben werde. Die Nestorianer nennen sich Surayé, Nestorayé, und zuweilen Christiané und Meshihayé, nicht aber Chaldayé oder Chaldani. Der Name Chaldäer wurde zuerst den unirten Nestorianern gegeben. So erwiederte auch der Nestorianische Patriarch auf die Frage über den Gebrauch dieser Bezeichnungen: „Wir nennen alle Christen Meshihayé, Christiané, Surayé und Nsâra, aber wir allein sind Nestorayé." Die Chaldäer dagegen werden auch als Nsâra Frangayé (Franken) bezeichnet; denn der Name Katholik wird kaum gehört.[3])

Allerdings ist es wahr, daß der Nestorianische Patriarch sich in seinen Schreiben als Patriarch der Chaldäer im Morgenlande bezeichnet;[4]) allein diesen Titel gebraucht der Patriarch nur, um sich mit dem Patriarchen zu Mosul gleich zu stellen, besonders aber deshalb, weil die Lateiner mit dem Namen „Nestorianer" einen Vorwurf auszudrücken pflegen. Falsch dagegen ist es, wenn Layard[5]) schreibt, daß man auf den Grabmonumeuten der Patriarchen geschrieben finde: „Patriarch der Chaldäer des Morgenlandes", indem die Patriarchen auf diesen Grabinschriften nur den einfachen Titel: „Patriarchen des Orients" führen.[6])

---

[1]) Badger l. c. V. II. Append. B. 422.

[2]) The Nestorians or the Lost Tribes p. 170.

[3]) Badger l. c. V. I. p. 177—180, 223.

[4]) Badger l. c. p 271. Im Gegensatze davon sagt Layard (a. a. O. S. 115), der Patriarch nenne sich jetzt, wenn er an Europäer schreibt, Patriarch der Nestorianer.

[5]) Niniveh and its Remains V. I. p. 263.

[6]) Assemani l. c. p. 948; Badger l. c. p. 181.

Was die politische Stellung der Nestorianer betrifft, so führen sie, tolerirt von den Emirs der Kurden, ein freies und unabhängiges Leben, unterworfen nur ihrem Patriarchen, als ihrem geistlichen Oberhaupte, und regiert von eigenen Häuptlingen, Meleks genannt. Sie waren frei vom Tribute und hatten früher sogar eine Stimme bei der Wahl des Emirs. Doch hat sich dieses Verhältniß in Folge vielfacher Streitigkeiten und gegenseitiger Kämpfe jetzt geändert. Der türkischen Regierung aber hatten sie sich nie ergeben, wie auch ihr Patriarch nie officiell von der Pforte anerkannt wurde; denn nur die Patriarchen von Mosul nahmen einen Firman, ließen sich also von der Pforte als Patriarchen bestätigen. Der Patriarch Shimon übt demnach seine Jurisdiction aus, gestützt blos auf die Liebe und den Gehorsam seiner Gläubigen. Als er daher im Jahre 1843 vor den Verfolgungen der Kurden nach Mosul geflohen war, wurde er daselbst von der türkischen Regierung wie ein Gefangener gehalten, und erst im Jahre 1848, nachdem ein im Oktober 1846 gemachter Fluchtversuch mißlungen war, gelang es ihm, wieder in die Gebirge Kurdistans zu entkommen, wo indessen durch die Türken die Macht der Kurden gebrochen worden war.[1])

§. 86. Die Hierarchie der Nestorianer.

Nach den Kanonisten und Theologen der Nestorianer gibt es drei hierarchische Abtheilungen mit je drei Stufen oder Graden. Die erste Abtheilung bildet das Diakonat, welches sich in das Lectorat, Subdiakonat und Diakonat spaltet; hierauf folgt das Presbyterat, das in Priester, Periodeuten oder Chorbischöfe und Archidiakonen zerfällt; endlich das Episkopat, das aus den Bischöfen, Metropoliten und dem Patriarchen oder Katholikos besteht.[2]) Der Ausdruck „Kirche“, schreibt Ebedjesu in seinem Juwel,[3]) bezeichnet eine Versammlung und Feierlichkeit und repräsentirt die himmlischen Abstufungen. Denn gleichwie es neun Chöre himmlischer Heerschaaren gibt, so zählt auch die Kirche

[1]) Badger l. c. p. 149, 259, 374.

[2]) Assemani l. c. p. 791 sq. Cf. Badger l. c. V. II. chapt. 45.

[3]) Er war Metropolit von Nisibis und Armenien und schrieb dieses Werk über die Wahrheit der christlichen Religion unter dem Titel „Buch der Perle oder des Juwels“ auf Auftrag des Patriarchen Jaballaha im Jahre 1298.

neun Chöre, nämlich die Patriarchen, Metropoliten und Bischöfe, welche den Ordnungen der Cherubim, Seraphim und Thronen gleichen; ferners die Archidiakonen, Periodeuten und Presbyter, welche die Stelle der Kräfte, Mächte und Herrschaften einnehmen, und endlich die Diakonen, Subdiakonen und Lectoren, welche den Ordnungen der Fürstenthümer, Erzengel und Engel entsprechen. Also eine Versammlung von Menschen bezeichnet das Wort Kirche; denn nicht Mauern und Steine hat Christus Kirche genannt, sondern die Versammlung der an ihn Glaubenden. Wenn aber gleichwohl auch vom Gotteshause dieser Ausdruck gebraucht wird, so geschieht es in uneigentlicher Weise, wie denn oft mit dem Worte Stadt die Bewohner der Stadt bezeichnet werden.[1])

§. 87. Der Klerus im Allgemeinen.

a) Ordination desselben.

Das Priesterthum ist nach den Nestorianischen Theologen das erste Sakrament, weil es zur Spendung der übrigen Sakramente befähigt.[2]) Es besteht aus zwei niedern und zwei höhern Weihen, welche sämmtlich vom Bischofe und zwar in der Kirche ertheilt werden.[3]) Dem Lectorat wird die Tonsur vorausgeschickt. Der Lector und der Subdiakon werden außerhalb des Heiligthums ordinirt, und die bei ihrer Ordination vorkommende Handauflegung muß als eine bloße Benediction aufgefaßt werden. Lectorat, Subdiakonat und Diakonat können an einem und demselben Tage und zwar an jedem Wochentage empfangen werden; kein Ordo darf aber per saltum ertheilt werden. Ebenso kann Einer an jedem Tage und daher auch außer der hl. Messe zum Priester ordinirt werden.[4])

Absolute Ordinationen sind nicht gestattet, sondern Jeder hat für eine bestimmte Kirche und zwar von seinem eigenen Bischofe und in

---

[1]) Maii Script. vet. nova Coll. T. X. P. II. p. 355; Badger l. c. V. II. p. 190, 403.

[2]) V. Maii Script. vet. nov. Coll. l. c.

[3]) Ebedjesu coll. can. synod. Tract. VI. cap. IV. can. 1. ap Mainm l. c. P. I. p. 111.

[4]) Assemani l. c. p. 793—813. Vgl. Ritter's Erdk. von Asien. Bd. VI. Abth. 2. Bch. 3. S. 677.

seiner Diöiese ordinirt zu werden. Wer sich von einem fremden Bischofe oder vom Metropoliten seiner Provinz zum Priester oder Diakon weihen läßt, soll ein Jahr lang suspendirt sein und dann, wenn ihn sein Bischof in Gnaden aufnehmen will, den letzten Platz unter den Klerikern einnehmen.[1])

Nach den Canones soll im Allgemeinen Niemand geweiht werden, der nicht gesunden Sinnes, in der hl. Schrift und orthodoxen Lehre wohl bewandert und durch gute Aufführung geeignet ist, gute Werke zu seiner Heiligung auszuüben. Der Ordination hat daher ein Examen über diese Punkte vorherzugehen.[2]) Wer den Psalter nicht lesen kann, soll nicht zum Subdiakon, wer keine Kenntniß der hl. Schrift besitzt, soll nicht zum Diakon in einer Stadt ordinirt werden. Eine Ausnahme mag für das Land gemacht werden, damit hier nicht der kirchliche Dienst Schaden leide, und so kann Einer, der nur einige Psalmen zu recitiren versteht, zum Diakon einer Landkirche geweiht werden; doch soll er bestrebt sein, sich weiter auszubilden.[3])

Was das zur Ordination erforderliche Alter betrifft, so sollen Knaben, welche die Schrift lesen gelernt haben, nur zu Lectoren geweiht werden; sind sie dann mehr erwachsen, so sollen sie zu Subdiakonen ordinirt werden. Der Diakon dagegen soll 18 Jahre, der Presbyter 25 Jahre zählen.[4])

Damit der Bischof nicht mehr Kleriker ordinire, als nothwendig sind, und durch die Menge der Geistlichen nicht Dissidien unter dem Volke entstehen, so soll der Bischof für einen Ort mit 30 bis 60 Feuerherd nur einen Priester ordiniren. Die Anzahl der Diakonen aber soll in Dörfern und Städten die Zahl Sieben nicht überschreiten.[5])

---

[1]) Syn. Ezechielis anno 577. can. 28; syn. Georgii anno 677. can. 7 ap. Assemani l. c. p. 183, 587; Ebedjesu coll. can. syn. Tr. VI. cap. 6. can. 8. ap. Maium l. c. p. 116.

[2]) Badger l. c. V. II. p. 144.

[3]) Ebedjesu l. c. cap. IV. can. 3. ap. Maium l. c. p. 112.

[4]) Ebedjesu l. c. can. 3. ap. Maium l c. Diese Bestimmungen über das Alter scheinen jedoch bei den Nestorianern nicht immer beobachtet zu werden, da sie Knaben mit 7 oder 8 Jahren zu Diakonen und Jünglinge mit 15 oder 17 Jahren zu Priestern weihen sollen. V. Assemani l. c. p. 335; Ritter's Erdk. von Asien a. a. O. S. 677, 947.

[5]) Ebedjesu l. c. can. 4, cap. 5. can 1. ap. Maium l. c.

b) Die Verrichtungen und kirchlichen Kleider der Kleriker.[1])

Dem Lector (Karooya) obliegt, die hl. Schrift dem Volke vorzulesen. Seine Kleidung ist eine weiße Tunika oder das Phänolion; ein Orarion aber trägt er nicht, sondern nur bei der Ordination breite es der Bischof über die ausgestreckten Arme des zu ordinirenden Lectors aus.

Der Subdiakon (Hupodyakono) hat die Kirche zu schmücken, die Thüre zu bewachen, die Lichter anzuzünden, die hl. Gefäße herzurichten und das Handwasser dem Celebranten zu reichen. Er trägt außer der Tunika auch noch das Orarion und zwar um den Hals geschlungen.

Der Diakon (Shemmasha) hat die verschiedenen Aufrufungen des Volkes zum Gebete vorzunehmen und dem Priester am Altare zu dienen. Zum Unterschied vom Subdiakon trägt er das Orarion über die linke Schulter herabhängend.

Das Amt des Priesters (Kasha oder Kashisha) besteht in der Spendung der Sakramente und im Opfer. Seine besondere liturgische Kleidung ist das Gulta oder Pallium, welches den ganzen Körper bedeckt, das Orarion, welches vorn über die Brust herabhängt, und das Phelonion, eine Art Pluviale. Auch Manipeln trägt er.

c) Pflichten der Kleriker.

Kleriker sollen sich vor Allem der Mäßigkeit befleißen, und daher bis zur vierten Stunde des Tages sich von Speise und Trank enthalten und keine öffentlichen Schenken besuchen. Eine Ausnahme darf nur auf der Reise gemacht werden. Die aber den Altardienst haben, sollen bis zur neunten Stunde nüchtern sein, so daß es keinem Kleriker erlaubt ist, irgend eine kirchliche Function vorzunehmen, ohne das hl. Fasten beobachtet zu haben.[2])

Da der Priester den höchsten von allen Ordines hat, so soll er sich von allem Hasse und jeglicher Feindschaft rein erhalten. Priester, welche gegen Jemanden feindlich gesinnt sind und nach erfolgter Ermahnung davon nicht ablassen, sollen von ihren priesterlichen Verrichtungen entfernt werden.[3])

---

[1]) Assemani l. c. p. 792—819.

[2]) Ebedjesu l. c. Tract. VI. cap. VI. can 3. 5. 11. ap. Maium l. c. p. 114 sq.

[3]) Ebedjesu l. c. can. 4.

Klerikern ist es zwar nicht gestattet, Thiere zu schlachten, sich selbst oder Andere zu verschneiden, wohl aber dürfen sie Chirurgie und Medicin ausüben.[1])

Hat ein Kleriker Jemanden, um ihn zu tödten, Gift eingegeben, und ist dieß bekannt und außer Zweifel, so soll er excommunicirt werden.[2])

Kleriker, welche sich mit Zauberei und andern abergläubischen Dingen beschäftigen, sollen deponirt werden.[3])

Die Priester und Diakonen können sich auch nach dem Empfange der Weihe verheirathen und selbst zu einer zweiten, dritten Ehe u. s. w. schreiten, sowie auch eine Wittwe ehlichen; denn die Bigamie ist bei den Nestorianern keine Irregularität.[4]) Wenn nun ein Priester einen Ehebruch begeht, so soll er, wenn er unverheirathet ist und sich dieses Vergehens noch nie schuldig gemacht hat, ein Jahr lang Buße thun mit Gebet, Fasten und Almosengeben und dann wieder seine priesterlichen Functionen ausüben dürfen. Im Wiederholungsfalle aber wird er abgesetzt. Dieselbe Strafe trifft schon das erste Mal den verehelichten Priester. Macht sich ein unverheiratheter Diakon dieses Verbrechens schuldig, so bekömmt er das erste Mal eine sechsmonatliche Buße, das zweite Mal eine ganzjährige und das dritte Mal wird er deponirt. Ist er dagegen verheirathet, so muß er das erste Mal drei Jahre lang hiefür Buße thun, und das zweite Mal wird er schon deponirt.[5])

Hat ein Kleriker eines Kirchendiebstahls sich schuldig gemacht, so soll er von seinem Dienste entfernt werden; jedoch kann er nach geleisteter Buße und erfolgter Besserung wieder aufgenommen werden. Hat er aber diesen Diebstahl nicht aus Schlechtigkeit und Sittenlosigkeit begangen, sondern von Armuth und Mangel an Subsistenz getrieben, so soll dieses Vergehen ihm aus Barmherzigkeit nachgesehen werden.[6])

---

[1]) Ebedjesu l. c. can. 6.
[2]) Ebedjesu l. c. can. 15.
[3]) Ebedjesu l. c. can. 18
[4]) Assemanie l. c. p. 827; Badger l. c. V. II. p. 178.
[5]) Ebedjesu l. c. can. 19.
[6]) Ebedjesu l. c. can. 12.

Die Kleriker, wie auch die Laien, sind zur Haltung der kanonischen Gebetsstunden verpflichtet. Doch kennen die Nestorianer blos die Matutin, Nocturn und Vesper, und nur zur Matutin und Vesper sind die Laien stricte verbunden. Die Psalmen sind bei der Matutin und Vesper immer dieselben. In der Nocturn aber wird die sechs Wochentage hindurch zwei Mal das ganze Psalterium gebetet, so daß auf jede Nocturn 50 Psalmen treffen. Die Nocturn am Sonntage ist dann so eingerichtet, daß jeden Monat zwei Mal das Psalterium persolvirt wird, mithin auf jede sonntägliche Nocturn 75 Psalmen fallen. Diese kanonischen Stunden werden öffentlich in der Kirche gefeiert. In der Fasten- und Passionszeit dagegen feiert man drei andere Stunden, welche Terz, Mittag (Sext) und Non genannt werden, und das Apodipnon (d. h. nach der Mahlzeit).[1])

Den Klerikern ist es unter der Strafe der Deposition untersagt unbeschuht oder mit bloßen Sandalen und ohne die klerikale Kleidung ihre kirchlichen Dienste zu verrichten.[2]) Außer der Kirche aber unterscheiden sie sich von den Laien durch ihre Kleidung nicht, wie sie auch keine Tonsur tragen,[3]) obwohl die Canones dieses vorschreiben.[4])

---

§. 87. Das nestorianische Patriarchat.

1. Wahl des Patriarchen.

a) Aeltere Form.

Im vierten Jahrhunderte gestattete der Patriarch von Antiochien, daß der Bischof von Seleucia und Ctesiphon nicht mehr zur Ordination nach Antiochien zu reisen gehalten sein solle, sondern an seinem Sitze von den Bischöfen, welche ihn gewählt, ordinirt werden dürfe, und ertheilte ihm zugleich das Recht, über die entfernteren Kirchen des Orients die eigentlich dem Antiochenischen Patriarchen zustehende Metropolitangewalt auszuüben. Wegen dieser Delegation nahm der Bischof von Seleucia und Ctesiphon hierauf den Titel Katholikos (Katolika) an, was soviel als General-Procurator bezeichnen sollte. Als nun nachher

---

[1]) Assemani l. c p. 337 sq.

[2]) Ebedjesu l. c. can 2.

[3]) Assemani l. c. p. 386 sq.

[4]) Ebedjesu l. c. can. 1.

der Katholikos das Haupt des Nestorianismus wurde, scheint auch der Titel Patriarch (Patriaka) hinzugekommen zu sein.

Der Katholikos wurde also von den Metropoliten und Bischöfen seines Sprengels gewählt, welcher Usus bis in die Mitte des 15. Jahrhunderts dauerte. [1]) Die Wahl ging auf folgende Weise vor sich. Nach dem Tode des Katholikos oder Patriarchen übernahm der Bischof von Cascar die Leitung der Diöcese desselben, oder in dessen Abwesenheit dann immer der Bischof, dessen Diöcese dem Sprengel des Patriarchen zunächst gelegen war. Diesem oblagen sämmtliche Verrichtungen des Katholikos mit Ausnahme der Ordination der Bischöfe. Nach Verlauf von drei Monaten hatte er alle Metropoliten und Bischöfe schriftlich zur Wahl des Katholikos einzuladen, wozu jeder Metropolit mit zwei oder drei Suffraganen erscheinen mußte. Zur Giltigkeit der Wahl forderten die meisten Kanonisten in der Regel vier Metropoliten mit je drei Suffraganbischöfen; nur im Nothfalle sollten auch zwei Metropoliten mit den vorgeschriebenen Suffraganen genügen. Das Pontificale dagegen erklärte sechs Metropoliten mit den gehörigen Suffraganen für nothwendig. Diese Metropoliten und Bischöfe versammelten sich nun mit dem Archidiakon des Katholikos und den vornehmsten Laien der Nestorianer und wählten einstimmig den Patriarchen. [2])

Die Wahl durch das Loos erwähnt zwar das Pontificale nicht; doch fand sie in vielen Fällen statt. Manchmal nahm man seine Zuflucht auch zu einem Compromiß, und bei streitiger Wahl entschied sogar der weltliche Gebieter, dessen Bestätigung seit dem Jahre 987 die Patriarchenwahl unterlag. [3])

b) Gegenwärtige Praxis.

Die erwähnten Arten der Patriarchenwahl dauerten bis zum Jahre 1450, wo der Patriarch Mar Shimon ein Gesetz erließ, nach welchem seine Nachfolger nur aus seinen nächsten Anverwandten gewählt werden sollten. Diese Anordnung, welche das Patriarchat gleichsam erblich machte, fand viele Befehdungen und Hindernisse, schon deshalb, weil die Patriarchen und Bischöfe unverheirathet waren; sie ward auch die Ursache des im Jahre 1551 entstandenen Schisma's, als nämlich

[1]) Cf. Badger l. c. V. II. p. 191 sq.

[2]) Ebedjesu l. c. Tract. IX. cap. 2. 4; Assemani l. c. p. 643 sq.

[3]) Assemani l. c. p. 652—663.

einige Bischöfe statt des Shimon Bar-Mama, des einzigen Sprößlings der patriarchalischen Familie, den Mönch Johannes Sulaka zum Patriarchen gewählt hatten, obschon nachher auch auf dieser Seite dieselbe erbliche Succession im Patriarchate bis zum Jahre 1842 beobachtet wurde.[1])

Demnach ist das Nestorianische Patriarchat bis auf den heutigen Tag an eine Familie geknüpft, und zwar so, daß es der Regel nach vom Onkel auf den Neffen übergehen soll, jedoch nicht nach dem Alter, sondern nach den Wünschen der Familie. Ein jüngerer Bruder könnte, wenn er gleich die nothwendigen Eigenschaften für das Patriarchat besäße, dem älteren in dieser Würde nur dann folgen, wenn kein tauglicher Neffe hiefür vorhanden, also keiner für dieses Amt erzogen worden wäre. Die unumgänglichen Qualifikationen für die Patriarchenwürde aber bestehen darin, daß die Mutter während der ganzen Zeit ihrer Schwangerschaft und so lange sie das Kind säugt und der zum Patriarchen bestimmte Knabe von seiner Kindheit bis zum Antritt des Patriarchats keine Fleischspeise genossen habe.[2])

2. Consecration und Inthronisation des Patriarchen.

Die Consecration des Patriarchen findet in seiner Kathedrale statt, welche früher die zu Seleucia und Ctesiphon (chaldäisch Mahuza) war, und selbst als die Patriarchenwahl zu Bagdad vorgenommen wurde, ward der Patriarch doch dort consecrirt. Uebrigens mußte derselben die Bestätigung der Wahl von Seite des Landesherrn vorhergehen. Die Consecration geschah früher durch den Metropoliten von Elam (Gandisapor) in Gegenwart von wenigstens noch drei Metropoliten und der übrigen Bischöfe,[3]) jetzt wird sie vom ältesten Metropoliten vorgenommen. Der neue Patriarch wird zuvor mit den priesterlichen Gewändern bekleidet. Die Form der Consecration ist dann immer dieselbe, der neue Patriarch mag Metropolit, Bischof oder Presbyter sein, und besteht ihrem Wesen nach in der Handauflegung.[4]) Hat nun

---

[1]) Badger l. c. V. I. p. 147 sq.

[2]) Badger l. c V. II. p 191; Ritter a. a. O. S. 673; Eastern Churches p. 8.

[3]) Ebedjesu l. c. Tr. IX. cap. 2. 4.

[4]) Ist er also bereits Bischof oder Metropolit, so wird er gleichsam noch ein Mal consecrirt, wenn man in diesem Falle nicht den ganzen Ritus als bloße Ceremonie auffassen muß.

der Archidiakon — welche Stelle früher der Bischof von Cascar vertrat, der hier sogar in der Kleidung eines Diakons erschien, — den neuen Patriarchen als Katholikos von Seleucia und Ctesiphon und des ganzen Orients proklamirt und das versammelte Volk durch eine dreimalige Acclamation seine Zustimmung zu erkennen gegeben, so empfängt er vom vornehmsten Metropoliten die Patriarchal-Gewänder und Insignien, nämlich das Kaphila (besser Phakila oder Maaphra), eine Art Pluviale, von den Griechen φακιόλιον genannt, ferner das Biruna; ein gestickter Amictus, womit das Haupt bedeckt wird, denn die Mitra kennen die Nestorianer nicht, den Hirtenstab, Chutra genannt, endlich das Sciuscefo, ein Velum, welches an einem goldenen oder silbernen Kreuze befestigt ist, womit das Volk gesegnet wird, und das somit die Stelle des bei den Griechen üblichen δικήριον oder τρικήριον vertritt. Hierauf wird der consecrirte Patriarch auf seinen Stuhl gesetzt, welcher Akt Enthronismus genannt wird, und dann folgt die Liturgie, womit der ganze Ritus beendigt wird. Der neue Patriarch pflegt auch seinen Namen zu ändern und führt jetzt immer den Namen Shimon.[1])

3. Jurisdiction des Patriarchen.

Der Patriarch hat die oberste geistliche Gewalt und deshalb keinen Richter über sich.[2]) Ihm sind alle Metropoliten und Bischöfe zum Gehorsame verpflichtet und können ohne seine Erlaubniß nicht zu seinem Sitze kommen. Er hat das Recht, die Metropoliten und Bischöfe zu ordiniren, zu versetzen und zu deponiren. Hat der Metropolit einen Bischof consecrirt, so muß dieser vom Patriarchen noch die Perfectio erhalten, ohne welche er keine Pontifical-Functionen ausüben kann. Diese Perfectio, welche dem Ritus nach eine Wiederholung der Ordination zu sein scheint, ist jedoch nur eine Art Bestätigung der bereits vollzogenen Consecration. Ohne Erlaubniß des Patriarchen darf der Metropolit kein verödetes Bisthum seiner Diöcese einverleiben.[3])

Als Kirchenoberhaupt hat der Patriarch das Recht, Jeden, mag er was immer für einer Diöcese angehören, zu ordiniren;[4]) ferner

---

[1]) Assemani l. c. p. 763 – 783.

[2]) Ebedjesu l. c. Tract. IX. cap. V.

[3]) Assemani l. c. p. 631—641.

[4]) Ebedjesu l. c. Tract. VI. cap. 6 can. 8.

das Recht, ausschließlich das hl. Oel zu consecriren, was jedoch nur alle sieben Jahre geschieht, wie denn auch die hl. Felle oder Antimensien, welche bei den Nestorianern die Stelle der Altar-Portatilien vertreten, nur von ihm benedicirt werden.[1]) Er hat das Recht, rituelle Verfügungen zu treffen, und der von ihm vorgeschriebene Ritus muß in allen Kirchen beobachtet werden, sowie auch seines Namens bei allen Gebetsstunden gedacht werden muß. Ohne seine Erlaubniß darf Niemand das Amt eines Magisters oder Interpreten sich anmaßen, und ohne seine Approbation soll kein Buch veröffentlicht werden. Ist der Patriarch etwa wegen Mangel an Kenntnissen nicht im Stande, die Censur auszuüben, so soll er hiezu unterrichtete Bischöfe und geübte Lehrer berufen, welche dann über die Approbation oder Reprobation der Bücher zu entscheiden haben. Unterwirft sich der Autor eines verurtheilten Buches nicht, so soll er excommunicirt werden. Endlich besitzt der Patriarch auch das Recht, Kirchen und Klöster vom Diöcesanverbande zu eximiren.[2])

Außer dieser geistlichen Jurisdiction kömmt dem Patriarchen aber auch eine gewisse Civil-Autorität zu, worin er früher von den Emirs von Hakkari sogar unterstützt wurde, bis der wachsende Durst nach Macht und die Furcht, es möchten die Christen das Uebergewicht in den kurdischen Gebirgen erlangen, diese bewog, jegliche Anstrengung zu machen, um die Autorität des Patriarchen zu untergraben. Da der Patriarch als das Haupt aller Nestorianer in Persien und Kurdistan betrachtet wurde, so bedurfte jede Staatsmaßregel, welche von der Versammlung der Stämme vorgeschlagen wurde, seiner Approbation; jetzt aber ruht die politische Administration mehr in den Händen der Meliks, welche übrigens die Autorität des Patriarchen anerkennen, der noch immer in Streitigkeiten der oberste Richter ist. Wenn früher ein Streit zwischen Kurden und Nestorianern entstand, so übten der Patriarch und der Emir gemeinschaftlich das Richteramt; diese Gewohnheit hörte jedoch auf, als zwischen beiden Völkerschaften eine feindliche Spaltung eingetreten war.[3]) Bei Streitigkeiten zwischen

---

[1]) Badger l. c. V. I. p. 259.

[2]) Assemani l. c. p. 642 sq.; Ebedjesu l. c. Tract. IX. cap. VI.

[3]) Namentlich ist dieß seit der letzten Niedermetzlung der Nestorianer durch den Emir Ledr Khan Beg im Jahre 1843 der Fall. S. Layard's popu-

Kurden und Christen steht es nun allerdings den Partheien frei, ihre Sache sowohl an den Gerichtshof des Patriarchen Mar Shimon als an den des Emir zu bringen; allein kein Nestorianer darf sich weigern, vor dem Gerichte des Emir, gegen dessen Urtheil es keine Appellation gibt, zu erscheinen, wenn ihn ein Kurde bei demselben belangte. Der Nestorianer aber kann den Emir als seinen Richter nur dann wählen, wenn der andere Theil gleichfalls ein Nestorianer ist. Gegen das Urtheil des Patriarchen könnte nun allerdings an den Emir appellirt werden; allein das pflegt nicht zu geschehen, da es nach den Gesetzen für ein Verbrechen gilt, mit einem Christen vor einem Ungläubigen zu rechten. Die härteste Strafe, die der Patriarch als Richter über einen Verbrecher verhängen kann, ist die Excommunication, welche vom Volke auch sehr gefürchtet wird.[1])

Als Zeichen seiner Autorität führt der Patriarch ein eigenes Siegel, welches in der Mitte die Worte: „Der demüthige Shimon, Patriarch des Orients" enthält; im Kreise herum aber steht geschrieben: „Mar Shimon, der sitzt auf dem Stuhle des Apostels Thaddäus."[2])

4. Residenz und Revenüen des Patriarchen.

Der Sitz des Patriarchen befand sich Anfangs zu Seleucia oder Coche, im Jahre 872 aber wurde er nach Bagdad verlegt. Vom Jahre 1258 an befand sich die Residenz des Patriarchen an verschiedenen Orten, bis endlich im Jahre 1560 der Patriarch seinen fixen Aufenthalt in Mosul nahm; er wohnte jedoch nicht in der Stadt, sondern bis zum Jahre 1725 in dem nahegelegenen berühmten Kloster Rabban Hormuz.

Als sich im Jahre 1780 der Patriarch Elias XI. von Mosul mit der römischen Kirche unirt hatte, wurde nun der Bischof von Urmiah, der sich im Jahre 1582 vom Patriarchen Elias V. getrennt und sich selber zum Patriarchen aufgeworfen hatte, der rechtmäßige und einzige Patriarch der Nestorianer, der sich im Jahre 1590 nach Kurdistan zurückzog und seinen Sitz zu Kotshannes oder Kochannes bei

---

lärer Bericht über die Ausgrabungen zu Ninive, deutsch von Dr. Meißner. S. 85.

[1]) Badger l. c. V. I. p. 259; Ritter's Erdk. von Asien Bd. VI. Abth. 2. Bch. 3. S. 666; Laurie: Dr. Grant etc. p. 1438.

[2]) Ritter a. a. O. S. 685.

Djulamerk nahm. Im Jahre 1842 wurde ihm seine Residenz vom Emir Nurallah Beg verbrannt, worauf er zu Diß oder Dez im Bezirke Thari residirte. Nachdem er auch hier im Jahre 1843 durch die Kurden vertrieben worden war, floh er nach Mosul, und erst im Jahre 1848 kehrte er wieder nach Kochânes zurück.[1])

Das Einkommen des Patriarchen besteht zunächst in einer Kopfsteuer (Reshith), die ungefähr drei Pfennige nach englischem Gelde beträgt[2]) und alle drei Jahre von sämmtlichen erwachsenen Personen des männlichen Geschlechtes der Patriarchal-Diöcese bezahlt werden muß. Außerdem pflegt der Patriarch seine Finanzen auch dadurch aufzubessern, daß er manchmal die Strafe der Excommunication, womit der eines schweren, kirchlichen oder politischen Verbrechens Schuldige belegt worden war, in eine Geldstrafe verwandelt. Eine andere Quelle des Einkommens bilden die Erstlingsfrüchte (Ghewith), welche das Volk jedes Jahr von den Landesproducten an die Kirchen seiner Diöcesen gibt und wovon der zehnte Theil für den Patriarchen bei Seite gelegt wird. Diese Gewohnheit hindert übrigens nicht, daß der Patriarch von den Wohlhabenden und Reichen seiner Gläubigen direct ein jährliches Ghewith empfängt, dessen Betrag natürlich dem Belieben des Gebers überlassen bleibt.[3])

§. 89. Bischöfe und Metropoliten.

a) Bischofswahl.

Früher wurde der Bischof (Khalfa oder Episcopa) vom Klerus und Volke in Gegenwart der übrigen Bischöfe der Provinz frei gewählt, und zwar zunächst aus dem Weltklerus; denn ein Mönch sollte nur dann genommen werden, wenn er einen ausgezeichneten Ruf bezüglich seiner Frömmigkeit hatte und besonders der Ansicht jener nicht huldigte, welche die Ehe für eine Befleckung halten. Sonst wurden von den Erwählten nur drei Eigenschaften gefordert: Erstens gesunder Menschenverstand zur Regierung der Diöcese; ferner Frömmigkeit, welche sowohl die Ausübung guter Werke als auch das Bekennt-

[1]) Assemani l. c. p. 628 sq.; Ritter a. a. O. S. 662, 671. Laurie l. c. p. 100, 348; Badger l. c. V. I. p. 258, 374; Eastern Churches p. 9.

[2]) Nach Monteith's Nachrichten bei Ritter (a. a. O. S. 665) beträgt sie 1 Schilling 6 Deniers.

[3]) Badger l. c. V. I. p. 260.

niß des orthodoxen Glaubens in sich schließt, und endlich Kenntniß der hl. Schriften.[1])

Allein die Beschränkung des Patriarchats auf eine Familie hat auch auf die Bischofswahlen eingewirkt, ohne daß jedoch die strenge Regel bezüglich der von der Mutter des Patriarchats-Candidaten zu beobachtenden Abstinenz auch bei der Mutter eines Bisthums Candidaten zur Geltung gekommen ist.[2]) Es ist also auch die bischöfliche Würde in gewissen Familien der Vornehmen, denn gerade diese scheinen das größte Verlangen darnach zu haben, erblich geworden. Stirbt nämlich ein Bischof, so sehen sich die Kleriker und Vornehmsten der Diöcese um einen geeigneten Nachfolger um und zwar unter denjenigen von den nächsten Anverwandten des verstorbenen Bischofs, welche eigens für diese Würde erzogen worden waren.[3]) Erst wenn sich unter diesen kein passender Stellvertreter finden sollte, dann wählt Klerus und Volk gemeinsam einen Priester der Diöcese und präsentirt ihn dem Patriarchen zur Consecration.[4]) Daher kömmt es, daß oft zwölfjährige und noch jüngere Knaben zu einem Bisthume gelangen.[5]) Die Wahl soll nach den Canones binnen vier Monaten vorgenommen werden.[6])

b) Consecration und Inthronisation des Bischofs.

Die Consecration des Bischofes wird vom Patriarchen oder, wenn der Bischof einem Metropolitenverbande untersteht, auch vom Metropoliten vorgenommen und kann nur an einem Sonn- oder Festtage stattfinden. Sie besteht ihrem Wesen nach in der Salbung mit Chrisma und in der Handauflegung, und unterscheidet sich von der des Patriarchen blos dadurch, daß nur eine einmalige Acclamation des Volkes vorkömmt.

---

[1]) Ebedjesu l. c. Tract. VIII. cap. I. II. XVI.

[2]) Nach dem Verfasser der Eastern Churches (p. 8) aber dürfte auch die Mutter eines Bisthums-Candidaten kein Fleisch genießen, so lange sie das Kind säugt, sowie der Candidat selber von seiner Kindheit an kein Fleisch genossen haben darf.

[3]) Eine Art Wahl muß also immer stattfinden, da der Bischof seinen Nachfolger durchaus nicht bestimmen kann. Ebedjesu l. c. Tract. VIII. cap. IV.

[4]) Badger l. c. V. II. p. 192.

[5]) Ritter a. a. O. S. 657, 677.

[6]) Cf. can. 23. Syn. Ezechielis anno 577 et can. 3. Syn. Georgii anno 677 ap. Assemani l. c. p. 183, 187.

Ebenso ist die kirchliche Kleidung des Bischofes ganz dieselbe, wie die des Patriarchen.[1]) Nach den Canones soll die bischöfliche Consecration in Gegenwart wenigstens dreier Bischöfe vor sich gehen, und ist der Bischof von einem Metropoliten ordinirt worden, so hat sich derselbe hierauf zum Patriarchen zu begeben, um von ihm die Perfectio oder Bestätigung zu erhalten.[2])

Kein Bischof soll sich nun eigenmächtig in den Besitz seiner Diöcese setzen, sondern hat vom Chorbischofe des Metropoliten oder Patriarchen auf seinen bischöflichen Stuhl gesetzt, d. h. inthronisirt zu werden.[3])

c) Rechte und Pflichten des Bischofs.

Wie es im Consecrations-Ritus heißt, hat der Bischof zu predigen, zu binden und zu lösen, wunderbare Heilungen zu wirken, zu ordiniren und die anvertraute Heerde zu weiden.[4]) Besonders obliegt ihm das Predigtamt, welches er an Sonn- und Festtagen entweder persönlich oder durch einen gelehrten Stellvertreter ausüben soll.[5])

Kein Bischof soll sich ohne gegründete Ursache länger als sechs Monate von seinem Sitze entfernen und die Osterzeit stets in seiner Diöcese feiern.[6])

Macht sich der Bischof eines Vergehens gegen die Sittlichkeit, der Häresie, eines falschen Zeugnisses, der Trunkenheit oder anderer großer Laster schuldig, so soll er deponirt werden. Hat er ein ungerechtes Urtheil gefällt, so soll er nach der Größe der Schuld mit Suspension belegt werden.[7])

Der Bischof hat jährlich zwei Mal durch den Chorbischof den Klerus seiner Städte um sich zu versammeln; er selber aber hat, sofern er unter einem Metropoliten steht, jährlich im September bei der Metropolitansynode, und außerdem alle vier Jahre bei der vor der Fastenzeit statthabenden Synode des Patriarchen zu erscheinen.

---

1) Assemani l. c. p. 684—701.
2) Ebedjesu l c. Tract. VIII. cap. IX.
3) Ebedjesu l. c. Tract. VIII. cap. VIII.
4) V. Assemani l. c.
5) Can. 1. Syn. Georgii anno 677 ap. Assemani l. c. p 187.
6) Ebedjesu l. c. Tr. VIII. cap. XII.
7) Ebedjesu l. c. Tr. VIII. cap. XX. can. 3—9.

Nur Bischöfe in weit entlegenen Ländern sollten blos nöthig haben, Unions-Schreiben an den Patriarchen und zwar alle sechs Jahre zu schicken, worin sie über die Zustände und Bedürfnisse ihrer Diöcesen genauen Bericht erstatten.[1])

Der Bischof muß unverheirathet sein. Allerdings hatte der Patriarch Babäus auf einer Synode im Jahre 499 das Gesetz gegeben, daß alle seine Nachfolger heirathen sollen, und daß jeder Bischof und Priester, so oft seine Frau mit Tod abgehe, wieder eine andere nehmen sollte. Allein der Patriarch Mar-Abas verbot auf einer Synode im Jahre 544, daß ein Verheiratheter Bischof oder Patriarch werde, und so blieb denn fortan die Ehe den Bischöfen, Metropoliten und Patriarchen untersagt, und selbst ein Wittwer kann nicht Bischof werden.[2])

Diese Beschränkung steht jedoch im Widerspruche mit zwei Kanones, welche aus den apostolischen Kanones in die Kanones-Sammlung (Sinhadôs)[3]) des Ebedjesu aufgenommen wurden und voraussetzen, daß die Bischöfe auch aus Verheiratheten genommen werden können. Es sind das die Kanones 39 und 74. Der Erstere befiehlt, daß das Privateigenthum des Bischofes von dem der Kirche strenge geschieden sein solle, damit die Kirche nicht zu Schaden käme, da der Bischof, der zuweilen Weib und Kinder habe, mit seinem Vermögen beliebig verfügen könne. Der Andere verbietet, die bischöfliche Würde auf den Bruder oder Sohn oder einen Verwandten zu vererben. Wenn ein Bischof einen solchen zum genannten Zwecke ordinirt hätte, so sollte die Ordination ungiltig sein und der Bischof entfernt werden.[4])

d) Consecration und Jurisdiction des Metropoliten.

Der Consecrations-Ritus des Metropoliten (Matran) stimmt ganz mit dem des Bischofes überein, nur daß bei ihm eine zweimalige Acclamation stattfindet. Der Metropolit hat außer der bischöflichen Jurisdiction in seiner Diöcese noch das Recht, seine Suffraganbischöfe zu

---

[1]) Ebedjesu l. c. cap. X. XIX.; can. 15. 16. Syn. Ezechielis anno 577 ap. Assemani l. c. p. 183.

[2]) Assemani l. c. p. 80, 872.

[3]) Sinhadôs oder Sünhedüs und Takhsa sind die beiden kanonischen Sammlungen der nestorianischen Kirche. Ritter a. a. O. S. 948.

[4]) Ebedjesu: Epitome can. apost. ap. Maium l. c. p. 12, 15. Badger l. c. V. II. Chapt. 36. p. 180.

ordiniren und dieselben zur Synode zu berufen. Eine weitere Gewalt kömmt ihm über seine Suffragane durchaus nicht zu, und er selbst steht ganz unter dem Patriarchen. [1]) Uebrigens ist auch bei den Nestorianern wie in den übrigen orientalischen Kirchen der Name Metropolit oft nur ein bloßer Titel mit einem Vorrange vor dem Bischofe.

e) Revenüen der Bischöfe und Metropoliten.

Das Einkommen des Bischofes besteht in einer Kopfsteuer von 2 Spahies oder ungefähr 5 Pfennige, welche er jährlich von sämmtlichen erwachsenen Mannspersonen seiner Diöcese erhebt. Dazu kommen die Gebühren für die Ordinationen, für Consecrationen von Kirchen, Ehedispensen u. s. w. Zur Erntezeit erhält er auch Gaben von Naturalien, die aber vom freien Willen der Geber abhängen.

Das Verhältniß, in welchem der Bischof zu seinen Diöcesanen steht, spricht sich in dem Titel „Abuna", d. i. Vater, wie er gewöhnlich genannt wird, aus. [2])

§. 90. Diöcesen und Seelenzahl der Nestorianer. [3])

Der Patriarch hat eine eigene Diöcese, welche in Central-Kurdistan liegt und bei 100 Ortschaften zählt mit 75 Kirchen, 62 Priestern und 2778 Familien.

Die Diöcese Gunduk steht unter einem Metropoliten ohne Suffragane. Sie zählt 15 Ortschaften mit 13 Kirchen, 9 Priestern und 249 Familien.

Die Diöcese Berwari, [4]) deren Metropolit zu Duri residirt, hat 27 Ortschaften mit 20 Kirchen, 18 Priestern und 348 Familien.

Die Diöcese Buhtän steht unter einem Metropoliten mit zwei Suffraganbischöfen, welche im Districte Atel residiren. Sie zählt 20 Ortschaften im Gebirge und 2 bis 3 im Thale Khabur zwischen Zakhu und Jezirah mit 23 Kirchen, 16 Priestern und 220 Familien.

---

[1]) Assemani l c. p 696, 701; Ebedjesu: Coll. can. syn. Tract. VIII. cap. XVII.

[2]) Badger l. c. V. I. p. 228 sq. Vgl. Ritter a. a. O. S. 678.

[3]) Badger l. c. V. I. chapt. 25.

[4]) Der erste bekannte Bischof von Berwari (Tela und Berbera) ist Simeon im Jahre 1266. Le Quien l. c. T. II. p. 1150, 1307.

Die Diöcese Jelu ist der Sitz eines Metropoliten und begreift 43 Ortschaften mit 37 Kirchen, 24 Priestern und 1979 Familien in sich.

Die Diöcese Gawa, Sitz eines Metropoliten, hat 45 Ortschaften mit 34 Kirchen, 18 Priestern und 1082 Familien.

Die Diöcese Be-Shems-ud-Din, deren Metropolit zu Rustaka[1]) residirt und 3 Suffragane unter sich hat, umfaßt die Districte von Ter Gawar, Mar Gawar, Somava, Bradostnai und Mahmedajeh.

Die Provinz Urmiah[2]) wird von zwei Metropoliten und zwei Bischöfen, welche zu Imalawa, Gögtaza, Ardischai und Arnud Aghai residiren,[3]), verwaltet und zählt 38 Kirchen mit 34 Priestern und 4500 Familien.

Die gesammte Seelenzahl der Nestorianer mag sich demnach auf ungefähr 70,000 belaufen.[4])

§. 91. Die bischöflichen Officialen.

Zu den bischöflichen Officialen gehört der Chorbischof, der Archipresbyter und Archidiakon, der bei den Nestorianern auch ein Priester ist und den beiden erstern vorgeht.

Der Archidiakon ist der Vikar des Bischofes und sitzt zu dessen Rechten. Durch seine Ordination, die übrigens nur eine bloße Benedictio ist, erhält er das Privilegium, Altäre zu benediciren, in Abwesenheit des Bischofes den Vorsitz im Chor zu führen und das Officium zu beginnen und zu schließen. Wenn der Bischof functionirt, so hält er den Bischofsstab und spricht nach ihm die Absolution. Er ordnet überhaupt das ganze Ministerium in und außer der Kirche. Niemand kann vom Bischofe oder Chorbischofe zum Kleriker promovirt werden ohne den Archidiakon, wie auch ohne ihn kein Kleriker vom Bischofe oder Chorbischofe amovirt werden kann. Ihm unterstehen alle Angelegenheiten der Kirche und die Verwaltung des Kirchenver-

[1]) Der erste bekannte Bischof von Rustaka ist Gabriel im Jahre 1281. Le Quien l. c. p. 1329.

[2]) Der erste bekannte Bischof von Urmiah ist Abdjesus im Jahre 1111. Le Quien l. c. p. 1144, 1327.

[3]) Ritter a. a. O. S. 944—947, 969.

[4]) Vgl. Ritter a. a. O. S. 674.

mögens; er ist also zugleich der Oikonomos des Bischofes und stellt die Oekonomen und Procuratoren für die einzelnen Kirchen auf.[1])

Der Chorbischof ist bei den Nestorianern nichts anderes, als was die Griechen unter dem Ausdrucke „περιοδεύτης" verstehen, nämlich derjenige Priester, dem die Aufsicht über die Landkirchen obliegt, daher er auch Saura d. i. Visitator genannt wird. Er wird durch einen eigenen Ritus, der gleichfalls nur eine Benedictio ist, zu seinem Amte eingeweiht. Er hat zwei Mal im Jahre den ihm untergebenen Klerus zu versammeln, um ihn in seinen seelsorglichen Functionen zu unterrichten und ihm besonders die Kanones der Kirche vorzutragen und zu erklären. Er hat zu sorgen, daß der Bischof die schuldigen Abgaben empfängt, die Gläubigen ihren religiösen Pflichten nachkommen und den kirchlichen Bedürfnissen überall Rechnung getragen werde. Bei entstandener Uneinigkeit oder Zwietracht übt er das Schiedsrichteramt. Ohne ihn darf keine Gemeinde ihre Seelsorger wählen. Sind Klöster in der Diöcese, so führt er auch über dieselben die Aufsicht und präsidirt den Wahlen der Klostervorstände. Der Chorbischof hat seinen Sitz zur Linken des Bischofes.[2])

Der Archipresbyter ist eigentlich der Chorbischof der Stadt und vertritt die Stelle des Bischofs, wenn er abwesend ist. Er hat den Vorrang vor allen übrigen Priestern der Diöcese.[3])

§. 92. Der Pfarrklerus und die Pfarrkirchen.

Jede Gemeinde wählt sich ihren Priester, Râbi oder Râbi Kâsha, auch Kessi[4]) genannt, selbst, der dann vom Bischofe instituirt wird. Da die Priester verheirathet sind, wie sie denn auch nach der Ordination noch und selbst zum zweiten und dritten Male heirathen können, so kömmt es nicht selten vor, daß der Sohn seinem Vater im Amte folgt.[5]) Der Bischof ist gehalten, den Gewählten zu nehmen, und kann keinem Andern das Amt geben. Ebenso hängt die Wahl der

---

[1]) Assemani l. c. p. 838.; Ebedjesu l. c. Tract. VI. cap. 8 et 9.

[2]) Assemani l. c. p. 826 – 838; Ebedjesu l. c. cap. VII.

[3]) Assemani l. c. p. 832, 837.

[4]) Kessi ist ein kurdisches Wort, welches so viel als „mein Theuerer oder mein Lieber" bezeichnet.

[5]) Ritter a. a. O. S. 947.

übrigen Kleriker, namentlich des Diakons, vom Priester und der Gemeinde ab.

Jeder Priester kann blos in seiner Kirche fungiren; nur mit Erlaubniß des Chorbischofs, oder wenn sonst ein guter Grund vorhanden wäre, dürfte er auch an andern Orten kirchliche Functionen vornehmen. Ohne daß sich der Priester eines bestimmten Vergehens schuldig gemacht, darf er nicht abgesetzt werden. [1])

Die Priester der Stadt haben den Vorrang vor den Priestern auf dem Lande, sowie die Bischöfe und Priester der Diöcese des Patriarchen allen übrigen Bischöfen und Priestern vorgehen. [2])

Eine eigene Erscheinung bei den Nestorianern ist der Priester der Gebetsstunden, Sciahara d. i. Wächter oder Aufwecker genannt. Es ist dies jener Priester oder Diakon, welcher dem nächtlichen Officium (Sciahra) vorsteht. Doch ist er der Ordination nach eigentlich ein Cantor (Amura), aus welchem Grade er zunächst genommen wird, obgleich er den Titel Diakon oder Presbyter führt. Er wird nach einem eigenen Ritus außerhalb der Cancellen ordinirt, und hat in Ermangelung eines Priesters dessen Stelle bei den canonischen Stunden und bei den Exequien zu vertreten, d. h. bei der Vesper und Nocturn die Proclamationen zu machen und die Gebete zu sprechen, und bei den Exequien mit dem Diakon die Gebete zu singen und das Todtenofficium zu vollenden. Ein Sciahara kann nie Diakon werden; übrigens wurden zu diesem Amte hie und da auch blinde Priester genommen, welche dann zwar unerlaubt, aber doch giltig die Ordination empfingen. [3])

So groß nun der Einfluß des Priesters auf seine Gemeinde ist und sein Rath bei allen wichtigen häuslichen oder politischen Angelegenheiten erholt wird, so empfängt er dessenungeachtet nur wenig Unterstützung von seinen Gläubigen. Gleich dem Laien ist er genöthigt, ein Handwerk zu treiben. Gewöhnlich kultiviren die Kleriker ein schmales Stück Land; nicht selten sieht man sie auch weben oder Holzlöffel verfertigen. Doch leistet dem Priester jedes Gemeindemitglied einmal im Jahre einen Tag Frohnarbeit oder unterstützt ihn wenigstens bei der Erntezeit. Von einigen Gläubigen erhält er dann auch eine beliebige

[1]) Ebedjesu l. c. Tract. VI. cap. V.

[2]) Can. 38. 39. Syn. Ezechielis anno 577 ap. Assemani l. c. p. 183.

[3]) Assemani l c. p. 820 sq.

Gabe von den geernteten Producten. Die Stolgebühren heißen nichts. Wohl wird dem Priester für die Trauung ein Schilling bezahlt; allein es wird erwartet, daß er die Hälfte davon dem Bräutigam wieder zurückgebe, wenn der Dienst vorüber ist. Begräbniß-Gebühren werden nicht bezahlt, und die Kleinigkeit, welche für die Taufe gegeben wird, nimmt der Kirchenvorsteher oder Wekil für die Kirche in Empfang.

Die Verwaltung des Kirchenvermögens und die Sorge für den Unterhalt der Kirche obliegt dem Kirchenvorsteher, Wekil genannt, der eigens zu diesem Zwecke von der Gemeinde aufgestellt ist. Jede Kirche besitzt gewöhnlich einige Morgen Landes, welche der Kirchenvorsteher zum Nutzen der Kirche zu cultiviren hat, deren Erträgnisse er aber nicht selten zu seinem eigenen Gebrauche verwendet.[1])

§. 93. Das Ordenswesen.

a) Mönchsklöster.

In früheren Zeiten hatten die Nestorianer sehr viele Klöster. Assemani[2]) zählt bei 31 Mönchsklöster auf, welche zunächst von dem Kloster Izle bei Nisibis, gegründet vom Mönche Abraham um das Jahr 500, ihren Ausgangspunkt nahmen. Jedes Kloster stand unter einem Abte (Kiscia oder Ris–daira), welcher von den Mönchen gewählt wurde. Nur ein solcher Mönch, der lesen und schreiben konnte, stets eine gute Aufführung gepflogen hatte, im Stande war, zu belehren und zu urtheilen, die Klosterregel kannte und in demselben Kloster erzogen worden war, konnte hiezu genommen werden. Den Abt zu benediciren, war ein Recht des Bischofs, der ihm hiebei den Stab überreichte und das Pallium über dessen Schulter legte. Bezüglich der Verwaltung der Klostergüter stand der Abt ganz unter dem Bischofe oder vielmehr zunächst unter dessen Chorbischofe.[3])

Wer Mönch werden wollte, hatte nach der ältern Disciplin eine Probezeit von drei Jahren, nach der spätern nur mehr eine von fünfzig Tagen zu bestehen. Die Aufnahme geschah durch Ertheilung der Tonsur, der s. g. Corona, und durch Ueberreichung der Mönchskleidung von Seite des Abtes. Die Mönchskleider bestanden in einem wollenen

[1]) Badger l. c. V I. p. 228; Ritter a. a. O. S. 678.
[2]) L. c. cap. 14. §. 2.
[3]) Assemani l. c. p 913 sq.

Unterkleide (Buthino), einem Gürtel (Unoro), einer Kapuze (Busitho), einem Oberkleide (Ophito) und Sandalien (Seiine).[1])

Die Mönche, welche Laien waren, beschäftigten sich außer den Chorgebete mit Agricultur oder andern nützlichen Arbeiten; die Priestermönche (Rabbans) dagegen befaßten sich außer ihren kirchlichen Verrichtungen mit literärischen Arbeiten, Bücherabschreiben, Jugenderziehung u. s. w.[2])

Gegenwärtig besitzen die Nestorianer keine Mönchsklöster mehr; noch darf man etwa glauben, daß solche bei den Nestorianern in den kurdischen Gebirgen existiren, obschon es nicht ungewöhnlich ist, in einiger Entfernung von einer Stadt oder einem Dorfe eine Kirche, Deira oder Convent genannt, zu treffen, wo ein einzelner Priester, der das Cölibatsgelübde gemacht, wohnt, und unter dem Rector der nächstgelegenen Pfarrkirche steht. Viele von den alten Nestorianischen Klöstern in den Ebenen von Mosul sind verfallen, und das einzige, das noch existirt, haben die Chaldäer in Besitz. Die Mönchsdisciplin kam eben bei den Nestorianern dadurch sehr in Verfall, daß seit dem 14. Jahrhunderte das Gelübde der Keuschheit nicht länger für bindend galt, als es Jemand zur Gottseligkeit für nützlich fand,[3]) so daß ein Mönch, wenn er einen gerechten Grund hatte, sich vom Bischofe von seinem Gelübde dispensiren lassen und in den Ehestand treten konnte. Doch durfte die Trauung nicht öffentlich in der Kirche, sondern nur privatim zu Hause gefeiert werden, und wenn zwei Ordenspersonen einander heirathen wollten, so wurden sie zuvor vom Bischofe einer öffentlichen Buße unterworfen.[4])

---

[1]) Assemani l. c. p. 898 908.

[2]) Badger l. c. V. II p. 178.

[3]) Badger l. c. p. 179; Ritter a. a. O. S. 677.

[4]) Denn so lautet der Kanon bei Ebedjesu (l. c. Tract II. cap. 11): „Wenn ein Mönch oder Nonne abfällt von ihrer Lebensweise und wegen Schwachheit des Fleisches zu heirathen wünscht, so sollen sie ohne Erlaubniß des Bischofes nicht getraut werden, und durchaus nicht in der Kirche und in der öffentlichen Versammlung eingesegnet werden, sondern zu Hause. Wenn aber zwei, die dem Mönchsstande angehören, sich gegenseitig verlobt haben, so sollen sie durchaus nicht eingesegnet werden, und die Ehe soll ihnen nicht eher gestattet werden, bis sie eine öffentliche und lange Buße in Sack und Asche gethan haben, sowie es ihnen der Bischof auferlegt."

b) Nonnenklöster.

Nonnenklöster gab es seit dem fünften Jahrhunderte bei den Nestorianern ziemlich viele. Sie standen unter Aebtissinen (Risciaths-Daira), welche von den Nonnen unter der Leitung des Bischofes oder dessen Chorbischofes gewählt wurden. Die Aufnahme in's Kloster geschah auch hier durch Tonsur und Ueberreichung der Klosterkleidung, welcher Akt vom Priestermönche, der dem Kloster vorstand, vorgenommen wurde, während die Aebtissin der neuen Nonne die alten Kleider auszuziehen und die neuen vom Priester benedicirten anzuziehen hatte.[1])

Gegenwärtig gibt es nun auch keine Nonnenklöster mehr bei den Nestorianern;[2]) denn diejenigen, welche jetzt Nonnen genannt werden, sind solche Frauenspersonen, die das Keuschheitsgelübde abgelegt haben, übrigens aber in ihrem eigenen Hause bleiben und sich mit Werken christlicher Liebe und Barmherzigkeit befassen und zwar so lange, bis sie von ihrem Gelübde gelöst sind.[3])

---

[1]) Assemani l. c. p 908 sq.

[2]) Nach Ritter (a. a. O. S. 747) soll es überhaupt im Orient, den Libanon ausgenommen, keine Nonnenklöster geben, wohl aber Nonnen, welche bei ihren Verwandten wohnen. Doch fand Badger (l. c. V. I. p. 389) an der Kirche Mar Ebedjesu zu Gunduk eine Nonne, welche mit blos einem Priester im Convente wohnte. Auch Layard (a. a. O. S. 99) erwähnt einer mißgestalteten Nonne in der Vorhalle der Kirche von Biridschai.

[3]) Badger l. c. V. II. p. 179.

X. Kapitel.

Die koptische Kirche in Aegypten.

§. 94. Einleitung.

Unter dem Patriarchen Dioskor von Alexandrien (444—455) wurde der Eutychianismus oder Monophysitismus nach Aegypten verpflanzt und faßte besonders unter der einheimischen Bevölkerung, den Kopten (Jáakibeh), feste Wurzeln. Auf diese Weise wurde der Gegensatz zwischen den eingebornen Aegyptiern und den Griechen oder Kaiserlichen (Melekiten) auch noch durch religiöse Zwietracht erweitert, und so kam es, daß die Kopten, um über die Katholiken das Uebergewicht zu erhalten, die muhamedanischen Araber in der Eroberung des Landes unterstützten.[1]) Allein auch die Kopten waren unter der Herrschaft der Khalifen vielen Bedrückungen ausgesetzt, welche zur Folge hatten, daß viele zum Islam übertraten. Selbst unter der Herrschaft der Osmanen und während der Oligarchie der Mamluken nahmen diese Bedrückungen nicht ab, denn erst Mehemed Ali führte im Anfange des 19. Jahrhunderts religiöse Toleranz als Staatsgrundgesetz ein, und erst seit seiner Regierung erfreuen sich Christen eines gesicherten Rechtszustandes. Die Kopten machen gegenwärtig kaum den 20. Theil der Bevölkerung Aegyptens aus, indem sie blos 150,000 Seelen betragen, wovon 10,000 in Kairo leben. Besonders zahlreich sind sie in der Provinz Fajum.[2]) Ihre kirchliche Verfassung ist folgende.

---

[1]) Döllinger's Lehrb. der Kirchengesch. Bd. I. S. 151.

[2]) Kremer: Aegypten Thl. I. S. 88—99.

§. 95. Die Hierarchie in der koptischen Kirche.

Die Kanonisten und Theologen der Kopten theilen das Priesterthum in folgende Stufen: 1. Vorleser (Lector), 2. Subdiakon, 3. Diakon, 4. Archidiakon, 5. Presbyter, 6. Igumen oder Komos, 7. Patriarch, in welchem die bischöfliche Würde eingeschlossen ist. Diese sieben hl. Weihen, sagen sie, hat Christus der Herr selbst ausgeübt. Das Amt eines Lector nämlich übte er, als er in der Synagoge die Worte des Propheten Isaias las: Der Geist des Herrn ist über mir u. s. w. Den Dienst eines Subdiakon versah er, als er die Käufer und Verkäufer aus dem Tempel trieb. Das Amt eines Diakon übte er, als er seinen Jüngern die Füße wusch, und das Amt eines Archidiakon, als er seinen Jüngern den Auftrag gab, zu predigen das Evangelium der ganzen Welt. Die priesterliche Function übte er aus beim letzten Abendmahle, indem er sein Fleisch und Blut den Aposteln zum Genusse reichte, das Amt eines Igumen, als er seine Jünger auf einen hohen Berg führte und sie segnete; das Amt eines Bischofes, indem er von Ort zu Ort wanderte, die verirrten Schafe aufzusuchen, und das eines Patriarchen, welches mit dem des Bischofes vereinigt ist, als er seine Jünger anhauchte und sprach: Nehmet hin den heiligen Geist u. s. w.[1])

Doch kennt die koptische Kirche auch den Psaltisten oder Sänger,[2]) und außerdem hat sie noch einen andern Kirchendiener, den Sakristan (Keiim), welchen der hl. Patriarch Cyrillus eingeführt haben soll. Der Letztere hat nebst andern Diensten auch das Brod für das hl. Opfer zu backen.[3])

§. 96. Ordination der Kleriker.

Der Ordinand muß frei vom körperlichen Defecte und ehlicher Geburt sein. Kein Bigamus, kein Besessener, kein Castrat und kein Neophyt soll ordinirt werden.[4]) Der Diakon soll 25, der Presbyter wenigstens 30 Jahre alt sein.[5])

[1]) Vansleb: Histoire de l'église d'Alexandrie (Par. 1677) p. 4 sq.

[2]) Cf. Moroni: Dizionario di erudiz. stor. — eccles. Vol. 21 p. 135.

[3]) Vansleb l. c. p. 38.

[4]) Vansleb l. c. p. 180, 267; Eastern Churches (Lond. 1850) p. 77.

[5]) Nach dem 23. Canon des Patriarchen Athanasius von Konstantinopel bei

Bei der Ordination des Psaltisten liest der Bischof drei Gebete über den Ordinanden, worauf dieser den Altar, den Bischof und Alle, die bei seiner Ordination zugegen sind, küßt. Zum Schlusse gibt ihm der Bischof die Benediction. Soll aber ein erster Sänger ordinirt werden, dann spricht der Bischof eine einzige, aber ganz eigene Oration.

Der Lector und Subdiakon werden zwar noch außer dem Heiligthume, aber unter Auflegung der Hände ordinirt, indem nämlich der Bischof die Schläfe des Ordinanden mit seinen Händen berührt.

Bei der Ordination eines Diakon folgt zuerst eine Handauflegung und dann wird dem Ordinanden die Stola über die linke Schulter gelegt. Nun folgt die Liturgie. Nach der Communion haucht der Bischof denselben an und spricht: Empfange den hl. Geist für die Kirche N. Hierauf legt er ihm abermals die Hand auf und gibt ihm die Benediction. [1])

Wenn ein Priester ordinirt werden soll, so wird ein Diakon von zwei Priestern, die an beiden Enden dessen Stola halten, unter Vorantritt eines Igumen zum Heiligthume vor den Bischof geführt. Dieser legt ihm die Hände auf, und nachdem ein Priester dem Ordinanden seine Pflichten vorgelesen und derselbe das Buch, worin sie enthalten sind, geküßt hat, beginnt die Liturgie. Vor der Communion legt der neue Priester laut das Glaubensbekenntniß ab, hierauf communicirt ihn der Bischof und haucht ihn alsdann an, indem er spricht: Empfange N. N. den hl. Geist für die Kirche N., worauf das Volk ruft: Er ist würdig. Der Bischof gestattet ihm, das Volk zu communiciren; der neugeweihte Priester aber fastet 40 Tage, jeden Tag bis 3 Uhr Nachmittags, sich zugleich enthaltend vom Weine. [2]) Wenn er auf simonistische oder betrügerische Weise seinen Ordo erhalten, so ist er desselben verlustig. [3])

Vansleb p. 283. Nach „Eastern Churches“ p. 77 soll der Presbyter 33 Jahre zählen.

[1]) Vansleb p. 179—181.

[2]) Vansleb p. 176 sq.

[3]) Vansleb p. 35. — Früher kam bei den Kopten sogar eine Wiederholung der Ordination vor, wenn nämlich ein Priester an einer andern Kirche, als wo er bisher war, angestellt wurde. Der Bischof sprach da eine Absolution über ihn, legte ihm die Hand auf, verrichtete ein Gebet und hauchte ihm drei Mal an die Nase. Vansleb p. 182.

§. 97. Functionen der Kleriker und ihre liturgische Kleidung.

Der Lector hat die Lectionen aus dem alten Testamente zu lesen und auch den Gesang zu dirigiren. Daraus sehen wir, daß das Amt des Lectors mit dem des Psaltisten zusammenfällt. Dem Subdiakon obliegt die Sorge für Weihrauch und Wachs, die Bewahrung der Kirchenbücher, die Bewachung der Kirchenthüre und die Aufrechthaltung der Ordnung in der Kirche. Die Diakonen sind die Diener der Bischöfe und Priester, und es dürfen an keiner Kirche mehr als sieben sein; sind ihrer mehr, so können die überzähligen nicht vom Kircheneinkommen erhalten werden. Sie haben das Evangelium zu lesen, die Kirche zu schmücken, den Kelch zu tragen und die Communion auszutheilen, wenn der Priester es erlaubt. Amt des Priesters endlich ist es, zu celebriren, das Volk zu unterrichten und zu segnen. Wenn er celebriren will, darf er nach Sonnenuntergang nichts mehr genießen.[1])

Die priesterlichen Kleider sind: 1) die Albe (Tunié), 2) ein langes Band von weißer Leinwand, welches der Priester und der Diakon in Form eines Turban um ihr Haupt schlingen und Teleisan (griechisch Bilbgion) genannt wird, 3) ein Cingulum von Seide, 4) Manipel (Kommein), 5) eine Stola, Bedrescil (griechisch ἐπιτραχήλιον) genannt, während die Stola des Diakon Orarion heißt, und endlich eine Casula, welche den ganzen Körper bedeckt und den Namen Burnus führt.[2])

---

§. 98. Der Patriarch.

Die Kopten anerkennen sieben Patriarchen, von denen sie vier als ökumenische und drei als bloße Ehrenpatriarchen bezeichnen. Zu den ökumenischen Patriarchen zählen sie den Papst, den Patriarchen von Alexandrien, dem sie das Richteramt in der Kirche zuschreiben, den Patriarchen von Ephesus, dessen Sitz nach Konstantinopel verlegt worden, und den von Antiochien, dem sie das Richteramt bei Differenzen zwischen den Patriarchen beilegen. Die Ehrenpatriarchen sind der Patriarch von Jerusalem, der von Seleucia oder Bagdad, dem

---

[1]) Vansleb p. 35 sq.

[2]) Vansleb p. 60 sq.

sie das Richteramt bei religiösen Differenzen unter den orientalischen Kirchen zuerkennen, und der von Abyssinien, welcher, obgleich nur Metropolit, wegen seiner ausgebreiteten Diöcese diesen Titel führt.

Der Patriarch der Kopten nennt sich einen Nachfolger des hl. Markus. Er hatte früher seinen Sitz in Alexandria, der Hauptstadt Aegyptens; aber da die Zahl der koptischen Christen daselbst sehr abnahm und ihre Kirchen fast ganz zerstört wurden, so verlegte der Patriarch Christodoulos (1045—1076) seinen Sitz nach Kairo, wo der Patriarch noch jetzt residirt.[1])

§. 99. Wahl des Patriarchen.

Da Aegypten Anfangs noch in keine bestimmten Diöcesen eingetheilt war, so existirte zu Alexandria ein Episcopal-Colleg, bestehend aus zwölf Bischöfen, welche das Recht hatten, den Patriarchen zu wählen. Als dann später die Diöcesen bestimmt worden waren, verblieb das Recht, den Patriarchen zu wählen, dem Klerus zu Alexandria, bis um das Jahr 319 der Patriarch Alexander dieses Recht wieder den Bischöfen übertrug.[2])

Früher ging man bei der Patriarchenwahl also zu Werke. Wenn die Trauerzeit für den verstorbenen Patriarchen, welche der Regel nach ein ganzes Jahr, unter allen Umständen aber wenigstens vierzig Tage dauern sollte, abgelaufen war, dann wurden von den Vornehmsten der Nation zwölf Bischöfe nach Kairo[3]) zu einer Synode in der Patriarchalkirche, Maallaca genannt, berufen. Konnte man nicht so viele Bischöfe haben, so wurde ihre Zahl durch Igumenen in der Art ausgefüllt, daß zwei Igumenen für einen Bischof zählten. Der älteste Bischof führte den Vorsitz bei dieser Versammlung, welche drei taugliche Candidaten für den Patriarchenstuhl vorzuschlagen hatte. Der Candidat zum Patriarchate mußte ein Freier und von freien Eltern geboren sein.

[1]) Vansleb p. 9 sq.

[2]) Le Quien l. c. T. II. p. 342 sq.; Neale: The Patriarchate of Alexandria (Lond. 1847). V. I. p. 11. V. II. p. 98.

[3]) Erst seit dem 11. Jahrhunderte fand die Wahl zu Kairo statt, und da Alexandria ein altes Privilegium hiefür hatte, so ward lange Zeit zwischen beiden Städten als Wahlorte gewechselt. Ja, damit der Einfluß des Klerus und der Vornehmen dieser Städte auf die Wahl nicht zu groß würde, versammelten sich die Bischöfe auch im Kloster St. Makarius.

Sein Vater mußte wenigstens der erste Mann seiner Mutter sein. Er mußte ferner körperlich und geistig gesund, jungfräulichen Standes, 50 Jahre alt, ein geborner Aegyptier oder doch mit der Landessprache vertraut sein. Auch sollte er keines Menschen und Thieres Blut vergossen haben. Mit Ausnahme der Bischöfe konnte jeder Kleriker, der bereits Diakon und noch unverheirathet war, gewählt werden. Ebenso brauchte der Candidat kein großer Theolog zu sein, sondern es genügte, wenn er nur koptisch und arabisch lesen und schreiben konnte, in der hl. Schrift bewandert war und die Ceremonien und Disciplin seiner Kirche verstand. Da aber die Patriarchenwürde ein strenges ascetisches Leben erfordert, so wollte Keiner diese Würde gerne annehmen, und so mußten die von der bischöflichen Versammlung vorgeschlagenen Individuen gewöhnlich erst gefangen genommen und gefesselt nach Kairo geschleppt werden, wo sie bis zum Tage der Wahl bewacht wurden. War dieser Tag gekommen, so schrieb man die Namen der drei Candidaten auf Zettel und legte diese mit einem vierten Zettel, auf welchem die Worte „Jesus Christus der gute Hirt" standen, in eine Urne, welche unter den Altar gestellt wurde, auf dem drei Tage nach einander das Meßopfer dargebracht wurde. Jeden Tag zog ein unschuldiger Knabe nach der Consecration einen von diesen Zetteln, und derjenige, dessen Namen während der drei Tage zwei Mal gezogen wurde, ward Patriarch. Zog er aber den vierten Zettel, so war das ein Zeichen, daß keiner von den drei Candidaten Gott gefällig sei, und der Proceß begann von vorne.[1])

Nach der gegenwärtigen Praxis aber wird der Patriarch aus den Mönchen des Klosters St. Anton nahe beim westlichen Golf des rothen Meeres durch's Loos (Heikeliot) gewählt. Zuerst werden 100 für das Patriarchat taugliche Mönche vorgeschlagen, aus diesen durch Stimmenmehrheit 50 gewählt, aus diesen 25, aus diesen 10 und endlich aus diesen 3, mit denen dann die oben beschriebene Wahlprocedur vorgenommen wird. Auch kann der Patriarch durch seinen Vorgänger bestimmt werden.[2])

---

[1]) Vansleb p. 11 sq ; Neale l. c. V. II. p. 99 sq. Diese Wahl durch's Loos fand jedoch nicht immer statt, da unter der muhamedanischen Herrschaft die Wahlfreiheit auch manchmal durch Simonie beeinträchtigt wurde, indem der Meistbietende durch den Einfluß des Sultan gewählt ward.

[2]) Curzon's Besuche in den Klöstern der Levante. S. 53.; Eastern Churches p. 77; Neale: A history of the holy eastern church. P. I. p. 118.

Nach der Wahl wird das Wahldekret (Taklid) ausgefertigt und von den anwesenden Bischöfen, Priestern und Einigen der vornehmsten Kopten Kairo's unterzeichnet. Die Wahl unterliegt der Bestätigung (Sigel) von Seite des Landesfürsten. [1])

§. 100. Consecration und Inthronisation des Patriarchen.

Ist der neugewählte Patriarch ein einfacher Mönch, so wird er am ersten Tage zum Diakon, am zweiten zum Presbyter, am dritten zum Igumen oder Komos ordinirt und am nächstfolgenden Sonntage dann zum Patriarchen consecrirt. [2])

Am Tage der Consecration, welcher immer ein Sonntag sein muß, führen die Bischöfe den neuen Patriarchen in seinem schwarzen Mönchshabit in die Kathedrale, daselbst bekleiden sie sich mit ihren Pontificalgewändern und treten dann in das Allerheiligste (Heikel), wo sie ein ungefähr fünf Fuß hohes, eisernes Kreuz unter die Patene, welche auf dem Altare liegt, legen und ein kleines Kreuz von Bronce auf dieselbe. Hierauf begeben sie sich zum Neugewählten, der am äußersten Ende der Kirche ihrer harrt, legen ihm die Stola um den Hals, und zwei Bischöfe, die beiden Enden der Stola haltend, führen ihn zum Allerheiligsten, wo nun die Consecrationsgebete beginnen. Hierauf lesen die Bischöfe einer nach dem andern das Wahlpatent mit lauter Stimme, zuerst in koptischer, dann in arabischer Sprache; der Neugewählte legt das Glaubensbekenntniß ab und wird mit den Pontificalgewändern bekleidet; die Bischöfe legen ihm die Hände auf, und so ist der neue Patriarch consecrirt. Er ergreift nun das unter der Patene liegende eiserne Kreuz, welches sein Hirtenstab ist, zum Zeichen, daß er seine Gewalt von Gott und nicht von Menschen erhalten, um seine Heerde zu weiden nach den Worten David's: „Pasce eos in virga ferrea," und nimmt dann noch das kleine Kreuz. Nach dieser Ceremonie ist er als Patriarch anerkannt. Die Bischöfe setzen ihn drei Mal auf den Patriarchenstuhl, der ein steinerner Stuhl im Heiligthume auf der östlichsten Seite der Kirche ist, indem sie sprechen:

---

[1]) Neale: The Patr. of Alex. V. II. p. 104.

[2]) Früher, wo nicht immer ein Mönch zum Patriarchen gewählt wurde, wurde der Neugewählte auch sogleich in den Mönchsstand versetzt, indem man ihn mit dem englischen Habit (Askim) bekleidete.

„Amba N. N., Fürst der Bischöfe, setzt sich auf den reinen, apostolischen und evangelischen Stuhl unseres heiligen und gebenedeiten Vaters Markus, der jetzt Gott in seiner Herrlichkeit schaut, im Namen des Vaters, des Sohnes und des hl. Geistes," worauf das versammelte Volk drei Mal antwortet: „Er ist würdig, Fürst der Bischöfe zu sein." Nun folgt die Liturgie, bei welcher der älteste Bischof den Diakon, der jüngste den Lector macht. Das Evangelium ist hier aus dem 10. Kapitel des Johannisevangelium genommen. Bei den Worten: „Ich bin der gute Hirt" legen die Bischöfe das Evangelienbuch auf das Haupt des Patriarchen, küssen es, und das Volk ruft laut: „Er ist würdig." Nach dem Credo und Friedenskusse ertheilt der Patriarch die Weihen, wenn Candidaten hiefür da sind. Ist die Liturgie beendigt, so legt der Patriarch die Pontificalkleidung ab, zieht, unterstützt vom ältesten Bischof, seinen Mönchshabit an und setzt sich auf seinen Thron. Der Archidiakon liest vor ihm eine Lobrede, worauf der Patriarch den Segen ertheilt. Alsdann wird er processionaliter in seine Residenz begleitet, wo er die Huldigung von Seite des Klerus und Volkes entgegennimmt, indem ihm die Bischöfe den Mund, die Priester die Hand, die übrigen Kleriker und Laien aber die Füße küssen. Die ganze Feier wird endlich durch ein drei Tage dauerndes Fest beschlossen. Nach seiner Inthronisation begibt sich der Patriarch in's Kloster St. Makarius, wo er von den Mönchen feierlich empfangen wird und in der Benjaminskapelle die Liturgie feiert; von da begibt er sich in die übrigen Klöster, wo er überall celebrirt. Zuweilen, jedoch nicht häufig, pflegt der neue Patriarch auch seinen Namen zu ändern.[1])

---

§. 101. Jurisdiction des koptischen Patriarchen und dessen Hof.

Alle koptischen Kirchen von Aegypten, Palästina, Nubien, Abyssinien und der Berberei stehen unter dem Patriarchen, wie sich das auch in seinem vollen Titel als Patriarch von Alexandrien und der Aegypten unterworfenen Herrschaften, von Jerusalem, Abyssinien, Nubien, der Pentapolis und aller andern Orten, wo der hl. Markus gepredigt, ausspricht.[2])

---

[1]) Vansleb p. 162 sq.; Neale l. c. p. 105.

[2]) Vansleb p. 27 sq.

Er selbst aber steht unter keinem irdischen Richter, ist unabsetzbar; auch nicht wegen schlechten Lebenswandel kann er abgesetzt werden, sondern durch ein Nationalconcil können die etwaigen Gewaltthaten des Patriarchen gehemmt oder dessen Laster zu beseitigen gesucht werden.[1])

Obwohl ausgerüstet mit der Fülle der geistlichen Gewalt, hat er doch nicht die Macht, die Disciplin der Kirche zu ändern oder neue Ceremonien einzuführen; im Gegentheil wird von ihm gefordert, daß er Alles beim Hergebrachten lasse, und es werden ihm daher bei seiner Consecration hierauf bezügliche Versprechen abgenommen. Er hat vor Allem für die Reinbewahrung des Glaubens und das Seelenheil seiner Gläubigen zu sorgen, sowie seine Augen stets darauf gerichtet sein sollen, seinem Volke nützlich zu sein. Daher ist es seine Pflicht, jeglichen Schaden von seinen Gläubigen abzuwenden, ihre Verluste zu ersetzen, ihre Gefangenen zu befreien und ihre Armen nach Vermögen zu unterstützen, zu welchem Behufe ihm nicht unbeträchtliche Fonds zur Verfügung stehen.[2])

Der Patriarch hat das Recht, Metropoliten und Bischöfe zu ernennen und zu consecriren, und weiht allein das hl. Chrisma, welcher Akt stets im Kloster St. Makarius verrichtet werden soll.[3])

Er hat die unter seinen Gläubigen entstandenen Streitigkeiten zu schlichten und die Verlassenschaftshandlungen zu ordnen, da sich die Regierung um alle innern Angelegenheiten der verschiedenen religiösen Gemeinden durchaus nicht kümmert.[4])

Der Patriarch wird in der Erledigung der ihm obliegenden geistlichen und weltlichen Geschäfte von mehreren Sekretärs (Katibi) unterstützt, welche gleichsam seinen Rath bilden. Diese Synkellen oder geheimen Sekretäre werden vom Patriarchen gewöhnlich aus den Mönchen gewählt, zuweilen sind sie auch Bischöfe, aber gegen den Usus und die Disciplin. Sie haben einen großen Einfluß, den sie nicht selten mißbrauchen. Sie müssen der arabischen Sprache kundig sein, — denn diese

---

[1]) Neale l. c. p. 107.

[2]) Vansleb p. 7 sq.; Eastern churches p. 77. Wenn z. B. einem Kopten das Haus verkauft wird, so kauft es immer wieder der Patriarch.

[3]) Vansleb p. 14. 231.

[4]) Kremer's Aegypten. Th. 2. S. 96.

erfordert die Correspondenz mit dem Hofe zu Kairo, — und für die richterlichen Geschäfte besonders Kenntniß der Kanones besitzen. [1])

§. 102. Kleidung, Lebensweise und Einkünfte des Patriarchen.

Der Patriarch trägt am bloßen Leibe ein Hemd von Sarsche und darüber ein doppeltes Kamisol von Baumwolle; über das Kamisol zieht er dann eine Art Talar und darüber ein schwarzes Kleid mit weiten Aermeln an, worüber er endlich einen schwarzen Mantel von Sarsche, den Burnus, wirft, welcher in einen langen Schweif endet. Auf dem

[1]) Neale l. c. p. 106. Die Quellen des canonischen Rechtes bei den Kopten sind: 1) Die Canones der Apostel, 30 an der Zahl, welche von den Melchiten publicirt worden waren; 2) andere 127 Canones der Apostel in 2 Büchern, von denen das erste 71, das zweite 56 Canones enthält; sie sind auch in äthiopischer Sprache vorhanden unter dem Namen: Die Synoden der Kirche; 3) 81 Canones der Apostel, arabisch Tetelleßât und äthiopisch Abtilisât genannt, die den vorhergehenden ganz gleich sind und nur in anderer Ordnung auf einander folgen; 4) die Didascalia der Apostel mit 39 Canones; 5) 51 Verordnungen für das Volk Israel, aus den Mosaischen Büchern gezogen; 6) der Brief des hl. Petrus an Clemens; 7) 84 Canones des Concils von Nicäa; 8) die Canones der Kaiser in 4 Büchern; das erste enthält 40 Titel (Tetellesât) mit 577 Canones, das zweite 130 Canones, von denen die ersten 43 aus den Constitutionen Konstantin's gezogen sind, die übrigen von Leo und Theodosius herrühren; das dritte enthält 26 und das vierte 27 Kapitel; 9) 38 Canones des Abulides, von den Kopten Patriarch von Rom genannt; 10) 106 Canones des hl. Basilius; 11) Canones des hl. Chrysostomus; 12) 35 Canones von Athanasius, Patriarchen von Konstantinopel; 13) 106 Canones des Patriarchen Athanasius von Alexandrien (326—373); 14) 31 Canones des Patriarchen Christodulus, um das Jahr 1048 verfaßt; 15) Canones des Patriarchen Cyrill, genannt Ibn-Loklok, (1235—1243) in 5 Kapiteln, von denen das erste von der Taufe, das zweite von der Ehe, das dritte von den Testamenten, das vierte von der Erbschaft und das fünfte vom Priesterthume handelt; 16) die Canones der Lehrer der Kirche; 17) Canones des Patriarchen Cyrill (1078—1118) in 31 Sectionen; 18) Canones des Patriarchen Gabriel Ibn Toreik (1131—1146) in 3 Kapiteln und 74 Canones von eben demselben. Von den ökumenischen Concilien nehmen die Kopten die ersten drei an und von den Particularsynoden haben sie die von Neucäsarea, Antiochien, Gangra, Laodicea, Ancyra und Sardika recipirt. Vansleb P. V. chap. 1—4 p. 239—300.

Haupte trägt er einen großen und schön gestreiften Turban und um seinen Hals schlingt er einige Male das Bellin (Pallium), eine vier Ellen lange und einen Schuh breite, gestreifte Schärpe, deren beiden Enden er über seinen Rücken herabhängen läßt. Auf seiner Kopfbedeckung hat er eine Art Krone, von einem röthlichten, vier Finger breiten Taffetband verfertigt, welches Band zuerst in Kreuzesform von einem Ende des Turban bis zum andern und dann um den ganzen Turban rund herum befestigt wird. Diese Krone und das Bellin sind die gewöhnlichen Zeichen der kirchlichen Souveränität. Sein Gürtel ist von Leder, sein Stab ein eisernes Kreuz und an seinen Füßen trägt er nie Strümpfe.[1])

Das Leben des Patriarchen ist eine fortwährende Abstinenz. Fleischspeisen kennt er nicht und Wein trinkt er sehr selten. Nicht einmal die Ruhe des Schlafes soll er genießen, indem er nach jeder Viertelstunde geweckt wird. Seine Residenz in Kairo ist ein finsterer Palast, welcher, da dort ganz die Mönchsregel herrscht, nicht mit Unrecht Zelle genannt wird. Seine Hauseinrichtung ist ärmlich. Er sitzt auf der Erde auf einem ausgebreiteten Schaffelle. Seine Tafel ist ein hölzerner, einen Schuh hoher Tisch und sein Tischzeug ein hölzerner Löffel.[2])

Neben seinem Palaste befindet sich ein großes Gebäude als Collegium zur Erziehung besonders der Kleriker. Der Patriarch kömmt selbst zwei Mal in der Woche mit den Priestern zusammen und ertheilt ihnen Unterricht in ihren Amtspflichten.[3])

Das Einkommen des Patriarchen bildet eine Kopfsteuer, zu welcher der ärmste Kopte einen Piaster beiträgt, die andern nach Verhältniß. Dazu kommen noch die Ordinationsgebühren und andere Stolgefälle, wie denn auch der Patriarch alle Effecten eines verstorbenen Bischofes erbt. Doch sollen sich seine fixen Einkünfte kaum auf 400 Thaler belaufen, obschon ihm beträchtliche Fonds zu Gebote stehen, die er jedoch nur zu frommen Zwecken verwenden darf.[4])

Früher wurden die Patriarchen immer in der Kirche „Angelium"

---

[1]) Vansleb p. 15 sq.

[2]) Curzon a. a. O. S. 54. Neale l. c. p. 106; Eastern Churches p. 77.

[3]) Ausland. Jahrg. 32. S. 982.

[4]) Vansleb p. 16 sq.; Neale: A history etc. P. I. p. 119.

in Alexandria begraben und dann ein Jahr nachher in das Kloster St. Makarius gebracht, welche Gewohnheit bis zum Patriarchen Markus III., der im Jahre 1189 starb, dauerte.[1])

§. 103. Die Metropoliten und Bischöfe.

Außer dem Katholikos von Abyssinien, der übrigens keine Bischöfe unter sich hat, gibt es gegenwärtig keinen Metropoliten mehr; wohl aber standen früher drei Metropoliten, nämlich von Aethiopien, Jerusalem und Damiette, unter dem koptischen Patriarchen.[2])

Wer Bischof werden will, muß 50 Jahre alt und unverheirathet sein und ein gutes Zeugniß haben; denn hinsichtlich der Geburt und der Sitten desjenigen, welcher zum Bischofe geweiht werden soll, hat der Patriarch wenigstens fünf Zeugen zu vernehmen. Haben diese ihn für würdig erklärt, so empfängt er vom Patriarchen die Mönchskleidung, die kleine schwarze Mönchskappe[3]) und das Askim, damit er es geben könne dem, der es verlangt, und weil der hl. Athanasius es so verordnet hat, auf daß in einem so vollkommenen Grade, wie der des Bischofs ist, nichts mangle.[4]) Jetzt werden ohnehin die Bischöfe aus den Mönchen genommen, was jedoch nicht nach den Kanones ist.[5])

Die bischöfliche Consecration findet immer an einem Sonntage statt. Der Neuernannte wird von drei Bischöfen vor das Heiligthum geführt, wo der Archidiakon auf Befehl des Patriarchen das Zeugniß über das Leben und die Sitten des neuen Bischofs der Versammlung vorliest. Dann empfängt derselbe die Pontificalkleider, nämlich das Teleisan und einen Burnus mit einer Kapuze. Der älteste Bischof liest ihm aus einem Buche seine Pflichten vor, worauf der neue Bischof das Buch zum Zeichen seiner Unterwürfigkeit küßt. Nun folgt die Liturgie. Nach der Communion haucht der Patriarch den neuen Bischof an und legt ihm die Hand auf, das Volk aber gibt durch Acclamation seine Zustimmung. Nach der Liturgie erhält der neue Bischof seine

[1]) Vansleb p. 235.
[2]) Vansleb p. 26.
[3]) Das ist die Auszeichnung des Igumen oder Komos; denn auch diesen Grad muß der, welcher Bischof werden will, zuvor empfangen haben.
[4]) Vansleb p. 33.
[5]) Eastern Churches p. 77.

schwarzen Mönchskleider wieder, und der Patriarch hält ihm eine Ermahnung, nach welcher er dem Patriarchen in seine Zelle folgt, wo er ein bronzenes, ungefähr einen Schuh langes Kreuz und einen Stab von Ebenholz in Form eines T empfängt. Der neue Bischof ist verpflichtet, drei Wochen, Samstag und Sonntag ausgenommen, bis Abend zu fasten, und dann noch ein ganzes Jahr jeden Montag, Mittwoch und Freitag Abstinenz zu halten, indem er außer Früchten und Honig nur Brod und Wasser genießt. Ueberdieß hat er nach seiner Consecration sieben Tage in Diensten des Patriarchen zu verbleiben, während welcher Zeit der Patriarch ihm sein Dekret und die Empfehlungsschreiben für seine Diöcese ausfertigen läßt.

Wenn der Bischof von seiner Diöcese Besitz nimmt, was nur an einem Sonntage geschehen kann, soll er wenigstens von drei Bischöfen begleitet sein. Beim nächsten Dorfe oder Kloster seiner Residenz wird er von seinen Diöcesanen empfangen und processionaliter in seine Kathedrale geführt, wo nun die Liturgie beginnt. Nachdem er den Altar incensirt hat, und das 16. Kapitel des ersten Buches der Könige bis zum 13. Verse gelesen worden, werden ihm die zehn Früchte des heiligen Geistes also gewünscht: „Friede, Gerechtigkeit, Glaube, Reinheit, Mäßigkeit, Weisheit, Geduld, Freundlichkeit, Liebe und Gehorsam sein über unsern Vater, Bischof Amba N.,“ und das Volk antwortet: „Amen.“ Jetzt folgen drei Lectionen, eine aus den Briefen des hl. Apostels Paulus, eine aus den katholischen Briefen und eine aus der Apostelgeschichte, worauf die anwesenden Bischöfe den neuen auf ihre Arme nehmen und ihn in Prozession herumtragen, und der älteste Bischof setzt ihn sodann auf seinen Stuhl, auf welchen er, indem er sich erheben will, dreimal vom ältesten Bischofe niedergesetzt wird, wobei der Chor sein „würdig“ ruft. Der neue Bischof nimmt hierauf das Markus-Evangelium auf seine Kniee, welches die übrigen Bischöfe küssen, sprechend: Er ist würdig. Die Priester küssen ihm die Hände. Dann liest er aus dem Johannis-Evangelium den Abschnitt vom guten Hirten, und so oft er die Worte liest: „Ich bin der gute Hirt“, legen ihm die Bischöfe das Evangeliumsbuch auf das Haupt, rufend: Er ist würdig. Nach der Liturgie endlich wird ein Freudenmahl gefeiert, und dieses Fest dauert gleichfalls drei Tage zu Ehren der hl. Dreifaltigkeit.[1])

---

[1]) Vansleb p. 33 et p. 170—176.

Die Jurisdiction des Bischofes ist strenge auf seine Diöcese begrenzt, von welcher er nicht über ein Jahr abwesend sein darf.[1]) Kein Bischof wird versetzt, was bei den Kopten stets beobachtet wird.[2])

In seiner Diöcese ist er dagegen unbeschränkter Herr und genießt dieselben Ehren wie der Patriarch. Ist er beim Patriarchen, so ist es ihm nicht erlaubt, auf seinem Turbane die Krone von röthlichem Bande zu tragen, noch das bronzene Kreuz in der Hand zu haben, noch auf seinen Stab sich zu stützen, noch den Segen zu geben. Wenn er dem Patriarchen bei der Messe dient, nimmt er demselben seine Mitra ab, empfängt aus seinen Händen das Rauchfaß und incensirt ihn, erhält von ihm die hl. Hostie (Korban) und reicht ihm nach der Messe das Handwasser.[3])

Wie der Patriarch, so wird auch der Bischof zunächst durch eine Kopfsteuer von seinen Diöcesanen erhalten. Bei diesen geringen Einkünften führt der Bischof ein ziemlich ärmliches Leben, welches ohnehin eine beständige Abstinenz sein soll.[4])

So wird die Wohnung des Bischofes zu Esne also beschrieben: Sie besteht aus drei Räumen; im ersten befindet sich der Eselsstall, im zweiten die Zelle des Bischofes und im dritten, von den beiden andern abgeschlossenen die Kirche.[5])

§. 104. Die Diöcesen der Kopten.

Amba Demetrius, der zwölfte Patriarch von Alexandrien, soll zuerst Aegypten in Diöcesen eingetheilt haben. Im Jahre 1687 hatten nach Vansleb[6]) die Kopten 17 oder eigentlich 11 Diöcesen, da mehrere Bisthümer mit andern vereinigt waren. Im Jahre 1844 nun bestanden folgende Diöcesen:

1. Menuféyeh oder der District Menuf[7]) (Memphis).

---

1) C. 4. 15. Athanasii Patr. Const.
2) Neale: A history etc. P. I. p. 119.
3) Vansleb p. 34.
4) Neale l. c.
5) Eastern Churches p. 73.
6) L. c. p. 26.
7) Diese Diceöse bestand schon im Jahre 1687.

2. Sherkéyeh oder der Osten, auch Keyamet oder Auferstehung und Kudß, die hl. Stadt, genannt. Diese Diöcese umfaßt außer dem Theile, der in Asien liegt und zu ihr gehört, den ganzen östlichen Theil Aegyptens. Ihr Bischof hat seinen Rang gleich nach dem Metropoliten von Abyssinien, und dessen eigentlicher Sitz wäre zu Jerusalem, allein er residirt gegenwärtig zu Kairo. [1])
3. Behnese (Oxyrynchus) [2])
4. Fayum (Arsinoe)
5. Miniyeh [3])
6. Senabau, südlich von Miniyeh.
7. Manfalut
8. Siut (das alte Lykopolis)
9. Abuteg
10. Aschumim (Hermopolis magna) [4])
11. Esne, Handelsstadt für den abyssinischen Handel [5]).
12. Kauß und Nekada, [6]) an der südlichen Grenze von Aegypten.
13. Khartum. Diese Diöcese ist erst seit dem Jahre 1835 errichtet und umfaßt ganz Nubien. [7])

---

§. 105. Der Igumen und der Archidiakon.

Zwei besondere Stufen des Klerikats bilden bei den Kopten der Igumen und der Archidiakon.

Der Igumen, auch Komos genannt, entspricht dem Protopresbyter der griechischen Kirche. Er hat die Seelsorge über einen Ort, daher ihn Vansleb [8]) als Pfarrer bezeichnet. Er präsentirt dem Bischofe die Diakonen, welche zu Priestern geweiht werden sollen, und ertheilt die

---

[1]) Diese Diöcese ist an die Stelle der im Jahre 1687 unirten Bisthümer von Bilbeis, Mansurah und Damiette getreten.

[2]) Sie bestand schon im Jahre 1687.

[3]) Fayum und Miniyeh existirten auch schon im Jahre 1687.

[4]) Auch Manfalut, Siut, Abuteg und Aschumim bestanden schon im J. 1687.

[5]) Diese Diöcese besteht erst seit dem 18. Jahrhundert.

[6]) Die Diöcese Nekada (Neggadei) bestand schon im Jahre 1687.

[7]) Neale l. c. p. 117 sq.

[8]) L. c. p. 4. 178.

Absolution allen denen, welche niederen Ranges sind, als er. Als Auszeichnung trägt er die schwarze Mönchskappe.[1])

Der Archidiakon hat die Angelegenheiten der Kirche zu ordnen und beim Officium einem Jeden zu sagen, was er zu thun hat. Er ist Richter über die Streitigkeiten unter den Diakonen und übrigen Klerikern, wie er auch diejenigen, welche zu Lectoren, Subdiakonen oder Diakonen geweiht werden wollen, dem Bischofe vorzuführen hat. Er hat ferner das Recht, in der Kirche ein großes, eisernes Kreuz, wie der Patriarch, zu tragen, weil er eben Haupt seines Ordo ist, und empfängt bei der Communion, wie der Priester, eine große Hostie (Corban tax).[2])

§. 106. Stellung der Priester.

Die Priester sind verheirathet, da sie sich vor der Ordination mit einer Jungfrau giltig verheirathen können. Eine zweite Ehe zu schließen, ist aber ihnen nicht erlaubt, wenn sie nicht ihres Amtes verlustig gehen wollen. Dieselbe Strafe trifft auch den Priester, der überführt wird, falsches Zeugniß gegeben zu haben, ein Verläumder oder Wucherer zu sein; ferner den, welcher ohne Erlaubniß seines Vorgesetzten zum Gerichte gegangen ist, oder Jemanden geschlagen hat, um sich furchtbar zu machen, oder bei einem Akte der Unzucht oder bei einem Diebstahle erwischt wurde, oder mit einem Excommunicirten Umgang gepflogen hat, oder ohne Erlaubniß seines Vorgesetzten fortgereist ist, oder seine Frau verstoßen hat, um Mönch zu werden. Ebenso soll ein Priester, der eine Frau während der Zeit ihrer Reinigung in die Kirche läßt, oder ihr in diesem Zustande die Communion reicht, oder der vom Fleische eines erstickten oder von einem wilden Thiere zerrissenen oder verwesten Viehes ißt, deponirt werden. Für seinen Unterhalt ist der Priester auf die milden Gaben der Gläubigen und die Früchte seiner Händearbeit angewiesen.[3])

[1]) Vansleb p. 6. 176.

[2]) Vansleb p. 36 sq. 179.

[3]) Vansleb p. 35 sq.; Eastern Churches p. 77.

§. 107. Das Mönchswesen.

Ohne Erlaubniß des Bischofes darf Niemand in ein Kloster, welches in dessen Diöcese liegt, aufgenommen werden. Ehe Jemand den Habit empfängt, muß er ein dreijähriges Noviziat bestehen. Vor der Profeß, wo die drei Gelübde der Armuth, Keuschheit und des Gehorsams abgelegt werden, hat der Novize über seine Güter zu disponiren, da nach derselben Alles dem Kloster anheimfällt.[1]) Die Einkleidung geschieht vom Klosterobern, der dem Novizen in Form eines Kreuzes die Haare abschneidet und ihm den Habit (Dratsch), die Kapuze (Kaswa) und den ledernen Gürtel (El-mendaketh el-dschild) überreicht.[2])

Die Lebensweise der Mönche theilt sich in drei Theile, in Gebet, Erholung und Arbeit. Zwei Mal des Tages wird gespeist, nie aber Fleisch, ebenso wird kein Wein getrunken. Mit Ausnahme des Obern und der Kranken liegen die Mönche auf der bloßen Erde, ohne ihre wollenen Kleider oder ihren Gürtel abzulegen. Jeder Mönch hat seine Zelle. Hat ein Mönch einen andern geschlagen, so ist er 40 Tage excommunicirt, wie auch der, welcher den Schlag zurückgegeben. Wer gegen seinen Obern die Hand erhoben, bekömmt 40 Ruthenstreiche und wird zur Buße auf ein Jahr in ein anderes Kloster geschickt. Bei seiner Rückkunft hat er den letzten Platz unter seinen Brüdern einzunehmen.[3])

Diejenigen, welche auf einer höheren Stufe der Vollkommenheit stehen wollen, erhalten den englischen Habit (Askim). Die Ertheilung desselben ist mit einem eigenen Ritus verbunden. Nachdem nämlich der Klosterobere dieses Kleid benedicirt und dem Mönche angelegt hat, gibt er ihm noch den Burnus oder Mantel, legt ihm die Hand und dann ein Kreuz auf das Haupt und entläßt ihn mit dem Segen und einer Ermahnung über seine Pflichten. Denjenigen, die das Askim erhalten, ist der Umgang mit dem weiblichen Geschlecht so strenge untersagt, daß sie dieselben nicht einmal Beicht hören können.[4])

Der Klosterobere wird von den Mönchen gewählt. Derselbe muß tadellos und aus dem nämlichen Kloster sein. Außer dem Klostervor-

---

[1]) Vansleb p. 39 sq.

[2]) Vansleb p. 182. Assemani Bibl. orient. T. III. P. II. p. 898.

[3]) Vansleb p. 40 sq.

[4]) Vansleb p. 183.

stande gibt es noch andere Aemter, wie das eines Oekonomen, Schatzmeisters u. dgl.[1])

Die Kopten besitzen folgende Klöster: In Alexandria ist der Convent Mar Markus.[2]) Von den vielen, ungefähr 50 Klöstern in der Scetischen Wüste und an den Natronseeen, von denen bereits im 17. Jahrhundert nur noch sieben existirten, bestehen gegenwärtig blos vier, nämlich das Kloster El-Baramus mit drei Mönchen, die Klöster Amba Bischoi[3]) und Abu Magar (St. Makarius),[4]) gleichfalls nur von drei oder vier Mönchen bewohnt, und das Kloster Suriani mit einem Abte und 14—15 Mönchen.[5]) In Altkair haben die Kopten das Kloster St. Sergius.[6]) Außerdem werden als koptische Klöster in und bei Kairo genannt St. Georg, Abukir und Yuhanna (St. Cyrus und Johann), St. Cosmas und Damian.[7]) In Oberägypten ist das Kloster der hl. Jungfrau (Der el Adra), auch Kloster der Winde (Rolle) genannt, auf dem Gipfel der Felsen des Dschebel el Terr mit einem Abte und mehreren Mönchen. Es gleicht mehr einem Dorfe, als einem Kloster, indem es von zahlreichen koptischen Familien bewohnt ist.[8]) Ferner werden genannt die koptischen Klöster St. Michael, St. Johann, Abu Faneh il Gindey, Abu Tscharun il Killey, Amba Buleh, Bersaun il Areyan, St. Theodor und das große St. Antonskloster am rothen Meere.[9]) Endlich in Jerusalem besitzen die Kopten das Georgskloster (Nohall el Chadher), westlich vom Patriarchenteiche, nahe dem Demetriuskloster, welches blos von einem Priester und einem Diakon bewohnt ist.[10])

---

[1]) Vansleb p. 43 sq.

[2]) Eastern Churches p. 73; Neale l c. p. 119.

[3]) Der Mönch Bischoi d. i. Jsai oder Esa gründete dieses Kloster zu Anfang des 4. Jahrhunderts.

[4]) Der hl. Makarius ließ sich hier um das Jahr 373 nieder. Der Patriarch Sanutius von Alexandrien restaurirte dieses Kloster um das Jahr 880.

[5]) Curzon a. a. O. S. 57—60. Tischendorf's Reise in den Orient. Bd. I. S. 131.

[6]) Tischendorf a. a. O. S. 144.

[7]) Neale l. c.

[8]) Curzon S. 70, 74.

[9]) Neale l. c. p. 120.

[10]) Tobler: Topogr. v. Jer. Bd. I. S. 370. Sepp: Jerus. und das hl. Land Bd. I. S. 709.

XI. Kapitel.

Die monophysitische Kirche in Abyssinien.

§. 108. Einleitung.[1])

Die Abyssinier wurden durch den hl. Frumentius zum Christenthume bekehrt, welcher vom Patriarchen Athanasius von Alexandrien im J. 326 zum Bischofe der Abyssinier geweiht wurde und seinen Sitz zu Axum nahm. Daher kam es auch, daß der Primas oder Katholikos von Abyssinien stets vom Patriarchen von Alexandrien ordinirt wurde und demselben unterworfen war, ohne selbst Bischöfe weihen zu dürfen, so daß er eigentlich als Vikar des Alexandrinischen Patriarchen erschien.

Als Aegypten im Jahre 640 von den Muhamedanern erobert worden war, welche die Kopten gegen die Griechen oder Melchiten begünstigten, wurde auch Abyssinien dem Monophysitismus unterthan, und alle Bemühungen der katholischen Missionäre, die Abyssinier wieder der katholischen Kirche zuzuführen, waren vergebens. Die herrlichen Resultate, welche die eifrigen Jesuiten in dieser Beziehung bereits erzielt hatten, wurden durch den Sultan Segued, König von Abyssinien, wieder zerstört. Dieser nämlich erließ am 14. Juni 1632 ein Edikt, worin er der römischen Kirche entsagte und den nationalen Glauben wiederherstellte.[2])

---

[1]) Le Quien l. c. T. II. p. 641 sq.

[2]) Eastern Churches p. 122.

§. 109. Der Abuna.

Der Bischof von Abyssinien wird Abuna genannt und residirt zu Gondar.[1]) Nach den Kanones darf er kein Eingeborner des Landes sein, sondern ist ein alexandrinischer Mönch, der vom koptischen Patriarchen consecrirt wird. Er hat nicht das Vorrecht, seinen Nachfolger zu ernennen oder Bischöfe zu weihen, obschon er die höchste Autorität in der abyssinischen Kirche ist. Er steht seiner Würde nach über einen Metropoliten und würde nach den Kanones auf einem allgemeinen Concil seinen Sitz nach dem Katholikos von Seleucia, also den achten Rang unter den Primaten der katholischen Kirche haben.[2])

Es ist überhaupt schwer, eine achtbare Person zur Annahme dieses Amtes zu bewegen, weil es eine immerwährende Verbannung aus Aegypten und den Aufenthalt bei einem Volke enthält, das durch seine Vorliebe für rohes Fleisch und andere Gewohnheiten bei den Aegyptiern ein Gegenstand des Abscheues ist.[3])

Der Abuna kennt zwar den Patriarchen von Alexandrien als sein Oberhaupt an, steht aber nach seiner Consecration nicht mehr viel in Verkehr mit demselben. Er wird nach dem Patriarchen in allen öffentlichen Gebeten genannt und kann nur wegen Verbrechen vom Patriarchen abgesetzt werden.

---

[1]) Kremer's Aegypten Th. II. S. 96. Um das Jahr 1830 wohnte er in Tigre. S. Magazin f. d. neueste Gesch. der ev. Missions- und Bibelgesellschaft. Jahrg. 1834. S. 270.

[2]) Der 42. der Arabisch-Nicänischen Kanones lautet: „Ne Patriarcham sibi constituant Aethiopes ex suis Doctoribus, neque propria electione, quia Patriarcha ipsorum est constitutus sub Alexandrini potestate, cujus est ipsis ordinare et praeficere Catholicum, qui inferior Patriarcha est: cui praefato in Patriarcham constituto nomine Catholici non licebit Metropolitanos constituere; etenim honor nominis Patriarchatus illi defertur tantummodo, non vero potestas. Porro si acciderit, ut congregetur synodus in terra Romanorum et adfuerit iste sedeat loco octavo post Dominum Seleuciae, quoniam isti facta est potestas constituendi episcopos suae provinciae.“ V. Lobo: Voyage historique d'Abyssine (Paris 1728) p. 286.

[3]) Curzon: Besuche in den Klöstern der Levante S. 54.

Seine Wirksamkeit beschränkt sich auf die Ertheilung von Dispensen und besonders auf die Vornahme von Ordinationen. Trotzdem, daß der Abuna als Fremdling der Landessprache nicht mächtig ist und demnach sein Einfluß nicht sehr bedeutend sein kann, so hat er doch eine solche Autorität, daß der König ohne seine Salbung nicht anerkannt würde. Oft erhielt der Abuna die Königskrone dem rechtmäßigen Erben. Zu seinem Unterhalte besitzt der Abuna mehrere Ländereien, welche ihm ein bedeutendes Einkommen abwerfen. Außerdem erhält er von den Gebieten im Königreiche Tigre einen Tribut von 500 Thaler, Eda Abuna d. i. Steuer des Abuna genannt. Auch macht man für ihn eine Sammlung von Salz und Seide, die viel trägt. [1])

§. 110. Der übrige Klerus.

Nach den Kanones soll ein Priester alle Glieder haben, allein es werden auch Blinde, Lahme, Hinkende und Einarmige ordinirt. Er soll ferner Wissenschaft und einen guten Ruf besitzen und von einer ehrbaren Familie sein. Sklaven, Bastarde, Bigami können nicht ordinirt werden. Interstitien zwischen den einzelnen Weihen kennt man nicht, sondern es werden mehrere Weihen auf ein Mal ertheilt. Man gibt das Clericat oft schon unmündigen Kindern, und die Diakonen sind fast immer noch Knaben. Bei den niedern Weihen findet kein Examen statt, sondern diejenigen, welche dieselben empfangen wollen, präsentiren sich Einer nach dem Andrn dem Abuna, der in seinem Zelte mitten in der Kirche auf einem Stuhle sitzt, ihnen ein wenig Haare in Kreuzesform abschneidet, sie die Kirchenschlüssel berühren läßt, ihnen ein Altartuch auf's Haupt legt und die Meßkännchen in die Hände gibt. Hierauf celebrirt der Abuna und communicirt die neugeweihten Kleriker. [2])

Wer Priester (Kies) werden will, muß lesen können und dem Dollmetscher des Abuna zwei Salzstücke [3]) geben. Der Unterricht im

[1]) Lobo l. c. p. 352 sq.

[2]) Lobo l. c. p. 343.

[3]) Diese Salzstücke (Amulés) gleichen einem Wetzsteine und sind ein Zoll dick und eine Spanne lang. Ihr Werth ist verschieden, und richtet sich nach der Entfernung von der Küste. In Adoa, der Hauptstadt von Tigre,

Lesen wird in den Klöstern ertheilt, den Unterricht in der hl. Schrift und im Rituale geben dann die Alaka's oder Debtera's, die Gelehrten der Abyssinier.[1]) Ehe aber die Kleriker Priester werden, verheirathen sie sich, da die Priester nicht mehr heirathen können. Der Abuna ordinirt bei seiner Ankunft gleich 2—3000 Priester auf ein Mal. Lobo[2]) beschreibt eine solche zahlreiche Ordination also: Der Abuna kam auf einer Mauleselin geritten und hielt arabisch eine Ansprache, darin bestehend, daß, wenn unter den Ordinanden sich Einer befände, der Bigamus[3]) wäre, er unter der Strafe der Excommunication sich zurückziehen solle. Hierauf stieg er vom Maulesel und setzte sich bei einem weißen, für ihn errichteten Zelte, während einige Priester die Ordinanden in Reihen ordneten und dieselben zugleich examinirten, indem sie ihnen ein Buch zu lesen gaben. Diejenigen, welche sie approbirten, bemerkten sie am Arme, und die so bezeichneten zogen sich zurück. Nach diesem Examen trat der Abuna in's Zelt und nun ließ man die Admittirten[4]) einzeln zu ihm kommen. Der Abuna legte Jedem die Hand auf's Haupt, verrichtete mehrere Gebete und machte mehrere Benedictionen mit seinem kleinen brozenen Kreuze. Nun folgte die Liturgie, bei der die neugeweihten Priester vom Abuna communicirt wurden.

Die Priester leben von den Stolgebühren. Als Kleidung tragen sie einen Kopfbund (Matamtia), einen Mantel (Burnus) mit einer Kapuze von rothem Wollenzeug und lederne Sandalen (Tschamma).[5]) Wegen begangener Verbrechen werden sie nicht mit Sklaverei, sondern mit Verbannung gestraft, wo dann dem verwiesenen Geistlichen anbefohlen wird, nicht unter Tags zu weilen noch bei Nacht zu verziehen, um nicht von der Strafe des Verzugs getroffen zu werden.[6])

---

kommen 30—40, in Gondar 20—30, in Ankober, Hauptstadt von Schoa, nur 20 Amules auf einen Conventionsthaler (Bèr) zu 2 fl. 24 kr. S. d. Zeitschr.: „Ausland" Jahrg. 32. S. 376.

[1]) Magazin f. d. neueste Gesch. der ev. Missions- u. Bibelgesellsch. a. a. O. S. 289.

[2]) L. c. p. 341 sq.

[3]) D. h. mehr als ein Weib gehabt hätte.

[4]) Lobo bemerkt, daß die Ordinanden ganz nackt waren.

[5]) Ausland a. a. O. S. 375.

[6]) Harris: Gesandtschaftsreise nach Schoa (1841—1843) S. 347.

Die einfachen Priester und Cleriker stehen entweder unter einem Alaka oder Debtera. Der Alaka ist der Komos oder Igumen der Kopten. Solche Alaka haben nur die vornehmeren Kirchen. Sie haben die Priester in die Kirchen einzuweisen, für die Kirchenbedürfnisse zu sorgen und die Streitigkeiten unter den Clerikern zu schlichten. Es gibt Kirchen, welche nach Abzug aller Kosten noch 1000 Thaler dem Alaka eintragen. Den andern Kirchen steht ein Debtera vor, der also unserm Pfarrer entspricht. Von ihnen wird mehr Kenntniß gefordert, da sie die angehenden Geistlichen zu unterrichten haben, und sie bilden daher bei den Abyssiniern den gelehrten Stand.[1])

§. 111. Das Klosterwesen.

Das Klosterwesen steht in Abyssinien in schönster Blüthe; denn wenn man den Berichten der evangelischen Missionäre glauben darf,[2]) so werden die Abyssinier, sobald sie einmal in den Jahren weit vorgerückt sind, fast alle Mönche. Die Vermöglicheren treten ihre Güter den Kindern ab, welche sie dann ernähren müssen.

Man findet in Abyssinien s. g. Kanoniker (Debterats), welche in einem gemeinsamen Hause leben und dem Chorgebete obliegen. Diese sind, wie die Priester, verheirathet und vererben sogar ihre Präbenden oder Kanonikate auf ihre Kinder. Sie stehen unter einem Dekan (Nebrat).[3])

Die eigentlichen Mönche aber sind nicht verheirathet; denn diese haben die drei Gelübde der Armuth, Keuschheit und des Gehorsams, obwohl sie dieselben nicht immer strenge beobachten. Sie sollen nämlich diese Gelübde unter der Bedingung „wie der Obere sie beobachtet" ablegen.[4]) Das Leben der Mönche ist ein strenges, fortwährendes Fasten. Da sie besser, als die Weltgeistlichen, unterrichtet sind, so werden aus ihnen die Beichtväter genommen. Ihre Kleidung ist eine weite Tunika von Waschleder, aus Agazinfellen[5]) verfertigt,

[1]) Ludolfus: Historia Aethiopica (Francf. 1681) l. 3 c. 7; Lobo l. c. p. 356; Magazin f. d. neueste Gesch. rc. a. a. O. S. 112; Ausland a. a. O. S. 378.

[2]) S. Magazin f. d. neueste Gesch. rc. a. a. O. S. 302.

[3]) Lobo l. c. p. 350. 356. Ludolfus l. c.

[4]) Lobo l. c. p. 357.

[5]) Agazin ist eine Antilopenart, das s. g. Kudu.

die bis auf die Kniee reicht und mit einem Gürtel um den Leib befestigt wird, ferner ein großer, formloser Mantel von demselben hellgelben Leder und eine Kapuze (Kob oder Kofiat) oder Haube als Kopfbedeckung. Sandalien haben sie nicht. [1])

Die Mönche theilen sich in zwei Partheien, in die Mönche von Debra Libanos und in die von Abba Eustatius. Die Ersteren erkennen für ihren Stifter den Tekla Haimanot, einen Mönch, der im 13. Jahrhunderte lebte und als der Schutzheilige Abyssiniens verehrt wird. Sie bilden eine Congregation, an deren Spitze ein Ordensgeneral (Itscheghe) steht, der jetzt in Gondar wohnt. Die Andern, welche für ihren Stifter einen gewissen Eustatius haben, sind in keiner Congregation vereinigt, obschon sie nach einer gemeinsamen Regel leben. [2]) Beide Partheien sind nun aber auch noch wegen einer theologischen Streitfrage von einander getrennt. Die Mönche von Debra Libanos behaupten nämlich, die Vereinigung der göttlichen und menschlichen Natur in Christo habe schon bei seiner Conception stattgefunden, während die andere Parthei diese Vereinigung erst bei der Taufe im Jordan eintreten läßt. [3])

Wenn nun ein neuer König den Thron besteigt, so versammeln sich die beiden rivalisirenden Mönchspartheien vor seinem Palaste und erwarten, für welche Parthei er sich erklärt, da es keinen Mittelweg für ihn gibt, und seine Erklärung zugleich die Richtung seiner Regie-

---

[1]) Curzon a. a. O. S. 65. Harris a. a. O. S. 295. Ausland S. 375. Magazin f. d. neueste Gesch. der ev. Missions- und Bibelgesellsch. Jahrg. 1834. S. 240, 263.

[2]) Lobo l. c. p. 356. Harris a. a. O. S. 285, 317. Eastern Churches p. 101. Magazin f. d. neueste Gesch. &c. S. 231.

[3]) Nach dem Berichte der ev. Missionäre im citirten Magazin (S. 286) würden sich die Abyssinischen Christen selber in drei Partheien theilen, insoferne die im Tigrelande behaupten, daß die Stelle des N. T. „Christus sei gesalbt worden mit dem hl. Geiste" nur so viel bedeute, daß die göttliche Natur Christi sich mit der menschlichen vereinigt habe; während die in Godscham und Lasta sagen, dieß bedeute, daß der hl. Geist die Vereinigung der beiden Naturen bewirkt habe, und die in Schoa und den übrigen Provinzen behaupten, dieß wolle sagen, der Mensch Jesus habe den hl. Geist als eine Gabe des Vaters empfangen, um als Mensch das Erlösungswerk vollbringen zu können.

rung bestimmt; denn die Mönche besitzen den größten Einfluß auf das Volk.[1])

Was die Nonnen betrifft, so sind die meisten derselben abgelebte Weiber; denn während die Männer auf jeder Altersstufe in's Kloster treten, warten die Weiber bis zum 45. oder 50. Jahre. Ihre Klöster befinden sich gewöhnlich neben einem Mönchskloster.[2])

Auch Eremiten gibt es in Abyssinien und zwar zweierlei Arten. Die Einen wählen dieses Leben, um mehr frei zu sein; die Andern verlassen mit Einwilligung ihres Obern das Kloster, um in der Einöde ein Bußleben zu führen.[3])

Von den vielen Klöstern Abyssiniens sind uns nur bekannt das Kloster Debra Libanos (Berg Libanon) in Schoa, gestiftet von dem genannten Mönche Tekla Haimanot; Kloster Assef Woira in Angollala, zugleich ein Asyl für Verbrecher; Kloster Sena Markos', eines Heiligen aus den Tagen Tekla Haimanots, zu Tegulet (Wolfsstadt), der ehemaligen Hauptstadt von ganz Abyssinien; Kloster Waldabba, von Mönchen und Nonnen bewohnt, und Kloster Walkait in Tigre; Kloster Debra Damo, nordöstlich von Maaya im Thale Basete, und Kloster Tekla Haimanot, südwestlich von Axum.[4]) Auch in Jerusalem besaßen die Abyssinier ein großes Kloster, Der-es-Sultan genannt, an der Ostseite der hl. Grabkirche, worin sich aber in letzter Zeit nur mehr ein Diakon befand, der unter dem koptischen Kloster daselbst stand. Seit Kurzem sollen die Russen in den Besitz dieses Klosters sich gesetzt haben.[5])

---

[1]) Eastern Churches p 101.

[2]) Magazin rc. a. a. O. S. 82, 302.

[3]) Lobo l. c. p. 357.

[4]) Harris a. a. O. S. 317, 346, 365. Magazin rc. a. a. O. S. 71, 73, 76, 82.

[5]) Nach Robinson (a. a. O. Bd. 2. S. 299) wäre es erst um das Jahr 1838 neu aufgebaut worden. Vgl. Ritter's Erdk. Bd. XVI. Abth. 1. S. 499. Sepp's Jerusal. und das hl. Land Bd. I. S. 710 f. Wenn der Letztere sagt, daß diese schwarzen Mönche früher das Recht ausübten, für ihr Vaterland den Patriarchen zu wählen, so täuscht er sich.

XII. Kapitel.

Die jakobitische Kirche.

§. 112. Einleitung.[1])

Die Irrlehre des Eutyches, der Monophysitismus, wurde im sechsten Jahrhunderte in Syrien, nachdem dort schon früher der Archimandrit Barsumas demselben Eingang verschafft hatte, besonders durch einen Mönch Namens Jakob aus dem Kloster Phasilta bei Nisibis, einem Schüler des Severus von Antiochien, verbreitet. Dieser Mönch mit den Beinamen Zanzalus und Baradäus[2]) war von Bischöfen, welche die Kaiser Justin und Justinian gefangen gesetzt hatten, mit Zustimmung des Severus zum ökumenischen Metropoliten von Edessa ordinirt worden, und weihte nun zur Ausbreitung und Erhaltung der monophysitischen Sekte viele Bischöfe und Priester. Ja als Severus im Jahre 539 gestorben war, gab er demselben in der Person des Priesters Sergius von Tela einen Nachfolger, welcher den Titel eines Patriarchen von Antiochien annahm, und von welchem an eine Reihe monophysitischer Patriarchen von Antiochien bis auf den heutigen Tag fortläuft. Von Jakob Baradäus oder Zanzalus erhielten

---

[1]) Assemani Bibl. orient. T. II. Dissert. de Monophys. Nro. I, III., VI. Le Quien l. c. T. II. p. 1343 sq. Moroni l. c. V. 30 p. 197 sq.

[2]) Baradäus hieß er, weil er sich mit Lumpen abgetragener Thierdecken bekleidete, Zanzalus aber wurde er genannt, weil er sich durch diese Kleidung der Verachtung der Menschen aussetzen wollte. Le Quien p. 1346.

auch die Monophysiten in Syrien den Namen Jakobiten, obwohl sie sich selber nicht so nennen, sondern Surjani, syrische Christen, geheißen werden wollen.

Mit den Armeniern, die früher auch der monophysitischen Irrlehre anhingen, hatten die Jakobiten zwar auf der Synode zu Tovin im Jahre 726 eine Union geschlossen; allein sie war von kurzer Dauer. Dagegen blieben die Jakobiten immer mit den monophysitischen Kopten Aegyptens in Gemeinschaft, selbst in dem Falle, daß der neue Patriarch der Kopten nicht, wie es die Sitte erfordert, an den Patriarchen der Jakobiten das herkömmliche Synodalschreiben gerichtet hätte. Der neue koptische Patriarch ward eben dann in den Diptychen nicht erwähnt, sondern dafür der Name seines Vorgängers. Während aber in Aegypten der Monophysitismus sich über das ganze koptische Volk verbreitete und zugleich eine mächtige Bewegung im nationalen Sinne gegen die herrschenden Griechen hervorbrachte, blieb er in Syrien nur auf eine kleine Fraction beschränkt, und so lebten die Jakobiten daselbst stets in einer sehr gedrückten Lage. Schon im sechzehnten Jahrhunderte findet man sie in den Städten und Flecken Syriens, Mesopotamiens und Babyloniens unter andern Nationen zerstreut, wodurch es den Bestrebungen katholischer Missionäre gelang, manche jakobitische Gemeinde zur katholischen Kirche zurückzuführen. Alle Versuche aber, eine Vereinigung der Jakobiten mit der römisch-katholischen Kirche zu Stande zu bringen, mißlangen; denn diejenigen Patriarchen, welche sich zur Abschwörung des Monophysitismus herbeiließen, wurden von den Jakobiten sogleich wieder durch andere, ihrer Lehre ergebene ersetzt.

---

§. 113. Hierarchie der Jakobiten und Ordination ihrer Kleriker.

Die Hierarchie der Jakobiten besteht aus eilf Stufen, nämlich 1) aus dem Psaltisten, 2) dem Lector, 3) dem Subdiakon, 4) Diakon, 5) Archidiakon, 6) dem Priester, 7) Chorbischofe, 8) Periodenten, 9) dem Bischofe, 10) Metropoliten und 11) Patriarchen. Von diesen werden der Psaltist, Lector und Subdiakon zu den Klerikern der niedern, der Diakon, Presbyter und Bischof zu denen der höhern

Weihen gezählt. Der Archidiakon, Chorbischof und Periodeutes werden aber nicht ordinirt, sondern blos vom Bischofe ernannt.[1])

Von der Tonsur und dem Exorcistat wissen die Jakobiten nichts. Das Amt eines Exorcisten wird blos durch einen einfachen Auftrag von Seite des Bischofs einem Kleriker übergeben. Das Ostiariat und Akolythat dagegen findet sich in der Ordination des Subdiakons eingeschlossen.[2])

Der Psaltist wird außerhalb des Presbyteriums ordinirt, der Lector aber schon in demselben, jedoch trägt er blos die Tunika (Kutino) oder den Talar. Das Orarion (Uroro), die Stola, erhält erst der Subdiakon, der es um den Hals gewunden trägt, wie er auch durch Auflegung der bischöflichen Hände auf seine Schläfe ordinirt wird. Durch Auflegung der rechten Hand des Bischofs auf das Haupt des Ordinanden werden dann der Diakon und Presbyter geweiht. Zum Unterschied vom Subdiakon trägt der Diakon das Orarion von der linken Schulter, der Priester aber vorne auf beiden Seiten herabhängend. Außer dem Orarion ist aber der Priester noch mit einer Albe (Sciadia), einem Cingulum (Zunara), Manipeln (Zende) und einer Casula nach Art eines Pluviale (Phaino) bekleidet.[3])

Jede Ordination wird erst nach vollbrachter Liturgie vorgenommen.[4]) Für die niedern Weihen ist kein bestimmtes Alter vorgeschrieben, sondern es bleibt die Zulassung zu denselben dem Bischofe anheimgestellt; doch soll der Subdiakon nicht jünger als 10 Jahre sein und die Psalmen Davids lesen gelernt haben. Der Diakon soll im 25., der Presbyter im 30. und der Bischof im 35. Jahre stehen. Allein von diesen kanonischen Bestimmungen sind die Jakobiten vielfach abgewichen, insofern sie nämlich schon Knaben von 10 oder 12 Jahren zu Diakonen weihen, obwohl der 16. Kanon der Synode von Kaphartuta im Jahre 869 ausdrücklich bestimmte, daß kein Diakon vor dem 20. Lebensjahre ordinirt werden solle, und nur wenn es

---

[1]) Cf. Nomocanon. Bar-Hebraei cap. 7 sect. VI. ap Maium (Script. vet. nov. Coll.) T. X. P. 2 p. 50. Der Nomokanon des Maphrian Barhebräus († 1286) ist die einzige kanonische Rechtsquelle, die wir bezüglich der jakobitischen Kirche besitzen.

[2]) Assemani l. c. Nro. X.

[3]) Assemani l. c. T. III. P. II. p. 796 sq. 819.

[4]) Assemani l. c. p. 813.

die Noth erheischt, soll es gestattet sein, einen um drei Jahre Jüngeren zum Diakon zu weihen. Ebenso soll kein Priester vor dem 30. Jahre ordinirt werden und nur, wenn Mangel ist, um drei Jahre früher. Gebrechliche, Einäugige und Hinkende können allerdings geweiht werden, nicht so aber ein Stummer oder Blinder. Auch Bigamie, Castration und Besessenheit schließen vom Ordo aus. Die Ordinationen finden immer nur für eine bestimmte Kirche statt.[1])

§. 114. Der Patriarch, dessen Wahl und Inthronisation.

Der Patriarch, das Oberhaupt der jakobitischen Kirche in Syrien, wird von seinen Bischöfen auf folgende Weise gewählt. Es werden nämlich von den versammelten Bischöfen drei Candidaten bezeichnet und die Namen derselben in eine Urne geworfen, wenn nicht einer derselben durch Akklamation zum Patriarchen gewählt wird. Die Urne wird unter den Altar gestellt, auf welchem die Liturgie gefeiert wird, und dessen Name hierauf zuerst gezogen wird, der ist Patriarch.[2])

Nach der älteren Disciplin sollte zum Patriarchen kein Bischof gewählt werden, was auch bis zum Jahre 1222 strenge beobachtet wurde. Man pflegte daher früher Archimandriten, Mönche, Presbyter und Diakonen zu wählen. Diese wurden übrigens nicht per saltum zum Patriarchen consecrirt, sondern, wenn der Gewählte noch nicht Diakon war, so empfing er am ersten Tage die Diakonats-, am folgenden die Priester-Weihe und am dritten Tage wurde er zum Patriarchen consecrirt. Jetzt wird in der Regel ein Bischof und zwar gewöhnlich der Maphrian an die Stelle des Patriarchen gesetzt.

Den Consecrations-Ritus würde der älteste Bischof oder der Maphrian in Gegenwart der übrigen versammelten Bischöfe zu verrichten haben; allein da der Gewählte jetzt bereits Bischof ist, so fällt er weg, und es werden daher nur mehr jene Ceremonien nachgeholt, die bei der Consecration des Bischofes nicht vorkommen. Zuerst haben sämmtliche Bischöfe zur Wahl des neuen Patriarchen ihre Zustimmung zu geben, damit er der gemeinsame Vater der ganzen Kirche und der Vater der Väter sei. Hat dann der Patriarch ein von ihm verfaßtes

[1]) Assemani l. c. T. II. Diss. Nro. X; Bar-Hebr. Nomocan. cap. 7 sect. V. ap. Maium l. c.

[2]) Le Quien Or. chr. T. II. p 1353. Assemani l. c.

Glaubensbekenntniß abgelesen, so wird von den versammelten Bischöfen das Gebet des hl. Clemens, eine Anrufung des hl. Geistes, über ihn gesprochen und ihm der Hirtenstab, den die gegenwärtigen Bischöfe nach ihrer Rangstufe halten, überreicht, worauf der Patriarch auf die Hände der Bischöfe seine Hand legt, zum Zeichen, daß ihm nach dem Willen der ganzen Kirche die besondere Gewalt über alle Grade der hl. Kirche Gottes übergeben sei. Nun folgt gleich die Inthronisation. Der Patriarch wird nämlich auf seinen Thron gesetzt und von sämmtlichen Bischöfen unter dem Rufe „würdig" drei Mal in die Höhe gehoben. Hierauf sollte der Patriarch ein Synodalschreiben an den koptischen Patriarchen von Alexandrien schicken, was jedoch nicht immer beobachtet wird. [1])

§. 115. Jurisdiction, Titel, Residenz, Kleidung und Unterhalt des Patriarchen.

Die Würde des Patriarchen ist eine lebenslängliche, und nur wegen Abfall vom Glauben kann der Patriarch von den Bischöfen abgesetzt werden. [2]) Seiner Jurisdiction unterstehen sämmtliche Jakobiten, welche in Mesopotamien, Syrien, Kurdistan und Ostindien wohnen und ungefähr 80,000 Seelen betragen mögen. [3]) Er hat das Recht, den Maphrian und die übrigen Metropoliten und Bischöfe zu ernennen und zu consecriren, die Bischöfe von ihrem Sitze auf einen andern zu versetzen und allein das Chrisma (Myron) zu weihen. [4])

Uebrigens kann der Patriarch keine Jurisdiction ausüben, bis er nicht durch einen Firman des Sultans bestätigt worden ist.

Der Titel des Patriarchen, der bei dessen Inthronisation verkündigt wird, lautet: Patriarch der Stadt Antiochia und der ganzen Herrschaft des apostolischen Stuhles. [5]) Der Patriarch selbst aber nennt sich in seinen Schreiben: Patriarch der Gottesstadt Antiochien und des

[1]) Assemani l. c.

[2]) Le Quien l. c. p. 1354; Assemani l. c.

[3]) Eastern Churches by the author of proposals for christian union (Lond. 1850) p. 58.

[4]) Gregorii Abulpharagii Bar-Hebraei Nomocanon cap. 3 sect. I. ap Maium (Script. vet. nov. Coll.) T. X. P. II. p. 16; Assemani l. c.

[5]) Als Nachfolger des hl. Petrus.

ganzen Ostens. Seit dem Jahre 878 pflegt der Patriarch auch seinen Namen zu ändern und seit dem Jahre 1293 regelmäßig den des hl. Ignatius, Märtyrers von Antiochien, anzunehmen. [1])

Anfangs hatte der Patriarch der Jakobiten keinen festen Sitz, sondern befand sich bald zu Amida, bald im Kloster Barsumas bei Melitene, bald in einem andern Kloster. Erst im Jahre 1034 wurde Amida, das heutige Diarbekr, seine fixe Residenz; aber schon der Patriarch Michael I. verlegte im Jahre 1166 seinen Sitz nach Mardin, und seit dem Patriarchen Ignaz XI. (1484—1493) ist das Kloster Zapharan oder St. Ananias unweit Mardin die Residenz des Patriarchen. [2])

Die Kleidung des Patriarchen besteht aus einem Amictus (Maznaphto), einem Phänolion (Phaino), einem Epitrachelion (Uroro) nach Art des griechischen Palliums und einer Tiara oder Mitra. [3])

Der Patriarch hat zu seinem Unterhalte außer dem Einkommen des Klosters noch eine Art Zehent, insofern er von allen Jakobitischen Gemeinden einen bestimmten Antheil von Waizen und Gerste empfängt. [4])

---

§. 116. Der Maphrian. [5])

Den nächsten Rang nach dem Patriarchen behauptet der Maphrian, der auch zur Rechten des Patriarchen seinen Sitz hat. Diese hierarchische Stufe verdankt ihre Errichtung nicht dem Jakob Baradäus, wie Gregor Barhebräus in seiner Chronik schreibt, sondern entstand erst im siebenten Jahrhunderte, als die Jakobitischen Syrer die Würde eines Katholikos oder Primas des Orients, welchen Titel seit Kaiser Justinian der Metropolit von Seleucia und Ktesiphon führte, auf einen ihrer Bischöfe übertrugen und diesen Maphrian nannten, mit welchem Namen seine Herrschaft über die Bischöfe des Orients bezeichnet werden sollte. Der erste Maphrian war Maruthas, der im Jahre 629 seinen

---

[1]) Le Quien p. 1351 sq.; Assemani l. c.; Eastern Churches p. 59.

[2]) Le Quien l. c. p. 1348, 1383, 1389, 1402; Assemani l. c.; Eastern Churches p. 59.

[3]) Assemani l. c. T. III. P. II. p. 683.

[4]) V. Badger: The Nestorians V. I. p. 37.

[5]) Le Quien l. c. p. 1347 sq.; Assemani l. c.; Eastern Churches l. c. p. 57, 59.

Sitz zu Tagrit nahm. Unter seiner Jurisdiction standen zwölf Bischöfe, welche in Arabien und Persien ihre Diöcesen hatten. Später residirte er zu Bagdad, und als ihm dort die Nestorianer den Aufenthalt streitig gemacht hatten, nahm er im Jahre 1153 seinen Sitz im Kloster Mar Mattai bei Mosul.

Der Maphrian, welcher vom Patriarchen ernannt wird, hatte über seine Bischöfe dieselbe Gewalt, wie der Patriarch. Er konnte Bisthümer errichten, Bischöfe ordiniren und absetzen, das hl. Chrisma weihen, überhaupt alle Pontifical-Functionen in den orientalischen Diöcesen vornehmen, wie der Patriarch in den occidentalischen, nur die Versetzung von Bischöfen war ihm nicht erlaubt. Ohne gerufen zu sein, konnte sich der Patriarch in die Jurisdiction des Maphrian nicht mengen. Ohne Zustimmung des Maphrian durfte auch kein Patriarch promovirt werden. [1]) Von allen diesen Rechten aber ist jetzt dem Maphrian nichts mehr übrig geblieben, als der Titel Maphrian und Katholikos des Orients.

---

§. 117. Die Metropoliten und Bischöfe.

Der Name Metropolit (Mutran) ist blos ein mit einem Vorrange bekleideter Titel ohne reelle Jurisdiction, hinsichtlich welcher der Metropolit dem Bischofe ganz gleichsteht, wie denn auch der Ordinationsritus bei beiden derselbe ist.

Nach den Kanones soll derjenige zum Bischofe genommen werden, der vom Volke gewählt, untadelhaft, keusch, demüthig, klug, nicht streit- und geldsüchtig, sondern gütig und gelehrt ist. [2]) Ehe aber der neue Bischof ordinirt wird, muß er in den Mönchsstand durch Anlegung des Habits versetzt werden, da die Syrer den Mönchsstand als eine hl. Weihe ansehen, welche der höhern Weihe nothwendig vorangehen müsse. [3]) Dieser Akt fällt jetzt weg, da die Bischöfe in der Regel aus den unverheiratheten Mönchen genommen werden.

Die bischöfliche Consecration wird vom Patriarchen unter Assistenz zweier oder dreier Bischöfe vollzogen, [4]) nachdem der neu ernannte

---

[1]) Bar-Hebraei Nomocanon cap. 7 sect. 1. ap Maium l. c. p. 41.

[2]) Bar-Hebraei Nomocanon cap. 7 sect 2 ap. Maium p. 42.

[3]) Assemani l. c. Diss. Nro. X.

[4]) Wenn ein Bischof blos von einem einzigen Bischof ordinirt worden wäre, außer im Nothfalle, wo dann wenigstens die andern Bischöfe schriftlich ihre

Bischof zuvor ein von ihm verfaßtes Glaubensbekenntniß abgelesen hat. Zuerst wird dem neuen Bischofe das Evangeliumsbuch auf's Haupt gelegt und dann werden ihm die bischöflichen Kleider angezogen. Ein Bischof spricht ein Gebet, eine Proclamation und Anrufung des hl. Geistes enthaltend, worauf der Patriarch dem neuen Bischofe die Hand auflegt und ihn auf der Stirne mit dem Kreuzeszeichen bezeichnet, sprechend: Es wird ordinirt in der hl. Kirche Gottes N., Bischof oder Metropolit der hl. Kirche N. Alsdann liest der neue Bischof eine Lection aus dem Evangelium, wird auf den Thron gesetzt und empfängt zuletzt den Hirtenstab.[1])

Der Bischof darf seine Diöcese nicht verlassen. Wenn er einen Bruder oder andern Blutsverwandten ordinirt, so soll er excommunicirt werden und die ertheilte Weihe nichtig sein. Ebenso darf er unter der Strafe der Deposition außerhalb seiner Diöcese keine Ordinationen vornehmen oder einen Exdiöcesanen ordiniren. Der Bischof oder sein Synkellos[2]) hat das Richteramt auszuüben. Sein Leben soll eine fortwährende Abstinenz sein, da ihm die Kanones Fleisch zu essen verbieten.[3])

In der Regel aber sind die Bischöfe der Jakobiten ziemlich ungelehrt, nur ein wenig bewandert in der hl. Schrift. Sie predigen kaum je, und ihre bischöflichen Visitationen fallen mit den gelegentlichen Ordinationen und der Einsammlung ihres Antheils oder Zehents zusammen. Sie lesen wohl das Syrische ihres Rituals, aber wenige von ihnen verstehen es.[4])

Die bischöflichen Kleider sind außer einem langen Kleide von gewirktem Linnen ein gestickter Amictus (Maznaphto), eine Art Pluviale (Phaino), eine große Stole (Uroro) statt des Omophorion der Griechen und die schwarze Mönchskappe (Kukluno). Ring, Pectorale und Mitra haben die Bischöfe der Jakobiten nicht.[5])

Zustimmung geben müssen, so sollen beide, der Consecrator und der Consecrirte, abgesetzt werden. Bar-Hebr. Nom. cap. 7. sect. 3.

[1]) Assemani l. c. Nro. IX.; Eastern Churches p. 59.

[2]) Das ist der Archidiakon. Denn nach den Kanones soll der Bischof einen weisen und beredeten Mann zum Archidiakon haben. Derselbe ist die Zunge, der Sekretär und der Stellvertreter des Bischofes und hat die Streitigkeiten unter den Klerikern zu schlichten. Bar-Hebr. Nomocan. cap 7 sect. VI.

[3]) Bar-Hebr. Nom. cap. 7 sect. I., cap. 7 sect II., cap. 38 sect. II.

[4]) Badger l. c. V. I. p. 61.

[5]) Assemani l. c.

§. 118. Die Diöcesen.

Die vorzüglichsten der bischöflichen Sitze haben bei den Jakobiten bestimmte Eigennamen, die von den neu ordinirten Bischöfen dieser Kirchen jedes Mal angenommen werden. So heißt der Bischof von Mosul immer Basilius, der Bischof von Mardin immer Athanasius u. s. w. Früher hatte der Patriarch bei 20 Metropoliten und 103 Bischöfe unter sich; aber schon am Ende des 16. Jahrhunderts schmolz diese Zahl auf zwanzig herab. [1]) Gegenwärtig nun stehen unter ihm acht Metropoliten und drei Bischöfe, nämlich der Metropolit von Jerusalem, [2]) der als Maphrian den ersten Rang nach dem Patriarchen einnimmt und eigentlich zu Jerusalem residiren sollte, allein sich dort durch einen Delegaten vertreten läßt und im Kloster Zapharan beim Patriarchen residirt; der Metropolit zu Mosul; [3]) der Metropolit und Abt des Klosters Mar Mattai bei Mosul; [4]) der Metropolit von Mardin; [5]) der Metropolit von Orfa, dem alten Edessa; [6]) der Metropolit von Kharput, der zu Mezraa unweit Kharput residirt; drei Bischöfe residiren in den Klöstern des Gebirges (Djebel) Tôr, wo sich 150 von Jakobiten bewohnte Ortschaften befinden, und zwei Metropoliten werden Temeloyo oder universell genannt, weil sie keine bestimmten Diöcesen haben, sondern beim Patriarchen wohnen. Die Jakobiten zu Diarbekr, ungefähr 150 Familien stark, haben keinen eigenen Bischof, sondern stehen unmittelbar unter dem Patriarchen, der gelegentlich einen Bischof als seinen Delegaten hiehersendet. [7])

---

[1]) Assemani l. c. Nr. VIII.; Neale l. c. p. 153.

[2]) Der erste jakobitische Bischof von Jerusalem ist Severus im Jahre 597. Der erste Erzbischof daselbst ist Abdalgalilus im Jahre 1664. Le Quien l. c. T. II. p. 1443 sq.

[3]) Der erste Metropolit von Mosul ist Garmäus nach dem Jahre 540. Le Quien p. 1559 sq.

[4]) Seine Diöcese besteht blos aus 5 um das Kloster herum gelegenen Ortschaften. Badger l. c. V. I. p. 101.

[5]) Der erste Bischof von Mardin ist Ananias im Jahre 684. Le Quien p. 1457.

[6]) Der erste Metropolit von Edessa war Jakob Baradäus im Jahre 541. Le Quien p. 1429 sq.

[7]) Badger l. c. V. I. p. 33, 44, 50, 52, 60, 63, 100.

§. 119. Der Seelsorgsklerus.

Die Erziehung der Priester (Katzis) ist beschränkt auf das Durchlesen des Syrischen Rituals, welches sie in einem Kloster lesen lernen oder wovon sie gar nur eine oberflächliche Kenntniß erhalten, indem sie blos als Diener an einer Kirche thätig sind. [1]) Ihre priesterlichen Functionen bestehen meistens in Administrirung der Sakramente, von Predigten oder Katechesen ist keine Rede. Die Priester, wie die Diakonen, sind zum Chordienst verpflichtet und selbst auf Reisen haben sie das Officium, welches Beth-gaza, d. h. Schatz genannt wird, zu beten. Die Ehe ist ihnen erlaubt, nur dürfen sie nicht zu einer zweiten Ehe schreiten; [2]) thun sie das, so werden sie in den Laienstand versetzt, die Ehe aber ist giltig. Zu ihrem Unterhalte treiben sie Feldarbeit oder irgend ein anderes Handwerk, ja sogar Handelsspeculationen. [3])

§. 120. Mönche und Klöster bei den Jakobiten.

In Syrien war schon im vierten Jahrhunderte das Mönchthum in Flor gekommen, und es herrschte hier bis zum Jahre 1400 sogar das Institut der Styliten, von Simeon Stylites herrührend. Auch die Jakobiten besassen in Syrien, Mesopotamien und Palästina eine sehr große Anzahl Klöster, von denen jetzt freilich die meisten verfallen sind.

Wer in ein Kloster aufgenommen werden will, muß ein Probejahr bestehen. [4])

Die Aufnahme geschieht durch die Tonsur (Suphoro) und Anlegung der Mönchskleidung. Der Klosterobere schneidet nämlich dem Novizen in Kreuzesform die Haare ab, zieht ihm die weltliche Kleidung aus, legt ihm den Habit (Buthino) von schwarzer Wolle an und gibt ihm den Gürtel (Unoro), die Kapuze oder Mönchshaube (Busitho)

---

[1]) So heißt es im Nomocanon des Bar-Hebräus (cap. 7 sect. IX): Jeder Bischof soll für die Erziehung einen Magister bestellen. Die Zöglinge sollen zuerst die Psalmen Davids, dann das neue und alte Testament lernen.

[2]) Das Verlöbniß steht aber nicht, wie bei den Griechen, der Ehe gleich. Daher kann ein Diakon, der sich verlobt hatte und dessen Braut gestorben ist, dennoch heirathen und Priester werden. Bar-Hebr. Nomac cap. 7 sect. VI.

[3]) Assemani l. c. T. II. Diss. Nro. X.; Badger l. c. p. 55, 62.

[4]) Bar-Hebr. Nomocan. cap. 7 sect. X.

und den Mantel oder das Pallium (Beth-schadio-gulo). Hierauf werden dem Novizen die Füße gewaschen und die Sandalien angelegt. Zuletzt überreicht ihm der Obere ein Kreuz, das er immer zu tragen hat, gibt ihm den Friedenskuß und schließt die ganze Ceremonie mit einem Dankgebete.

Jedes Kloster steht unter einem Abte (Rabban), welcher zwar von den Mönchen gewählt, aber vom Diöcesanbischofe, unter dem das Kloster steht, bestätigt und durch Handauflegung geweiht wird, ohne daß er jedoch deshalb zum Klerus gezählt würde. Der Abt hat die Aufsicht über die Mönche, die Disciplin im Kloster aufrecht zu halten und das Klostervermögen zu verwalten. Er weist Jedem seine Arbeit an und hat selber stets im Chore gegenwärtig zu sein. Er allein hat ein Bett, darf aber zum Schlafen seine Kleider nicht ausziehen. Nur wenn er gut regiert, soll er bleiben. Wenn er stirbt, so soll er stille begraben werden.

Die Mönche tragen das Haupt rasirt, haben also nicht die s. g. Corona der abendländischen Mönche. Sie dürfen durchaus kein Fleisch essen; denn der Mönch, welcher Fleisch ißt, soll wie ein Ehebrecher verurtheilt werden. Wein dürfen sie nur in Krankheiten genießen, und zur Fastenzeit haben sie sich auch der Lacticinien, der Fische und des Oeles zu enthalten. Außer der vierzigtägigen Fasten haben sie noch vier besondere Fasten, nämlich 50 Tage zu Ehren der hl. Apostel Peter und Paul, 14 Tage zu Ehren der Himmelfahrt Mariä, 25 Tage zu Ehren der Geburt Christi und das Niniviticum oder die ersten drei Wochentage in der dritten Woche vor der vierzigtägigen Fasten. Ihre Beschäftigung ist Hände-Arbeit und Chorgebet. Sie schlafen auf dem Boden oder auf Stroh; nur in Krankheiten dürfen sie ein Bett gebrauchen, ihre Kleidung aber dürfen sie nie ablegen. Bei der Profeß geloben sie Gehorsam, Armuth und Keuschheit, folglich können sie kein Eigenthum besitzen und sich nicht verehlichen. Ohne Erlaubniß des Abtes darf kein Mönch das Kloster verlassen, und es soll den Mönchen nicht gestattet werden, ihre Verwandten zu besuchen. Ohne Dimissorien darf ferner kein Mönch in ein anderes Kloster aufgenommen werden. Wenn ein Mönch nothwendig das Kloster verlassen muß, so kann er nur mit Erlaubniß des Bischofes im Orte verweilen, sowie auch diejenigen Mönche, welche Priester oder Diakonen sind, in solchen Ortschaften, wo keine Weltgeistlichen sind, nur mit Erlaubniß des Bischofes fungiren dürfen. Außerhalb des Klosters können die Mönche zwar weltliche Kleider tragen, aber die Mönchshaube haben sie immer. Wer vom Orden abfällt, ist excommunicirt; kehrt er wieder zurück, so hat er zehn Jahre Buße zu thun, doch kann er, wenn er recht reumüthig ist, schon im dritten Jahre begnadigt werden. Selbst wenn ein Abgefallener geheirathet hat, kann er mit Zurücklassung seines Weibes in's Kloster zurückkehren.[1]) Ehegatten dagegen können ohne gegenseitige Erlaubniß nicht in's Kloster gehen.[2])

Von den noch jetzt bestehenden Klöstern der Jakobiten sind die meisten, wie wir gesehen haben, zugleich die Sitze für die Bischöfe und den Patriarchen, der im Kloster Zapharan, vier Meilen nördlich von Mardin, residirt. Der Abt des Klosters Mar Mattai (St. Matthäus)[3]) auf der Spitze des Berges Maklub unweit Mosul ist zugleich Metropolit. Von den ehemaligen 70 Klöstern auf dem Gebirge Tôr existiren noch ein Kloster zu Midyâd und eines zu Ba-Sabrina, welche beide bischöfliche Residenzen sind, ferner das Deir (Kloster) ul-Amar mit einer dem Mar Gawriêl geweihten Kirche, das Kloster Esseide im Dorfe Kasr Marbaba, wohin bis auf 5 Tagreisen weit die Todten gebracht werden,[4]) und das Kloster Mar Mälki, wohin man die Epileptischen bringt.[5]) In Syrien haben die Jakobiten das Kloster Mar Musa bei Nebk[6]) und das Kloster Mar Markus in Jerusalem auf dem Berge Zion. Dieses letztere, welches erst um das Jahr 1480 erwähnt wird, steht ganz unter dem armenischen Jakobskloster daselbst.[7])

---

[1]) Daraus ergibt sich ohne Zweifel, daß die Ordensprofeß bei den Monophysiten ein trennendes Ehehinderniß ist.

[2]) Bar-Hebr. Nomoc. cap. 7 sect. X; Assemani l. c. T. I. Diss. Nr. X.

[3]) Dieses Kloster wird bereits unter dem Metropoliten Barhebräus von Seleucia, der im Jahre 486 als Märtyrer starb, erwähnt. Es soll gegen Ende des 4. Jahrhunderts gegründet worden sein. Ritter's Erdk. von Asien. Bd. VI. Abth. 2. S. 738.

[4]) Das Maulthier, welches den Todten getragen, wird dem Kloster geschenkt.

[5]) Ritter a. a. O. Bd. VII. Abth. 2. S. 440; Badger l. c. p. 55 sq.

[6]) Robinson's Palästina Bd. III. Abth. 2. S. 747.

[7]) Tobler's Topogr. von Jerusalem Bd. I. S. 372 f.

§. 121. Die Schemsieh oder jakobitischen Christen in Mardin. [1])

Zur Gemeinde der Jakobiten gehören auch die Schemsieh, welche die ältere Landesreligion in Mesopotamien vor dem Islam und der Einführung des Christenthums beibehalten zu haben scheinen. Sie bildeten noch um die Mitte des achtzehnten Jahrhunderts eine abgesonderte Gemeinde, welche in der Umgegend von Mardin wohnte. Als unter dem Sultan Mustapha III. der Befehl erlassen worden war, daß künftig Niemand als Unterthan zu dulden sei, der nicht göttliche Bücher besitze, d. h. Muhamedaner, Jude oder Christ sei, ließ sich um das Jahr 1762 der Pascha von Mardin nach ihrem Glauben erkundigen. Da sie zur Antwort gaben, sie seien Schemsieh oder Sonnenanbeter, so entgegnete er, daß er solche Religion nicht kenne und nur die drei des Koran, des alten und neuen Bundes beschütze. Einige von den Schemsieh bekehrten sich hierauf zum Islam, die andern dagegen wurden nach Mardin gebracht und mit dem Tode bedroht. Hier trat nun der Bischof der Jakobiten für sie ein, bat um Aufschub der Execution und erklärte sie zuletzt für Jakobitische Christen, zu denen sie seitdem gerechnet werden, obgleich sie ein von ihnen ganz verschiedenes Volk ausmachen. Sie besuchen die Jakobitische Kirche, machen Fasten und Feste mit, lassen ihre Kinder taufen und gehen wie Christen gekleidet, werden auch durch deren Priester getraut; jedoch verheirathen sie sich nur unter einander, nie mit Töchtern syrischer Christen. Zum Begräbniß wird zwar der Jakobitische Priester gerufen, aber wenn er das Grab verlassen hat, fangen insgeheim im Schooße der Familie ihre eigenen Ceremonien an. Außerdem haben sie noch andere von den christlichen verschiedene Gebräuche. Sie wohnen jetzt zu Mardin in einem besondern Quartier, ungefähr hundert Familien stark.

[1]) Ritter's Erdk. von Asien Bd. VII. Abth. 2. S. 303 f.

XIII. Kapitel.

Die Thomas-Christen in Malabar.

§. 122. Geschichtliche Einleitung.

Die syrisch-persische alte Christengemeinde auf der Küste von Malabar in Ostindien leitet ihren Ursprung vom Apostel Thomas ab, wenn gleich man die ersten bestimmten Spuren von dieser Gemeinde nicht früher, als um die Mitte des sechsten Jahrhunderts findet.[1] Sie hatte damals einen Bischof zu Kalliana, welcher vom Metropoliten Persiens ordinirt wurde. Der Metropolit von Persien aber war kein anderer, als der Nestorianische Patriarch von Seleucia, und so kam es, daß die Bischöfe der Thomas-Christen in Indien unter diesem Namen stets ihre Ordination nur von den Nestorianischen Patriarchen erhielten.[2]

So sandte im Jahre 1503 der Nestorianische Patriarch Elias einen Metropoliten mit drei Bischöfen zu den Thomas-Christen in Malabar. Die vorzüglichsten Städte derselben waren Angamale, Cranganor, Cochin, Coulan (Quilon), Maliapora, Calicut und Cananor. Im neunten Jahrhunderte war bei ihnen das Syro-Chaldäische Rituale eingeführt worden, und so feiern sie die Liturgie in der syrischen Sprache, wodurch der Name „Suriani" begründet wird, mit dem sich noch heute die Malabarischen Christen allgemein bezeichnen. Als nun im Anfange des 16. Jahrhunderts sich die Portugiesen in

[1]) Bei Kosmas Indikopleustes (Topograph. Christian. l. 3 et 11).

[2]) Assemani Bibl. orient. T. III. P. II. p. 438.

Kalikut und Malabar festgesetzt hatten, suchten sie die Suriani der römisch-katholischen Kirche zu unterwerfen, was ihnen jedoch nur bei den der Seeküste zunächst wohnenden Gemeinden gelang. Die Gebirgsgemeinden bewahrten ihre Unabhängigkeit und fanden hierin auch Schutz bei den Berg-Rajas Da entstand im Jahre 1663 unter den bekehrten Malabarischen Christen ein Schisma, indem sich ein großer Theil von ihnen der Jurisdiction des lateinischen Bischofes durch die Wahl des nestorianisch-gesinnten Archidiakons Thomas zum Bischofe zu entziehen suchte, und diesen Zwiespalt benützte der jakobitische Patriarch, um auch seinerseits einen Metropoliten nach Malabar zu schicken, der wirklich viele zu seiner Sekte bekehrte. In Folge dessen finden wir im Anfange des 18. Jahrhunderts einen Nestorianischen Metropoliten Gabriel und einen Jakobitischen Metropoliten Thomas, der Reihe nach bereits der fünfte Metropolit, in Malabar. Allein bald darauf kamen die Thomas-Christen gänzlich aus aller Verbindung sowohl mit der Nestorianischen als Jakobitischen Kirche. Die letzten vom Jakobitischen Patriarchen zu den Suriani gesandten Bischöfe waren Mar Basilius, Mar Gregorius und Mar Johannes im Jahre 1751. Von da an hatten die Thomas-Christen nur Eingeborne zu ihrem Bischofe oder Metropoliten. [1])

Im neunzehnten Jahrhundert endlich wurde durch die Nachrichten der Engländer von den syrischen Christen in Malabar auch die Aufmerksamkeit des Jakobitischen Patriarchen wieder auf jene ferne Heerde gelenkt, die seit der Mitte des vorigen Jahrhunderts von ihm so ganz vergessen worden war. Er sandte zwei syrische Mönche Athanasius und Abraham unter den Titeln eines Metropoliten und eines Ramban oder Archidiakons im Jahre 1825 nach Malabar. Als der Metropolit Athanasius angekommen war und die mit Hilfe der englischen, protestantischen Missionäre getroffenen Anstalten sah, annullirte er die bisherigen Kirchensatzungen, hob alle Einrichtungen der syrisch-malabarischen Kirche auf und excommunicirte zuletzt den bisherigen Metropoliten Philoxenus und seinen Coadjutor Dionysius. Diese zogen sich vor den Bannflüchen des Legaten ihres Patriarchen in die Gebirgsgemeinden von Codangalongey und Anchur gegen Norden zu-

[1]) Assemani l. c. p. 448, 449, 463 sq.; Raulini Historia eccl. Malabar. (Rom. 1745) p. 444 sq.; Ritter's Erdk. von Asien Bd. IV. Abth. 1. S. 609, 614.

rück. Allein der Raja von Travancore nahm sich des einheimischen Metropoliten an und zwang den Athanasius, obwohl er auf einer Synode am 29. Dezember 1825 von der Majorität des Volkes als ihr Metropolit anerkannt worden war, Malabar zu verlassen. Er mußte in Cochin ein Schiff besteigen und absegeln. Und so leben gegenwärtig die Suriani oder Thomas-Christen, 70,000 an Zahl, unter einheimischen Bischöfen im Gebiete des Raja von Travancore.[1]) Ihre kirchliche Verfassung ist kurz folgende.

§. 123. Der Metropolit.

Die Thomas-Christen stehen unter einem geistlichen Oberhaupte, ihrem Metropoliten,[2]) welcher stets von seinem Nachfolger ernannt wird, so daß die Metropoliten gleichsam nach Art von Familienwahl auf einander folgen, indem jeder von ihnen bei Besteigung des bischöflichen Stuhles sich einen Coadjutor mit der Anwartschaft auf die Succession erwählt.[3]) Der Metropolit ist nicht blos die oberste Autorität in allen geistlichen Angelegenheiten, sondern ist auch zugleich Richter in allen Civil- und Criminalprozessen unter den Thomas-Christen, nur kann er nicht die Todesstrafe verhängen. Er selber nennt sich Bischof und Thor (Thüre) von ganz Indien.[4]) Anfangs residirte er zu Meliapor, im 16. Jahrhunderte war seine Residenz zu Angamale, und im Anfange des 19. Jahrhunderts hatte er seinen Sitz zu Kandenad im Gebiete des Raja von Travancore. Zur Erziehung seines Klerus besaß er nur ein armseliges Collegium zu Pulingama, wo 12 Alumnen unterrichtet wurden. Auf Betrieb englischer Missionäre und unter dem Beistande des Raja von Travancore wurde nun zu Kottayam, einer Landstadt zwischen Quilon und Cochin, ein neues Collegium zur Bildung einheimischer Geistlicher errichtet, dem auch drei englische Missionäre beigegeben wurden.

---

[1]) Ritter a. a. O. S. 947 ff.; Volger's Handb. der Geographie Th. II. S. 230.

[2]) Der erste Bischof von Indien ist Johann I. im Jahre 325. Den Titel eines Metropoliten erhielt er, wenn nicht schon im 5. Jahrhunderte, doch jedenfalls vor dem Jahre 778. Assemani l. c. p 338; Raulin l. c. p. 424.

[3]) Ritter a. a. O. S. 948.

[4]) Raulin l. c. p. 431 sq.

Diese führten die Geschäftsangelegenheiten der syrisch-malabarischen Kirche unter der Oberleitung des Metropoliten, der zugleich seine Residenz nach Kottayam verlegte. Der Metropolit trägt ein Gewand von dunkelrother Seide und ein großes goldenes Kreuz als Halsschmuck und lebt von den Abgaben seiner Gläubigen und den Ordinationsgebühren. [1])

§. 124. Der Klerus.

Der Klerus zerfällt bei den Thomas-Christen in zwei Klassen, in Chammaz's, [2]) das sind die Kleriker bis zum Priester, und in Cassanar's [3]) oder Pfarrpriester. Die Weihen, welche nur um Geld ertheilt werden, erhalten oft schon unmündige Kinder, ja Jünglinge mit 17 Jahren werden schon zu Priestern geweiht. [4])

Bigamie ist bei den Thomas-Christen keine Irregularität. Die Priester heirathen ohne Unterschied eine Wittwe, auch nach der Ordination zum zweiten und dritten Male; nur pflegen diejenigen, welche zum zweiten Male geheirathet haben, nicht mehr Messe zu lesen, wohl aber andere kirchliche Functionen zu verrichten. [5])

Sämmtliche Kleriker haben zwei Mal täglich in den Chor zu gehen, um 3 Uhr Morgens zur Matutin und um 5 Uhr Abends zur Vesper, wo immer der älteste Priester den Vorsitz führt. Von einem Beten des Breviers privatim wissen sie nichts. Die Cleriker sind mit einer weißen Tunika (Albe) bekleidet, manchmal auch mit einem weißen oder schwarzen Pallium oder Mantel. Sie tragen eine weite Tonsur, ähnlich der Corona der abendländischen Mönche. Sie führen übrigens ein so gewöhnliches Leben, wie die Laien. Sie treiben weltliche Geschäfte und Handel und dienen selbst den heidnischen Fürsten als Schatzmeister und Steuer-Eintreiber. Die Sakramente werden von den Priestern auch nur um Geld gespendet. Oft versieht

---

1) Assemani l. c. p. 440 sq.; Ritter a. a. O. S. 947 f.

2) Chammaz ist syrisch und bezeichnet einen Diener oder Diakon, aus dem syrischen Sciammasein oder Sciammas d. h. Diakonus. Raulin l. c. p. 42.

3) Cassanar ist ein syrisches Wort aus Cassa (Priester) und nar oder nair (vornehm). Raulin l. c.

4) Raulin l. c. p 181, 183.

5) Raulin p. 192 sq 391.

ein einziger Cassanar oder Pfarrer zwei bis drei Pfarreien, und vererbt dieselben als sein Eigenthum auf seine Söhne. Auch die Frauen der Pfarrer werden vor den übrigen ihres Geschlechtes besonders geehrt. Sie haben einen vorzüglicheren Sitz in der Kirche und ein goldenes oder metallenes Kreuz, das vom Halse herabhängt, als Auszeichnung, und genießen sogar kirchliche Einkünfte. [1])

---

[1]) Raulin p. 181, 184, 195, 218, 392.

Zweite Abtheilung.

Verfassung und Bestand der unirten orientalischen Kirchen.

I. Kapitel.

Die unirte griechische Kirche.

Die unirte griechische Kirche besteht, von der s. g. Diœcesis Orientalis oder der melchitischen Kirche abgesehen, aus drei selbstständigen Kreisen, nämlich den Griechen in Italien (Italo-graeci), den Ruthenen oder slavischen Griechen und aus der Kirchenprovinz der griechisch-katholischen Rumänen in Ungarn und Siebenbürgen. [1])

§. 1. Die unirten Griechen Italiens.

1. Ihre Ansiedlung. [2])

Schon nach dem Tode Skanderbegh's um das Jahr 1468 flohen viele Griechen Albaniens nach Italien. Zahlreicher aber wurden die Niederlassungen derselben in Italien, als Soliman (1538—1540) die Venetianer aus dem Archipelagus vertrieben, Selim II. im Jahre 1571 Cypern erobert hatte und Venedig im Jahre 1718 den Rest seiner Besitzungen in Morea aufgeben mußte. Im 16. Jahrhunderte hatten sich bereits 100,000 Griechen an verschiedenen Punkten Italiens, besonders in Calabrien und Sicilien, angesiedelt und von den Päpsten Leo X., Paul III. und Julius III. verschiedene kirchliche Privilegien erhalten. Pius IV. hob diese am 16. Februar 1564 auf und stellte die griechischen Colonien unter die lateinischen Bischöfe, in deren Diöcesen sie gelegen. Nur ihren Ritus sollten die Griechen beibehalten dürfen.

[1]) Papp-Szilágyi: Enchirid jur. eccl orient. cath. p. 186.

[2]) Moroni l. c. V. 32. p. 149. Mejer's Propaganda Th. I. S. 438 f.

2. Ihre kirchliche Verfassung.[1])

Bezüglich der kirchlichen Verhältnisse der Griechen in Italien ist normirend die Bulle des Papstes Benedict XIV. „Etsi Pastoralis" vom 26. Mai 1742. Nach derselben haben die Griechen ihre eigenen Seelsorgsgeistlichen, welche die in den niederen Weihen giltig geschlossene Ehe fortsetzen dürfen; eine zweite Ehe aber ist denselben unter der Strafe der Deposition verboten. Als Bildungsanstalten für den griechischen Klerus bestehen das Collegium St. Athanasius, Collegium Graecum, zu Rom, vom Papste Gregor XIII. im Jahre 1577 errichtet; ferner das Collegium S. Benedetto di Ullano in der Diöcese Bisignano in Calabrien, welches vom Papste Clemens XII. im Jahre 1732 errichtet und im Jahre 1820 nach dem Basilianer-Kloster St. Adrian verlegt wurde, und endlich ein Collegium zu Palermo, errichtet im Jahre 1715. In jedem dieser drei Collegien oder Seminarien residirt ein Bischof des griechischen Ritus, von dem die Alumnen die hl. Weihen empfangen. Sonst aber haben diese Bischöfe durchaus keine Jurisdiction; nur die Bischöfe in den Seminarien von S. Benedetto und Palermo[2]) haben noch die griechischen Colonien bezüglich der Beobachtung des griechischen Ritus zu visitiren. Im Uebrigen stehen also die Griechen ganz unter dem lateinischen Diöcesanbischof, der jedoch für sie einen griechischen Generalvikar zu halten hat, wie auch der Metropolit, wenn an ihn in Sachen der Griechen appellirt wird, einen Griechen als Richter aufstellen muß.

3. Ihr gegenwärtiger Bestand.[3])

Die Zahl der Griechen Italiens beträgt 30,000, von denen 25,000 in Calabrien leben. Sie haben 66 Kirchen und 144 Priester. Griechische Colonien befinden sich zu Ankona, Livorno, Pianino in der Diöcese Acquapendente, Neapel, Villabadessa in der Diöcese Atrie Penne, Barletta in der Diöcese Trani, Lecce, und Cargese in der Diöcese Ajaccio auf Corsika. In Calabrien sind acht griechische Colonien in der Diöcese Cassano, fünf in der Diöcese Rossano, zwei in der Diöcese Bisignano und vier in der Diöcese Anglona. Auf Sicilien haben die Griechen Colonien zu Palermo, woselbst sich auch ein grie-

[1]) Ferraris Prompt. Bibl. can. ad verb. Graeci; Moroni l. c. p. 150, 153.

[2]) Im Collegium zu Palermo existirt erst seit dem Jahre 1784 ein Bischof.

[3]) Moroni l. c. p. 150—152. Mejer a. a. O. S. 512 f.

chisches Basilianerkloster befindet, das im Jahre 1609 gegründet wurde und von fünf Mönchen bewohnt ist, ferner zu Monreale, Girgenti, Contessa und Messina.

---

§. 2. Die Ruthenen (Rußniaken):

A. In Rußland und Preußen.

1. Geschichte ihrer Union. [1])

Im Jahre 1595 sandten der Metropolit von Kiew und sieben seiner Suffraganbischöfe, nämlich die Bischöfe von Wladimir und Breczk, von Luzk, von Polotsk, von Witebsk, von Pinsk, von Prczemisl, von Lemberg und von Chelm, ein Schreiben an den apostolischen Stuhl, worin sie um Aufnahme in die römische Kirche baten, und am 23. Dezember 1595 wurden sie auch in die Gemeinschaft der römisch-katholischen Kirche aufgenommen. Die Bisthümer Prczemisl und Lemberg fielen zwar bald wieder ab, traten jedoch um das Jahr 1720 der Union abermals bei. So entstand die ruthenische Kirchenprovinz, deren Metropolit von der Provinzialsynode gewählt wurde; die oberste Leitung derselben aber übernahm die Propaganda, welche in dem polnischen Nuntius ihren nächsten Vertreter hatte. Durch die Theilungen Polens kamen nun fast alle ruthenischen Bisthümer an Rußland, mit Ausnahme von Lemberg und Prczemisl, welche Bisthümer Oesterreich erhielt, und eines Theiles der Diöcese Breczk, der an Preußen fiel. Rußland hob dann im Jahre 1795 sämmtliche ihm zugefallene Bisthümer, Polotsk ausgenommen, auf und setzte vier russische Eparchien an ihre Stelle. Kaiser Paul I. stellte hierauf im Jahre 1798 drei unirte Bisthümer wieder her, nämlich Polotsk mit dem Titel eines Erzbisthumes, Luzk, dessen Bischof den altherkömmlichen Titel eines Exarchen von Rußland führen sollte, und Breczk, und im Jahre 1809 wurde auch Chelm als Bisthum anerkannt und besetzt. Kaiser Nikolaus dagegen verordnete am 22. April 1828, daß an die Stelle des Metropoliten, welche Würde vom Kaiser nach Belieben einem der ruthenischen Bischöfe ertheilt wurde, ein Kirchen-Collegium unter der Aufsicht des Ministers der auswärtigen Confessionen treten und blos zwei

[1]) Moroni l. c. V. 59. p. 327 sq. Theiner: Die neuesten Zustände beider Ritus in Polen und Rußland S. 105 ff., 306 ff., 313, 450.

Bisthümer, Polotsk und Breczk, mit dem Titel von Metropoliten bestehen und sich in das Gebiet der unirten Kirche theilen sollten. Das war der Anfang zur Auflösung der unirten Kirche, welche am 12. Febr. 1839 erfolgte,[1]) als sich die unirten Bischöfe Joseph von Litthauen, Basilius von Orcha, Administrator der Diöcese Weißrußland, und Anton von Breczk mit der russisch-orthodoxen Kirche vereinigten.

2. Ihr gegenwärtiger Bestand.[2])

Jetzt existirt in Rußland nur noch ein ruthenisches Bisthum, nämlich das Bisthum Chelm im polnischen Gouvernement Lublin, mit dem das Bisthum Belz vereinigt ist.[3]) Dasselbe stand früher unter dem Erzbischofe von Posen und Gnesen,[4]) ist aber gegenwärtig unmittelbar dem apostolischen Stuhle unterworfen. Der Bischof von Chelm hat auch ein Kapitel, bestehend aus fünf Dignitäten und zwölf Canonicaten. Das Patronat der polnischen Gutsbesitzer über die griechisch-unirten Pfarreien ist aufgehoben, und es werden dieselben nun von der Regierung unter Mitwirkung der Diöcesanbehörde besetzt.[5]) Die Zahl der unirten griechischen Gläubigen im russischen Polen beträgt 250,000.[6])

Preußen erlangte vom apostolischen Stuhle, daß aus den durch die Theilungen Polens erworbenen Gebieten der Ruthenen eine neue Diöcese, das Bisthum Supräsl, im Jahre 1799 errichtet wurde. Dieses Bisthum besteht noch jetzt und hat einen Basilianer-Mönch zum Bischofe;[7]) denn da die Weltkleriker bei den Ruthenen in der Regel verheirathet sind, so werden die Bischöfe gewöhnlich aus den Mönchen genommen. Der Bischof von Suprasl ist dem apostolischen Stuhle unmittelbar unterworfen. In der preußischen Provinz leben bei 40,000 Ruthenen.

---

[1]) V. Persecut. et souffr. de l'église cath. en Russie p. 110.

[2]) Moroni l. c. p. 341.

[3]) Nach Mejer (a. a. O. S. 63 f.) und Moroni (V. 16 p. 251) sollten aber außer Chelm noch mehrere Diöcesen bestehen, nämlich ein Erzbisthum Polotsk und die Bisthümer Wladimir-Brest, Luzk und Minsk. (?)

[4]) V. Moroni V. 11. p. 157.

[5]) Allg. Ztg. v. 21. Okt. 1864.

[6]) Volger's Handb. der Geogr. Th. II. S. 48.

[7]) S. Mejer a. a. O. S. 464.

B. In Oesterreich.

1. Ihre Ansiedelung und Vereinigung.[1])

Die Ruthenen (ungar. Oroszok) wohnten seit früher Zeit in Nordungarn und ihre Christianisirung wird dem Slavenapostel Methodius in der zweiten Hälfte des neunten Jahrhunderts zugeschrieben. In Folge neuer Einwanderungen verbreiteten sie sich tiefer in's Land, so daß sie bis an die Westgrenze Ungarns vordrangen. Nach Abzug der Walachen wurden sie um das Jahr 1359 in die leer gewordene Marmaros verpflanzt, und das vom Fürsten Theodor Kyriatovics am 8. März 1360 gestiftete Basilianerkloster St. Nikolaus auf dem Berge Czernek bei Munkács wurde nun der Hauptsitz der ruthenischen Hierarchie in Ungarn. Der erste, jedoch schismatische Bischof von Munkács ist Johann im Jahre 1491.

Als sich die Ruthenen in Polen unirten, folgten auch die in Ungarn dem Beispiele ihres Mutterlandes. Der Bischof von Munkács wurde aber nicht confirmirt, da das Bisthum nicht canonisirt war, sondern übte nach Sitte und Gewohnheit der orientalischen Kirche gemäß der vom Metropoliten von Erlau, dem er seit der Union unterstand, erhaltenen Aufträge die Jurisdiction innerhalb der ihm angewiesenen Grenzen aus. Diese Union dauerte nur bis zum Jahre 1627. Zwar unirte sich am 24. April 1649 der zum Bischof gewählte Mönch Parthenius und sein Klerus, allein der ganze Munkaczer-District blieb schismatisch, und ein schismatischer Bischof residirte im Kloster St. Nikolaus. Mehr schritt die Union vorwärts durch den ruthenischen Bischof Joseph de Camillis im Jahre 1690, der auch im Jahre 1692 in den Besitz des Klosters St. Nikolaus kam.

Von der Union der Ruthenen in Galizien, welche durch die Theilung Polens an Oesterreich kamen, ist schon oben bei der Union der Ruthenen Rußlands die Rede gewesen.

2. Kirchliche Verfassung und Bestand derselben.

Für die zwei Millionen Ruthenen im Königreiche Galizien errichtete Papst Pius VII. durch die Bulle vom 22. Februar 1807 ein ruthenisches Erzbisthum zu Lemberg und unirte mit demselben Kaminie und Halicz. Unter demselben steht als Suffragan der ruthenische

[1]) Fiedler: Beitr. zur Geschichte der Union der Ruthenen in Nordungarn (Wien 1862) S. 1—20.

Bischof von Przemisl. Mit dem Bisthume Przemisl sind Sambor und Sanok unirt.[1])

Im eigentlichen Ungarn bestehen zwei ruthenische Diöcesen, deren Bischöfe unter dem lateinischen Erzbischofe von Gran als Suffragane stehen, nämlich die Bisthümer Munkács und Eperies.

Das Bisthum Munkács im Beregher Comitat wurde vom Papste Clemens XIV. durch die Bulle vom 19. September 1771 canonisirt, und von der Kaiserin Maria Theresia dotirt.[2]) Dieselbe schenkte später dem Bischofe von Munkács für die 12,000 fl. seiner Mensa die Abtei Tapolcza bei Diósgyör.[3]) Der Bischof von Munkács hat seit dem Jahre 1790 Sitz und Stimme auf dem Reichstage und residirt zu Unghvár, wo er ein Kapitel mit einem Propste und sechs Domherrn und ein Clerical-Seminar mit vier Präfecten und sieben Professoren hat.[4]) Die ganze Diöcese zählt 372 Pfarreien und 360,447 Seelen.[5])

Das Bisthum Eperies im Saroser Comitat wurde im Jahre 1816 aus dem vorigen errichtet. Das bischöfliche Kapitel besteht aus 5 wirklichen und 5 Ehrendomherrn. Die Diöcese zählt 372 Pfarreien und 160,000 Seelen.[6])

Im Königreiche Kroatien haben die Ruthenen das Bisthum Kreutz, welches im Jahre 1777 anstatt des als Svidnitzer Bisthum bestandenen apostolischen Vikariats gestiftet wurde und unter dem lateinischen Erzbisthum von Agram steht. Die Diöcese zählt 20 Pfarreien und bei 20,000 Ruthenen oder besser gesagt Schokatzen.[7])

Die ruthenischen Bischöfe werden vom Kaiser von Oesterreich nominirt. Sie haben sämmtliche Verordnungen der Propaganda über die Griechen, welche mit Lateinern gemischt wohnen, zu beobachten, bei ihrer Consecration das Glaubensbekenntniß, welches Papst Urban VIII. für die Griechen vorgeschrieben, abzulegen und dasselbe sammt dem Obedienzeide in der nach gewöhnlicher Weise ausgefertigten Formel an

[1]) Moroni l. c. V. 59. p. 341.

[2]) Fiedler a. a. O. S. 22. 38.

[3]) Schwartner a. a. O. Th. I. S. 176.

[4]) Schwartner a. a. O. S. 175 f.; Chownitz: Handb. zur Kenntniß Ungarns S. 172. 265.

[5]) Schulte's Lehrb. des kath. Kirchenrechts S. 484.

[6]) Schulte a. a. O.

[7]) Schulte a. a. O. S. 490. Vgl. Chownitz a. a. O. Taf. II. zu S. 180.

den Wiener-Nuntius einzusenden. Im Uebrigen aber sind sie ganz den genannten Erzbischöfen unterworfen.[1])

Nach dem Diplom und Mandat Kaisers Leopold I. vom 23. Aug. 1692 sollen sich die Kleriker und Kirchen der Ruthenen wie auch deren Sachen derselben Immunität erfreuen, wie der Klerus und die Kirchen der Lateiner. Diese Immunität des ruthenischen Klerus wurde auch vom Kaiser Karl VI. am 13. August 1720 bestätigt.[2])

Die ruthenischen Mönche gehören dem Orden des hl. Basilius an. In der Diöcese Munkács befinden sich neun Klöster mit 40 Individuen; in der Diöcese Eperies sind zwei Klöster mit 7 Patres und zwei Laienbrüdern.[3])

---

§. 3. Die katholischen Griechen in Ungarn und Siebenbürgen.

1. Ihre Union.

Die Wlachen oder Rumänen (Rumunji) hatten sich im 13. Jahrhundert vor den Tartaren nach Ungarn, besonders nach Siebenbürgen geflüchtet. Sie alle gehörten der schismatisch-griechischen Kirche an. Der erste Versuch nun, die schismatischen Griechen mit der römischen Kirche zu uniren, wurde vom kaiserlichen Commissär Tullus Miglio, Freiherrn von Prumberg, unter Beihilfe der Jesuiten von Fünfkirchen gemacht, und am 18. Jänner 1690 schworen in der Jesuitenkirche zu Fünfkirchen der Prior des griechischen Klosters St. Nikolaus von Orahovica im Veröczer Comitat, der Prior des griechischen Klosters St. Michael von Graboza in der Tolnaer Gespannschaft und sechs griechische Pfarrer im Namen des griechischen Volkes das Schisma ab und vereinigten sich mit der römisch-katholischen Kirche. Der Prior Job Reich von Orahovica erhielt vom Kaiser für seine Bemühungen um die Union den Bischofstitel. Allein weiter hatte diese Union keinen Erfolg mehr, hauptsächlich deshalb nicht, weil Kaiser Leopold I im Jahre 1690 den nicht unirten Griechen, namentlich den erst eingewanderten Serben oder Raizen dieselben Privilegien, wie den unirten, verliehen hatte.[4])

---

[1]) Mejer a. a. O. S. 471 f.

[2]) Fiedler a. a. O. S. 23 f. 36 f.

[3]) Schulte a. a. O. S. 484.

[4]) Fiedler: Die Union der in Ungarn zwischen der Donau und Drau wohnenden Bekenner des griechisch-orientalischen Glaubens in den Sitzungsberichten der phil. histor. Classe der kais. Akademie der Wissensch. Bd. 38 S. 284 f.

Erst den Bemühungen des Kardinals Kolonitsch und der Jesuiten Hevenes und Báràny gelang es, den griechischen Bischof Theophilus II. von Siebenbürgen zur Einheit mit der katholischen Kirche zurückzuführen, und am 8. September 1699 wurde auf dem Landtage Siebenbürgens das unter dem 16. Februar 1699 erlassene Unionsdiplom des Kaisers Leopold I. feierlich verlesen.[1])

2) Ihre kirchliche Verfassung.

Die unirten Griechen in Ungarn und Siebenbürgen bilden jetzt eine eigene Kirchenprovinz, an deren Spitze der Metropolit von Fogaras[2]) steht, der seinen Sitz zu Balasfalva (Blasendorf) im Unter-Albenser Comitat Siebenbürgens hat. Seine Suffragane sind der Bischof von Großwardein[3]) im Biharer Comitat Ungarns, der Bischof von Lugos[4]) im Krassovaer Comitat Ungarns und der Bischof von Szamos Ujvár[5]) im innern Szolnoker Comitat Siebenbürgens.

Der Metropolit, wie die Bischöfe werden vom Kaiser nominirt. Nur der Metropolit von Fogaras und der Bischof von Großwardein haben ein Kapitel. Das Kapitel des Erzbischofs zu Balasfalva besteht aus einem Großpropsten und Erzdekan und aus 6 Domherrn, das des Bischofs von Großwardein aus 6 Domherrn (einem Erzpriester, Erzdiakon, Primicerius, Ecclesiarcha, Professor der Riten und Cartophylax) und 6 Ehrenkanonikern. Die Weltpriester sind verheirathet und erhalten ihre Bildung im Klerikalseminar zu Balasfalva. Dortselbst befindet sich ein Basilianerkloster mit zwei Ordenspriestern. Die Zahl der unirten Griechen in der Kirchenprovinz Fogaras mag sich auf 900,000 belaufen.[6])

---

[1]) Söllner: Statistik von Siebenbürgen S. 284. Papp-Szilágyi l. c. p. 496 sq.

[2]) Das Bisthum Fogaras wurde im Jahre 1721 errichtet und im Jahre 1850 zu einer Metropole erhoben. Schulte a. a. O. S. 491.

[3]) Das Bisthum Großwardein wurde im Jahre 1776 errichtet, und die Kaiserin Maria Theresia schenkte dem Bischofe zur besseren Subsistenz die Herrschaft Belényes. Schwartner a. a. O. S. 176.

[4]) Das Bisthum Lugos wurde im Jahre 1850 aus Theilen von Großwardein und Siebenbürgen errichtet. Schulte a. a. O. S. 492.

[5]) Dieses Bisthum wurde aus Theilen der Diöcesen Großwardein und Munkács gebildet und ist noch nicht constituirt. Schulte a. a. O. S. 491 f.

[6]) Schulte a. a. O. S. 491 f. Vgl. Chownitz a. a. O. S. 174. 283. 286.

II. Kapitel.

Die melchitische oder griechisch-katholische Kirche des Orients.

§. 4. Einleitung.

Die Griechen, welche das Concil von Chalcedon, das den Monophysitismus verwarf, annahmen, wurden von den Monophysiten in den Patriarchaten von Alexandrien, Antiochien und Jerusalem Melchiten (Melekiten) d. i. Kaiserliche genannt, weil unter dem Schutze des griechischen Kaisers Marcian das Concil stattgefunden hatte und kaiserlicher Seits auch die Annahme desselben durchgesetzt zu werden suchte. Als nun die griechische Kirche Konstantinopels von der abendländischen sich trennte, wurden auch die griechischen Kirchen der genannten Patriarchate in dieses Schisma hineingerissen und blieben, da die Union der griechischen und römischen Kirche sich immer wieder zerschlug, bis zum Anfange des 18. Jahrhunderts gänzlich von der lateinischen Kirche getrennt. Der Patriarch Athanasius IV. von Antiochien, erwählt im Jahre 1686, war es, der sich zuerst wieder mit der römischen Kirche unirte. Er resignirte zwar nach sieben Jahren den Patriarchenstuhl an Cyrillus V., aber nach dessem Tode im Jahre 1720 bestieg er neuerdings denselben, und von da an gab es fortwährend griechisch-katholische Patriarchen von Antiochien. [1])

Von Syrien aus verbreiteten sich dann die katholichen Griechen auch über Palästina und Aegypten, so daß sie gegenwärtig die drei Patriarchate von Antiochien, Alexandrien und Jerusalem umfassen. Ihre

[1]) Le Quien T. II. p. 774 sq. Moroni l c. V. 44. p. 153.

Gesammtzahl wird auf 50,000 angegeben; genau genommen aber möchten sie die Zahl 35,000 nicht überschreiten.[1])

---

§. 5. Der melchitische Patriarch von Antiochien.

Der Patriarch wird von den ihm unterstehenden Bischöfen gewählt, ohne daß der übrige Klerus oder das Volk auf die Wahl einen Einfluß hat. Er wird gewöhnlich aus dem Kreise der Wähler selbst genommen, obschon das nicht nothwendig sein muß, wie denn gleich im Jahre 1762 ein Maronitischer Mönch gewählt worden war. Der Gewählte muß über 27 Jahre alt sein. Die Wahlakten sind zur Prüfung an die Propaganda einzusenden, welche, wenn die Wahl canonisch vor sich gegangen ist und der Gewählte an keinem Defecte leidet, dem Papste die Bitte um Bestätigung der Wahl und Verleihung des Palliums unterbreitet. Ebenso hat der Gewählte durch einen Procurator sein Glaubensbekenntniß, wie es für die Orientalen vorgeschrieben, einzureichen und den Obedienzeid zu leisten. Ist dagegen die Wahl ungiltig, so devolvirt die Ernennung des Patriarchen an den Papst.[2])

Der Patriarch führt den Titel: Patriarch von Antiochien und des ganzen Orients. Er kann ohne Erlaubniß des Papstes nicht resigniren; wohl aber kann ihm der Papst wegen Krankheit oder anderer Ursachen einen Coadjutor mit dem Rechte der Nachfolge an die Seite geben.[3]) Die Jurisdiction des Patriarchen erstreckt sich über die Kirchen Syriens, Mesopotamiens und Karamaniens. Ihm obliegt die Bestätigung der Bischofswahlen und die Consecration der Bischöfe. Er hat das Recht, Bischöfe zu versetzen und, wo immer sich griechische Katholiken befinden, Pfarrer einzusetzen. Er hat ferners zu wachen, daß der griechische Ritus, namentlich die Meßrubriken und die griechischen Fasten strenge beobachtet werden. Vom Fasten kann er zwar dispensiren, aber nicht in perpetuum. Uebrigens steht der Patriarch ganz unter der Propaganda, welche die höchste Appellationsinstanz bildet, und hat alle zehn Jahre persönlich

---

[1]) Moroni l. c. p. 151 sq.

[2]) Mejer a. a. O. Th. I. S. 433. Moroni l. c. p. 153.

[3]) Moroni l. c. p. 153. 156.

oder im Verhinderungsfalle durch einen Stellvertreter in Rom zu erscheinen und Bericht über die Zustände seines Patriarchats zu erstatten.[1])

Der Patriarch sollte eigentlich zu Damaskus residiren; allein er hält sich wegen des leichteren Verkehrs mit seinen Bischöfen in seinem Priesterseminar oder Collegium zu Ain Teraz auf dem Libanon im Districte el-Dschurd auf.[2])

§. 6. Die Bischöfe und Diöcesen des melchitischen Patriarchats von Antiochien.

Die Bischöfe der Melchiten werden vom Klerus ihrer Diöcesen gewählt, ohne daß dem Volke eine Theilnahme an der Wahl gestattet wird, und hierauf vom Patriarchen bestätigt und consecrirt. Sie sollen zunächst aus dem unverheiratheten Weltklerus genommen werden; denn als die Mönche des Klosters Mâr Yôhanna esch-Schuweir forderten, daß die Bischöfe aus ihnen gewählt würden, entschied die Propaganda ausdrücklich gegen sie für den Weltklerus, weil die entgegengesetzte Gewohnheit nur daher käme, daß die Mönche den Cölibat beobachten und besser unterrichtet seien.[3])

Die Rechte der Bischöfe sind die gewöhnlichen Episcopalbefugnisse, wie Ehedispensen, Pfarranstellungen u. s. w. Ihr Einkommen besteht vornehmlich in einer Kopfsteuer, die einen halben Piaster von jeder erwachsenen Mannsperson ihrer Diöcese beträgt.[4])

Die Diöcese des Patriarchen ist Damaskus, welche der Patriarch durch einen Vikar-Bischof administriren läßt. Außer derselben stehen unter dem Patriarchen die Erzbisthümer Aleppo, Diarbekr, Beirut und Bosra, ferner die Bisthümer Homs oder Emesa, Ba'albek, Tripolis, Zahleh und Ferzul.[5])

---

[1]) Mejer a. a. O. S. 434. 438. Moroni l. c. p. 157.
[2]) Moroni l. c.
[3]) Moroni l. c. p. 160.
[4]) Mejer a. a. O. S. 435 f. Ritter's Erdkunde Th. XVII. Abth. 1. S. 196.
[5]) Moroni l. c. p. 158.

§. 7. Der Seelsorgsklerus des melchitischen Antiochenischen Patriarchats.

Zur Erziehung und Bildung seines Klerus besitzt der Patriarch ein eigenes Seminar unter dem Titel Mariä Verkündigung zu Ain Teràz in der Diöcese Beirut. Dasselbe enthält 17 Freiplätze, von denen zwei der Patriarch zu vergeben hat; die Diöcesen Damaskus, Aleppo und Kairo haben auf je zwei, die übrigen neun Diöcesen auf je einen Freiplatz Anspruch.[1]) Die melchitischen Priester dürfen die in den niederen Weihen giltig geschlossene Ehe fortsetzen; doch findet man bei den Melchiten wenig verheirathete Priester, da die meisten Pfarreien von Priestermönchen besonders aus der Congregation von St. Salvator versehen werden. Die Priester leben von den Gaben ihrer Gemeinden, und ihre Zahl beläuft sich auf 180.[2])

---

§. 8. Die melchitischen Patriarchate von Alexandrien und Jerusalem.

Der griechische Patriarch Samuel Kapusulis von Alexandrien hatte sich zwar mit der römischen Kirche vereinigt und vom Papste Clemens XI. im Jahre 1713 das Pallium erhalten, allein er fand keine Nachfolger, und so steht denn gegenwärtig dieses Patriarchat unter der Administration des Patriarchen von Antiochien, der dasselbe durch einen Vikar, welcher Bischof in partibus ist und zu Kairo residirt, verwalten läßt. In Kairo befinden sich etwa 700 unirte Griechen mit 2 Kirchen, welche von Priestermönchen aus der Congregation von St. Salvator versehen werden. Außerdem haben die Melchiten zu Damiette ein Hospiz mit einem Priestermönch und zu Rosetta eine Kirche.[3])

---

[1]) Der Patriarch Mata, gestorben im Jahre 1835, vermachte die eine Hälfte seines Vermögens dem Patriarchate, die andere Hälfte dem Priesterseminar. Moroni V. II. p. 177.

[2]) Moroni V. 44 p. 157. Mejer a. a. O. S. 525. Vgl. Ritter a. a. O. S. 803.

[3]) Moroni l. c. p. 161 sq.

Wie mit Alexandrien, so verhält es sich mit dem melchitischen Patriarchate von Jerusalem. Auch dieses steht unter dem Patriarchen von Antiochien, der es durch einem Vikar, der Bischof in partibus ist und zu Jaffa residirt, administriren läßt. Zu diesem Patriarchate gehören die Erzbisthümer Sur (Tyrus) und Saida (Sidon) und das Bisthum Jean d'Acre oder Akra.[1])

§. 9. Die religiösen Congregationen der Melchiten.

Die Klöster stehen unter dem Diöcesanbischof, und wo kein solcher ist, unter dem Patriarchen.[2]) Die Ordensregel, welche in denselben befolgt wird, ist die des hl. Basilius, jedoch mit einigen Abänderungen. Die Ordensprofeß kann erst mit dem sechzehnten Lebensjahre abgelegt werden.[3])

Die Mönche theilen sich zunächst in zwei Congregationen, in die Congregation von St. Salvator und in die von St. Johann d. T. in Schuweir. Die erstere wurde vom Erzbischofe Euthymius von Tyrus und Sidon im Jahre 1715 gegründet und steht unter einem Generalabt, der im Kloster St. Salvator oder Deir el-Mukhallis,[4]) drei Stunden nordöstlich von Sidon, residirt. Beinahe alle Pfarreien werden von Mönchen dieser Congregation versehen, welche ungefähr 500 Individuen betragen mögen. Sie unterscheiden sich durch nichts von den schismatischen Mönchen, als durch die Tonsur oder Corona. Die Congregation zählt 8 Klöster und 21 Hospize, darunter eines zu Rom, S. Maria in Carinis genannt, wo ihr Procurator residirt.[5]) Außer dem angeführten Hauptkloster sind von den übrigen mit Namen bekannt: Mar Elias Ruzmèiah oder Rischmeia im Gebirgsdistricte el-Dschurd am Libanon, Mar Demetrios, Mar Jusef, Mar Biskiara, Deir Angiost im Gebiete des Bekâ'a und Mar Seman.[6])

---

[1]) Moroni I. c p. 162.

[2]) Mejer a. a. O. S. 435.

[3]) Ritter a. a. O. S. 768.

[4]) S. Ritter a. a. O. S. 701. 769. Deir el Mukhallis heißt Haus unsers Heilandes.

[5]) Moroni V. II. 177. V. 44. p. 159.

[6]) S. Ritter a. a. O. S. 769. 771.

Die Congregation Mâr Yôhanna el-Schuweir auf dem Libanon im Districte el-Metn wurde im Anfange des 18. Jahrhunderts gegründet. Papst Clemens XII. approbirte durch ein Breve vom 14. September 1739 ihre Statuten und gab ihr die Kirche S. Maria in Domnica detta la Navicella zu Rom als Hospiz. Da aber die Approbation der Statuten von Clemens XII. zunächst nur für das genannte Hospiz gegeben war, so approbirten die Päpste Benedikt XIV. unter dem 24. Dezember 1733 und Clemens XIII. unter dem 15. November 1762 diese Statuten auch für die übrigen Klöster der Congregation. Wenige Pfarreien werden von den Mönchen dieser Congregation versehen, welche behufs ihrer priesterlichen Ausbildung in das Collegium von Ain Teraz kommen können, wo sie kostenfrei erhalten werden. Gewöhnlich aber werden diejenigen Professen, welche zu Priestern geweiht werden sollen, nach Rom in das Hospiz S. Maria in Domnica geschickt, wo die Congregation ein Seminar errichtet hat, welches von der Propaganda abhängt und unter der Protection eines Cardinals steht. Die Zöglinge werden hier jedes Jahr in Gegenwart des Cardinal-Präfecten und des Sekretärs der Propaganda examinirt und, nachdem sie acht Jahre daselbst in den Studien zugebracht haben, von der Propaganda auf die Mission nach Syrien geschickt. [1])

Die Mönche dieser Congregation waren nun theils aus der Stadt und Gegend von Aleppo, theils aus dem Gebirge Libanon, und da die Aleppiner über die Gebirgler eine Herrschaft ausüben wollten, so spaltete sich die Congregation in zwei Partheien, in Aleppiner und Baladiten, gerade so wie bei den maronitischen Mönchen. Papst Gregor XVI. approbirte im Jahre 1832 diese Trennung, worauf man beiderseits die Klöster und Güter theilte, und das Hospiz zu Rom der Sitz zweier Procuratoren wurde. Die Klöster der Aleppiner sind: Mar Isaia, Mar Mikayil el-Suk im Districte Kesrawân, Mar Jirjis el-Gharb im Districte Ober-Gharb, und Sayda el-Ras im Gebiete von Ba'albek; sie besitzen ferner ein Hospiz in Zahleh und eines in Aleppo. Die Baladiten dagegen haben die Klöster Mar Yôhanna el-Schuweir, [2]) Mar Elias in Zahleh, Mar

[1]) Moroni l. c. V. 44. p. 160.

[2]) In diesem Kloster befindet sich eine berühmte arabische Druckerei schon seit

Mikayil Ammik im Districte el-Manâsif, Mar Antônios el-Kerkafath im Districte Unter-Gharb, ein Hospiz in Beirut, eines in St. Barbara und das Hospiz in Rom. Sämmtliche Klöster sind gut dotirt.[1])

Auch melchitische Nonnen gibt es, welche die Regel des hl. Basilius beobachten, jedoch mit einigen Modifikationen, approbirt vom Papste Clemens XIII. durch ein Breve vom 22. August 1764. Sie stehen sowohl in spiritueller, als in temporeller Beziehung unter der Leitung von Mönchen und hängen unmittelbar vom Diöcesanbischof und mittelbar vom Patriarchen ab.[2]) Zur Congregation von St. Salvator gehört nur ein Nonnenkloster, wahrscheinlich Deir el-Rûhbah im Distrikte el-Gharnûb.[3]) Unter der Congregation Mar Yôhanna el-Schuweir stehen zwei Nonnenklöster, Deir Sajjideth el-Beschârrah (Mariä Verkündigung) im Districte Kesrawân,[4]) welches Kloster Papst Benedikt XIV. unter die Protection des apostolischen Stuhles nahm, und Deir el-Niah oder Deir Ain es-Sindiyâneh[5]) im Districte el-Metn. Als sich nun diese Congregation in zwei Partheien trennte, kam das erstere unter die Leitung der Aleppiner, das andere unter die der Baladiten.[6])

---

dem Jahre 1733. Doch dürfen die Mönche ohne Approbation des Bischofs nichts schreiben oder drucken. Ritter a. a. O. S. 767. Moroni l. c. p. 160.

1) Moroni l. c. p. 160 sq. Wegen der Lage der Klöster siehe Ritter a. a. O. S. 221. 708. 709. 745.

2) Moroni l. c. p. 161.

3) Moroni l. c. V. II. p. 177. S. Ritter a. a. O. S. 702.

4) Ritter a. a. O. S. 747.

5) D. h. Kloster der Ruhe oder der Nachtherberge, was Moroni (V. 44 p. 161) mit Transito (?) übersetzt. S. Ritter a. a. O. S. 513. 519.

6) Moroni V. 44. p. 161.

III. Kapitel.

Die unirte koptische und abyssinische Kirche.

§. 10. Union der Kopten.[1])

Im Jahre 1442 hatten sich die Kopten mit der römischen Kirche unirt, nachher aber diese Union wieder aufgehoben. Im Jahre 1713 vereinigte sich der koptische Patriarch abermals mit der lateinischen Kirche, scheint aber keinen Nachfolger gefunden zu haben. Durch die Bemühungen römischer Missionäre, namentlich der Franziskaner oder reformirten Minoriten, wurden jedoch viele Kopten zur Einheit mit der katholischen Kirche zurückgeführt.

§. 11. Ihr gegenwärtiger Bestand.

Die unirten Kopten, 3445 an Zahl,[2]) stehen unter einem apostolischen Vikariat, welches um das Jahre 1781 errichtet worden war.[3]) Der apostolische Vikar, Bischof in partibus, residirt zu Kairo, und in seinem Hause genießen koptische Jünglinge, welche sich dem geistlichen Stande widmen wollen, Unterricht und freie Verpflegung.[4]) Die unirten Kopten haben sechs Pfarreien, nämlich in Kairo, Girge,

[1]) Moroni I. c. V 21 p. 137. Mejer a. a. O. S. 445.

[2]) Kremer's Aegypten Th. I. S. 97. Moroni (l. c. p. 136) und die statistische Notiz bei Mejer (a. a. O. S. 533) geben nur 2640 Seelen an.

[3]) Mejer a. a. O.

[4]) Moroni l. c. p. 137.

Tahata, Akmin, Farsciut und Nagade, aber mit Ausnahme von Kairo, wo sie die Kirche der Propaganda besitzen, keine eigenen Pfarrkirchen, sondern bedienen sich der in den genannten Orten den reformirten Minoriten gehörenden Kirchen. Selbst der apostolische Vikar fungirt in der Kirche der reformirten Minoriten zu Kairo.[1])

Im Ganzen jedoch sind die unirten Kopten im Besitze von 9 Kirchen und 7 Kapellen, welche von 25 Priestern versehen werden, von denen sich 2 in der Provinz Beh̆ereh, 7 in Kairo und 16 in Oberägypten befinden.[2]) Das Einkommen der Priester besteht in den Meßstipendien, in den Stolgebühren bei Taufen, Trauungen und Beerdigungen, in den freiwilligen Gaben für die Austheilung des Weihwassers an Epiphanie und der geweihten Kerzen an Mariä Lichtmeß u. s. w.[3])

Unter dem apostolischen Vikar der Kopten steht als Delegaten des apostolischen Stuhles seit dem Jahre 1840 auch die Kirche von Abyssinien, wohin damals die Propaganda einen Bischof des koptischen Ritus zu senden beschlossen hatte. In Abyssinien befinden sich 100 unirte Gläubige und 3 Priester.[4])

---

[1]) Moroni l. c. p. 137 sq.

[2]) Kremer a. a. O.

[3]) Moroni l. c.

[4]) Mejer a. a. O. S. 446. 533.

IV. Kapitel.

Die unirte armenische Kirche.

§. 12. Einleitung.[1])

Der König Oschin versprach dem Papste Johann XXII. die Union der armenischen Kirche mit der römischen, und der Papst schickte daher im Jahre 1320 zu diesem Zwecke Missionäre nach Armenien; allein diese brachten nur einige Orte Ciliciens auf ihre Seite. Zu Nakhschewan ward eine Dominikaner-Mission errichtet, deren Vorstand den Titel eines Erzbischofes der unirten Armenier führte. Um das Jahr 1375 zerstreuten sich endlich die Armenier nach verschiedenen Gegenden der Erde. Von diesen in der Diaspora lebenden Armeniern wurden namentlich im 17. und 18. Jahrhunderte durch die Bemühungen der Jesuiten und Mechitaristen viele zur Einheit mit der katholischen Kirche zurückgeführt, und so haben wir jetzt einen unirten armenischen Patriarchen von Cilicien, einen unirten armenischen Metropoliten zu Konstantinopel und unirte armenische Kirchen in Rußland und Oesterreich.

§. 13. Das Patriarchat von Cilicien.

Als der Patriarch Lukas von Sis im Jahre 1739 gestorben war, wählten einige armenische Bischöfe den Metropoliten Abraham von Aleppo, früher von Trapezunt, zum Patriarchen.[2])

---

[1]) Dulaurier: L'église Arménienne etc. p. 55 sq.

[2]) Es waren dieß die Bischöfe von Aleppo, Mardin und Kelle oder Chillis. Der Metropolit Abraham war nämlich von seinem Sitze vertrieben worden und lebte damals auf der Insel Ruad. Moroni l. c. V. 51. p. 322.

Dieser begab sich sogleich nach Rom und erhielt auch vom Papste Benedikt XIV. im Jahre 1742 das Pallium mit dem Titel „armenischer Patriarch von Cilicien.“ Er selbst nahm den Namen „Petrus“ an.

Indessen hatten die übrigen Bischöfe, welche dem Patriarchen von Sis unterworfen waren, auf einer Versammlung den Bruder des verstorbenen Patriarchen, Namens Michael, nach der canonisch festgesetzten National-Ordnung zum Patriarchen von Sis erwählt. Als daher Abraham bei der Rückkehr von Rom den Patriarchenstuhl von Sis besetzt fand, zog er sich auf den Libanon zurück, und Papst Benedikt XIV. ernannte ihn hierauf am 23. September 1750 zum Patriarchen von Libanon mit dem Titel: Patriarch der Armenier in Cilicien. Die Behauptung, daß der apostolische Stuhl dem Patriarchen von Libanon den Titel: „Katholikos der armenischen Nation“ verliehen habe, um ihn so gleichsam zum Patriarchen in partibus aller Armenier zu machen, ist falsch. [1])

§. 14. Der Patriarch, dessen Wahl, Residenz und Einkünfte. [2])

Der armenische Patriarch von Cilicien wird von seinen Suffraganbischöfen gewählt und vom Papste bestätigt. Die Formen der Bestätigung sind ganz dieselben, wie bei den übrigen katholischen Patriarchen des Orients. Die Wahlakten werden nämlich an die Congregation der Propaganda eingesendet, welche nach deren Prüfung dem Papste die Bitte um Bestätigung unterbreitet. Zugleich hat der gewählte Patriarch sein Glaubensbekenntniß einzuschicken und durch einen Stellvertreter dem Papste den Obedienzeid zu leisten.

Der Patriarch nimmt regelmäßig den Namen Petrus an, und man zählt bis jetzt sieben dieses Namens. Anfangs hatte er seine Residenz im Kloster el-Kurein im Kesrawân, welches schon Ende des siebenzehnten Jahrhunderts gestiftet wurde. Im Anfange des neunzehnten Jahrhunderts nun wurde vom Patriarchen das Kloster Bzummar, $1^1/_2$ Stunden vom vorigen entfernt, das herrlichste Kloster des

[1]) Serpos l. c. T. II. p. 164 sq. Cappelleti l. c. p. 400 sq. Moroni l. c.; Mejer's Propaganda Th. I. S. 447.

[2]) Ritters Erdk. Bd. XVII. Abth. 1. S. 764. Mejer a. a. O. S. 448.

Libanons, erbaut und zur Residenz erkoren. Wie vorher das Kloster el-Kurein, so ist gegenwärtig auch Bzummar zugleich eine Erziehungsanstalt für armenisch-katholische Geistliche. Es befinden sich ungefähr 12—18 Alumnen daselbst, welche von fünf Priestern, die den ganzen Klerus in der Umgebung des Patriarchen ausmachen, unterrichtet werden.

Die Einkünfte des Patriarchen sind bedeutend und fließen aus dem großen Ländereienbesitze desselben, sowie aus den Wohlthaten armenischer Glaubensgenossen in Konstantinopel, Kleinasien und Syrien.

§. 15. Jurisdiction des Patriarchen.

Auf dem Libanon hat der Patriarch nur die drei Klöster Bzummar, el-Kurein und Beit Kschaschbôh, sämmtlich im Kesrawân, unter sich, welche im Ganzen bei 50 Mönche zählen.[1]) Außerdem sind ihm ungefähr 8000 katholiche Armenier, welche zerstreut in Syrien, Mesopotamien, Kleinarmenien und Aegypten leben, unterworfen. Er selbst ist Administrator perpetuus der Diöcese Tokat, welche er durch einen Vikar-Bischof verwalten läßt.

Der Patriarch hat das Recht der Ernennung und Consecration der Bischöfe, steht aber selbst unter der Congregation der Propaganda, an die er jährlich ausführliche Berichte über die Zahl seiner Bischöfe, Priester und Mönche, über Bildungsanstalten für seinen Klerus, über Begebenheiten und Kämpfe der Gegenwart zu senden hat, sowie er auch hierauf bezügliche Anträge stellen kann. Zur Vermittlung seines Zusammenhangs mit Rom hält er daselbst einen ständigen Procurator, der im armenischen Hospiz St. Biagio in der Straße Giulia wohnt.[2]) Von der Pforte dagegen wird der Patriarch ignorirt.[3])

§. 16. Die Bischöfe und Diöcesen des Patriarchats von Cilicien.

Im Jahre 1843 hatte der Patriarch im Kloster Bzummar drei Erzbischöfe in partibus, nämlich von Adana, Amasia und Germanika,

[1]) Ritter a. a. O. S. 797.
[2]) Mejer a. a. O. Moroni l c.
[3]) Eichmann a. a. O. S. 92.

bei sich. Die Patriarchal-Diöcese Tokat wird von einem Metropoliten in partibus von Cäsarea als Vikar des Patriarchen administrirt. Zu Aleppo, Mardin und Diarbekr residiren unirte armenische Metropoliten.[1]) Auch zu Kairo soll der Patriarch einen Bischof haben.[2])

Außerdem ernennt der apostolische Stuhl immer einen armenischen Bischof oder Erzbischof in partibus, welcher die im Collegium Romanum befindlichen armenischen Alumnen zu ordiniren hat. Derselbe residirt im Hospiz St. Biagio zu Rom,[3]) welches unter seiner Direction steht, und erhält von der Datarie jährlich 36 Scudi.[4])

---

§. 17. Der Weltklerus und die Mönche unter dem Patriarchen von Cilicien.

Die Anstellung der Priester bei den Kirchen und Gemeinden ist ganz in das freie Ermessen des Patriarchen und der Bischöfe gestellt. Uebrigens haben die unirten Armenier nur 9 Kirchen und ungefähr 31 Weltgeistliche, nämlich eine Kirche zu Aleppo in Syrien mit 5 Priestern,[5]) ferner je eine Kirche zu Mardin mit 6 Priestern, zu Tel-ermen und Diarbekr in Mesopotamien, eine Kirche zu Tokat, eine zu Pirkimik und zwei zu Ghiurun in Kleinarmenien und endlich eine Kirche zu Kairo in Aegypten. Die Gemeinden Damaskus, Antabo und Chillis haben zwar auch Priester, aber keine Kirchen, und der Gemeinde zu Beirut fehlt beides.[6])

Die unirten armenischen Mönche sind Antonianer, und ihre Klöster auf dem Libanon bilden eine eigene Congregation, an deren Spitze ein Generalprocurator steht, welcher im Kloster St. Gregor des Erleuchters[7]) bei der Basilika Vaticana zu Rom residirt. Dieser Generalabt erhielt durch ein päpstliches Breve vom Jahre 1845 das

---

1) Mejer a. a. O. S. 447.

2) Kremmer's Aegypten. Th. I. S. 99.

3) Dieses Hospiz gab Papst Gregor XVI im Jahre 1832 den Armeniern statt des früheren Hospizes S. Maria Egiziaca, welches sie von Pius V. erhalten hatten. Moroni l. c. p. 325 sq.

4) Moroni l. c. p. 329 sq.

5) V. Badger l. c. V. I p. 553.

6) Mejer a. a. O. S. 525 f.

7) Dieses Kloster wurde im Jahre 1761 errichtet. Mejer a. a. O. S. 486.

Privilegium, Ring und Pectorale und bei seinen kirchlichen Funktionen Mitra und Stab zu tragen.[1]) Auch in der Nähe von Mardin sollen die unirten Armenier ein Kloster besitzen.[2])

§. 18. Der armenisch-katholische Metropolitan- und Primatialsitz zu Konstantinopel.[3])

Die unirten Armenier, welche sich zahlreich zu Konstantinopel und in der Umgebung aufhielten, standen lange Zeit unter dem schismatischen Patriarchen, da die Pforte ihnen keine eigene kirchliche Organisation gestattete. Papst Benedikt XIV. ernannte zwar für sie einen eigenen apostolischen Vikar mit bischöflicher Würde, der jedoch ganz vom lateinischen Patriarchal-Vikar zu Konstantinopel abhängig war; allein diese Maßregel befriedigte nicht, weil dadurch die vielen Vexationen, denen die unirten Armenier von Seiten der schismatischen ausgesetzt waren, und die im Dezember 1827 sogar in eine heftige Verfolgung ausarteten, keineswegs beseitigt wurden. Endlich gelang es dem Papste Pius VIII. mit Hilfe Frankreichs und Oesterreichs die katholischen Armenier vom schismatischen Patriarchen unabhängig zu machen. Im Jahre 1830 errichtete er zu Konstantinopel einen erzbischöflichen Primatialsitz für die katholischen Armenier, welcher dem apostolischen Stuhle unmittelbar unterworfen sein sollte; die Pforte aber erkannte denselben nicht an.

§. 19. Ernennung und Stellung des Primaten.

Bei der Ernennung des Primaten scheint man auf die Wünsche der Nation Rücksicht genommen und derselben das Recht eingeräumt zu haben, drei Candidaten für den erledigten Sitz vorzuschlagen, aus denen dann der apostolische Stuhl den Primaten wählte. Allein im Jahre 1845 ernannte der Papst direkt und ohne Mitwirkung der Nation den Nachfolger des Primaten.[4]) Nach dem Ernennungsbreve

[1]) Moroni l. c. p. 321. 324.

[2]) V. Badger l. c. V. I. p. 49.

[3]) Mejer a. a. O. S. 449. Moroni V. 51. q. 323 sq.

[4]) Madden l. c. p. 147. Eichmann a. a. O. S. 92.

kann sich derselbe von jedem katholischen Bischofe, nachdem er in dessen Hände das für die Orientalen vorgeschriebene Glaubensbekenntniß und den Obedienzeid abgelegt hat, consecriren lassen.

Dem armenischen Erzbischofe zu Konstantinopel sind nicht nur alle katholischen Armenier der europäischen Türkei, sondern auch alle übrigen, welche bisher wegen Mangels eigener Bischöfe unter dem lateinischen Patriarchal-Vikar gestanden, unterworfen. Die Gesammtheit seiner Gläubigen überschreitet jedoch die Zahl von 40000 nicht. Innerhalb dieses Sprengels übt er mit dem Titel eines Primas sämmtliche Rechte eines Metropoliten, so daß alle darin wiederherzustellenden oder neu zu gründenden Bisthümer in ein Suffraganverhältniß zu ihm treten.[1])

§. 20. Die vom Primaten abhängigen Bisthümer.

Im Jahre 1843 hatte der Primas von Konstantinopel einen Erzbischof in partibus von Anazarbe zum Coadjutor, 5 Vicarii foranei zu Ancyra, Erzerum, Artwin, Trapezunt und Brussa mit 132 Priestern unter sich.[2]) Da erhob Papst Pius IX. durch ein Breve vom 30. April 1850 die Städte Ancyra, Artwin, Brussa, Erzerum, Ispahan und Trapezunt zu bischöflichen Sitzen der unirten Armenier unter dem armenischen Erzbisthume zu Konstantinopel. Zugleich ernannte das betreffende Breve, nachdem eine Verständigung zwischen dem päpstlichen Stuhle und dem Primaten vorhergegangen war, die Bischöfe der neu errichteten Sitze ohne die Nation zu befragen. Die unirte armenische Nation willigte nun zwar in die Errichtung der Bisthümer, wollte aber die Rechtskräftigkeit der päpstlichen Ernennung der Bischöfe nicht anerkennen, weil man sie bei der Wahl der Bischöfe umgangen hatte. Selbst die Pforte mischte sich in den Streit, da die Bischöfe in den Provinzen ihre Gemeinden den Staatsbehörden gegenüber zu vertreten haben, und hier eine Trennung der geistlichen und weltlichen Gewalt schlechterdings nicht durchführbar ist. Um ein Schisma zu vermeiden,[3]) ließen sich endlich die

[1]) Mejer a. a. O.

[2]) Mejer a. a. O. S. 520.

[3]) Noch ein anderer Zwiespalt herrschte in jüngster Zeit unter den katholischen Armeniern, indem die Zöglinge der Propraganda den armenischen Ritus dem lateinischen mehr anzunähern suchten, wogegen die nationale oder Me-

unirten Armenier unter Wahrung ihrer nationalen Rechte zur Anerkennung der neuen Bischöfe herbei, und auf die Vermittlung Frankreichs hin ertheilte denselben auch die Pforte die nöthigen Berats.[1])

---

§. 21. Der weltliche Patriarch der unirten Armenier.

Allerdings sollte die geistliche und weltliche Gewalt über die unirten Armenier in der Person des Primaten vereinigt sein; allein die Pforte erkannte, wie schon bemerkt, diesen nicht an, und übertrug einem Priester der unirten Armenier, einem Mechitaristen Pater, mittelst eines Berats vom Jänner 1831 die praefectura nationalis. An die Stelle des letzteren trat dann auf die Verwendung des französischen Gesandten ein Patriarch, aber ohne geistliche Jurisdiction, mit nur weltlichen Befugnissen, wie sie dem griechischen und armenisch-schismatischen Patriarchen zustehen. Der Patriarch der unirten Armenier zu Konstantinopel ist also ein rein weltlicher Beamter ohne geistlichen Charakter. Er wird von der unirten armenischen Gemeinde gewählt und von der Pforte bestätigt. Ihm zur Seite steht ein weltlicher Administrations-Rath von zwölf Mitgliedern, die gleichfalls von der Nation gewählt und von der Pforte bestätigt werden. Auf dem Berat dieses Patriarchen der unirten Armenier waren seit dem Jahre 1831 sämmtliche katholische Gemeinden des Orients mit Ausnahme der Lateiner eingeschrieben; ihm stand daher ihre Vertretung bei der Pforte in allen weltlichen Angelegenheiten zu. In Folge der religiösen Streitigkeiten und innern Zerwürfnisse verlor jedoch der weltliche armenische Patriarch die Befugniß, die andern katholischen Nationalitäten bei der Pforte zu vertreten, und es ging dieselbe an den Vekil der Lateiner über.[2])

---

chitaristen-Parthei protestirte. V. Michon: Voyage religieux en Orien, T. I. p. 252.

[1]) Michon l. c. p. 227. Madden l. c. p. 148. Eichmann a. a. O. S. 92. Moroni l. c. p. 324.

[2]) Mejer a. a. O. S. 449. Moroni l. c. p. 324. Eichmann a. a. O. S. 90. 95.

§. 22. Die unirten Armenier in Oesterreich und Rußland.

Oesterreich hat ungefähr 14000 unirte Armenier, welche in Siebenbürgen, Ungarn und Galizien wohnen. Nach Siebenbürgen kamen die Armenier erst um das Jahr 1671. Sie waren noch schismatisch, bis sie gegen Ende des 17. Jahrhunderts der Armenier Oxendi Verzieresfi zur Union mit der lateinischen Kirche unter Beibehaltung ihres Ritus brachte. Erst später, nämlich im Jahre 1741, stellten sie das Ansuchen, einen Bischof des armenischen Ritus zu haben, was ihnen aber die Congregation der Propaganda aus Furcht vor einem etwaigen neuen Abfall verweigerte, und so sind die Armenier in Siebenbürgen, 9141 an der Zahl, staatsrechtlich und kirchlich mit den Katholiken vereinigt.[1])

Als Belgrad von den Türken im Jahre 1521 erobert worden war, flohen viele katholische Armenier nach Ungarn und ließen sich besonders zu Neusatz nieder. Sie werden in geistlicher Beziehung von den Mechitaristen administrirt.[2])

In Galizien waren schon im vierzehnten Jahrhunderte, als dieses Fürstenthum noch zu Polen gehörte, katholische Armenier, welche mit denen in den russischen Provinzen unter dem Bischofe von Kaminiek standen, bis Papst Urban VIII. im Jahre 1635 für sie das Erzbisthum Lemberg errichtete. Papst Pius VII. verlieh durch ein Breve vom 20. September 1819 dem Kaiser von Oesterreich das Recht, den Erzbischof von Lemberg aus drei Candidaten, welche der armenische Klerus zu Lemberg vorzuschlagen hat, zu ernennen, unbeschadet der Rechte der Propaganda.[3])

Rußland hat viele katholische Armenier in der Krimm, in Kasan und der Ukraine. Für dieselben hatte Papst Pius VII. im Jahre 1809 einen eigenen apostolischen Vikar aufgestellt, Papst Pius IX. aber errichtete im Jahre 1847 für sie zwei eigene Bisthümer zu Kaminiek und Cherson. Jeder Bischof hat ein eigenes

---

[1]) Söllner: Statistik von Siebenbürgen (Hermannstadt 1856) S. 284. 294. 297. Moroni l. c. p. 322. Mejer a. a. O. S. 511.

[2]) Mejer a. a. O. S. 450. Moroni V. 44. p. 63.

[3]) Mejer a. a. O. S. 450 f.: Moroni V. 51. p. 320. 323.

Priesterseminar, wo die Zöglinge von einem Priester in dem armenischen Ritus unterrichtet und auf Staatskosten unterhalten werden. [1])

§. 23. Die Mechitaristen-Congregationen.

Mechitar, geboren zu Sebaste im Jahre 1676, wurde mit 15 Jahren Mönch in einem armenischen Kloster und empfing im Jahre 1696 vom katholischen Bischofe zu Adana die Priesterweihe. Von nun an war er ein eifriger Verbreiter des Katholicismus in Kleinasien. Von den Schismatikern vertrieben, gründete er im Jahre 1702 ein Kloster zu Modon unter dem Titel St. Anton und erhielt für seine Congregation im Jahre 1711 die Bestätigung von der Propaganda zugleich mit der Weisung, eine von den drei canonisch anerkannten Ordensregeln zu wählen. Er entschied sich für die des hl. Benedikt. Im Jahre 1715 legten Mechitar und die Seinigen die feierliche Profeß ab, indem sie den alten Namen Mönche von St. Anton beibehielten, daher sie auch Antonianer Benediktiner oder Armenier Mechitaristen (Mikitaristen) genannt wurden. Da aber Modon im Jahre 1715 in die Hände der Türken gefallen war, so erhielt Mechitar durch Vermittlung der Propaganda von den Venetianern am 8. September 1717 die Insel St. Lazarus, wo er nun ein neues Kloster erbaute und am 27. April 1749 auch starb.

In Folge von Zwistigkeiten trennten sich einige Mechitaristen von denen in St. Lazarus und gründeten zu Triest im Jahre 1774 ein neues Kloster, zu den hl. Martyrern genannt. Sie bildeten bis zum Jahre 1779 mit den Mechitaristen zu St. Lazarus eine Congregation; aber bald darauf kam es zur völligen Trennung. Ihr erster Abt ist Anton Uzcardas, welchem Papst Pius VII. für sich und seine Nachfolger den Titel und die Würde eines Erzbischofes von Cäsärea in partibus verlieh. Als Triest im Jahre 1810 französisch wurde, gingen die Mechitaristen nach Wien und bauten dort ein Kloster mit einer großartigen Druckerei, während in Triest nur ein Mönch verblieb.

---

[1]) Moroni l. c p. 323 sq.

[2]) Moroni l c. V. 44. p. 53—65. Mejer a. a. O. S. 487. 490.

Die Mechitaristen von St. Lazarus haben in Rom ein Hospiz, St. Joseph capo le Case, wo ihr Generalprocurator residirt. Ihr Generalabt erhielt von Pius VII. am 58. Mai 1864 für sich und seine Nachfolger den Titel und die Würde eines Erzbischofs in partibus von Siunik in Großarmenien.

Die Mechitaristen haben Stationen in Belgrad, Temeswar, Neusatz, Elisabethstadt, Peterwardein, Mohilew, Konstantinopel, Brussa, Smyrna, Ancyra, Diabekr, in Armenien, Georgien und der Krimm. Nur Armenier werden in ihren Orden aufgenommen; denn ihr Hauptzweck ist die Erleuchtung ihrer Nation, also das Missionsgeschäft bei ihren Landsleuten. Außerdem beschäftigen sie sich mit Jugenderziehung und literarischen Arbeiten.

V. Kapitel.

Die chaldäische Kirche.

§. 24. Geschichtliche Einleitung.[1])

Die Bemühungen der römischen Missionäre, die beiden Patriarchen der Nestorianer, von denen der Eine zu Mosul oder zu Alkôsh, der Andere zu Kochânes in Central-Kurdistan residirte, zur Anerkennung des päpstlichen Stuhles zu bringen, wurden immer wieder dadurch durchkreuzt, daß die Nestorianer zu sehr an ihrer alten Disciplin hingen. Und so geschah es, daß Papst Innocenz XI. im Jahre 1681 ein neues Patriarchat der Chaldäer[2]) schuf mit der Residenz zu Diarbekir. Der neue Patriarch nannte sich Joseph. Er wurde weder von den Nestorianischen Bischöfen, noch von der Pforte anerkannt, und so ging Anfangs seine Autorität nicht über die Stadt Diabekir hinaus.

Die innern Zerwürfnisse unter den Nestorianern selbst waren jedoch den Bemühungen der römischen Missionäre günstig, und nachdem fünf Joseph den Patriarchenstuhl inne gehabt, wurde dieser wieder aufgehoben, als sich der Nestorianische Patriarch Mar Elias von Mosul dem Papste unterwarf, worin ihm die meisten Orte in den Ebenen von Tigris folgten. Der chaldäische Patriarch Joseph V.

---

[1]) Badger l c. V. I. p. 149—172.

[2]) Katholische Nestorianer konnte man die bekehrten Nestorianer nicht nennen, weil das einen Widerspruch involvirte; syrische Katholiken konnte man sie nicht nennen, weil damit die unirten Jakobiten bezeichnet wurden; man nannte sie daher Chaldäer, worauf sie auch wegen ihrer Abstammung von den Assyriern einen nationalen Anspruch hatten.

übte indessen seine Jurisdiction über Diarbekir bis zu seinem Tode im Jahre 1828 aus, obschon die Unterwerfung des letzten Nestorianischen Patriarchen im Jahre 1778 stattfand. Es war dies Hormuzd, Sohn des Diakon Hanna, Bruder des Patriarchen Elias, geboren im Jahre 1760 und von seinem Onkel im Jahre 1776 zum Metropoliten ordinirt. Nachdem der Patriarch Elias am 29. April 1778 zu Alkösh gestorben war, unterwarf er sich am 30. April der römischen Kirche und wurde auch sofort mit dem Metropoliten Yeshuayau, einem Neffen des vorigen Patriarchen, der schon früher ein Meshihaya[1]) geworden war, versöhnt. Der Letztere nun wurde Patriarch; aber kaum war er es geworden, so fiel er ab im Mai 1779. An seine Stelle trat im Jahre 1782 Hormuzd, der bei seiner Ordination den Namen Hanna angenommen hatte.

Schon um die Mitte des sechzehnten Jahrhunderts hatte die Erbfolge im Patriarchat die Nestorianer in zwei Partheien getheilt, und dennoch wurde sie hierauf in beiden Patriarchaten beobachtet. Allein die Folgen hievon blieben nicht aus. So sehen wir beim Tode des Patriarchen Elias im Jahre 1778, daß in dem so weiten Distrikte, der früher in so viele Diöcesen zerfiel, nur zwei Bischöfe vorhanden waren, der abgefallene Yeshua=yau (Isai) und Mutran Hanna. Ehrgeiz, Habsucht und das wachsende Bedürfniß von Seitenlinien in der Patriarchenfamilie Bait=ul=Ab waren es, welche die letzten Inhaber dieser Würde dazu trieb, die Functionen der Suffragane in ihnen selbst zu concentriren. Die Forderung der Canones, daß bei der Besetzung eines Bisthums die Zustimmung des Patriarchen erholt werden solle, vorzüglich aber die Außerachtlassung der Bestimmung, daß bei der Consecration eines Bischofs zwei oder mehrere Bischöfe gegenwärtig sein sollten, wodurch der Patriarch der alleinige Consecrator wurde, waren dieser Anmaßung von Gewalt günstig und führten zu einem geistlichen Despotismus, der den Canones durchaus entgegen war. Auf diese Weise waren die Nestorianer der Ebene so sehr heruntergekommen, daß beim Tode des Patriarchen Elias keiner von den zwei Metropoliten genügende Macht besaß, auf die Erbfolge

---

[1]) Der Ausdruck „Meshihaya“ bedeutet eigentlich einen Christen, Nachfolger des Messias, wird aber gewöhnlich gebraucht, um einen mit Rom unirten Nestorianer zu bezeichnen.

in's Patriarchat Anspruch zu machen, und deshalb beide durch die Unterwerfung unter Rom zu diesem Ziele zu gelangen suchten.

Mutran Hanna hatte nun viel zu kämpfen sowohl mit den Nestorianern, namentlich seinem Verwandten, dem Patriarchen Yeshua-yau, als auch mit den römischen Missionären, den PP. Carmeliten. Ein anderer Streit entspann sich zwischen ihm und dem Patriarchen Joseph, als dieser den Abt Gabriel vom Kloster Hormuzd zum Metropoliten ordinirt hatte. Erst gegen Ende des achtzehnten Jahrhunderts wurde Mutran Hanna als Oberhaupt der Chaldäer anerkannt und ihm gestattet, das Patriarchalsiegel zu führen und die Patriarchalfunktionen vorzunehmen. Er nahm hierauf den Namen Mar Elias an, obwohl er fortwährend Mutran oder Mar Hanna genannt wurde. Das Pallium aber erhielt er erst ein wenig mehr als ein Jahr vor seinem Tode, der ihn im Jahre 1841 zu Bagdad ereilte.

Da bei der Anerkennung des Mutran Hanna von Rom die Bedingung gestellt worden war, daß derselbe keine Verwandten zu Bischöfen weihe, so ward dadurch die Erbfolge beim Patriarchat abrogirt. Uebrigens soll Mutran Hanna einen seiner Neffen zum Priester geweiht haben, welchen im Jahre 1834 der Nestorianische Patriarch Mar Shimon zum Metropoliten von Urumiah consecrirte mit dem Namen Mar Elias und ihn über die Nestorianer bei Amedia setzte. Dieß soll nun auf den Rath des Mutran Hanna geschehen sein, um auf solche Weise die Patriarchal-Succession in der alten Linie fortzupflanzen. Mutran Elias schwor auch wenige Monate nachher den Nestorianismus ab.

Nachdem Mutran Hanna gestorben war, versammelten sich die vier Mönch-Bischöfe Mutran Laurentius, Erzbischof Mutran Basilius, Mutran Joseph von Amedia und Mutran Michael von Sert zur Patriarchenwahl; allein, da jeder gewählt werden wollte, kamen sie zu keinem Resultate, und zuletzt löste sich die Versammlung wegen der Abwesenheit des Mutran Zeyya[1]) von Khosrâwa auf. Dieser Letztere wurde nun von den römischen Missionären der Propaganda als Patriarch empfohlen, und auch wirklich vom Papste zum Patriarchen er-

[1]) Bei Ritter (Erdk. As. Bd. VII. Abth. 2. S. 215.) heißt er „Zahar".

nannt, vorzüglich deshalb, weil er ein Zögling der Propaganda und Perser von Geburt war, und man durch ihn zugleich der Erbfolge in's Patriarchat für immer ein Ende machen wollte. Nur die Mönche von Hormuzd wollten ihn nicht anerkennen, und so gab er diesen Mönchen die Erlaubniß, zu bleiben oder auszutreten, und da einige wirklich austraten, so meinte man, der neue Patriarch habe damit den widerspenstigen Convent gänzlich auflösen wollen.

Auch Mar Zeyya hatte verschiedene Kämpfe zu bestehen. Als er sich im Jahre 1843 bezüglich der Osterfeier der lateinischen Kirche accommodiren wollte, entstand eine solche Gährung im Volke von Mosul, daß er es unterlassen mußte. Ueberhaupt suchten Viele die Patriarchal-Succession in der Person des Mutran Elias, des Neffen des Mutran Hanna, wieder einzuführen, wozu auch die Ankunft des Nestorianischen Patriarchen Mar Shimon in Mosul, der hierher nach der Niederlage, welche die Nestorianer von den Kurden erlitten, geflüchtet war, vorzüglich beitrug. Man fürchtete sogar den Abfall einiger Bischöfe; daher die Missionsgesellschaft von Lyon beschloß, den chaldäischen Bischöfen einen jährlichen Sold zu geben,[1]) welche Unterstützung jedoch in Folge der Revolution vom Jahre 1848 wieder aufhörte. Der Patriarch suspendirte nun den Mutran Elias von seinen bischöflichen Funktionen, und die Mönche von Hormuzd nahmen im Jahre 1845 alles Eigenthum von Häusern, Ländereien und mehreren Wassermühlen, welches bisher der Patriarchenfamilie gehört hatten, in Besitz.

Bald darauf aber gerieth der Patriarch Mar Zeyya selbst mit den römischen Missionären in Zwist. Er ward nämlich beschuldigt, Gelder, die unter seiner Verwahrung standen, unterschlagen zu haben, indem er dieselben zur Wiederherstellung des Klosters St. Georg, Mosul gegenüber, wo er ein Seminar zur Erziehung der chaldäischen Jugend errichten wollte, verwendete. Er wurde deshalb vor das hl. Officium citirt; allein statt dessen ging er nach Khosrâwa und resignirte das Patriarchat im Jahre 1846. An seine Stelle wurde vom apostolischen Stuhle der Bischof Mar Yusef von Amedia gesetzt.

---

[1]) Der Patriarch sollte 20,000, der Bischof von Diarbekir 8000, der von Amedia 5000, der von Kerkuk 4500, der von Sert und von Mardin ebensoviel und Mutran Elias 2000 Piaster erhalten.

Bis zum Jahre 1843 waren die Chaldäer von der Pforte nicht anerkannt, sondern nur die Nestorianer; erst nach dem genannten Jahre erhielten durch Vermittlung des französischen Gesandten auch die Chaldäer als neue Gemeinde staatliche Anerkennung von Seite der Pforte. Bei derselben werden sie jetzt in ihren Angelegenheiten durch den Vekil der Lateiner vertreten.

§. 25. Der Patriarch der Chaldäer.

Der Patriarch wird von seinen Bischöfen erwählt, ausgenommen wenn ihm bei seinen Lebzeiten vom Papste auf den Vorschlag der Propaganda ein Coadjutor mit dem Rechte der Succession gegeben worden ist oder er resignirt hat, in welchem Falle der Papst das Besetzungsrecht ausübt. Die von sämmtlichen Wählern unterschriebenen Wahlacten werden vom neuen Patriarchen an die Propaganda geschickt, welche, wenn sie die Wahl für canonisch befunden, dem Papste die Bitte um Bestätigung der Wahl und Verleihung des Palliums unterbreitet. Auch hat der Patriarch das Glaubensbekenntniß und den Obedienzeid, beides schriftlich und mündlich und nach den gewöhnlichen Formeln für die Orientalen, zu leisten.[1])

Seine Jurisdiction erstreckt sich über sämmtliche Chaldäer von Diarbekir bis zu den Grenzen Persiens und von den Grenzen von Tyari bis Bagdad, welche jedoch nicht mehr als 20,000 Seelen betragen. Sein Patriarchalsprengel aber umfaßt drei Diöcesen, nämlich Mosul mit 9 Ortschaften, 15 Kirchen, 20 Priestern und 1160 Familien; Bagdad mit einer Kirche, zwei Priestern und 60 Familien[2]), und Amedia (Amadiah) mit 4 Ortschaften an der Gebirgsgrenze, westlich von Rabban Hormuzd, mit 6 im Districte Mezuriyeh hinter Scheikh Adi und 6 in der Supna in der Provinz Bahdinân, in welchen 14 Kirchen, 8 Priester und 466 Familien sich befinden.[3])

Der Patriarch der Chaldäer steht übrigens nicht blos unter der Propaganda, an welche er seine Statusrelationen einzusenden hat, sondern auch unter dem apostolischen Delegaten, dem lateinischen Erz-

[1]) Moroni l. c. V. II. p. 174; Mejer's Propaganda Th. I. S. 444.
[2]) Hier befand sich der suspendirte Mutran Elias.
[3]) Badger l. c. p. 173 sq.

bischof von Babylon zu Bagdad, welcher als solcher das Recht hat, die Provinzen des Patriarchen zu visitiren. [1])

Der Patriarch hat seine Residenz zu Alkôsh und auch zu Mosul. [2])

§. 26. Die Metropoliten und die Bischöfe.

Die Metropoliten und Bischöfe werden vom Patriarchen ernannt und consecrirt. Sie haben in ihren Diöcesen die gewöhnlichen Episcopalbefugnisse, wie das Ordinationsrecht, Pfarranstellungen, Ertheilung von Ehedispensen u. dgl. In Streitsachen ihrer Untergebenen sind sie die Friedensrichter. Ihr Einkommen ist höchst unbedeutend, und sie führen daher ein sehr dürftiges Leben. [3])

Gegenwärtig hat der Patriarch außer dem Expatriarchen Zeyya und dem Mutran Elias folgende Metropoliten und Bischöfe unter sich: [4])

1) Den Metropoliten von Diarbekir. Seine Diöcese umfaßt nur Diarbekir und Toarukhia mit 2 Kirchen, 4 Priestern und 150 Familien.

2) Den Bischof von Mardin mit einer Kirche, 4 Priestern und 60 Familien.

3) Den Bischof von Sert. Seine Diöcese hat 11 Ortschaften mit 12 Kirchen, 9 Priestern und 300 Familien.

4) Den Metropoliten von Jezirah im Thale Khabur, westlich von Zakho. Seine Diöcese besteht aus 7 Ortschaften mit 6 Kirchen, 5 Priestern und 179 Familien; außerdem gehören noch einige Ortschaften in den Gebirgen von Buhtân dazu.

5) Den Bischof von Kerkuk zwischen Bagdad und dem großen Zabflusse. Seine Diöcese begreift 4 Ortschaften mit 4 Kirchen, 6 Priestern und 150 Familien, ferner 3 Ortschaften im Districte von Sina an der Persischen Grenze mit 4 Kirchen, 3 Priestern und 68 Familien.

6) Den Metropoliten von Khosrâwa mit 2 Kirchen, 3 Priestern und 150 Familien. Außerdem kennen noch einige Ortschaften im

[1]) Mejer a. a. O. S. 331. 444.

[2]) Badger l. c. p. 172.

[3]) S. Ritter's Erdk. v. Asien Bd. VI. Abth. 2 S. 963. 965.

[4]) Badger l. c. p. 174.

Thale von Salamast nördlich von Urumiah die Autorität des Metropoliten von Khosrâwa an.

§. 27. Der Weltklerus.

Mit der Erziehung des einheimischen Klerus ist es ziemlich schlecht bestellt, da eigentliche Schulen hiefür gar nicht bestehen. Wenn die Candidaten des geistlichen Standes bei einem Priester oder im Kloster [1]) das Chaldäische lesen und die kirchlichen Handlungen zu verrichten gelernt haben, werden sie vom Bischofe ordinirt. Vor den höheren Weihen können sie sich giltig verehlichen, und da dieses in der Regel geschieht, so werden die Bischöfe meistens aus den Mönchen oder den Zöglingen der Propaganda genommen. Das Einkommen der Priester ist sehr armselig, und so sehen sie sich genöthigt, durch Händearbeit ihren nöthigen Unterhalt sich zu verschaffen. [2])

§. 28. Der Ordensstand.

Die chaldäischen Mönche gehören dem Orden des hl. Antonius an, doch ist ihre Disciplin im Vergleiche mit denen in Aegypten und Palästina etwas laxer. Zwei Mal des Jahres, am Weihnachts- und Ostertage, essen sie Fleisch. Wein und Brantwein ist ihnen verboten. Ihre gewöhnliche Speise ist gekochter Weizen und Brod. Sie leben von einander abgesondert in ihren Zellen, die meistens Felsenhöhlen sind. Die gemeinen Mönche beschäftigen sich außer den Stunden des Gebetes mit Cultivirung der Ländereien oder andern Handwerkerarbeiten.

Im Besitze der Chaldäer befinden sich zwei Klöster. Das Kloster St. Georg (Mar Jurgis) am linken Ufer des Tigris, zwei Meilen oberhalb Mosul, vom bereits erwähnten Patriarchen Mar Zeyya restaurirt und nur von einem Mönche bewohnt. Berühmter ist der

---

[1]) Das Kloster Rabban Hormuzd ist das einzige Seminar für den chaldäischen Klerus.

[2]) Ritter: Erdk. v. Asien Bd. VI. Abth. 2. S. 965, Bd VII. Abth. 2. S. 213.

große Convent Rabban Hormuzd bei Alkosh, 30 Meilen ungefähr von Mosul. Er soll von einem Metropoliten von Seleucia und Ctesiphon gegen Ende des vierten Jahrhunderts gegründet worden sein, wenigstens existirte das Kloster schon vor dem Concil zu Ephesus im Jahre 431. Im Jahre 1843 befanden sich daselbst ein Abt mit drei Priester- und 35 gemeinen Mönchen. Die Revenüen des Klosters haben sich durch die Einziehung der ehemaligen Patriarchalgüter gehoben; außerdem werden von den Mönchen in den umliegenden Dorfschaften Contributionen eingesammelt.[1])

---

§. 29. Die unirten Thomas-Christen in Malabar.

Die unirten Thomas-Christen auf der Malabarischen Küste werden zu den Chaldäern gerechnet,[2]) obwohl sie recht gut zu den Syrern oder unirten Jakobiten gezählt werden könnten, da ihre Liturgie die der syrischen Kirche ist, sie auch den Portugiesen unter dem Namen Suriani bekannt geworden sind und seit dem 18. Jahrhundert mehr unter die Herrschaft des Jakobitischen Patriarchen gekommen waren.

Die Union der Thomas-Christen mit der römischen Kirche erfolgte auf der vom 20—28. Juni 1599 gehaltenen Synode zu Diamper. Diese Synode erließ mit Zugrundelegung der Tridentinischen Reformations-Dekrete viele Verordnungen, um die verfallene kirchliche Disciplin unter den Thomas-Christen wiederherzustellen.[3]) An der Spitze der unirten Thomas-Christen stand ein lateinischer Metropolit, welcher im Anfange des 17. Jahrhunderts seinen Sitz zu Kranganor nahm.[4]) Als aber Kranganor im Jahre 1710 den Porteugisen von den Holländern entrissen worden war, wurde zu Verapoli ein aposto-

---

[1]) Badger l. c. p. 102 sq.; Ritter's Erdk. v. As. Bd. VI. Abth. 2. S. 743 f. Nach Sepp (Jerusalem und das hl. Land Bd. I. S. 710) sollen die Chaldäer (indische Mönche, auch Gürtel- oder Thomaschristen genannt) ein dürftiges Klösterlein zu Jerusalem an der Ostseite des Sion besitzen, das von einem Bischofe und seinem Diakon bewohnt wird. (?)

[2]) S. Mejer a. a. O. S. 528.

[3]) V. Raulin: Hist eccl. Malab. p. 25 sq.

[4]) Assemani Bibl. or. T. III: p. II. p. 440.

lisches Vikariat an Statt des Erzbisthums Kranganor errichtet. Der apostolische Vikar von Verapoli, welcher stets ein Erzbischof in partibus ist, hat bei 99,000 Thomas-Christen unter sich. Ihr einheimischer Klerus besteht aus 339 Priestern und 182 andern Klerikern, welche die Seelsorge und den Gottesdienst in 114 Pfarreien mit 167 Kirchen versehen. Für die Bildung dieses Klerus ist durch ein eigenes Seminar mit 25 Zöglingen gesorgt.[1])

---

[1]) Mejer a. a. O. S. 362, 528.

VI. Kapitel.

Die syrisch-katholische Kirche.

§. 30. Einleitung.[1])

Als im Jahre 1781 der Jakobitische Patriarch Georg III. gestorben war, suchte der Bischof der seit dem Jahre 1546 unirten Jakobiten-Gemeinde zu Aleppo, Ignatius Michael Giarve, das Antiochenische Patriarchat mit der römischen Kirche zu vereinigen. Er begab sich mit Genehmigung der Propaganda nach Mardin, dem Sitze des Patriarchen, und gewann dort wirklich den Jakobitischen Klerus, viele Laien, vier Bischöfe und den Erzbischof von Jerusalem für seine Sache. Die genannten Bischöfe versammelten sich hierauf im Kloster von Mardin und wählten einstimmig den Bischof Ignatius von Aleppo zum Patriarchen. Er wurde feierlich inthronisirt und richtete nun mit seinen Wählern und noch einigen andern Bischöfen und Missionären jeder Gegenden an den Papst, resp. an die Propaganda die schriftliche Bitte um Bestätigung der Wahl und Verleihung des Palliums, indem er zugleich den eben nach Rom abgehenden lateinischen Bischof von Babylon zu seinem Procurator ernannte. Während aber die Angelegenheit zu Rom lag, hatten die übrigen Jakobiten einen andern Patriarchen gewählt. Ignatius Giarve wurde von Mardin und Aleppo vertrieben und flüchtete sich nach Kesrawân am Libanon. Dort gründete er das Kloster Sajjideh el-Scharfeh oder Scharfa (St. Maria Liberatrix), welches Papst Pius VI. im Jahre 1787 unter seinen Schutz nahm. Im Jahre 1830 erhielt

[1]) Moroni l. c. V. 67. p. 28. Mejer's Propag. Th. I. S. 441.

endlich der Patriarch Ignatius Peter-Giarve,[1]) der zugleich Administrator des Erzbisthums von Jerusalem war, einen Ferman, wodurch seine Unabhängigkeit vom Jakobitischen Patriarchen anerkannt wurde. Bei der Pforte wird er, wie die übrigen Patriarchen der unirten orientalischen Kirchen, durch den Vekil der Lateiner vertreten.

---

§. 31. Der syrisch-katholische Patriarch.[2])

Der Patriarch der Syrer oder unirten Jakobiten wird von seinen Bischöfen gewählt und noch vor der päpstlichen Bestätigung inthronisirt. Die Inthronisation findet unter der Liturgie nach dem syrischen Ritus mit Ueberreichung des Patriarchalsstabes statt, und der Patriarch legt hierbei das Glaubensbekenntniß, welches Papst Urban VIII. im Jahre 1642 für die Orientalen vorgeschrieben, und den dem Papst schuldigen Obedienzeid ab. Die Formeln der beiden genannten Verpflichtungen sendet er dann, von ihm unterschrieben und gesiegelt, sammt dem Confirmationsgesuche nach Rom, indem er zur Ablegung des Pallieneides irgend einen Priester oder Mönch delegirt.

Seine Jurisdiction erstreckt sich über alle unirten Jakobiten in Syrien, Mesopotamien und Aegypten, welche ungefähr auf 30,000 Seelen[3]) sich belaufen mögen. Auch er steht, wie die übrigen Patriarchen der unirten Kirchen des Orients, zunächst unter der Propaganda und außerdem noch unter dem apostolischen Vikar von Aleppo, welcher päpstlicher Delegat für sämmtliche unirte Gläubige in Syrien ist.

Der Patriarch titulirt sich von Antiochien und residirte bisher zu Aleppo,[4]) obschon es ihm vom Papste Pius VI. vorgeschrieben worden war, seinen Sitz im Kloster el-Scharfeh zu nehmen.[5])

Im Consistorium vom 7. April 1854 präconisirte Papst Pius IX. den Bischof Ignatius Antonius Sanchiri von Mardin zum Patriarchen der Syrer und bestimmte, daß die Residenz des Patriarchen nach Mardin verlegt werden sollte.

---

[1]) Badger (l. c. V. I. p. 355) nennt ihn Botros Gerwa.

[2]) Mejer a. a. O. S. 442 f. Moroni l. c. p. 29.

[3]) Im türkischen Reiche sollen sich nach Madden (l. c. p. 18) nur 9000 unirte Syrer befinden.

[4]) V. Badger l. c. V. I. p. 355. Ritter's Erdk. Th. XVII. Abth. 1. S. 798.

[5]) Moroni l. c. V. II. p. 175.

Das Einkommen des Patriarchen besteht aus den Zehnten und freiwilligen Gaben der Gläubigen; überdieß werfen ihm die Besitzungen am Libanon eine jährliche Rente von 300 Scudi ab und die an ihn zu zahlenden Steuern betragen ungefähr 12,000 Scudi.

---

§. 32. Die Diöcesen der Syrer.[1])

Die Diöcese des Patriarchen bildet das Erzbisthum Aleppo, woselbst sich bei 350 syrisch-katholische Familien befinden.[2]) Außer Aleppo stehen noch folgende Diöcesen unter dem Patriarchen:

1. Das Erzbisthum Jerusalem, welches gegenwärtig vom Patriarchen administrirt wird, ohne daß es jedoch mit dem Patriarchate definitiv unirt ist.
2. Das Erzbisthum Beirut
3. " " Damaskus
4. Das Bisthum Diarbekr
5. " " Emesa oder Homs
6. " " Mardin
7. " " Mosul
8. " " Nebk (Keriatim)
9. " " Tripolis.

Zu Kairo haben die katholischen Syrer eine Kirche und einen Wekil d. i. Stellvertreter des Patriarchen.[3])

---

§. 33. Die syrisch-katholischen Klöster.

Auf dem Libanon besitzen die Syrer zwei Convente, das bereits erwähnte Deir el-Scharfeh und das Kloster St. Ephrem zu er-Rughm[4]) im Districte el-Metn. Es sind aber dieß keine klösterlichen Institute im strengen Sinne des Wortes; denn in beiden

---

[1]) Moroni l. c. p. 30.

[2]) Badger l. c.

[3]) Kremer's Aegypten Th. I. S. 99.

[4] Dieses Kloster wurde von dem syrisch-katholischen Erzbischofe Numetalla Kodsi von Damaskus, der im Jahre 1739 Basilianer-Profeß wurde, gegründet. Moroni l. c. p. 28.

Klöstern befinden sich eben nur Priester, welche ein gemeinsames Leben führen, ganz vom Patriarchen abhängen und sich besonders mit der Erziehung und dem Unterrichte der zum geistlichen Stande adspirirenden syrischen Jünglinge beschäftigen. Die beiden Klöster sind also die Klerikal-Seminarien des Patriarchen, der hiefür von der Propaganda eine jährliche Unterstützung von 200 Scudi erhält.[1])

Ein anderes syrisch-katholisches Kloster ist Mar Behnâm, sechs Meilen nordöstlich von Nimrud, welches von den Muhamedanern Khudhr Elijah oder Elias der Seher genannt wird.[2])

[1]) Moroni l. c. p. 28. Mejer a. a. O. S. 330.
[2]) Badger l. c. p. 95.

VII. Kapitel.

Die maronitische Kirche.

§. 34. Geschichtliche Einleitung.

Der Name „Maroniten“ bezeichnet zugleich ein eigenes Volk und eine Religionspartheі. Ueber die Ableitung dieses Namens wird viel gestritten. [1] Der wahre Sachverhalt scheint indeß folgender zu sein. Maro, ein syrischer Mönch und Zeitgenosse des hl. Chrysostomus, ließ sich am Libanon nieder und zog viele Schüler an sich, welche nach seinem Tode zwischen Apamea und Emesa am Orontes ein Kloster gründeten, das sie ihm zu Ehren St. Maro nannten. In diesem Kloster blühte in der zweiten Hälfte des siebenten Jahrhunderts ein Mönch Namens Johannes, welcher sich durch Schriften gegen Nestorius und die Monophysiten berühmt machte, und von seinem Kloster den Beinamen Maro oder besser „der Maronite“ erhielt. Dieser Johannes Maro nun wurde im Jahre 676 vom Patriarchen Makarius von Antiochien zum Bischofe von Botrys geweiht. Da Makarius ein eifriger Verfechter des Monotheletismus war, so läßt sich wohl annehmen, daß auch Johann dieser Lehre gehuldigt habe, wie denn überhaupt der Monotheletismus in Syrien und Arabien große Verbreitung fand. [2] Der Patriarch Makarius ward vom sechsten allgemeinen Concil zu Konstantinopel im Jahre 680 abgesetzt, und hierauf wurde Johannes der Maronite das geistliche und weltliche Oberhaupt der am

[1]) S. Ritter's Erdk. v. Asien Bd. VIII Abth. 3. S. 773.

[2]) Der Behauptung, die Maroniten wären immer orthodox gewesen, widerspricht allein schon die Geschichte ihrer Verhandlungen mit dem apostolischen

Libanon wohnenden Völkerschaften. Er kämpfte glücklich sowohl gegen die Saracenen, als auch gegen die Kaiserlichen oder Melchiten, welche die Bewohner des Libanons Mardaiten oder Rebellen zu nennen pflegten und sie zu unterwerfen suchten. Als das kaiserliche Heer das Kloster St. Maro zerstört hatte, erbaute der nunmehrige Patriarch Johann ein anderes zu Kefr-Hay im Gebiete von Botrys, wohin er auch das Haupt des hl. Abtes Maro vom alten Kloster herüber bringen ließ. Er selbst starb daselbst im Jahre 707. Von ihm zunächst nun scheinen die Bewohner des Libanons den Namen „Maroniten" angenommen zu haben, obwohl sich der Ursprung dieser Benennung auch weiter hin auf den Klosterpatron, den hl. Maro, zurückführen läßt.[1])

Die Maroniten führten wie politisch, so auch in kirchlicher Beziehung ein für sich abgeschlossenes Leben, bis sie durch die Bemühungen des lateinischen Patriarchen Haymericus von Antiochien im Jahre 1182 mit der römisch-katholischen Kirche vereinigt wurden. Ebn-Skiehban, ein Grieche aus Hardin, suchte zwar durch Einführung neuer Irrthümer die Maroniten von der katholischen Kirche zu trennen, was ihm auch insofern gelang, als er den Patriarchen Lukas am Ende des zwölften Jahrhunderts für sich zu gewinnen wußte, wodurch ein Schisma herbeigeführt wurde; allein schon der folgende Patriarch Jeremias II. stellte um das Jahr 1216 die Reinheit des Glaubens wieder her, und seitdem wurde die Union zwischen den Maroniten und der römischen Kirche nicht mehr gestört.[2])

§. 35. Der Klerus im Allgemeinen.

1) Erziehung des Klerus.[3])

Für die Erziehung des Weltklerus ist durch drei General- und mehrere Diöcesan-Collegien gesorgt.[4]) Zu den ersteren gehören das

Stuhle. Wenn der Maronit Assemani (Bibl. Orient. T. II. p. 291 sq.) die Orthodoxie seines Volkes zu vertheidigen sucht, so läßt sich das allerdings entschuldigen, bei andern Schriftstellern aber finden wir eine solche Behauptung unbegreiflich. Cf. Moroni: Diz. di erud. stor. eccl. V. 43. p. 114 sq.

[1]) Madden l. c. p. 15

[2]) Le Quien l. c. T. III. p. 1 sq. — Urquhart: The Libanon (London 1860). V. I. p. 26 sq. — Neale l. c. p. 153 sq.

[3]) Ritter a. a. O. S. 794 f.; Moroni l. c. p. 120 sq.

[4]) Für den Unterricht des Regular-Klerus ist durch ein paar eigene Collegien oder Klosterschulen gesorgt.

Collegium im Kloster St. Anton zu Ain Warkah im Kesrawan, östlich von Ghusta, mit ungefähr 27 Schülern, gestiftet vom Patriarchen Stephan im Jahre 1789; das Collegium St. Maron zu Er-Rûmieh im hohen Kesrawan, welches um das Jahr 1819 vom Patriarchen Dolci aus einem Nonnenkloster für 10—15 Schüler errichtet wurde, und das Collegium Mar Abda Herhereiya in Futûh, nahe an der Grenze von Kasrawan, gleichfalls aus einem Nonnenkloster errichtet vom Patriarchen Habesh (1823—1845) für 20—25 Schüler. Diese drei Collegien sind mit Ländereien, Mühlen u. dgl. dotirt, so daß das Collegium Ain-Warkah 100—150,000 Piaster, Er-Rûmieh 40,000 Piaster und Herhereiya 150—200,000 Piaster Einkünfte besitzt. Wer in ein solches Collegium eintreten will, muß arabisch und syrisch lesen können, was er in den Gemeindeschulen der Städte und größeren Ortschaften lernen kann, und zwischen 12 und 20 Jahre alt sein. In den Collegien selber wird syrische und arabische Grammatik, Philosophie und Theologie (Logik, Moral und Dogmatik) gelehrt und Anleitung im Predigen ertheilt. Jeder Zögling darf 5—8 Jahre daselbst bleiben. Die Collegien stehen unter der Aufsicht des Patriarchen, welcher alljährlich Examina abhält und Zeugnisse ausstellt. Vom sechzehnten Jahre an legen die Zöglinge dem Patriarchen den Obedienzeid ab, und da diese Obedienz sie für ihre Lebenszeit verbindet, so ist der Patriarch schuldig, auch für ihren Lebensunterhalt zu sorgen.

Die Diöcesan-Collegien, welche sämmtlich erst in diesem Jahrhundert entstanden sind, unterscheiden sich von den vorigen dadurch, daß sie blos Diöcesanen als Zöglinge aufnehmen. Die bekanntesten von ihnen sind das Collegium zu Mischmûscheh in der Diöcese Sidon, das von Mar Yohanna Marôn zu Kefr-Hay, welches dem Bischofe von Dschebeil, und das von Mar Yohanna zu Zakrit, welches dem Bischofe von Cypern gehört. Der Letztere hatte früher sein Collegium zu Kurnet Schehwân im Kati'a, welches Collegium aber gegenwärtig seine Residenz ist.

Außerdem haben die Maroniten das Recht, sechs Scholaren nach Rom in das Maronitische Collegium daselbst zu schicken, wo sie auf Kosten der Propaganda erzogen werden.

2) Ordination der Kleriker.

Die Maronitische Kirche hat drei niedere Weihen, nämlich den Psaltisten, Lector und Subdiakon oder Schidjâk, und drei höhere, den Diakon, Presbyter und Bischof; denn der Archidiakon, Periodeutes, Archipresbyter und Chorbischof bilden wohl höhere Stufen des Klerikats, werden aber, wenn gleichwohl ihr Amt durch einen eigenen Ritus übertragen wird, nicht für heilige Weihen gehalten. Die Tonsur geht der Ordination voran. Die niedern Weihen werden zunächst durch die Ueberreichung der zu den Weihefunktionen nothwendigen Instrumente, die höheren vermittelst Handauflegung ertheilt.

Kein Bigamus darf ordinirt, und keine Weihe mit Ueberspringung einer andern ertheilt werden. Psaltist kann ein Knabe von sieben Jahren werden, wenn er nur lesen und die Haupt-Glaubenswahrheiten kennen gelernt hat und Hoffnung gibt, im geistlichen Stande zu verbleiben. Zum Lector und Schidjak wird das vierzehnte Lebensjahr gefordert, doch kann der Lector auch jünger sein. Der Diakon soll 21, der Presbyter 30 oder wenigstens 25 Jahre zählen. [1])

3) Functionen und Kleidung der Kleriker.

Die kirchlichen Verrichtungen des Psaltisten und des Lectors werden schon durch ihre Namen angedeutet. Der Schidjak begreift drei Weihen der römischen Kirche in sich, nämlich das Ostiariat, Akolythat und Subdiakonat. Seine Funktionen bestehen darin, daß er die Kirchenthüre bewacht, zum Gottesdienste läutet, den Leuchter trägt, die Lichter anzündet, Wasser und Wein für das Opfer, Wassergefäß und Handtuch herrichtet, die Epistel liest, dem Priester das Handwasser reicht, dem Diakon Kelch und Patene gibt und ihm überhaupt bei der Messe dient; auch hat er die Corporalien und Pallen zu waschen. Das Amt des Diakons dagegen ist, den Priester beim Opfer zu unterstützen, ihm Brod und Wein zu reichen, zu incensiren, mit dem Fächer die Eucharistie zu schützen, den unteren Klerus und das Volk zu communiciren, mit Erlaubniß oder in Abwesenheit des Priesters oder Bischofes zu taufen, zu predigen und die ihm vom Bischofe anvertrauten Kirchengüter, zu verwalten. [2])

Die priesterlichen Funktionen finden sich bei den Pfarrern erwähnt.

---

[1]) (Schnurrer): De ecclesia Maronitica (Tubing. 1810) P. II. p. 5 sq.

[2]) De eccl. Maron. l. c.

Die kirchliche Kleidung des Lectors besteht in der Tunika oder Albe und dem Betarschil oder der Stola, die ihm von der rechten Schulter herabhängt. Der Schidjâk trägt die Stola um den Hals gewunden, der Diakon von der linken Schulter herabhängend und der Presbyter um den Hals und auf beiden Seiten vorne herniederhängend. Der Presbyter schürzt die Tunika mit einem Cingulum auf, bedeckt das Haupt mit einem Amictus und hat außer der Stola noch das Phaino, ähnlich dem Pluviale der Lateiner.[1])

§. 36. Der Patriarch, dessen Wahl und Institution.[2])

Das Haupt des Maronitischen Klerus ist der Patriarch, welcher von den ihm untergebenen Metropoliten und Bischöfen aus ihrer Mitte gewählt wird. Zu diesem Behufe versammeln sich dieselben in einem Kloster des Libanons,[3]) und wer zwei Drittel der Wahlstimmen erhält, der ist Patriarch. Der Gewählte muß ein Alter von vierzig Jahren haben. Uebrigens kann der Papst aus irgend einem Grunde dem Patriarchen einen Coadjutor geben, der dann nach dem Tode des Patriarchen an dessen Stelle tritt.

Nach der Wahl findet sogleich die Consecration des neuen Patriarchen statt, welche vom ältesten Bischofe in Gegenwart und unter Mitwirkung sämmtlicher Metropoliten und Bischöfe während der Liturgie und zwar nach der Communion vorgenommen wird. Sie besteht außer andern Ceremonion zunächst in der Handauflegung von Seite aller anwesenden Prälaten. Hierauf wird der Consecrirte vom Senior der Bischöfe als Patriarch proclamirt und mit den Pontificalkleidern angethan auf seinen Thron gesetzt. Die Metropoliten und Bischöfe heben ihn alsdann sammt dem Throne drei Mal unter dem Rufe „Würdig" in die Höhe, welchen Ruf die Diakonen in gleicher Weise erwiedern. Der Senior überreicht ihm nun den Hirtenstab, und es beginnt sofort die Huldigung seitens der Bischöfe mit dem Handkusse, seitens der übrigen Kleriker und des Volkes mit dem Fußkusse.

---

[1]) Assemani Bibl. orient. T. III. P. II. p. 797. 819.

[2]) De eccl Maron. P. II. p. 24 sq. Moroni l. c. V. II. p. 174.

[3]) Es ist nicht nothwendig, daß die Wahl im Kloster Kanôbin, der Residenz des Patriarchen, vor sich gehe. V. Poujade: Le Liban et la Syrie (Par. 1860) p. 150 sq.

Schließlich spendet der neue Patriarch die Eucharistie denen, welche sie empfangen wollen, und vollendet die Liturgie.

Erst nach der Consecration wird um die päpstliche Bestätigung des gewählten Patriarchen nachgesucht. Zu diesem Zwecke haben sämmtliche Prälaten ein Schreiben, mit ihren Unterschriften und Siegeln versehen, an den Papst zu richten, des Inhalts, daß der neue Patriarch mit Zustimmung und dem Willen aller gewählt und geweiht worden sei, und mit der Bitte, der hl. Vater möge durch seine apostolische Autorität die geschehene Wahl bestätigen und das Pallium, das Zeichen der vollen Pontifikalwürde, senden. Zugleich hat auch der Patriarch selbst eine eigene mit seinem Siegel versehene Bittschrift an den Papst zu richten und sein Glaubensbekenntniß zu übersenden, worin er den Papst als Nachfolger des hl. Petrus, Stellvertreter Jesu Christi und Haupt aller Gläubigen anerkennt. Diese Schreiben werden von einem Bischofe oder Priester oder Mönch, der sich gleichfalls durch ein Beglaubigungsschreiben auszuweisen hat, nach Rom gebracht und dort von der Congregation der Propaganda geprüft. Hat dann die genannte Congregation dem hl. Vater die Bitte um Bestätigung der Wahl untergebreitet, so gelobt der Abgesandte dem Papste im Namen des Patriarchen die Obedienz und empfängt hierauf die päpstliche Bestätigungsurkunde und das Pallium. Die Ueberreichung dieser beiden Gegenstände an den Patriarchen findet unter einer besondern Feierlichkeit statt.

---

§. 37. Jurisdiction des Patriarchen.

Die Jurisdiction des Patriarchen, der zunächst unter der Congregation der Propaganda steht, erstreckt sich von den Höhen des Libanons bis an die Küsten von Tripolis.[1]) Seine Würde ist lebenslänglich; nur wegen Verletzung der kanonischen Gesetze kann er abgesetzt werden. Der Patriarch hat das Recht, die vacanten Bisthümer zu besetzen und die Bischöfe zu consecriren; die Zahl und Grenzen der Diöcesen aber kann er nur im Einverständniß mit den Bischöfen bestimmen und festsetzen.[2]) Er allein kann Periodeuten, Archipres-

---

[1]) Moroni l. c. V. II. p. 173 sq.

[2]) De eccl. Maron. P. II. p 17. 28. Ritter a. a. O. S. 778.

byter und Chorbischöfe für solche Kirchen und Diöcesen, welche einst unter dem Patriarchate von Antiochien standen, jetzt aber verödet sind, ordiniren; jedoch hat er hiezu nur solche Personen zu nehmen, welche bereits an seiner Kathedrale angestellt sind oder in seinen Diensten stehen. [1])

Der Patriarch hat ferner das Recht, von den kirchlichen Gesetzen zu dispensiren, ausschließlich die hl. Oele und das Chrisma zu weihen, und sich gewisse Sünden zu reserviren; doch sollen von diesen alle Beichtväter absolviren können mit Ausnahme der Apostasie, des Mißbrauches heiliger Sachen zur Zauberei, des thätlichen Angriffes auf Bischöfe oder des Vertreibens der Bischöfe und Priester von ihren Gemeinden. [2])

Dem Patriarchen obliegt die Fürsorge für die liturgischen Bücher, die Katechismen und andere Volksunterrichtsbücher. Ohne seine Genehmigung darf keine Uebersetzung aus der syrischen in die arabische Sprache gemacht worden. [3])

Um sich von den kirchlichen Verhältnissen seiner Diöcesen zu überzeugen und eingerissenen Mißbräuchen und Uebelständen zu steuern, hat er alle drei Jahre seine ihm untergebenen Prälaten zu einer Synode zu berufen; alle zehn Jahre aber muß er einen Legaten nach Rom senden, der in seinem Namen dem Papste über die Führung und Leitung der ihm anvertrauten Heerde Rechenschaft ablegt und über die Zustände der Maronitischen Kirche Bericht erstattet. [4])

§. 38. Ehren- und Nutzungsrechte des Patriarchen.

Der Patriarch (Batrak) der Maroniten nennt sich Patriarch von Antiochien und des ganzen Orients. [5]) Die Benennung „Patriarch von Antiochien" führt er seit dem Jahre 1254, wo Papst Alexander IV. dem Patriarchen Simon IV. diesen Titel gegeben hat, [6]) und weil Petrus, der Apostelfürst, der erste Bischof von Antiochien war, so führt

[1]) De eccl. Mar. l. c. p. 23.
[2]) De eccl. Maron. P. I. p. 15 sq.
[3]) De eccl. Mar. l. c. p. 12. 27.
[4]) De eccl Maron. P. II. p. 27 sq. Moroni l. c. V. 43 p. 126.
[5]) Ritter a. a. O. S. 785.
[6]) Moroni l. c. p. 117. Le Quien l. c. p. 61.

der jeweilige Patriarch außer seinem eigenen auch noch den Namen Petrus (Botros).[1])

Die Residenz des Patriarchen befand sich an verschiedenen Orten. Anfangs residirte der Patriarch im Kloster St. Maro zu Kefr-Hay, im Jahre 1121 war er im Kloster von Meifûk, im Jahre 1151 im Kloster St. Elias zu Lihfid und im Jahre 1236 im Kloster St. Georg zu Kasr oder Kûsr. Der Patriarch Johannes X. nahm seinen Sitz wieder im Kloster von Meifûk und flüchtete sich nach der Zerstörung dieses Klosters durch die Türken um das Jahr 1440 in das Kloster St. Maria von Kanôbin, das von nun an die Residenz des Patriarchen blieb; doch pflegt derselbe während des Winters im Kloster Bkurka oder Bkirky im Districte von Kesrawân zu wohnen.[2])

Die Pontificalkleidung des Patriarchen besteht in einer Kopfhülle, **Maznaphta** genannt, ähnlich der Biruna bei den Nestorianern, in dem Phaino oder Phänolion, ähnlich dem Pluviale der Lateiner, in dem Orarion oder Epitrachelion, welches wie das Omophorion oder Pallium der Griechen gestaltet ist, und endlich in einer Tiara oder Mitra.[3])

Des Patriarchen wird in allen öffentlichen Gebeten und in der Liturgie unmittelbar nach dem Papste gedacht.[4])

Die Revenüen des Patriarchen fließen zunächst aus den ihm gehörenden Klöstern Kanôbin, Bkurka und Dimân, welche ihm ein jährliches Einkommen von 100,000 Piastern geben. Ferner erhält der Patriarch jährlich 2 Piaster von jedem Erwachsenen seiner Nation; dieses Kopfgeld ist jedoch an die Bischöfe verpachtet, welche dem Patriarchen nur einen Theil davon verabreichen. Ebenso verhält es sich mit dem Zehent, der dem Patriarchen gebührt. Von jedem Priester

---

[1]) Le Quien l. c. p. 46. Nach Poujade (l. c. p. 120 184) titulirt sich der Patriarch der Maroniten als Patriarch von Antiochien und Jerusalem; allein auf dem Siegel des Patriarchen steht um das Bild der hl. Jungfrau herum in lateinischer und syrischer Sprache blos: **Petrus Patriarcha Antiochenus.** Ritter a. a. O. S. 664.

[2]) Le Quien l. c. p. 51—60, Ritter a. a. O., Urquhart l. c. V. II p. 139. Das Kloster Bkurka wurde im Jahre 1430 neu aufgebaut und verdankt seinen Ursprung einer übelberüchtigten maronitischen Nonne, Namens Hendie, um das Jahr 1755. Ritter a. a. O. S. 759.

[3]) Assemani Bibl. orient. T. III. P. II. p. 683.

[4]) De eccesl. Maron. P. I. p. 7.

hat der Patriarch jährlich 5 Piaster, und als auf der Nationalsynode im Jahre 1736[1]) bestimmt worden war, daß der Patriarch für die Austheilung der hl. Oele nichts mehr erheben solle, so legte die Propaganda den Bischöfen und Klöstern hiefür eine Taxe auf, welche sie jährlich am Sonntage nach Mariä Himmelfahrt unter dem Titel eines Subsidiums dem Patriarchen zu zahlen haben. Ein weiteres Einkommen des Patriarchen bilden endlich die von ihm zu lesenden Messen, deren jede mit 6 Piastern bezahlt werden muß, und noch andere kleine Gebühren. Sein Gesammteinkommen wird auf 200,000 Piaster veranschlagt; in den Büchern der apostolischen Kammer aber sind die Revenüen des Patriarchen auf 4000 Scudi taxirt.[2])

§. 39. Die Metropoliten und Bischöfe.

Der Name Metropolit (Mutran) ist eine bloße Ehrentitulatur ohne alle reelle Bedeutung, welche mit gewissen Bisthümern verbunden ist.[3])

Früher hatten nach alter Gewohnheit die Gläubigen einer jeden Diöcese das Recht, dem Patriarchen eine geeignete Person zum Bischofe vorzuschlagen oder den vom Patriarchen hiezu Auserwählten zu bestätigen; nach den Statuten der Synode vom Jahre 1736 aber steht die Ernennung der Bischöfe ausschließlich dem Patriarchen zu, der hiebei nur seine Bischöfe, sowie den Klerus und die Vornehmsten der vacanten Diöcese zu Rathe zu ziehen hat.[4])

Die Consecration des Bischofes vollzieht der Patriarch unter Assistenz zweier Bischöfe. Nach Ablegung des vorgeschriebenen Obedienzeides werden nämlich dem neuen Bischofe vom Patriarchen und von den zwei Bischöfen die Hände aufgelegt und sein Haupt und seine

---

[1]) Die Statuten dieser Synode, welche Papst Benedict XIV. im Jahre 1741 bestätigte, bilden die Grundlage des heutigen Rechtszustandes der Maronitischen Kirche.

[2]) Ritter a. a. O. S. 778. 785. Morini l. c. p. 121. 125.

[3]) Le Quien l. c. p. 48.

[4]) De eccl. Mar. P. II. p. 17. Dessen ungeachtet scheint doch der Patriarch an den von den Diöcesanen Gewählten oder Gewünschten ziemlich gebunden zu sein. V. Poujade l. c. p. 126. Ritter a. a. O. S. 786.

Hände werden mit Chrisma gesalbt; hierauf legt ihm der Patriarch das Pallium (eine Art Pluviale) um, setzt ihm die Mitra auf und führt ihn zum Throne, auf den er ihn niedersetzt. Mit demselben heben ihn sodann Priester drei Mal unter dem Rufe „Würdig", den die Diakonen jedes Mal erwiedern, in die Höhe. Zuletzt gibt ihm der Patriarch den Hirtenstab. [1]) Uebrigens tragen die Bischöfe auch einen Ring und ein Pectorale. [2])

Die Bischöfe haben die Leitung ihrer Diöcesen und die Ordination der ihnen untergebenen Kleriker. Sie sind im Gegensatze zu der in der orientalischen Kirche herrschenden Gewohnheit die ordentlichen Spender des Sakramentes der Firmung, und können sich nur zwei Sünden, vorsätzlichen Todschlag und offene Unzucht, reserviren. Sie haben das Recht, in den Ehehindernissen zu dispensiren, und armen Leuten an Sonn- und Festtagen das Arbeiten nach Anhörung der Messe zu gestatten. Besonders obliegt ihnen das Predigtamt, der Volksunterricht und auch die Bücher-Censur. [3])

Der Bischof hat in seiner Diöcese zu residiren und darf dieselbe ohne Erlaubniß des Patriarchen nicht verlassen. Sein Einkommen bezieht er aus den Ländereien seiner Kathedrale, dem Zehent des Patriarchen, von dem er einen Theil zurückbehält, den Stolgebühren bei Beerdigungen, Taufen und Hochzeiten, den Messen, von denen jede 4 Piaster kostet, und den Taxen für Ehedispensen. [4])

Auch Bischöfe ohne Diöcesen oder s. g. Titularbischöfe gibt es bei den Maroniten. Zwei von diesen versehen beim Patriarchen die Functionen von Vikaren, der eine für das Spirituelle, der andere für das Temporelle. Ein Dritter verwaltet die Diöcese des Patriarchen. Ein Vierter hat das Richteramt über die Katholiken des Libanon, und ein fünfter ist Superior im Collegium zu Ain Warka. Ebenso ist der Agent des Patriarchen zu Rom ein Titularbischof. [5])

---

[1]) De eccles. Maron. l. c. p. 15 sq. Der Hirtenstab der Maronitischen Bischöfe läuft oben in ein Kreuz aus.

[2]) Moroni l. c. p. 114.

[3]) De eccl. Mar. P. I. p. 11—13. 16 sq.

[4]) Ritter a. a. O. S. 786.

[5]) Poujade l. c. p. 126; Moroni l. c. V. II. p. 174. Cf. Le Quien l. c. p. 46.

§. 40. Die Diöcesen.[1])

Die Nationalsynode vom Jahre 1736 hatte die früheren sechzehn Bisthümer auf acht reducirt; gegenwärtig bestehen nun mit Einschluß des dem Patriarchen zugehörenden Sprengels folgende neun Diöcesen:

1. Das Erzbisthum Beirût, welches sich vom Dumarflusse bis Antelias erstreckt. Der Metropolit residirt zu Beirût und hat ein Einkommen von 20,000 Piaster.

2. Das Erzbisthum Tripolis, welches von Tripolis bis Akka und an die Grenzen der Diöcese Aleppo reicht. Der Metropolit hat seinen Sitz zu Tripolis.[2])

3. Das Bisthum Dschebeil (das alte Byblos),[3]) welches vom Distrikte Futûh bis in die Nähe von Tripólis sich erstreckt. Der Bischof von Dschebeil ist der Patriarch selber, der diese Diöcese durch einen Vikar-Bischof, welcher 15,000 Piaster Einkünfte hat und im Collegium Mar Yohanna Marôn residirt, verwalten läßt.[4])

4. Das Erzbisthum Aleppo,[5]) das nur aus der Stadt und Umgebung von Aleppo, wo der Metropolit residirt, besteht.

5. Das Erzbisthum Damaskus,[6]) welches die Stadt Damaskus und die Gegend vom Nahr-el-Kelb bis in die Mitte des Kesrâwan umfaßt. Der Metropolit residirt in Zuk-Mikâjil und hat 10,000 Piaster Einkünfte.

6. Das Erzbisthum Ba'albek, welches vom mittleren Kesrâwan bis zum Distrikte Dschebeil reicht. Der Metropolit residirt im Nonnenkloster Bûklusch und bezieht ein Einkommen von 24,000 Piaster.

---

[1]) De eccl. Maron. P. II. p. 28. Ritter a. a. O. S. 779, 785 f. Moroni l. c. p. 125 sq. Poujade l. c. p. 126.

[2]) Der erste bekannte Maronitische Erzbischof von Tripolis ist Isaak im Jahre 1629. Le Quien T. III. p. 79.

[3]) Der erste bekannte Maronitische Bischof von Byblos ist Joseph im Jahre 1673. Le Quien l. c. p. 91.

[4]) Bis zum Jahre 1837 war Sidon die Diöcese des Patriarchen; erst seit dem 6. Mai 1837 wurde durch ein Dekret der Propaganda die Diöcese Dschebeil dafür bestimmt, weil sie der Residenz des Patriarchen näher liegt. Moroni l. c. V. II. p. 173.

[5]) Der erste bekannte Erzbischof von Aleppo ist Gabriel im Jahre 1666. Le Quien p. 81.

[6]) Der erste Erzbischof von Damaskus ist Georg im Jahre 1562. Le Quien p. 77.

7. Das Erzbisthum Sidon [1]) und Tyrus, welches sich von Akka im Süden bis zum Damurflusse im Norden und zum Antilibanon hinüber erstreckt. Der Metropolit hat seinen Sitz zu Mischmûscheh nahe bei Dschezzin und ein Einkommen von 12,000 Piaster.

8. Das Erzbisthum Cypern, [2]) zu dem außer der Insel Cypern auch noch die Gegend von Antelias bis zum Nahr-el-Kelb im Libanon gehört. Der Metropolit wohnt im Collegium Kurnet Schehwân im Kati'a und bezieht 12,000 Piaster Einkünfte.

9. Das Bisthum Eden, [3]) welches nur die Ortschaften Eden, wo die Residenz des Bischofes ist, und Zagarta umfaßt.

---

§. 41. Die bischöflichen Officialen. [4])

Die Officialen des Bischofs sind der Archidiakon, der Oekonomos, der Periodeutes oder Bardût, der Archipresbyter und der Chorbischof. Alle diese bilden bestimmte hierarchische Grade, und ihre Aemter werden vom Bischofe nach einem eigenen Ritus übertragen, der zunächst in der Ueberreichung jener Instrumente besteht, welche zu ihren kirchlichen Funktionen gehören.

Der Archidiakon und der Oekonom werden nach einem und demselben Ritus ordinirt, da beide dasselbe Amt haben. Der Archidiakon ist eigentlich der Generalvikar des Bischofes. Ihm obliegt die Sorge für die Kirchengüter und die Führung der kirchlichen Prozesse; wenn der Bischof celebrirt, hat er den Hirtenstab zu halten und das Evangelium zu lesen. Der Bischof darf nur einen Archidiakon haben und zwar muß er hiezu einen solchen Diakon nehmen, der ihm vom Diöcesanklerus als geeignet für dieses Amt bezeichnet wird. Ueber die Priester hat der Archidiakon keine Autorität, wie auch nicht den Vortritt vor ihnen. Der Oekonom, welcher stets aus dem Diöcesanklerus genommen werden muß, hat mit dem Bischofe oder bei Sedisvacanz allein die Verwaltung der Kirchengüter.

---

[1]) Der erste bekannte Maronitische Erzbischof von Sidon ist Joseph im Jahre 1626. Le Quien p. 87.

[2]) Der erste bekannte Maronitische Erzbischof von Cypern ist Johann um das Jahr 1357. Le Quien p. 83.

[3]) Der erste bekannte Bischof von Eden ist Petrus um das Jahr 1404. Le Quien p. 93.

[4]) De eccles. Maron. P. II. p. 18 sq. Cf Assemani l. c. p. 326 sq.

Das Geschäft des Bardût ist es, die Kirchen zu visitiren. Er hat ferner das Recht, Baptisterien, Kirchen und Altäre zu weihen, und kann mit Erlaubniß des Patriarchen auch die hl. Firmung spenden. Besonders hat er Acht zu geben, daß die Constitutionen der Synode vom Jahre 1736 genau beobachtet werden und die Pfarrer ihren Pflichten und geistlichem Berufe nachkommen. Zwistigkeiten und Feindschaften soll er kurz beizulegen suchen. Für jede Diöcese kann nur ein einziger Bardût aufgestellt werden, und als Zeichen seiner Würde empfängt derselbe bei seiner Ordination einen Hirtenstab.

Der Chor- oder Landbischof hat den Vorrang vor dem Bardût, obwohl die Funktionen beider dieselben sind. Er erhält bei seiner Ordination außer dem Hirtenstabe auch noch die Mitra und das Pallium (Pluviale) und kann mit Erlaubniß des Patriarchen das Sakrament der Firmung und die niederen Weihen ertheilen. Für jeden stark bevölkerten Ort mit einem zahlreichen Klerus darf der Bischof einen Chorbischof ordiniren.

Der Archipresbyter (Chûri oder besser Chûri-Episcupo) ist eigentlich der Chorbischof der bischöflichen Residenz und bekömmt bei seiner Ordination dieselben Insignien; die Mitra darf er jedoch in Gegenwart des Bischofes nur mit dessen Erlaubniß tragen. Er geht nicht nur allen Presbytern, sondern auch den Chorbischöfen vor und hat in Abwesenheit des Bischofes den ersten Platz in der Kathedrale.

Ein Bardût, Chorbischof und Archipresbyter kann nur dann in's Kloster gehen, wenn er vom Bischofe seines Amtes entbunden worden ist.

§. 42. Die Pfarrer.

Die meisten Priester stehen bestimmten Gemeinden oder Pfarreien vor; die Priester ohne Gemeinden sind dagegen meistens in Diensten des Patriarchen. Die Letzteren sind auch unverheirathet, während man die Ersteren in der Regel verheirathet findet. Priester und Diakonen dürfen nämlich die in den niederen Weihen giltig geschlossene Ehe fortsetzen, aber nicht mehr zu einer zweiten Ehe schreiten; denn diese wäre ungiltig und würde mit Deposition bestraft.[1])

[1]) De eccl. Mar. P. I. p. 20.

Um Pfarrer (Chûri) zu werden, muß der Candidat syrisch und arabisch lesen können und ein Examen über Moral und Pastoraltheologie bestehen.[1]) Der Bischof kann übrigens die Pfarreien nicht nach Belieben verleihen, sondern der Pfarrer wird von der Gemeinde gewählt. Bei der Wahl mehrerer Candidaten entscheidet der Bischof, und in streitigen Fällen der Patriarch.

Die Funktionen des Pfarrers bestehen im Taufen, in Spendung der Sterbesakramente, in der Aufnahme von Sponsalien und Vornahme der Trauungen. Der Pfarrer hat Beicht zu sitzen,[2]) die Kranken zu besuchen, den sonn- und festtäglichen Gottesdienst und das Chorgebet abzuhalten. Besonders wird ihm in den Synodalstatuten der Volksunterricht an's Herz gelegt und hiefür der Catechismus Romanus, den im Jahre 1786 die Congregation der Propaganda in's Arabische übersetzt herausgab, als Lehrbuch vorgeschrieben. Er hat fleißig an Sonn- und Feiertagen für die Jugend Christenlehre zu halten und wenigstens ein Mal in der Woche den Religionsunterricht in der Gemeindeschule zu geben. Ihm obliegt die Führung von sechs Kirchenbüchern, nämlich eines Tauf-, Firmungs-, Sponsalien-, Trauungs-, Sterb- und Familienbuches, welche gebunden sein und wohl verwahrt werden müssen. Außerdem hat er ein syrisches Ritual, eine Exposition der christlichen Lehre, eine Summa der Moral, ein Predigtbuch, die Dekrete der Synode v. J. 1736 und die für die Sakristei und den Chor nöthigen Bücher, wie missale, officium feriale, officium de tempore, officium sanctorum (pars hyemalis et aestiva), synaxarium, lectionarium et evangeliarium, zu besitzen.[3])

Der Pfarrer hat ferner die Abgaben an den Bischof einzusammeln, Streitigkeiten in der Gemeinde zu schlichten, durchreisende Geistliche zu bewirthen und andere Akte der Wohlthätigkeit zu üben. Mit Ausnahme des Landbaues ist ihm der Betrieb jedes Handwerkes oder Handels streng untersagt. Wenn er celebriren will, so hat er sich drei Tage vorher der ehelichen Pflicht zu enthalten; auch hat er

---

[1]) Ritter a. a. O. S. 787.

[2]) Nach den Synodalstatuten darf ein Priester nur, wenn er 30 Jahre alt ist, ja Weiber erst nach zurückgelegtem 33. Lebensjahre Beicht hören. Auch hat er hiezu die Erlaubniß des Bischofes nöthig. De eccl. Maron. I c. p. 17.

[3]) De eccl. Mar. P. I. p. 10, P. II p. 14 sq.

Acht zu geben, daß seine Frau nicht die hl. Gefäße berührt oder gar den Altar betritt. Hat er Söhne, die zum geistlichen Stande tauglich sind, so soll er sie zum Empfange der Weihen vorbereiten und erziehen. [1])

Das Einkommen des Pfarrers fließt theils aus Naturalien, wie Korn, Oel, Seide, welche er von seinen Parochianen erhält, theils aus den Stolgebühren, und beläuft sich auf 2000 bis höchstens 9000 Piaster. [2])

Die Zahl der Pfarreien beträgt ungefähr 300, der gesammte Weltklerus aber zählt bei 500 Priester. [3])

---

§. 43. Der Ordensstand.

1) Die Klosterregel.

Die Maronitischen Mönche befolgen die Regel des hl. Abtes Antonius. Sie legen das Gelübde der Keuschheit, Armuth und des Gehorsames ab, dürfen keine Seide tragen, nicht über zehn Piaster im Beutel haben, nicht Tabak rauchen, wohl aber schnupfen. Sie haben sich vom Fleische zu enthalten und überdieß vier besondere Fasten; nämlich Advent, vierzigtägige Fasten, vierzehn Tage vor dem Feste der hl. Apostel Peter und Paul und ebensoviel vor Mariä Himmelfahrt. Nach Mitternacht beginnt die Mette in syrischer Sprache, der dann die übrigen Tageszeiten folgen. Die Mönche, welche Kleriker sind, beschäftigen sich mit Unterricht oder anderen Studien und lassen sich vom Patriarchen oder den Bischöfen zur Aushilfe in der Seelsorge gebrauchen, welche sie ohne deren Erlaubniß nicht ausüben dürfen. Die Laienbrüder dagegen treiben Acker-, Garten- und Seidenbau oder andere Handwerke, namentlich die Weberei. [4])

2) Die Ordensverfassung.

a) Mönche.

Bis zum Jahre 1757 waren die Maronitischen Mönche in zwei Congregationen geschieden, in die des hl. Isaias und die des hl. An-

---

[1]) De eccl. Mar. P. I. p. 20 sq.

[2]) Ritter a. a. O.

[3]) Moroni l. c. V. 43. p. 126.

[4]) Ritter a. a. O. S. 655. 788. Moroni l. c. p. 128 sq.

tonius. Die Statuten der letzteren wurden vom Papste Clemens XII. am 31. März 1732, die der erstern von demselben Papste am 17. Jänner 1740 approbirt. Die Congregation von St. Elisäus oder St. Anton theilte sich aber bald wieder in zwei Partheien, in die der Aleppiner oder Mönche von Aleppo und in die Mönche vom Gebirge, Libaneser oder Baladiten (Beladiyah d. h. Einheimische) genannt, und Papst Clemens XIV. approbirte durch ein Breve v. 19. Juli 1770 diese Theilung. Die Libaneser oder Baladiten sind größtentheils Laien und haben vier feierliche Gelübde, das des Gehorsames, der Armuth, Keuschheit und Demuth, welche sie jährlich am Feste ihres Patriarchen Anton (17. Jänner) erneuern. Sie haben auch einen General-Procurator zu Rom, der jedoch im Hospiz der Aleppiner dortselbst wohnt.[1])

Jeder Congregation steht ein Generalsuperior, jedem Kloster ein Superior vor. Der Generalsuperior wird immer nur auf drei Jahre von den Superiors der Congregation gewählt und ist unabhängig vom Patriarchen. Er hat die Jurisdiction und Aufsicht über alle Convente seiner Congregation und führt als Auszeichnung Mitra und Stab.[2]) Der Generalsuperior der Congregation von St. Isaias residirt mit seinen Definitoren theils im Kloster Mar Ischaias (St. Isaias), theils im Kloster Mar Rûkus (St. Rochus), welche Klöster in der Nähe von Beirut liegen. Der Generalsuperior der Aleppiner hat seine Residenz im Kloster El-Luweizeh im Kesrâwan, und der Generalsuperior der Libaneser wohnt im Kloster St. Anton von Kaschheya oder Kuzheia (d. h. Schatz des Lebens). Der Letztere hat vier Definitoren um sich, und sein Einkommen soll das des Patriarchen übersteigen.[3])

Der Klostersuperior (Riscia oder Ris-Daira) wird von den Mönchen des Klosters gewählt. Die Benediction erhält er vom Diöcesanbischof, und der Ritus bei derselben ist gerade so, wie beim Chorbischofe und Bardût. Der Superior hat die Jurisdiction über die Mönche seines Klosters, die Sorge für die Beobachtung der Ordensregel und die Verwaltung des Klostervermögens. Wird er wegen

---

[1]) Moroni l. c.

[2]) Ritter a. a. O. S. 787.

[3]) Moroni l. c. V II, p. 174. Ritter a. a. O.

schlechter Verwaltung abgesetzt, so hat er den letzten Platz im Kloster einzunehmen. [1])

Der Ordensprofeß hat ein Noviziat von einem oder zwei Jahre vorauszugehen. Der Novize wird durch eine Benediction eingekleidet und trägt den Mönchshabit und die Mönchskappe. [2]) Die Mönche selbst aber zerfallen in drei Klassen, in Mönche des ersten, mittleren und großen Grades. Die Kleidung der Mönche des ersten und zweiten Grades ist dieselbe, nämlich ein schwarzer Habit, ein Gürtel vom schwarzen Leder, eine kleine, runde Kapuze, ein Pallium (Mantel) und Sandalien. Der Unterschied besteht nur darin, daß beim ersten Grad die Tonsur [3]) vorhergeht und dem Novizen die Füße gewaschen und die Sandalien angezogen werden, was bei der Einweihung in den zweiten Grad wegfällt; dagegen wird bei diesem dem Mönche außer dem Kreuze auch noch das Evangeliumbuch überreicht. Bei der Aufnahme in den dritten und höchsten Grad erhält der Mönch ein anderes Pallium, den s. g. großen Habit (Maalana), und es wird ihm ein Kreuz und eine angezündete Wachskerze in die Hand gegeben. [4])

Außer den Klöstern der genannten drei Congregationen gibt es aber auch viele s. g. irreguläre Convente, in denen keine so strenge Ordensregel, wie in den Klöstern der Congregationen herrscht. Sie sind von frommen Familien aus Privatinteressen gestiftet mit der Bedingung, daß ein Glied der Familie des Stifters darin Vorstand sein müsse, und stehen ganz unter der Aufsicht des Diöcesanbischofs. Diese irregulären Convente sind meistens von Nonnen bewohnt. [5])

b) Nonnen.

Früher lebten Mönche und Nonnen zusammen in einem Kloster; allein diese scandalöse Cohabitation wurde von der Synode im Jahre 1736 untersagt, und zugleich der Zusammenhang der Klostergebäude für zweierlei Geschlechter, wie überhaupt jegliche Gemeinschaft zwischen Mönchen und Nonnen verboten. Dieses Verbot konnte

[1]) Assemani l. c. p. 913 sq. Ritter a. a. O. S. 115. 788.

[2]) Eine schwarze Tunika mit einem Ledergürtel und eine blaue Kappe.

[3]) Die Laienbrüder haben das Haupt ganz rasirt; die Patres dagegen tragen die Corona oder den Haarkranz.

[4]) Assemani l. c. p. 898.

[5]) Ritter a. a. O.

aber sogleich nicht durchdringen, und erst dem Papste Pius VII. gelang es, bei den meisten Klöstern diese Trennung herbeizuführen; doch waren noch im Jahre 1836 Mönche und Nonnen im Kloster St. Elias zu Ghazir beisammen, weshalb die Congregation der Propaganda das Verbot erneuerte.[1])

Jedes Nonnenkloster hat eine Vorsteherin (**Risciath-Daira**), welche von den Nonnen des Conventes gewählt wird; geleitet aber werden die Nonnenklöster der strengen Observanz von Priestern, welche eine von einem alten Bischofe von Aleppo verfaßte Regel bekennen. Nur zwei dieser Klöster werden von Priestermönchen aus der Congregation der Baladiten regiert, welche jedoch hiezu die Erlaubniß des competenten Bischofs bedürfen.[2])

Diejenigen, welche in ein Nonnenkloster aufgenommen werden wollen, müssen Geldsummen von 500—10,000 Piaster erlegen, je nachdem ihre Geschicklichkeit für die Bedürfnisse des Klosters sich eignet.[3]) Die Einkleidung wird vom Priester des Klosters vorgenommen. Der neuen Nonne werden in Kreuzesform mit der Scheere die Haare abgeschnitten; hierauf zieht ihr die Vorsteherin die alten Kleider aus und legt ihr unter den Gebeten des Priesters die Ordenskleidung an, als eine wollene Tunika, einen Gürtel, eine Kopfhülle in Form einer Kapuze, einen Mantel (Pallium) und einen Schleier. Nachdem sie auch noch Schuhe erhalten, genuflectirt sie nach den vier Weltgegenden hin; auf ihre linke Schulter wird ein Kreuz aufgelegt, und ihr dann der Friedenskuß gegeben. Zum Schlusse spricht der Priester eine Absolution.[4])

Außer dem Chorgebete beschäftigen sich die Nonnen zunächst mit Sticken, Spinnen, Weben, Nähen und andern Hausarbeiten. Sie können mit Erlaubniß des Patriarchen, und wenn die Mehrzahl unter ihnen nichts dawider hat, auch von einem Kloster in ein anderes ziehen.[5])

Das Nonnenkloster zu Ain Tûrah befolgt eine von den übrigen Klöstern abweichende, weil europäische Ordensregel, nämlich die der

---

[1]) Moroni V. 43 p. 131.

[2]) Assemani l. c. p. 917. Moroni V. II. p. 174 et V. 43 p. 130 sq.

[3]) Ritter a. a. O. S. 788.

[4]) Assemani l. c. p. 910.

[5]) Ritter a. a. O. S. 112. 788.; Moroni V. 43. p. 131.

Salesianerinen oder des Ordens von Mariä Heimsuchung, obwohl die Nonnen einheimische Maronitinen sind.[1])

3) Die Klöster.

Die Klöster der Maroniten befinden sich meistens in Schluchten oder an steilen Felswänden und sind mit hohen Mauern umgeben. Die Zellen der Mönche sind gewöhnlich kleine, düstere Grotten oder Felshöhlen, ja selbst die Kirche ist häufig in Felsen gehauen. Die Zellen enthalten nur eine Holzbank mit Matte und Decke zum Lager.[2]) In sämmtlichen Mönchsklöstern leben bei 1000 Laienbrüder und 600 Patres.[3])

Die Congregation von St. Isaias zählt vierzehn Klöster,[4]) nämlich: St. Antônios B'abda mit einer theologischen Schule und Mar Rûkus in der Diöcese Beirut; Mar Botros El-Katin[5]); Mar Elias Giezin (Dschezzin?);[6]) Mar Yohanna (St. Johann) Elealhet in dem zum Diöcese Cypern gehörigen Gebiete des Libanon; Mar Dômit Rumiè (el-Buwâr) in der Diöcese Ba'albek; Mar Ischaia in dem zur Diöcese Cypern gehörigen Gebiete des Libanon im Districte el-Metn; Mar Semân (Simon) Ain Elkubiè (el-Kabon?); Mar Abda el-Muschemmar in dem zur Diöcese Cypern gehörigen Gebiete des Libanon; Mar Elias Altelias (Anthlihâs oder Anthuliâs) im Districte el-Metn[7]); Mar Jirjis (Georg) 'Aukar in dem zur Diöcese Cypern gehörigen Gebiete des Libanon; Mar Elias Ghazîr in der Diöcese Ba'albek; Mar Adna und Mar Serkîs zu Eden.

Die Aleppiner besitzen nur vier Klöster, nämlich Seidet (St. Maria) el-Luweizeh in der Diöcese Damaskus; Mar Botros (St.

---

1) Ritter a. a. O. S. 788.; Moroni V. II. p. 175.

2) Ritter a. a. O. S. 115. 655. 665.

3) Moroni l. c. V. 43. p. 126.

4) Wir geben das Verzeichniß der Klöster der genannten drei Congregationen zunächst nach Moroni (l. c. p. 129 sq.), nehmen jedoch der Schreibweise und der Lage wegen auch Rücksicht auf das doppelte Klosterverzeichniß bei Ritter (a. a. O. S. 790 ff.)

5) Ist wahrscheinlich das bei Ritter a. a. O. S. 790 angeführte Kloster Kûltîn in der Diöcese Sidon. Vgl. Ritter S. 48.

6) Bei Ritter a. a. O. wird vielleicht unrichtig ein Nonnenkloster Djezzin in der Diöcese Sidon angeführt.

7) S. Ritter S. 712.

Peter) Kartiam Eltim (Kreym et-Tin); Mar Elyâs Schuwayya (Bukfeiya?) in dem zur Diöcese Cypern gehörigen Gebiete des Libanon im Distrikte el-Metn, und St. Elisäus. Außerdem haben sie zwei Hospize, das Hospiz St. Anton zu Rom mit einem Collegium, nicht weit von S. Pietro in Vincoli gelegen und um das Jahr 1743 erbaut [1]), und ein Hospiz zu Deir el-Kamr im Districte el-Manâsif.

Der Congregation der Libaneser oder Baladiten gehören neunzehn Klöster, nämlich Mar Antônios Kaschheya (Kuzheia), [2]) Mar Antônios Hûb und Seidet Meifuk in der Diöcese Dschebeil; Mar Cyprian Kesifân in derselben Diöcese mit einer theologischen Schule; Mar Jirjis Quatobâ (Mar Jirjis el-Harf in der Diöcese Beirût?); Mar Marôn Elgiadid; Mar Abda Moad (Ma'dd?); Mar Yûsuf (St. Joseph) el-Burj im Distrikte el-Metn, zur Diöcese Cypern gehörig; Mar Sâsin (St. Silvius) Biskinta in der Diöcese Damaskus; Seidet Tâmîsch im Distrikte el-Metn, zur Diöcese Cypern gehörig; Mar Antônios En-Neba' in der Diöcese Beirût; Mar Mikhail (St. Michael) Bonabil (Be-Nabi); [3]) Mar Marôn Bir Suneih in der Diöcese Beirût mit einer theologischen Schule; Mar Musa Etiope (el-Mutein), Mar Elias Elkasalemije (El-Kahlûnîyeh), Mar Antônios Sir und Mar Yohanna Rischmeyya in der Diöcese Beirût; Mar Jirjis Elnalimè (En-Nâ'imeh) in derselben Diöcese; Deir el-Sayda Mischmûschy in der Diöcese Sidon; Mar Elias auf Cypern. Ferner hat diese Congregation mehrere Hospize in Beirut, Tripolis, Batrun, Dschebeil, Sidon, Zahleh und Deir el-Kamr.

Irreguläre Mönchsklöster sind: Reifûn in der Diöcese Damaskus, El-'Afs in der Diöcese Ba'albek, Mestita, Ed-Diman und Kanôbin [4]) in der Diöcese Dschebeil. [5])

Die Nonnenklöster der strengen Observanz sind sieben. Die zwei von Mönchen aus der Congegration der Baladiten geleiteten Klöster

---

[1]) Moroni p. 130. Das frühere Hospiz, welches sie im Jahre 1707 erhielten, befand sich bei der Kirche SS. Marcellino e Pietro.

[2]) Daselbst befindet sich seit dem Jahre 1802 eine Druckerei für syrische und arabische Schriften. Ritter a. a. O. S. 654. 795.

[3]) Bei Ritter S. 791 findet sich ein Kloster Mar Mikhail Kefr 'Akâb in der Diöcese Damaskus verzeichnet

[4]) Das Kloster Kanôbin soll seinen Ursprung dem Kaiser Theodosius d. Gr. verdanken. Ritter a. a. O. S. 664.

[5]) S. Ritter S. 791.

sind Maria Hilf (Deir el-Benât) in der Diöcese Dschebeil mit 40 Nonnen und Mar Elias er-Râs in der Diöcese Damaskus mit 60 Nonnen. [1]) Ein anderes Nonnenkloster ist Mar Antônios Ghuzir in der Diöcese Ba'albek mit 35 Nonnen. [2])

Irreguläre Nonnen-Convente sind: El-Beschâreh mit 8 Nonnen, Herâsch mit 80 Nonnen, [3]) Ain Tûrah mit 39 Nonnen, Mar Elias Bellunh mit 9 Nonnen, Mar Musa 'Ajeltûn mit 5 Nonnen und Mar Antônios Schaltta [4]) mit 50 Nonnen in der Diöcese Damaskus; Seidet el-Bezâz mit 8 Nonnen, Mar Jirjis 'Alma mit 30 Nonnen, Seidet el-Hakleh mit 40 Nonnen, Mar Rau'âna (St. Ruhana) mit 25 Nonnen, Seidet Buklûsch mit 25 Nonnen und Mar Yûsuf el-Harf mit 8 Nonnen in der Diöcese Ba'albek. [5])

§. 44. Die politischen Verhältnisse der Maroniten. [6])

Wohl war Anfangs bei den Maroniten die geistliche und weltliche Gewalt in der Person des Patriarchen vereinigt; allein dieses änderte sich bald, indem die weltliche Regierung in die Hände aristokratischer Familien gerieth, welche einen Emir wählten, der wiederum seinerseits die Scheikh's der Bezirke ernannte. Diese feudale Organisation dauerte bis zum Jahre 1842, wo die Administration des Libanons von der türkischen Regierung zwischen den Maroniten und den Drusen getheilt wurde. Die Maroniten wählten nun einen Emir aus ihrer Mitte, ebenso die Drusen; beide Emirs sollten unter dem Titel von Kaimakâms die Regierung ihrer Nation führen und dem Pascha von Sidon (Saida) verantwortlich sein. Dem Kaimakâm der Maroniten wurde ein Druse, und dem der Drusen ein Maronite als Beisitzer an die Seite gegeben. Da aber diese Organisation nur zum Vortheil der Drusen gemacht worden war, so entsprach sie den Ver-

[1]) Moroni l. c. p. 129. 130. Ritter a. a. O. S. 791.

[2]) Ritter a. a. O.

[3]) Das Nonnenkloster St. Johann von Harasch wurde vom Bischofe Joseph von Sidon (1626—1644) gegründet. Le Quien l. c. p. 88.

[4]) Dieses Kloster soll eines der ältesten im Kesrawân sein. Ritter a. a. O. S. 765.

[5]) Ritter a. a. O. S. 791.

[6]) Ritter a. a. O. S. 714. 743, 785—789, 796. — Poujade l. c. p. 26 sq. — Madden l. c. p. 160 sq. — Eichmann a. a. O. S. 98 f.

hältnissen nicht und führte zu jenen blutigen Kämpfen, die in jüngster Zeit zwischen Maroniten und Drusen stattfanden. Nach dem neuen Reglement vom Jahre 1861 steht nun die ganze Bevölkerung des Libanon unter einem einzigen Gouverneur, der von der türkischen Regierung auf fünf Jahre ernannt wird und gegenwärtig ein Armenier ist. Alle früheren Feudalrechte sind beseitigt und die verschiedenen Nationen und Religionen vor dem Gesetze gleichgestellt. Jede Nation hat ihre eigene Scheikh's oder Gemeindevorsteher, welche als Richter im Provincialrathe fungiren und in Criminalfällen das Urtheil sprechen. [1])

Die Anzahl der Maroniten mag sich seit den vielen Niedermetzelungen [2]) auf ungefähr 150,000 Seelen belaufen. Die männlichen Maroniten vom 15—60. Jahre müssen eine Kopfsteuer (Ferdeh) an die türkische Regierung entrichten; dagegen ist die ganze Klerisei der Maroniten frei von der Kopfsteuer und den Zolltaxen der Moslemen. Auch die Ländereien der Klöster hatten früher nur die Grundsteuer (Miri) zu bezahlen; seit dem Jahre 1840 aber hat sie die türkische Regierung den gleichen Taxen, wie andere Ländereien, unterworfen.

Der Patriarch der Maroniten genießt von Seite der Türken nur eine locale Toleranz, weil er keinen Firman vom Sultan nimmt. Er hat daher auch keinen Agenten bei der Pforte, sondern der Vekil der Lateiner hat die weltlichen Angelegenheiten, wie der unirten Nationalkirchen überhaupt, so auch der Maroniten vor dem Divan zu vertreten. Die Maroniten aber, welche nicht am Libanon, sondern in den Städten und Dörfern Syriens sich niedergelassen haben, sind von jeher den Türken in weltlicher Hinsicht gänzlich untergeben gewesen, und so müssen denn die maronitischen Bischöfe in diesen Gegenden sich von der türkischen Regierung die Berats erkaufen, weil sie sonst keinen officiellen Verkehr mit den Civilgouverneuren unterhalten könnten, noch fähig wären, an den Berathungen der Provincialräthe Theil zu nehmen.

---

[1]) Allg. Ztg. v. 6. Okt. 1864.

[2]) Bei 30,000 Maroniten sollen in den letzten Kämpfen umgekommen sein.

Druckfehler.

Seite 9 Zeile 2 von unten lies assistanédé statt assistané dé.
" 11 " 3 " " " Heineccius statt Heiniccius.
" 32 " 3 von oben " Didymotichus statt Didyenotichus.
" 32 " 16 " " " sq. statt sp.
" 59 " 2 " " " γραμματικός statt γραμμαιτκός.
" 76 " 10 von unten " Unabhängigkeitserklärung statt Unabhängigkeits-erkärung.
" 81 Zeile 4 von oben lies Nomarchen statt Nomarcheu.
" 107 " 22 " " " residirt statt residirte.
" 133 " 1 " " " Nonnenklöster statt Nonnenktöster.
" 153 " 2 von unten " Boué statt Boné.
" 170 " 13 von oben " Theile statt The le.
" 178 " 8 " " " versammelten statt versamnelten.
" 195 " 11 von unten " Nersetis statt Wersetis.
" 208 " 1 von oben " Diöcese statt Diöiese.
" 209 " 4 " " " breitet statt breite.
" 211 " 19 " " " §. 88 statt §. 87.
" 268 " 24 " " " Pulingana statt Pulingama.
" 277 " 4 von unten " Kaminiek statt Kaminie.
" 280 " 4 " " " katholischen statt katholichen.
" 285 " 7 " " " l. statt I.

CPSIA information can be obtained
at www.ICGtesting.com
Printed in the USA
LVHW100435110522
718424LV00003B/134

9 783375 011871